那一片热土

郑志玲 著

nayipian
retu

重庆出版集团 重庆出版社

图书在版编目(CIP)数据

那一片热土 / 郑志玲著. —重庆：重庆出版社，2021.10
ISBN 978-7-229-15913-9

Ⅰ.①那… Ⅱ.①郑… Ⅲ.①长篇小说—中国—当代 Ⅳ.①I247.5

中国版本图书馆CIP数据核字(2021)第120772号

那一片热土
NA YIPIAN RETU
郑志玲 著

责任编辑：钟丽娟
责任校对：杨　婧
装帧设计：八　牛

重庆出版集团 出版
重庆出版社

重庆市南岸区南滨路162号1幢　邮编：400061　http://www.cqph.com
重庆出版社艺术设计有限公司制版
重庆市国丰印务有限责任公司印刷
重庆出版集团图书发行有限公司发行
E-MAIL:fxchu@cqph.com　邮购电话：023-61520646
全国新华书店经销

开本：720mm×1000mm　1/16　印张：22　字数：450千
2021年10月第1版　2021年10月第1次印刷
ISBN 978-7-229-15913-9
定价：58.00元

如有印装质量问题，请向本集团图书发行有限公司调换：023-61520678

版权所有　侵权必究

那一片热土

目录
Contents

第 1 章 / 天赐麒麟儿 / 001

第 2 章 / 柔弱的柳儿 / 005

第 3 章 / 小混世魔王 / 009

第 4 章 / 洋学生月婵 / 013

第 5 章 / 做我的女人 / 017

第 6 章 / 马家逼亲事 / 022

第 7 章 / 田家编技绝 / 026

第 8 章 / 死也不会嫁 / 029

第 9 章 / 周家女学生 / 034

第 10 章 / 希望的灯火 / 038

第 11 章 / 傻福根上当 / 042

第 12 章 / 开荒种田忙 / 046

第 13 章 / 沸腾的土地 / 051

第 14 章 / 进城偷考察 / 055

第 15 章 / 特别行动组 / 060

第 16 章 / 精巧工艺品 / 064

第 17 章 / 扑火的飞蛾 / 068

第 18 章 / 王二牛吃瘪 / 072

第 19 章 / 秘密定协议 / 077

第 20 章 / 分头去行动 / 081

那一片热土

目录
Contents

第21章 / 故人来助力 / 085
第22章 / 远走去他乡 / 089
第23章 / 灾难突袭 / 094
第24章 / 灾后重建难 / 098
第25章 / 富贵的野心 / 102
第26章 / 铁匠的女人 / 106
第27章 / 又有新发明 / 110
第28章 / 是谁放的火 / 114
第29章 / 入党申请书 / 118
第30章 / 骚动的夜晚 / 123

第31章 / 暗中忙集土 / 127
第32章 / 深夜不速客 / 131
第33章 / 马家来抢人 / 134
第34章 / 半夜被劫走 / 138
第35章 / 凤凰自行车 / 147
第36章 / 柳儿被拒绝 / 151
第37章 / 夜半见女"鬼" / 155
第38章 / 立群义相助 / 159
第39章 / 富贵娘去世 / 163
第40章 / 巧计捉盗贼 / 166

那一片热土

目录
Contents

第41章 / 三娃上新课 / 170
第42章 / 考察暗取经 / 173
第43章 / 队长首签约 / 177
第44章 / 分田起风波 / 180
第45章 / 不能处分他 / 184
第46章 / 争做万元户 / 187
第47章 / 无辜挨打 / 191
第48章 / 1983年的秋 / 195
第49章 / 文生想南下 / 198
第50章 / 意外当选 / 201

第51章 / 新房终落成 / 205
第52章 / 只为这一天 / 208
第53章 / 云秀的哭诉 / 212
第54章 / 初到大上海 / 216
第55章 / 月婵又失业 / 219
第56章 / 做家庭女佣 / 223
第57章 / 相逢不相识 / 227
第58章 / 少爷被丢弃 / 231
第59章 / 汉离立遗嘱 / 235
第60章 / 豪门恩怨深 / 240

那一片热土

目录 Contents

第 61 章 / 孙家产业多 / 243
第 62 章 / 鲲鹏建筑队 / 247
第 63 章 / 寄钱家中来 / 251
第 64 章 / 接受邀请函 / 255
第 65 章 / 舞池斗智勇 / 258
第 66 章 / 重见长命锁 / 262
第 67 章 / 踏上寻亲路 / 266
第 68 章 / 精彩的演讲 / 269
第 69 章 / 真假嫡孙子 / 273
第 70 章 / 纵火烧工厂 / 277

第 71 章 / 中计陷绯闻 / 280
第 72 章 / 智引蛇出洞 / 284
第 73 章 / 迟来的道歉 / 288
第 74 章 / 田艳喜出嫁 / 292
第 75 章 / 久别又重逢 / 295
第 76 章 / 鞋厂正式开张 / 299
第 77 章 / 一笑泯恩仇 / 303
第 78 章 / 捐资助通电 / 306
第 79 章 / 坚定的信仰 / 310
第 80 章 / 福根的婚礼 / 314

那一片热土

目录
Contents

第81章 / 感恩报家乡 / 317
第82章 / 诡异的车祸 / 321
第83章 / 蒙面人行刺 / 325
第84章 / 吃饭不要钱 / 329
第85章 / 脱贫攻坚人 / 333
第86章 / 庄严的宣誓 / 338

第1章

/ 天赐麒麟儿 /

再贫瘠的土地,到了春天也会捧出所有美丽,田家湾的土地亦是如此。

春雨连下几日,老天终于露出久违的笑脸。太阳毫无顾忌地跳出厚厚的云层,东方霎时像泼了朱红颜料,染红了天空。田中金扛着锄头,背上草篓子,带着那把磨得闪着寒光的月牙般的镰刀,吆喝起圈里的羊,出门东拐,迎着太阳走。

放眼望去,几天时间,田野就变了颜色。一些忽浓忽淡的绿意在远处浮动着。一道道光芒,穿过黛色的林峰,像金色蜜蜂的翅膀一样欢快地抖动,闪烁着。远处,麦苗像灌了绿色的酱汁,绿得晃人的眼。一株株,一丛丛,一片片不知名的花儿开满了润湿的田埂,空气是新鲜的,泥土是新鲜的,如果不是远处那破破烂烂的茅草屋,这一切会显得更加美好。

这是一个很普通,也可以说是很贫穷的村落,因为这里居住的人,多数姓田,故名"田家湾"。田家湾北边有一条盐河,这条盐河,沟通淮安市和连云港市的人工河道,位于江苏省东北部。盐河是涟水县的母亲河,它是中运河泄涨的最早入海之道,是淮盐输出的重要运道。盐河是沿河两岸人民的生命之河,历代政府都很重视对盐河的保护和利用。

远处盐河岸上,一座捕鱼人搭的简易"人"字形草棚子,静静地卧在那儿,从门前周围没有脚印可以看出捕鱼人还没有来。捕鱼的大罾横跨两岸,鱼罾中间,有几条白闪闪的鱼儿在跳跃。上空有一群不知名的白色鸟儿围着乱飞,有的飞着飞着,忽然一头俯冲下来,叼起鱼儿就飞。

4月末到5月初，正是播种春玉米的最好时间。田中金把几只羊放在盐河南岸草儿茂盛的地方，走到田里用锄头镂出一条条小沟，再将玉米种子播下去，盖上土。他干得正欢，忽然听到孩子的啼哭声，他站起身子，四周看看，没人。他又低头干活，一连串孩子响亮的哭声又传了过来，他循着声音找。

鱼棚里，一个花布包裹放在破木床上，哭声就是从床上传过来的。他走过去，一个婴儿正张大嘴巴哇哇啼哭。田中金站在面前，看了会儿，伸出手，要抱，又停了下来。

"老婆难产去世，家中已有一个娃，再抱回去……"他犹豫了一会儿，解开包裹。孩子的胸前有一封信，他拿起来，信里掉下一块闪亮亮的金锁，正面写着"富贵长久"，反面写着"无忧无虑"。他打开信，信上的字写得歪歪扭扭。

不知名姓的好心人：

求求您把孩子带好。孩子的生日是农历三月初二，大名吴优，小名旺旺，是上海富贵人家的小少爷，因为不得已的原因，才将孩子放在这里。求好心人收养，大恩大德必将厚报。给您磕头了！

田中金把信塞进孩子的衣襟，包好，放在那里。回头刚走了几步，孩子又哭了起来。他转回身，看到里面有一个捕鱼篓子，将孩子包好，放了进去，背上鱼篓直接回家。

"爹，这孩子是从哪儿来的？"田中金放下鱼篓，把孩子抱出来，七岁的闺女艳儿走过来，看着熟睡的孩子。

"这是你弟弟，知道不？你是姐姐，以后要好好待他。"艳儿伸出双手，抱起孩子："以后我也有弟弟，也有人玩了？"

"是的，别人问起时，就说是你叔叔家的弟弟，听到没？"田中金的弟弟几年前就去了外地闯荡，村里有人看见他在外地买了一幢大房子，还娶了一个漂亮的女人。后来有人说他偷窃，被打断了腿，那女人跟着别人跑了。其实这个只有田中金知道，他弟弟在外面因为抢劫，失手杀了人，被判20年。因为村里没人去过那里，对他弟弟也只是猜测，如果说是弟弟家的孩子，没人会怀疑的。

"那他叫什么名字呢？"

"他是老天赐给我们田家的一条根，乞求老天赐福给他，让他平安一生，就叫田福根吧。"

"福根，好听，好听！"艳儿在他的脸蛋上亲了又亲。这孩子非常乖，只要不饿，就不会哭。田艳抱着孩子不放手。

"弟弟，快来，姐姐捉蝴蝶给你。"田埂上，明艳艳的油菜花向远处延伸，紫豆娘、蜜碗碗、野蔷薇都开了，连茼蒿也炸开了般地长。田艳身后一群小孩子跟着跑。

"别动别动。"田艳向孩子们喊道。孩子们都屏住呼吸，只见姐姐脚步慢慢靠近油菜花，伸出两个手指头，忽然一捏，一只漂亮的蝴蝶就被她捉在手里。

"给我，给我！"几个孩子抢成一团。

"别抢，别抢，这是我弟弟的，我再捉给你们。看，那边多着呢。"田艳指着前面的蝴蝶说。

福根捏着蝴蝶的翅膀，蝴蝶翅膀的背面是嫩绿色的，上面还有月婵的花纹，这使它们在停驻不动时就如绿色的小草。翅膀的正面是金黄色的，这样它们在扑动翅翼时又像是朵朵金色的小花。他正看得仔细，有个胖胖的小孩，忽然冲过来，从他手里抢走了蝴蝶。

"还我，还我！"福根一把抓住胖墩的手臂咬了一口。

胖墩"啊"的一声惨叫："你这个没娘的野种，竟然敢咬我。"抡起胳膊就打了下去。

"死胖墩，你竟敢骂我弟弟。"田艳冲过来，拿起一块土疙瘩砸了过去，正中胖墩面门，胖墩哭得更加厉害了："野杂种，田福根是野杂种。"

"我让你骂，让你骂。"姐弟俩冲上去，一顿好揍，小胖子哭着走了。

"田中金，你看看，这是你俩孩子干的好事，"田中金从田里干活刚到家，胖墩娘领着孩子气呼呼地找了来，"不知你是怎么教育的孩子，像野狗一样，到处乱抓乱咬。"

田中金看着胖墩的脖子上有几道抓开的血口子，衣服领子也被撕掉一片，耷拉下来。

"爹，是他先骂的弟弟。"田艳过来，指着胖墩，"我们一起捉蝴蝶，他抢我弟弟蝴蝶，是你先打弟弟的，你这是恶人先告状，着不着？"

"你一个丫头片子也这么伶牙俐齿？两人打我们家一个，还这么有理？"胖墩娘一说话就喘，她忽然指着福根，"你一个捡来的孩子竟然也这么凶，真的不是一家人不进一家门。"

"你说啥呢？你再说一句试试，信不信我能打得你满地找牙，"田中金瞪着两眼，攥着的拳头咯吱响，"我的孩子我会管，用不着你在这儿指手画脚。请你先管好自己的孩子。带走！"

胖墩娘领着孩子，骂骂咧咧地去了。

福根望着田中金："爹，我真的是您捡来的吗？我要妈妈，我要妈妈！"这是田福根三岁的时候，第一次听别人这样说。

田中金眼睛一瞪："你是你妈生的，你妈生病走了，你是我田福根的儿子，听到没？"福根吓得不敢说话。

月亮不知什么时候溜了进来，蟋蟀的叫声再也吸引不了他，田福根怎么也睡不着，难道自己真的是捡来的？真的是被人丢弃的野孩子？

他睡不着，跑去问姐姐："姐姐，我真的是爹捡来的吗？"

"弟弟，姐呢，真实告诉你，你是我叔叔的儿子，叔叔因为犯错，在很远的地方坐牢去了。不过，等你长大的时候，他就回来了。甭理那些人，捡树枝，捡红薯，捡高粱，你见过有捡孩子的吗？"田艳一本正经地胡说八道。

"那胖墩娘为啥说我是捡来的呢？"

"她就是想骂人。快睡吧，明天我们还要上学。"

"姐姐，你要骗我，我就不喜欢和你玩了。"田福根噘着嘴巴，背过身去。

田中金睡觉爱打呼噜，而且他每天起得很早，田福根从来都不知道他什么时候起来的。从记事的时候起，陪伴他的只有姐姐。思来想去，田福根决定天亮去问问田家旺，田家旺和姐姐一样大，他们在一个班级读书。因为父亲要干活，所以呢，田福根都是在田艳背上长大的，上学背去，放学背来。铁蛋和田家旺常常到田中金家，与他们一起去上学。铁蛋家旺往往会抢着背福根。因此，不仅田艳班级的老师和同学认识福根，其他班级的同学也认识福根，同学们常会带些好吃的给福根。

今天的福根上课时不像每天坐在那儿跟着姐姐聚精会神地听讲，胖墩和他妈妈的话，一直在耳边回响，好不容易盼到下课，福根哧溜跑出去，直奔家旺座位，拉着家旺到外边："家旺，我真是我爹捡来的孩子吗？"

"谁说的？告诉哥，我去揍他一顿。"

"胖墩娘说的。"

他听后顿了一下，"没有的事，你就是你娘生的。"

听了家旺的话，福根心里轻松了。在他姐姐怀里一觉醒来的时候，已经放学。家旺背着福根送他回来。

家旺的父亲田福加扛着锄头过来，从家旺背上接过福根，几个人一起回来。田中金抽着旱烟，正坐在门口编竹篮子。田中金手巧，什么都会编，蛐蛐笼子、花篮子、菜篮子、草篓子、草席子等等都会。竹篾就像一条条灵动的蛇，穿来穿去，非常快。他只要有空就会编，但家里却没有什么库存，因为常有邻居来，看到喜欢的就要。

"不给，你们自己不会编？这可是我爹编了很长时间才编起来的，不给。"田艳说，福根也这么说，从别人手里夺过来，把东西藏好。

田中金看了俩孩子一眼，转身对来人说："只要你们缺着，尽管拿。"因此，一年到头，田中金的手指被竹篾子磨破很多口子，结成一层一层痂，却不见家里有多余的竹篮子之类。田福根的蝈蝈笼子就是被胖墩娘要走的，上面还编了两个红五星。田福根不给，胖墩就在他家哭，饭也不吃，后来田中金偷偷给胖墩，田福根气得好多天没有和胖墩说话。

第2章
/ 柔弱的柳儿 /

"福根，这是我娘让我送给你的。"一个豆芽似的小女孩，拿着一条鲜亮的小香瓜，跑了过来。

"柳儿，你自己吃。"福根从田福加的背上滑下来。

在这个村子里，和田福根一样大的，只有柳儿。柳儿家比田中金家还穷，常常几天没有吃的东西。田中金常常把从盐河捕来的鱼送给她家。家里玉米、白面也给。柳儿她妈连生了五个女孩，第五就是柳儿。柳儿一出生，她妈指着她说："如果你再不给我带个弟弟来，就把你送人。"柳儿三岁的时候，她妈妈终于生了个男孩。因此，在五朵金花里面，柳儿是最受她母亲疼爱的。

柳儿很瘦，长得很好看，长长的睫毛一闪一闪的。两家相隔很近，如果去干农活，田中金常把艳儿、福根两姐弟托他们照看，福根和柳儿从小就黏在一起。

有一次，田福根说："柳儿，你眼睫毛怎么这么长，是不是假的？"

"不知道，我姐也说我这是假的。"

"那你闭上眼睛给我看看。"田福根看柳儿眼睛闭起来，伸出手，捏住一根，猛地一拽，疼得柳儿直哭。从那以后，田福根再也不敢拔了。

柳儿会游泳，夏天的时候，田中金家后面的河里，每天都有很多人在洗澡。田中金不会游泳，也不让俩孩子学，只让福根和他姐姐站在岸上看。田中金拿着一根剥光皮、露出白花花肉的柳条说："如果知道你们下河洗澡，别怪我扒了你们的皮。"

"胆小鬼，你下来我教你。"柳儿说。

"爹说这河里淹死过人,不让我下去。"田福根坐在码头上。

"我们就在岸边,又不到深水地方去,没事的。"柳儿这么一说,田福根闹着要下水。家旺叫田艳把家里的大木盆拿来,让福根坐在里面,胖墩和家旺推着跟在柳儿后面追。

柳儿像一条鱼,游得非常快,家旺他们根本追不上。田艳看着福根被他们推到河中间,吓坏了,急得跳着喊:"家旺,家旺,快送上来,送上来。"田家旺这才把福根送上岸,自顾游泳去了。柳儿游过来,从河里上来。

"福根,走,我陪你去玩。"福根摘了几根柳条,编了一顶草帽戴在柳儿头上。

他们两人都赤溜着身子,趴在草地上。柳儿说:"福根,我知道你是男的。"

"你怎么知道?"

"你看看我们不一样。"

柳儿翻过身子,柳儿的身子很瘦,一根根肋骨都看得清清楚楚,没有脸上好看,所以福根很少看她的身子。

柳儿用手拨着福根的小东西说:"我妈说了,如果我也长这个,她就不会再生小弟弟了,就是因为我没有。"

福根一看,柳儿那儿确实和他不一样,没有他长的那一团肉疙瘩。福根忽然想起田艳说的话,连忙对柳儿说:"柳儿,你是女孩子,以后可不能再光屁股了。"

"我没有裤子穿。"田家湾这儿很穷,一到夏天,穷人家的孩子像柳儿这样光屁股的多得很,最多的也就穿一个小裤衩满村子跑,是不会有人说啥的。

整个村子,只有胖墩有裤子穿,但是一到夏天,他母亲用柳条追着打也不穿,他说穿着不舒服。福根说完,柳儿看了一下身子,很是害羞,双手捂住。

"你等我,姐姐有一条好看的花裤头,我回去偷过来给你穿。"

"你姐知道一定要打你的。"

"那你一定要告诉我实话,胖墩娘骂我是捡来的野孩子,你有没有听你家人说?"

"没有的事,我妈说你是田家的一条根。"

"胖墩娘是大人,她怎么能骂我是捡来的,除非我真的是捡的。要不,你再回去问问。"柳儿想了一会儿,答应福根回家去问问。福根等了很长时间,柳儿也不来。他想去问问柳儿,可柳儿家有一条黄毛狗,他不敢去。如果喊她名字,又怕人家笑话。后来福根想了一个办法,从家里拿来口哨,使劲吹,口哨是他向姐姐的体育老师要来的。

柳儿终于跑了过来,她说:"我妈让我带弟弟呢,我妈说了,不要信那个人瞎说,没有的事情。"

福根听了,高兴地跳起来:"我就说嘛,姐姐不可能骗我,哪有人家能捡到孩子的。"他头昂得高高的，走出趾高气昂的步伐。

福根到家的时候，田中金正在编织，他跑过去，想到胖墩吃的苹果："爹，我想吃苹果。"

"苹果？那是什么东西？"田中金愣住了，在这个村子里，没有人吃过这东西。

"胖墩家里有。"正说着，胖墩拿着苹果来了。

"爹，就是这个。"

田中金站起来，拿着胖墩手里的苹果看了看。

"田叔，我妈说这是在县城买的，老贵了。"

田中金看着福根："儿子，除了吃苹果，还要吃什么？"

"爹，我要吃苹果、橘子、香蕉、西瓜。"

"好！"田中金过去，把编好的筐子放到一边，用毛巾擦一下手。人就是这样，对想要得到的东西始终会耿耿于怀，大人是，小孩了也是。

胖墩拿着红通通的大苹果在福根面前，故意吃得嘎嘣响。胖墩一边吃还一边说："真好吃，又脆又甜。"福根先是故意不去看他，可是他吃苹果的声音总是朝耳朵里钻。

福根真想上去吃一口，可是爹爹说男子汉大丈夫，要有骨气，不能随便吃别人的东西，更不能去抢。乞人不吃嗟来之食，何况他不是乞人呢。他使劲咽下口水，让姐姐带着他去找家旺他们玩。

家旺有个弟弟叫家乐，比福根大三岁。几个人玩捉迷藏，可是胖墩吃苹果的声音一直响在耳畔。

"姐姐，我也想吃苹果。"

"胖墩有个舅舅在县城，是他舅舅买的。"

福根问姐姐："县城在哪儿？有多远？"

姐姐说："县城离这儿好远好远，要走一天的路，才能到家。"

本来还满怀希望，以为能吃到苹果，听到姐姐这么说，福根再也不去想了。一觉醒来，福根把苹果的事情早忘之脑后。

吃早饭的时候，福根没有见到父亲。问田艳，田艳也不知。一整天，福根都没有见到父亲，问了姐姐好多次也没有结果。晚上，田艳烤了十几个红薯，这是田家旺送来的。

这是爹爹第一次不辞而别，姐弟俩坐在门口等父亲，不知不觉，福根睡着了。

"福根，快看，大苹果。"福根揉揉眼睛。

"来，咬一口看看。"福根咬了一口，真的很甜，他高兴得又咬了一大口。

"爹，真好吃。"他看着田中金，觉得爹爹像干了一整天重活似的，灰土布褂子上满是尘土，脚上的解放鞋前面的大脚趾钻出来，像萝卜一样肿得红彤彤的。头发上结着一层厚厚的泥土灰尘，眼睫毛上的尘土像冬天的霜。

"爹，你这是怎么啦？"田艳赶紧打了半盆水，田中金只洗了一把脸，水就浑浊得看不见人影。田艳再去打水，一连洗了三次，才看到那张沟沟坎坎的脸。田中金用水瓢舀了满满一瓢，像老牛饮水，咕咚咕咚地喝了下去。

"来，来，变！"田中金从怀里又拿出六个大苹果，一把香蕉，十个橘子，还有四袋包装起来的麻花。

"这些都是给我吃的？"福根两眼发光，生怕会跑似的，一把把这堆东西都搂在怀里。

"弟弟，你知道这有几个苹果？"田艳问。

"一、二、三、四、五、六，一共六个。这个最大的给爹爹，这个最红的给姐姐。"田中金用水洗了一个，将薄薄的皮削掉，切成一小瓣一小瓣的，福根拿起一小瓣，吃了一口，真的脆脆的甜甜的。田中金又挑出一个不大不小的对福根说："这个送给你的好朋友柳儿。"

后来，田中金又送一个给家旺家乐他们，还有三个苹果，福根舍不得吃，整天拿在手里，只要胖墩拿东西在他面前炫耀，他就把大苹果拿给他看，柳儿也是。柳儿母亲说切一点给她弟弟吃，柳儿都不给。

就这样，福根和柳儿的苹果足足吃了有两个月。

棉花吐白的时候，柳儿娘给福根做了一件小棉袄送过来，柳儿娘拉着福根的手说："艳儿她爹，你看这孩子长得越来越像你了，真是好福气啊。"

福根爹呵呵笑着说："那是自然，我的儿子当然像我啦！"

田艳对福根说："听到没？柳儿娘也说你是爹的亲儿子，以后你要把胖墩娘的话当作屁，放了，不许再问我。"说着，田艳撅起屁股，嘴里学着放屁的样子，噗嗤噗嗤地连放两声，把福根和他爹乐得眼泪都笑出来了。

过年的时候，胖墩拿来一只玩具小枪，说是他舅舅买的，扳机一扣，会发出机关枪一样的一串声响，还会闪出五颜六色的光。这好不引人好奇，好奇的是每扳动一次，里面就会唱不同的歌曲。

"怎么样？我舅舅去上海啦，这是他从上海买回来给我的，给你玩玩。"胖墩说。

"上海，上海在哪儿？"

"舅舅说，上海离这儿很远，坐汽车要走一天一夜的，舅舅说，上海好大好大，好玩的东西多得很。"

"真的啊，长大后，我也要去上海。"福根他们玩得很开心，铁蛋站在远处喊："福根，我也可以和你们一起玩吗？"

"不许你去！"福根说。

铁蛋说："胖墩给你好玩的，你就算他是朋友。我没有好玩的，你就不带我去，你这算什么朋友？以后不和你玩了。"铁蛋气得掉头就走。

福根跟在后面追，两个人在路上跑着跑着，拉起了手。田中金看着，开心地笑着。

第3章

/ 小混世魔王 /

过完年，福根也闹着上学，田中金看着福根说："你这么小，学校能收你吗？你问问老师，只要老师收你，你就去。"

"爹，那你陪我去找老师。"福根对他爹说。田中金抱着福根来到学校，找到校长。校长是一位五十多岁的老头，头顶光滑得发亮，四周却有一圈头发，远看像农村用的那种马桶盖，又像《西游记》里的沙和尚。

校长说："今年几岁？"

田中金说："三岁半，42个月。"

"哪有这么小的孩子读书的。"

田中金说："孩子在家没人带，天天跟着他姐姐来上学，跟着他姐姐在课堂上学了一点。他说能读得上，要不您找书给他读读看。"那校长转身在后面的那张桌子上随手拿了一本书找了一篇："来，这个略微简单一点，你把这一段读给我听听。"

福根拿着课本："打麦歌，噼噼啪！噼噼啪！大家来打麦。麦子多，麦子多，磨面做馍馍。馍馍甜，馍馍香，吃馍不忘共产党。共产党，毛主席，我们向您报成绩：一报麦子又丰收，二报磨面用机器，三报社里添了拖拉机。"福根一口气读了出来。

校长扶着眼镜看着他："一个板凳四条腿，两个板凳呢？"

"八条腿！"校长愣住了，田中金也愣住了，他把福根紧紧抱在怀里，像看珍珠似的，忽然一把把福根向空中抛起来，吓得福根闭着眼睛直叫唤。

"儿子，你真行！"田中金接住福根，搂在怀里，亲了又亲，开心得笑起来。

"好，明天你就来上课。"校长也乐呵呵地说。

"弟弟，你不得了啊，你是不是无师自通的神童？"田艳惊喜地说。一个三岁多的孩子，竟然能读小学四年级姐姐的课本，而且中间不停顿。数学加减乘除，只要姐姐会的，他都会。福根从一年级直接跳到二年级。从二年级直接跳到四年级，田中金家出了个小神童的消息不胫而走。

"福根，我也想去上学。"胖墩比福根大两岁，比他整整高出一头，福根的大腿还没有他的胳膊粗。胖墩跟他母亲闹要上学。他母亲说离学校太远，又不像福根，有姐姐、家旺他们带，胖墩自然去不了。

"我自己跟着他们走。"胖墩母亲被他闹得没有办法，只好托艳儿他们照顾。这样，他们可以一同上学，一同回家。胖墩把手枪借给福根玩了两天，田中金给胖墩扎了一个非常漂亮的蜻蜓风筝，风筝飞起来的时候，蜻蜓的眼睛在空中还会不停地眨巴。

"天都黑了，还在玩？快回家吃饭去。"胖墩娘穿着很薄的衣服，走起路来，胸前有两团肉乎乎的东西直晃荡，福根悄悄问家旺那是什么。

家旺说："那是奶子，我小时候吃我妈的奶吃到三岁。我妈说我奶瘾大，半天不吃就哭得喉咙发哑，断奶好几次都断不掉。"

"真的？有那么好吃吗？"

"当然好吃，我妈说，为了断奶我哭了三天三夜，嗓子都哭哑了才断掉。你想啊，世上有什么好吃的东西能让我哭三天三夜的。"

"我一出生我妈就死了，没吃过奶，我爹说我是吃稀米饭长大的。"

"你没有妈，你有姐姐啊。我妈说，女人都会长的，以后好奶孩子。"胖墩说，"我现在还可以喝奶呢。"

"真的？"

"真的啊！"

"去去，小孩子说的什么话，你都几岁了还喝奶。"家旺呵斥胖墩。

"不信，我现在吃给你们看。"胖墩果然过去，掀开他娘的衣服，吃了几口。冲他们扮个鬼脸走了。

"这个胖墩，难怪这么胖，到现在还没断奶？太好玩了。"家旺满脸不屑，"以后不跟这些奶小子玩，没出息。"

福根把胖墩吃奶的事情告诉柳儿，柳儿差点笑岔了气："你啊，这有啥稀奇的，你去看看我弟弟现在还吃奶呢。"

"那你带我去看看。"福根跟着柳儿到她家里。她母亲正在灶房烧火，她的弟弟躺在她怀里，两只手抱着那鼓鼓囊囊的东西，像小牛饮水，咕噜咕噜地吃得欢。

福根看着看着，忽然走过去说："我也要吃奶。"柳儿娘一愣，连忙放下衣服将柳儿弟弟抱了起来："福根，你这小子坏得很，是跟谁学坏的啊，看我不打你这小兔崽子。"柳儿娘拿过旁边的扫帚，福根吓得回头就跑，身后传来柳儿娘那爽朗的笑声。

"我也要吃妈妈的奶！"福根对田中金说。

田中金抱着福根："你都是学生了，哪有学生还要吃奶的，老师和同学知道不笑话你才怪。"

福根听了连忙说："我要读书，不吃了，不吃了。"

可惜学校没上多久，福根的上学梦就成了空中楼阁。学校成了批斗大会的场地，每天都有被批斗的人从各大队押来，有时重点批斗一二人，有时也要带一帮"牛鬼蛇神"陪斗。

操场的东面，有一个土石砌起的大台子，供开会或演出之用。开批判大会时，台上立起几根毛竹，扯着大幅会标，上有"批判某某某大会"的大字。广播站的人事先在台侧装好播音设备，在毛竹上挂起高音喇叭。台上靠后摆着一排桌子，公社干部端坐其后。台后墙上，挂着大幅伟人像。会场上红旗招展，可容纳上千人的操场，挤满了革命群众。与学生们召开的批判会不同的是，会场周围，站着不少持枪的民兵，比那些只能挥拳头、耍皮带的学生威武得多。福根小时候，只是跟在游行队伍后面看热闹。到13岁那年，他也跟着别人上台去朝被批斗的人吐口水，扔鞋子，将晒干的牛粪挂在批斗人脖子上。他还用皮带自制了一根软鞭，每次使用时，鞭子沾上水，一鞭子下去，像鞭炮一样噼啪脆响，被打的人身上立即留下一道深深的鞭痕，他们的那个沙校长就挨过他一鞭子。那天，校长说："福根，你是那么聪明的人，要多学文化，不要跟这些人在一起胡闹。"

"顽固不化的东西，还想腐蚀他的灵魂。"胖墩说着给了校长一拳头。胖墩在学校欺负女同学，总是摸女生辫子，还偷看女生上厕所，被校长罚过两次，对校长恨之入骨。他添油加醋，告诉福根说是校长调戏女生，还穿着短袖勾引女生。

福根气不过，拿了鞭子，往空中一扬，嘴里说声："让你这个臭老九变成臭王八。"一鞭子下来，校长的后背已经留下一道深深的血痕。

"你这个混世魔王，好坏不分。"校长说了句，疼得昏了过去。福根的"混世魔王"称号从此就被叫开了。

造反派里面王二牛是最厉害的，他每天都带着一帮人造反，忙得很。福根想加入他的队伍。

王二牛说："你知道我们是干什么的？"

"跟着造反啊！"

"造谁的反？"

"批斗公社、大队、生产队干部，以及地、富、反、坏等'四类分子'和'牛鬼蛇神'的反，最常用的斗争方式，是捆绑、吊打、罚跪。我还会用这根鞭子。"

王二牛看了他一会儿，说："革命需要你们这样的年轻人。好，收下你了，以后你可要跟着我们好好干！"有人给他发了一枚红袖章，他赶紧戴在胳膊上，英雄似的气昂昂站在队伍第一排。

"福根，你不要跟着王二牛他们胡闹。"田中金看着他说。

"爹，我也想当英雄。"

"英雄要当有正义的英雄，不能是非不分。"

"好啦，您怎么这么喜欢啰唆。"有人在门口大声喊福根的名字，福根不等田中金说下去，跑了出去。

田中金看着他深深叹口气，从此，福根追随了王二牛好长时间。后来索性自己带人干，他第一个批斗对象就是本队的地主田梅生。田梅生的生活极其困难。田地房屋全部被分，老婆一口气生了七个孩子，家里实在没钱也没吃的，便贩卖几趟鸡鸭，挣了点钱，给老婆买了点冰糖雪梨，买了几个馒头，偷着带回来，被福根他们逮个正着。

"田梅生，你到现在还在享受地主的生活。拉出去，斗。"于是福根把他拉到大会上，罪状是"走资本主义道路，搞投机倒把复辟"。田梅生说："福根，我不买点东西，我老婆孩子都得饿死。我卖鸡鸭不容易，天不亮就起身，半夜才能到家，一天要跑几十里地，还要像做贼似的，偷偷摸摸，以防被人没收。求你们可怜可怜我，放过我。"

田梅生找福根的爹，请他帮忙说话。田中金说："福根，怎么说，他也是田家的人，你得饶人处且饶人吧。"

少年气盛的福根哪里听得进，他学着王二牛的样子，大口吃饭："爹，甭听他狡辩，他是得了便宜还卖乖，要是人人都像他这样，队里谁来搞生产？"

田梅生说："我工分也没少挣，不信你们看看我的工分本。"

福根不理他，这种人多了去了。他说："你啊，是搞投机倒把玩命，干队里的活磨洋工。不要在我这儿装可怜，批斗会照常开始。"福根招呼胖墩给田梅生戴上"投机倒把分子"的大高帽。

"福根，十年浩劫已经结束，你这样恐怕要坐牢的。"

"这边不还是天天召开批斗会吗？这样的生活多有意思。"

田中金摇摇头，心像锥子刺一样疼痛。作为混世魔王，偶尔他还会做出一些豪横的事情，就像现在，田福根手里拎着两只鸡，一边跑一边回头看。

"田福根，你给我站住！"后面有两人拿着棍棒在后面追赶，田福根跑着跑着，回头一看，那两人被甩下去很远，他一屁股坐在地上，回头大声喊："王佑仁，只要你追上我，我就把你两只鸡还给你。"说着，故意把鸡向空中抛，鸡腿已经被牢牢捆住，两只母鸡咕咕飞着，又跌落下来。膝盖深的雪地上立即被画出说不上来的图案。

"你们不追，我走啦！"看着后面两人坐在地上喘息，他吹了一声响亮的口哨，悠悠然地往前走。有三人跑过来："福根，你真的把王佑仁的鸡偷来了？走，我们去烤着吃。"

"去去，我老爹和姐都要饿昏了，不给你们吃。"

"老大，你这就不够哥们儿了吧，这几年，没少跟着你做打砸抢的事情，每次你让我们冲锋陷阵，我们可没皱过眉头。现在一只鸡也舍不得给我们吃。"

田福根从怀里掏出三个白面馍馍："胖墩、小豆子、家乐，这白面馍馍，你们见过没？吃过没？"三人早就抢过来，狼吞虎咽吃起来。

这年头，恨不能把泥土挖起来烧着吃，树皮、树叶、野鸭、野鸡、麻雀，地上长的，空中飞的，只要是能吃的都被吃了。饥饿像催命鬼，正在长个子的他，伴着成长的骨痛就是饿，饿得睡不着，好不容易睡着又饿醒。每天感觉就是饿，如果不是这样，他也不会去偷，去抢，这地方除了周财主，就数王佑仁家富裕。除了他们两家，还能有哪家有吃的。

他把两只鸡拎紧，鸡一会儿没了动静。他两手一撑，翻过墙头，悄悄溜进屋里。

第4章

屋里很安静，他侧耳倾听，确定没有惊醒老爹和姐姐，便钻进破被子，一会儿就鼾声如雷。

其实，他推门的那一刹那，田中金就醒了。见福根房间没了动静，他点着一支烟，想到田福加的话，他更加忧心。福根像这样下去，真的会混进牢里？要不要把他送回上海？可是上海那么多人家，又到哪儿去找吴氏家族？

和他一样睡不着的，还有东边邻居田富贵。开会回来，乡长的话一直在他们耳边回响："今天来开会的都是中国共产党党员，现在我们迎来了改革开放的新时代，希望你们要发挥党员的模范带头作用，甩开膀子干，带领一部分人先富起来，让乡亲们过上好日子。"

可是怎样才能让乡亲们过上那种衣食无忧，幸福快乐的好日子？田福根的堂哥田富贵翻来覆去睡不着。

听着外面扑通一声，他知道肯定是田福根这小子回来了，眼看着好好的一个娃沦为这样，他这个堂哥是不是应该做些什么？用乡党委书记的话叫"团结一切可以团结的力量，一切向钱看，努力奋斗加油干"。让这里成为陶渊明幻想中的那个美好的世外桃源，不，应该比世外桃源还要美丽。让祖祖辈辈生活的这片贫瘠的土地变为一片令人沸腾的热土。可是，怎么去实现这个理想？

田家湾一共有七百多户，分成十个生产小队，他们这个生产队一共七十八户，一户院子里通常有好几家挤在一起。因为太穷，没有房子，随处可见人字形的防震棚，一家七八口，砍些柴草，铺在地上，就这样挤在一起。虽然外表看上去很是平静，却不知内里早已千疮百孔，好像一块过期的面包，七零八落、毫无生机地四处散落着。

这块贫瘠的土地，和中国各地一样经历着前所未有的痛苦，饥饿像瘟疫一样蔓延在这个偏僻的乡村。

屋里很冷，风围绕着这破败的茅草屋，发出狼嚎一般的声音。不知何时，外面竟然下起了雪，他望着窗户里透进来的寒光，轻轻起身，帮孩子把被子盖好。

大雪已经下了三天，茫茫一片。那一个个面包似的凸起的低矮的茅草屋，像衣衫褴褛的乞丐任大雪肆虐。

雪，本可以掩盖世上一切污浊的东西，可是对于穷人来说，不得不说是一场磨难。

好不容易熬到鸡叫三遍，田富贵悄悄起身，随着破木门吱呀吱呀地响了几声，这名二十七岁的汉子走出门来。一米八二的身高和身上那件布满大小不一的补丁的破棉袄，在一片洁白的天地中格外醒目。头上戴着一顶三块瓦的帽子，头发从几处破洞里面调皮地钻出来，像顶着一只刺猬。不薄不厚的嘴唇上满是一道道血口，那是着急上火所致。

"天寒地冻的，起这么早干吗？"被窝里，女人的声音传来。

"睡不着，你带孩子睡。"

"你一走，这被窝哪还有热气？"一声婴儿的啼哭，他转回身。床上的女人转过头睡眼惺忪地看了他一眼，怀里还有一个几个月大的婴儿正在吃奶，也许是吃得太久，婴儿的头上冒着热气。

男人在床沿坐下，伸手掠起她额头的一绺长发，瞬间一张难掩昔日白嫩的鹅蛋脸露了出来。女人闭着眼，那长长的睫毛像植上去的麦苗，一闪一闪的，让人闻到麦香。

"文慧，去年年底大家一致推选我为队长，他们是将生活的希望寄托在我身上。今天乡里开会，李书记又要求想办法，带领村民们过上好日子。可是，春节过后，不是下雨就是下雪，我毫无作为，愧对乡亲们对我的信任，愧对领导人对我的嘱托与器重。这几天，我反复思考，我想把盐河南边的那块荒地开挖出来，这样，我们可以多出50亩的土地。"

文慧转过身子，奶头从婴儿的嘴里滑了出来："那里荒了多少年，好多人都打过那主意，大家都说那里种金子也长不出庄稼，你何必去费那个事？再说生产队这么多土地，到头来大家还不都饿着肚子。你呢，就是喜欢不切实际地幻想。"婴儿闭着眼睛，找来找去，嘴里哼哼唧唧的，文慧转过身子，撩开衣服，那婴儿连眼睛都没睁开，张开嘴一口将奶头吸进嘴里，吧唧吧唧地吮吸起来。

"别人不行，不代表我也不行，"田富贵说，"男人要没有点野心怎么行？没有野心，我怎能得到你的芳心？"

"谁让你耍无赖，整天赖在我妈家不走，用这种方法来害我名声，要不然我能嫁给你这穷人？"女人尽管这么说，但是言语里却有一种幸福。

"富不过三代，穷不过五服。如今，改革开放了，大家可以八仙过海各显神通，我田富贵就偏要让这片贫瘠的土地上，长出嫩旺旺的庄稼。让大家不仅吃饱肚子，还能过上像城里人一样的好生活。这人啦，越吃越馋，越睡越懒，庄稼也是一样，要精心打理与侍候，我就不信，这土地上种不出金了。"

"你把原来的土地侍候好，大家都能吃饱肚子，就功德无量了。为什么说长正月，短二月，慌慌忙忙过三月。但是因为正月二月没有东西吃，大家伙肚子饿，才觉得时间长。如果有吃有喝的还着什么急？"那婴儿的头上冒着热气，忽然松开嘴，哭了起来。

"你看看，这大人都没吃的，哪来的奶水给孩子吃？"小家伙挥动双手，哭得更加响亮。

男人倒来一碗开水，凉一凉，用勺子喂孩子喝下。

文慧的话说得也不错，他们一家六口，三个孩子，最大的五岁，老二三岁，这最小的娃才五个多月。年前分的那一点粮食，元宵节前就都进了肚子。何况人口多的人家，哪个孩子不是眼巴巴地瞅着饭吃。红薯、山药、高粱、麦子，只要是能吃的东西，他们都吃了。他家好像就还有两升荞麦面，那是他们万不敢动的，因为西厢房还住着一位七十三岁的老娘。

去年粮食只有三成收成，麦子刚吐穗的时候，遭到突如其来的一场冰雹。麦子没了，春玉米也没了。后来改种了黄豆、棉花、秋玉米。也许是这泥土实在没有养分，长出来的粮食都瘦了吧唧的，年底粮食比往年少分一半。幸亏红薯救了大家一命，做红薯糊糊、红薯干茶、蒸红薯片、烤红薯……天天都是，尽管变着花样做，他家那俩娃一看见就哭着说不吃。可是不吃，还能吃什么？

他想，庄稼一枝花，全靠肥当家，庄稼长不好，还是土地缺肥。年前，他找到田家湾曹支书说了自己的建议。曹支书觉得他说得在理，于是号召全体社员积肥。

村里男女老少全部出动，不要说牛粪狗屎啥的，连鸡屎都被人捡了个精光，田富贵的老婆马文慧，连自己生的娃拉屁屁都恶心的人，积肥工分比田富贵还多三分。这样一来，不仅给土地储集了那么多天然肥料，还解决了队里脏乱差的环境，真是一举两得。

只是对那块荒地，比他大十岁的堂哥田福加却没有说话，毕竟这块地整起来确实麻烦，野草还好办，关键是遍地的芦苇，必须要除根。否则春风一吹，那芦苇根就像锥子似的破土而出。因此，这个建议费时费力，得到一致反对。

"人勤地不懒，既然你们让我做这个小队队长，我就要想办法让我们的社员吃饱肚子。"

"我看你是咸吃萝卜淡操心，应该把你送到非洲淘金，那里有号称'黄金海岸'的加纳。实在不行，撒哈拉，尼日尔也是黄金遍地之地，去那儿倒也是好主意。"文慧看着怀中的孩子，嘲讽他道。

"你以为我不想去？只是那里金子再多，我去不了。但是，我可以想办法，把我们的土地也变成像金子一样可贵。"田富贵说，"这么多年，大家已经习惯了贫穷，也不敢有人出头带着乡亲们致富，大家推选我，我就应该不辱使命，豁出去这条命也得干。"

"你有本事你去，这么多年，村里土地少吗？还不是大人小孩饿得前胸贴后背。你有本事，把社员叫去，我全力支持。"文慧看了他一眼，"你这新官上任三把火，不要第一把火烧在自己的屁股上。"

"只要你们和乡亲们不挨饿，不挨冻，我烧死了也高兴。"

两人正说着话，外面响起敲门声。文慧说："这一大早的，谁会来敲门？"

"我去看看！"田富贵下了床，门刚一开，一人从外面一头闯进来："队长，请你给我评评理，现在是新社会，还能容许他这样胡作非为？"一个看起来五十多岁，头戴瓜皮小帽，身材肥胖的人喘息着滚了过来。

"他又去惹是生非了？"田富贵看着他，明知故问。

"是啊，昨天夜里翻墙进来，偷走了我们家两只鸡。换作以前，家丁们……"这话一出口，他立即意识到错了，顿了顿换了语气，"你们当官的，不为我们老百姓做主,我们可要找到上面。不管什么时候,偷东西应该还是有人管的。"来人原是这里最大的财主,名叫王佑仁,田地房屋,打土豪时早就被分。在那十年中,他也吃了不少苦头。现在他看到田富贵他们,说话还是小心翼翼的。

"您放心,福根尽管顽皮,但是本质不坏,今天我去和他好好谈谈,您的东西,我让他送回去。不过,"田富贵眼睛盯着他,"我好像听说您还有几口袋玉米?"瘦死的骆驼比马大,方圆十里不敢说,方圆五里,现在也只有他家还能有吃的。

"哪有?过年分的那点粮食还不够吃就没了。"

田富贵哦了一声:"您这衣服真漂亮!"王佑仁穿着蓝色丝绸对襟大棉袄,黑色的丝绸裤子闪着光,鞋子也是新棉鞋。他低下头看了一下,那肉嘟嘟的腮帮子可以割下三斤肉来。他见田富贵看着他的衣服,尴尬地笑了笑:"田队长,这是我以前的衣服,一直没舍得穿。今天是我生日,月婵硬要我换上。"

这个世界有些时候也是奇怪,像王佑仁这样的人,偏偏人丁稀少。王佑仁在三十岁时,才有了月婵这么一个女儿,自然宠爱,为了避开运动,他将月婵送去国外,一直到运动宣布结束,才敢让月婵回来。月婵从小就是美人,现在出落得越发标致。

年底县城里一名干部家来提亲。有人推测,或许就是那个大干部帮着王佑仁,王二牛没有批斗过他。田福根有一次想批斗王佑仁,王二牛说,王佑仁上面有人特别关照,这个人不能斗。田家湾三个地主,王佑仁不是最小的地主,却是唯一没被批斗的地主。

田富贵说:"他偷鸡摸狗这事,我一定会管。等会儿我去替你问问,如果确有此事,我让他把两只鸡送回去。"

第5章

/ 做我的女人 /

王佑仁回到家里,还没坐下,就进来三个人:"狗财主,你竟然敢去告状?"

王佑仁的婆娘张开双臂,拦着他们,嘴里骂道:"你这个老不死的,偷就偷去,你去告什么状?"

王佑仁刚想向屋里溜,被胖墩一把提着,福根过来,指着他说:"谁偷你家鸡了？你说啊！"

"爹！"一个女孩从楼上跑下来，站在王佑仁身边，"你们有什么冲我来。田福根，你这是要干什么？"

"干什么？你问问你这有本事的爹啊！"田福根把手里的刀转得闪闪发光。

"不要伤害我爹。"福根一看，这女孩和姐姐、柳儿她们完全不同，上身穿着白色的带花边毛呢上衣，脚上穿着红色高跟鞋，戴着一项白色礼帽，耳朵上两只耳环闪闪发光，皮肤比婴儿还要白嫩。尤其是手指，修长白嫩如葱，指甲还是红色的。在这个村庄，柳儿是公认的最漂亮的女孩，但是和眼前的姑娘比起来，简直就是一只白天鹅，一只丑小鸭；一个是公主，一个是丫鬟。

"你就是月婵？"福根眨巴眨巴眼睛，歪着头过来，嘴角坏坏地笑。

"你就是混世魔王？"月婵看着眼前的这个青年，破旧的蓝灰布棉袄，袖子一长一短，袖口都露着棉花。身高约有一米七八，营养不良在他身上表现突出，脸色菜黄，肋骨清楚，手臂上青筋凸起，不过五官端正，看上去有点像京剧里的小生，与传说中的那种杀人不眨眼的混世魔王丝毫联系不上。她绝没有想到让父亲担惊受怕的竟然是这样的一个人。

父亲说他批斗与王二牛绝不相同，王二牛粗壮，凶神恶煞似一介武夫。王二牛每次都会给人戴上牌子，高喊口号，敲锣打鼓地在村子里走一大圈。而混世魔王批斗时，会给批斗对象戴上高帽子，让他站在台上读《三国》，读不上的灌辣椒水。

"我就是混世魔王，如假包换。"说着，一把搂过月婵，在她嘴上猛地亲了一口。

月婵举手想打，没想到却被他两手紧紧攥住，动弹不得。

她朝他的脸，猛啐一口。福根一把捏着她的脸："再啐一遍？"说着，一口咬着她的嘴唇。

王佑仁冲过来，手里的棍子打了过去。胖墩过来，一把夺下棍子，扔到外面。

"王扒皮，怎么样？癞蛤蟆今天有没有吃上天鹅肉？"福根抓着月婵的手，"你看着，好好看着啊。"说着，在月婵的脸上又亲了两下，王佑仁气得说不出话来。

"走！"铁蛋扛起半口袋玉米，三人扬长而去。

月亮摸着窗子进来，月婵站在窗前。看着窗前那株正在盛开的蜡梅，摸着嘴唇，长这么大，第一次有人对她这样，她想恨这个对她轻薄之人，可是想到他吻过的嘴唇，竟然羞红了脸："月婵啊月婵，那可是混世魔王，他轻薄你，应该好好地恨，对，恨他。"想到这儿，她狠狠朝田福根离去的地方猛啐三口。

她伸出手指，摘下一朵梅花，轻声吟道："秀萼梅争俏，花香四溢流。迟归人不去，愿在此中留。"

"那我不走啦！"窗外忽然传来说话声，吓得月婵一愣神。再看，福根双手扒着窗沿，抬头看她："月婵，你真美，做我老婆怎么样？"

"呸，癞蛤蟆想吃天鹅肉。赶紧滚，否则看棍。"月婵拿过旁边的一根碗口粗细的木棒举过头顶，带着风声呜地抡了过去。

"好好，我走，不过……"

"不过什么？"

"你过来，我告诉你。"月婵举着棍子看着他，"快说。"

福根猛地向上一跳，人翻进窗来，在月婵的嘴上又亲了几口："月婵，做我老婆。"

月婵的棍像雨点打下来，福根腾挪闪跳，避开月婵打下的棍，大声说："等会儿你慢慢打，现在我真的很喜欢你。我田福根这辈子非你不娶。"

男人，视觉动物的属多，田福根就是，他只看了一眼，就对月婵动了心。

"你还不走？"月婵手里的棍子当头打下。他只轻轻一拉，木棍已经到了福根手里。他一把抱过月婵："你是我见过的最喜欢的人，我就是喜欢你。"

月婵想挣脱他的双臂，越挣扎，他的胳膊越用力。月婵将上身向后仰，福根忽然低下头，把他的脸紧紧贴在她高耸的胸脯上。月婵又惊又怕，想喊，又怕惊动父母。

"月婵，你将来一定要嫁给我，做我的女人。"福根说，"你不要动，我只想看看你的胸是什么样子，我就走。否则，今天晚上，我就睡在这儿。"

"你想坏我清白？"月婵低下头来，一口咬着他的胳膊，死死地咬，直到锋利的小米牙感觉到了血液的腥味，才松开口。

"你为什么不阻止？"

"只要你喜欢你就尽管咬，长到这么大，我没有见过女人的胸。从小，看着别的孩子吃奶，我真的好想尝一口是什么滋味。可是，一连奶了六个孩子的柳儿母亲，我刚想吃她奶，她就骂我是小坏蛋。月婵，你放心，我只想看看长什么样子，只看一眼，我就回家。"

"你这个混蛋！无耻，下流！"月婵骂得越凶，他的手越快。

"福根，求求你放过我。"福根已经解开了第一颗纽扣，月婵的心都要跳出来了，她怎么也阻止不了他的罪恶。

精致的肚兜被他拉了下来，月光下，月婵的胸挣脱束缚，傲然挺立在他的面前，圆润如馒头一样雪白，又有点像他小时候吃过的红苹果，上面还长着一颗小樱桃。

福根看着看着，只觉得呼吸急促，血往上涌。他一把推开月婵，跳窗而去。

"田福根，你等着，我非宰了你不可。"月婵忙穿好衣服，伏在床上伤心地痛哭起来。

田福根一路疯了似的跑，到家也不说话，一头钻进被窝。他第一次觉得自己真的如月婵骂的那样畜生不如。

已起来的田艳看到福根这样，不知所措。她见桌子上的一碗玉米面，赶紧兑进苏打，做了一碗玉米饼给田中金吃。田中金把玉米饼推开："他整天在外惹是生非，不干正经，我宁愿饿死也不吃他偷来的东西。"

"爹，像王佑仁这样剥削人的人，吃了他的又有何不可？"田艳说。

"他这样与强盗有何不同？我们穷，但是要穷得有骨气。你看看现在十里方圆，谁不知道他混世魔王的绰号？"

福根忽然从里面喊道："我如果不去偷，估计现在你们早饿死了。如果你看我不顺眼，我可以走。反正我是你捡来的，你当然看着不顺眼。"

"你……"田中金气得捂着胸口，说不出话来。田艳过来示意他住口。

"走吧，等他消消气再回来。"胖墩说，"到我家去。"

小豆子说："胖墩，你妈那么凶，还是到我家吧。"

"这样吧，你跟我去，我们俩反正是天天在一起的。"铁蛋说。

"他跟你去，你家连睡的床都没有。"就这样，福根跟着小豆子去了，晚上也没有回来。每天在露水地都能很快入梦的人，今天躺在床上却再也睡不着。月婵秀目中委屈的泪珠，那温软如玉的嘴唇，让他呼吸急促的胸，紧紧纠缠着他。

"老大，明天王二牛他们去周财主家，我们去不去？"

"不去，你们家里不是还有吃的吗？怎么又去？要东西要知道错开来，才热闹。"

"听老大的。"一会儿，小豆子发出了轻微的呼噜声。

福根转身朝里，却怎么也睡不着："今天怎么会那样对待一个女孩？王佑仁是剥削老百姓的人，月婵并没有，她一直在外读书，她是无辜的。"越想越对自己今天的行为感到愧疚。他怕月婵想不开去上吊自杀，或者投河而亡，凝神听听，又没有动静。就这样，辗转反侧，直到天亮，才模糊睡去。

一直到傍晚，没有月婵的任何消息，田福根心里越发不安。吃过晚饭，他叫过小豆子，两人直奔王佑仁家。

月婵还没有睡，手里拿着蜡烛。

"月婵，月婵！"月婵一见，急忙要关窗。他用力推开，跳了进来。

"你想干什么？"月婵吓得连连后退。

"月婵，昨天的事真的对不起。"他看着她，她也看着他。

"你太侮辱人了。"一语未毕，月婵的泪水早已经滚落。

"月婵，我是混蛋，你打我骂我都行。"他拿着月婵的手，在自己的脸上啪啪地打。月婵抽回自己的手，低头哭泣。他轻轻擦去她的泪，她的泪早就浸湿了他的心。

"对不起！"这是田福根十六年来第一次说对不起，"我混蛋，我畜生，我流氓。"他忽然抬手，左右开弓，打起了耳光。

"你住手！"月婵见一道道红红的手印烙在他脸上，两手紧紧抓住福根的手。

四目相对，他们就这样互相看着，你正好盛开，我正好路过，一眼就看到你最美的样子，一切都刚刚好。

"月婵，你真美。"他不敢再往下说，他怕这只白天鹅飞走。

月婵的房间里有一个书橱，里面摆放着很多书，小时候读书的情景又浮现在眼前，只可惜自己的大好时光就这样被荒废了。他忽然觉得自己这么多年一直就在梦里，直到看到这个人，他的梦才苏醒过来。

"你的书能借给我看看吗？"

"能，不过你带我出去。"月婵忽然说。

"为什么要出去？"

"因为我怕……"

"怕什么？如果怕，以后我会夜夜都来陪你。"外面传来清晰的脚步声。

"快，爹来了。"福根两手一撑，飞出窗外，小豆子和铁蛋赶紧在下面用手托着他的脚。福根双手扒拉着窗棂，屏住呼吸听里面的对话。

月婵迅速躺到床上，脸朝里，不说话。

月婵爹端着杯子，冒着热气。月婵娘坐在床沿："月婵，你是娘的心肝宝贝，你是高贵之人，怎么能和那穷小子待在一起？"

"穷也就罢了，还偷吃爬拿，不学好人。"

"就是啊，不要看他长得好看，要走正道才行。否则像他这样，绣花枕头，外表好看没有用。婚姻一定要讲究门当户对。马县长待我们不薄，不是他帮忙照顾，我们哪能活下来？这么多年，你在外读书的钱都是马县长出的，他们是好人，我们要知恩图报！"她母亲说。

"知恩图报，就要我以身相许吗？我不想嫁给自己不喜欢的人。"月婵说，"我的终身大事我自己做主。"

第6章

/ 马家逼亲事 /

"这事情由不得你做主,就这么定了,马家很快就会来下聘礼,你等着好好做新娘子就行。"王佑仁的话没有一点商量余地。

"王佑仁,你这个老家伙!"福根心里骂道,脚上一用力,小豆子和铁蛋实在顶不住了,一松手,福根掉了下来。

"谁!"王佑仁站在窗前猛喝一声,福根他们躲在暗处,大气不敢出。

"先回家,明晚再来。走!"三人消失在夜空。

王佑仁又劝说了一阵才离开。月婵再看窗外空空如也,哪还有人,一个人坐在床上暗自伤心起来。月婵外出读书,完全是为了躲避运动。

现在一切都已过去,马家担心月婵不回来,断了月婵的全部费用,并且告诫王佑仁,如果月婵不回来,让他老夫妻俩死无葬身之地。就这样,月婵像一只被马家拴住的风筝,手一拽,只能乖乖地回来。

没想到刚回来没多久,就被这个混世魔王亲了嘴,夺去初吻,看了身子,这要传出去她还怎么能在田家湾露脸?马县长会不会去找福根的麻烦?她看着夜空,茕茕孑立于窗前,想到自己的命运,备感伤心。

马县长原名马贤章,并不是县长,也没有做过官,只是名字叫着叫着就有了"马县长"这个绰号。他二十岁时,凭着一身本事,手里就召集了百十号人,战马五十匹,枪支三十杆,是当时这儿鼎鼎有名的响马。

马县长带着他的部队打过鬼子,他枪法很准。除非他不开枪,否则那人必死无疑。据说,他特别喜欢《三国演义》,骑马打仗也是学着书上的。他的部下都证明此事是真的,他一边指挥部下布阵,一手拿着《三国演义》,大声读最经典的情节:

"飞抖擞精神,酣战吕布。连斗五十余合,不分胜负。云长见了,把马一拍,舞八十二斤青龙偃月刀,来夹攻吕布。三匹马丁字儿厮杀。

"战到三十合,战不倒吕布。刘玄德掣双股剑,骤黄鬃马,刺斜里也来助战。这三个围住吕布。转灯儿般厮杀。"他读过以后,揣摩招式,自己先拿着武器比画,再叫过部下,跟着这一段来一场三英战吕布的实战演练,当然他一定是演吕布的。

他还教人背《孙子兵法》,他说:"孙子曰:兵者,国之大事,死生之地,存亡之道,不可不察也。故经之以五事,校之以计而索其情:一曰道,二曰天,三曰地,四曰将,五曰法。道者,令民与上同意也,故可以与之死,可以与之生,而不危。

天者，阴阳、寒暑、时制也。地者，远近、险易、广狭、死生也。将者，智、信、仁、勇、严也。法者，曲制、官道、主用也。凡此五者，将莫不闻，知之者胜，不知者不胜。如今，国家有难，强敌入侵，我们苦练本领，保佑一方子民平安，是我们应该做的事情，大家背诵兵书，多杀敌人，方是正事。"

他和部下一样，每天早晨必读《孙子兵法》再学习其中布阵布局。当时日本人到处悬赏捉拿他，他却依然我行我素，带着部下像一阵风，出其不意，攻其不备，出入敌营，连续三晚，杀掉三个日本军官，十几个日本兵，吓得日寇到别的地方安营扎寨，这个地方才太平下来，后来人们只记得这个"马县长"，却很少有人知道他真正的姓名。

马县长身体强壮，却不能生育，老中医说他那个蛋是骑马打仗时受过罪，精子量不够，很难让女人怀孕。他当即就给了那个医生一个巴掌，他这种强壮如牛的人，怎么会有那种情况在他身上发生？他以前去妓院的时候，一夜睡了四个女人。

中医捂着脸说："那种地方不能去，得了病你就永远绝后，趁现在还年轻，调点药方回去吃看看。"

马县长想，妓院不能再去，得找个女人生孩子留个后。二十八岁那年，娶了大老婆，大老婆三年没生；他娶了二房，二房生了个丫头，不久得怪病死了；有人说大屁股女人生儿子，他找了个屁股有磨盘大的女人回来，结果那女人不仅没生，还说他折腾得太厉害，能一夜不倒经受不起，吃药死了；第四次，是到盐河西北大洼，就在田家湾东北角的地方与强盗争斗，见到一名绝色女子，抢回去，这一次终于生了个男孩，取名马啸虎。他疼如掌上明珠，怎奈这男孩先天性心脏不好，从小体弱多病，走路弱不禁风。从小到大，马县长一直请了两名医生陪护。

马啸虎尽管身子弱，却很聪明，模样长得还算标致。如果不是脸色过于苍白，一米七八的身高，标致的五官，也称得上一表人才。

医生建议马县长，早日让孩子成家，说不定有了女人之后，他的病也就全好了。马县长知道医生是怕他儿子短命，他马家将来断后。

恰巧遇到前来寻找庇护的王佑仁，他一看月婵，喜不自禁，抚掌笑曰"真乃踏破铁鞋无觅处，得来全不费工夫"，当即提出条件，让月婵做他家儿媳妇。

王佑仁怎么会去找马县长呢？原来王佑仁的姑妈是马县长家的用人，当王佑仁去找他姑妈的时候，他姑妈便推荐了马县长。

此时，马县长提出这个要求，王佑仁一看，马啸虎长得也算机灵，就当场应允。王佑仁担心女儿在家万一马县长庇护不了，女儿受罪，央求马县长将月婵送到国外去接受更好的教育，只等十八岁娶过门。马县长一听，当然高兴，于是两家当场订下婚约。马县长果然神通广大，在那样的运动中，王佑仁竟然能免于批斗，也是一个奇迹。

福根听富贵讲完这些，才明白王佑仁为什么这么逼着月婵嫁给马啸虎。

"贵哥，月婵说，她不喜欢那个人。"

"这么多年，她不喜欢也不行，马家毕竟在这地方横行霸道四十多年，不是她能做得了主的。福根，你最好不要蹚这趟浑水，好姑娘多的是，再说你现在还小，再过几年，我和你爹一起给你张罗一个好姑娘，一起孝敬你爹。你看，你爹快五十的人了，现在腰也弯了，背也驼了，你这做儿子的要知道替你父亲分忧。"

福根不说话，闷闷不乐而去。田富贵看着他，叹口气，正准备干活，隐隐约约听到悲伤的唢呐声。

他现在很是害怕听到这种声音，从去年11月上任到现在短短两个多月，已经走了八位老人，两名五十多岁的妇女还有一个被溺死的孩子。

溺死孩子是村西头李寡妇干的。李寡妇男人得了怪病，肚子胀得像皮球，却尿不出，最后被活活胀死。本来已经有九个孩子，五男四女，一年四季，孩子没穿过鞋子，不是她懒，而是没有可以做鞋的布料。男人死时，她已经怀了四个月身孕，她不想让这孩子跟着受罪，一狠心，将刚出生的遗腹子扔进马桶溺死。

生老病死是谁也无法阻挡的自然规律，可是疾病、饥饿现在却是夺走他们生命的罪魁祸首。

唢呐声如泣如诉，锥得他心痛。田富贵丢下活，忍住咕咕叫的肚子，快步向前走。唢呐声越来越大，听得越来越真切，死的不是本村人，他稍稍放下心来。继续向前大步走。

远处，几间低矮的茅草屋，在大雪的覆盖下苟延残喘。有几大堆像坟丘凸起的东西就是年前的积肥。这是生产队的社场，茅屋破旧，修理过几次。缺少柴火的人们，总偷偷把茅草扯了去作引火。

有时，房子修好才几天，看场的人回家吃口饭，回去睡个觉，换上的那些新草就能被偷。偷草是小事，偷粮食的更猖狂，三五个人一伙，手里拿着棍棒，看场的人见了也不敢说。就这样看场的人走马灯似的换，工分没挣到，还吃不好睡不好。

前几天，田中金找到富贵，他要来看社场。

富贵知道田中金是生福根的气，劝他说："没有逆变的青春是不完美的，谁的青春不迷茫？等他度过叛逆期就好了。"

"他叛逆期也太长了吧。这孩子我没有教育好，愧对人家爹妈啊。现在他成这样，我呢，也落个眼不见心不烦。再说，我在这儿，即使有人想偷东西，想到我家那混世魔王，也得掂量掂量。"

富贵觉得田中金的话说得也有道理。

"你刚上任，我们队的人都在看着你，干得好，大伙佩服你。干得不好，社员们对你得有多失望？我去看守，只要房子不漏雨，不倒塌，保证让你全心全意干工作。"田中金说。

生产队大小一共有两栋房子，每栋三间。西边三间放粮食和牛饲料。东边三间，西头那间是灶房，有一口大锅，以前村里大锅饭就是在这儿煮的。前队长考虑现在不吃大锅饭，偶尔也会有活动，难免有人留下吃饭，就在大锅旁边搭了个小灶。中间是会议室，东头那间就是留给看场人住的，仓库里的粮食自然早就没有了，不过还要切草喂牛，打扫牛棚，事情不少。

"夜里您还要起来喂牛，还要巡逻。您行吗？"

"我把黑子带着，能行。"田中金早就看过，房间面积比他住的地方要大很多，住进来很宽敞。

"好，今天您去把房子修好后，就不能离开人。这年头，也不能怪他们，都是因为太穷。"

"好！"田富贵带人筹集一些茅草，将屋顶又补了起来。田中金住了进去。现在听到那哀号似的唢呐声，田富贵不放心过来看看。

他使劲敲敲破木门，里面传来咳嗽声，他稍稍放心下来。

门开了，田福根手里拿着根木棒，伸出头来，下巴上一层毛茸茸的胡须在晨光中分外耀眼，"哥，你这么早来干吗？"富贵指指里面，示意他出来："怎么样？"

"昨天好多了，他那哮喘病，就不能生气，一生气就那样。"

"福根，以后吃什么用什么，我们有双手，要靠自己去赚，不能去偷去抢。"

"地主家的东西不能算是偷，我是拿来的。"

"那铁匠的东西你怎么也偷？"

"谁让他不教我打铁？"

"铁匠找到我，如果不是看在你爹曾经救过他一命的分上，他一定不会放过你的。以后不要去惹事，铁匠在这个地方可不是一年两年的，他儿子五大三粗，就单打独斗，你根本就不是他的对手。更何况我们这里打把菜刀、锄头什么的都要靠他，你去惹他干吗？以后老老实实做人，本本分分做事，你是不是想给你爹气死才行？"田富贵一口气说了那么多，心里觉得顺畅起来。

"贵哥，我有时只是气不过。"

田富贵看着他："做人做事，不能意气用事，你得让人家同意才行。还有那个月婵，已经很明白地告诉你，人家不看好你，你如果再去，被人打断腿，我可不帮你。"

"哥，我是真心喜欢她。"

第7章

/ 田家编技绝 /

"关键是人家喜欢你吗?"屋里传来一连串的咳嗽声,田富贵赶紧走了进去。田中金躺在床上,颧骨高耸,青筋根根暴出,腮帮瘦得能填进去一个鸡蛋。

"三叔,怎么样?"

"唉,都是我把他惯坏了,整天和胖墩那一伙人跟着王二牛打打杀杀,都是我的罪过啊!"说着,捂着胸口,咳嗽得更加厉害。福根从外面进来,铁蛋、胖墩等五六人向里面探头探脑。

"福根啊,你这样下去怎么得了?过几天,还是去上学,没有知识的人将来要吃亏的。你看,你已经成大人了,不能再惹你父亲生气。"

"谁让他不把女儿给我做老婆。"

"你才多大的人?再过几年,爹一定去托媒人给你找个好姑娘。"田中金说。

"爹,我都十六了。你看,我都比富贵哥高。我不要媒人提,我就要她。她长得好看,还是我们这儿唯一的文化人,我就要她。"福根说。

"福根,你这样说可就不对了,好马配好鞍,你知道月婵那么优秀,你却不努力上进,月婵怎么能嫁给你?"田富贵说,"窈窕淑女,君子好逑,除非你自己也是一个很优秀的人,才能得到她的芳心。"

"他能优秀?读书三天打鱼两天晒网。整天跟着王二牛他们屁股后面去瞎混,我怕你将来混牢里去。都是我从小惯的你。"田中金一着急,又喘不过气来,"我这病就是活生生被你气的,我们田家在这儿多少年,都安分守己,从来没有一个像你这样不务正业。"

"三叔,您也不用着急,他还小,以后会慢慢改变的。"

田福根却问:"哥,你告诉我怎么才能优秀?"

"让自己优秀的方法当然很多,当务之急,你先要去掉'混世魔王'这个绰号,改变自己,让提到你的人都对你赞不绝口,夸你有出息,就是优秀。"田中金说。

田福根看着田富贵:"这混世魔王可是兄弟们封的,又不是我要。如果去掉这个绰号,恐怕有难度。"

"只要你想改变自己,想让月婵多看你一眼,你就必须改正。"

一说到月婵,福根语气立即软了起来:"是不是我优秀了,她就能嫁给我?"

田富贵点点头:"你长得一表人才,从小就有神童的称号,只要你稍微用用功,就能改变自己,那时候,月婵不喜欢你才怪。"

福根否认自己是神童,但是他的记忆力确实非常好。借月婵的书看过之后,他能背出好多,有时候说话都能灵光一闪。

最让他伤感的就是贾母说"混世魔王"这一段:"黛玉忙站起身来,一一答应了。坐了一会儿便告辞,乘车去荣府拜见二舅舅贾政。偏巧贾政斋戒去了,王夫人嘱咐黛玉说:'你三个姐妹倒都极好处的。我就只一件不放心:我有一个孽根祸胎,是家里的"混世魔王",今日往庙里还愿去了,尚未回来,晚上你看见就知道了。你以后不用理他,你这些姐姐妹妹都不敢沾惹他的。'黛玉亦常听得母亲说过,有个表兄乃衔玉而生,顽劣异常,不喜欢读书,最喜在姐妹们中间厮混,外祖母又溺爱,无人敢管。"福根看着自己坏了几个洞的破衣服,心想同样是"混世魔王",差别可谓天壤之别。

田中金说:"只要你想学,等我身子好了,就教给你编织,那可是田家一绝。学会了,啥样的女孩娶不到。"

"如果那样,我一定认真学。"

田富贵说:"如果你能学得像三叔这样出色,这个媒包在我身上。"

田福根更加高兴,恨不能一下子就学会。编织是田家祖传手艺,可是一绝。据说是从明朝开始传下来的。

田中金深得田家编织精髓。不管什么,只要有模样,他看看就能编出来。他编的鞋、帽是很多人求而不得的。编纹细密如绸缎,轻巧耐用。鞋面上装饰有金鱼、花卉、鸟雀等图案,造型逼真,美观大方。各种帽子圆的方的,竹编草织应有尽有,再饰以花卉图案,更加精妙绝伦,极受欢迎。

田中金会根据季节不同来编织,夏天,他编的席子细如棉纺,薄如纸张,不仅光滑平整,且图案精美。

入冬之后,不要说这个小队,就是整个大队的人穿的芦苇木屐,80%都出自他手中。他编织的木屐不仅暖和,而且好看耐用,一双木屐能穿十年不坏不变形。可以说,每天他家里像集市一样,很多人排队购买。

闲暇时,社员们休息,他坐在那儿随便用细枝、柳条、竹、灯芯草等柔韧性好的材料就可以编织。

有一回,王佑仁不知从哪儿搞来了一个热水瓶。那东西真好,一夜过去,水还滚烫。他怕跌坏,请田中金用灯芯草编一个外套。有了外套,即使跌倒,水瓶也不会坏。

这东西,这地方人家很少有,当时是稀罕物。田中金也没见过,他拿着水瓶仔细看看,找来一把灯芯草,用手量量长短粗细。灯芯草在他手里狂舞,一会儿就编织成了。王佑仁最佩服的就是他,所以王佑仁才没有对福根下狠手。

他尤其擅长竹编,是将竹子剖削成竹篾而编织成的工艺品。竹编的主要工序是选竹、切丝、刮纹、打光、劈细、编织及着色、涂油等。竹篮、果盒、屏风、门帘、扇子等他都能编。

过年时,他用一万九千多根竹子编成一个龙头,听说被一名南京下放户买走,回去卖了一个大价钱。这个事情一点不假,后来南京下放户写了一封信给他,希望他能多编织一些,还留下店址。

这两年他不再编了,上了年纪,又没有材料,这是一个原因。还有一个原因就是福根这个儿子,整天跟着王二牛那群人在一起,好坏不分,不务正业,游手好闲,打架斗殴,偷鸡摸狗,把那个头顶没毛的校长也能拖出去斗上两天,怎能不让他对这个儿子彻底失望,也就不再编织,封门收刀已经两年。

田富贵这么一说,他的精气神又来了:"福根,有空跟爹学,三百六十行,行行出状元,只要你干得好,好姑娘多的是。"

"三叔,等你身体好了,我也跟您学。"田富贵说。

"现在老弟兄三人,只剩下我一个。看我现在这样子,随时随地都有可能去和你父亲见面。只可惜这技艺要失传了,我无颜面对老祖宗,恐难入我田家的祖坟。"田中金说。

田福根不是不想学,可是总得想办法填饱肚子才能安心做事。

"家旺、家乐也带来一起学,这些东西人们都用得着。现在是不给卖,如果能给个人卖东西,就靠这手艺,也能生活下去。"

在这个地方,田家是大姓,占这个地方人口的三分之一。王家也是大姓,人口也占了三分之一,剩下的三分之一姓胡的占多数,还有十几户其他姓氏。

因此,田福根即使偷了王佑仁的鸡,王佑仁想报复,也不敢有过分的行为,只能来找田富贵告状。

"大侄子,谢谢你,"田中金挣扎着起来,"福根这个娃,不让我省心。你呢,毕竟是我们这儿上过高中的人,他喜欢文人,所以听你的话,请你多开导开导。我们老田家在这生活了几代,没出过一个他这样的逆子,这小子是被我惯坏了。"

"三叔,你不会有事的,再熬过半个月,那时候,荠菜、蒜苗、桑树叶、香椿什么的都可以吃。还有生产队的一大片苜蓿也可以养活我们。还有我告诉你,去年12月份十一届三中全会宣布中国开始实行对内改革、对外开放政策。中国的对内改革先从农村开始。我们农村终于迎来了春天,您这编织手艺也迎来了春天,到时候,您这个绝活不仅在国内有名,还有可能发展到国外去。"

"真的?"田中金很是惊喜,竟然坐了起来,"这样,是不是我们的穷日子就要过去了?"

"今天我要找他们商量这事，去年收集粪土，就是为今年能多收粮食而准备。大饥荒我们都挺过来了，再坚持一下，一切都会好的。"

"老大啊，以后有空就跟你爹学，说不定将来你还能成大事。"胖墩说，"我们老大做什么事情都很牛。你做什么，我们也跟着做。"

"对，老大，你学会了再教给我们，我们跟着你，保证听你的话。"小豆子说，"我爹娘这几天也劝我好好做人做事。"

外面的唢呐声很清晰地传来。"不知又是哪家办丧？"田中金指着牛圈说，"两只鸡在那里，赶紧给王佑仁家送过去。"

"爹，不送。您已经两天未进米粒，吃了说不定就好了。"田福根说。

"我不吃你偷来的东西。"田中金说，刚刚缓和的气氛一下子又僵硬起来。

"您不吃，我们烧了吃。"田福根满不在乎地说。老人气得咳嗽起来。

田富贵说："这样吧，你先做只鸡给你爹吃，另一只我送回去，写个字据给他，算是暂时借的。"

"不用写了。"随着话音，有人说着一脚走了进来，"这是几斤黄豆，你们拿去磨磨吧。"王佑仁从外面进来，将一只小口袋放在桌子上。

"还有这个。"外面又有一人进来，如一束阳光，瞬间使屋子里觉得温暖。

"月婵！"田福根伸出手，在自己的衣服上使劲擦了擦，最后还是放进了自己坏了底的兜里。月婵今天穿着一条粉色带花边的长裙，戴着一顶花边洋帽，像奥黛丽·赫本一样。嘴唇红艳有光泽，白皙的皮肤让人恨不能上去掐一把，眼睛像星星一样闪烁着光芒。

她不理也不看福根，像不认识他似的，抬着头，笑着对田富贵说："爹说你在这儿，我就央他过来了，这是三斤粮票，给你们。田队长，我和家父已商量过，家里还有两头猪，杀了分给乡亲们，希望能帮助到他们。粮食呢，我家里确实只剩这么一点，你们也拿去分了。"

第 8 章

/ 死也不会嫁 /

王佑仁的两头猪可是他的心肝宝贝，自从小猪崽进门，王佑仁就把猪崽放到家里养，和猪崽同吃同睡。当然，这都是村里人的传闻，多少还有假，但是这猪是他的命根子。年前，多少人劝他杀猪都没舍得，现在他竟然要把猪杀了，不是要了他的老命，他能舍得？田富贵看着王佑仁没有说话。

"月婵说，这样做是行善积德，我相信古人说的'行善积德，福有攸归'。明天你们就把猪逮去吧。"王佑仁嘴里如此说却苦着眉头。那种心不甘情不愿的样子，谁都能看得出来。

王佑仁父女二人说完就回去了，田富贵看着他们父女俩远去的身影，对田福根说："这么深明大义的女孩子，如果你能娶回来，是我们老田家的福气，我支持你。不过，你必须要让自己有让她能多看你一眼的本事。"

田福根听了这话，很是开心："我不是让她多看我一眼，而是让她的眼里只有我。"

"要让她的眼里有你，你必须变得勤劳、勇敢。"田富贵说。

福根答应着回到家里，姐姐正在给他缝衣服，福根把月婵的事情说了一遍："姐，我怎么觉得王佑仁今天那么反常，竟然把两头猪拿出来给乡亲们。以前，哪家比他家多收两碗豆子，他都会千方百计地弄到手，今天怎么一下子就变成了大善人？这可是从来没有过的事情。"

田艳想了会儿说："除非月婵已经答应他的条件。"

福根说："姐，我明白了。"话音未落，人已不见踪影。夜不是很黑，空中的星斗稀少，在这寒冷的夜里，有个人在飞奔。

月婵家里到处黑灯瞎火，他来到围墙下，退后，快跑几步，纵身飞上墙头，轻轻落下。

他溜到月婵窗户下，敲窗，无人。再敲，还是没有人。他推开窗子，翻身进去，划根火柴，里面的情景让他吃惊：衣服零散一地，梳妆台上的镜子也碎了一地。

福根跑到前门，拼命敲打，看院子的老人阿顺出来了。

"月婵呢？"

"谁啊？"阿顺在门里问。

"福根，我是福根。月婵呢？"

"快走，如果老爷回来，知道了不把你打死才怪。"阿顺隔着门缝，听了他的话，说了一句，把门从里面砰的一声关上。

福根一屁股坐了下来，发生了什么事？月婵会到哪儿去？他又翻窗进去看了一遍，确实没人。

他感到心被摘走了一般，快快地回到家里，躺在床上，万念俱灰。

"福根，福根！"忽然他听见窗外有人喊，开门一看，是柳儿和月婵。他赶紧让她们进来坐下。

"月婵,出什么事了?"

"马家今天来人,要带走月婵,叫月婵嫁给那个傻子。"柳儿说。

"不可能!"

"可是她爹答应了。日子定在八月十六。她不同意,准备离家出走,被她父亲拦下了。"

"你是爬着梯子出来的?"福根去的时候,发现墙角一个梯子倒在那儿。

"梯子是我拿去的,那黑色的小轿车耀武扬威地一来,大家就都知道怎么回事。我怕她出事,带梯子爬了进去。"柳儿说。

"我死也不会嫁,我已经表明自己的观点。我就不信,世界这么大,没有我的容身之处。"

"你越是这样说,你父亲越担心你出走。"柳儿说。

"我和那家说过,给我三年时间,连本带息一并还掉,如果我没有能力,三年以后,我把我自己嫁过去。"

月婵抬起泪眼,目光却很坚定:"我一定要走出一条路子,活出我自己喜欢的样子。"

"月婵,是的,现在不是以前那种男尊女卑的日子,我们男女要平等。"柳儿说,福根端来一碗水,递了过去。

"我觉得得赶紧把月婵送走,否则马家听到消息,一定会来找麻烦的。月婵在这儿时间越长越危险,必须尽快送走。"福根一听,柳儿说得有道理,赶紧去准备。

柳儿看着他,真心希望月婵能被送走,没有月婵的时候,福根是她一个人的,才会是那个满眼都是她的人,才会像从前一样,无话不谈。她甚至希望再像小时候那样,光屁股躺在一起,她看到马家的轿车一来,就知道怎么回事。只有这样,才能让月婵心甘情愿地离开。

月婵说:"我在上海有一个同学,我想先到她那里去。"

"什么时候走?"

"越快越好。"

"你们快点走,我回家迟了,我妈该骂了。"柳儿说着要走,柳儿母亲对她的女儿管理非常严格,连和男生说话都不可以。她认为一个女孩最尊贵的就是自己的贞节,贞节是上天赐给女孩的特殊礼物。女孩可以不识字,但要知道男女授受不亲,不能随便和男生有接触,仿佛拉个手就能生出个孩子来。

"你先回去,月婵跟我住。"田艳说,"我们想办法送她离开。"

"不能在这儿,王财主肯定一会儿就得找来。"田福根说,"你跟我走!"

他拉着月婵往外跑，到小豆子后院，用刀子轻轻一拨，门闩掉在地上。小豆子听到动静刚要出门，福根已经进来。

"快，把我们带到你家的地窖里。"

"我娘看见没？"

"放心，哪次来她都没看见。"小豆子把他们带到地窖里。地窖是当年小豆子的爷爷为了家人躲避日寇侵略者，花了一年的工夫才建成的。地窖很宽敞，大约有一百多平米。这几年他们常来，偷来的粮食、鸡鸭鹅、猪牛羊什么的都放在这里。十年运动结束之后，小豆子家才发现，把小豆子痛打一顿后，他们就很少来了。里面有三张木床，被褥已破旧，但是还能盖。

"你照看月婵，我要立即回家，王佑仁如果见不到我在家，肯定要满村子去翻。"

小豆子连忙答应。福根拔腿就跑。刚到床上躺下，王佑仁他们一行人就来了。

"田福根，快把月婵交出来！"王佑仁大声喊。

"快把月婵交出来。"

田福根打开门，揉揉惺忪的睡眼，伸伸懒腰，打个呵欠："半夜三更的，我还以为是谁呢？明天还要去干活，不要打扰我睡觉好不好？"

王家倒插门女婿，生产队会计胡文生说："福根，赶紧把月婵交出来。"

福根看也不看："她没在我这儿，我到哪里去交人？要不信，你们自己来搜。"

"你看看这个。"胡文生递过来一张纸条，上面写着："月婵被田福根带走，速去！"

"这是他妈的哪个王八蛋，他哪只眼睛看见我了？你们也不想想，难道月婵藏在被窝不成？"他把门打开，"你们自己去搜，搜不到就滚蛋。"说着，他两手一用力，十指关节发出咔嚓咔嚓的声音。

胡文生说："福根，我和你贵哥天天在一起，他也常夸你是男子汉，月婵的事情是他们家事。我们就不跟着掺和了，好不？"

"胡会计，我真的没看见月婵，要不你们进来搜搜。"福根说着上床躺下。王佑仁早就进来搜了一遍，田艳的房间也被搜了个底朝天，只好悻悻而回。

确信他们走远，福根爬起来，一路小跑，到了地窖。

月婵正坐在底下发呆，两道细眉紧锁，双目桃花含泪，楚楚动人。福根愣住了，直直地看着她，她也泪眼婆娑地看着他。他轻轻擦去她的泪，她的泪浸湿了他的心。

"送我走，好吗？"

"你先睡，我回去把你的衣服拿来。"福根说，"等会儿我送你。"

"你小心点。"

"没事，不用你担心，你快休息会儿。"福根出去，月婵坐在那儿不知等了多久，福根才从外面进来。

"月婵，我跟你一起走。你一个人在外，我不放心。"他过来坐在月婵旁边，"别怕，有我。你在哪儿，我就保护你到哪儿。"

"不行，如果你父亲知道，会很生气的，再说这样也会连累你们家。马家一手遮天，我不能为了自己去害你们。你放心，她不仅是我同学还是我好朋友，在她家过几天我就去找事情做。"

福根鼓足勇气，握住了他的手："月婵，我看过了你的身子，就应该对你负责。让我跟你去。"

"不，我先安定下来再说。再说你走了，家里怎么办？你把事情先处理好。还有，"月婵说，"我爹娘年事已高，请你帮忙照顾着点，我答应马家的事情一定做到。"黑夜中，两双眼睛久久对视。

鸡叫三遍，小豆子拖着自行车过来，他拖着月婵，福根拿着东西，为防万一，三人兵分两路，直奔车站。

一整天，王佑仁没有找到月婵，他只好来找田富贵。

吃过晚饭，富贵送了一包红糖过来，和田中金聊了一会儿。田中金教他编织一个蛐蛐笼，又陪着说了会儿话，富贵才回去，刚走到门口，遇见王佑仁他们一行。

"富贵，有人看到福根把月婵送走，如果马家要不到人，这事情可就闹大了。福根呢，怎么说还是孩子，只要他把月婵交出来，我们既往不咎。"

"贵哥，这事不能怪他，王佑仁要逼着月婵嫁给马家，听说马家那公子是个傻子。"

胡文生说："马家公子是不是傻子，跟我们没有关系。"

"胡说，我怎么可能把自己的闺女嫁给一个傻子？让她去跳火坑？"王佑仁瞪着眼睛，"月婵是我的女儿，我自有分寸。"

"可是，现在是新社会，你不能包办月婵的婚姻。"田艳竟然和他杠上了，王佑仁很是生气。

富贵一看，怕事情闹大，连忙说："我听说过马家公子，好像身体有点问题，人长得一表人才，还是不错的。再说，这是人家的家事，又不是让你嫁，你就不要跟着掺和了。福根人呢？"

田艳自然不会告诉他，富贵等了一会儿，不见福根回来，只好到胡文生家回话。胡文生叮嘱福根赶紧把人送回来，否则闹起事来，谁也担待不起。

富贵想到一个地方，赶紧直奔过来。走到社场外面，就听到很大的声音传来："让我交人，他做梦。他这是要毁月婵的终身幸福，我坚决不干。"

"你能不能不要给我惹事？"

"她是我的人，我爱她，她也爱我！"

"她爱你为啥不正大光明地和你在一起？"富贵说着走了进来。

"她说把马家的债务还了，就和我在一起。"

"你还好意思说这话？你如果爱她，你如果还是个男人，就应该替她分忧。"富贵说。

"可是，我没有钱。"

"你想办法和她一起去还钱。这才是你真的爱。"田富贵说。

福根这才明白富贵的意思："可惜她已经走了。"

"你赚到钱的时候，把她接回来不就行了。"田富贵看着这个嘴巴上一圈毛茸茸的愣头青说道，"就你这样的男人，也配口口声声地说爱。"

第 9 章

/ 周家女学生 /

田富贵拍了下福根的肩膀，走了出来。天空又飘起了雪，雪下得还很大，地上一会儿就成了白色。他想起母亲讲的那个天上下白面的神话故事。他伸出手掌，将雪花接住，放进嘴里，觉得有丝丝的甜味。这是倒春寒，是最后一场雪。

"打过春，赤脚奔。再大的雪也阻挡不住春天的脚步。今年，一定要让这土地长出白面。"田富贵一路思忖着回家。

王佑仁已经坐在他家了。"队长，福根今儿要不把月婵送回来，我今天就死在你家。反正这日子也没啥过头。不如早死早升天。"王佑仁坐在那儿，一把眼泪一把鼻涕地说，两眼紧紧盯着富贵。大有死磕到底的意思。

富贵连忙安慰，让他回去，只要看到福根，一定让他把月婵送回去。

"不瞒你们说，我是得了消息，知道月婵就在你们家。今天你们不把人交出来，大不了豁出这条老命。"富贵听他这话，知道有人已告知他月婵的下落。可是他也不能告诉他月婵已经去了上海。

他把胡文生叫来，胡文生是王佑仁侄女王芳的上门女婿，胡文生的话王佑仁一定会听的。

"你再走了我找谁去？"王佑仁站起来，堵在门口。

文慧见此，抱着小宝过来："要不这样，你陪他，我去找胡文生。"

王佑仁见文慧说得有道理，就让文慧走了。

文慧刚转到村头，忽然，一位穿着绛紫色粗布棉袄的女人，从东头的一个破草房里冲出来，三个小孩子跟在女人后面一边哭一边喊："妈妈，妈妈！"

女人头也不回，一边捂着脸大声哭，一边向前快步跑，蓝洋布棉裤上补满补丁，膝盖上露出两个破洞，棉絮随着两条腿的跑动，迫不及待地向空中飞，混进纷纷扬扬的大雪中。

"妈妈。妈妈，等等我！"个头最大的孩子大声喊，女人抹了一把泪水，回头望，脚底一滑，人向前侧身摔倒。

"妈妈，妈妈！"最小的三娃哭着跑着。在那个两人深的沟渠前，她看着孩子像雪球似的滚下陡坡。

"三娃，三娃！"女人往回跑。

"妈妈，你不要走！"那孩子爬起来，哭着喊，大片大片的雪花把他们包围起来。一个六七岁的女孩，也跑过来。

"妈妈，求求你，不要走！"三个孩子，跪在齐膝盖深的雪里。

文慧抱着小宝跑过去："云秀，你不能走，你走了孩子怎么办？走，跟我回去。"

云秀捂着脸哭道："文慧姐，这日子哪里还能过下去？一家人两条心，眼瞅着大人孩子要饿死，他还带着那女学生跑，你说，这日子还有啥奔头？"云秀哭哭啼啼把事情讲述了一遍。

那天，她亲眼看着自家男人跟着一群人去了邻村的周家。周家是这儿最大的财主，比王佑仁还多150亩地，以前，这儿方圆五十里，除了王佑仁家的佃农以外，都是他家的土地，他家的人。

家里已经三天没有一粒粮食，王二牛喊几个人去南村，说有人亲眼见到周财主，拄着龙头拐杖，穿着丝绸马褂，站在门口连呸三口，恨恨地骂："饿死那些穷鬼才好。饿死那些穷鬼才好。"这句话不知被谁听到传了出去。这还了得？那时候"四个兜的中山装，小米高粱吃得香，几户人家一个庄，走亲访友靠步量"。不说周财主骂人与否，就凭着丝绸马褂，他也撇不开资产阶级复辟之嫌疑。

村民们都气愤不已，十几个人拿着棍棒，跟着王二牛气势汹汹来到了周家。她远远地跟着，看到那些人把地主老财和他的婆娘抓出来，绑在树上，一群人慷慨激昂地进行批判。她心里暗暗高兴，她想她男人也会像其他人一样满载而归。

可是，别人都是大包小包地拿着粮食回家，她的男人却拉着穿格子小褂，梳着两条大辫子的女学生跑了出去。

"云秀男人带着女学生跑了，这样的好事怎么能让他一人独吞？走！"王二牛带着一帮人过来要人，云秀这才明白。

云秀想找男人问个究竟，找了两天没找到。

"赶紧让沈强把女学生交出来，也让我们尝尝鲜。"第三天，王二牛带着人正在云秀家门口大呼小叫，忽然，一个脆响的巴掌，打在王二牛的脸上。

"你？"

"我怎么了？你抢人家东西也就算了，欺负一个小姑娘算什么英雄好汉？"沈强站在他的面前，目光如炬。

"沈强，我说你这演的是哪门子英雄救美？"

"滚！"沈强拿起一把铁叉怒喝道。

王二牛看着铁塔似的沈强，不敢说话，带着人灰溜溜地走了。

云秀忍不住狠狠骂了一通：作为一家之主，他怎么能那样？他不知道有被关黑屋、站高台、戴高帽的危险？他不知道老婆孩子已两天没吃东西，等他的粮食下锅？他不知道这样，是与全村人公然为敌，以后还能有平静的日子过？她一连串地吼完，抓起地上的雪向远处洒去。

"云秀，我已经和你说了好多遍，我只是不想看着她一个女孩子受辱。"

"那你就忍心让人家来看我的笑话，你难道要我眼睁睁地看着孩子饿死？"云秀坐在雪地里，不停地拍着雪。雪花飞起来，洒在她的身上、脸上……

这件事情，文慧听富贵说过，当时是王二牛要对周家女学生动手，没有办法，沈强才带走她的，可是这三天，孤男寡女在哪儿？各种版本都在村里绘声绘色地传播着，说得最多的就是，沈强看云秀老了，当然选择年轻的上。

"妹子，你再生气，也不能不要孩子。你看看这三个，一个比一个可爱。妹子，走，跟姐回去。"文慧劝道。

"妈妈，求你不要走，你走了我们怎么办？"大儿子小超说。

"妈妈，我发誓，我一定要好好学习，将来让你过上好日子，住上漂亮的大房子。"最小的三娃仰着小脸，雪花粘在他那长长的睫毛上、黑黑的眉毛上、高耸的鼻子上、饱满的嘴唇上，像一个圣诞娃娃。女人看着衣不蔽体的孩子，想到那个让她心碎的男人，仰面朝天，放声痛哭，她不知该怎么办。

"她是他什么人？他想过我们娘儿四个没有？想过这个家没有？"云秀越说越激动，"从今天起，他如果再和她在一起，我就去公社告他，也是黑五类，资本主义，里通外国的叛徒。"

其实，她也很羡慕周家的那个学生，常穿着蓝色学生背带裙，头上每天换一种发夹，那纤细的腰，高高隆起的胸，走起路来，如杨柳飘拂，袅娜多姿。她看了也喜欢，何况是男人。

"很多人亲眼见他把毒瘤的女儿带走了，他把她藏哪儿去了？那王二牛现在红得很，只要他看谁不顺眼，都能把谁逮过来整整。沈强就不怕我们娘儿四个还要跟着担惊受怕！"云秀着急得一个劲地流泪。

在这个地方，王二牛的名字比那些地主、大队干部可有名多了。自从运动开始以后，闹学潮，斗地主，割资本主义尾巴，他是一场接着一场地闹。只要他看谁不顺眼，反正能找出一大堆理由，将人斗一顿。连王佑仁、王二牛的堂叔，也不得不小心翼翼地侍候。

王二牛后来跟着福根学了那个狠招，就是灌辣椒水，没几人能扛得过去的。

有个大城里来的下放户，骨头硬，毒太阳下晒三天没有叫过软，一瓢辣椒水灌了一半，人受不了直接招供，说是里通外国的间谍。没过几天那人死了，有人说肠子都被辣椒辣断了好几截。所以云秀这样说也不是危言耸听。

"我十八代贫农，怕谁？"沈强一脚进来道。

"我知道你喜欢她，我也知道你把她藏在哪儿。如果不是为了仨孩子，我现在就去告诉那些人，连你一起抓起来。脖底挂着鞋子，站在村口给人看。"

"你敢？"男人吼着。

"你看我敢不敢？"她说着向外走，男人抓住她，用力推了一下。她摔在地上，额头撞在门脚，起了个鸡蛋大的疙瘩。她爬起来，向男人撞过去，男人一把就把她推出门外，倒在地上："你有多远滚多远！"

"好，你尽管和她好去，我走还不行吗？"女人说着，冲向雪地，三个孩子都追了出来。

等云秀把事情哭诉一遍，文慧赶紧安慰。怀里孩子哭了起来，文慧赶紧让孩子吃奶，她对最大的男孩说："小超，快去叫你爹。"文慧跟着追了过去。

云秀是沈强的婆娘，和田富贵家相隔不远，沈强这人除了有点好女人，各方面还是不错的，是这个村子里最高的男人，身高一米八二，力气大得吓人。收麦子时，两个人挑的麦子，没有他一人多。力气大，人也能吃，他吃饭从不用碗，都是用小盆吃。

"云秀，你看看，这孩子，长得多可爱，又一个比一个懂事。"

云秀蹲在地上呜呜咽咽地哭，远处有几人跑过来。

"妈妈，您不要走！"女人看着远处一个像麻雀一样黑黑的点子，伫立在破草房前面。她知道是他，那个看上去一脸斯文、身材高大、生起气来只知道打她的男人，此刻却站在那儿，像雕塑，一动都不动。她的失望一点一点地涌上来，所有的希望慢慢凝固成雪花，最后又融化成眼里的水。

"你们等妈妈回来！"女人说着，猛地推开抱着她的丫头，向前跑去。

"妈妈，妈妈！"丫头向前跑，文慧抱着孩子跟在后面追，小超领着福加、富贵也跟着跑。雪更大了，像饿狼似的扑过来，很快前面的人影，裹进了厚厚的雪花，再也看不见。

"你这个混蛋！"田富贵骂了一句，一拳挥了过去。

沈强站着没有动，田富贵更是生气："我告诉你，如果不是看着这三个孩子，今天我不打得你满地找牙才怪。"沈强和田富贵是小学同学，云秀是田富贵的老婆马文慧的表妹，他们的亲事就是他田富贵保的媒。

"云秀嫁给你这么多年，没过上一天好日子，我都觉得对不起她，你还这样亏待她？你看看，大人小孩饿得两眼发花，你倒好，还忙着寻花问柳。"田富贵很是气愤。云秀长相不是很出众，却很勤劳，白天上工，晚上回来缝补衣服，纳鞋底，做家务……连娘家都不肯回。

文慧每次回娘家，过来约她，云秀总说为了照顾孩子，下次再回。

"这么好的人，沈强却不知道珍惜，得到的不珍惜，得不到的就是宝贝。"忽然，这句话冒上心头。他头脑里立刻显现出一个女人："贵哥，今生不能做你家人，死了也要做你家的鬼。"那双哀怨的眼神，那令人呼吸急促的胴体，使他一激灵清醒过来。

第10章
/ 希望的灯火 /

"事情不是她想的那样，不过她走了也好，说不定能有个更好的去处。"沈强说，"如果她能幸福生活下去，这也是我最大的心愿。跟着我缺吃少穿，也没有好日子过。"

田富贵看着面前的男人，伸出的拳头又撤了回来："你还是男人吗？如果我打你，我都觉得脏了我的手。"

沈强不说话。

"沈强，我告诉你，云秀跟着你吃了那么多苦，她若有个三长两短，我第一个找你算账。"富贵狠狠地说。

"赶紧去把人追回来。去啊!"文慧急得直跺脚,一把将沈强推出门外,沈强愣了会儿,跑了出去。

"姨姑,我妈会不会不要我们了?"女孩哭着问。

"姐,你别哭,等我长大了一定赚更多的钱,把妈妈找回家,不让你们受苦,不让爹爹妈妈受苦。"只有五岁的三娃,握着拳头,一字一句地说。

"好样的,三娃。"田富贵摸着三娃的头,"你们在家好好待着,姑父帮你们去找妈妈。"

这个所谓的家,土夹成的墙壁,很多地方裂得能塞得进胳膊。上面盖着的茅草,早就烂了很多,雪花无情地钻进来。东西走向,一共三间,东面一间最好,裂缝用破棉絮塞起来,里面放着两张破木床,一张东西放,另一张南北摆。南北走向的破木床上杂乱地堆放着一些乱七八糟的东西。脱了页的几本小学语文、数学书,还有一个写字册,放在床头那张已破出好几个洞的木桌上,桌子上放着三四个有缺口的大碗,几根又短又细的筷子,木桌右边有一个掉了油漆的柜子。

田富贵找来几根木柴,把三个孩子湿透的衣服扒下,生了一堆火在慢慢烤。丫头叫如意,还在抽抽噎噎地哭。

"如意,我带你们玩。你妈妈很快就会回来的。"田福根说着,拿出弹弓,"我们去打鸟烧着吃。"

"打鸟?"田富贵看着他们,"打鸟、捕鱼、捉野兔,这些不也可以暂时充饥?"如意听了这话,也很高兴,慢慢止住了哭声。三娃说:"我们现在就去,怎么样?"

一直到早饭时间,沈强和云秀也没有回来。文慧把三个孩子带回家来。王佑仁和福根吵得正凶。

田福根说:"虎毒不食子,你竟然要把你的女儿嫁给一个傻子,你畜生不如。"

"你一个没人要的野种在这儿指手画脚,月婵就算嫁不出去,也不会嫁给你。"

福根嬉笑着说:"实话告诉你,月婵昨晚就是和我在一起,抱着睡了一夜。你要不要我把这件事告诉盐河两岸的人家都知道?"

王佑仁气得浑身发抖,见富贵他们回来,抓着哭诉。

富贵让田福根把仨孩子带去,把衣服烤干,不能让孩子受冻。

田福根看着仨孩子说:"你们三人把衣服烤干穿上,我带你们去找妈妈。只是呢,以后不许哭,有困难我们一起想办法,好不好?"

田富贵看着福根带着仨孩子出去,不觉好笑,一个自己还在胡闹的大孩子竟然还教育别人。

富贵两口子好劝歹劝,王佑仁才走了。

富贵告诉福根,事情不要搞大,只要王佑仁答应不将月婵嫁过去,就送她回来,否则对谁都不利。

一桩事情未了，接着又来一桩，一件事情都没处理好，天就黑了。夜晚，除了偶尔的狗叫，天地间只有那大雪纷飞的声音。

村东头一间屋子里亮着灯火。

"大哥，你若不信，自己拿去看看。"田富贵拿出报纸，"你看看，这报纸上明明白白地写着呢。"

田福加拿过来，头版头条这样一则消息引起了他的注意："1978年11月，安徽省凤阳县小岗村实行'分田到户，自负盈亏'的家庭联产承包责任制（大包干），拉开了中国对内改革的大幕。"上面有密密麻麻的指印。

"你看看，他们已经行动了，而我们还在观望，这是去年12月十一届三中全会中国开始实行的对内改革、对外开放的政策。中国的对内改革先从农村开始，我们也可以效仿。"

"政策没有正式下达，大家最好不要轻举妄动。你要知道出现问题，谁来承担？"田福加说。

"哥，干吧，你看看大家现在的生活状况，连最起码的吃饱饭都不能，我们只要能让大家吃饱肚子，就是被杀头也值。人，横竖都要死的，如果能死得轰轰烈烈也不枉来这世上走一遭。"

"这件事就我们兄弟俩干也不行，何况这么大的事情，我不敢做主。"田福加拿出一张日历纸，折叠一下，用宽大的手指撕开，装上烟末，卷好，用唾沫一粘，一支烟成了。他把烟衔在嘴上，端过煤油灯，凑上点燃，吸了一口，烟头的火亮了起来，轻轻一吐，烟雾绕着他的脸打圈圈。

"哥，我是这样打算的，现在田地还没有活儿，我们把荒地先开垦出来，等冰雪融化之时，把我们生产队的三大河塘利用起来，那三大河塘足足有三十亩地，你想我们买些鱼苗放进去，再种点藕，这样到了秋天，就可以挖藕吃。年底，每家每户再分点鱼，这不是一件美好的事情？"田富贵说。

"这个事情，我们还是问问曹支书为好。"田福加说。

"他又不姓田，又不是我们小队的，如果说出去，他不同意，岂不要坏事？"富贵不理解。

"凭我们俩不行，再说做事还是小心谨慎些为好。如果政策一变，还像以前一样，那可不是吃苦的问题。"

"哥，你放心，社会在向前发展，怎么可能回头呢？既然有人做，我们也要试试。我想好了，把文生找来，再加上田福根就行。"

胡文生从小和他光屁股长大，是不会告发坏事的，何况他这次做队长，就是被胡文生硬生生推上去的。

"他把我推在这个位置,他又怎么能不支持我?"兄弟两人一直不能达成统一意见。

"哥,我有个想法,能不能以福根的名义来分地,给个名头,然后分地就以他为名来分。即使有问题,他是个孩子,又是贫农出身,本来老百姓对他就忌惮三分,这样给他一点事情做做,也好让他改邪归正。"

"你是说,分地的时候,以田福根为名?"

"对,借他这个'混世魔王'的名字用用,其实也就是为了应对问题。这样的好事,老百姓是欢喜还来不及,自然不会有人反对。"

福加沉吟片刻:"你说的也行,春天长长的,荒地开出来,也能种点东西,接接手,要不然树叶算上也不够到麦收。就怕福根那小子,嘴上没毛,办事不牢。"

"你放心,他的事情有我,你找纸笔,我去喊人。"

一会儿,三人匆匆而来。

田富贵将计划和盘托出,他说:"一年之计在于春,我们要利用这个春天大干一场,绝不能让现在的这种生活重演,因此,我请你们来是想说说我的一些建议。"

胡文生说只要大家不挨饿,不挨冻,让他干啥都行。

"我也是,贵哥,只要不是杀人放火,偷鸡摸狗,什么事我都听你的,你把我带好了,我好讨个好老婆。"福根说。

"你这小子偷鸡摸狗的事情干得还少?现在是做梦娶媳妇,尽想美事。"会计胡文生说,"你把月婵弄走了,不也失去了追求她的机会?"

"只要她幸福就好。"福根说。

胡文生接过田福加递过来的卷烟,就着灯火点着,吸了一口。胡文生是老高中毕业,戴着一副近视眼镜,脸皮像女人般细腻滑嫩,那纤长的手指,看上去活像过去唱戏里的文弱书生。但是他打得一手好算盘,做会计十年,从未出过差错。不仅是算账,他打算盘的速度快得你根本看不清他拨珠子的动作,只见手指像弹琴一样,不停地跳跃。有很多不服气的人找他PK,都败下阵来,人称"算盘王"。

"你别看他小,头脑灵活着呢。今天这件事情还得感谢福根,是他启发了我,"田富贵说,"第一,今天已经正月二十七,我想利用这几天,把那大片的荒地赶紧开垦起来。我们采取自愿报名的形式,如果愿意要,大家一起干,如果不愿意要,就不出工。这第二,我们村有三口大河塘,算起来面积有三十亩地大小,空在那儿怪可惜,我们可以在里面放鱼养藕,这样到秋天,大家的菜篮子就有了,过年想吃多少鱼就吃多少鱼。第二,现在外面遇到改革开放这个好时机,是不是也学习一下先进理念,也分田到户?"

胡文生沉思一会儿说:"主意是好,可是分田毕竟是大事,只要一动,势必会影响很大,传播很快,出了事,谁也担待不起。其他两条,我觉得可以实行。不过,这买鱼苗的钱从何而来?"

田富贵说:"我这样打算,明天召集大家去破冰取鱼,再把喂牛的两袋黄豆和荞麦拿出来分给大家,红薯干看看还有没有?先撑过这几天再说。这样,把王佑仁的两头猪省下来,我们再出去借一点,凑凑,买鱼苗的钱应该差不多。"

"很快就要春耕,生产队的几百亩地都要靠那几头牛,怎么能把牛的口粮拿出来?这不行。"田福加说。

"如果不这样,这几天我怕会饿出问题来,昨天沈强媳妇丢下仨孩子走了。你们想,天下有哪个女人能忍受眼睁睁看着自己的孩子饿得嗷嗷叫,却没有一点办法的那种痛苦?如果不是看不到希望,她能那么狠心?人都是被逼出来的,不管什么事情,不是到了极点,又怎么能做出令人吃惊与不解的举动?所以未经他人苦,怎知他人痛?她如果丰衣足食,赶她走,也会不忍心。还有我三叔,他的病我去看过,一个病人,和我们一样,这些天,连一碗荞麦面都没有,怎么可能把身子养好?干部不管大小,不能为老百姓做点事冒点险,还做啥干部,是不?昨天,福根带着仨孩子,一会儿工夫就在冰下取出三四斤的鱼,所以说,我这个想法就是福根给我的启示。"

来了一会儿,被表扬两次,田福根心里那个美,像吃了糖。

忽然,富贵说:"福根,你还未满十八周岁,即使犯了错误,也能从轻处理,现在有一件事情你敢不敢做?"

"贵哥,在这个地方,没有我田福根不敢做的事情,有啥事,尽管说。"

"我们请你做我们生产队的治安队长,怎么样?"

第11章

/ 傻福根上当 /

"就是夜里巡逻,负责大家安全?"

"也不是夜夜巡逻,就问你做不做?这些天,大多数人家都已断了粮,难免会有人去偷和抢,你呢,负责大家安全。你看怎么样?你要知道月婵人家留过洋,喝过墨水，你要不努力，她肯定正眼都不会看你一眼。"富贵一边说一边看着福根。

福根听了想了会儿，一拍桌子："只要是贵哥安排的，我都听。还有小豆子和胖墩，家乐他们能不能加入巡逻队？"

"当然可以，他们由你来安排。"福根听了这话，更是开心。

"既然这样，田队长，从今天开始，你就是我们盐河村的治安小队队长啦，来，恭贺你。"胡文生站起来，握着他的手，"好好干，有责任有担当的男人，才会有女孩喜欢。"

这话说得福根反而不好意思起来："行啦，你们今晚给我穿了多少高木屐，不过呢，我听着还挺高兴。"这小子挠挠头，满脸涨红，不知所措。大家见了，都哈哈大笑起来。

"月婵没事吧？"胡文生问。

"月婵说，等同学那边来信，只要一安排好，她就可以出去了。将来到大城市去发展，不会待在这小地方的。"

胡文生紧跟着问了一句："她说要去哪儿了吗？"福根忽然想到胡文生和王佑仁是亲戚，连忙说："她也只是这样打算，只要马家不来带人，她现在是不会走的。"

胡文生看着福根，心里知道这个混世魔王不仅会玩，而且有头脑，想到小时候他的那些神童故事，对他不禁惋惜起来。说真的，到目前为止，这个地方除了福根，还没有一个孩子三岁半就能把小学四年级课本一口气全部读完，能把100以内的加减乘除用算盘快速地打出来的。那天，他明知月婵被福根带走，也只能象征性地跟着王佑仁过来看看，他觉得只要苗子好，一定能成大才，而他又是爱惜人才之人。

田福加见这样，说："我个人支持你们的行动，不过，尽量不要搞大动作，毕竟那荒地也不是属于你们的，有些东西荒着、烂着，没人要。当你当宝贝似的捡起来，和你抢的人会很多。这样，明天每家出一个人，召集起来开会，愿意与否，都立下字据，省得有人将来后悔。"

"这么好的事，怎么也得算我一份。"外面有人说话，见到来人，大家都惊讶得站起身来。

田福根站起来："你怎么来啦？"

"我看见你来跟着就过来了，这是煮好的红薯，快，都冷了。"月婵端着红薯笑着走了进来，"我学了那么多知识，也希望能为大家做点事，希望能加入你们的行列。"大家你看看我，我看看你。

"月婵，你没走？"胡文生惊讶得差点掉了下巴。

"我走了两天又回来了，这多亏福根、胖墩还有小豆子几人。"大家丈二和尚摸不着头脑。

"他们去马家把我的意思转述了，那马公子是明白人，及时劝阻了他父亲。现在，我只要踏踏实实挣钱就行。"月婵看着福根说。

"这个臭小子，连我都蒙在鼓里。"富贵一拳打在福根的胸口，福根轻巧地躲过，"你那点力气，还是省省留着干活儿去。"

"你们放心，我一定会遵守你们的约定。"月婵说，"请你们不要把我当做小姑娘，我已经行过成人礼。从国外回来，看到家乡这样，我的心里也很不好受，现在你们在为家乡出力，也让我为家乡做点事。好不？"

"你对老家的政策与变化不了解，有我们这些大男人就够了，有你小姑娘啥事？"田富贵看着月婵。

"这么多年，我在外也见识了不少，说不定也能给你们出出主意。"

"让她来吧，我们正好也缺一个文化人。你们不知道，她见识得多，懂得也多。在我们这儿，除了她，没有人见过外面的世界。"田福根着急地说。

田富贵看着福根那着急的样子，心里想笑，却忍着不露声色地说："月婵姑娘，听你父亲说，你很快要去县城做教员，是拿笔杆子的人，怎么能干这些粗活？"

月婵说："这应该是秋天的事。再说，那事情也不是我自己愿意的。做不做，去不去还没有定下来。"

福根急忙说："你不去最好，我不希望你去，我不要你去。"

"你这小子，鬼机灵。"胡文生笑着戳了一下他的脑门。

"那我们就这样定下来。"

"好，因为事情暂时还没有开始，所以我们先开始第一件事情，定下时间，明天通知每家每户开会，开荒种田。"

外面的雪早停了，富贵看看天空，不知什么时候，星星已经三五成群地出来了。

"冬天已经过了，春天怎么会不到来？"田富贵高兴地想，他看着后面两个年轻人，快步向前走去。

"你能不能不走？"田福根说，"我一定会努力改正错误，有空你教我识字。好不好？"

"我比你大两岁，以后你必须听我的话才行。"月婵说。

"你尽管说，我保证你让我上东我绝不上西，你叫我打狗我绝不去撵鸡。"田福根说，"只要你不走，我每天看着你就行。"

"为什么？"

"因为我真的喜欢你，看见你的第一眼，我还以为老天给我派来了一位仙女。"

"所以你是真心那么做？"月婵想到被这个坏小子当着父亲的面亲了两下，不觉羞红了脸。

"对不起，当时确实是对你爹说我是癞蛤蟆想吃天鹅肉生气了，但是我发誓看到你的时候，我是真的喜欢你。月婵，真的，为了你我可以改变一切。"

"我们俩都还小，现在不谈那些事。不过，我喜欢奋斗的人，以后我们一起努力做优秀的自己。我出生的命运尽管比你要好一点，衣食无忧，但因为我的出身，没有人愿意和我在一起，也没有兄弟姐妹，所以呢，有时也很孤单。还有，以后你再去找我，不用翻窗户，到门口直接叫我就好。"

"不行，你父亲看到我就打我，我知道他看不上我们这些穷人家的娃。"

"穷人家有啥，只要能上进一样优秀，很多英雄，伟大的人都是出身穷人家。你知道伟大的作家高尔基吗？他只读过三年书，照样是成功的人。高尔基四岁丧父，十岁开始自己赚钱为生，一开始拾垃圾，青少年时期做过许多不同的活儿，信使、厨房里的杂工、卖鸟者、售货员等等。他现在世界闻名，因此农民不可怕，可怕的是你没有志气，那就不行。"高尔基是谁？福根当然不知道，但是他觉得月婵说得真好，对月婵的那种喜欢又多了一点敬畏。

"月婵，你真的是我的福音。人那么好看，说话又那么好听。你说得有道理，我以后认真学习，你给的书我已经看了一半，以后和你比赛看。"

"好啊，《红楼梦》里办诗社，我们将来办一个文学社，我要用自己的心去写我们身边的故事。"月婵伸出手，"请把你的手给我，我会给你幸福。"

福根真的把手伸过去，月婵扑哧笑了起来："呆瓜，这是我念的诗。"

"有文化真好，可惜那时候我不懂得读书的好处，整天跟着王二牛东奔西跑，害得我初中都没考上。你说我现在去参加高考，还能有希望吗？"

"当然有希望，不过你要下一番苦功夫才行。恢复高考以来，很多人通过高考端上了铁饭碗，用知识改变了自己的命运。你也可以试试。"两个人越说走得越近。

第二天果然是响晴，田福根破天荒起来大早，他和田富贵挨门逐户进行通知。

"福根，今儿怎么啦？平时开会大喇叭吼几声就行了，今天怎么还要亲自上门喊？"王二牛的媳妇追出来问。

"嫂子，你到那儿就知道了，会议很重要，不要迟到啊。"田福根一溜小跑去通知下一户人家。

吃过早饭，田富贵到社场的时候，胡文生、田福加他们已经到了，三人对会议内容又进行了一次商讨。为了避开嫌疑，田富贵决定不要田福加出面，有啥事有他和胡文生足够应付。社员们陆续来到社场，胡文生拿着记账簿正在点名。

村民们笼着两手，三三两两蹲在一起。

队长田富贵终于出来了，他清了清嗓子："田家湾的村民们，由于近来常有盗贼出没，为了大家的财产与生命安全着想，我们生产队响应号召，成立了一支治安小队，治安小队队长，经过大家反复调查研究，一致推选田福根为治安队队长，有请田队长为大家讲两句。"

福根站起来，脸憋得通红，昨天想好的词，头脑里此刻却一片空白。他摸摸后脑勺说："从今天开始，大家如果有财产损失，或者人身安全的，我田福根一个人负责。谢谢大家！"

"好！"掌声热烈地响起来。

胡文生说："今天还有一个重要会议，就是盐河南岸有一片荒地，这么多年一直荒在那儿，我们生产队人口增多，吃饭的人就多了，因此我们打算将它铲平，分给你们自己种庄稼。为了公平起见，决定将这片荒地按人口平均分给大家，不过有一点需要声明，要不要都在于你们自己，毕竟那是荒地，开挖起来，也很费劲的。愿意的就过来抓阄，如果不愿意要的，请留下纸条，以免将来反悔。"

社员们听了，议论纷纷。王二牛老婆站起来大声问："是不是说这个土地抓到后，我们自己种的东西就是我们自己的？"

王佑仁站在远处，斜眼过来，那副老谋深算的样子，密切观察着会场的动态。那块荒草地，搞得好能种庄稼，搞不好还要填土，他不打算要。但是不要不就是便宜了别人？就像现在很多人一样，明知那东西自己没啥用，但是别人有的自己没有，心里就觉得不平衡。他不要，但是他宁愿把东西扔掉，也不愿意送人，送给眼前的这些人。想想，五十年前，这里哪一寸土地不是他王佑仁家的？田富贵的爷爷的爷爷在他家做了一辈子的长工，现在想起来倒也神气。

田富贵问了几遍，还是没有人站起来说不要。王佑仁呢，见到大家都要，他也是社员之一，干吗不要？

田富贵说："既然大家都要，那么田地分好之后，大家一起去整，然后统一耕种，如果你们在这块土地上能种出好庄稼来，以后我们其他的土地也分给大家耕种。"

第12章

/ 开荒种田忙 /

这么多年，要么是给地主做佃户，要么是全部上交到生产队，自己种自己收这还是第一次。如果这样算，六口人能分得一亩地，在上面种些麦子，一季也能收几口袋，这好像比大集体要分得多。大家你看看我，我看看你，田富贵询问了几遍，仍然没有人说不要。他看了一眼王佑仁，王佑仁把目光转向其他地方。

"按这样，我们开始抓阄。"田富贵说完，会场安静下来。

"我再重新说一遍，现在不要还来得及，如果分到不好的地方，不要后悔，再到处去嚷嚷，这样我们的田福根队长是要过问的。"胡文生说。

田福根站起来："抓哪儿就是哪儿，如果有反悔闹事的，就是与我们治安小队过不去。到时候，别怪我这混世魔王对你不客气！外面的进来！"

他一声喊，小豆子、胖墩、田家乐、田成林、王二牛一一走了进来。

"现在请治安小队成员，向大家报个到！"

王二牛竟然也在里面，会场上的人一个个惊愕不已。昨天田福根去找王二牛的时候，王二牛的眼睛瞪得比牛卵还大："你这小子，我跟着你混？老子我混的时候，你还不知在哪儿翻跟斗呢，我王二牛再不济，也轮不到跟着你这毛头小子去混吧！"

田福根说："十年前你说这话，我绝对叫你大爷。那时候，我整天跟在你后面，像英雄似的，很有自豪感。现在我们村里，你感觉到没有，人家看我们的目光就像看到一坨狗屎，嫌弃得很。这不怪他们，怪我们自己是非不分，整天稀里糊涂地过日子。现在好了，有人带着我们干，能为大家做点好事，改变一下乡邻们对我们的看法，这不是好事？"

福根拿了一个碗，从缸里舀了一碗水，咕噜咕噜地喝了下去："你去不去，随便你，因为要跟我后面混的人多得很。"

说着，他起身往外走，王二牛紧接着说："站着，感觉你说得好像有道理，感觉村里人看到我的时候，恨不能喝口水吞了才好。只是这样做，他们就能说我们好了吗？"

"我和你一样。现在我想明白了，不能再那么混下去。如果你去，明天早上七点开会前你到会议室，我在那儿等你们。"

没想到王二牛早上竟然真的来了。社员们窃窃私语："这哪是治安队，我看简直就是流氓队。"

"对，是二流子队。"

"是强盗队！"有人捂着嘴笑，田福根大声说："从现在开始，如果谁再敢说话，除了扣2分，我还准备给他好好洗洗澡，保证让他在这冰天雪地里舒服。"

此话一出，寂静无声，连那条大黄狗都跑了出去。

田成林也过来亮个相："我田成林今天把话撂在这儿，"大家屏住呼吸，不敢说话。"以后你们还可以叫我铁蛋，叫我田铁蛋也行。"正在喂奶的文慧听他这么一说，笑得前仰后合，差点让小家伙呛到奶水。柳儿揉着肚子喊笑得疼。

"好，明天开始出工！"福根大声说，几个人大声说："好！"

富贵看着高兴，这小子还真不含糊，看来他这个伯乐还不错。

雪后的天空像用过滤镜似的那么蓝，尽管雪很厚，但只要太阳一出来，立春后的雪很快就变得面目全非，纯白的变成斑马、乌龟似的，这里一块白，那里一块黑。雪反射出的白光，如果人盯着看一会儿，还会刺眼，却已不再那么疼痛。

人家来到盐河南岸，荒野里升起的烟雾像调皮的孩子，东一缕，西一片地来回晃荡。胡文生拿着名单大声地点着名，点到的人站起来走过去。

"等等，我有话说！"有人大声说，"照老规矩，先抓阄，后分工。不管抓在哪儿，吃亏讨巧，孬好命摊，大家不要斤斤计较。"田富贵夹着黑色公文包，两手攥着写好的阄："大家抓阄后不要乱扔，我们按照阄号进行分工。"

"队长说得对，下面我继续点名！"每点一个，就过来一人，抓一个阄就走。点到王佑仁的时候，王佑仁示意他的婆娘去抓："你手气好，你抓！"

"你个大老爷们在这儿，叫我去抓，就不怕人家笑话？"她白了王佑仁一眼，坐到一边，王佑仁只好上去捏了个阄回来。

工分好了，大家向自家工地走去。雪还没有化清，大家一起清除雪。女人们用铲子堆，男人们用车子推，一个下午，雪全部清理完毕。

"富贵，你发现没，这样一分，社员们做事劲头都不一样。"文慧一边洗脚一边抬头说，"我们家的那个地势很好，朝阳，地又高，芦苇根相对来说少，估计明天一天能干完。"

"人不为己，天诛地灭。这是为自己干，他们肯定拼命。本来说好三天完成，按照这样的干劲，一定会提前完工。明天早点去，晌午就能开冻，刨起来要快点。"

田富贵两口子在这里说着话，大哥田福加也没睡着，他正在召开家庭会议："今天开会说了，三天完不成的部分，将奖给那些先进的人家，因此，我们不能落后。"

"如果我们早点完工，还可以得到奖励是吗？"田福加的大儿子田家旺问道。

"如果有人完不成，那不就是我们的了。"

"那我们明天也去。"田福加的老婆说，"刨芦苇根我比你们在行。"

这个小村子多少年日出而作，日落而息，可是今天的灯火一直到深夜还在亮着。

田富贵看着眼前的灯火，心里暗自高兴。原来他不放心田中金，从卫生员那里要了几片感冒药、退烧药、消炎药送了过来。

福根说："哥，你这可要害死我了，如果有人真的不听话，我还愁不知怎么办呢。"

"福根，你今天表现得非常出色，如果是在革命年代，你一定是打鬼子的英雄。

但是，我们这和平年代，也需要像你们这样有正义的青年。"

"贵哥，你把我说得怪不好意思的。我担心大家都完成，我们家完成不了，这不是让月婵笑话我吗？"

富贵说："你放心，你和你姐先干，等我们做好，立即就去帮你们。"

"好的，还有，贵哥，今天胖墩也去帮忙干活，这可是他十八年来，第一次帮家里干活。还有小豆子，田成林他们都去了。"福根说。

"福根，他们都这样，你说你应该怎么办？"

"当然更要努力了，如果我干不过他们，还不被笑话死了。月婵说了，如果我不上进的话，她连话也不会和我说的。"田富贵看着福根那认真的样子，心里暗自高兴。

雪冻起来走在上面没有响声，但是很滑。田富贵走到村头的时候，滑倒在地，膝盖处被跌出一个长长的口子，风吹进来，老寒腿立即有了反应。

他爬起来小心翼翼地走，到了柳儿家门口，看到两人从里面出来。原来是王佑仁和他侄子王二牛。

他们应该是搞联合的，田富贵想着到了家里。文慧已经睡下，他一头倒下。

醒来的时候，文慧已经把荞麦面炒熟，给他泡了一碗吃下。

启明星还没有退下，路上已有三五成群的人往田里走。他俩快步来到地点，用镰刀将冰面上的芦苇根全部刮干净，这样，人走在上面脚才不会被戳破。

有的人已经用手推车把高处的泥土向洼地推，田福加看见富贵两人打着招呼："你娃小，回去带孩子，我们做完了帮你们做。"

田富贵笑着拒绝，早饭时，回家吃饭的人不多，文慧回去看看孩子，小宝还要喂奶。

田富贵看着文慧往回走，他蹲在地上抽着旱烟，猛吸几口，灭掉，拿起三齿耙站了起来，高高举过头顶，奋力下去，地面像盛开的菊花，丝丝缕缕的裂痕，向四周散去，留下一个白色的小坑，就这样，他每一镐下去就落下一个小坑。当小坑形成四方形时，他用铁锹顺着裂缝挖下去，使出全身的力气，向上一撬，一块四方的冰块就上来了。

田富贵再用手将冰块搬到布兜里运走。顺便刨掉周围的芦苇根。芦苇根冰在泥土里，拔是拔不掉的，只有等化冻之后才能除掉。好在田富贵分的这块地朝阳，上午不到九点，就开始化冻。

待两个布兜满了，田富贵扁担上肩，腰微微下沉，两手紧攥布兜绳子，用力站起，两布兜即离开地面。他调整一下，迈开大步，挑起扁担一颤一颤地向前走去。

才挑了三个来回，田富贵的头上就直冒热气，汗从脸上淌了下来。他脱下棉袄，放到靠岸的大树根上,奋力挥镐。

"队长亲自上阵啊?"会计胡文生的弟媳金彩云背着两手走了过来。

"彩云,你家完成了?"田富贵挥镐,腰下沉,两臂用力,又撬起了一个大泥土块。

彩云在他身边坐了下来,田富贵说:"你咋不去干活?"

"那一点活哪还用得着我这女人出手?"

"这么多人,你赶紧回去。"

"就不回,我就要看着你干活。"田富贵脸色一沉,"这么多人你也不怕别人笑话。"

"怎么啦,就坐在这儿看你干活就笑话?那他爱咋笑就咋笑,不关我的事。"

田富贵朝家的方向看了一眼,文慧还没有回来。

"有些事情我们都是说好的,从今以后井水不犯河水。"

"可是,我现在反悔了。"金彩云拿着一小块泥土砸了过来,正中富贵的胳膊。

"你这是何苦呢?何必自己与自己过不去?"

"看你和马文慧整天头靠头地秀恩爱,我心里难受。"金彩云和马文慧是一个村的,当时这两人是割头不换的闺蜜,因为田富贵两人反目。只要见面,必定针锋相对,这成了全村人公开的秘密。

其实这件事情与马文慧没有一点关系。当时,金彩云已经和田富贵在悄悄谈恋爱,没想到田富贵去当兵,后来听田家人说田富贵在执行任务时受了重伤,还剩一条腿。

金彩云的父母死活不同意他们做亲,请胡文生的老婆王芳,也就是金彩云的姨姐,将她提给了胡文生的弟弟胡天民,这样她们从姨姐妹变成了妯娌。

没想到三年过后,富贵完好无损地回来了,金彩云一看富贵一身军装笔挺,显得高大英气,威风凛凛,后悔不已,去找田富贵,田富贵当然不会同意,还和金彩云的闺蜜文慧一见钟情并闪婚。金彩云气得跑上门来闹了几回,骂马文慧抢了她的田富贵。如果这时候文慧回来,田富贵不得死定才怪。

田富贵想到这儿,看到胡文生和胡天民正在一推一拉。两兄弟还没有分家,田地是分在一起的,一共有两亩三分地。

"那你坐在这儿,我走!"田富贵爬起来,拿起地上的棉袄搭在肩上,向胡文生走过去。

第13章

/ 沸腾的土地/

"有烟吗？"他大声说。

胡文生过来，将裁好的纸条与烟末递了过来，两人坐在高坝上，看着眼下大家热火朝天的干劲，很是感慨。

"我想，奥斯特洛夫斯基写的《筑路》那一章节，也无非如此，"胡文生说，"看来人们还需要一些功利心驱使。你想，每次生产队干活，7点开会8点到，9点还喊没迟到，今早我来的时候，竟然有不少人在干了。你看看那王佑仁，竟然丢下那死面子，也在那儿吭哧吭哧地拖泥呢。"

王佑仁能来，田富贵没想到。他朝胡文生指的方向看过去，见王佑仁西瓜帽也没戴，露出冬瓜似的圆滚滚的脑袋，肥胖的身子正在前倾，用力拉着一只布兜向前慢慢走。田富贵心里好想笑却又笑不出来，一个剥削人的地主竟然也干起粗活，这就是改革的力量。

按照人口，每人二分地，王佑仁家三口人，分了六分地，面积不大，但是他那地整起来有点费劲，因为中间部分与柳儿家搭在一起，是一个水塘，昨天水被抽走，两家捉了一桶鱼回去。柳儿家人多，这一点地她家稍微伸伸手也就带了，昨天晚上王佑仁拉着土二牛，到她家去请。柳儿母亲李梅兰也很爽快，一口答应。王佑仁还是不放心，自己偏要跟着过来。

李梅兰家全家分得四亩多，王佑仁的那一点在旁边真的不算什么。但是，事情肯定先紧家里的做。

田富贵看看眼前这情景，将烟灰弹了一下，吸最后一口，将烟头掐灭，站起来说："如果这块地实验成功，秋天我们可以将土地先承包给大家，按照这样的方式，自家田地自家负责，交出部分做土地税收，剩下来的吃饱饭是没有一点问题的。"

"是的，还是你有主意，只要大家能吃饱肚子，能生活幸福，让我去坐牢我怕也是笑着去。"

胡文生本不抽烟，但是他知道别人会抽，身上总会带着纸条和烟末。他拿出纸，想卷支烟，却没有成功。田富贵拿过来，麻利地帮他卷了一支，点着，他看到彩云幽怨地看了他一会儿，快快地飘走，赶紧小跑着回到工地，继续干活。

他家六口人，共分了一亩三分地，如果不是要填塘整平，刨芦苇根还是跟得上大家的进度。毕竟只他一人干活，文慧只能算半工。他把棉袄都脱了，还是赶不过那些进度快的人家。

夜，在人们的劳累中，沉静下来！月亮从不大的窗户里钻进来，柔柔地洒在熟睡的文慧身上。梦中的她，嘴角带着激情后的满足，坚挺的胸脯，丝毫没有因为生三个孩子而下垂，相反，比没结婚前更丰满了。嘴角上那粒细细的黑痣，更添妩媚。尽管眼角有了许多细小的皱纹，肌肤不再如从前一般嫩如白雪，但是有了一米七的迷人身材，朝那儿一站，回头率百分之九十九。

"唉，这个彩云，不能任由她这么胡来下去，找机会和她好好谈谈。"富贵点燃一支烟，轻轻地吸了一口，烟雾在黑暗中像幽灵飘忽不定。

他索性起床，开门出来，残雪的光微弱地注视着这片不寻常的土地，映着天上闪烁的星星，像给黑夜长上了眼睛。

忽然，他听到一声悠扬的长哨，他过去，口哨声越来越响。原来是福根站在路上，双手笼在嘴边，他隐身在福根身后那棵大柳树后面，残雪的余光中，有个人影向这边跑过来。

"今天你为什么拦着我，不许我去帮你家？"声音很是恼怒。

"因为我们也不在乎那一点田地，别人都要我们不要，怕被别人看成另类。所以呢，你就不用操心了。"月婵说。

"我知道，你是怕我去给你们丢脸，是不是？难道做个朋友也不行吗？"这么多年，要什么得什么的他第一次吃了闭门羹，心里很是愤愤不平。

月婵自己本来想去的，可是她父亲说，哪有女孩子去抛头露面的道理，宁愿扔掉也不会让她去干重活。田福根去帮忙会是怎样的后果，月婵怎能想不到？

福根看着月婵："告诉我，是不是不喜欢我？"

月婵看着眼前的这个半大小伙子，确实不是她理想中的人，可是只有和他在一起，自己才觉得安全。

城里的公子哥她也见过不少，那个陈子轩像鬼似的纠缠她。陈子轩比她大五岁，皮肤不黑，头发二八分，穿着对襟唐装，背略微前倾，黑黝黝的发亮，看上去就像电影里的汉奸。如果他把服装换成学生装，或者把发型重新整理一下，这个人还是不错的。

"月婵，你看看我也是城市户口，吃国家商品粮的人，每天下班回来，还可以去喝茶逛街听戏看电影，这样的日子过起来也还不错。嫁给我吧！"

"陈子轩，你死了心。你不是我喜欢的类型。你这油头粉面的样子，看着实在感到有点那个。"月婵转身张口吐了一下，逃也似的飞走。陈子轩是她最讨厌的一个追求者，也是最无赖的人。她回到家里，跟他有抹不开的关系。

而面前的这个人，其实就是十足的小混混、地头蛇，可是她搞不懂，自己为什么看见他的第一眼就心动不已，甚至被他轻薄，却一点都不怪他。

人，真的是奇怪的动物，男人，除了外形上有高矮胖瘦之分，帅气与丑陋之分，身上一样雄性激素过剩，有什么不一样的呢？她想到《罗马假日》里那位公主的爱情故事，有些事情并不是能事事遂心的，尤其是爱情。

一双大手捧起了她的脸，月光下，幼稚在这张脸上已经慢慢褪尽，俊朗、霸气甚至有痞子般那种坏坏的感觉，都令她着迷。如果他是城里人多好，如果他是马家的那位公子多好，那才叫珠联璧合，郎才女貌。

她问："为什么农村人一年到头起早摸黑，却挨饥受冻？为什么就不能像城里人那样生活？"

"我觉得城里人条件好，有钱。我们农村人只知道跟着干部做事，很少有人像你这样去思考。不过，我相信未来有一天，农村也会像城里一样生活幸福。"

月婵看着高高大大的田福根，他傻乎乎的，实在得让人觉得可爱。

她说："我们都还小，做好朋友，好不？以后我有心事和你说，你也可以和我说说你的烦心事，好不好？"

"行，这几天你给我的《童年》《雷雨》我都看完了，从书里我明白了一些道理，一个人从生到死，过程有长有短，但是应该有自己的目标，然后不停地走下去，最终到达自己想要的终点，这样的人才没白活。我知道你有很多书，请你借给我看。"

月婵看看眼前的人，觉得他忽而高大，忽而渺小，忽而很近，忽而又很远。她非常喜欢张爱玲的一句话："逢人不必言深，孤独本是常态，倘若深情被辜负，余生孤独又何妨？"以前她总认为自己不喜欢说话，原来是自己没有遇到可以说话的人。

"如果你不喜欢我，我放弃，因为爱一个人不一定要占有，我只希望你幸福。我很愿意给你一双爱的翅膀，尽情去飞翔。不过，还不到时候，因为我们还有比爱情更重要的事情要做。"这些话说出来之后，田福根自己都愣住了。

"这是你自己说的？怎么几天不见，你就懂得这么多？"月婵更是惊讶。

"我不是诗人，没有徐志摩的那种才华横溢，也没有泰戈尔的惊世大作，但是我会看会背。"

"真是士别三日当刮目相看啊！"月婵说，"从今天开始，我们一起学习，我们一起去参加高考。"

福根说："好，一言为定。"

"你把书借给我。"

"借几本外国文学给你，希望对你有帮助。"月婵说，"有奥斯特洛夫斯基的《钢铁是怎样炼成的》、列夫·托尔斯泰的《战争与和平》、陀思妥耶夫斯基的《罪与罚》。你先把这三本读完，然后每本书你都要写300字的读后感，行不行？"

"什么叫读后感？"

"就是你读了以后受到什么启发，有什么感悟。"

"这个没问题。"福根说。

富贵哥说得对，月婵喜欢有文化、有本事的人。考大学对他来说真的很难，尤其是数学，看到立体几何，还有那各种难背的公式，怎么办？

富贵一边往回走，一边想着他们两人的话，尽管他只听了几句，不过月婵的那句话真的应该好好反思。为什么农村人一年到头，累死累活却不如城里人过得潇洒、自在？怎样才能让农村人也能过上城里人的那种生活？

忽然他"啊"地叫了一声，原来他撞上了一个人。

"想什么呢，这么入神？"小豆子和王二牛正在巡逻。

"今天月婵说的这句话，是啊，为什么城里人要比农村人生活得好？农村人也是起早摸黑地干活的。"

"那是因为农村人不识字。"小豆子说。

这话好像有点道理，但是还觉得不完全是。

"你这两天中邪啦，想这些没用的东西干啥？"

"这不叫没用，我想只要我们农村人找到自己的路子，一定也会像城里人一样生活幸福美好。"

田富贵还没有弄明白问题，田里的事情已经进展得差不多了。第三天，气温明显回升，等早饭后，太阳一出来，化冻更快，泥土很是松软，干活更加方便，上午这块地基本完工。

他抽着烟，想着两个月后，这儿将是青绿色的一片，那藏也藏不住的橘黄从地里露出来。人们喜笑颜开地丰收着自己的胜利果实，该是多么的幸福。他正得意地畅想着，田福根走过来："贵哥，你可输了。作为队长是不是得惩罚一下？"

"我提前半天完成，只不过与你这年轻人比我落后了。"他笑着说。

"你们俩也能聊到一起去？"

沈强走过来，小超带着如意三娃也在帮忙捡芦苇根。他们四口人，九分地，到下午沈强一个人就可以完成。

"他啊，现在就是我的跟屁虫，没办法，谁让他是我兄弟。"福根说，"强哥，你见过这么大的跟屁虫吗？好歹我也是治安队队长，是吧？把你练的那些功夫，今天也给我露一手？"

"好，我就亮一手少林武功给你看看。"

福根自从当上了治安队队长，还专门买了几本武术书籍，什么《一招制敌》《少林武功大全》《太极拳》《气功秘籍》等，每天带领队员勤学苦练本领。运气、吐纳、打坐、擒拿等招式有模有样，三两人还真近不了身。

一趟招式下来，很多人都停下观看，福根气定神闲。

第14章
/ 进城偷考察/

"福根，我看你不如做武术教练。"王二牛大声说。

"这次分地，你绝对是头功，昨天和会计已经合计过，你们治安队队员每人多加一分，满十分，怎么样？"

"这话不错，有这样的动力，治安队怕以后能成一个连。"福根笑着说。

三娃过来仰着小脸说："我也是我哥的跟屁虫。"大家都笑了起来。

云秀没有回来，沈强到她娘家找过，亲戚家也都找遍了，都没有找到，世界这么大，如果她不想见你，你又怎么能找得着？好在仨孩子都很懂事，田富贵自己家一忙好，就过来帮沈强，福根也会过来帮忙。

"哥，问你一个问题，城里人为什么会比我们农村人的日子好？"他把月婵的问题又问了一遍。

"这也是我思考的问题，现在我们农村生活不如城里，不过将来我们农村也可能过上让城里人羡慕的生活。我们正在用行动来证明，农村人也能过上好日子。听月婵说，国外的农民都被称为农场主，将来我们也像国外人一样，成为农场主，住着自己的小别墅，种些花草，青山绿水，田园小径，鸟语花香，每个人都能吃得饱穿得暖，孩子们有学上，老人有人养，比世外桃源还要好。我们现在就在为这件事，做着一个前所未有的大胆的尝试。"田富贵说。

"如果这样，云秀也就会回来了。"

"是的，以后农村小伙子不再愁找媳妇。现在只要这块荒地比其他土地产量高，我们下半年就按照这样的方式，把地分给大家自己种。"

"哥，听你这么一说，浑身都是干劲。"福根拿起一把铁锨，用力一踩，端起一块泥土，向远处凹凼扔过去。

这块地最大的难点就是凹凸不平，高的往低处填，除去树根草根芦苇根，套上牛，拉上犁耙，几趟来回，土地就平整得像一面镜子。正午，活儿结束，几人一起说着往回走，身边不停地有人打招呼，田富贵知道，今天不到天黑，就能全部完工。他看着眼前原来荒草遍地的地方，平整整的泥土，散发着芬芳，他使劲嗅了嗅鼻子："福根，你闻着香不香？"

"香，如果能吃就好了。"

"你小子？没把你饿死算是老天开恩了。现在月婵把家里能拿的都拿出来分给了大家，李梅兰没过门的女婿又送了一口袋玉米，周财主家不也是给了三口袋高粱米？尽管少，但是大家还能吃得上粮食。再熬一熬，春天一到，吃的东西就会多起来。今年如果丰收，管你小子吃个饱。"

"那我们能不能吃上雪白雪白的白面馒头？"三娃抬着头问，富贵一把将孩子抱了起来，"当然可以啦，到时候，把你们妈妈找回来，一起吃。"小超拉着妹妹如意快活地向前面跑，看着那两双冻得通红的小脚，田富贵觉得自己的决定是正确的。"只要能让大家吃饱肚子，坐牢我也干。"他想起胡文生的话，浑身有了力量。

"快看，谁来了？"田富贵指着远处。只见月婵穿着一件带坎肩的貂皮长袄，向这边快步而来。

"她来干啥？地已经全部整完了。"

"说不定是来感谢你的，人非草木，她再高傲，也是一位姑娘，快去吧！"富贵催着福根。三娃说："好漂亮的仙女，和我的小人书上的仙女一模一样。"

三娃拿出一本小画书，"这是白雪公主，看看像不像？"

福根不理他，问："贵哥，这大学我肯定考不上，真的，我不是陈景润，也不是华罗庚，我只是我，考不上大学，月婵肯定不会选择我。"

"以前可以推荐上大学，现在恢复高考，机会面前，人人平等，如果你实在没能力，你可以发挥你们家的特长。"

"编织？"

"这也行，只要你能把这绝学学好，你的名声远扬，找你的姑娘多得很，那时候估计月婵得围着你转了。"福根听了，暗自高兴，喊了声"月婵"迎了过去。

"你到这田里干吗？"

"谢谢你！"

"你帮助我这么多，我还要谢谢你呢。你看，"他从怀里掏出一本书，"人最宝贵的是生命，生命每个人只有一次，人的一生应该这样度过：当他回首往事的时候，不因虚度年华而悔恨，也不因碌碌无为而羞愧……"她看着他嘴里在不断地冒出一串串音符。

"你都会背了？"月婵很是惊讶。

"是的，我可是小神童田福根也！"他俏皮地看着她，歪着嘴，斜着眼，"我还背了那两本书里的内容选段，要不要听听？"

月婵点点头。

他站起来，昂首挺胸，像一位演说家，大声背诵："平凡的人必须听话，没有犯法的权利，因为，您要知道，他们是平凡的人。不平凡的人却有权犯各式各样的罪，有权任意违法，为非作歹，而这只是因为，他们是不平凡的人。"读完，他看着她，"月婵姑娘，请你告诉我，我是平凡的人，还是不平凡的人？"

"你是平凡人中的不平凡的人。"月婵觉得此刻的福根可爱得像一个孩子。

"好，我已经决定，平凡的人做一件不平凡的事。不平凡的人干一件平凡的小事。"

"你就好像在说绕口令？"月婵看着他笑。

"我觉得书读得越多，我心里越后悔，当初怎么不知道好好学习呢？贵哥让我现在去学校，你看怎么样？"福根说。

月婵捂着嘴笑："你现在坐在一群七八岁的小孩子中间，像不像一只长颈鹿？"富贵让他去学校的时候，福根确实想去，问了几家学校，要求他从小学开始，中学去了也学不上。富贵知道那些学校是担心他这个混世魔王捣乱，不愿意收他而已。

富贵远远看着这两人，轻轻摇摇头，不知道他们会不会这样永久下去。

"你真的想学？"正在割野草的田中金看着福根，眼眶微微湿润。福根以前可是打也不学的主，今天竟然主动要学习编织。

"月婵说，我们的编织在国外很受追捧，如果我学会了，将来卖到国外去，还能挣大钱。"福根说。田中金看着儿了，心里一酸，竟然哽咽起来。

"爹，您回家住吧，以后我保证不再惹您生气。"

"好，好，只要你认真学，我现在就教给你。"田中金双手颤抖，刀上的泥土，全部抖落，刀刃像泥中的蚯蚓。

晚上，一堆熊熊燃烧的柴火旁边，田中金一边编织一边教学。田福根、富贵、家旺、家乐都在跟着认真学。

今天学的是芦苇编织品，芦苇在这个地方遍地都是。如果不是开荒整田，那荒地遍地都是茂密的芦苇，麻雀都飞不进去。

芦苇在这地方再普通不过了，全身是宝，根、茎、叶、花均可入药，具有广泛的药用价值。芦根为民间常用中药，功用为清热、生津、除烦、止咳。主治肺痈、高热烦渴、胃热呕吐、尿少色黄等。芦茎性寒味甘，主要用于治疗肺痈。芦叶性寒味甘，主要用于治疗吐血、肺痈等。芦花有止血解毒的功能，主要用于血崩、上吐下泻等症。

苇的用途主要是编织、药用和作造纸原料等。主要产品有苇席、箔、折子、苇帘等。20世纪80年代以来新开发的用细苇秆编制的窗帘至今还是深受人们喜爱。

"芦苇做材料，成本低，只要你们花工本就行。首先采集苇叶、精选芦苇、留皮断节、钢板整形、分色取瓤，这是必须学好的基本功。我们要充分发挥芦苇的苇秆、苇皮、苇瓤、苇叶的独特性能，将它们巧妙地融为一体，制成古朴典雅、别致生动、形象逼真的工艺品，还可以装裱名人字画，我用芦苇叶做了一套精致的茶具，被一个外国人买走，价格可是相当高。我做的那幅《雷峰夕照》听说被收藏家当作宝供在家里。因此，只要用心做，就能做出好东西来。"

福根把田中金说的要点都记录下来，反复练习。

"月婵，这是送给你的。"月婵接过一看，是一只精致的小花篮，最让她惊奇的是花篮口编织成了荷叶边，花篮帮上用两种颜色编织成"月婵"两个字。

"这是你编的?"月婵很是惊喜。

"那当然，怎么样？我还会编很多东西，只要你喜欢。"福根说。

"我也跟你们学。"

"好啊，就怕你手指吃不消。"

月婵会编织凉帽的时候，春已经浓妆艳抹而来。苜蓿、荠菜、桑树叶、香椿、茼蒿、土豆苗、花生苗……都争先恐后地生长。为了防止外村人来偷，治安小队白天和夜晚轮流值守。

现在治安小队成员每天还能有额外的加分，想来治安小队的人很多。一大早，福根就到了他们集合的地点，王二牛迟到五分钟。

福根说："首先就和你们说过，不得迟到早退，认真巡逻，做好我们的治安工作。现在粮食紧张，地里的这些野菜也能救大家伙儿的命，我们不能掉以轻心。"说着，他拿出五块花荠菜野菜饼："这是月婵为了犒劳我们，特意为我们做的，大家尝尝看，好吃不？"

现在能吃上玉米馍馍，还有这么好的荠菜馅，大家当然都说好吃。"王二牛同志，你说你今天迟到该怎么处理？"

王二牛过来，说："这样，我给大家跳一曲套马杆。"他拿过一根树枝，骑在胯下，嘴里一声嘘嘘——驾，开始跳了起来。那浑身的肥肉跟着抖动，逗得大家哈哈大笑。

"大家看看能不能想点办法，到哪儿去弄点粮食？我这肚子也饿得不行。"

"我自己都饿得不行，昨天到现在，吃了几根红薯干，心里早就饿得发慌。"

"周财主家粮食多的是。"小豆子说，"不行，我们现在不能再去偷或抢，要想办法让他们主动给，明天我们进城怎么样？"

"马县长家里不是很多吗？"

"到那儿去看看再说。"福根说。

"夜里一点出发,我、二牛、胖墩、铁蛋我们四人一起去。你们几人留在家里,由小豆子负责。"

"头儿,我建议一下,从今天开始,大号,不准叫小名字。你看我们都十八了。"

"要得好,叫到老,没事的。"胖墩说。

福根想想,小豆子说得很有道理:"小豆子,不是,罗来福说得对,从今以后都叫大号。我重新点名。胖墩叫——"

"田满银!"胖墩大声说。

"这个名字像女人。"福根的一句话逗得大家笑起来。

"人铁牛,你叫——"

"梁满仓!"

"这个名字好,以后多念几遍,能挡饿。"

罗来福说:"我念了几遍,肚子更饿了。"

"铁蛋,你叫——"

"田成林!"

福根拿着名单又重新点名:"王二牛!"

"到!"

"田满银!"

"到!"

"梁满仓!"

"到!"

"王二牛!"

"到!"

"田家乐!"

"到!"

最后他自己也大声叫了一声自己的名字:"田福根!"然后他忽然站起来,大声喊:"到!"

至此,治安队终于结束了叫小名的历史。

福根坐在凳子上问:"明天进城的目的是什么?"

"看看怎么可以找到粮食。"

"你们借三辆自行车,把我们的编织品带去卖,看看粮食是怎么交换的。"田富贵听说之后,也赶了过来,"去考察一下城里人需要什么,我们想办法交换。对于农活,你们都不是行家,让胡会计陪你们去,他书读得多,点子多,看问题准。"

059

第15章
/ 特别行动组 /

胡会计能跟着去，可是如虎添翼。富贵把集合时间告诉胡文生："福根他们对于农活毕竟缺少经验，但是他们的这个想法很好，走出去，才能知道我们缺少什么弥补什么。"

胡文生说："他们把我们的想法都做了，只要能解决目前粮荒问题，我全力支持。"

下午一点钟，所有人全部到齐，福根说："这次我们先去涟水县城，再重申一遍，此次行动不能与人发生冲突，不能污言秽语，更不能偷和抢。一切行动要听指挥，你们听到没？"大家异口同声回答"听到"，福根才宣布散会，夜里一点集合。

富贵觉得，再饿不能饿着孩子，第二天一早，他把生产队的那口大锅利用起来，将红薯面、高粱米再放点花荠菜，煮粥给孩子吃。高沟下放户黄三爷，他在公社肉联厂上班，挖了一大块猪油放到粥里。一连烧了三大锅，孩子吃饱了，剩下的给老人吃，文慧也盛了一碗给婆婆喂下。最后轮到中年人的时候，连锅巴都没有了，只好煮了一大锅的红薯片分着吃了。

富贵让男人们捞鱼摸虾逮田螺，女人在社场上弄了一个菜园子。河塘南面，年前已全部种上了豌豆，现在嫩汪汪地长开了。附近的豌豆苗溜溜麦田，麦苗攒足了劲与它比赛。这一切变得与梦中的景色很相似。田富贵一路走一路看着田中景色。阳光洒进平静的湖面，金光闪闪，他的面前不停地跑过好吃的东西。

孩子们见他过来，老远就跑过来，拉着他的衣襟，围着他叫队长爹爹。富贵拿出刚拔的胡萝卜给孩子们吃，孩子们高兴地围着他跑。为了让孩子们识字，富贵请月婵来教孩子们读书识字，月婵很是爽快，每天早上7点到这儿，一直到11点和社员一起下班。富贵请南村木匠打了两块小黑板，又找来漆匠，在墙上刷了一块大黑板，这样，本来开会的地方就成了教室。如果不下雨，月婵则带着孩子们坐在外面上课，下雨才到屋里来。

"领导检查工作，也不提前打声招呼，竟然搞突然袭击？"月婵看着他，笑吟吟地坐在板凳上，"来，孩子们，把你们学的新歌，唱给你们的队长爹爹听。"

孩子们跑过来，在旁边站好："小星星眨眼睛，挂满天空亮晶晶。仔细看在天边，七星闪闪连成线……"孩子们一边唱一边跳舞。田中金背着打满草的篓子回来，富贵老远就向他打招呼。

"三叔,身子好了没?"富贵走过去,帮他把草篓子放下。

"完全好了,不用记挂,你去忙你的。多亏你,现在福根像换了个人似的,爱看书,爱学习,也有头脑做事了。"

两人还没说几句,文慧急匆匆跑来一喊,说是曹支书找他。"他有没有说什么?"富贵忐忑地问,"莫非开荒的事情被上面知道来批评了不成?"

"看起来他精神不错,也许是好事。"文慧说。富贵赶紧往家跑,一进门就大声说:"曹支书,您这大神无事不登三宝殿……"

曹支书笑着说:"怎么,我就不能来听听你们的建议?"田富贵紧张的心才放了下来。

"你们把荒地开垦出来,邻队都嫉妒得很,怪你们动作太快,平白无故多出50多亩地。现在看着那一片绿油油的胡萝卜和豌豆苗更是眼馋。"曹支书笑着说。

"您这么说,我先请您尝尝鲜。"富贵出去,从篮子里拿出胡萝卜:"这都是马文慧洗好的,让我带来给大家尝尝。您不知道,我们也是被饿怕了,正月里看着大家没有吃的,真的是着急。"

"是啊,老马临死前说,让他吃口饺子走,死而无憾。"

"他那句话时时刻刻响在我耳边,如果我们不想办法,饿死的人会更多。这胡萝卜这春秋两季都可以种植,一般以秋季播种为主。春季胡萝卜播种可以选在1月末到2月中旬,正常养护4月份就能采收;3月中下旬到4月播种的,五六月份就能采收。秋季播种的话选在7月份,两个月后收获。我们利用三天时间开挖,半天时间全部种好,现在已进入4月,收获在望。很不错,甜津津的好吃。"田富贵从篮子里拿出几根,"这是我今天特意去自家地里拔的,尝尝,和高粱米混合在一起,做饭吃,也能填肚子。"

曹支书拿起一个吃了起来说:"你这小子头脑灵活,如果今年你能带领社员们过上好日子,我这支书决定让贤,让你带领大家奔好日子过。"

田富贵说:"您能来指导我们工作,我们更有信心。豌豆5月份即可摘着吃,这东西可是宝贝,生吃可以,熟吃可以,嫩豆角能吃,老豆粒可以磨成豌豆面。到了夏天,将水烧开,倒入锅中,豌豆粉搅拌成糊状,豌豆糊倒入微沸的水中,中小火,一直搅拌,避免粘锅,待豌豆糊变成透明色,沸腾即可关火,再将透明的豌豆糊倒入碗中,静置,放凉后,倒扣取出,将做好的凉粉切条,蒜切碎,加入少许凉开水,然后加入除花生外所有辅料,搅匀,花生去皮擀成碎粒,将作料浇在凉粉上即可食用。你看看这是配方,吃过一次,就忍不住想吃第二次。"

曹德智听了,也不禁咽了口唾沫:"听你说,我都要流口水,你说说今年的计划。"

田富贵放下吃了半截的胡萝卜："原本社场东边那块打算种春玉米的地，我们一半用来种植豌豆一半用来种植胡萝卜。因为春播豌豆于4月上旬开始采收，6月上旬拉秧，亩产400千克，因为生长期短，能尽快解决乡亲们没有粮食的问题，而且一年两季。而春玉米4月下旬5月上旬播种，8月下旬才可收获。胡萝卜一年可以种植三季。"

"这样也好。毕竟填饱肚子是大事。"

"是的，我们这儿的土地沉睡了太久，因为这么多年，人家没有给自己种植，好坏都是大家的，农民生产没有积极性。没有对比就没有伤害，那点荒地岸，分给大家，每家地里好像有金条似的，您去看看，地里连一棵野草都没有。现在，很多人家自己组织人去看守，根本不用我们操心。"

"安徽农民的做法还是有点道理的，这几天去公社开会，领导也反复提到了这个问题，只有属于自己的东西大家才会用心，尽力。"

曹支书最后走的时候告诉富贵，公社要求加大棉花种植，因为这个可以直接卖钱。

富贵说："曹支书没有明确反对我们的做法，社场北边那河塘大约50亩，这几天气温明显升高，我们的种藕养鱼计划要尽快施行。莲藕甜而脆，可以生吃，也可以煮熟、煎炒，还可以加工成藕粉。看来这个计划可以尽快实施。"

田中金听了也觉得可行，否则那么多河塘，真的闲在那儿也挺可惜的。人的身体多半是气出来的病，气一顺了，身体好得也快。田中金现在觉得呼吸越来越顺畅，割草喂牛，打扫牛棚，看守社场，做得很有精神。

"曹书记没有批评你，但是也不代表他什么都同意你。如果真的要养鱼的话，可以将鲤鱼、鲫鱼、鳝鱼、泥鳅等混合养殖。这样利用莲田的立体生产模式，使莲子在种植面积、单位面积产量和质量上都大大提高。"

田中金是这个地方远近闻名的捕鱼专业户，别人逮不到鱼，他钓竿一拿，端过小凳子，选择一个地方，撒点鱼饵，那钓竿就像穿珍珠似的，一会儿一条，一会儿一条上来。

田富贵赶紧找出一张巴掌大的纸，一边听他说一边记录："选择莲田，精选藕种，适时移栽，壮苗早发，以水调温，清除老藕，调整莲鞭，增施肥料，防治病虫，保叶摘叶，增蓬增粒，适时采摘。"

两人正说着，田福加也来了，富贵把记录的东西拿给他看，田福加说："有文化就是好，可惜我那俩臭小子偏偏不爱学习。"

准备上课的月婵拿着课本走了过来，听他这么说，连忙补上一句："多读书，就可以看到一条通向世界的道路。"

今天播种春玉米,几只黄牛在田富贵他们的吆喝声中辛勤地耕种。头上包着方巾的妇女们,手拎装着种子的篮子跟在后面熟练地播种。田野里弥漫着亲切的泥香味。

福根他们还没有回来,富贵把荞麦面拿出一点,还有两三斤粉丝,拿在锅上,只等他们回来就下锅。黑子跟着他的腿转来转去。

生产队里,富贵他们在忙,福根他们更是马不停蹄地往县城赶。天亮的时候,福根他们已经看到县城的轮廓,远远看去,有参差不齐的楼房。他们到的时候,工人们正在上班,看着工人们穿着印有某某厂等字样的工作服,大家都羡慕不已。

有几位女工,穿着洁白的工作服,戴着工作帽经过他们身边,回头看着他们笑。福根脚底一带劲,几人跟着过去,原来是纺织厂女工。他们在门口被门卫拦下,只得悻悻而回。

"先找到农贸市场把东西卖了。"胡文生说。几个人经过几次打听,才找到了农贸市场,可这儿是专门卖食品的地方,他们只好沿着大街小巷跑了个遍,最后在小商品市场院内把编织的席子、簸箩、草帽等一一摆开,很快就吸引了很多人前来,到最后,草帽的价格比刚来时翻了一倍,不到两小时,竟然凑到了一张"大团结"。

粮食城里比农村还要贵,基本没有差价,但是可以等量代换。比如用黄豆换大米换白面,或者一斤白面可以换5斤红薯面。

中午,大家找了一个小吃店,看到一家三口点了一份扒白菜、烧锅鸭子、鱼香肉丝,加一份鸭架豆腐汤,总共才4元钱。铁蛋嚷嚷着要吃,胡文生要了一份鸡蛋面,2毛钱一碗,一共6人,又要了一碗花生米。

福根招呼大家坐下来,胡文生和几位吃饭的聊了起来,把一些有用的信息记录下来。他们正准备吃饭,来了两个女工,其中有一人认出了他们就是卖帽子的人,很快,饭店被围起来。胡文生把要买帽子的名单都记下来,说好一个星期以后,就在这饭店门口等候。

好不容易得了空坐下来,准备吃饭,忽然一个七八岁的小叫花子跑进来,端过福根面前的面条,拔腿就跑。

"小兔崽子,竟敢抢老大的饭碗?"田满银刚要去追,被胡文生叫住,胡文生又重新点了一碗。

店主人是三十多岁的小夫妻,男的戴着围裙,挽着袖子,动作麻利地收拾碗筷,高兴地说:"你们这些编织品真的很受欢迎,我们厨房用的漏勺,你们可以编吗?"

"那是当然!"田福根说。

"我也要!"一个顾客站起来说,"你们如果货多,我可以多买点。"

"要多少？"福根一听来生意了，更是振奋。

"茸帽子、蓑衣、凉席各要39个。碗垫子、漏勺子这些也要。"顾客说。胡文生留下他的姓名和地址，说："下次来，我们送货上门。"

第16章
/ 精巧工艺品 /

当远方的路与夜色融为一体的时候，丁零零一路响声而来。早就准备好晚饭的田富贵赶紧说："他们回来了，准备开饭！"

只等大家吃过，才七嘴八舌地讲述一天的见闻。胡文生掏出一大把粮票、肉票、布票、盐票、邮票、煤票、烟票、蔬菜票、糖果票、火柴肥皂票等五颜六色、五花八门的票，拿出那张揣在怀里的"大团结"："这都是他们编织的工艺品换来的。"

"真的？"富贵看着很是开心，那么一点东西竟然能卖10元钱，都差不多赶上农民一个月的收入了，他简直不敢想象。

胡文生把小本子拿出来：西红柿5分钱/斤、小白菜3分钱/斤、菠菜7分钱/斤，猪肉8角钱/斤、红薯1角钱/斤、茄子3角钱/斤、鲤鱼8角5/斤、母鸡1元钱/斤……

"这也是我们今天的一大重要发现，我们的东西到了城里，比在农村价格高，可以编织一些拖到县城去换一些，还可以找中间的差价。"胡文生说。

富贵看着桌子上一大堆花花绿绿的小票，说："这可是好路子，我们可以利用时间组织一些人编织，向周边拿去交换，这些票反正通用。还有，我们可以利用一些产品，进行交换。比如，一斤面粉粮票可以换5斤地瓜粉，这样，如果麦子丰收，我们就不再担心没有粮食吃。"

"白天要上工，哪有空编织？"梁满仓说。

"利用晚上加班，煤油由生产队提供。"田富贵说。

编织并不是容易的事情，首先得有材料，材料回来之后还要整理，田中金身体刚有好转，又不能劳累。这怎么办？

"这样，我们把人员分为两批，今天你们定下来的这批货由我和福根他们负责编织，按照这个价格，文生你们负责去卖。大家看怎么样？"

大家又聊了一会儿，准备回家。

"田队长，你要帮老大想想办法。像马县长那人，按照道理，他在运动中，怎么也得受到一点处罚，当地却没有一人罚他。说到马县长这个人，还不少人挺佩服的，看来月婵这事够悬。"梁满仓一脚过来，踢倒板凳，田满银扑通一声跌坐在地上，气得田满银跳起来追着要打。

"你小子哪壶不开提哪壶，该不该揍？"

"对于这件事，大家以后不要再提。第一，福根是未满18岁的孩子；第二，青年人比较冲动，容易意气用事，不要出什么岔子；第三，这事还得看月婵自己，外人就不要咸吃萝卜淡操心了。今天，我们收获不错，剩下来的就是一个字'干'就行。"胡文生说话，条理清晰，有理有据。

"没事，他这也是为我好！"福根说。

第二天一大早，田富贵到社场的时候，福根已经和田中金吃过早饭。

"今天曹支书来询问一些事情。"田富贵看着胡文生和福根说，"今天我们几个人都在这里，你有没有兴趣和我们一起养殖？当然这件事情，暂时还不能公开，不能因为我们而连累干部跟着我们受累。如果你同意，加上我、文生我们三人将一百亩的三口大河塘承包下来，怎么样？"

"这个事情，我们问问月婵怎么样？她不仅在国外待过，还去过北京天安门，是见过大世面的人。"福根说。

"你现在对她简直就是迷恋，什么事情都要去问。你没见她现在有了一帮孩子，比以前更忙碌？"

"没事，孩子们跟着齐叔去割牛草了，什么事情，问吧！"月婵的头发卷成一条条的，披在脑后，耳朵上方用一根发卡夹起来，简洁好看。

"月婵姑娘，我们队有三口大河塘，面积合计约一百亩，你觉得能不能利用起来？"

"这个问题，我也早就想过，种藕放鱼，否则空着也是空着。"

"英雄所见略同，快，说说你的看法。"月婵把具体想法一说，福根接着道："你和富贵哥想的一模一样。贵哥，我跟着你干。"

"干啥？"月婵问。福根看着富贵会心一笑。

"月婵，等我们这儿有钱了，将来办一所学校，请你回来做老师。这样，孩子们就不用跑十里外远的地方去上学了，太辛苦又不安全。"胡文生拿着胡萝卜，又咯嘣咯嘣地吃了起来，他顺手递过一根给月婵，福根连忙拿过去："我去洗洗，月婵是仙女，能吃这不干净的东西？"

"你小子，我们吃到现在，你怎么不给我们去洗洗。"几个人都笑了起来。福根站起来，刚要往外走，听到有人喊："福根，福根！"

月婵转身，福根已应着出门，原来是柳儿。柳儿从竹盒子里拿出刚做好的萝卜高粱米饭，说是给他尝尝鲜。

"柳儿，胡萝卜我们家也有，现在还没有到吃的时候，你们怎么就做着吃了？"

"我那个弟弟整天哭着肚子饿，我妈就去拔了几根。她让我把这送给大伯吃。"

"来，这个你拿着，是我姐买来的，给你尝尝。"柳儿拿出一个大苹果，递给福根。

福根咬了一口，嘎嘣脆响，还很甜。这东西好吃，福根拿着跑到屋里，切成几小瓣："你们也来尝尝，从小为了吃这个东西，爹走了一夜，为我买了六个大苹果。贼好吃。"

他们四人每人各拿了一小瓣："这东西又好吃又那么值钱，我们为啥不能栽种呢？"

"这个主意好，好主意！"富贵很是高兴。

"你们想，将来我们不仅有大片大片的麦田，还有苹果、花生、棉花、大豆、水稻、胡萝卜、油菜籽、红薯……哎呀，这么一想，我们的土地似乎真的是遍地黄金啊。"田富贵高兴地说。

"一口吃不出胖子，现在政策还没有出来，我们只能想想而已。"胡文生说，"曹支书一再强调，不要太出格，真的出了事，可要连累一大批人。"

"您啊，得赶紧换换思想了。如果没有想象，这社会还能有进步？"月婵说，"我去过新加坡、日本、美国，到过英国、法国。这些国家，很多平民百姓都有自己的汽车，住着舒适的别墅。不说国外，你们到上海等大城市去看看，城里人上街都坐公民公交车，小绿皮火车都已经换成新型的了。只要你们走出去，就会发现，我们的这个小村子，有多么的贫穷落后，我们要用力奔跑才对。我一回家，就和父母说过，和富贵哥也说过，我知道你们都不信我，但这确实是事实。我们现在要想过上好日子，必须尽快摆脱贫困。"

月婵的话把柳儿听得一愣一愣的："听说，大城市还有路灯，人们可以在路灯下看书，对吗？"

"当然啦，你们走过长江，就会发现那比我说的还要美。一座座高楼拔地而起，马路宽阔平坦，工厂一家挨着一家，人们幸福地上下班，不像我们这儿一到雨天，走路都不好走。"

月婵的话把柳儿他们都听愣了，天啦，外面竟然有这么好的地方，如果他们这儿也能变成这样，该有多幸福。

"这就是我们跟人家的差距，我们这儿连自行车都很少，有啥事，全凭两条腿。

上次我去县里开会，来回一百公里地，早上五点走，到人家那儿都吃饭了。如果我们也能有车骑，有车开，再远的路程很快就到了。"

"我看过大拖拉机，那家伙可是大力王。"福根说。大拖拉机大家都知道，那年大队要修房子，大拖拉机拖来了几车砖头，目前为止，那是这儿最高级的房子。下面半截三分之一处是石头和砖头，上面是泥土打墙。这个村的人都看到过的，那车轱辘就有一个八岁孩子那么高，拖着很多东西，烟囱突突往外冒黑烟，小轿车是在电影上看到过的。

大家聊得正热乎，柳儿拿着缝好的衣服回来递给福根。富贵娘拉着柳儿的手不放："这姑娘好着呢，你们看，我肩上这块补丁缝得多齐整，这针脚细密匀称，真是心灵手巧。"

月婵听了脸微微红了一下，作为女孩子，她还从没有碰过针线妆奁。

"福根，去送送柳儿。"富贵娘说，"今晚你们都在这儿吃，我去烧饭。"富贵赶紧把胡萝卜拿过去。

"你们在这儿聊，我一会儿就回来。"福根说着，看了月婵一眼，月婵向他微微点了点头。

柳儿今年17岁，1米66的身高，体重没有90斤，走路如春风拂柳，一双长腿细得让福根担心。丹凤眼上那长长的睫毛，总是像小蒲扇一扇一扇的。她低着头，和落落大方、说话声音响亮的月婵形成鲜明的对比。

柳儿告辞出来，只顾在前面低头快步走，那又黑又亮，长及腰间的大辫子随着那柔软的腰肢忽左忽右。福根追到前面："柳儿，你在这儿吃过晚饭再回吧。"

"不了，我妈还在家等我。你回去吧！"柳儿停下步子，看了他一眼，那长长的睫毛像一对蝴蝶飞了几下，"月婵姐姐懂得真多。"

"那当然，她可是见过大世面的人，她还坐过好大好大的船，什么时候我们也能出去看看就好了。"福根说。

"你迟早要回去的，"柳儿顿了一下，赶紧改口说，"出去看看也好，外面的世界那么大，我也想去见识见识。"

"我回去？回到哪儿去？"福根一下子敏感起来，跟着问了一句。

"回到你将来要工作的地方啊。"柳儿自知说漏嘴，连忙打岔。

"我就知道我是捡来的了，没事，柳儿，爹永远是我爹，即使我找到亲生父母，他还是我的爹，我也还叫田福根。"

"那就好，就怕你有一天会突然走了。"柳儿想，如果每天能这样看着他也是一种幸福。

"福根，快点过来。"富贵喊道，柳儿走了，福根跑过来，月婵把身子挪一挪，福根在她身边坐了下来。

"今天这个会议真是收获满满,真的要感谢月婵姑娘。"胡文生站起来,"为了表达对月婵姑娘的感激,我胡文生给姑娘鞠个躬。"

"别,感谢你们对我的照顾,没有嫌弃我的身份,也没有歧视我,还给我这么多的关心和温暖,我真的很幸福。"月婵说着,见福根一脸汗水,脸色苍白,忙问,"你怎么啦,不舒服吗?"

福根说没事,却禁不住一阵心慌,眼前发黑,险些跌倒。

"他这是饿的,"富贵娘忙端出一碗没舍得吃的萝卜高粱干饭出来,"这是你贵哥他们省下来留给我吃的。"

田富贵从外面进来,后面跟着一人进来:"难得大家齐整,这是55度的高沟大曲酒,一人二两,多了没有。"曹支书拿出两瓶白酒,放在桌子上。

第17章

/ 扑火的飞蛾 /

曹支书又把刚才在大队部小店里买的一盘花生米、一盘海带丝拿了出来,大家开始喝酒。月婵用开水陪同。席间,富贵把设想向支书一一汇报了一下:"第一,大力发展粮食产业,确保社员不挨饿;第二,种植棉花,确保社员不挨冻;第三,发展养殖业,猪牛羊,鸡鸭鹅都可以;第四,养鱼栽藕;第五,发展编织厂。"

曹支书大力支持,他说:"在政策允许的情况下,以你们这个组为试点,只要能搞好,就推广开来。我们不仅要让老百姓吃饱,还要吃好。"

"今年麦子长势喜人,但愿能风调雨顺,有个好收成。天气是我们无法掌握的,但是我们可以与天气赛跑,争取夺得丰收。"曹支书本来姓王,今年四十岁,他的爷爷和王佑仁的爷爷是亲兄弟,但是王佑仁却没有帮过他忙。因为家里兄弟五个,父母没有能力为他娶妻生子,便将他入赘给本村的曹家做上门女婿,后来改名为曹德智。由于曹家竭尽全力扶持他,很快曹德智便坐上大队支书的职位。

一顿饭吃过,已是深夜。福根送月婵回去,月亮随着他们两人走。"月婵,你要能像纳斯金卡那样勇敢就好了。"月婵一愣:"书,你看完了?"

"是的,很薄的一本,70多页,但是我觉得我和你与书中的两位主人公的命运有很多相似之处。"《白夜》是陀思妥耶夫斯基的前期作品，和同期的其他中短篇小说比较，《白夜》的基调比较柔婉。小说完成于1848年，是陀思妥耶夫斯基四十年代文学创作的代表作之一。它也是一篇关于"小人物"的中篇小说。小说将主人公心理刻画得惟妙惟肖，讲述了一个以幻想度日的人和一个自幼父母双亡，与奶奶相依为命，与房客私订终身的姑娘纳斯金卡四个夜晚心与心的交流。对爱的追求将他们紧密地联系在一起，使之由陌路成为知己甚至情人，但又是对爱的承诺和关照使他们又各归其位，前者仍活在幻想之中，后者则与心爱之人步入结婚殿堂；然而，瞬间的心与心的碰撞则成永恒。

月婵明白福根所说的意思，女孩子矜持一点是必须的，风花雪月的故事可以留给能定终身的那个人。

"你知道，未婚同居是犯法的，何况我不会做那样的事情。"

"只一晚，可以吗？"

"不可以，因为玉有了污点，就不再纯洁，我是玉。"

"我愿做扑火的飞蛾。"

"不，我不会让你葬身火海，因为事情并没有到不可收拾的那一步。我要像电影中的小芹那样，通过自己的努力，与相爱的人走进婚姻殿堂。"小芹是电影《小二黑结婚》中的女主人公，讲的是抗日战争时期，民主根据地刘家峧村的青年队长、杀敌英雄小二黑，与本村俊美聪慧的姑娘小芹相爱。但因违背了封建迷信思想严重的父母亲的意志，遭到了各自家长二诸葛和三仙姑的强烈反对。其时，担任村干部的流氓恶棍金旺，亦凭借手中职权，兴风作浪，罗列罪名，趁火打劫，对小二黑和小芹进行残酷迫害，几乎使这对恋人的爱情夭折。后由抗日民主区政府区长出面支持，经过一番斗争，惩办了流氓恶棍金旺，教育了封建愚昧的落后群众，此时的二诸葛和三仙姑也表示支持儿女的婚事。至此，这对追求婚姻自主、向往美好生活的情侣，终于如愿以偿。

"你打算怎么处理与马家这门亲事？"福根说，"离八月十六还有五个多月。"

"欠债还钱，天经地义。我不能白用他们的钱，我要用最短的时间把他们这几年的钱都给还上。"

"我和你一起还钱。"

"如果实在不行，我就远走他乡，自己谋生，我有手有脚，还能把自己饿死不成。"月婵说，"父亲怕马县长找他麻烦，才死活不让我走。"

"你尽管有难，毕竟还有父母疼爱，我到现在还不知自己来自何方。我知道家里人对我百般疼爱，但是我还是想弄明白自己的身世。小时候上学的时候，不仅胖墩说过，还有其他小伙伴，对，铁蛋也说过。无风不起浪，如果我不是捡来的，他们就不会这么说我。"

"要不，现在我陪你去问问清楚。"月婵说，福根点点头，两人决定先去问问胖墩娘。她既然那么骂，不可能不知道一点线索的。如果能找到亲生父母，一定要问问当初为什么狠心抛弃了他。

两人到胖墩家门口，没有灯光，福根刚要敲门，见有一人从他们身后经过，直奔旁边的沈强家。

"莫非是云秀姐回来了？"两人跟着过去，人已经进去了，两人屏住呼吸，透过窗户一看，不是云秀，是周家那位学生。

"周睿，你快回去，被人看见不好，何况我们之间清清白白。"

"你说清清白白就清清白白了？当你拉着我跑走的时候，再也没有人相信我们是清白的。"

周睿站起来，轻轻解开自己的衣裳，一件一件脱了下来，"我真的好怕。"周睿紧紧搂着他，"你快把我要了吧，我躲过了初一，躲不过十五。"

"立即穿上衣服，你是好姑娘，一定会有一个爱你的男人来好好守护你一辈子的。我还有云秀和三个孩子。"

"听说那个女孩死了，死了，"周睿那闪闪的眼睛看着他，紧紧抱着他，"我真的很怕。听说，那个女孩是被王二牛带人活活折磨死的，对吗？"

对于这个女孩的事情，两人只隐隐约约听说过，具体什么情况他们不知道。

周睿说："其实，那个女孩只有十八岁，她姑妈只是给她寄来了一件旗袍，穿在身上非常好看，女孩很喜欢，就穿着旗袍到村上小伙伴那里玩耍，偏偏就被王二牛看到，说她是资本主义毒瘤。带领手下那几人，将女孩带到小屋子，说是帮她拔瘤。当着几个人的面扒下了女孩的衣服，玷污了女孩，后来女孩就投河自尽了。"

"三里无真言，周睿说的是真是假，不敢相信，但是依据王二牛的性格，这样的事情他能干得出来。李梅兰曾经骂过他，狗日的不是人。"他拉着月婵离开，月婵却紧紧拉着他的胳膊。

沈强说："我已经警告过他，你放心，他不敢对你怎么样的。再说，他现在跟着福根，这事得告诉福根，让他解决。"

周睿说："狗改不了吃屎，今天他看到我说，让我赶紧去他那儿，求他放毒，否则比那女孩死得还要惨。只要我在你这儿住上两天，明早有人看到我在你家，王二牛很快就会知道我是你的人，这样，他或许就不会再为难我。"

"简直胡说八道，你是一个姑娘家，坏了自己的名节以后还怎么嫁人？这是什么荒谬的想法？"

"为了保全自己，我没有办法。母亲前几年不堪凌辱，投井自尽。父亲现在更是战战兢兢，还有一个高叔，他们年纪这么大，根本保护不了我。"周睿哭了起来，"不这样做，我能怎么办？求你要了我吧，要不然我这身子被他玷污了，我也是死路一条。"

"你放心，你看月婵回家不是待得好好的，没有一人欺负。"

"我怎能和她相比，那马县长谁敢得罪？还有一个混世魔王庇护着她。我呢，孤苦无依，无兄无弟无姐妹，谁来帮我？"周睿哭得很厉害，两只香肩不停地抖动。

"其实福根也是苦孩子，到现在还不知道自己的身世。如果他能和月婵那么好姑娘在一起，也是大家所期望的。"沈强叹口气说，"世事无常，没有人能掌握得了自己的人生。你不能，我不能，他也不能。"

"强哥，你不要我也行，请让我在你这儿住几天，好吗？我真的不敢回去。"周家是方圆五十里最大的财主，也是十年动乱中被整得最惨的一家。

沈强把她的衣服穿好："如果我趁人之危，与王二牛何异？走，我送你回去。"听到有人开门，福根拉着月婵的手出来，一路疯跑。

福根说："王二牛现在在我这里看着还可以，没想到他寻花问柳的毛病还改不了，上次我已经和他讲过，这样是违法的。"

"让他一下子改过来，不是容易的事情。人之初，性本善，王二牛其实也是那个时代的受害者，明天我们一起去找他。"月婵说，"周睿姐也挺可怜的，我们应该一起帮帮她。"

"怎么帮？"

"我们去找富贵大哥，让他想想办法。"

"明天一早去找。"福根把月婵送回去之后，自己却怎么也睡不着。沈强这么说肯定是错不了，他的生父是谁？为什么要抛弃他？他很想当面大问问清楚。

他在黑暗中挣扎，却不知道方向在哪里。他希望能出现一个人将他引向光明的世界。

月亮不知什么时候溜进来，黑夜中，并不是寂静无声。福根听得出是姐姐纳鞋底的麻绳抽动的声音，姐姐又在给他做鞋。姐姐和他一样喜欢读书，床头堆满了各种各样的小人书，厚厚的大书《红楼梦》《水浒传》……

田艳很聪明，可惜，就在她幻想考大学的时候，国家取消了高考，她也跟着闹学潮。1977年恢复高考，她报了一次。去年，又考了一次，仍然名落孙山。田中金说，二十多岁的大姑娘还不出嫁，人家要骂他这个当爹的。可是婚姻又不是过家家，随便拉一个就行。

看着田艳在穿线引针为自己做鞋，福根忽然觉得自己很是混蛋。这么多年，姐姐对他的疼爱胜过母爱，衣服鞋袜，姐姐像母亲一样给他疼爱和照顾，这就足够了。

那个人即使给了他生命，却那么无情地抛弃了他，如果不是遇到父亲，自己很可能已经喂了狗。想到这儿，他转身快步向前。

站在门口，他听到里面传来那阵阵长短不一的呼噜声，安下心来。父亲睡觉爱打呼噜，一开始，福根也讨厌他的呼噜声，常常用手捏住父亲的鼻子，父亲脸一扭，转过去，继续打呼噜。

现在福根早习惯了呼噜声，只要听到父亲的呼噜声，就很安心，能一夜睡到天亮。

他在门口坐下来。周围，蛙鸣，虫叫，还有些不知名的叫声，弥漫在浓浓的月色之下。

"父亲说得对，我就是他亲生的。还有月婵，月婵对我也挺好的。我还惦记什么亲生父母？"想到这儿，他想笑着安慰自己一下，眼泪却不争气地流了出来。

"老天，我真的不是说我生活得有多不好，而是我想知道当初他们为什么将我抛弃？我的亲生父母是怎么样的人？他们是残疾人，还是穷得没有能力去养我？"

就这样，他坐了一会儿又往回走。刚到村口，有一个人迎面跑来，后面有一人身材高大，呼哧呼哧的喘息声很远就能听到。

他果断地迎上去："站住！"

"你他妈的给我滚蛋！"一拳过来，福根头一偏，鼻子一酸，一股热乎乎的东西流了出来。他急中生智，伸手抱着那人的双腿，大声喊："快跑！"

第18章

/ 王二牛吃瘪 /

"你小子找死！"两只拳头雨点般砸下来，福根用力将那人双腿使劲往外一推，那人像一座山似的轰然倒地。福根爬起来，飞快跑走。一口气跑到家门口，回头看看没有人追来，才一下子像泄气的皮球似的，瘫倒在地上。

夜色淹没了一切。福根醒来的时候，已经是早饭时间，姐姐找了一点玉米面和着苜蓿头做了一小盆咸粥，端过来不冷不热，他一口气喝了个精光。

他想到昨晚的事情，那个逃走的人应该是周睿，他正犹豫着要不要去看看，月婵过来，喊他去社场。

月婵见他脸上有瘀青，问怎么回事。他把夜里的事情讲了一遍。

"那我们赶紧去问问强哥。"周睿家离这儿有3公里,沈强只不过隔着福根几户人家。他们到的时候,见周睿提着蓝布包袱,正站在门口。三个孩子整齐地手拉手拦在门口。

沈强说:"让她进去待一会儿,好吗?"

"不好。我说过不给进,就是不给进。"小超站在中间,一手拉着妹妹如意,一手拉着弟弟三娃大声说。

"小弟弟小妹妹,"周睿说着,从口袋里拿出一把水果糖,分给三个孩子,"姐姐遇到了坏人,在你们这儿躲一下,可以吗?"

如意拿着水果糖,看着她:"姐姐,你的衣服好漂亮。"如意说着,过去摸了一下。

"你的鞋子真好看,能给我穿一下吗?"三娃抬头看着周睿,"你的脸像雪一样白,你是白雪公主吗?"

"你们俩没看见过人吗?不许吃她的糖!"小超忽然过来,夺下三娃和如意手里的糖扔了出去,"你这个剥削农民的人,想用这糖衣炮弹来收买我们,没门!我们只要自己的妈妈。"小超拉过如意和三娃,"你们知道吗?她就是大地主家的女儿。别看她现在漂亮,夜里就会变成大巫婆,将你们当作萝卜一样吃掉。"如意和三娃看着她,不敢作声。

"我真的不是坏人。"周睿可怜巴巴地说。

"你没有自己的家吗?为什么到我家来?"小超大声喊,三娃立马醒悟。他忽然上去推了周睿一下,周睿措手不及,一屁股坐到地上。三娃迅速蹲下来,脱下她的鞋子,"这鞋好像是我妈妈做的,不许你穿。"

沈强过来,一把将三娃推了出去:"你这孩子,越来越不像话。"他俯身将周睿拉起来。周睿拍拍屁股上的泥土,"我听你们爹爹说,你们是很懂事的孩子,没想到会这样,好吧,我走!"

她站起来,沈强连忙拉住,"孩子们,她叫周睿,是大学生,她会讲很多很多的故事,是爹为你们请来的老师。她知道很多好玩的小动物的故事。"

"她是大学生?还会讲故事?"

周睿说:"是啊,我会讲很多的小故事,比如,老虎打架、长颈鹿比赛、大象喷水、熊猫打滚……好多有趣的故事,你们要不喜欢听,我就走了。"

"你会讲美人鱼吗?我妈妈会!"三娃说。

"我当然会啦,我还会讲白雪公主、卖火柴的小女孩、小红帽和大灰狼,好多好多的故事。你们要不要听?"周睿说。

三个孩子不说话,小超说:"你赶紧滚,我们不听你讲的故事,我们老师都会。"

如意也说是。

沈强转身对孩子们说:"孩子们,这么多天,我一直在找你们的妈妈,可是怎么也找不到。我先请这位阿姨来教你们讲故事,读书识字,等妈妈一回来,我们就让她走,好不好?"

"我们不管,我们只要自己的妈妈。"小超说。

"我喜欢听故事,可是我更喜欢听妈妈讲的故事,我们只要自己的妈妈,"三娃把棉鞋拿在手里,"我妈妈自己宁愿赤脚,也要把鞋子给我们穿。你却穿着新鞋,你不配做我们的妈妈,赶紧走。"

福根过去,想拉小超走。没想到这孩子怎么说也不听。

周睿站在那里,忽然嘴巴一张,哭了起来。她不知道该怎么办,她真的怕。曾经她被游街,挂破鞋,泼大粪……和她的家人一样过着胆战心惊的生活。好不容易熬了过来,现在还要受这等欺负。她越想越伤心,索性放声哭起来。

月婵想到自己的身世,不敢说话。不幸与灾难说不定哪天就能降临到她的身上。福根也没有见过这阵势,站在那里不知所措。

"我不是想来麻烦你的,可是我这样的出身,除了你,在这儿谁能收留我?"她说的是实话,确实,目前为止,当人们还没有从刚刚过去的暗黑无光的岁月里走出来之前,谁不担心运动像余震一样会随时随地地爆发,特别是周睿这种身份,真的无人敢收留。

沈强知道,如果不是王二牛这样赤裸裸地向她提出这样的要求。她也不至于此。昨晚周睿跑来的时候,连鞋子都跑丢了,那一双脚,被荆棘刺得鲜血淋漓。是的,他心软了,烧热水,让她喝下休息。

周睿像一只受惊的兔子,钻进他的怀里,怎么也不肯放开他。

"强哥,我喜欢你,云秀不要你,我要。"

"不行,云秀说不定过几天就回来了。"

"她回来我就走,保证不给你添麻烦。"

"不行,云秀知道了会很生气。我还有三个孩子,他们也不会同意的。"周睿看着他,她不明白为什么男人与男人如此不同。王二牛说只要跟他睡了,以后保证没人敢欺负,还会一辈子对她好。而她心目中的强哥却将她拒之于千里之外。

"你如果不要我,我就把这没人要的身子给他。"周睿用手捶着他的胸脯,"我是清清白白的姑娘,你怎么忍心看着我遭魔鬼毒爪,你还有人性没有?"

"我不是没有人性,我想更好地保护你。你宁愿相信世上有鬼,也不要相信男人的嘴,尤其是王二牛。王二牛兄弟七个,平时爱欺负谁就欺负谁,在这个地方,没人敢惹。他的老婆是什么人你不知道吗?"

周睿怎么能不知道这个地方的名人，王二牛的老婆是女人中的极品，一米五的身高，胖得看不出腰在哪儿的那种，竟然敢当着十几个男人的面脱掉衣服，把水瓢奶朝人嘴里塞。昨晚如果不是遇到福根，后果还不知会怎么样。没想到，天一亮，被孩子发现，就出现了开头的那一幕。周睿蹲在地上捂着脸，肩膀随着她的哭泣不停地抖动。

"强哥，你先让她进去，我去找王二牛。"田福根叫了胖墩、铁蛋，三人去王二牛家里。王二牛见了他一拳过来，"你这小子，昨晚硬是被你坏了好事。"

福根侧身让过一拳，一招饿虎扑食，飞起一脚，正中王二牛前胸。王二牛身子胖得像猪，只几招就被福根耍得呼呼带喘。

"王二牛，我早就和你说过，欺负女人算什么本事？你有本事去战场上打鬼子去，有本事去给乡亲们弄吃的去。"

田富贵他们来时，王二牛和田福根正在地上扭成一团。胖墩站在旁边，跳着喊加油。田富贵说："你们怎么不上去拉开？"

"老大不让，谁要是帮忙，他就不认谁做哥们儿。"

"松手！"富贵上前，手一使劲，将福根拉了过来。福根爬起来，又踢了一脚，胸前的衣领被撕开，眼角处一片瘀青。

王二牛坐在地上，衣服纽扣全部掉落，露出胸前乌黑一片的胸毛。

"现在是什么年代？还以为是你横行霸道的时候？胖墩，去公安局报案去。"富贵这话一说，王二牛像皮球似的软了下来。

"这个臭娘们儿，我哪里不好？就看不上我。"他扯了一下衣服，"都是你这小子坏我好事，女人我还没有上不了手的。"

"人家可是女孩，如你得逞了，就是强奸犯，强奸犯要被枪毙的。"这个事情他们这地方还真有过，那是抗日战争时，一个将军手下有一名副官，强奸当地妇女，为了严正军纪，被公开处决。首长说让老铁匠来执行。老铁匠打的屠刀锋利无比，一刀下去，快，狠，死刑犯没有一点痛苦就走了。对于这件事，铁匠指着家里收藏的那把大刀说这是砍杀了四五十个日本兵的砍刀，从那次以后，他那英雄老爹再也不用这把刀了。

"你是也想被刀砍还是想吃枪子？你自己选择。"田富贵说。

王二牛说："我改了还不行吗？"

"那好，今天必须去跟周睿道歉，写好保证书，否则别怪我这个当队长的不客气。"

王二牛的老婆陪着到沈强家里。周睿正被仨孩子拦着，坐在门口哭泣。

王二牛的老婆说："别哭啦，我家王二牛，牛着呢，一夜三五个女人都不倒尸，保证让你神魂颠倒，以后吃饭睡觉都想着他。"

"呸，要想你自己想，我宁愿死也不愿看到他。"

"男人穷富不要紧，只要能让人舒服，就是本事。是不是？只要你跟了他，我保证让你吃——屎——喝——尿。"说着，那女人冲上来拽着周睿的头发，用力一甩，周睿倒在地上，膝盖跪在一块凸起的树根上，疼得她惨叫一声。

田富贵说："如果你再这么胡闹，连你一并送走。"

"整天就会装可怜，小娼妇。"王二牛老婆还想冲上来，被几个人拦住了。

周睿哭着说："王二牛这几天追得紧，白天带人去闹，晚上去砸窗户。但凡有人照顾两个老人，我就是死了也不愿再受这鬼欺负。"

王二牛说以后再也不会去欺负她，让她放心回家。然后和他老婆扬长而去。

大家劝周睿回家，周睿像一只受惊的兔子，坐在地上瑟瑟发抖。小超把她的东西都扔了出来，让她赶紧离开，周睿却不知去哪儿。

"跟我去！"柳儿从外面进来，"我就不信，带着你回家住几天，他能咋样？"沈强看着她，这个平日里说话都不敢大声的女孩，此刻却像一位保护神。

月婵没有说话，周睿有人保护着，如果王二牛对她这样，她该怎么办？谁又来保护她？

"我们是不是该想办法去治一治王二牛？"福根说。

"这个办法好，可是怎么治，要好好地琢磨琢磨，要让他吸取教训，痛改前非，再不干坏事。"月婵说，"对付这种人渣，要用非常手段才行。"

田富贵沉吟片刻："周睿你先跟着柳儿去。大家先去上工，今晚我去找他好好谈谈，保证你平安。"

"没想到一向柔弱的柳儿竟然也有侠义心肠。"福根说。

"什么意思？"月婵说，"王二牛应该把你的嘴巴也撕烂，这样你话也就说得少了。"说完，转身就走，福根想追过去。

"某人好像生气了？"福根拿着茅草，挠她的脸。

"她就是你心目中的那位吧？"

"那位是哪位？"福根明知故问。

"跟你这种人，没话说。"说着，拿着孩子的小手，打在福根的脸上。

"我和你说过多少次了，柳儿其实就我一个哥们儿。"说着，福根搂着孩子，出其不意地在月婵的脸上亲了一口，迅速向前跑。

月婵一边喊"站着"一边跟后追。年轻人的世界里留不住悲伤，两个人早就忘记了自己心中的不快。

第 19 章

/ 秘密定协议 /

到了社场,月婵忙着给孩子们上课,福根跟着过来,扯把草,坐在地上,盘起双腿。

"你在这儿干吗?"

"我要在这儿看着,防止这些小家伙把你粘走了。"

月婵呸了一声:"福根,要不是这丨几个·孩子在,我早把你嘴撕烂。"

福根伸长舌头,两手竖过头顶,朝月婵扮鬼脸。

"记住,你今天可要见见我爹,帮我说退婚的事情。"

"你放心,今晚一定去。"福根低头看看自己的衣服,"我这穷酸样,估计没进门就被你爸打跑了。"说着,他把手伸进膝盖破了的地方,"看看,双膝两大洞,请看看屁股下面坏了没有。"福根说着,果然转过身来,撅起屁股,让月婵看。月婵拿着戒尺,在他身上连续打了三下。

"你这么坏,官二代还敢要你?"福根的这句话可算是捅了马蜂窝。月婵跟着一顿木棍加鞋底混打。

"好啊,你现在就敢打你未来的夫君?"福根故意逗她。

月婵听了更是生气,追着他跑。福根跑到田间,与大家一起干起活来。田里的事情不多,男人们套牛犁地,女人们跟着后面撒玉米种。玉米种起来很快,只需三天时间,春玉米全部下地。

早上社员们到场点名后,田富贵将王二牛的恶习公知于众,众人都说要告官惩罚王二牛,或者将王二牛抓起来开批斗会,灌辣椒水。田富贵说一下班就去。王二牛听闻早就吓得躲起来。一下班,治安小队所有成员就浩浩荡荡去找王二牛,王二牛哪敢在家,几人坐那儿不走。王二牛老婆没有办法,招待他们吃了晚饭。第二天晚上,福根带着治安小队早早到了王二牛家,七人又在他家吃了晚饭。连续吃了三顿晚饭。第四天中午,富贵正忙着上工,王二牛跑来说:"田队长,今晚请你不要再带他们去吃了,粮食都是婆娘在她老娘家要来的,我们自己也真的没有吃的。以后我保证改,还不行吗?"

富贵说:"你犯了这么严重的事情,还能就这么算了不成?"

"田队长,你看看,我的腿都跪肿了,以后我保证不犯。"他又转身请田福根帮忙说几句好话,田福根冷着脸看着他,憋着笑,故意不理他,王二牛说:"要不今晚再请你们吃一顿算是赔罪？"

"猪肉粉丝！"田福根说，"红烧鲤鱼，最少六个菜，能接受我们就既往不咎。"

"还要来一瓶白酒，连续三晚的红薯稀饭也吃腻了。"

王二牛连连点头而去。

福根再也忍不住，笑得喷出鼻涕来。

"你小子，鬼点子怎么这么多呢？不打不骂，就把王二牛收拾得服服帖帖。"田富贵说。

"这叫苦肉计！"福根说，"对付这种人只能用非常规手段。"

田富贵说："这叫假痴不癫、欲擒故纵啊，你小子把三十六计的精髓用到了。"

这件事情过后，王二牛果然消停了不少。看见福根，比以前更加客气。

约定交货的时间还差三天，种玉米浪费了两天，福根忙不过来，家旺、家乐、田富贵、田中金都在编织，艳儿也丢下针线活儿来帮助编织。

福根专门编织帽檐和帽花，他根据记录的人的脸形、喜好来配搭。

大家伙一起帮忙，终于赶上交货时间。这次胡文生带来了又一收获，有人愿意长期与他们合作。

"这真是好消息啊，只要他们给的价格合理，上门来拿货，不用我们自己销售，这样一来，我们就可以成立编织小组，一心编织。"

"问题是，芦苇我们还要花钱去买，而不用芦苇用简单麦秸，社员们则烧锅都不够，原材料采购，再加上工钱，看看能净赚多少。"胡文生说。

田富贵看着胡文生、沈强、福根、田福加坐定以后说："编织的事情先放两天，现在气温回升，是我们养鱼种藕的好机会。这几天和曹支书他们出去打听了一下，暂时还没有政策支持，因此，这件事情还需要你们同意。田地我们不敢私分，但是养点鱼栽点藕应该还是可以的。"

田福加说："我的意思是再等等，政策一来，那时候，大家甩开膀子干。"

"哥，我不想今年冬天还会有人因为饥饿贫困而死。如果你还担心，你只需帮我管理。出了事，我田富贵一人承担，绝不拖累你。"

田福加卷好烟末，装在烟袋杆上，点燃吸了一口，将烟袋往桌子上使劲一敲："富贵，头掉了不过碗大的疤，只要今年冬天大家不挨饿，我干。"

"你们都不用担心，我不是干部，我不怕，到时候就说是我的主意，我一人承担。"福根说，"我如果养鱼，爱鱼的人都会来帮助我，因为，我不养鱼，每年夏天还得噁噁他们，你说谁能不高兴？再说，这样一来，有治安小队保护，也不怕有人来偷，你们就这样定了。"

富贵说："福根啊，你还小，不应该把所有事情都一人扛，我们可以。我们也不怕他们查，脑袋掉了不过碗大的疤，你父亲也会认为是我们把你推上前去承担风险。"

福加也觉得富贵的话有道理。福根说："没事的，你们都有家庭，有牵挂，我一个人没问题。要真的出了事，你们会帮我照顾父亲的。"

福根一直坚持，几人商量，最终作了明确分工，鱼苗由富贵负责。藕苗么，胡文生他老姨家就有，离这儿有二十几里地，带俩儿子去挖点来，老姨是不会说啥的，他心里有这个底，便欣然应允。

福根喜欢圆绿如玉的荷叶，柳儿喜欢吃藕莲子，月婵喜欢荷花。他们和富贵还有一个共同的喜好，那就是都喜欢吃藕。

夏天，他常常和柳儿顶着荷叶，在小河边一起背诵"接天莲叶无穷碧，映日荷花别样红"；他们也争论过最美的那一段"曲曲折折的荷塘上面，弥望的是田田的叶子。叶子出水很高，像亭亭的舞女的裙……"，没想到转眼就长大了。

"时间不就是这样不留痕迹地走了吗？当你回味的时候，也是你珍惜的时候。"月婵说，"记得第一眼看见你，瘦瘦的，头发像刺猬一样爆炸开来，那衣服还有几个大大小小的破洞，像丐帮帮主。"

"现在我还是这样，衣服还是这衣服，我还是这个我。"

"非也，衣服亦是那衣服，你亦不是那个你了。"和月婵说话，福根总觉得能学到很多，那甜美的声音令他陶醉。

"我怎么不是我了？"福根说。

"你知道思考问题，思考人生，这说明你已经在走向成熟。"月婵不想提心里的那份痛，还有五个多月时间，尽量多留一些美好的回忆，因为从田满银他们的话里得知，要想拒绝那门亲事，可真不是容易的事。福根的手很快，芦苇在他手里像水里鱼，活泼灵动，一会儿就编织出了两片荷叶，一朵荷花。

"一猜你们就在这儿。"富贵过来说，"这两天治安小队的事情你就不用问了，由田满银先负责几天，你呢，养精蓄锐，准备去买鱼苗。"

"贵哥，你想想，这百十亩河塘，种了藕，夏天会是什么美景？"

"满塘荷花盛开，孩子们看着荷花盛开，姑娘们划着小船在莲叶间穿行，一边唱歌一边摘莲蓬，一群小屁孩抢着剥莲蓬吃，那情景真的陶醉了。"

"是的，"月婵说，"人要爱幻想，因为幻想，人类才能不断向前进步。"

"月婵姑娘是读书人，懂得多，你要跟着好好学习。"出富贵说。

"'世间花叶不相伦，花入金盆叶作尘。惟有绿荷红菡萏，卷舒开合任天真。此花此叶常相映，翠减红衰愁煞人。'这首诗就是她教给我的。"说到这儿，福根忽然想到一个问题，"哥，如果景色优美，到时候肯定会有很多人来观看采莲，这样不还是暴露了吗？"

"以后的事情，无法预期，但是做好眼前最重要。有些时候计划没有变化快，说不定荷花没开的时候，新政策就已经下发到我们这儿来了。"

"对，有道理。先做起来，总比坐在家里望山好。山再矮，你不去爬，仍然不会到达山顶，仍然看不到山顶那美丽的风光。"

富贵让福根到会议室开会，月婵告辞回去。

胡文生拨着算盘哗啦啦一阵响，"如果这样好的话，藕以后是桌子上的家常菜。按照鱼王福根建议：如果套养，按每亩计算，草鱼：规格50克/尾，1200尾/亩；白鲢：规格50克/尾，300尾/亩；花鲢（又称胖头鱼）：规格250克/尾，50—80尾/亩；鲫鱼：规格50克/尾，200尾/亩；鲤鱼：规格200克/尾，30尾/亩；青鱼：规格500—1000克/尾，10尾/亩。按照人头计算，过年的时候，每人可以分得三斤鱼，那时候，人口多的人家可以腌制一小缸鱼，留着慢慢吃了。"铁算王的称号可不是随随便便来的，说话的工夫就能把数字算得清清楚楚。

"不行啊，还有月婵，当初我们答应了算她一份。"

"这个事情暂时还需要保密，对于月婵也不能说，懂吗？"

"我这个人是没出息，媳妇都留不住，更不要说想到为大家伙办点事，向你们致敬，谢谢你们不嫌弃之恩！"沈强说着，站了起来，郑重地向大家抱拳作揖。

"这事情你知我知他知，为了安全起见，大家立个字据，好不好？一来互相约束；二来图个省心。"身为队长的田富贵提议说。

"行，就这么办。"

"还有件事，福根虽小，但他却是鱼精，买鱼养鱼离不开他。协议他可以不用签名，但他是见证我们这一时刻的重要社员代表。"

"贵哥，这事我已经说过，合同你们写，我签字。我一个人无牵无挂，让我一个人来承担。"

"胡说八道，田福根，在这关键时刻，你怎么能不带我？你根本就没拿我当哥们儿。"梁满仓一脚进来，"还有我铁蛋呢！"他的话可把众人吓了一跳。

"你们怎么也来了？"

"今晚治安巡逻，这里有灯光，自然要来看个究竟。"

"老大，见者有份，我们从小可就说过，有福同享，有难同当，你干什么我们就跟着干，不要扔下我们。"人来都来了，还能再推出去？

田富贵说："这样，我说，你写！"

"好的！"胡文生拿好纸笔，田富贵看着他，想了一会儿说："本着自愿原则，兹有田家湾生产队队长田富贵，会计胡文生，社员田福根、梁满仓、田成林、沈强六人，为了社员过年时能吃上鱼，决定将生产队三口鱼塘放鱼植藕，年底按人口平均分给每户。买鱼苗的钱生产队出一半，另一半六个人均摊，分鱼的时候，从里面提取。

"为了确保鱼和藕的安全，由六人轮流看管。所有工作都是自愿原则，且每个人都要目标明确，具有高度的责任感，确保过年，每家每户都能吃到鱼藕。如果采藕必须经过六人同意。如果遇到突发事件，灵活处理。

"对于这个秘密，要严格保守，不得外泄，若有谁泄密，后果则由泄密者承担。

"为表郑重，今特立此据，本人签字生效。签字人：田富贵、胡文生、田福根、梁满仓、田成林、沈强。1979年3月26日。"

田福根拿着纸张，看了一遍，又读了一遍："这是我长这么大以来，签名最重的一次。说重，不是笔重，而是这份责任，一份第一次感到沉重的责任。"胡文生写好后，递给五人看。五人将内容又略作修改，分别签字，摁上了大拇指印，走出胡文生家已是深夜。

第20章
/ 分头去行动 /

福根和田富贵在村头分手，他要去社场看看父亲。田中金白天割牛草流了汗，只穿一件破夹袄，被风一吹，发烧感冒。福根不放心过来看看。

富贵一个人回去，想到今天的事，很是开心，他吹着口哨，动听的《蓝色的多瑙河》在夜晚流淌。富贵不仅会吹口哨，还会拉二胡、弹琵琶、打扬琴、说书。这都是他父亲教给他的。唱歌是他的强项，快要到家门口的时候，有人喊："富贵！"

听到说话的声音，富贵知道是谁。夜已深，如果这时刻被文慧看见，还不知又得误会多少。他赶紧说："彩云，我们可是有约在先，你过你的，我过我的，绝不互相影响别人的家庭。"

"我知道，这是今晚烙的几块玉米饼，还热乎着，你快吃。"彩云从怀里拿出几块玉米饼，田富贵也不客气，一口气吃了一大块。

"以后可不许你再送来了，你家大人孩子也不容易。"

"父亲昨天送来的。"彩云有两个哥哥，大哥在公社信用社上班，二哥是大队会计，家里就她这么一个姑娘，父母对她自然疼爱。

"彩云，有句话我不得不说，我们都是有家室的人，应该互相尊重。不可以重来的事情，请不要再去反复。"

"可是我真的很想你，只想看你一眼。"女人一旦动了情，就是傻子。

"过去的事情，过去的感情，就不能再提，时间会带走一切。如果我与你走得近，胡天民会怎么想？我们不仅是同学，还是从小长大的朋友，朋友妻不可欺，知道吗？"

"可是，那真的不是我本意。"

让女人忘不掉的有两个男人，一个是情窦初开时，给过她风花雪月的人；一个是经历岁月后，懂她却嫁不了的那个人，前者心醉，后者失眠，一个惊艳了时光，在心底留下永久的美好；一个打湿了眼眶，伴随的是一串串痛苦的回忆。而富贵是这两种人的复合体。

"因为爱，所以爱。"富贵说，"以后，不要再来找我。有的情感珍藏在心底会更加美好。"

"我记着你说的话，我只想你再背我跑两圈，以后就不再想你。"她抱着他，他蹲下身子，"好，一言为定！"

"还有最后一圈！"彩云搂着富贵的脖子，这个从小就是她男神的人，现在却成了她一辈子的遗憾，可是他们俩却没有看到，一个黑影在远处静静地站着，一场突如其来的灾难在他们俩头上降临。

"这都几点了才回来？"文慧睡眼惺忪地看了他一眼，搂着小宝宝脸朝里睡了。田富贵伸出手臂，将她拥入怀中。当他们合为一体的时候，富贵给尽男人的温柔。

"今晚怎么回事？怎么这么热烈？"文慧看着睡在旁边的这个男人，满心荡漾。

"今天刚学的一招，怎么样？"他看着满脸潮红的女人，她虽不是绝世美人，却也给了他所有。

终于，他吻了下女人的额头，长而有力的胳膊将女人拥入怀中，满足地睡去。

第二天，富贵早早起床，按照分工，三人分头行动。沈强因为要带孩子，买鱼苗的事情，富贵就叫上福根一起去。

吃过午饭，胡文生领着两个儿子，直奔他老姨家。胡文生的老姨比他大十二岁，胡文生从小就是她带大的，一直带到七八岁。

走了近两个时辰的路，终于看到了那个熟悉的小院子。三合院式的房屋，门前的篱笆稀稀疏疏，一只狗看到他们，跳着狂吠起来。吓得几只鸡扑棱棱乱飞。胡文生的老姨腰间系着蓝布小围裙，手拿一把大竹扫帚，正在打扫院子。那杂物随着她有规律的扫动而向前滚动聚拢，留下干净的地面。

"老姨！"胡文生大着嗓门，喊了一句。

老姨见到胡文生爷仨，赶紧放下手中的扫帚，招呼着进屋。正屋中间摆放着枣木条桌，条桌前面是一张八仙桌，桌子两边各放了四把椅子，屋里干净整洁。

胡文生把来意说了一下，他老姨听了，也赞成他的做法。"你姨父在田里呢，我去叫他回来。"

"我去，我知道在哪儿，您去忙！"胡文生说着，站起来，走出屋外。

很远，就看到一位头发花白的老人在刨地，胡文生快步过去。老姨父以前做过十几年的大队书记，他当过兵，打过鬼子，参加过抗美援朝，是铁骨铮铮的汉子。从部队回来后，做了大队支书，闹饥荒那年，他鼓动社员们大面积种植浅水藕，挽救了不少人的性命。后来被批判为走资本主义道路，是资本主义复辟的走狗。老姨父的批斗会也是被传为美谈。

老姨父是夜里被偷偷带走的，审了一夜。第二天，乡亲们知道以后，冲进关押他的地方，他像英雄一样被乡亲们抬了回来。世上最好的就是老百姓，只要能为老百姓干活的人，老百姓就会爱戴他，守护他。胡文生也想做一个老姨父这样的人，如果不是老姨父敢想敢干，这里会像其他地方一样，饿死很多人。

最后，那些人没有办法，只好要求他立即把藕刨掉。谁知道这藕的生命很顽强，到第二年，满河地都是荷叶。就这样，一年更比一年好。方圆十里的乡村，大小集市的藕，都是从他们这儿卖出去的。每天一大早，是最繁忙的时候，来自四面八方的人，早早就在田间等候，等他一来便开秤。去年退休回家，他每天还是和社员们一起种田劳作。

"文生啊，想不到你也有了自己的想法和打算。不错，老姨父支持你！"

两个人一路唠着嗑返回。

"有空走出去开开眼界，上海、南京等一些发达地区，多去转转，不要整天待在家里，做井底之蛙，你的眼界决定了你做事的境界，作为小队干部，带领乡亲们过上好日子，是你们义不容辞的责任。"

除了这个小地方，胡文生还真的没有出去过。"你啊，不要闭门造车，为啥当时提出隔江而治，因为江南是个好地方。我建议你先去苏州那一带看看再回来，摸索出一套属于自己的路子。江南早就解放了思想，一心抓经济。那里的人们家家都有工厂，生活富裕，我们应该走出去看一看，去学习人家抓经济的经验。"

老姨父是走南闯北的人，像他这样的老红军，如果不是他自己坚持，也可能进城做了干部。当初，他坚决不去，因为他说农村老百姓只有生活在自己的土地上，心里才踏实。文生知道，一个热爱生命的人，才会热爱这一片土地，才会热爱土地上生活的人。

"城里人上班有饭吃,老百姓靠什么?靠的只是这点土地,如果土地上长不出东西,老百姓可得要饿肚子。因此,你们要多动脑筋,只要能帮乡亲们把生活过好了,是非功过自有后人评论。如今国家已经提出改革开放,农村会像一些前沿城市,迎来春的曙光。你是生产队会计,更要花心思。"

胡文生把富贵带领大家开荒分田的事情讲述了一遍。这次富贵分田种胡萝卜都是老姨父出的主意,当时胡文生带着富贵来的时候,老姨父把这些话也说了几遍,否则富贵没有经过高人指点,很可能也不会这么大胆。

"今年,我带着大家还种了20亩地花生,20亩地油菜,这样,我的下酒菜,一盘花生米解决了,大家的食用油问题再也不愁了。"老人呵呵笑着。

胡文生把他们开会的内容讲述了一遍,老姨父说:"好,相信你们,只要能想到这些,就要抓紧干起来。"

"现在我们就怕像以前那样……"

"这点你们不用担心,不管以后政策怎么样,历史是怎么也不可能倒退的。是不是?放开胆子干,让胆大的撑死胆小的。"

文生老姨端着盘子过来,"我姨侄子,你好好做你的干部,不要听他满嘴胡言乱语。"

"我这叫胡言乱语?现在怎么能让大家吃饱饭才是头等大事。"老姨父说。

文生听了,也觉得有道理,心里的那份担心稍稍好了些。但是他还是选择了小心的做法。

吃罢晚饭,他穿上老姨父的捕鱼衣,到了他家的后塘里,挖了两口袋藕,趁着天黑,爷仨弄到家里,直接下河,栽了进去。

两天跑了七趟,整整挖了三麻袋藕苗,全部下河。

"爹,累死了,将来可得给我们兄弟俩多分一份。"大儿子胡一凡说。

"你小子,只要大伙儿能吃饱,剩下的都分给你。"

"爹,我们有没有吃饱,从来没有人问过我们。您啊,怎么心里都装着别人?"二小子胡一平说。

"你们俩比福根还大,觉悟却没有福根高。告诉你们,福根这次跟着我们也去干大事了。干大事的人从不乱说话,在家里不,在外面更不。"

一凡说:"我们知道啦,绝对守口如瓶。您啦,不知要提醒我们多少次。"胡文生拿出两节藕炒了,全家人吃得很是香甜。

藕解决了,可是出去买鱼苗的人,却没有一点消息。胡文生到田中金那儿问过,福根没有回来。他又去沈强家,周睿在照看孩子,仨孩子这次还算配合,周睿把带来的白面馒头给他们吃。

"小超,你最大,带好弟弟妹妹,要听周姐姐的话。"

正在他焦急之时,外出的人回来了。原来,附近几个集镇他们都去过,根本没有这么多鱼苗。他们把买来的三十多斤鱼苗放到河里。

"已经打听清楚了,滨海那边有,只是路途远,鱼苗无法运送。"

"也不算远,80公里左右,骑自行车一小时15公里,需要5个多小时,路上再吃顿饭,大约需要七个多小时。这样,你们先好好睡一觉,我明天和你们一起去看看。"胡文生说。

"哪来那么多自行车?"富贵说。

"自行车大家分头去借,去的人尽量一人一辆。"自行车是稀罕物,借了一个大队,一共借了6辆自行车。

第二天,大家休息了一天,第三天夜里22点,胡文生、富贵、福根、沈强、田满银、梁满仓一行六人,骑着自行车,浩浩荡荡,直奔滨海。

夜幕像锅盖,盖住了所有光亮。一路颠簸不平,六人骑有了5个多小时,富贵的衬衣都被汗水浸湿了,贴在身上。在家里他们根本没有考虑到石子路高低不平,坑坑洼洼,实在难走。福根觉得肚子里空得像一座城,两只胳膊酸痛。沈强也是汗水淋漓,屁股磨了一天的车座,痛得像火灼。田满银、梁满仓体力旺盛,却也累得直喊休息休息再走。

黎明前的那一段时间是最黑暗的,几个人根本看不见路,沈强连人带车掉进了路边的沟里,浑身衣服湿透了,寒风一吹,浑身直哆嗦。富贵只好说找个地方,休息一下再走。

可是一坐下来,湿透的衣服,寒风一吹,更觉得寒冷。

"要不我们推着车子走,这样很容易感冒。"就这样,不知走了多久,天渐渐明朗起来。路边终于看到了一家小饭店。开饭店的是一对四十多岁的夫妻,见到他们,大声打招呼。

第21章
/ 故人来助力 /

几个人奔过去,买了两笼包子,要了15根油条,喝了一大盆豆浆,吃过以后,觉得浑身有了力气，再一打听，还有两个多小时的路程。几个人不敢耽搁，匆匆上路，到了滨海，人早就下市。

"先到处去转转，看看这里人们的生活，或许能从中学到一点东西。"集市上的人熙熙攘攘，喊买喊卖，南北相差不过200里，竟然有这么大的差距。他们在农贸批发市场，发现这里还常年向社会大量供应肉牛犊、鲁西黄牛、西门塔尔、夏洛莱牛、小尾寒羊、波尔山羊、杜泊羊、黑山羊、青山羊、白山羊、奶山羊、肉驴、德州驴、乘骑马、矮马等优良品种。还有大量的花卉市场，鱼苗、鳖、螃蟹等等水产品应有尽有。更让他们吃惊的是，他们一开春就分了土地，按照现在的形势，今年产量保守估计产值能翻两番。

"你们上面有文下发叫分地？"富贵问一位正在鱼塘喂鱼的渔民。

"具体情况不明白，但是分了地大家恨不能整天泡在地里，现在水杉树苗、柳树苗、各种花卉已经销往四面八方。这些年，人们也是穷怕了，一旦有了自己的土地，恨不能种上金子。卖了秧苗卖鱼苗，一家一家比赛似的干。一个春天过去，很多人家都能买得起自行车了。"

鱼苗没买，几个人决定在这儿住一晚，问了几家客栈，住一宿的钱都够六人吃一天的了。几个人舍不得，骑车跑了周围大街小巷，没到晚饭时间大家已饿得发慌。他们找了一家简易饭店，坐了下来，打量一下，小饭店里外摆着四张桌子，里面是一小间厨房。饭店主人不是本地人，说话听不懂，他们到厨房里，指着东西要了一些家常小菜，一人一碗白开水，咕咚咚喝了下去。福根一连喝了两碗，心里才觉得有了着落。

六人要了三碗菜，破天荒要了一瓶二锅头，富贵和沈强两人喝酒，其他人喝白开水。两人几杯酒下肚，浑身有了热气。

晚饭后，几个人又去街上溜达一圈，找住宿的地方。

富贵、沈强说："去问问有没有工厂招工，如果能到这儿来上班也挺好。"

"进工厂的事情，应该不是很容易，但是，可以把人家先进的东西搬回去。"福根说。

几个人一边说一边找，还真的问了几家，结果不是本地人或没有介绍信，还真进不去。

"相隔200里路，竟然有这么大的不同，看来我们回去得好好动动脑筋。"富贵说。

"靠山吃山，靠水吃水，我们那儿没山，没水，靠什么？"沈强说。

胡文生说："抄作业也要有选择，有的对于我们来说并不适合，比如这里的水产养殖就是一大特色，可是，我们那儿根本没有这样的条件。"

不知什么时候天空下起了雨，寒风伴着小雨朝单薄的衣服里钻。看看表，已经11时30分，鱼市一般在凌晨3点半开始，他们还要在外面溜达4个小时。

路上冷冷清清的，只有几盏路灯，福根弱弱地看着漆黑的夜空说："如果我们农村能通上电，夜里和白天一样那多好。"几个人拖着自行车漫无目的地走着，身上的钱不允许他们再有任何其他的开支。

"富贵，要不我们现在去鱼市，那里既然是最大的批发市场，肯定就有遮风挡雨的地方。"沈强说。

富贵一听，拍了一下手："对啊，我怎么就没有想到呢？"

六人直奔鱼市，见人就打听。到农贸批发市场的时候，六人愣住了。四周根本没有墙壁，只有一根根钢柱立在地上，顶部用钢管焊接成半圆形，盖上一层石棉瓦，挡雨是没问题，可是这风却没法挡，所以在里面和外面冷暖没有区别。

"这怎么办？"放眼巡视，几盏晕黄的灯，在鬼魅地晃动着。忙碌了一天的人们，都已静静地入睡，一声咳嗽，都会听得很远。

"去那边！"沈强眼尖，他看到一个水泥台里面有一块用塑料布隔开的小空间。他想也没想，一头钻了进去。脚底被什么绊了一下，惯性使他向前倒了下去。

一声哇的大叫，沈强吓得跳起来。一个人从地上坐了起来。

"对不起，对不起，老乡，因为外面太冷……想进来避避风。"他边说边退了出来。

那个人点亮了小马灯，看到冻得上下牙打得咯咯响的几人，便招呼他们进去。

这是一位头发乱蓬蓬的渔民，黝黑的脸上，皱纹像刀刻出来似的。花白的头发在灯光下很刺眼，从年龄上看大约60岁。

地上铺着厚厚的干草，草上面铺着一张草席，席子上一床大红带花的洋布被子，看上去挺暖和。

福根看见被子哈欠连天，他一句话没说，倒头便睡。

"来来，大家挤一挤。"老人招呼道，几个人没客气，挨个儿躺下，几个年轻人一会儿就打起了呼噜。

富贵向老乡打听鱼苗的事情，不承想歪打正着，这老乡就是鱼贩子，他详细地介绍了鱼苗的购买情况。

老乡是老家人，因为家里穷，跟着父母讨饭过来，后来入赘在这里，安家落户。

"我们这次出来，目的就是能让大家吃饱肚子，穿暖衣裳，让他们不挨饿不受冻是我最大的心愿。"富贵说。

老人拿出20元钱给富贵："这是我对老家的一点心意，希望老百姓都能过上好日子。哦，我姓胡，胡文生的祖爷爷和我的祖爷爷是亲兄弟。"

原来还是一家人，富贵和老人又谈了一会儿，老人给他讲了一点鱼苗的购买知识，"这样吧，明早我去帮你们买，因为我在这儿时间长，他们不会也不敢坑我的。"富贵连声称谢，方才倒头矇眬睡去。

富贵醒来的时候，老人已经离去，富贵想到老人的话，又躺下睡了一会儿。

富贵再起来时，天已大亮，老人带着他们把鱼苗买好。8点，六人匆忙往回赶。

傍晚时分，三个人将鱼苗运到河边，小心地倒进河里。夕阳染醉了云层，倒映在湖面，金光闪闪，肆意挥洒着酒醉后的惬意。

"这下好啦，过年有鱼吃了。"田福加说，"家里为你们做了面条，走，吃去。"

几个人到了田福加家里。田富贵把见到的情况向福加描述了一遍："我觉得他们有很多值得我们借鉴的东西。土地现在不好分，但是其他的事情我们还可以做，比如动员社员们发展养殖业，鸡、鸭、鹅、猪、牛、羊、马、骡，都可以。自己吃不了，就拿去卖。"

"我们还可以扩大我们的编织市场，拿到周边集镇去卖。"福根说，"一个精致的鸟笼要1元钱才能买到，卖五个就五块钱，你想猪肉才8毛钱，是不是能买好几斤？如果将来把这些卖到大城市，我们就可以赚更多的钱。"福根很是兴奋。

田福加猛吸两口，把烟灭了，将长长的烟袋杆在屁股底下的凳子上使劲磕了两下说："年前，老莫因为自留地种了一些蔬菜，拿到街上去卖钱，结果三条人命没了。如果你这样大张旗鼓，社员们有人反映上去，我不敢想象后果。"

田福加说的是邻村莫友林，他把自留地全部种上了卷心菜、白萝卜，年前想换点钱用用，就用小车推了满满两大筐到集市上卖，被举报说他是资本主义毒苗，东西被没收，人被敲锣打鼓游街，三天没给水喝。后来不知怎么的死了，他的儿子听了，拿着刀去找批斗小分队拼命，当场砍死一人。王二牛那天去喝酒，没在那儿，要不然第一个死的很可能就是他。这个事情，去年发生的，说起来，谁不是心惊胆寒？

"哥，社会要进步，必须得有人付出，如果需要付出生命，我宁愿。"富贵说，"这几年，听到看到有人被饿死，我心里就难受。作为队长，我觉得让大家吃饱喝足，过上舒心日子是目前第一大事。不管如何，这个事情我决定了。再说发展养殖业只不过是就地取材，可以改善乡亲们的生活，还可以给大家带来经济上的实惠。"

"人都没吃的，拿什么来喂牲口？"

"我想买200只小鸭子，这样，我每天把它们赶到河里，鸭子不需要粮食喂养。"福根说，"我顺便看护鱼塘。"

"这个主意不错，我准备养20只羊，羊的繁殖速度快，这样一年下来，就是一大群。如果卖不掉，我们就开羊肉馆，弄羊肉给大家吃。"沈强说，"云秀现在不回来，是因为恨我没有出息，如果我带着孩子把日子过好了，她一定会回来的。"

几个人讨论了一会儿，富贵和福加都提醒沈强赶紧把周睿送走，免得日后麻烦。沈强答应着走了。

"明天开始，我让爸坐镇，全家开始编织。夏天很快就要到了，可以编织凉席、草帽、斗笠、蓑衣、藤椅等好多东西，看看能不能卖得出去。"

富贵看着福加，两人看看福根，会心一笑："福根，真没想到，你变化得真快。好好用心，将来大有作为。"

福根不好意思起来，"两位哥哥这么说，我真的很惭愧。世上没有后悔药，该读书的时候不知道读书的好处，现在是书到用时方恨少啊。"

沈强很是惭愧："你还好，聪明，无师自通。我呢，昨天在花卉市场，介绍花卉特征习性的那些字我都不认识，又穷又没文化，不怪云秀不要我。"

富贵说："你呢，带好孩子好好过，我们都把日子往好里过，终会有出头的好日子。"

"对，生活越是艰难，越是磨炼我们的意志。"福根看着富贵，"贵哥，你是我们队里唯一的共产党员，你的话我们信。"

满天星斗快活地随着他的脚步移动，半轮的月亮将他高大而青涩的身影映在地上。他要到社场将这三天的所见所闻告诉父亲，他要把自己的想法与打算同他们交流。他吹着自己喜欢的歌曲，心里装满了阳光。

"不要你管我！"一条人影飞奔过来。

"站着，你听我说。"后面一人在奔跑，"你听我说，站住！"

"我不听，就是不听。"

福根正在纳闷，不等他走过去，前面的那个人像炮弹一样，扑通跳进河里。

"不好，有人投河！"福根忽然醒悟，来不及多想，一头扎进水里。

第22章
/ 远走去他乡 /

水冷得他直打战，福根在水里扑棱着，他忘记自己不会游泳。他想喊救命，可刚一张嘴就咕噜咕噜喝了一大口水。他慌了，看着前面的人头和自己一样在挣扎。他想回到岸上，却回不去。他感觉自己的身子越来越重，像有什么拉住似的向水底沉落。

"福根,张开双手,让自己漂浮起来。"有人喊,"别怕,用手划水,让身体移动。福根,学着我的样子。"是沈强。福根学着他,划动双臂,身子果然在向前移动。

"用脚踏水,像走路一样,有节奏地向下踏,让身体更多部位露出水面。"沈强继续喊。可是福根双腿却像螃蟹爪,不听指挥。他一慌神,咕噜咕噜又喝了一大口水。

"用鼻孔吹气!"沈强拽着那人快速游过来,沈强知道,憋气入水的时候,其实水是不容易进入鼻孔的,而只有在慌张的时候水才会入口,他要福根尝试着水下憋气。

福根两脚像跳财神似的,一纵一纵,仍然阻止不了下沉。沈强一把拉住福根,用力一推,福根到了岸边,脚底落地,他心里稍微踏实了些。沈强抱着那人上岸,又过来,将福根拖上去。

"没事吧!"沈强说。

福根坐在地上,再看原来是周睿。周睿脸色惨白,沈强正掐她人中。

"这样不行,快催水。"

沈强蹲在地上,将周睿头朝下扛在肩上。周睿吐了很多水,人苏醒过来:"你让我去死了好了,我这样活下去还有什么希望?"

沈强不说话,几个人七手八脚把周睿劝说回去。女人一旦掉进感情的旋涡,要么被吞没,要么重生。周睿躺在床上,像一只受惊的兔子,楚楚可怜。

福根他们回去,富贵见周睿已没事,要回家,沈强拉着他让他想办法。

"我有啥办法,其实,她是真的爱你,是那种不要命的爱,只可惜她爱错了人。这样吧,你赶紧去把云秀找回来,这事情就解决了。"

"我一直在找,亲朋好友,远近街市,可是到哪儿能找到她?"沈强说的是真话,富贵当然知道。富贵说发动群众,大家再找找看,让他妥善安置周睿,尤其是要提防王二牛,如果不是他,周睿也许不会这样。

富贵走后,沈强在地上搭了个铺,周睿睡在他的床上,三个孩子睡在一张床上。他在那儿想心事,听到外面好像有人走过,沈强屏住呼吸,轻轻出门。沈强绕着房子找了一圈,原来是一只小羊,他知道这肯定是福根家的,便把小羊送回去。走到半道,见福根正提着马灯在到处找呢。

几只小羊是他的命根子,月婵的赔偿钱还要靠它呢。沈强回家,周睿还没有睡,她说:"我不要你的爱,求你给我一个像你这么帅气的孩子,这样,我以后也有个依靠,才有活下去的勇气和希望。好吗?"那柔润光滑的身子,钻进他的怀里,他失去了天地。

"强哥，拜托你照顾我父亲。"她躺在他怀里。

"你去哪儿？"

"父亲让我到香港去。父亲早就托人把手续办好，他在银行给我留了一笔钱，足够我生活无忧。不过，凭我的英语水平，到那儿找一份翻译工作是没问题的。总之，你放心，我一定会照顾我自己。"

"你一个人？"

"是的。"

"一个人你不怕吗？"

"不怕，女人最宝贵的东西已经给了你，再也没有什么让我畏惧的。"月光从窗户溜进来，照在那条孩子们挂的布帘上，其实也就是一床破被单而已。

沈强将周睿抱起来，放到床上："你将来一定会后悔的。"

"你爱我吗？"

"爱，看见你的第一眼就喜欢你，但是我是有家室的人，不求非分之想。"

"这一去，我们今生很可能再不相见。"

"如果你怀了我的孩子呢？也一辈子不让他见我？"

"是的，他只属于我，除非那时候你已经和她分手。不过，你放心，如果有孩子，我一定会好好照顾他。"

"那你过几天再走，带着我们的孩子走。"

男人女人一旦有了肌肤之亲，连空气都变得香甜。他们也是，一旦突破了防线，便如长江之水，滔滔不绝。

"其实，我也不想让自己留下遗憾。因为在这里，你是第一个冒着生命危险救我的人。"

"你真的有叔叔在国外？"

"听说在香港，我这次去也是父亲的意思，希望能找到他，问问他过得怎么样。"

那夜，浓得像蜜，短得却像闪电。黎明时分，沈强送周睿回去，周睿父亲看着沈强，没有说什么，让高叔从地窖里拿出两升玉米和大豆，让沈强带回去。

"这就是你的闺房？"周睿把沈强带到后院，黛青小瓦，青灰砖作墙，地面上铺满了一块块正方形带花纹的砖头，一张高级红木床上放着红绿两床绣花丝被。床头桌子上，一盆月季开得正盛，小小的花枝上，开有十几朵，火红火红，屋里一股淡淡的香味，沁人心脾。墙上几幅精致的山水画，床头一张呼之欲出的美男子画像，正笑吟吟地看着他们。"这是你画的？"沈强问。

"是，你看看像不像？"

"比我这个真人还像。周睿，你真了不起。"沈强第一次知道这个柔弱的姑娘竟然如此多才多艺。

"那是什么？"

"钢琴，排解孤独寂寞最好的工具就是抚琴作画。钢琴，可以奏出我的心声，绘画可以画出我的牵挂。"周睿坐到钢琴前面，十指如葱，在琴键上忽而疾如闪电，忽而缓如流水。

不知不觉已到夜晚，窗纱微亮，四周静谧，两人即将离别，更是难舍难离。

"今后我独居一隅，留下来思念更是一种折磨。"泪水涟涟，沈强却不能不走。

周睿的父亲给了两碗洋干面，沈强用来做了半锅手擀面。看着孩子们已经睡熟，他出来到现在已经三更天。

"你去之后，要常给我写信。"

"是的，如果我在那边定居下来，就把父亲接过去，让他把这房子留给你，省得孩子们冬天睡在那到处透风的屋子里。真担心，雨水来的时候，你那房子会倒掉，"周睿看着他，"让这张床真正成为我们最幸福温暖的地方。"她说完，低下头，两朵红云飞上面颊。

第二天下午，沈强送她到火车站。

"周睿真的走了？"月婵问。

"是的，昨天下午走的。"两人正说着话，福根匆匆找到月婵，"从今天起，我也要跟着你上学。"

月婵没想到他会说出这样的话，那些孩子最大的十二岁，最小的才五六岁，他这么大一个人坐在中间会是什么感觉？月婵不同意。

"我要和你在一起，分分秒秒看到你。否则，你像周睿那样有一天忽然走了，我是不是得后悔？"

"男儿汉，事业为重，哪有在儿女情长上能有出息的？"月婵说，"你赶紧想办法去实现你的那些目标，我呢在这里好好教孩子们学习，让知识去打开孩子们心灵的窗户。"

"我也要打开心灵的窗户。"月婵的心情舒畅起来，整个人显得更加青春美丽。

尽管月婵不同意，福根还是坐在了那些孩子中间，真正是鹤立鸡群，不过呢，福根是利用业余时间学习，田中金见儿子肯学习，很是高兴，月婵只好随便他。

清明过后，天气一天比一天热。身子骨硬朗起来的田中金事情更多。三分自留地里种了菠菜、卷心菜、黄瓜、小白菜、香瓜、辣椒、莴苣、豇豆等等，在社场边上他也种了一些。

胡萝卜终于丰收，足够家里吃上一阵。眼瞅着麦穗上一层星星似的小白花逐渐掉落，福根已把小学课本全部学完，他的编织工艺也越来越精细。

福根为月婵编织了一顶帽子，非常精致，近看像一朵火红的玫瑰。月婵爱不释手，整天戴在头上。本来近处的人很多不知道福根会编织，可月婵就是活广告，现在请福根编织的人越来越多。县城那位订货的人过几天就要过来，如果成功，他们就可以安心编织，赚手工钱。

福根要求自己准备材料，帽子不仅好看，还能遮住太阳。福根还可以根据人的脸形编织出来。帽子戴在头上，像英国女王，非常有气质，受到姑娘的追捧。有一个女孩为了求得帽子，甚至拿粮食交换。月婵建议，一顶帽子工钱1块，猪肉8毛钱一斤，一顶帽子够1斤猪肉的价钱，这样福根的劳动就不会白费。即使这样，福根的帽子也供不应求。

"贵哥，眼看夏天就要来了，这几天编织需求量明显上升，仅仅凭我们几个人根本应付不过来。我们把愿意利用下班时间编织的人组织起来，根据编织的东西赚取不同的手工费，这样到夏天这段时间可以狠赚一笔。"福根说。

"好，就按照这样的要求来做。"下午下工前，富贵把编织厂招工信息一发布，报名的人还不少。田中金负责教学，男人编织农具，女人编织帽子。

涟水县城的那位合作伙伴朱事成在周末一大早赶到了田家湾，看到他们按照要求编织出来的东西很是满意。对于材料供应这一块儿，朱事成说他宁愿涨几分钱，让大家想办法。第二天，来了一辆小货车把编织品全部拖走，算算除去材料，一个星期的努力，可以买一大口袋米，众人更是兴奋。

编织厂由原来的几个人已经发展到十几个，田富贵负责原材料，福根负责管理与教学，胡文生负责销售。到月底，每个人的工钱竟然能分得6块多钱，社员们沸腾了。

短短一个月的时间，福根竟然赚了30多块钱。4月底，是福根最高兴的一天，他把这些钱全部用来买了刚出炕的小鸡小鸭小鹅。

"五月榴花照眼明，枝间时见子初成。"门前那棵石榴树开花的时候，福根又买了3只羊、50只小鸡、20只鹅。月婵除了给孩子们上课，已经学会了打猪草，帮福根放羊。

"贵哥，现在应该鼓励大家发展养殖，现在河里的一些水草都是很好的鸡饲料，再说水草不捞起来，也会把鱼闷死。"

"这个我看行，"富贵说，"明天开会鼓励大家，发展家庭养殖业。"

第 23 章
/ 灾难突袭 /

"老师，我也想要只小羊。"

月婵看着三娃，"你会放羊吗？"

"会！"三娃看着老师，很认真地说。

"你告诉我怎么放羊，说来听听！"月婵看着他。

"老师，我们这儿有很多青草，我每天早点起来，把它放在草最好的地方，下课的时候，我再去换一个好地方。这样，把它们养大了，卖点钱，我和哥哥姐姐就有东西吃了。"

"这个嘛，老师帮你想办法！我们上课。"孩子们坐得端端正正。

"田福根！"

"到！"福根站起来，月婵忍住笑，"作为有着五千年悠久历史的中国，我们要学会乐于助人，乐于助人，你懂吗？"

"报告美女老师，我懂，就是帮助别人，不要求回报。"

"理解得不错，那我问你，你是否愿意把你的小羊送给需要帮助的小朋友？"

"本来我打算两个月后，多给几只，现在三娃已经提出要一只，这事明天照办，20只小羊里面，让他任选。"福根说完，三娃听了开心地跳起来。

"夫子循循善诱人，博我以文，得我以礼。三娃因此叫博文，希望他将来能博我以文。"月婵一本正经地说道，"从今以后，不许三娃三娃地叫，应该叫他沈博文。"

下课了，福根忙着去富贵那儿，月婵抱着作业去改。三娃正和小朋友玩溜溜球，大个子男生王怀南说："沈博文，听说你爹把人家小老婆拐跑啦，县里有人来找你爹要人呢。那时候，你爹交不了人，当心武松来把你给杀了。"说着拿出书在脖子上一抹，同学们都跟着笑。

"我妈说这就叫野鸡配破鞋。"又一个小朋友说。同学们哄堂大笑。

"叫你说我爹！"沈博文一头冲过去，和王怀南打在一起。

月婵听到动静，跑了出来。俩当事人站在那儿低着头不说话。月婵说："博文，他们骂人不对，但你打架也不对。你不要听他们瞎说，周睿阿姨是好人，现在她去了很远很远的地方，你们再也不会看到她。所以呢，你先回家，今晚老师就把小羊送到你家，好不？"

"真的？"沈博文看着她。

"真的。"

三娃说："月婵姐姐，我想妈妈啦，我想当我有钱的时候，我妈就能回来，所以我要像你期望的那样，博学好文，将来考上好大学，把你也接过去住在漂亮的大房子里。"月婵摸着他的头，孩子们回家去了。

月婵收拾好东西，福根和小豆子走来帮她搬桌凳："自从周睿走后，强哥像换了个人似的，整天不肯多说一句话。"周睿走后，周财主着实对沈强不错，不仅给了半口袋玉米，还给了他一袋高粱米，度过了最困难的时候。村里人难免风言风语。

"可以想象，他的压力有多大。如果不照顾周睿父亲，怕周睿伤心。如果照顾，乡邻又说他是吃软饭的，他现在也是左右为难。"

周财主几次派人来让他搬过去，沈强自然不肯搬到周家，可房子已经破旧不堪，汛期一到，恐有坍塌危险。"大丈夫能屈能伸，过了汛期再把房子修好不就可以了？我们去看看他。"月婵提议道。沈强拿出周睿硬塞给他的一点零钱，几个人决定再凑一点，准备修房。

"到时候我们都去帮你，"福根说，"明天是星期天，早上让博文去割羊草，如果他能放羊，我自会给他小羊。"

"孩子知道能高兴坏了。"沈强说。

第二天晌午，月婵和福根抱着小羊过来，正在割羊草的三娃听说以后，撒腿就往家跑。离得很远，就看到门口有三朵小白云在咩咩地叫。

"咩咩！"沈博文跑过来，一把将小羊抱在怀里。它长着一身雪白而光滑的毛，显得干净利索。它那四条腿粗壮有力，每只蹄分成两瓣，每瓣上都穿着一只"小皮鞋"。小山羊的尾巴不长，常向上翘着。它一边摇着小尾巴，一边挣扎，嘴里"咩咩"地叫着。

沈博文将脸贴在小羊的脸上，那两个小雪球，也胆怯地看着他。

"老师，它们有名字吗？"

"这两个是双胞胎。"月婵说，"你可以给它们起个好听的名字。"沈博文放下那只小羊，又过来抱这双胞胎。

"我给你取名大哥，你叫小妹。"他抱着最小的那团云说。这只小羊立刻竖起耳朵，在他怀里一动不动。旁边的"大哥"慢慢过来，几根长长的眼睫毛下，一双机灵的黄眼睛，看着沈博文。它用突出的嘴巴轻轻拱着沈博文。沈博文摸着它嘴上又稀又短的胡子说："是不是嫌弃名字不好听？关公有胡子，称为美髯公。那你就叫小虎。"他又看了看那只最小的羊说："它叫小虎，你叫小可爱。"

月婵看着沈博文，"沈博文，老师今天要出题考考你。"

"老师，您尽管出，我每次都是一百分，不怕考试。"沈博文看着老师，抱着小羊说,"你们的主人可聪明着呢,你们也来听题目。"

"老师送给你三只小羊,等到过年的时候,能变成六只吗?"

"能,我可以把它们变得更多。"月婵听了这话,摸着孩子的头笑了:"好,过年的时候,我来检查。这是作业,争取交一百分。小羊你既要好好喂养,这学也要好好上。"

"我不去上学,他们老是骂我。"

"老师向你保证,以后再有谁骂你,我一定罚他回去反省。"

"有我在,没人会欺负你的。"福根说,"以前我无所事事,整天跟在别人后面打打杀杀,常常因为打架,被人告到家里。你看,我现在不也改正了?"孩子看着他笑。

月婵说:"以前我才不想教书呢,现在看到这些可爱的孩子,却情不自禁地爱上了教书。"

"你也应该情不自禁地爱上我。"福根说。两人说笑着向田里走来。犁地出垄,棉花准备下种,红薯苗将要扦插,大家忙得不亦乐乎。月婵决定放假半天,和福根一起帮忙劳动。

两人到地头,一捆捆崭新的尼龙膜躺在地上。泥土已经用滚子碾成粉,用尼龙膜盖起来。棉花技术员江峰说:"如果泥土肥料不够,会影响棉花的出苗率和后期生长。"

他的声音很好听,像收音机里的播音员。文慧看着技术员,人长得不咋的,却有这么一副好嗓门,如果唱歌,肯定像富贵一样好听,她心里想。

根据技术员要求,土里面又拌进了一些草灰和晒干的牲畜粪便,拌了适量的水。技术员拿起机器,示范着打了一下,泥墒光滑,顶部的凹槽深陷,种子放在里面,会是一张舒适的床。

技术员讲了一些要点,和大家一起干起来。到下午三四点的时候,天空忽然响起了闷雷。"不好,正月打雷遍地贼,二月打雷遍地蛇,这刚到五月打雷是何征兆?"彩云过来,斜视着富贵说。

富贵抬头看去,从西南方向涌起大团大团的黑云,向头顶直压下来。远处,好像有一道亮闪闪的水墙向这边快速移过来。

"大家快跑,雨来了!"不知谁这么喊了一声,大家慌忙给泥墒盖好尼龙膜向家里跑去。

福根跟着大家一起跑,没跑几步,那堵呼啸的水墙一下子将他拉了进去。紧紧地裹着他,让他喘不过气来。福根觉得自己好像掉进了大海的漩涡,人跟着漩涡转动。耳边除了哗哗的风声和雨声,他什么也听不见。

福根来不及多想,尽量低下身子,猫着腰,向前奔跑。可是,风太大,像有一只大手,愣是将他往后面拽。

"龙卷风？台风？"几个字忽然跳出他的头脑，不容多想，人已经被风裹着雨旋出去好远。有一个人撞在他的身上，是文慧嫂子，他一把拉她过来，两人来不及多想，紧紧抱在一起向前滚动。

雷声在头顶咔嚓炸响，一道闪电划破了漆黑的天空。借着闪电的光芒，福根见他们已经到了社场后面的大河。

他趴在地上。将身子紧紧贴着地面。只要地上有能抓的东西，就死死地抓住它。刺眼的闪电在墨云里乱窜。耳边除了雷声的轰炸，就是呼呼的风声。

忽然，他狠狠撞上了一棵树，福根顾不得疼痛，伸出手，死死抱住了大树。暴雨和狂风贴着地面，疯狂而过。好像一只有力的大手，将福根拉直，他的身子像"一"字飘在空中，手里的文慧飞了出去。接着听到一声咚的落水声。

"文慧姐！"风淹没了他的声音，他死死地抱住那树干，噼啪一声响，吹断的树干砸了下来。他一头窜进沟底，落在一个人身上，旋风从他头顶飞过。

"贵哥，快，文慧姐掉河里去了。"富贵爬起来，一头扎进水里，水很冷，但是风却小了很多。前面水里有人在扑腾，他赶紧过去，把文慧托上岸："河里还有人！"文慧大声说。

"你抱紧树根，趴在地上，我下河救人。"文慧抱着拔起的树根，闭着眼，死也不松手。富贵转回身，一头入水。

过了一会儿，雨墙没有了，风也小了很多。

"富贵，富贵！"文慧站起来，河里没有人，也没有声音。她大声喊，沿着河边跑，还是没看见人。文慧心里一阵恐慌哭了起来，拔腿朝家里跑。家里没人，文慧亲眼见他跳入河中，怎么会不见踪影？她回头跑，福根跟了上来，大口喘气道："贵哥受伤了。"

"在哪儿？"

"大队卫生室。"

文慧一听，吓得哭起来。福根拉着她就跑。

"富贵，要不是你，彩云还不知怎么样。"胡天民说。当富贵再一次入水的时候，彩云已经飘出去很远，富贵游过去，将彩云拖上岸去。

"我实在没有力气了，前面有一条沟，滚过去。"

"我也没有力气。"彩云大口大口地吐水。

"文慧，文慧！"富贵想到文慧，大声喊，哗哗的雨声掩盖了他的声音。他咬紧牙关爬起来，像推磙子似的，将彩云推着离开岸边这危险的地方。

福根却被一根倒下的树枝砸到了腿，被胡天民他们救到卫生室。卫生室里到处是人，吵吵嚷嚷，大哭小叫，嘈杂无比。见到福根，富贵赶紧让他们去找人："你们赶紧去找找看还有没有被砸伤的，尤其是年龄大跑不动的人。"

福根看着富贵，第一次觉得这个人给他一种说不出的感动，自己伤成这样，挂念的却是别人。

雨后的空气里漂浮着难闻的气味，龙卷风走过的地方，触目惊心，简直就像世界末日。社场边，那棵两人合抱的大树被连根拔起，歪倒在河里。社场上的草垛子被吹散，草飞得到处都是；屋顶大多数被掀掉了盖子，露出几根光溜溜的脊梁。

"老天发起脾气来，真是可怕，幸亏那棵大树，要不然我也没了。过两天我要去好好地拜它一拜，感谢它的救命之恩。"

"这是必须的，如果没有那棵大树，我也未必能上来。"想到那天的情形，福根心有余悸。

第24章

/ 灾后重建难 /

经过统计，这次龙卷风造成的损失相当惨重。相邻的两个大队，房屋被毁230多间，砸伤130多人，砸死15人，掉河里13人，淹死5人，其中有两个八九岁的孩子。

沈强的房子全部倒塌，富贵安排他和孩子暂时住到生产队的粮库里。除了沈强，还有三户也安排到了社场，会议室全部腾出来住人。

粮库里很是潮湿，各种农用工具堆在屋里。沈强忙着打扫，门外进来一人："东家说，让你们搬过去，等房子弄好再回来。"高叔推着平板车过来，把东西往车上放，"既然是大小姐吩咐的事情，东家不会不管。"高叔说话不快不慢，却很有威严，不容置疑。

"我们才不去呢，房子倒了我们自己赚钱买，我现在有三只羊呢。"三娃说，小超也说不去。高叔不说话，只是把那些家什往车上放。

"去吧，孩子们不能跟着你受苦。"富贵说。

沈强犹豫了一会儿，帮着把东西放在上面。收拾好，让仨孩子坐在上面，拉着一起过去。

孩子就是孩子，从没有住过这么好的房子，感觉很新鲜，如意和小超住在西厢房，沈强带着三娃住在周睿的闺房。沈强看着这熟悉的一切，想到那神魂颠倒的两日，对周睿越发感到愧疚不安："如果真的怀孕，她只身在外怎么办？她能不能找到她的叔叔。这个傻女人，千万不要有事。"一夜头脑里胡思乱想，迷迷糊糊之时，听到高叔扫地的声音，哗哗地清晰地传来。沈强披衣下床。

"昨晚没休息好？"高叔瞟了他一眼，低头干活。沈强知道自己的熊猫眼出卖了他。

"我要回去上工，等孩子醒了，请您让小超带着弟弟妹妹一起回家。"孩子们第一次有这么舒服的被子、温暖的床，一个个睡得正香，沈强不忍心叫醒他们。

"饭已做好，你吃点去，孩子等会儿我送过去。"沈强走到前院的时候，周财主坐在轮椅上，正在喂那只已经脱了毛的金丝鸟。这个从小在他心里就是十恶不赦剥削老百姓的人，此刻却像和蔼慈祥的长者。是不是因为周财主给予自己这点恩惠，自己态度有所改变？沈强有点怀疑是吃人的嘴软，拿人的手短的那种感觉。

日子还得继续。好在土豆已经能刨，豌豆已经熟了。为了安抚灾后心情，富贵决定上午刨土豆，下午摘豌豆，分给大家吃。

"富贵啊，幸亏你有远见，否则都种玉米的话，又是颗粒无收。"田中金牵着牛过来，没有人说话。田地里寂静得要掉下泪来。

"把嫩的豌豆全部分给社员们回去煮给孩子们吃，成熟豌豆晒干后，可以磨豌豆粉，大家爱怎么吃怎么吃。"胡文生夹着公文包，在田头走来走去，没有一个人像以前上工那样嬉嬉闹闹，都在低头干活。

"回去吧，太阳都落山了。"胡文生看着田里被连根拔起的麦苗，看着站在田头的富贵，他的心里何尝不痛苦，"你看，没有夕阳后的黄昏，哪来充满希望的旭日，对不对？万事万物，相生相克，无下则无上，无低则无高，无苦则无甜。这是老天对我们的考验。"

余晖落在富贵身上，将他那孤独强壮的身影拉得很长很长，"本来我满怀希望，这次麦子丰收，再加上下半年努力，大家都能过上一个吃饱白面馍馍的年。现在，所有的希望化为泡影。"他说着，蹲下身子，鼻子一酸，竟落下泪来。

"不用伤心，最困难的时候我们都挺过来了，还怕什么？与天奋斗，其乐无穷！与地奋斗，其乐无穷！与人奋斗，其乐无穷！关键是要振作起来。上半年没有，我们还有下半年，明天把这玉米全部砍掉，改种棉花。"胡文生说完，蹲在地上啪嗒啪嗒地抽起烟来。除了砍掉，还能有什么办法？

"集中起来，留喂牲口。"富贵拿着本子，猛地一甩，站了起来，下了决心似的说，"每家出两个劳动力，半天就可以结束。"

"那就抓紧时间，不能再耽搁了棉花播种期！"胡文生说，"心疼也没有办法，好

099

在天无绝人之路。"

福根拄着拐杖，坐在凳子上，拿着小本子，"这几天，我们务必看好我们的果实，明天上午还有半天就可以结束，下午分给社员。这几天，正是青黄不接的关键时期，我们这点东西要看好，大家听到没有？"

"队长，你放心，我们一定完成任务。"

"今晚，八人分为两班，前半夜四人，后半夜四人。"福根说。柳儿拿着煮熟的土豆过来，几人抢着吃了，土豆有土豆的味，红薯有红薯的好处，可是再怎么好吃也抵不住白面馒头的诱惑。

"柳儿，你会做面条，我很想吃。"福根说完，觉得后悔，这时候想吃面条，简直就是为难柳儿。于是他赶紧说，"算了，柳儿，我也只是说说而已。"

一阵困倦袭来，福根打个哈欠正想休息会儿，外面一人跑进来喊道："福根，有人把我们的土豆偷走了。"

"你放心，胖墩他们已经追过去了……"小豆子说。

他还没说完，福根已跑了出去，小豆子跟在后面追。偷土豆的是董庄的人，四个人被逮到两个。

"福根，你们会编织换钱，你们有胡萝卜、有土豆、有豌豆吃，我们现在除了倒了一片的玉米，什么也没有。家里老人几天没有吃的，病在床上奄奄一息，请你们行行好，救救我们大人小孩吧。"

"给了你们，我们怎么办？"胖墩说，"这也是我们村人的命，如果不是贵哥他们，我们和你们一样饿着。"

"这样吧，今夜事情既往不咎，这口袋土豆你们扛回去，但是，必须分给那些饿了几天的人。如果你们想编织，也可以带着材料来参加，到时候我教给你们。"福根说完，董庄的人千恩万谢地走了。

早上，田富贵召开会议，砍掉没有收成的玉米，所有麦田全部改为水稻，定于5月16号集体落谷。

为了落谷工作顺利，生产队派给他们的定队技术员还是江峰，他被安排住在胡文生的弟弟胡天民家，这次要到稻苗棉花苗全部栽种结束才能走。彩云听了很是高兴，她心里有个打算，儿子的作业，以后可以请技术员辅导辅导，这是第一；第二，生产队的补助也很诱人；还有更重要的一点，以后她可以更多地看到富贵。当生产队宣布决定的时候，她高兴地攥紧了拳头。

正想着，田福加和一名年轻人走了过来。富贵说："请大家以热烈的掌声欢迎江技术员为我们讲课。"

江峰走了过来，看他的年龄，也就在25岁左右，很瘦，一件蓝底带小花的衬衫，穿在他身上，像魔术师的道具。鼻子上架着一副深度黑边框眼镜，他将衣摆束在腰里走，步伐轻快敏捷。

"技术员，你怎么长得跟小娘们儿似的，你看看我，都够两个你了。"王二牛的老婆苗银凤大声喊。

"就是，那小身板看着上炕都费劲。"几名妇女跟着起哄。

富贵大声说："大家安静，现在我们听听技术员的指导。"

江峰走到前面，一个抱拳说："大家放心，我们今年采用的是抗虫棉，这种棉生长期普遍缩短，我们选择的是中早熟品种，一般在125天左右。播种过早，温度低，易烂籽、烂芽，病害严重，造成缺苗断垄；播种过晚，温度高，易形成高脚苗，不利于培育壮苗。"

"再说，这儿的盐碱地春季地温回升慢，造成地温低，棉花播期要比一般棉田适当晚些，以4月25—30日为宜。应根据天气宁可晚播几天，也要确保足墒下种。"技术员的话说得合情合理，有根有据，没人再提出反对意见。

土壤翻晒、拌肥、造墒、下种、盖膜，一连忙了一个星期才结束。离水稻育苗还早，地里活儿不是太多，灾后人们的心情需要调整。胡文生决定搞一些节目，活跃活跃气氛。大队宣传队出两个节目：一个淮海戏片段，另一个是歌舞。其余的由生产队安排。

生产队开会宣布，出节目的给全分。大家听了都非常高兴，很多人报名。几个干部要求富贵来个扬琴说书，技术员也来个节目。本来富贵不想去，可是文慧怂恿他去，他只好答应下来。大家兴高采烈地回家准备节目，两天后上台表演。

富贵叮嘱月婵，务必准备一个节目。月婵想，这正好给孩子们一个展示他们的机会，便答应下来。因为时间紧促，他们下午就在社场上抓紧排练了一首歌伴舞，如意领唱，三娃、王怀南等六名男生，婷婷、兰兰等六名女生，一共十二人跳舞。社员们下班后，都围过来饶有兴致地看着孩子们排练。

"月婵，我也是你的学生，怎不给我上节目？"福根站在队伍后面，跟着小朋友们胡乱跳舞，逗得大家笑得直不起腰。

胖墩也过来，那肉肉的屁股一扭一扭，把大家笑得眼泪直飞。富贵看着自己的两个女儿跳得煞有介事，正在饶有兴致地看着，胡文生过来，喊了他就走。

"你前几天托我找的人给你请到了，他在我家里。"两人快速往回走。刚到门口，一个四十岁左右的男人从屋里出来。

"这个就是我同学介绍的烧窑专家陈能喜，他原来在县城最大的窑厂干了好几年，具体事情你咨询他。"两人落座，富贵直奔主题："因为前些日子遭遇了罕见的龙卷风，很多房子倒塌。房子重建迫在眉睫。"

"找我何事？"

"陈兄是烧窑专家，我们想承包一个窑厂，自己烧砖盖房，以您的经验看，怎么样？"富贵问。

"反正要盖房，那砖墙瓦房住着宽敞又明亮，不像茅草屋，白天都黑漆漆的看不真切。"胡文生说。

陈能喜说："现在窑厂基本都是公家的，哪有自己承包的？这我还真没听说过。"

"如果我们自己搞一个窑厂，不就是我们自己的了？"

"无证经营，估计行不通。"

富贵想了想说："这些事情由我来，烧窑设备和技术还要请您倾囊相授。"

"这样吧，等你们窑盘好了，我一定过来。"

"就这么定了，不过还请您现在替我们保密。等一切准备妥当，我再请老兄过来指导。"三人一直谈到深夜才散。

第25章
/ 富贵的野心 /

"这窑厂你真的要搞？"胡文生说，"你这野心也太大了吧？这动静闹大了，可不是玩的。"富贵当然知道其中厉害。这个村子，这么多年，砖头都很少见，更不要说烧砖。富贵的这个大胆行为让胡文生很是吃惊。中国老百姓骨子里的那种顺从与谦卑，在他身上好像被洗过一样，一种新生的精神焕发出别样的光彩。胡文生心里想着。

福加听说以后，吓了一跳，这个想法也太大胆了吧？尽管现在说是改革开放，可谁知道历史会不会卷土重来。他没敢答应。

"你们都怕啥？你们看报没有？现在国内很多农村都在大搞改革。"富贵说，"你们不敢，我一个人做。"

这个想法太大胆，必须得找人劝劝他。胡文生想了会儿，直接向场上跑来。第一个节目已经结束，演员们腰间系着大红绸，"一定是那好看的扭秧歌。"文生有点后悔。

文慧已经上台演唱了，正是他最喜欢的《霸王别姬》。津津有味地看完，才想起来，正经事没干。也许，每件事每个人都有他们一定的定数，今晚应该是快乐时刻。胡文生这么想，心安理得地看起戏来。

文慧的唱功，可是方圆十里，无人能及的，会场上人们挤得水泄不通，掌声阵阵，文慧一下场，就是月婵他们的表演。看到福根，胡文生想，也许这个小子能劝劝富贵。怎奈人太多，他无法挤到前台，只得在远处，坐在地上看节目。

"下面请大家以热烈的掌声欢迎贵哥和江峰为我们表演。"月婵拿着生产队的大喇叭，站在台上大声说。下面掌声、口哨声连成一片。

富贵搬来心爱的扬琴，江峰背着一个比二胡大点的东西，也过来了。

"会计，那是什么？"有人问。胡文生五音不全，对音乐完全没感觉，当然也说不出这是什么。那人悻悻而去。

"这是琵琶！"月婵拿着乐器站在台上大声说，"白居易曾写过一首著名的《琵琶行》。"月婵说着，在台上坐好，抱着琵琶弹唱起来："千呼万唤始出来，犹抱琵琶半遮面。转轴拨弦三两声，未成曲调先有情。弦弦掩抑声声思，似诉平生不得志。"偌大的会场安静下来，福根坐在台下痴痴地看着，觉得此时的月婵就像九天的仙女，月中的嫦娥。

月婵弹罢，盈盈下拜，先是一片安静，继而掌声雷动。有很多年轻后生涌过来，喊着要月婵再来一个，福根站起来大声说："来，掌声欢迎田队长上台！"

富贵笑容满面从后面挤进来坐好，江峰坐在他的左边。富贵清了清嗓子，"老少爷们，姑娘小伙子们，今天给大家来一段《包公铡美》！"

话音未落，台下一片叫好。富贵左手打快板，右手敲击扬琴，技术员抱着琵琶，两人一起弹奏起来。

"柳儿，你看江峰这小子还真有两下子！"

柳儿正专心听书，丝毫没有听到文慧的话。那像苹果一样白里透红的脸上，一双大眼睛一眨不眨地看着那俩人。柳儿今晚穿着一件花格子小褂，那成熟饱满的胸像成熟的柿子，高高耸立在面前，诱人眼睛。长发及腰的大辫子末梢，用红丝带系着一对蝴蝶结，一走路，像两只蝴蝶在屁股上飞来飞去，煞是好看。

铁蛋坐在柳儿身边，张着嘴巴，傻笑着看台上的富贵。贵哥可是他崇拜的偶像。

"你的口水都流出来了。"柳儿递过手帕。铁蛋尴尬地笑笑，用衣袖一甩，柳儿见了捂着嘴笑。这小子，现在有事没事地挨着朝她靠。文慧看了，心里暗暗欢喜。

忙了一下午，歇下来，文慧直打瞌睡。趁富贵目光扫过来的时候，打了个回家的手势，抱着小宝回去了。

文慧刚走，福根窜过来，拉着铁蛋："怎么，看上柳儿了？"

"福根，她现在不是你的心上人，我可有喜欢的权利？"

"没事，但我想告诉你，你要真心喜欢柳儿呢，就要对她好点儿，你知道不？"

两人正说话，胡文生过来，拉走福根。福根听说富贵要烧砖头，振臂一呼："胡会计，贵哥还真是不同凡响的人，他如果能带领我们住上大瓦房，我全力支持。"胡文生没想到福根会这么说，赶紧把话题岔开："福根，我是想请你去劝劝富贵，你怎么也跟着胡来？"

"怎么啦，两人在这儿说相声？"胡文生抬头，原来是富贵。

"富贵，你来得正好，烧窑那事情是不是还要斟酌斟酌。陈能喜那儿我去回了他，毕竟我们这祖祖辈辈没人干过这样的事。"胡文生说。

"文生，我偏偏要去干。你见过城里没有。你说，我们做干部的，不为社员谋福利，还要我们干什么？"胡文生知道，如果再说，两人又得杠上。福根一见两人不说话，赶紧打圆场说："贵哥，现在你可成为名人了。"

"那可不是？今天一早，三个大队的人来找我去演出，我告诉他们，我是队长，以身作则，只给本生产队乡亲们送快乐，其他地方就免了。"富贵说着，哈哈大笑。王芳赶紧倒茶递水，三人一边喝茶一边聊天。

"时间一长，分田到户的优势就看出来了，我们那块荒地现如今就是黄金宝地，没有一寸空白。这充分说明，种地要像学习一样，充分调动农民积极性。你看能不能把稻田也分给乡亲们？"

胡文生一听，连忙摇手："这个你就不要瞎胡闹了，这么大的事情，上面一旦追究下来，不光你我，肯定要连累一大批人的。"从那个年代过来的人，谁不知道那个年代的无情与残酷。胡文生不是胆子小，而是还没有从过去的恐惧中走出来。

"烧窑的事情暂时还没有落实，这样，这两天生产队事情不多，之前我一个小学同学从江南回来，我想跟他去看看。看看江南到底怎么样，像不像人们所说的那样美如天堂。"田富贵说。

"这个可以，落谷过后你去。"

根据公社精神，落谷期间，公社农业部门实行上门服务。江峰从棉花落种到稻田栽插结束，要进行全程指导。

公社要求指导农民推广应用标准化旱育秧技术，实行统一浸种、统一落谷、统一施肥、统一灌溉、统一综合防治病虫害，确保水稻落谷工作顺利进行。

"这样，我们现在就去确定一下落谷地点，技术员在家里等我们。"胡文生和富贵两人向田天民家走来。彩云见他们两人很是热情，告诉他们技术员已经去了田里，他们俩赶紧往田里走，在哪块田里落谷，今天必须要确定下来。

社场东边地洼，蓄得住水，可是水源太远，灌溉起来困难。南面那块地旁边就是沟渠，水没问题，麦子也是倒得最厉害的，但是离生产队有四五里，不利于管理，尤其是麻雀太多。

　　三个人讨论半天，最后还是决定在南田落谷。下午，富贵和文生对落谷工作做了具体分工。男劳力去疏通沟渠，确保灌溉水能及时供应。女劳力在场上晒稻种，看管麻雀等，确保不丢一粒稻种。

　　第二天开始放水耙地、平整土地。男人用木桶做成戽斗，两人一组，向田里戽水。一边戽还一边喊着口号："只盼着罗喂嘿，天快黑喂。等着妹子来个嘴欻，亲个嘴哎！加油干罗喂嘿，加油干喂，抱着女人四条腿欻，赛神仙哎！"

　　有的男人在扶犁耕地，鞭子临空一扬，一声脆响，吓得牛儿振作精神，一路奔跑；还有的男人在挖土、平地、修田埂。

　　文慧找来一根竹竿，上面系着一条红领巾，从这头走到那头。技术员说，一粒稻种，可以长出几百颗稻粒，说什么也不能让它落到麻雀的肚子里。富贵娘和彩云她们用簸箕，一上一下地，将秕谷分出来。

　　为了确保浸种不出问题，生产队选择了十几位能识字的人，专门去参加浸种会议。

　　"你要认真听，认真记，不能出差错。"富贵扛着铁锹进来，今天样板地已经整理得有模有样。

　　文慧头也没抬答应着他，找出一个红面小本子，半支铅笔，又拿了那只纳了一半的鞋底，和针线一起放到包里，向生产队跑去。

　　屋里静悄悄的，她轻轻推门进去，大家坐在自家带的凳子上，江峰正在黑板上写着"水稻如何催芽"，他讲几句转身就在黑板上写几个要点。文慧悄悄进去，拿出纸笔，认真记录起来。

　　"首先，浸种前先要选种，再选个晴天将种子晒一到两次太阳，高温天气不可直接将种子薄摊在水泥场地上晒种，要防止温度过高灼伤种胚，影响发芽率。晒种时要注意薄摊、勤翻，使种子受热均匀，操作要细心，防止种子破损及品种间混杂。通过晒种能使种子干燥，提高通透性而利于吸水；晒种有促进物质的转化而加速种子后熟的作用；能增强种子中酶的活性，提高种子的生命力；晒种还有杀灭病菌的作用，提高种子发芽势与发芽率，使发芽整齐一致。"

　　"江峰，我们这儿没有水泥地，灼伤问题不存在吧？我们都是用大匾晒的。"文慧说。

　　江峰看了她一眼，"文慧姐，今年这儿没有水泥地，明年或许就有了。人要敢想敢做，才有可能实现理想！"

　　"我想白面包子，有吗？"有人问。

　　"一定会有的，而且管你们吃个够！"

"技术员,你在外见多识广,能不能给我们讲讲外面的世界?"福根大声说,"月婵说,外面车水马龙,小汽车遍地都是,真的假的?"

"当然是真的,今天先讲重点,其他的有时间讲给你们听。"技术员看着大伙。文慧挺佩服这个小伙子,她忽然见到窗外人影一闪,知道是谁来了。

"技术员,有人找你。"她说。

江峰走出门外,文慧便和其他人一起讨论浸种的一些问题。一会儿,江峰走了进来,继续讲课。

"下面我说慢一点,大家可以记得详细点,不能错了,错了就会影响出苗情况。"江峰强调之后,便站在黑板前飞速写着。

"第二,浸种催芽方法:可用千分之一'402'或'菌虫清'溶液浸种48小时,或'多菌灵'溶液浸种24小时。浸后经清水冲洗,催芽至露白即可。注意杂交水稻因呼吸旺盛,浸种时要勤换水,最好浸在活水中。催芽时的温度应低于常规品种,不能高温破胸,掌握好适宜温度,确保芽壮、根粗……"

第26章

/ 铁匠的女人 /

整整一个下午,文慧记录了好多页。她到家又把重点的内容重新整理了一遍。富贵回来时,又让她背了一遍。富贵找来几张红纸,把关键几个数据用笔写好,贴在墙上。早上,文慧负责的几户人家都来了,文慧讲解,富贵忙着示范。

种全浸下去,开始整地。技术员叫拉绳子就拉绳子,叫撸格子就撸格子。太阳都过了正午,还没有收工,在欢乐的劳动中,人们忘记了饥饿。

一共三天,谷全部下地落好。接着就是看护的问题。为了吓鸟雀,文慧和几个妇女从家里找来各种颜色的布头,在落谷地里竖起了很多小旗子,风一吹,哗啦啦响,甚是壮观。

下午她们又扎了两个稻草人,一个站在田的东头,一个站在田的西头。富贵和几个人笑着转了过来,看了一圈,直夸她们有创意。

"这是月婵想出来的办法,小姑娘不仅会教娃识字,还有好多方法。她说,这叫科学管理。"文慧说。

"福根可有福了，我们田家又要出能人了，小心你这个当家人被换了去。"富贵说，"我还真特别希望福根能把月婵追到手。那真是我们田家的福气。"

"月婵是我的老师，不许你们背后说她。"福根说着，瞅了一眼，没看到月婵便找了过去。富贵和田中金看着摇摇头。

月婵正坐在河边，昨天马家来人传话，要么按照约定交钱，要么按照约定带人走。马县长说，如果敢耍什么花招，捏死她像捏死一只蚂蚁，还会让他们全家死无葬身之地。这绝不是危言耸听。月婵在外这么多年，亲眼见过黑社会拿着刀枪，当街杀人。其实，她死不足惜，可是，父母都近五十岁了，丢下他们怎么办？马家的钱并不是那么轻松就能还上的。即使福根他们全部帮忙，哪怕一个生产队都来帮忙，也要两年才能凑得起来。看着一群鸭子在水里自由自在地游来游去，她黯然落泪。

"如果我嫁过去，然后再伺机跑出来，这样行不行？"月婵心里想，"马啸虎有心脏病，他是不能受到剧烈刺激的，以他生命为主，劝说他，很可能让我逃过一劫。"转念一想，"这怎么可能？哪有到嘴的肉不吃？"她越想越伤心，捡起一块泥土片，向河面打过去。

"我到处找你，你在这儿干吗？小心掉下去。"福根跑过来，手里拿着刚编织的一只千纸鹤，"这个送给你。"

他轻轻一扬，千纸鹤向前方飞过去，绕了个弯，又飞回来，落在月婵脚下。

"你看，这些鸭子多好，想干吗就干吗。"月婵说。

福根在她身边坐下："谁惹你生气啦？是不是哭了？"

"没有的事，坐在这儿，不小心被迷了眼睛。"月婵说。

福根连忙捧着她的脸，轻轻地朝她眼睛上吹，那独有的男人气息，使月婵更加伤心，不觉泪眼婆娑。

福根慌了手脚，拉着她的手："你知道我喜欢看你笑，你一哭，我就不知道该怎么办了。你看它们这对有多恩爱，像不像梁山伯与祝英台？"他指着河里的一对大白鹅说道。

"他们是很相爱，最后却没能在一起。"

"我们永远在一起，好吗？"福根伸出手，停了一下，大胆地握住月婵的手。

"我如果能有周睿姐那么狠心就好了。不管父母，投奔他处，离开这让我烦心的地方。"月婵这次没有拒绝。

"你放心，大塬卜来有我。钱，我们已经赚了一点，等把这栏鸡鸭鹅卖掉，还有30只羊，全部留给你还债。"

"除了这样，你也会像强哥那样照顾我的父母吗？"

福根说："能，但是你得和我一起照顾。你要知道，我只在乎你。"

月婵捂住他的嘴巴："不要再说了，别人听见不好。"

忽然，鸭子扑棱棱飞了起来，原来是三娃赶着小羊过来，将手里的青草扔进河里给鸭子吃。

两人赶紧起来，地里已经陆续有人回来了。月婵想告诉福根昨天马家来人的事情，见福根高兴，把到嘴的话又吞了回去。

"想到以后能吃上大米干饭，浑身就有使不完的劲。"文慧和一群人走了过来，见到月婵和福根，笑着打了招呼。

柳儿跑过来："福根，我们一起去看田，怎么样？"

福根说，他也才下班，找铁蛋去陪，铁蛋站在远处，向这边着急地指指画画，福根抬起手，食指一撮，发出一个响亮的声音，"柳儿，快去，铁蛋在等你。"

柳儿过来拉福根的手："走吧，我们一起去。"文慧过来，喊着柳儿走了。

太阳好像发了火，富贵把那件老土布褂子敞开，还是热得烦闷。他干脆脱下衣服，拿在手里，露出宽厚的脊背。

下班前，几个小队干部，对稻田看护工作做了明确分工，女人白天值班，每人三个小时轮流；男人夜里值班，每人两小时轮岗。

地里的事情已经安排妥当，富贵心里那个念头又开始蠢蠢欲动。他到福加那里借来自行车，这可是生产队唯一的宝贝。

很远就看到高大的烟囱直指蓝天，窑厂周围杂草丛生。他四周看了下，现在是初夏时节，如果窑厂烧砖，很快就会家喻户晓。还是听从胡文生的建议，到入冬再说，那时候，夜深人静，这个地方不会有人来。主意已定，他才回来把事情同福加说了一遍，福加也觉得到了入冬再说，即使现在不能烧，集土却是可以的。

富贵想想也有道理，决定先慢慢集土。蝉儿闹欢的时候，麦子已经黄澄澄地引诱着人们。福根的治安队现在更忙，为了守护来之不易的麦子，他们每天夜里都是轮流换班。

"明天你和我去铁匠铺，多打些镰刀来。"富贵拿着长烟杆过来。

"你什么时候抽上了这？"福根问。

月婵讨厌抽烟的人，福根因此也不喜欢抽烟的人。见富贵这样，他劈头就问，一把把烟袋杆抢过来，"文慧嫂子不骂你才怪。"

富贵说："这是你爹的，我不抽，又怕薄了他的面，这才拿着抽两口。"

"看见你这烟袋杆，就想到那些抽大烟的人，如果不是林则徐等爱国人士，现在的社会估计又得改写了。吸烟有害健康，可是你们还是乐此不疲。"

"你这小子，现在说话一套一套的。好了，接受教育，从此不抽了。"富贵说，福根把烟袋杆磕干净，"明天把会计也带上一起去。看着田里的麦子啊，我这心里像踩在云朵上，飘飘欲仙，很快我们就能有白面馒头吃了。"

铁匠铺在这儿已经有几十年的历史，不要说盐河两岸，就是在这方圆十里，也没人不知道铁匠的名声。铁匠是一位五十多岁的汉子，脸上都是黑黑的斑点，那是长年累月火花溅上去所致。人很瘦，但是铁匠的胳膊很粗，肱二头肌和肱三头肌肌肉如果割下来，能有三斤重。

铁匠的老婆不会说话，人很漂亮，穿的衣服在这儿永远是最新潮的。一头长发卷成大波浪，一件藕荷色旗袍，将她凹凸有致的身材，一览无余地呈现在众人眼中。

这并不是因为她爱打扮，也不是因为她的整个姿态上所显露出来的优美文雅的成熟女人的韵味，而是因为在她每看到一个人时，都带着那迷人的柔情蜜意。给这个万物待兴的社会多了一点温暖。浓密的睫毛下面那双善意的眼睛正像电子眼在扫描着每一双眼睛。

当初，因为她的美，她嫁给了一个大户人家。那家婆婆非常霸道，欺负她不会说话，经常责罚她，家里有一根红木做的碗口粗细的木棍，只要稍不留意，她便常常被打。

一次，老太婆带铁匠去打一把精致的黄铜小锤，用来打哑巴。夜里，铁匠听到惨叫，翻到楼上一看，这个老太婆竟然把黄铜锤烤得通红，在一下一下地敲击哑巴的手臂脚踝。更可耻的是那个男人，天生不行，用小铜锤敲打她的胸、小腹，甚至女人最脆弱的地方。

铁匠心痛难忍，将家里的房子变卖干净，将哑巴带了出来，离开家乡，最后在这个地方落户，至于他的老家是哪里人，无人知晓。从此，这个女人就成了他的老婆。

铁匠从不计她干活，就连做饭洗碗也不要她做。她到铁匠铺就一件事，那就是来吃饭。有人说，她为了保持身材，晚上只吃稀饭，不吃干粮。铁匠铺生意好，一年到头，不愁吃喝。

有的人是为了打铁来的，也有的人是为了来看铁匠老婆的。但是，要想看到她的话，必须在上午十点左右才能看到。富贵他们到的时候，她正拿着稀齿梳子，在细细整理她的大波浪。

铁匠的儿媳妇才二十五岁，像他儿子一样，五大三粗，大嗓门。铁匠掌钳，儿子哼哧哼哧地抡大锤，儿媳妇管拉风箱。很多人把儿媳妇认成是铁匠的老婆。铁匠每次都要跟人解释，不说话的才是他婆娘。

也许是常年抡锤打铁的原因，铁匠的儿子，看人的时候，眼里总有一团火，有点吓人。

富贵在他家打过两把镰刀，刀口薄，虽不能吹毛断发，却也很是锋利。早上磨过刀，一直到中午才要再磨。镰刀锄头犁铧，只要是铁的农用工具他都打。

铁匠铺坐落在比较偏僻的荒地，四周都是成熟的庄稼。铁匠说，之所以安家在这荒野，是因为怕火星冒出，容易引起火灾。其实，还有一个原因，就是铁匠不愿意自己的祖传绝技被人学了去。现在，为了全家人的生活，他们才不得不选择在这儿公开打铁。

门口已经有十几个人在坐等，看到他们过来，铁匠老婆微微一笑，算是打招呼。铁匠眼皮也不抬，手里活儿一刻不停，铁匠炉的火苗儿一蹿一蹿的，忽然能蹿起老高，看的人吓得一身冷汗。铁匠和他儿子，却面不改色。

很快，埋在炭火里的铁烧得通红，老铁匠持一把长钳夹到铁砧上，小锤刚发出"当"的一声，儿子的大锤就应声砸下来，四溅的火花迸出老远，吓得周围的人慌忙跳开。老铁匠的小锤叫响锤，他敲哪里大锤砸哪里。小锤叮叮当当，大锤铿铿锵锵，一阵天衣无缝的合奏，一件器具打成了。然后浸入水中淬火，"嗞"的一声，算是画上句号。

"这是哪儿来的书生，怎么这么细皮嫩肉？"铁匠的儿媳妇拉着风箱，看了一眼文生。

"他是我们生产队的会计，外号铁算盘，他啊，可是人才。"富贵大声说。

第27章

/ 又有新发明 /

乡里乡亲的，即使没见过面，三分钟不聊也能热乎起来。铁匠老婆拿着梳子坐在铁匠旁边，手指着自己的脸，又指指铁匠的脸。她儿媳妇说："您啦脸皮好是保养的，他这可是天生的。"

"赶紧干活，说什么呢，三十大几的人，脸皮厚着呢。"说着，他揪了一下脸，大家都笑起来。有人拿来扑克，起初三个人打，后来四个人，五个人，最后文生也被拉了进去，富贵不喜欢打牌，坐在旁边看铁匠打铁。福根呢，围着三人看打铁。

"旺火！"铁匠忽然大声说，他儿媳妇的风箱拉得更响，铁匠稳稳地站在铁砧前沉默不语，眼皮也不抬一下，几乎与他那"定音锤"响起的同时，飞来了儿子的大榔头。儿子耍的是那种"满月锤"，甩开膀子，"嗖嗖"生风地抡圆，抡出了花，却又砸得那么准。随着锻打，铁匠不断移动、翻转铁块，每翻一遍都变换一种形状，像揉面一样，要什么形状就什么形状。

"好了！"铁匠把打好的榔头放进水里，水里立即嗤嗤地冒出白烟。

富贵赶紧把图纸递过去，请他打。

铁匠说："这东西我没见过。"

"这样，"富贵看见他家旁边的手扶拖拉机，让他把皮带拆了，再把轮子拿下来，露出轴，富贵量好了尺码，按照轴的实际大小，画好图纸。

"您就照着这样打？"铁匠问。

"这个是干什么的？"他儿媳妇问。

"用来扬场，现在麦子打下来，要等风。有了这个，手扶一发动，风叶跟着转起来，在屋里都能扬，还能把麦子吹干。要不然这天再不放晴，收上来的麦子也会烂掉。"

"田富贵，事情讲究先来后到吧，我们都在等镰刀呢。"

"去去，这也不是为了大家吗？你那一点小事不着急。"铁匠的儿媳妇说。铁匠老婆从屋里出来，拿着镜子正在照着，忽然后面有人一个扫堂腿，哑巴从凳子上扑下来，她本能地张开双手，猛推一把前面的文生。文生猝不及防，从凳子上跌坐在地上，哑巴伏倒在地，仍然面带迷人的微笑，像蒙娜丽莎一样。胡文生爬起来，沾了一屁股的泥土。他扶起哑巴，连连作揖道歉。富贵看看铁匠的老婆，她除了人们口中的风情万种，还有一种善良。他朝哑巴竖起大拇指。哑巴笑着，一把扯下富贵手中的图纸，递给铁匠。

铁匠把图纸拿过来，开始着手打铁。十分钟不到，风叶打出来了。

富贵说："先试试看"。铁匠儿子发动机器，风叶跟着飞快地转动起来，并发出一种令人揪心的声音。

"不行，这样松动很容易造成危险。"富贵等机器停稳后，把风叶下了，告诉铁匠，半径要缩小。

"什么叫半径？这文人说话都文绉绉的。"铁匠儿媳妇问。

"拉你风箱。"这是铁匠的儿子讲的第一句话，声音里明显透着不高兴。

富贵看了铁匠的儿子一眼，默默走到旁边，坐了下来。铁匠的儿子体格健壮，与瘦小的铁匠形成鲜明的对比。铁匠很快又打好一个，这次试验效果很好。富贵问多少工钱，胡文生掏出3元钱已经给了。

"铁匠，请你给我们打10个。"富贵说。

风叶到家的下午，当场就开始试验，麦粒被吹得干干净净。为了更加安全，他们后来在风叶上面还打上风罩，这样就减少了危险。这样的风叶，在盐河两岸一直沿用到20世纪90年代末。

"富贵，真有你的，你这个小发明，将麦子的损失降到了最低。"

风叶打是打来了，却没有麦粒扬，老天一直不开眼。大家在屋子里长吁短叹，唯有"少年不识愁滋味"，几个天真的、无忧无虑的孩子在人群中窜来窜去，嬉笑不停。

"干脆不收得了，他奶奶的，这样的鬼天气，收回来没太阳晒，也还是捂烂掉了。"田梅生把手里的镰刀狠狠地向雨帘扔过去，飞出去很远，无力地躺在雨水里。

"就是，每年都是，一到农忙季节就开始下雨，还让不让人过了。"一爷们儿将手里的烟袋在鞋底上使劲地磕。

"这老天实在气人，不收吧，都长青发芽了。收吧，没太阳晒，一样烂掉！"无精打采的声音跟着掺和。

"不要在那里吃饱了放屁！"里面有个人骂道。

"你骂谁呢？"田梅生转身向人群喊了一句。

"骂王八蛋，干吗？想打架啊？"里面墙角站起了一个男人。

"干吗，不够烦，是不是？"胡文生站起来，大声吼道，"雨一停，立即收割。只割麦穗，知道不？"

"知道！"下面七零八落的声音回应。

"能抢多少抢多少，不抢，放在雨里，很快变成绿牙刷了。"胡文生说的一点不假，早熟的麦穗上已经长出了青青的麦芽。昨晚开了紧急会议，能抢多少抢多少。抢来之后，立即捶打，然后用火慢慢烘烤。已经出芽的，就炒麦粒吃，生产队大锅和小锅，轮流着用。

"现在有了风叶，如果能有烘干机就好了，麦子一收下来，就烘干。这样再也不用担心下雨了。"富贵没头没脑地这么一说，大家伙都笑了起来。

"富贵，你回家再去发明一个，这样我们大伙都会感激你的。"

"大家伙不要笑，迟早有一天，我会让你们有的。你们不知道国外有一种机器，一边收麦一边烘干，草碾碎还田。"

"那样的话，我们也能实现四个现代化。"有人说。

能不能实现四个现代化，大家不知道，但是现在人没吃没住，倒是真的。社场本就没多少地方，原先田中金住的地方已经收拾干净，六头牛全部赶到里面。这样把大牛棚腾出来，加上南北走向的那三间仓库，能腾出来的地方全部用来烘麦。

富贵想到他娘昨晚上发烧，今早喝了一碗豌豆面粥，现在应该早就饿了。沈强带了一小块鸡蛋饼过来，这时候，也只有周财主家能有这个。

"今晚我们去他家偷一口袋粮食。"福根悄悄对家乐说。

"志者不饮盗泉之水，廉者不受嗟来之食。"月婵狠狠盯了他一眼，吓得福根把话又咽了回去。这两天他总觉得饿，看到东西就想吃，那点土豆不要说一个月，就他一个人20天也能吃没了。光是吃这些素菜，没有一点油腥，胃到夜里像拉锯子似的难受。现在他看到槐树花、桑葚、辣椒、茄子……没有一点食欲，他就想痛痛快快吃顿肉。

"哪里有肉？真应该让你去进行二万五千里长征，那些战士连野菜都没得吃，还要打仗，而且取得了胜利。忍忍就不饿了。"月婵这样说，可是她自己也觉得饿得慌。越是在最困难的时候，鼓舞士气就越显重要。月婵给大家唱了一首江苏名歌《茉莉花》，还想唱一首，可是真的唱不出来了。福根说："这样，我给大家表演一段少林棍。"

他拿起一根扁担，在雨中舞了一趟下来，饿得坐在地上，爬不起来。

富贵此刻比他更着急，他想让文慧回去看看老娘，又怕雨忽然停了要抢收。就这样一直到中午，雨还没有停。

胡文生盼咐把昨天抢回来的麦粒，放到大锅里炒。一会儿香气扑鼻，孩子们争着要吃。有人用盆盛了端过来。富贵也抓了一小把，放到嘴里，麦粒有点涩涩的，但是比较甜。他用碗盛了一点过来，二丫、兰兰端过碗一边跑一边抓着往嘴里塞。富贵怕她们吃多了肚子胀，跟在后面追。

没汪意外面进来一个人，迎头一撞，躲避不及，啊的一声跌进他的怀里。他伸出双手，本能一捞，来人结结实实地埋在了他的胸前。

"好，好！"有人喝起彩来。

"亲一个，亲一个！"不知是哪个吱了一声。

"亲一个，亲一个！"好几个男人鼓掌起哄。

"亲你妈个头啊，一个个像鬼似的！"金彩云嘴里骂着，却一脸幸福地走了过去，追着那几个男人要打。

"金彩云，田富贵，两人一头睡。"有个孩子听到金彩云的名字，忽然大声说。

"你这个小蹄子，看你胡说，我不揍你才怪。"说着，弓着身子跑过去，孩子一见连忙跑，一边跑还一边说，那几个孩子也跟着一起说："金彩云，田富贵，本来应该是一对。金彩云，势利眼，抛弃富贵空后悔，空后悔！"大家伙听着，竟然有人跟着孩子打节拍。

"小兔崽子，你们给我等着。"

富贵一脸无辜，真的是坐着躺枪。他又不知怎么制止，忽然拿着一个大碗，从大锅里舀了一大碗炒熟的麦粒，冒雨跑去。

"贵哥，干吗呢？"福根和月婵拿着镰刀，打着伞一路小跑着过来，将手里的雨伞塞给他。

"我不要，你们赶紧去。"富贵把炒面送回去，给老娘吃了些，将老人尿布换掉，迅速返回。雨大就回来，雨停就开镰，下午干了有三个小时的活儿。总算割了有两个钟头的麦穗，把大牛棚堆满了。

文慧、田梅生媳妇马秀莲和几个妇女，专门将麦头理顺，然后再交给金彩云、月婵。她们接到手里，两手抓成一束，使劲甩干雨水，再用蔺草扎成一小捆，头朝下，挂在墙上早就钉好的钉子上。每隔三步远，就有一个人拿着芭蕉扇在扇，从这头扇到那头，煞是壮观。

"我的乖乖，比侍候坐月子的儿媳妇还难！"金彩云扇了一会儿，觉得两臂酸痛。

"坚持吧，说不定老天爷开眼，明天就好天了呢。"文慧在挂捆好的麦穗。

收工时，富贵走在路上，西边燃烧起火烧似的晚霞，他高兴地对福根说："朝霞不出门，晚霞行千里，明天一定是个好天气。大家要抓紧干。"

"我把孩子们也带来。"月婵说。

"不用，孩子们放麦假，也不能耽搁他们的学习，你可以多布置一些作业。"文慧说，俩孩子自从跟着月婵上学，现在变得很是勤奋。后来几次考试，大丫头都考了第一名，文慧心里高兴着呢，月婵这样说，她当然着急。

第28章

/ 是谁放的火 /

第二天，太阳终于露出了笑脸。大家站在地头："你们看看，这麦子还能吃吗？他奶奶的，都长得青丫丫的了。"王二牛摘了一把，扔在地上。

富贵蹲在地头，手里拿着一把长着青芽的麦穗不说话，到嘴里的白面馍馍被老天糟蹋了，下半年吃什么？人们坐在田头，有人在小声地抽泣，愁云笼罩在大家的头上。好不容易熬过了春，本指望着能吃上白面馍馍，没想到到手的麦子变成了青芽，盼来盼去却是空。

"能吃的割下来留着吃，不能吃的留喂牲口。再说还要种下茬庄稼，大家伙干活儿吧！"富贵拿着镰刀，带头走进田里，接着有几个人跟着起来，耷拉着头，闷闷地走向麦田。麦田里的水，深的地方到富贵的膝盖，浅的地方也要到他小腿肚子。

被捞上来的麦穗，堆在社场上，妇女们把长成青芽的拣出来，没有出芽的麦穗则放到一边。几个男人在撒着草木灰，套牛碾场，准备打麦。一共收了四天，麦穗全部上场，田里的麦秆光秃秃地站在水里。本来想将它埋进土里做肥，可是太长，犁不下去，只好再用刀去割。

"这不折腾人吗？"几个妇女围在一起，"先要连根割掉也好割，偏要叫我们割麦头，现在再割麦秆，多费事！"

没有动力，干起活儿来也不带劲，金彩云割了一会儿，抬头看看天，看看面前那些光秃秃的麦秆，好不容易熬到下班时间。她一路小跑，儿子还没有放学，胡天民和技术员也没回来。

她看看缸里空空的一口水都没有，一肚子窝火，拿着扁担去挑水。刚到门口，看到江峰、胡文生和文慧朝这边走来。

"我说人到哪儿去了，原来是佳人有约。"

马文慧看了她一眼，吐了一口唾沫，"狗嘴里永远吐不出象牙。"

"马文慧，你给我站住，我警告你，别给脸不要脸！"金彩云忽然来了这么一句。

"是的，有人就是给脸不要脸！"

"你和胡文生那事我不替你宣扬，你少打江峰的主意。"

文慧笑了起来，"金彩云，你以为你稀罕的东西，别人都当成宝吗？"说着，看也不看地快步走开了。

江峰有些不悦，说："彩云姐，如果你以后还这样胡说八道，我就搬到别人家去住。"

"不是，不是，我主要是看不惯那个女人。"金彩云一听这话，立即来了个180度的大转弯，因为她那宝贝儿子成绩如芝麻开花——节节高，这次竟然考了全班第一，把婷婷的成绩压了下去。金彩云高兴得恨不能把技术员当作神供起来才好。他说要搬出去，她能不着急？

"对不起，以后我保证不乱说。"

"彩云姐，这就对了，大家在一起，开开心心的，多好。"江峰吃过饭就到田里去了，麦秆还没有割完，地里的水不多久就要耗下去，如果不能趁水整地插秧，水干了，想整地都没有办法。

气温回升很快，西南风呼呼地刮着，才打了头遍麦子，富贵就觉得口渴得难受，衣服被汗水紧紧贴在后背上，显出凸起的肌肉。

江峰和胡文生走了过来，喊他过去商量点事情。富贵把牛牵到旁边，拿一把青草给牛吃，走了过来。

"下午你到田里去，麦子换老张头来打。如果不抓紧把麦秆割掉，整田成问题。"文生说。

"好的，问题是怎么能尽快除掉地里的麦秆？"

"最好用火烧！"富贵的话刚说完，只见西南方红彤彤的火就起来了。

"是谁放的火?"三个人向着火地点跑过去。还没跑几步,那熊熊的火焰就随着风势呼啸而来。

"火势来得太快,大家伙赶紧保护粮食。"富贵这一喊,文生才想起来,放开喉咙喊:"大家快到社场救火。"

他迅速跑到播音室,拿着大喇叭喊:"所有社员立即赶到社场上救火。"人们从四面八方跑了过来。

火势越来越近,胡文生在喇叭里呼喊:"把社场周围的麦秸全部推走。"一阵忙乱,火苗就呼呼地过来了,离得很远就能感觉热浪逼得人不好说话。富贵跑到屋里,夺过文生的大喇叭:"所有的人赶紧避开,立即转移,避免烧伤。"

"是哪个狗杂种?"田梅生推着麦草正过来,见火势过来,扔掉独轮车就跑,可惜还是被大火燎着了衣服,他一头跳进旁边的鱼塘里。

金彩云吓得两条腿发软,站着不知怎么办。

"往河里跳,往河里跳。"富贵从窗子里看到,大声喊,"金彩云,往河里跳。赶不上的人迅速往河里跳。"

到处都是大火留下的痕迹,没有扑灭的明火还在冒着黑烟,空气中飘浮着呛人的焦味,呛得人直流泪。来不及转移的麦穗已经被烧成黑乎乎的焦炭了。有人在拖草,有人在泼水,熄去余火,还有的人在火堆里把能吃的粮食扒拉到一边……

"他奶奶的,谁放的火,站出来!"富贵的声音很难听,像狼嚎又像是鬼叫。除了火烧粮食的哔剥声、风声,全场寂静得令人可怕。

他喊着喊着,忽然蹲下身子,放声痛哭起来。

日子再难,该做的事情还得去做。六头牛全部下地,田字格里星星点点地散落一些在劳动的人。富贵拿出烟斗,狠狠抽了一口,这东西他好多天没抽了,一来,文慧闻到总会呛得直流眼泪;二来,他母亲有病。可是不抽,内心总有一种说不出来的感觉压得他喘不过气来。

他想爆发,可是不知道这股气往哪儿爆。他转身起来,看到旁边的关杨树,伸出拳头,一拳,两拳、三拳……他疯狂地出拳。

"富贵,你怎么啦?"彩云过来抱着他鲜血淋漓的手。他没有说话,甩开她,走进田地,手中的鞭子在空中画了一个圆,发出了响亮的声音,牛拉着犁向前跑去。

中午的太阳晒得人心里发慌,一天没吃饭的文慧,两条腿实在没有力气,她只能在路上慢腾腾地挪动,她不知道家里还有什么能吃的东西。

那发芽的面磨出来,想用来烙饼,可是面糊像糖稀一样,根本做不起来。吃在嘴里,甜中带涩,说不出的那种滋味,现在她想起来都要呕吐,何谈老人和孩子?

她把家里翻了个遍,还有一点豌豆粒,一碗玉米,一把黄豆,她喊来婷婷,将这三样拌在一起磨了。她又去掐了一把青菜，洗洗，放到锅里。

她盛了一大碗，放在里屋，留给富贵。又盛了一大碗端给婆婆，这才招呼孩子们吃饭。等她再从屋里出来的时候，早就锅底见光了。

她咽了咽口水，使劲闻了一下锅底留下的饭香，走出门去。

福根背着一大篓草回来，羊留下，鸡他打算卖了，因为没有可以喂的东西。柳儿赶紧过去，想帮他。他却不要。

"你和技术员怎么样？"福根问。

"什么怎么样？"柳儿看着他有点生气。

"大家都知道你们俩好。"福根说。

"可不许你瞎说，别人都说你和月婵好呢。"

"我想和月婵好，可是她不同意。今年她要去参加高考，考上大学后，我怎么能高攀得起？"福根现在对月婵已经着迷，可是月婵像风又像雨，对他时好时坏，若即若离，让他捉摸不透。

"爱情是非常奇妙而矛盾的东西，往往是付出越多，得到的却越少。越想去爱那个人，却越不能拥有。"福根心里想，两个年轻人一边走一边说，午后的阳光暖暖地照着他们。

"一骑红尘妃子笑，无人知是荔枝来；浮生长恨欢娱少，肯爱千金轻一笑。"他看到这个典故的时候，很是不理解。现在换了是他，为了心爱的女人，他也许也会这样。因为爱情会让一个女人变痴，让一个男人犯傻，而他就是傻子。

"月婵既漂亮又有文化，她是好女孩，你如果喜欢她，就好好珍惜。"柳儿幽怨地看了他一眼，她明白，如果男人不爱你，心里没有你，即使你扒光衣服站在他面前，他也会无动于衷，与其落得浑身伤痕，不如尽早放手。

"一切随缘吧！"福根看着柳儿，他们之间不知从什么时候起变得说话再也不能像以前那样随心所欲，福根接着说，"那个技术员有文化，比我这大老粗可强多了，你要好好珍惜。"柳儿看了他一眼，粉拳砸在他的胸口："去你的，没有的事。"

"前面那不是贵嫂子？"福根说，两人便迎着走过去。

从早上到现在，文慧只喝了三大碗水，小宝宝吃了三回奶，她脚底轻飘飘的，肚子一直在咕噜噜地抗议。她不知该去哪里，娘家不能去，二弟生病在医院。即使有点吃的，也得留给他，何况也不一定有粮食吃。阳光变成无数的碎银子，晃得她眼花缭乱，她不知该往哪儿走。对，去叫富贵回来把那碗粥吃了。她摇摇晃晃向社场走，忽然觉得前面的树木倒了下来，她也跟着倒了下去。

"文慧姐！"福根和柳儿跑过去，文慧躺在地上，双手紧紧抓着心窝，脸色苍白。两人吓坏了，大声喊来人，众人从四面八方跑来，七手八脚把她送回家里。

"快快，她这是饿的。"江峰跑回去，把金彩云做的高粱米饭盛了一碗，又放了点糖，给文慧端来。

"人都饿成这样了，这日子怎么这么难熬？"田梅生媳妇马秀莲坐在床边哭泣，江峰提了一个白布小口袋走了进来："文慧姐，这里还有一点白面，做着吃了。"说着，又从裤兜里掏出几张粮票，塞到文慧手里，然后走了。

刚到家，金彩云绷着脸，阴得要滴出水来："为什么把面和粮票送给那个不要脸的女人？"

"那是我的，我有权支配。"江峰冷冷地答道。

"看来你还想要搬她家去住不成？"

"有这可能！"

"你……"

江峰不再理她，一转身走了。金彩云气得把手里的勺子扔出去老远。柳儿正好拿着鞋底过来，看到这情景，又悄悄地转身走了。

"现在让社员吃饱肚子是首要大事。"田福加狠狠吸了一口烟，屋里立即弥漫着老烟叶的土味，"富贵，如果你有什么想法，尽管去做。"

"我想烧窑，让他们有的住；我还想把地分给他们自己种，激发他们的生产热情。否则一个个灰心丧气地活着，看不到希望，看不到未来，怕会有人走极端。"

"目前，先解决肚子问题。"曹支书过来说道，"三队有人跳河，五队有人上吊，你们七队听说有人打架，这都是因为饿得没有办法。我赞成福加的意见。"

打架的是王二牛和田梅生，田梅生去卖粉条被王二牛看到，王二牛拉着他要去告官，田梅生不去，两人发生争执，王二牛动手打人，田梅生摸过秤砣将王二牛的头砸伤。

富贵说："我申请辞去队长的职务，现在大家饿着肚子，住在露水地，我却没有一点办法，要我这队长还有什么用？"

第29章

/ 入党申请书 /

"富贵，越是困难的时候越能考验人性，曹支书说他已经将你的入党申请递交给了党组织。"田福加说。

"真的？党组织愿意吸收我？"

"是的，不过现在就是党组织考验你的时刻，你要表现优秀才行。"

"请党组织考验我！"富贵激动得两腿并拢，握着田福加的手，"哥，请组织相信我，我一定全力带领乡亲们渡过难关。"

像福加一样加入中国共产党，成为一名光荣的中国共产党员，是富贵从小的梦想。年前，他郑重向党组织递交了入党申请书。

福加继续说："作为共产党员，要不怕苦，不怕累，要发挥党员先锋模范作用，全心全意为人民服务。这是每个共产党人的义务。我们不能因为眼前的这一点困难而止步不前，甚至灰心失望。你想想二万五千里长征，想一想历经了多少灾难我们的国家才能走到今天，所以，我们要想办法克服困难，相信终究会迎来胜利的曙光。"福加倒了一碗水，递给富贵，"去年，在上任表态会上，你自己都说，我们姓田的一定要让田家湾富裕起来，现在怎么能忘了当初的梦想？"

"要想农民摆脱贫困，安徽凤阳县的十八户联产承包可以学一学。交够国家的，留足集体的，剩下全是自己的，这样才能充分调动社员们的积极性。中国农民长期被'大锅饭''平均主义'压抑了生产积极性，才造成今天什么事情都要等着上面决定，这样下去，百姓温饱问题什么时候才能解决？"富贵气呼呼地说，"自开荒分田以来，社员们恨不能在那几分地上种出金子，可是那太少，无法解决他们的温饱。"

福加看着曹支书："昨天公社开会，提出建设现代化，我想不仅工业要发展，我们的农业也要发展，毕竟农民如今占了大部分人口。"

"想办法先渡过今年难关，土地明年再分。目前，必须让大家吃饱肚子，这是我们应该做的，也是必须做的。"曹支书翻看开会手册说。

福加听他讲完，沉思了一会儿："十一届三中全会已经给农民吃了一颗定心丸，我们的开荒土地实验也没有人来质问，上次富贵他们去买鱼苗，南方已分了土地，今年水稻第一年，明年我觉得可以一试。"

"如果土地分了，各家种各家的，让他们八仙过海，各显神通。"富贵说，"请告诉党组织，我一定会以党员的身份严格要求自己，做好人民的公仆。"

福加拍着他的肩膀："我相信这片沉默的土地，在你的带领下，有朝一日一定会如火炉里的铁，通过熊熊大火而百炼成钢。"

曹支书叮嘱富贵在没有入党宣誓前，要严格遵守党的纪律，严守党的秘密，做好村民的领头人。

东方的天空像被染过的布，在最红的地方，露出了一线白白的蚕丝，然后慢慢地变粗,上端像鸡蛋白那样柔嫩,一点一点执着向上!向上!向上!顶端像剥鸡蛋,每剥下一层,上端就开始镀上金色。火球全部跳出,刹那间,发出耀眼的光芒。富贵看着,深吸一口气,转身往回走。

"今天开会主要是和大家商量一件事,"富贵拿着喇叭,"插秧在即,大家总不能饿着肚子干活儿,今年种的荞麦不多,本来留着过年再分给大家,由于麦子受灾,收成不到一半,先把荞麦分给大家渡过目前难关。还有,家里养的鸡鸭鹅,猪有七八十斤的,都可以宰了吃。等秧苗栽下以后,秋玉米下来,我们再去换点麦子留给大家过年。你们认为行不?"能有点东西吃,大家都很高兴。富贵当即决定将荞麦分给大家。月婵提着三斤荞麦到家的时候,屋里坐着三人,她一看心里发慌,赶紧上楼。

"马县长托人来定日子,你怎么一声不语就走,一点规矩都没有?"王佑仁上来对月婵道。

"要嫁你自己嫁,反正我不嫁。"

"马公子是干大事的人,人长得白白净净,像城里人。哪里像这些庄稼汉,土头灰脸。一个个连吃的都没有。你去马家是掉进米囤,吃穿不愁,自己还有一份轻松体面的工作。"

"可是您知道他身体有病,您这是想让我去守寡?卖闺女也卖个好人家,我要的是一辈子的幸福,而不是马家的财产。"

"爹也不是贪钱的人,我也和他们家说过,让他们另找其他姑娘,可是这马县长丢不下面子,非要你进门。月婵啦,你这是要把你爹娘逼死才行吗?"

"爹,你怎么这么糊涂?我不逼你们,是你们在逼我,是你们在害我。倒不如我现在死了反而一了百了。"月婵说着,推开窗子要跳。

"不能!"一个人冲过来,一把将月婵拉进怀里。

"你这个穷鬼,赶紧滚!"王佑仁说着,手里拿着一本书扔了过来。

"三十年河东三十年河西,您不要瞧不起穷人,没有穷人哪来的你们这些剥削人的地主?现在是新社会,你不要还拿着你那套去逼人。我告诉你,月婵不能嫁给他,他有心脏病,一旦发作,随时丢命,你这不是把月婵推进火坑?"福根拿着新编的林黛玉装饰送给月婵。

"这是我们家的事,用不着你来操心。"王佑仁过来推福根,福根像山,他推了几下推不动。

"你们都走,快走!"月婵扔下枕头,"你们再不走我就从楼上跳下去!"

福根放下手里的林黛玉装饰:"我就爱你,这辈子爱你一人。"

楼下那两人早听到动静,站在楼梯口张望。福根跑下来,经过他们的身边,狠狠瞪了他们一眼，朝他们脸上啐了一口跑了。

富贵从福加家里出来，觉得浑身充满了一种说不出来的力量。他也能加入中国共产党了，是的，为了今天的生活，有多少优秀的共产党员倒下，他该怎么做，才能让社员感受到党的伟大？

他正兴冲冲走，福根跑过来，将事情说了一遍。富贵二话不说，跟着福根向王佑仁家跑。

那两人正要往外走，富贵到了："我是这里的生产队队长，请你们回去告诉马县长，现在是新社会，婚姻讲究的是你情我愿，他这样是逼婚，违背了父女意愿，是犯法的。"那两人看了他一眼，"小小生产队队长有什么好神气的？"

"我以一名中国共产党员的身份警告你，这样你该相信了吧！你告诉马县长，他们的费用我们一定会想办法悉数赔偿。"

"好的。"那两人回去复命。

"他们果真这么说？"马县长看着他们。

"父亲，不要做乘人之危的事情，也算是给我积善行德。"马啸虎不知什么时候站在马县长后面。他的脸色苍白，没有一点血色，嘴唇乌黑，这些都是心脏病的征兆。

"医生说我这是先天性的，已经错过最好治疗时机，现在何必再害人？我只希望父亲能满足我一个愿望，让我去看看月婵。她在这儿也曾住过几个月，我还真是挺想她的。"

"啸虎，你怎么这么傻？"如果不是马子轩阻挡，按照马县长的脾气，即便十个月婵也早被抓来了。他们说得对，时代在悄然改变，一切得在规则里生活，否则，不管是谁，肯定得吃苦头，包括他马县长。

"等你好一点，我亲自送你去。"马县长说，看着孩子走远，他长叹一口气，"难道马家真的从此就要绝后了？"

福根吃过晚饭，思来想去，还是觉得不妥，他找到富贵，富贵说这两天应该不会有事，让他回去休息。

福根不放心，又跑到月婵家里，月婵听说以后，很是感动。

"福根，贵哥都加入中国共产党了，我要能加入多好。可惜我的家庭成分，怎么可能呢？"月婵说，苏联的党员称作布尔什维克，《钢铁是怎样炼成的》作者就是布尔什维克。

"月婵，你不用着急，将来我加入中国共产党的时候，再介绍你入党，好不好？"福根说。好天真的人呢，月婵看着他连连点头："那我以后也像贵哥一样，为大家多做好事。"

"好，明天我也去插秧，努力向党组织靠拢。"月婵说。

生产队里的六头耕牛全部下水，男人犁田整地，女人拔秧苗准备栽插。"来，大家照这个尺寸做。"江峰站在田头，指挥几个男人把芦苇秆横竖交叉，摆成长宽都是8寸的网格子，然后用尼龙绳把每个交点扎起来。

插秧的时候，秧苗就在交叉点处插下去，这样横竖上线，像国庆大阅兵的方队一样整齐。

"大家看好了，用拇指、食指和中指，捏住秧苗的根部，留下两骨节长度，然后插下去。"江峰拿着几棵秧苗，一边讲解一边示范着。

有两个男人抬着格子放进地里，江峰站在格子中间，讲几句要点，就拿秧苗栽插给大家伙看。

"挺有意思的，我也来试试！"彩云将裤管高高挽起，露出雪白的皮肤。这个女人，露出来的地方一点都不白，看不到的地方却雪白细腻的。田梅生想。

跟着江峰栽了一会儿，他们面前出现了横竖成行的秧苗。大家看了都跃跃欲试，文慧也招呼几个妇女站到田里，学着他们的样子，弯腰插秧。

每插完格子，两个男人就抬着翻向后面。富贵挑着一担稻秧走了过来，他站在田头，看着大家栽插的方法，觉得别扭，但是又说不出是哪里不足。

收工的时候，一共插了不到五亩地。"这样的速度可不行啊，"胡文生对富贵说，"整理好的一共有五十多亩，照这样的速度，那些整好的田块很快就会板结，又要重整才行。"

怎样才能加快速度？富贵回家把这事和文慧说了，文慧低着头，两手捶着大腿。半天下来，上厕所蹲下来都困难，腰疼得像龙虾一样直不起来。

"不要那个格子就好了，浪费人工，又限制了我们的行动，别扭！"

"不要格子，栽不整齐。"富贵拿着筷子横竖比画。

"要不这样，"文慧站起来，两脚叉开，两边各用一根绳子，中间以自己的两条腿作为线，这样两腿的两边各两行，两腿中间用两行，一共六行。文慧说着，拿着筷子在地上示范起来。

"你看，这样人后退时没有框子的限制，速度也快。"富贵觉得文慧说的确实有道理，自己也实验了一下，觉得效果真的不错。

"富贵，快去告诉技术员，让他看看我们的建议行不行？"文慧高兴地催富贵快去。

"你去，我不去，金彩云如果在家，我去了会不会尴尬？"

"她和大嫂她们还在地里没回去，听说要把我们这一组比下去。"富贵听了后，放心地去了。

屋里亮着灯，富贵没有多想，推门就走了进去，抬头一看，金彩云正赤身裸体站在大木桶里洗澡，"对不起，对不起！"他吓得眼睛一闭赶紧转头就走。

"谁？"金彩云也吓得闭着眼睛大喊。原来技术员和胡天民都被胡文生喊去大队部研究明天的插秧问题。院中没人，她下班回来浑身是泥，急着洗澡换衣服，门忘了闩。她一听声音，心中慌乱，大喊一声："站着！"

第30章
/ 骚动的夜晚 /

富贵没有回头，也没有停下脚步。
"你再走，我就喊人了！"富贵只好停下脚步。
"请你把桌子旁边的毛巾递给我。"
"你自己拿。"
"快啊，"金彩云说，"我数三声你不拿我就喊了，三，二——"
"姑奶奶，求求你，别喊！"富贵没有转身，向后慢慢退着，退到桌边，拿过毛巾，向后递了过去。胳膊忽然被向后一拽，惯性使他猝不及防地倒了下去，接着听到木桶倒地的声音。

累了一天，胡文生泡了一碗糖稀炒面就躺下了。似睡非睡时，被敲门声吵醒："你看看信上讲了什么？一鸣是不是真的要跟那个姑娘结婚了？"胡文生接过王芳递过来的信，展开一看，信很短，就几行字：

妈，我决定和吴玲下个月初六举行婚礼，特告知喜讯！婚礼的一切费用，吴玲家一头承担，不用你们费心。儿子希望您和父亲准时前来参加我的婚礼。
不孝儿磕首，祝您身体健康。

一鸣
5月27日

胡文生把信的内容说了一下，还给了王芳，"到时候，你去就行了！"

"我不同意,看那姑娘脸色,好像不是肺炎那么简单!"王芳又拿出一封信,"这是他上次写来的。"

胡文生没有接,"孩子的事情,你看着办吧,我今天累了。"说着,他上了床。"胡文生,你——"王芳气得扬手想打。

"对不起,上次冒犯是因为酒后乱性,我会按照签约合同,做好你的傀儡丈夫。"胡文生转过身子,靠墙躺下了。

"夫妻床头吵架床尾和,我也有错误,"胡文生继续说着,王芳上了他的床,"这是你盖的房子,是你的家。王芳,做人是有底线的,你怎么侮辱我都行,但是你不能骂我下贱、不要脸、吃软饭。"胡文生一口气说完。这些天,心口仿佛被堵了东西似的,一下子倾泻出来,他觉得畅快了很多。

那天,王芳看到他和文慧走在一起,心里很是不爽,加上金彩云的添油加醋,她把胡文生关在门外骂了半宿。这骂人没好言,打人没好拳,当时只是骂什么解恨就骂什么,把胡文生骂得抱着被子来到了社场,到今天已经有半月没回了。

王芳看他摘眼镜的背影,心软下来:"我骂你不对,可是你知道你整天说梦话,说的是什么?"胡文生不言语,心里却一惊。

"你在梦里不止一次地呼喊文慧,特别是那次,你喝酒回来,我们在做夫妻之事的时候,你竟然把我当作她,口口声声地说爱着马文慧。换作是你,会有何感受?难道允许你婚内出轨,我骂几句还不行吗?"

胡文生没想到,王芳是因为这个跟他生气。

"你有做人的底线,难道我王芳就不应该有?哪个女人能忍受男人骑在你身上,嘴里喊着舒服,心里却还想着别的女人那种所谓的精神出轨?我知道你和她很是清白,你也把你们的过往都告诉过我,可是,天地有时就这么小,偏偏我又没有那么大度。骂过你我也很后悔。如果不是孩子,我还是宁愿回到一鸣爸爸那里。"

"对不起,我不知道我会梦中乱说,也没有顾及你的感受。"

"回家好吗?"王芳以前说为逝去的丈夫守身,很少和胡文生同床。夫妻之间,性不是唯一的联系纽带,可是没有性,却万万不行。人赤条条地来,死还是赤条条地死。王芳不明白,白天穿着靓丽光鲜的男女,晚上又何尝不是一样的男欢女爱。要想男人离不开你,愉快的夫妻生活是幸福的根本保障。她这么多年对胡文生很是冷淡,是自己亲手把这个男人推向了外面。

"没有你,我真的感到很孤独,因为我早就习惯有你的日子……"王芳还没有说完,外面有人喊:"胡会计。"

是文慧,富贵出去好长时间还没有回来,她到这儿来找找。

"文生,请问富贵在这儿吗?"

"没有！"胡文生大声说。

"富贵去哪儿了？你知道吗？他怎么到现在还没有回家？"门外那焦急的声音，让胡文生顾不了什么，赶紧下床开门。

"文生，富贵不见了。到处找遍了，也找不到。"

"也可能去大队部了，你先回家再等等。"文生说。文慧想想也是，转头告辞回去。不想脚底被什么绊了一下，人向前扑了出去。胡文生眼疾手快，一把扶住。

"胡文生，你真的太让我失望了。"如水的月光下，王芳看着他们抱在一起，忍不住大吼一声，这一声如晴天霹雳，文慧彻底蒙了。

"嫂子，我不知道你也在这儿。"

"那我不在的时候，你是不是天天来？"王芳听了更加恼火。

"不是！"文慧连忙辩解。

"你们这对臭不要脸的狗男女，算我王芳瞎了眼！"说着，王芳冲进黑夜。

王芳跑着跑着，一头坐在地上，号哭起来。她觉得委屈，这么多年，是石头也把这家人焐热了，为什么还会这样？她想去找金彩云倾诉倾诉，快到她家门口的时候，见一个男人从她屋里飞快跑走。

"好你个金彩云，竟然背着丈夫偷野男人。"她想去问问这男人是谁，又觉得不妥，满心狐疑地回了家。

文慧从文生那里回来，富贵还没有到家，她拿出衣服缝补。富贵趴在窗户外面，看着自己衣服上满是泥土，想到刚才的一幕，心里扑通扑通乱跳。这样进去，文慧不把他扫地出门才怪，怎么办？他想了会儿，捏着鼻子，发出猫叫的声音。果然，文慧丢下手里的活儿，出门去看。他赶紧跳进去，拿了一件衣服出来换上，悄悄绕到门口，大声喊："文慧，我回来啦。"

"我找了你半天，你倒是回来了。江峰怎么说，我的想法可行吗？"

富贵没有动身，只是说："我没找到他！"

"哦，"文慧探过身子，看了他一眼，"你怎么脸色通红，是不是发烧了？"说着，伸手摸了摸他的额头。

"怕你着急，一路跑回来的。"富贵心虚地说。

"不知道的还以为你做了什么鬼事，心虚似的。"富贵听了心里一个咯噔，不敢再说，伸出胳膊，将文慧搂在怀里。

第二天一大早，文慧找到江峰说了自己的想法。江峰听了很高兴，即刻招呼两个男人，将扎好的芦苇框子全部抬走，按照文慧的想法，用尼龙绳按照每一尺的行距，从东到西拉好，采用两点一线的办法，一头一个小木棍，在两头田垄上固定下来。文慧一手持秧，另一只手快速地向田里栽插，两手配合默契，十分钟六行就栽

125

下去五六米远。马秀莲见了，把吃奶的孩子塞给田梅生，裤管一卷，也学着文慧栽起来。又有几个人下了田，有人说，一下子栽六行，太宽，胳膊够起来费劲，后来改为五行。

一个来回下来，大家都觉得这个方法不错，速度快，还省人工。富贵建议胡文生重新分工：四十岁以下的男女劳动力全部到田里插秧，每五个人一组；四十岁以上的劳动力全部拔秧，每亩地安排一名壮年人挑秧。富贵和胡文生在田头作调控安排，哪里进度慢，哪里立即抽调人手。

一个上午就栽插了近三十亩田。手是真英雄，富贵站在田头感慨道："手把青秧插满田，低头便见水中天，心地清净方为稻，退步原来是向前。"这一百五十亩地，要不了一个星期就能完成，他感叹人的伟大。

"文慧姐，你这么聪明，不如去学校教书？"江峰看着她说。

"这个主意不错。"富贵一边说，一边把捆好的秧苗向地里面撒开，溅起的水花跳得老高。

"我去跟队长说，今天给文慧姐多记一工。"江峰帮着他把秧苗向田里撒。文慧指着前面对江峰说："江技术员，你不要在这儿瞎耽误工夫，去柳儿那里帮忙吧。"

"这个工，一定要记的。"江峰很认真地说。

"真的不用，只要能不耽误时间，大家伙儿将来能吃上大米干饭，我就心满意足了。"文慧抬起身子，笑着说。

富贵看着文慧，脸上除了眼睛以外的地方都是泥水。他把毛巾洗了洗，走过去帮文慧擦了把脸。

"富贵哥，我们这组今晚肯定得第一。"田梅生一手抱着孩子，一手挑着秧苗就过来了。富贵迎上去把担子接过来。

"必须的，我们不得第一谁第一？"他笑着说。一共八天，就八天，原来一片麦子，现在全部换上了绿油油的秧苗。对于大自然来说，人或许是很渺小的，却是最能与之搏斗与抗衡的。

夕阳就要躲进红色的云朵里，富贵看着绿油油的秧苗，被一股东西撞击着心胸。

为了庆贺收工，生产队决定放一天假。富贵特意安排文生找老李放一场精彩的电影给大家看。

老李是这个公社专门放电影的，按照上面指示，各大队轮流放映。遇到特殊情况，要提前预约，比如为老人祝寿、新生孩满月、娶新娘子等，要亲自去找才行。

胡文生说："听说福根和王佑仁吵了一架，看来这小子确实喜欢月婵，只不过就怕他拗不过王佑仁。"

"福根比以前变了很多，不仅积极参加劳动，每天拿着本子学习，还养那么多鸡鸭鹅,你看看他编织那么好。还给了20元钱给我们去买设备,这孩子头脑灵活,准有前途。"富贵说。

"你今天找找他,做做思想工作,对王佑仁不要做出格的事情,那样事情反而不好。"

电影定在第二天晚上放映。

吃过晚饭,富贵找来一盏大马灯,倒了满满的油,用树枝做了几个火把,在口袋里各揣两盒火柴,烟袋杆里也装满了烟叶。一切就绪,天已暗了下来,富贵推着一个独轮车,把东西带上,文慧提着大马灯,两口子往村外的窑厂奔去。

一路蛙鸣相随,走了三里地,富贵干脆脱了衣服。他人高步子大,文慧跟在后面跑都追不上。

"富贵,你不要走那么快,我害怕。"文慧跟在后面气喘吁吁。这个鬼地方,想起来就阴森森的,要多瘆人就多瘆人。如果不是一心想盖房子,打死她也不会来这个鬼地方。

"不要怕,有我在。"富贵让她坐在独轮车上,推着她向前走。

第31章

/ 暗中忙集土 /

窑厂在富贵家的东北角,离村庄有5公里路。窑厂旁边有一条大河,河里淹死过不少人。不用说晚上,就连大白天也没人敢来这儿。后来有去世的人都葬到这里,慢慢地,这里就成了乱坟岗。

文慧越想越害怕,富贵让她把马灯抱着。就这样车推着走一阵,文慧又下来跑一阵,足足走了40分钟,才到了窑厂。

月亮好像被饥饿的人们咬去了一大口,阴着脸从云层里看着他俩。夜幕中,高大的烟囱孤零零地立在半空,没了往日的生气。这口出过数不清砖瓦的窑厂,历经浩劫,却昂头屹立,直破苍穹。

窑厂的西边就是那条恐怖的大河,河边长满了一人多高的青青的芦苇,如果编成凉席去卖,一定也能换回几斤肉。只是,这里仿佛被人遗忘了一样,任凭芦苇在这儿自由生长、变黄、枯萎。文慧站在窑的面前,像来到了埃及金字塔。这么大的一座窑，可见当时得有多少工人，劳动的场面得有多壮观。

忽然，一只夜猫惨叫了一声，从他俩面前窜过。"富贵，回家吧！"文慧拉着他，声音在颤抖。

"文慧，你看，这儿偏僻，我们天天晚上来可以先集土打砖坯，不会有人注意的。"富贵将马灯挂到窑的正南面门上。他拉着文慧来到窑的后面一块空旷的土地上。"你看，这儿还有一大堆泥土，我们先做砖坯，晒干后再一块块地垒进来，最后大火烧上一两夜就成了。如果我们一家用不完，我寻思着给东头朱二老爹砌一间，老人无儿无女，怪可怜的。还有沈强，他们一家也不能总住在别人家，对不？"

"这儿挺吓人的，我不敢来。"文慧哆嗦着说。

"那我一个人来，发扬愚公移山精神，不相信烧不了这一点小土丘。再说，我本来就姓田，若富贵不起来，还叫啥田富贵，对不？"文慧被他逗笑了。

半个月下来，富贵就集起了高高的一个土堆。照这样下去，年底很可能就能出新砖。想想能住进宽敞明亮的砖瓦房，富贵乐得做梦都笑出了声。

下工后，天色将晚，富贵急匆匆推着车子去备土。到了窑厂他呆住了，沈强、福根都在推土。

"你们怎么跑这儿来了？"

"强哥已经连续来了好几天。"福根说，"只有用自己的双手才能创造新的生活。我要用自己的能力给月婵一个温暖的家，要不然她会离开我的。"福根说着，用力将一车泥土推起来倒到前面。

富贵走过去："事情还有挽回的余地，只要你们是真心相爱，我们都会支持你。"

"可是，两个月之内，若不能按照数目赔偿，月婵可就真成了他家的人了。你说我该不该着急？该不该找那老东西理论？"

"车到山前必有路，男子汉大丈夫，只要有本领，何愁天涯无芳草。"

"芳草遍地有，可是属于我田福根的只有那一棵。"福根狠狠瞪了富贵一眼，使劲忍回了眼泪。"快，有人！"放风的铁蛋跑来喊，大家赶紧熄灯躲藏起来。

夜色中，吉普车上下来三个人，拿着手电筒，将窑厂挨个儿照了一遍。

"您看，群众反映的确是事实。这些砖坯一看也是刚打出来的。"一个男人举着马灯，带头向窑厂里面走。

忽然，从里面飘出一个披头散发的女鬼，红红的舌头足有一尺多长，伸出长长的爪子，向男人抓去。男人吓得大叫一声，丢了马灯，掉头就跑。

"你是人还是鬼？"其中一人胆子大，将马灯向女鬼身上抛过去。

女鬼摇着头，张开血盆大口向那男人咬去，然后一转身，手一扬，女鬼的脸竟然变成绿色，两人吓得连滚带爬地往回跑。

"我说这儿不可能有人的,你们偏不信。"

"难道那砖坯是鬼弄的?"两人还在争论,猛抬头,看见那个女鬼悬挂在车头,吓得那人一踩油门,疯狂而去。

等人走远了,大家再也忍不住哈哈大笑起来,"文慧,没想到你学的这把戏还真管用!"

"这变脸是家传的,你们没看我爹呢,他能一连变十几个。"文慧摘下面具,精心放好,又干了两个小时,众人才纷纷回家。

"怎么才能不让人去?"文慧家里,几个人在想主意。

"我有办法了,"家旺说,"在路上撒一些白磷,只要有人走近,就会自动燃烧,不知情的人认为是鬼火,吓得他们不敢朝前走。再安排两人在路头站岗,只要有车或人来,就装作狐狸的鸣叫,大伙就赶紧穿上道具。"

众人都觉得这个方法好,"如果他们白天来呢?不就一切都明了。"

"这倒是个问题。"

"白天要忙着上工,除了生产队干部和大队干部,别的人哪有空来?再说现在即将收割稻子,哪还有人来检查?"

富贵说:"明天晚上不干,大家明天一起去收割稻子,确保做到颗粒归仓。"大家听了非常高兴,沈强要求留下来看守窑厂,其他人立即撤回。

"我看这样,值班人员可以排成表格,每晚两人,这样也公平。"富贵觉得文慧说得有道理,第二天立即按照这样的约定执行。

第二天一大早,生产队组织大家收割,看着散发着香味的黄灿灿的稻穗,有人捧着,恨不能立即放进嘴里。

"文慧,这就能吃到大米饭了?"金彩云看着文慧,还不相信。

三娃过来,撸过一把稻穗,几个人连忙制止。

"有大米吃,我妈妈就回来了。"孩子的话,文慧听了心里一阵难过。云秀走了已经大半年,到底去哪儿了?别人说过的地方,沈强都去找过。现在沈强说,今年不回来,他不会再找了。文慧也多次问过她姑姑,都说没有音讯。

"或许是死了吧!"文慧的姑父蹲在门口,半天扔过来一句话,"她心里没有爹娘,没有孩子,只当她死了。"文慧想到这儿,把刚才的稻粒装进三娃破小褂的口袋里。

"广大社员们,如今可以吃上咱们自己种出来的大米了,大家开心不?"富贵拿着喇叭,脸上放着光,大声问。有人说:"快分吧,我真想现在就做大米干饭吃。"

根据分工,男人运输,妇女收割,大家都小心翼翼,牛怕掉了一粒。只用了四天时间,那金灿灿的稻穗就囤满了生产队的粮仓。收工结束,胡文生说,大家可以

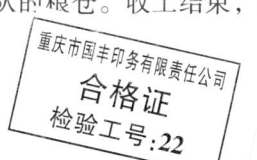

129

自由捡，捡到的稻子不必上交。下午，文慧带着孩子们去捡。第二天，他们又到外面生产队去捡，两天下来，文慧和孩子们一共捡了有十几斤。一直到稻田全部被种上麦子，捡稻子的事情才宣告结束。

"现在原料备齐，接下来就是摔砖坯。等农忙消停时，我们就开始。"他们在土料堆前打了一个压水井。

万事俱备只欠东风，过了汛期，陈能喜带着三四个人过来了，家旺家乐、胡一凡胡一平兄弟俩、福根、田艳、文慧、沈强、田梅生全部到齐。砖模是用长约50厘米、宽约15厘米的长方形木板做底，在底上沿底板纵向钉上两块略短于底板、宽约6厘米的木板，沿横向钉上四五块小挡板，这样做成的木制砖模一次能倒出三到四块砖坯。

摔砖坯是个技术活儿，泥土干湿、力气大小，都影响砖坯质量。陈能喜带来的人管摔砖坯，富贵和其他人加上水把泥和好。等湿砖坯把空闲的场院地弄满，摔砖坯的工作就停下来。

一连干了一个星期，歇下来才知道累。福根、家旺他们直接在窑厂打个地铺睡下了。富贵看着躺在地上酣睡的他们，心里忽然想哭，他知道这不是伤心，而是被他们所感动。文慧捶着发酸的背，直不起来。富贵脱下衣服，铺在车子上，推着她回家。

事一开头，就像拉足的弦，停不下来，回不了头。富贵下工到窑厂的时候，发现又多了两个邻村人。

"富贵哥，我们只想来混口饭吃。"一个高而瘦的男人说。

富贵说："这只是几家自己联合烧着用的，没有工钱。"

"我们不要工钱，只求能给口饭吃。"

"我们这儿没有饭，不供饭，大家都是回家吃的。"

"那就算合作的，到时候请您看着给点砖头，我们现在一家都住在牛棚里，请帮助我们一把。"富贵还没回答，铁蛋跑过来喊："快，大家停工，有人来了。"富贵立即关了抽水的拖拉机，大家都隐藏起来。

有了第一次的经验，他们静静地等候来人。这次，来人没敢进来，一路上的"鬼火"足以吓得他们魂飞魄散，哪还敢靠近窑厂。

第32章
/ 深夜不速客 /

福根把这些讲给月婵听的时候，月婵觉得真的好刺激，闹着要来，福根说："你的手只管抓钱，不许你去干这些粗重的活儿。"

"我是为了我自己。"月婵说，马家的钱已经还掉一部分，300块钱里有200块是福根攒的，他怎么舍得让月婵去吃那苦，说啥也不同意，月婵只好作罢。

富贵把义慧和孩子们这些大捡的四五十斤稻子晒干，拿到社场大碾上去了皮，拿了两斤米，煮了米粥。

灶膛火星未落，米粥的香味就把孩子们引来了。婷婷、兰兰嚷嚷着要吃，文慧捞了点稠的，给婆婆端过去，然后才盛给俩馋猫。

一大锅米粥，吃了精光，文慧也吃了三大碗，开年以后第一次把肚子吃得饱饱的。第二天她做了顿大米干饭，让孩子们吃个饱。然后把稻子小心地收藏起来。等红薯、胡萝卜下来，米饭里放些红薯和胡萝卜，这样孩子们吃起来管肚子，还能增加点营养。

"文慧姐，今年过年时真的有大米干饭吃了，麦子坏了，稻子省着点，年还是能将就的。"马秀莲背上背着小五丫头，怀里抱着吃奶的娃，乐颠颠地过来："这是我包的粽子，快来尝尝。"

"你哪来的糯米？"文慧说。

"就用我们自己的大米包着也好吃，每到端午节，听说吃粽子，心里馋得慌，现在我们自己有米了，就包着吃。你吃吃看，好吃不？"

"好吃，好吃！"文慧不等她说完，已经拿起来吃了一个。

"这几个给三娃他们，现在日子好了，云秀还不回来，仨孩子多可怜。"

两人正说着，福根过来找富贵，也拿了一个粽子走了。走到稻田，富贵正在和大家一起耕种。

"强哥说，今晚他先去做了。"福根说。

"你们啊，这么大的事情不告诉我，我现在身体好得很，也能做的。"田中金说。

"您啦，好好养身体，队里几头牛就够你忙的。"富贵说。田中金从小就有哮喘，一到冬天，发作得更是厉害。有时候，看他一口气喘息好长时间，让人心里很是担心。

福根总是打些小麻雀，用火烤着给他吃，说能治哮喘，尽管比以前好了很多，但是一说话仍然喘息声很重。

"大家现在都能吃饱肚子，干活也很有精神。"富贵指挥秋种秋收，捡棉花、刨红薯、掰玉米、收高粱……队里的事情，按部就班，有条不紊地进行着。

首批湿砖坯也已经晾干，大家再码成砖坯垛，进一步晾干。

"这时最怕下雨，下雨时就盖上塑料布，以免把砖坯淋坏。"陈能喜交代说，"等你们烧窑的时候，我再过来。"

富贵千恩万谢，按照陈能喜的安排指挥大家。在砖坯晾干的过程中，富贵他们着手买烧制土窑的煤和点火用的木柴。

"哪里有卖煤的?"福根问，"我和你们一起去。"

"煤炭数量多，必须找一辆车去拖。"富贵说。

"我有朋友在连西窑厂打工，我去问问。"隔天，胡文生回来说，他们的煤是叫人用大卡车从山西阳泉拉来的，说那里的煤燃烧好，热量足。

"这样，你负责煤，我负责制作大坯，土窑烧纸的时候要用。"

两人分头行动。

等砖坯干到上窑的程度，又多了十几人来帮忙装窑。

"装窑首先要打窑底。打窑底是个技术活儿，窑底要留有空隙和通道，好在装好窑后放上柴火把窑里的煤引燃。打好窑底后，装上一层砖坯就放一些煤，而且放煤的位置有固定的位置。砖坯放到一定高度，就要在外面包上立着的土坯，用泥封住，在土坯外皮上涂抹上泥，在外面再用铁丝把它捆起来。就这样，土坯长一层，就放上一层砖坯和煤，直到把砖坯全部装完。最后就是封窑，把上顶也撒上煤，然后用厚厚的泥封起来。"

陈能喜说的话，富贵一字不漏地记下。

"等窑封好后，趁有风的时候，备好烧柴，准备点火。一个土窑直径在8—10米左右，底部周围留有8—10个点火通道。烧窑时，找几台手摇鼓风机助阵。一共要20多个人，每两三个人一个点火道，每个道口备满了浇上柴油的干柴，每个道口备一个手摇鼓风机，在道口里塞满浇上柴油的干柴。"

秋分那天下午五点多钟，大家只等陈能喜喝令点火。富贵将码好的砖坯又看了两遍，他大声喊道："点火——"

"慢着!"外面涌进一群不速之客。大家一看，原来是王二牛带着几名公社干部走了进来。

"田富贵，你们这是想干吗?"为首的一个中年人，圆脸，略胖，鼻翼右侧长着一颗黑色的肉瘤，他穿着蓝色中山装，上衣口袋里还插着一支钢笔，目光威严地问。

富贵还没有说话，田梅生就赶紧跑过去，"领导好，这些都是我们自己利用晚上时间完成的，没有影响出工。您也看到我们一家大大小小住那个防震棚，都不如您家猪圈大，我家大小八口人挤在那棚子，实在挤不下，这些人是我请来帮忙的。"

"今年龙卷风，我房子都被刮跑了，至今住在露水地，老婆看日子没法过，跑了，到现在还没有回来。今天秋分，再不盖房，你们做人民公仆的希望我们这些老百姓冻死吗？"高大的沈强过来，那人面前仿佛立即出现了一堵墙。

那人顿了一下问："你们确实没有缺工？"

"当然没有，不信你去生产队看看。"田梅生说。

"我们的房子都倒塌了，如果现在不想办法，冬天怎么熬，您是希望我们像徐永俊那样被砸死吗？"徐永俊是三组的，因为生病，瘫痪在床。今年夏天下了一场暴雨，房子从上到下像盖被子一样将他活活砸死。

大家伙儿围上来，七嘴八舌地说。

早有人把福加和曹支书用自行车载了来。福加说："这些人确实都是困难户，既然没有买卖，也不能算是走资本主义道路。这都是他们自己互相帮忙，请领导让他们把这窑砖烧出来，如果不行，下不为例。"

"大队长，早些年上面就号召让一部分农民富起来，您作为我们的父母官，应该为我们做主。我们提心吊胆住在那破房子里，睡觉都不踏实，万一哪家再有个闪失，您这个大队长也难辞其咎。"

"大队长，事情好像不像他们说的那样。"王二牛拿着一本记账本，一摇一摆地走过来，"请看看，这上面可是清清楚楚地写着每个人的出工情况。"

"大队长，我们记着工，只是为了作为分砖头的依据，付出多，得到也多，按劳取酬，天经地义。"富贵站在王二牛身边，目光如剑，王二牛避过他的目光。

"富贵，你不要胡言狡辩，现在一切都在我们眼前，你再辩解也没有用，大伙儿，上，拆掉！"王二牛拿起旁边一把榔头，就要去砸已经装好的砖坯。跟着来的有几个人拿着铁锹、铁铲上前要拆。

"慢着，谁今天要是敢动一下，就是跟我沈强过不去。"他操起一把铁锹。

田梅生拿着挖煤大铲，"他奶奶的，如果你们让我一家住露水地，我宁愿去坐大牢，也要跟你们拼了。"田梅生这一喊，大家都拿着农具，双方剑拔弩张，一触即发。

富贵和陈能喜低语几句，分开众人，走了过来，"这里的一切都是我做的主，如果要处罚，就罚我一人好了。"

王二牛看着他，歪着头，"就等着你这句话，人带走，东西还要毁！"后面过来两个五大三粗的后生，拿着绳索要绑。

田梅生过来，挡在面前，"今天谁要敢带走我哥，我跟他以血相见。反正这穷日子也过到头了。"他说着，大声喊道，"老婆，为了我家的房子，今天我要跟人拼了，我死后，你跟孩子就一起搬到他家去住，如果不给吃喝，娘儿几个去闹死他。"田梅生这么一嚷，几个人停了下来。田梅生说的话可不是唬人的，这大大小小六个孩子，朝哪家一搁都要命。

"对，如果不给我们住，我们就领着孩子婆娘住你们家去。"

"是的，这是我们多日来的心血，如果谁要我们的命，我们就和他拼命。"

福根过来，对着王二牛就是一拳，他把帽檐转到后边，斜眼看着他："王二牛，你滚出了治安小组，就想着来干坏事？人在做，天在看。你就不怕有报应？"

"福根，你神气什么？你不过是捡来的野种，哪有资格……"不等他说完，福根的拳头已经打在了他的脸上，王二牛尽管躲让，头部却也挨了实实在在一拳。

"我是捡来的，也比你这有娘养没娘管的畜生强。"福根脸色通红，口中大骂，将拳头又扫了过去，富贵连忙拉住。

"做官不为民做主，不如回家卖红薯。我们老百姓吃不饱，穿不暖，住都没处住，你们做干部的不想办法帮助我们，反而来阻挠我们，有这道理吗？"众人义愤填膺。

福加看看曹支书，曹支书看看那位"中山装"，"中山装"看着大伙儿，人人拳头紧攥，一副要拼命的样子，他怕把事态搞大，不好收场。

"出了问题，我们几家愿意接受处罚，绝不连累大队长！"田梅生大声说。

"对，如果您怕，我们就写一笔给你，我们做事我们当！"胡文生夹着公文包也气喘吁吁跑来了："这样也好，省得大家受牵连。"

他写道："烧砖是我们在不影响上工的情况下，大家自愿干的，出了问题由我们自己负责，与大队干部无关。"他写好后大声读了一遍，大家说行，一一签名。

"中山装"是公社的一名分管干部，叫于主任，其实就是食堂里的后勤管理员，别人不认识，可福加和曹支书一来，就立即认出他来。但是他们不想得罪他，因为宁得罪于君子，莫得罪于小人。

于主任看福加和曹支书并没有揭穿他的身份，带着人悻悻地走了。

第33章
/ 马家来抢人 /

福加看着面前一排排整齐的土坯，这是大家伙儿熬了多少夜才做出来的，如果毁了，这些人的心血就付之东流了。

福加说："进入十月，气温转凉，大人孩子不能睡在外面。但是也不能大张旗鼓。尽管你们立下字据给他，但是如果他想掀起一番风雨，一定不会顺利出砖，大家抓紧干，生米煮成熟饭，鸭子还能飞哪儿去？"

大家听了，更是对他们敬佩几分。送走福加和曹支书，陈能喜说了一声："点火。"各道口的人就齐刷刷地划着了火柴放到了浇上柴油的干柴上，柴遇着火腾腾地燃起来。各道口是一人添柴，一人手摇鼓风机，忙得不亦乐乎。大约一个小时的时间，看到道口上面煤着起来，砖面发红，大家才停下来，撤掉了道口的柴火和鼓风机，任凭窑自己燃烧。"我们点窑成功了，成功了！"大家相拥而泣。

看着窑体开始从下到上、从里到外都冒着不断升腾的热气，特别是窑顶，热气多得向周围飘散开去，大家简直像到了九霄仙宫似的，一个个兴奋得不知如何是好。

"不好啦，不好啦！"柳儿的三姐跑过来大喊，"月婵要被人带走了。"

"什么？"福根扔掉手中的活儿，飞快地跑走。

"现在都是新社会了，还能允许他们这样，大家一起去。"胖墩说，一行人迅速向王佑仁家跑去。

福根大喊："住手！"只见三个人影拉着月婵，往一辆黑色的桑塔纳上拽。

"福根，福根！"月婵大声喊。

王佑仁站在门口，正无动于衷地看着。

"现在婚姻自由，你们这是逼婚。"车门开了，从另一辆吉普车上下来四个彪形大汉，有一个铁塔似的人过来抓住福根："就你这个乳臭未干的臭小子竟然也敢和我们公子抢女人？"一拳过来，正中福根的鼻梁，血从他鼻子里流出来。他死死抓着月婵不放手，村里的人聚拢过来，"住手，在我们的地盘上你们还想撒野不成？"沈强和田梅生带着一群人，将那些人围住。双方剑拔弩张，这时前面车里下来一个四十多岁的中年男人："这样啊，我们马家和王家互有婚约，上面写得清清楚楚，明明白白。马家愿意出一切出国费用，等女方满十八岁即可娶亲过门。昨天是月婵小姐的生日，我们按照约定，上门接亲，天经地义。如果不行，我们凭着这份契约告官，也没有不去马家的道理。"那人拿着一张签字画押的纸张，"请各位仔细看清楚了，我们可不是像你们说的那样强娶。"

"婚姻讲究的是你情我愿，你们得问问当事人同意不同意。"福根说。

"我不同意，可是还不起他们家的钱。"月婵说。

"钱已经给了一点，我们会尽快还清。"福根说，"请你们相信我。"

"住手，在我的地盘上，你们还想胡作非为不成？"富贵和文生他们一同走来，

"朗朗乾坤,你们还有王法吗?还有中华人民共和国的宪法吗?"

那些人也不说话,只是揪着月婵往车里塞。福根摸了一根棍:"我这混世魔王估计你们也听说了,不要逼我出手。如果有谁想试试,爷陪你们走几招。"

说"田福根",知道的人不多,但提到混世魔王,这个地方无人不知。那四个彪形大汉互相看了一下,从前后左右将福根围在中间。福根看着他们,掂量一下,忽然转身,向左侧体形最高大的那人打去。那人显然没想到福根第一棍会打他,连忙跳起,棍子正好打在他的脚踝上,他哎呀一声,坐在地上。那三人尽管高大剽悍,身手敏捷,怎奈福根手里长棍在手,几招下来,不见上风。

沈强他们拿着铁叉、扁担等前来助阵。那伙人一见讨不到上风,立马停住手脚。

"这样,按照你们的话我们再等一年,但是利息加倍,谁来签字?"那人将一张写好的纸张拿出来。

"我来签!"福根上去,在上面签字画押,那些人才绝尘而去。

"世上怎么会有你们这样的父母?"马文慧说,"虎毒还不食子。你们连自己的女儿都要害,还有人性吗?"王佑仁低着头,不说话。柳儿和田艳过来将月婵带走。

富贵说:"月婵,你放心,像他们这样霸凌老百姓的人,自有公理,一个行将就木之人,还能有多少余威?"

为了防止再出意外,福根决定将月婵带在身边。

"点火成功,更要细心照看,不能出任何意外。"富贵叮嘱沈强。两天过去了,窑体内水分散失怠尽,窑体内煤燃烧产生的巨大热量,在十米之外就能让人感觉到炽热,令人不敢靠近。特别是在晚上,远远地就看到北土窑像太上老君的八卦炉似的,通红的火罐子十分显眼壮观。

富贵、沈强、胡文生他们哪里能放心,每天都在窑旁蹲守,唯恐有所闪失。大约经过一个月左右的时间,窑内装的煤烧完了,窑体才渐渐冷却下来。

陈能喜从老家赶来,摸了摸,发现窑体已完全冷却下来,他吩咐可以扒窑出砖了。

当王二牛知道这事时,砖头已经出来了。黄亮亮的,两指一敲,脆响。铁蛋还买了三元钱小炮仗,噼里啪啦地放起来。几个女人抱在一起哭成泪人,有几人干脆敲着砖头,唱起了歌,跳起了舞。

富贵拿着一块砖头,放到嘴里,嘎嘣咬了一口。田梅生呢,把砖头当皮球在空中抛上抛下,大家都沉浸在欢乐之中。

只有王二牛一家不开心,苗银凤坐在旁边生气。

"我说你们也太没用了,你们现在看看人家嘚瑟的。"金彩云进门就没个好脸色。

"彩云,富贵说了,等下窑砖出来,我们两家可以分得一千砖头,几窑下来,再买点，我们的房子也有了。"苗银凤说。

"势利鬼，难怪到那儿三句话不说就回来，整天还吹认识这个干部，那个干部，找了个炊事班班长去，也不怕人家笑话。"

王二牛说："表姐，你要这么说，可别怪我生气，你知道请那些人我也是花了很多钱的，不过这样，钱也算没白花，毕竟他们给我们砖头。"

"以前你可是这地方放个屁都能吓死人的人，现在却也变得这么怂。"金彩云气得转身要走。

苗银凤一把拉住她，这俩人是亲姨表，她们的母亲是嫡亲姐妹，所以在那个时代金彩云仗着这个妹夫也是得了不少好处。

"胡天民和胡文生毕竟是亲兄弟，这事情我不好出面，你怕谁？治安小组都容不得你，你说你还有什么好顾虑的，算我看错人了。"

金彩云本来是想让王二牛去阻挠一下，她想看到马文慧的那张哭丧脸，却没想到事与愿违。

烧窑那天，吃过晚饭，她去表姐王芳家串门，刚到门口，听到胡文生和王芳正说什么砖头的事情。她躲在窗户底下，把事情听得一清二楚，赶紧去报告给王二牛，找人逮个现行。结果砖还是出来了，黄得像金子，叫人眼馋。

她心里像被刀子一点一点划似的，同样是喜欢一个人，她为了富贵，宁愿不要生命地爱着他，每天连看一眼都不行，而文慧可以24小时和他黏在一起，为什么？

现在看看多少人围着文慧团团转，就连她表姐王芳也不和她一气，有空就朝文慧家跑。她气得要发狂，头也不抬往家走，没注意脚下有一个小凹凼，绊了一下，咯嘣一声，脚崴了，疼得她坐在那里哼哼着爬不起来。一条大黄狗过去，闻了闻，她拾起土疙瘩，狠狠抛去，正中狗头，大黄狗疼得哼哼着跑了。

她两手疯狂地拍打地面，脚一动，疼得钻心。她正不知道怎么办的时候，胡天民骑着自行车找来了。

"你怎么这么不小心？"将彩云扶上自行车，他忍不住责怪两句。

"找故意的吗？"金彩云心里本就一肚子火，现在正好有发泄的对象，一通夹七夹八地骂过以后，心里觉得平静了一些。

"你怎么不说话？"她问。

"没想到……你骂人还挺有水平的，自己没本事还害红眼病！"

"是你没本事好不好？夫贵妻荣，你有本事，我才有脸有光。"她像机关枪一样猛轰，把胡天民说得哑口无言。

到家后，胡天民将她抱到床上，拽过她的脚，脚脖子已经肿了起来。他轻轻捏着捏着，猛地一拉一推，金彩云疼得一声惨叫，"你想干吗？"

"好了，你下来看看！"胡天民拍拍手，扶她下来。

"没想到，你还真有两下子。"

"在部队练的，你男人的本事大着呢。"胡天民没说完，外面响起了敲门声。开门一看，是胡文生喊去开会。

兄弟俩到会议室时，富贵、沈强、田梅生也在。等他俩坐定，富贵说："你们兄弟来了就好，今儿我们几个把这事情好好合计合计！"

胡天民不明白什么事情，没有吱声。

"现在砖头出来了，有几户人家要求盖新屋，却没有宅基地。请大家来商量商量这事怎么办。"

第 34 章
/ 半夜被劫走 /

胡天民接过建房申请名单，浏览了一下，很是吃惊，全生产队最穷的沈强的名字赫然其中。"穷得饭都吃不上的人家，还能盖得起新房？"他心里想。

富贵说："我有个建议，要盖就像城里人那样，整齐划一，看起来也漂亮！"

"那样固然好，但是会不会成为批评的典型，如果弄巧成拙，那就糟了。"胡天民毕竟在部队待过几年，算是见过世面的人，他的意见一出，大家都觉得有道理。

"这样吧，我那防震棚确实也不能住人，请你们几位干部点个头，我去土地办办个手续，就在我老宅基上盖。按照你们现在预设的地点、大小，我先盖，盖起来如果觉得好看，其他户再盖。即使上面追查，他们看到我的情况，也不会说啥。"田梅生说。

"田梅生，你认为穷是你的资本？到时候如果拉你出去斗几天，那罪估计也要你受的。"胡天民看着田梅生。

"与其一家冻死，还不如把房子盖好，任你们怎么处置。再说造房子是我凭本事赚来的，一没偷，二没抢，又不犯法。请各位干部想想我家的困境，给我们家一条生路。"田梅生说。

"今生注定要用自己的双手去为亲人创造幸福的生活，这是一种责任和义务，你做得对，我支持你。"富贵站起来，"我想，用我们的双手去创造自己的幸福生活，这绝没有错!"

"这几天,我去砂石站看过,料石、水泥、沙子,很贵,我买不起,打算用泥土打焊。房梁呢,把老房子和棚子拆掉,还不够,就直接锯树。"沈强说。还不等大家说话,外面有人大声说:"这次盖房子一定得有我。"

是福根,他把手上的一只小羊羔放在地上,"如果这次我没有房子,我和月婵真的要分开。"

"马家的债务你还了没?"沈强问。

"没有,所以我想无论如何把房子盖好,如果马家强娶,我就和月婵私奔到别的地方去。只有这样,我爸和姐姐在家,我才安心。"

胡天民想到彩云对她说的话,富贵他们为啥抓着田梅生不放,因为这个人穷得啥都不怕。连亲生闺女都能舍得给别人的人,还能拿他怎么办?

其他几个也开始议论纷纷,胡天民听了一会儿,悄悄拉过胡文牛:"哥,在这件事情上,你不要犯糊涂!"他想得很清楚,只要他兄弟二人不同意,就是一半反对票,他富贵兄弟俩这个想法就通不过。

"我不管你们同不同意,这房子我盖定了。"说完,沈强站了起来,"我算看透了,你们这些做官的,见不得我们这些老百姓过得比你们好。"

胡天民腾地站了起来:"沈强,你说啥呢?"

胡文生磕了磕烟杆:"对于富贵烧砖这事,上面尽管没有明着批评,但也还是说他个人主义,资本主义思想很重,我觉得还是不要去冒险了吧!"

沈强起来一边往外走,一边说:"我不管你们怎么看,这房子我是盖定了。我和孩子总不能住在别人家里,要杀要剐,悉听尊便。"福根赶紧拦住他们:"大家好好说,毕竟这不是一个人一个家的事情,听听他们的说法。"

"我在自己家的屋基上想怎么盖就怎么盖,那天大队长也说了,再不动工,恐怕冬天只能睡大街。"沈强说。

富贵当然比他们还着急,老娘的身体一日不如一日,房子盖起来,哪怕住两个月,或者20天,满足了她的心愿那就是好事。可是最终,大家也没有达成一致意见,会议不欢而散。

"对,真有你的,就要这样,要不然那田梅生尾巴能翘上天!我们都住茅草屋,他们凭啥住砖瓦房?"金彩云听了胡天民的叙述,高兴得在他脸上一个接着一个地亲,"就不能让他们嘚瑟。"

房子到底怎么盖,富贵一时没了主张。他想陈能喜毕竟在江南待过多年,去听听他的建议。下工回来,他借了一辆自行车去了陈能喜家。等他回来,看到屋里坐着不少人。

"贵哥,你是不是去找胡天民了,你不要听那狗日的放屁,他奶奶的这家伙,就见不得别人比他好。富贵哥,如果这房子再不盖,时间恐怕就来不及了。冬天一到,我们全家又得挨冻。我明天就去把砖运回来,开始动工,看他们能怎样?"沈强说。

"陈能喜说江南那边建房高低大小基本一样,这样避免很多邻里纠纷,我和他说好,争取再烧一窑,这样,危房的十几户,一起建房。特别急的你们几家自己先盖。"富贵说,"沈兄弟,把我家的那份你也运去。这样,正好可以盖三间,顺便再造个小厨房。"沈强说啥也不要。

"兄弟,明年你再帮我们烧砖,把它还给我们就是了。"文慧也这样劝。

"不知道祖上积了什么德,让我遇到你们夫妻俩。"沈强感激涕零地走了,房必须要盖,周财主尽管没说什么,但是那种别扭还是让人难受。何况周睿一直杳无音讯。大家又商量了一会儿才各自散去。

"文慧,看着田梅生住大瓦房,你别哭鼻子哦。"富贵看着文慧。

"明年多烧砖,我们自己家也盖,"文慧说,"我是你女人,怎么能拖你后腿?即使我不同意,你也还照样给。这样,我反而落个顺水人情。下辈子,我一定要做个男人!作为女人,要懂得做家务,要学会懂事,要温柔贤惠,还要大方得体,辛苦操劳一辈子,还不被男人珍惜。更可气的是,自己舍命生下的孩子还都跟着你姓。"

富贵搂着文慧,"老婆辛苦了。要不儿子跟你姓马,怎么样?"

"你真舍得?"富贵说:"我们是一体,不分彼此,有何舍不得?"他说着,一把脱下文慧的衣服,两人呼哧呼哧地运动起来。

按照出工,田梅生分得的砖可以盖两间,再加上富贵家的那一份,足够三间。天不亮,田梅生就带着他的婆娘到窑厂运砖。富贵以及烧砖的几家也出了人帮助沈强。

农历十月二十六,在噼里啪啦的鞭炮声中,沈强的房子正式开工。

九个男人,抬着夯石,富贵站在中间,手提中间的红布,放声唱了起来:"鞭炮响,太阳升,沈强家里造新房;造新房,亮堂堂,财神住进喜洋洋!"

"吆喝,吆喝!"富贵唱完一句,向上一提,其他几人就一起用力,向上抬起几百斤的石夯,再用力砸下,嘴里跟着吆喝。放鞭炮的时候,不少人来围观,他们这嘹亮的夯声,又引得不少妇女孩子来观看。

"真是十年河东转河西,没想到穷得叮当响的沈强竟然盖瓦房子了。"黄三爷走到门口大声说。黄三爷是南京下放户,因在乡肉联厂杀猪,平日里有些自大,很少与这些穷人说话。

"就是啊,我们穷人也有翻身的时候,"沈强听在耳里乐在心里,"要不是富贵两口子，我们还要住茅草棚。跟着富贵哥，才让我住上了新房子。"黄三爷不说话，叼着烟袋嘴，一步三晃地走了。

一直忙到天黑，地基才夯实。富贵他们一口饭没吃就回家去了，弄得沈强更是过意不去。他看着孩子，想到云秀，想到周睿，一个大男人竟然簌簌落下泪来。

在这个世界上，当你遇到困难的时候，能伸手帮助你的人不一定是自己的亲人、朋友，很可能是无亲无故的乡亲。从周财主、福根、富贵他们，沈强的脑海里像放电影一样，把这些人都闪了一遍。为了这些人，为了孩子，再困难的日子，以后也不能放弃。沈强久久不能入睡。

还有一个窗户在亮着灯光，"看着沈强家欢天喜地地盖新房，真不明白，老天怎么这么不公平？全大队最穷的人都能住上宽敞的新房，你说这是不是够刺激？"

男人伸出婴儿般白嫩的短手臂："如果你跟了我，我替你出这口气。"

"想想就气人，他们凭什么自己烧砖，盖房子？而且还那么大张旗鼓，不是明摆着挑衅你们这些干部无能吗？"女人还在重复着，只不过在嫉妒中多了更深的憎恨，"马文慧什么都和我抢，上学时，抢我班长职位；现在，抢我爱的人，想到他们此刻在床上恩爱，我死的心都有了。"

自古以来，人有一种天然的妒性，心态健康的话，可以激发你的斗志，助你成功；反之，它会乘人不备，背后给人使绊，恨不能每天对着你踩上一百脚。金彩云已经因嫉妒完全丧失了理智。

"真是胆大妄为，无法无天，过几天就专门去办这件事，灭灭他们嚣张的气焰，为我的心上人报仇！"男人笑着露出一嘴狗屎牙，伸出另一只肉嘟嘟的短胳膊，将女人压在身下，"只要你服务得好，小事一桩！"男人说着，一把扯掉了她身上的遮羞布，像狼一样扑了上去。

沈强家的地基整整两天终于弄好。他身强力壮，本来就有一手瓦工活，文慧的弟妹们又来帮忙，富贵他们出工回来，也都会去帮把手。十来天的工夫，沈强家的墙就平檐了。

沈强找富贵商量挑梁的事。富贵从他家出来的时候，天已经黑了。他正走着，忽然从黑暗里窜出几个人，不由分说，用绳索将他五花大绑起来。

"你们是谁？凭什么抓我？"那些人不说话，拉着他就走。富贵大声喊："快来人，快来人啊！"

沈强站在门口送富贵还没进门，听到喊声，拿了一根扁担就冲了过来，一见情景，放开嗓子就喊："兄弟们，快来人啊，富贵哥被人抓走了。"有人朝这边跑了过来。

"放开富贵哥，放开！"田梅生冲过去，有几人拦住了他，狠狠地说道："田梅生，劝你小子不要多管闲事，否则下一个就是你。"

"怎么回事？你们凭什么抓人？"家旺他们过去抢人，可是对方人不仅多，而且每个人手里都拿着警棍。那东西打到身上，疼得钻心。

"你们都听着。第一，他走资本主义路线，私自开窑烧砖；第二，他带头造反，拉帮结派，搞个人英雄主义；第三，带头发动罢工，不干活，去帮人造房子。这三点，哪一点不够关他几个月的？"

"放你娘的狗屁！"沈强扁担抢过去。

"老少爷们儿，上啊！"家旺喊了一句，双方打成一团。

胡文生和福加他们到的时候，富贵已经被押上一辆吉普车带走了，后面的那辆车子众人追了一程，追不上，只好回来。

是什么人带走了富贵？会不会对富贵不利？屋里挤满了男女老少，文慧急得直流泪。

"和我打的那个人，我感觉认识。"沈强挠着头，"但是具体叫什么名字，我一时半会儿想不起来。"

"黑灯瞎火的，你看不清他的脸，不要感觉错了！"胡文生抽了一口旱烟，在桌沿上磕磕。

"这里肯定有人搞鬼，"文慧哭着说，"他们为什么白天不敢来，就是怕被认出来。"

"对，我想起来了，那个人叫陈德顺，"沈强说，"那天去公社买东西的时候，看见他们两人在饭店吃饭，金彩云介绍说是小学同学。"

"金彩云的小学同学我应该都认识，好像没有叫这个名字的。"文慧将小学同学一个个排了队。

"我们去问问金彩云不就是了吗？"一语惊醒梦中人，"现在就去！"

金彩云正在做梦，听得门被敲得震天响。她和胡天民开门一看，外面站着好多人。

"金彩云，是不是你搞的鬼？"沈强见到金彩云，扑上去就问。胡天民一把拽过他，"你把话说明白了，到底发生了什么事情？"

"你装个屌啊！"

"让你骂人！"胡天民一个反擒拿，沈强的手腕就像断了似的疼。胡天民在部队待过几年，沈强尽管身强力壮，却不是他的对手。周财主听闻此事，也派高叔过来询问。文慧把事情说了一下，胡天民才放了沈强，并告诉众人，富贵确实没有在他家，他也不知是何人所为。金彩云指着众人，双手叉腰，指着文慧说："马文慧，你带一大帮人，半夜三更到我这儿来找人？马文慧，我告诉你，如果找不到人，我金彩云跟你们没完。"

"进去搜搜就知道了!"福根、家旺、家乐、胖墩他们全部赶到。胡天民的气势瞬间矮了下来。沈强捏着疼痛的手腕,双目喷火,看着胡天民:"如果富贵出啥事情,我不把你挫骨扬灰才怪。"

金彩云打开大门:"你们去搜,搜出来我金彩云任你们处置,搜不出来,你们得给我磕头赔罪。"

"磕什么头?我这拳头行不?"福根一把推开她,进去将屋里仔细搜了一遍。

"马文慧,我金彩云是那种人吗?再说我与富贵无怨无仇,干吗要那样做?"

"金彩云,今儿我田福根把话撂这儿了,如果是你捣的鬼,我田福根绝不会放过你。"福根说着,一脚踢翻了旁边的脸盆架,盆、肥皂盒等稀里哗啦地倒了一地。

"你给我听着,如果我贵哥有啥三长两短,我第一个跟你没完。"混世魔王一发怒,胡天民也不得不忌讳着点。

"你们这么多人半夜上门来闹事的,是不是?我金彩云也不是好欺负的。"金彩云转身进了厨房,拿了一把锋利的菜刀出来。胡天民一见,那还了得,赶紧夺了过去。

金彩云不依不饶,踢了沈强几脚。文慧过去,也一脚踢在金彩云的脚踝上。金彩云索性朝地上一坐,一边骂一边鬼哭狼嚎起来。

胡文生过来拉开了胡天民和沈强:"天民,这是人命关天的大事,你要知道就告诉我们。"胡文生猛吸一口烟,"富贵这样,其实不都是为社员着想吗,他自己也没捞什么好处,是不是?一旦出了人命可不是闹着玩的。"胡文生看到文慧那满是泪水的脸庞,心里也很着急,可是人确实不在这儿,能奈之何?

从金彩云家里出来,已经五更天了,文慧劝大家各自回去休息。

"我的儿啊,是谁和你过不去啊?我天天跟你讲,不要惹事,不要惹事。枪打出头鸟,现在终于出事了吧?"富贵娘眼泪一把,鼻涕一把,"人活着怎么这么难?"文慧婆婆人不能动,但是头脑清醒。众人劝了几句,纷纷散去。

早上喇叭通知社员去割红薯藤,准备刨红薯。文慧觉得头痛得很,她挣扎着从床上起来,用冷水洗了把脸,扛着三齿钉耙,刚到门口,听到有人喊她名字,回过头一看,没人。正在发愣,却见月婵从远处急匆匆过来。

"文慧姐,你放心,好人一定会有好报。这是早上刚做的,快点来吃了。"月婵把一大罐鸡汤递了过来,"这是福根杀的,你快喝点,喝了才有力气和坏人斗争。"鸡是昨天福根杀了送给月婵的。月婵昨晚回去以后,放锅里炖了,一早又送了过来。

田中金早上才知道这事,匆忙赶了过来。福根让他回去,田中金说:"这个事情会不会是王二牛干的?"

沈强说："关键是得有证据，光怀疑没有用。"

"相信老天会开眼的，贵哥一定会没事！"月婵说。

"福根，你记着，遇事要冷静，不管什么时候，不要忘记学习，因为用知识武装起来的人是不可战胜的。"月婵对福根说。

怎么冷静？近来这事情一桩接一桩，是不是有什么预谋？他从哪里下手去找出幕后指使者？

他们到地里的时候，很多人已经在干活儿了。李梅兰锋利的镰刀一下一下地割下去，那长长的藤蔓卷了起来，红薯那丰腴的身体便若隐若现。

这红薯可是宝贝，粮食最紧张的时候，幸亏有红薯叶子，可以炒着吃，拌着吃，放在稀饭里面煮着吃。红薯还可以做红薯粉，开水一冲，就可以吃；也可以做成粉丝，放点蒜酱香菜，满口生香。

叶子吃完了，红薯也长大了。文慧早就打算好了，分得的红薯一半用来晒红薯干子，一部分将它做成粉丝，吃起来方便。

她木然地看着红薯像娃娃一样，被人从里面揪出来，可是富贵在哪儿？谁能救他？

李梅兰过来，夺过她手里的镰刀："生产队这么多人，不差你一个，赶紧回去歇着。"文慧看着，心想如果富贵有啥，她也不苟活于世，可是，孩子又怎么办？

文慧就这样做一会儿，愣一会儿，想一会儿，好不容易熬到收工，她扛起钉耙失魂落魄地回家。

走到门口，有个人迎了上来，"姐！"

"二弟？"文慧揉了揉眼睛，确实没错，站在面前的确实是自己的二弟，她鼻子一酸，哭了起来。

"姐，姐夫一定不会有事的，大家都去打听了。"

"能打听的地方都打听过，却丝毫没有消息。我就怕他遭遇不测。"

吃过晚饭，姐弟二人正在说话。沈强气喘吁吁地跑了过来："文慧，富贵有消息了！"

"怎么说？"

"我今天找到了那个人。"沈强喝了口水，把门关上，"他叮嘱我千万不能出去乱说，那天来抓富贵的确有几个派出所里的人，还有几个是花钱雇来的。我问他具体原因，说好像得罪了什么人来报复的。"

除了金彩云，还能有谁？可没有真凭实据，她是不见棺材不掉泪的主儿。

"什么，富贵有消息了？"金彩云坐在小板凳上，纳着鞋底，听到这话，针扎破了手指，血流了出来。她把流血的手指放在嘴里吮吸了两下，恨恨地说："不是说失踪了吗？这下还赖我不？"

王芳腰间系着蓝色围裙，端着簸箕，一上一下地簸着，黄亮亮的豆粒在里面滚来滚去："与你没有牵连最好，否则肯定少不了麻烦。"

"那当然，不过看着生产队的那些人像丢了亲爹一样焦急万分的样子，也是生气。不知道那家伙给了他们多少好处。"说完，将手里的麻绳拉得丝丝响，"姐，姐夫对富贵失踪的事情怎么说？"金彩云装作若无其事地问。

"他说对陷害富贵的人，绝不心慈手软，"王芳停下手里的活儿，"妹子，你与这件事情最好没有关系。听文生说，昨天公社开会，文慧的表舅请人打听了，说现在是新社会，绝不允许有这样的黑势力存在，你自己可要注意了。"

金彩云听着，心里感到发怵。她不能让王芳看出心里的恐慌，因为一旦被文慧知道，还不和她拼命？她越想心里越觉得不安，和王芳撒了个谎，急匆匆地走了。

"金彩云，你究竟把富贵怎么样了？"她刚走到路上，文慧迎面过来，她躲避不及，硬着头皮过去。

"马文慧，富贵不见，我也替你焦心，你这么说是什么意思？"

"金彩云，你不是很爱富贵吗？如果你恨我，有什么事情冲我来，不要伤害富贵。"

"马文慧，这辈子我都不会让你好过。女人，活得不要像一支烟，让男人无聊的时候点起你，抽完了就弹飞你。我要活得像毒品，像冤魂，今生今世，让你两口子推不掉抹不掉。"说着，一把推开文慧走了。

世上怎么还有如此极品的女人，看她离去的背影，文慧愣在原地。

"你给我站住，以后请你少欺负贵嫂。"福根堵住金彩云的路，"做人不要太过分，有些事情，不是不报时候未到，你再欺负贵嫂就是欺负我，我一定不会轻饶你。"金彩云嘟囔了一句神经病，小跑着走了。

大队部，曹德智支书、田福加、沈强、胡文生几人坐在里面。福根刚走进去，浓烈的烟味呛得他连连咳嗽。报警也报了，人也到处去找了，已经二天了，富贵还没有下落，关键是被谁绑走的，找不到一点思路。

"要不我们请报社发一下寻人启事，再请公社在电台播放一下寻人启事，这样，有可能很快就能找到线索。"曹德智说的有道理，福加吩咐人赶紧遵照执行。

下午胡天民看到王二牛，被叫去喝酒了。到家的时候，大门紧锁。"这个死女人，到哪儿去了？"酒意上来，他打了个哈欠，准备上床休息。忽然听到敲门声，他披衣起来："你跑哪儿去了，还知道回来啊？"开门一看，外面竟然站着一个穿着黑色衣服的蒙面人，一把一尺多长的刀闪着寒光抵在他的咽喉。

"你……是谁？"

"我是谁不要紧,你要不要你老婆?如果要,请你跟我走!"蒙面人的声音沙哑。

"她怎么了?"胡天民瞥到门边有一把锄头,只要锄头到手,他就可以反制蒙面人。

"你最好不要动,以免这刀子伤着你。"不等他行动,蒙面人说道,"我知道你是当兵的出身,希望你配合一下。"

蒙面人一只手从后面拖出一辆自行车,"只要你乖乖听话,我是不会为难你的!"说着,命令胡天民骑上去。

他坐在后面。两人来到街上的一个小旅馆。

胡天民打量了一下,摆设非常简陋,一张单人床而已。他刚要问,外面响起了走路的声音,接着隔壁的门响了一声。原来,房间是用木板隔开的,不隔音。

"我要回家了。"一个女人的声音。

"刚吃过饭就要走啊,不急不急,既然来了,哪能浪费这良辰美景呢,我的心肝宝贝,是不是?"接着听到女人咯咯的笑声,"你是大公驴啊?已经要了两遍,还能翘得起腿?"

"看吧,厉害着呢,三天不倒!"男人亲吻女人的声音传了过来,"要,要,快,快!"

不一会儿,那种销魂的声音,撞击着人的耳朵。胡天民拳头捏得嘎吱嘎吱响,脸涨得通红,他大口地喘着粗气,几次想冲过去,怎奈蒙面人拿着刀子指着他,逼着他耐心听完。

那些令人心跳的声音终于停止了,"亲爱的,真舒服!"

"比你那老公怎么样?"

"他是程咬金的板斧。"

"什么意思?"

"三斧头啊,弄得人心里痒痒的难受。算了,不说他了。亲爱的,这次多亏了你,看到那死女人,整天精神恍惚,真解气。"

"这次帮你出了气,以后你要好好爱我!"

"那肯定是……"

"是你奶奶个屁!"一个男人忽然冲了进来,手里的棍子向床上两个一丝不挂的男女打过去。床上的两个人被这突如其来的情况吓傻了,男的本能地拽过被子,盖住了裸露的下体。

"你这个贱女人,看我今天不打死你!"手中的棍棒劈头盖脸地落了下来。

第 **35** 章

/ 凤凰自行车 /

"胡天民,今天你有本事就打死我算了,反正这倒霉日子我也不想过了。"女人从床上爬起来,"你自己的事情你自己清楚,今天你看到了正好,我们去离婚!"胡天民气得浑身发抖。外面进来一个蒙面人,将锋利的刀口,对准床上那一对白花花的男女。

"现在把陷害田富贵的经过写下来。如果不老实,今天这白刀子进就红刀子出!"说着,蒙面人扔过纸和笔。

"这不关我的事。"男人哆哆嗦嗦想穿衣服,蒙面人把他的衣服一卜子扔到窗外。

"快写!"蒙面人在他的胳膊上划了一下,血流了出来。"我说,我说!"蒙面人又指着金彩云,"你说,他写!"

"马文慧抢我丈夫,带人烧砖,笼络人心,好事都被她一人包了,我心里实在气不过,决定给她点颜色看看,让田富贵吃点苦,叫那骚货以后少得意……"

刀子在她的脸上动了一下:"注意措辞。"

金彩云白了蒙面人一眼:"就你这一副凶神恶煞似的脸,我爱怎么说就怎么说。"蒙面人刀子一落,她的头发被割了下来。金彩云吓得把如何找人带走田富贵的事情一五一十地说了出来。

完毕以后,蒙面人又看了一遍,让胡天民三人签字。

"现在这里就留给你了!"蒙面人对胡天民说着,拿着签好名字的纸,走了出去。

接着听到身后传来噼里啪啦的厮打声和女人的号叫声。蒙面人回头望了望,犹豫了下,转身走了。

已经是第五天,能找的人都找了,能找的地方也都找了,仍然没有富贵的一点消息。文慧觉得头脑发涨,浑身燥热,气喘不过来。身子软绵绵的,从二弟的自行车上倒了下来。

"姐,姐,你怎么啦?"二弟大声喊,手一摸,滚烫。他抱起文慧,直奔卫生院。

"富贵,富贵,你怎么啦?"文慧见富贵浑身是血,拼命呼喊。

"文慧,我是被人害死的,你要替我报仇啊!"说着,富贵就慢慢地飘远了。

"富贵,富贵。"文慧伸出手臂,想拉他却怎么也够不着。

"富贵。"她忽然坐了起来。

"姐,我在这儿。"二弟看着文慧,哽咽着握住她的手。

"二弟,我梦到富贵被人害了……"文慧呜呜地哭着。

"闺女,你醒来就好。"文慧娘把熬好的一碗大米粥端了过去,仨孩子哭成一团。

胡文生站在门口,不知道是该进还是不该进。福根拉着平板车来了,几个人将文慧拉了回来。

好好的人也挺不过五天,富贵还有生还的可能吗?灯光下,大家的心都揪成了一团,没有一个人说话。

"大家怎么不说话?"从外面进来一个人,大家都愣住了。

"爸爸,这么多天,你到哪儿去了?我们都担心死了。"大丫头婷婷喊,文慧也扑过去。

听说富贵回来了,胡文生、福加、福根、月婵、柳儿娘、铁蛋、江峰、曹支书都来了,连田梅生也站在门口,搓着两手来回踱步。其他社员也来了,把小屋子挤得满满的。富贵把如何逃生的过程说了一遍,大家听得唏嘘不已。

"富贵哥,没有受伤吧,这下好了,你一回来我们就有了主心骨。"这几天为了找富贵,沈强的房子也没盖。

"明天一早就去帮你盖房。"只要人回来,而且还是完好无损地回来就好。

早上,富贵又带了几个兄弟去帮忙。砖头与泥土毕竟不同,墙口早就平檐,上梁、铺椽、盖瓦,天没黑,三间砖瓦结构的房屋就造了起来。

房子东西走向,大门向南,一共三间。中间堂屋三米三,东西两间厢房各是三米长,八米宽,田梅生还用碎砖将地上铺了一层,人走进去,宽敞又明亮。

忙了一天,从沈强家回来,已是深夜。从昨天到现在,都没好好说两句话,文慧将富贵的衣服脱下,看着他的肩头、脖子底下、手腕上很深的勒痕,有的地方都结成了血痂,很是心疼。问他知不知道是谁害他的,他只说不知道。文慧找到一颗土霉素药丸,将它磨碎了,敷到他的伤口上。"究竟是哪个狼心狗肺的人,将你伤成这样?"

富贵伸出手搂住她:"文慧,过去的事情就让它过去吧,不要提了,好不好?"文慧想问为什么,富贵已经睡着了。

夜,笼罩了一切见不得人的罪恶。天色微明时,文慧隐隐约约听到有女人号哭的声音,接着听到很大的响声,她叫醒富贵:"富贵,你听听,好像是哪个女人的哭声。"

"哭就哭吧,应该哭!"富贵转身又睡了。文慧支起耳朵,又听了一会儿,那声音像是人哭,又像是夜猫发情,她听着听着也睡了。

富贵其实早就听出来是女人的哭声,只是心里的那个恨,让他不想去听。黑夜中,小宝吃奶的声音,老婆酣睡的声音,想到那个一丝不挂的胴体扑过来的时候,想到那个女人的哭泣,他辗转反侧,悄然起身。站在门口,支棱着耳朵听了一会儿,除了偶尔的狗吠，哭声渐无，悬着的心放松下来。

既然起来，也就不必再睡，他想去做饭，一看缸里没有水，便挑起水桶就去担水。初冬的河面上雾气腾腾，如蓬莱仙境。

"彩云，彩云！"他听到胡天民喊。

一种不祥的预感，迫使他沿着河畔跑动，见河中心一圈一圈的水纹荡漾开去，似有一人头在忽上忽下地扑腾。他来不及多想，纵身跳了下去。

富贵一个猛子，上来的时候，手里已经抱着一个人。大伙儿纷纷过来，将两人拉了上来。不知是谁把卫生院的赤脚医生叫了来，医生听听心跳，叫胡天民把人背回去，换掉湿衣服。

富贵打了个喷嚏，文慧催富贵回去换衣服。富贵捡起地上的水桶，挑了一担水回家。

"不作死就不会死，早知如此，何必当初，人也丢了现在还这样？"这话也只有王芳敢说，她坐在床边，"若不是田富贵起得早去挑水，估计你十条命也没有了。"

胡天民端了一碗姜汤过来，王芳喂金彩云喝下。金彩云的娘家人听说后浩浩荡荡而来。金彩云的父亲将胡天民骂得狗血淋头，金彩云的母亲拿着刀冲过来："你这个忘恩负义的东西，当初你穷得西北风都喝不上，发誓对我女儿一辈子好，现在你却逼她去投河，今天非把你这负心汉砍了不可。"

众人赶紧过去夺刀，她跳着又骂了会儿，转身盆盆罐罐又摔了一地，砸了一通。好几个人才将她拉住，将她摁坐在凳子上。金彩云母亲因为人胖，脸上汗水如珠，坐在那儿大口地喘气，嘴里还在不住地骂，嘴丫子满是唾沫。

金彩云的三个哥哥将胡天民又捶了一顿，一家人大闹一通才骂骂咧咧地回去。

胡天民脸上被打得瘀青一片，眼眶成了大熊猫眼。金彩云父母生了三个男孩才有了这么一个女孩，自然对她疼爱有加，胡天民他们现在住的房子都是金彩云父母帮盖的。

胡天民坐在那儿，遍地碎片。看着床上还在哭泣的金彩云，他叹口气："彩云，我是男人，你不能给我戴绿帽子，如果你觉得我们过不下去，就离婚吧。"

金彩云不说话。胡天民当兵时，在一次执行任务中，从山上滚落下来，恰巧跌在一块石头上，当时蛋疼得他真起不来。人年轻不好意思说，后来不疼了，却感觉没有以前那么威风凛凛。结婚前三年，感觉还算马虎过关，现在越来越困难，后来他也就很少去碰金彩云，忽略了金彩云的需求。彩云今年三十出头，正是需求最强的时候。他思来想去，不如让彩云去过更好的生活。

"离婚孩子怎么办？"金彩云也没有想到胡天民真的会提出这样的要求，一时不知如何是好。其实她也只是想报复一下马文慧，看着她伤心难过，自己觉得很开心。

"可是你为了自己的快乐，将我的尊严置于何处？明天我送你回去，彼此冷静冷静再说。"

"天民，我不回，回去了孩子怎么办？"

"作为男人，你任意糟蹋我的尊严，随意触碰我作为男人的底线。如果是真爱，我还能选择理解，可是你为了报复另一个女人，不惜用自己的肉体去交换！你家人来不分青红皂白，将我打成这样，以后，在这个村子里我还怎么做人？干脆，我们还是离婚吧！"

第二天，胡天民送金彩云回了娘家，娘家人知道原委，少不得将彩云一顿骂。

"如果你们都说我不好，那就让我死了干净。"金彩云气得躺在床上大哭。胡天民看着她，默默回来。

胡文生正忙着算账，见天民进来打了招呼，又噼里啪啦地打算盘。

"哥，你和富贵说一声，我也去窑厂怎么样？"

自从第一窑成功之后，窑厂的活儿就没有停下来过，现在福根和陈能喜负责生产烧制，富贵忙于宅基地申请。

"你来得正好，我也正要去找你。你是退伍军人，昨天开会听说要招一部分人去厂里上班。当然，这要经过考核，你先回去把材料整理一下，明天我开会带过去。"

胡天民接过材料，浏览了一下，回去了。

"你说的是真的？"金彩云的哥哥两眼放光。

"当然是真的，现在沈强的房子也快要收工了，富贵他们正在忙着盖集体同庄。"

"什么叫集体同庄？"金彩云的大哥金虎急着问。

"就是把需要盖房的人家，统一起来盖在一起，房型大小、款式、布局全部都一模一样，他们说盖起来比城里的还要好看。当然，这谁也没有见过，都是陈能喜帮着策划的。"

"有这样的好事，你怎么不早说？"金家兄弟欣慰不已。

"可是，现在胡天民要和我离婚。"金彩云说。

金虎说："妹子啊，其实婚姻就是相互凑合过日子，离婚以后，你还要和别的男人凑合过日子，这又何必呢？再说你忍心丢下他？"金虎指指床上正在熟睡的男孩子说。

"大哥二哥三哥，我真的不想和他过。"那天，富贵走后，她欲火中烧，实在难以忍受，胡天民回来，她扑在他身上，两个人折腾得满头大汗，胡天民的那东西就像霜打的茄子，怎么也硬不起来。这种情况已经有一年时间，她劝天民去看，可是这男人抹不开面子，死也不去。从此，两人分居，一个像和尚，睡在西厢房，她就像尼姑，睡在东厢房。她夜夜渴望和尚能破门而入，给她男人的雄风，怎奈两座寺庙，一直没有往来。她爱富贵，想尽办法去讨好他，甚至那天洗澡时，毫无廉耻地光着身子扑在他身上，那个她爱的人却始终没有碰她一下。她想放纵一下，见到了那个人，说能为她出气，她同意了。可这些话她怎么说得出口？

"是不是他在外面有人？"金虎说。

"如果那样，把他给废了。"老二金豹说。

"他敢欺负我们的妹子，看他有几个脑袋。"老三金阳说。

"哥，现在不说这些，我们自己能不能学他们烧砖，我们也盖大房子，我和文慧从小一起长大，不想什么事情都落在她后面。"

"当初都是你那该死的爹，不知听谁的谣言，说富贵跌死了，要不然怎么会嫁给这小子。"金彩云的母亲叹气说。

"是的，我想离婚。"胡天民说，"我要离婚，让她去过想过的生活。"

第36章
/ 柳儿被拒绝 /

离婚？金彩云的母亲瞪大眼睛，这是她第一次听到的新名词。生活在这里的人，三天两头吵架打架的都有，但是还没有人提出过这个词，包括沈强，云秀走了那么长时间也没有听他说过。

"女儿，其实婚姻就是相互凑合过日子，离婚以后，你还要和别的男人凑合过日子，做人家孩子的后妈。后妈可不是好做的，是吃力不讨好的活儿，弄不好，还会更惨，你这又何必呢？没有哪家烟囱不冒烟，好好回家过日子。"金彩云母亲一顿劝说，金彩云没有说话。

此刻的胡天民低着头坐在金虎的对面心灰意冷。这么多年，他的婚姻终归败给了现实。

"是不是你在外面有了女人？"金彩云的大哥看着他，"我妹子可不是送给你去欺负的，能过就过，不能过也得过。你当初把她娶回去，就应该娶回她的所有，包括她的缺点、任性。"

"没有的事，算了，不和你们说这个了，我们自己能不能烧窑？"金彩云说。

"哪那么容易？富贵家的窑厂，在他爷爷那辈就有，我们这儿，包括街上的那些房子，有多少不是那窑厂烧出来的。那窑比一般的大，真正装满一窑，一家三间房，能够盖十几家。因为他们这是首次尝试，烧得不多，第二窑出来，可就更多了。"金虎说。

"现在上面好像也不管了，上次和王二牛找了几个人，到这儿看看，没说啥就回去了，更助长了这些人的嚣张气焰。"金彩云气呼呼地说。

"明年他们一定会有大动作。"老二金豹说。

"1978年喊改革开放，这都过去三年了，还不是孙女穿奶裙——老样。听说有的地方土地都分了，我们这儿不知啥时候分。"老三金阳说，"如果土地实行联产承包，这个窑厂也可以实行承包，这样，我们就可以将它承包下来，自己做厂长。"

"你在那儿做梦娶媳妇，尽想美事。不过我觉得这样也好，最起码那些没地方住的人，能有房子住。明儿我去看看，也去找富贵上班。"老三说。

天空像一块蓝宝石，绿得像一块天然碧玉，没有一缕云彩。远远就看到窑厂那高高的烟囱在冒着缕缕青烟。窑厂东边的空地上，架着一排排砖坯，有几名妇女在翻着砖坯。有几个男人光着膀子，拉着砖坯过来。

"大家抓紧干，如果上冻，我们就要停止，趁着这好天加油。"沈强和陈能喜过来，看见大家大声说。

窑厂正式开工以来，富贵和沈强两人，基本上是全天候待在窑厂。看着一行行一排排的砖坯，带着泥土的清香，在蓝天下欢笑，他们觉得无比开心。

等这窑砖头出来，大家一起去申请宅基地，一起去盖漂亮的房子，一起搬进去，还要再建一座学校。沈强想想都觉得那么美。

家里房子盖好后，三个孩子基本都是月婵和文慧在照顾，福根现在越来越忙，他的编织出现了供不应求的情况，为了买材料，福根买了一辆崭新的永久牌自行车。

他骑着车子，按着车铃，一路欢快而来。孩子们听到铃声跑出去，一个个围着他，好奇地看着这个新奇的东西。

"根叔，这是什么？"三娃仰着小脸摸着乌黑铮亮的自行车大杠说。

"这叫自行车，知道吗？来，看看这叫什么字？"

"永久牌。"三娃一字一字地念道。

福根用大长腿撑着车子："三娃，来叔叔带你去转一圈。"

"我也去。"如意从屋里冲出来，"呀，好漂亮的车子，我也要坐。"

"好嘞。"等俩孩子一前一后坐好，他在社场上转起了圆圈，孩子们开心得又蹦又跳。他把每个小朋友都带着转了两圈，孩子们开心地回家后，他把车停在月婵面前："亲爱的，请上车。"自从上次马家人来过之后，他们现在已经是公开的小情侣。

"亲爱的，请上车，我们这就开始回家的愉快旅程。"福根说着，骑上自行车。

"明天星期天，我帮你一起编织。"月婵坐在后面说。

"不需要，我怎么能让你吃这苦？昨天福加大哥告诉我，让你认真教孩子，他已经把你的情况向上面做了汇报，现在民办学校老师每个月5元钱，他说争取也让你拿和他们一样多。所以呢，你做你的老师，我呢，赚钱还债。"福根松开一个车把，将月婵的手握在手心，"今天，带着你去转一圈，我们一起去街上看电影怎么样？"

"瞧把你嘚瑟的，电影就不看了，你送我回去吧。"车子闪着光向前奔去。

"我们家有几间空房子，我想把孩子带到家里去教学，现在天越来越冷，如果再刮风下雨，会影响孩子们学习，"月婵说，"等学校建好之后，再搬过来。"月婵的这个主意不错，福根听了很是高兴，但是想到王佑仁他还是余恨未消。

"你回家先得问问你家那个老财主行不行，不要让你为难。"福根将月婵送到门口。

田中金的身体越来越差，很远就能听到那种令人难受的喘息声，富贵本来说给福根先盖，福根不同意，盖房也不能一分钱没有，他要等把月婵的钱还了再说。

"福根。"柳儿拿着一串糖葫芦过来，"这个真好看！"她拿着福根给月婵编织的那顶漂亮的帽子，戴在头上，看着镜中的自己，蛾眉粉黛，顾目生盼，加上这帽子，是那么清纯好看。

"送给我，好吗？"柳儿说。

"这个是月婵的，你要我重新编织给你。"福根说。

"我如果就要呢？"柳儿看着他，福根放下手里的活儿，"如果你喜欢你就拿去吧，谁叫你是我从小长大的好哥们儿。"福根的手拍在她的肩上，他明白柳儿的心思和等待。

"柳儿，铁蛋对你那么钟情，你为什么不同意？铁蛋昨天晚上被你拒绝后，喝了有大半瓶酒，看他那种痛苦的模样，我也很心痛。"

"可是，谁能理解我的心痛？"柳儿说，"从小到大，我都和你在一起。一天看不到你，我就魂不守舍，没有你，我不知道该怎么活下去。"柳儿的泪打湿了长长的睫毛，像露珠似的在上面跳跃。

"柳儿，我只喜欢月婵。只有和相爱的人在一起，才会幸福，你知道的。听话，我永远是你的好伙伴，一辈子，下辈子。"

"可是，月婵不是始终没有答应你的求婚吗？你为什么还要对她那么痴恋？"

"我爱谁，我自己知道。快回去吧，你看看我屋里到处堆满了东西，听话，回去。"确实，他的房子里全是竹席、竹篮等等各种各样的编织品，连床上都堆得很高。年关将近，特别是过年要用的蒸笼、竹碟、竹椅等，还有就是芦苇木屐，女孩子们都要求编织一朵小花，东西越小越难编，很费事。男人们脚大，做起来快。

望着柳儿的身影，福根长舒一口气。他把明天要走的货对照单子一一核对放好，又把几个蒸笼收了口，不知什么时候才休息。刚迷迷糊糊睡了一会儿，听见有人敲门来拿货。福根赶紧把货物清点给人家。第一人还没走，又来了两三人，一忙就是一整天。

人一忙，时间就过得特别快，很快就到了大寒。基本没有农活，富贵想搬到窑厂，冬天不停窑。文慧死活不依，扬言如果他住窑厂，她就回娘家去住。

他知道因为上次被劫，文慧一眼看不到他都很着急。他找到田梅生，请他出面去做文慧的思想工作。

"文慧姐，你没听收音机吗？现在上面都在想方设法让我们的生活好起来，我们有政策，你还怕啥？"田梅生说。

文慧仍然不放心，提出自己一定要跟着去看看。入冬以后，文慧就没有去过。小宝宝刚会走路，处处离不开人，富贵娘比起以前身子好了点，特能吃，大小便比以前多，也离不开人侍候。

富贵和田梅生没有办法，只好带着她。俩男人脚底生风，文慧在后面小跑着追。

很远就能看到窑厂那边点点的灯光，那是打砖坯的人带的大马灯。到了窑厂，田梅生提来两盏大马灯。见到文慧不禁笑了起来，原来文慧的眉毛和额前的刘海上，都是一层霜冻。

文慧却指着他的鼻子，笑得眼泪直流。田梅生低头一看，自己流下的鼻涕被冻成冰柱，挂在鼻子下。两人相视大笑。

他们找来木柴点燃，烤了好一会儿，冻僵的手和脚却因回暖疼得钻心。富贵哼哧哼哧地已拉了一车土，文慧拉着富贵，"零下十几度，赶紧叫他们回去，天暖和暖和再来。"

"劳动创造了人类，所以人就得干活，干活就不冷，你看看我额头还冒汗呢。"富贵摘下帽子，头上热气腾腾，"再说，这是为他们自己干活，人人都拼着命地干。你说我不住在这里，这么多人的心血不是白干？"

"你们聊，我们也去拖几车。"沈强今天没来，胡文生却意外地在这儿。

"你今天来干吗？腿脚好了？"富贵责备地问。

上周，为了能顺利捉鱼，鱼塘四周的芦苇要全部割除。富贵在窑厂，胡文生带俩儿子去割，冰太厚，又滑得很，刚刚割了有3米远，胡文生脚底打滑，人摔倒在冰上。骨折错位，胡天民给他接好，又敷了点药。

"现在生产队不是没事吗？我能多拉一车，就能减少别人一车的工作量。"胡文生说，"我知道您的担心，您放心，这窑砖再出来，那十几家就解决问题了。富贵，我这心里恨不能大家都能住进新房子，看到社场上还有四五家住在那儿，心里着急。"

腊八粥刚吃完,生产队就开始分粮食。先用大秤秤出粮食总重量,再按劳力多少、人头多少进行分配。

富贵、胡文生几人在会议室讨论分配方案。胡文生看着账本:"大米过年绝对够的,可这一年到底,最起码每个人能吃上白白的大馒头,大年三十家家能吃上一顿饺子,这面怎么办?"

"用稻子跟人家交换!"富贵说。

第37章
/ 夜半见女"鬼" /

"我们稻子也不是很多,如果用玉米,人家肯定不干!"几个人正在议论,福根从外面急匆匆走了进来,把手里的本子递了过来。

"我们今年棉花的收成在十个小队里面,排在前三,把它换成粮票,让大家伙儿自个儿去购买,不是省事得多?"富贵说。

"这个主意不错,不过已经补贴不少布票了,大人不穿可以,孩子不扯几尺布做件新衣裳,过年有啥意思?"胡文生的话也不是没有道理。

"打蛇打七寸,工作抓重点。第一,确保每家每户大年初一能吃上饺子、白面馒头;第二,每个孩子都能穿上新衣服过年。就照这个方案来。"胡文生磕磕烟杆,装上烟末,点燃了吸了一口,喷出烟雾。

经过三天周密的计算,总账才出来,腊月初十开始分粮食,麦子每工分二斤,稻子每工分五斤。劳力多的人家能分得三大口袋粮食,有几户劳力少的人家,比如苗银凤家一共才分得三十多斤麦子,五十多斤稻子,五十多斤玉米。

她耷拉着脑袋,金彩云看着高兴:"苗银凤,这阵心里啥滋味?平时一出工,躲得比蛇还快,现在好了吧?"

"去你蛋的,你那是开后门!"

"我开后门?那计工本上工分都记得清清楚楚呢,"她扬扬手里的大口袋,"这叫一分耕耘一分收获,不过呢,你没有吃也不要紧,你可以去别人家吃啊!"苗银凤听得出她话里的意思:"谢谢你关心,有我们家二牛,我饿不着,冻不着,好着呢。甭咸吃萝卜淡操心了。"说完，她心里轻轻哼了一声。

"瞧你那嘚瑟样！"金彩云看着苗银凤的背影，狠狠吐了一口唾沫。腊月初十，窑厂已全部放假，田福根和富贵两人看窑。

两人在窑洞里打了地铺，再生堆火，一点都不觉得冷。半夜，田福根被尿憋醒，迷迷糊糊出去撒尿，正尿着呢，一抬头，眼前出现一人，吓得他大叫一声，把裤子都尿湿了，跑回窑里，"贵哥，贵哥，外面有鬼。"富贵坐起来，赶紧把灯点着。

"你看你看，鬼，鬼来了！"说着，外面的鬼已经进来了，满头乱发，遮住了半边脸。一双空洞无神的眼睛，在惨白的脸上更加吓人。衣服破破烂烂，光着脚，缩着身子，瑟瑟发抖。女鬼声音微弱："贵哥，对不起，是我。"

"你是？"福根不敢看，富贵眼尖，"你是……你是……云秀？"

"是的。"那人向他们走过来。

"你脸色怎么这么白？你是人是鬼？"田福根举着马灯忽然向她脸上照过去。因为老人说鬼怕火，他想照照看。

"田福根，我是云秀。"云秀嘴唇没有一点血色，上下牙齿咯咯响，"我冷，冷。"

云秀钻进他们的地铺，等他们把火堆升起来的时候，她已经睡着了。两人又重新打了简易地铺，你看看我，我看看你，不敢合眼。他们想问问，这个女人究竟发生了什么事。

可是，云秀像一年没睡觉似的，两人想等她睡醒问个究竟，不等云秀睡醒，劳累了一天的他们很快也进入了梦乡。

第二天，富贵醒来的时候，旁边地铺上却没有人。他赶紧喊醒田福根，两人把窑厂周围找了一圈，仍然不见人影。

"会不会昨夜真见鬼了？"田福根的声音在发抖，"我可天不怕地不怕，就怕聊斋鬼故事。莫非是女鬼知道我看过那本书，真的找我来的？"

"你记不得我们还和她说过话，鬼能说话吗？"富贵看着福根，嘴上这么说，心里也直打鼓，"难道是做梦？"

"做梦我们能做同样的梦？她穿着一件蓝洋布带花破棉袄，裤子膝盖那里坏了两个洞，脸上还有几道血痕。特别是她的头发，乱蓬蓬的。这难道也是做梦？"

两人一想，直奔沈强家。沈强正在给孩子做早饭，他们俩把夜里所遇和沈强详细描述了一遍。沈强把他前几次去找的情况说了一遍。每次都有人信誓旦旦地说看到过她，可是每次去找的时候，又不见踪影。

"也许她正经历着什么不愿意让我们知道的事情。"富贵说，"看她那样子，真的很可怜，要想办法找到她，否则这天寒地冻的，说不定会出啥意外。"

"我想，她肯定知道强弟在那里做工，白天怕人看见，夜里偷偷地来看一眼。"田福根说。

"有这个可能。"沈强说，"那天夜里我回来，总感觉有人跟着我，当时因为心里怕，没敢回头。"

富贵沉吟道："要不我们就来一招'诱敌深入'？"

"叫引蛇出洞。"福根说，"不，叫引鬼出洞。"富贵看一眼福根，示意不要乱说，毕竟当着沈强的面，会徒增他的烦恼。

一连几天，再也没有所谓的女鬼，明天就是除夕夜，福根说啥也不去窑厂。富贵和沈强也不管他，吃过早饭，奔窑厂而来。沈强正在推土，偌大的空旷地上，那根高高的旗杆屹立着，被单上用红漆写了五个大字：云秀，快回家！沈强已经在这儿连续住了四晚，却一直没有遇到。

"今晚回家去吧，好好陪孩子过除夕。"富贵说。

"没事，福根是好小伙子，仨孩子由他照顾，我放心得很。"沈强说，"我敢断定，她一定就藏在附近。你看……"

他指着竹篮里的包子，"我昨天带了六个包子，中午回去一趟，还有两个，开水也少了。"

"如果她不愿意见你，你再等也等不到。"沈强说："不管生死，不管日子她好过不过，我只想见她一面，把事情解决了。"沈强想说，周财主昨天送了一封信，信是周睿写的：

"强哥，一别数日，各自可好？历经辗转，幸运寻得至亲，让远在他乡的我，有了一份依靠，让我感受亲情的温暖。有一喜事，斟酌再三，还是告知为好。我为母的心愿已成，来年即可体会血肉亲情。那是甜蜜的结晶，也许你会说，这不是你的真爱，是逼迫的，但是，他是我今生的最爱。

"昨日之事，今历历在目，回不去的昨天，但是有未来的等待。如果有缘，我们还能相聚吗？谢谢你给我这个奇妙的小生命，不管男孩女孩，我都会把他生下来。因为他流着你的血，连着我的心。

"家父年迈体衰，承蒙照顾，感激之至。安好！"

信内容不长，却让沈强内心如波涛汹涌。思忖几日，他决定：如果云秀回来，只要她还是单身，他一定好好弥补这么多年对她的愧疚。如果云秀不跟他过日子，他就带着孩子一起过，静静地等周睿回来。

主意定下之后，沈强给周睿回了一封信。通过观察这几天的种种迹象，确实有人在附近，是不是云秀，他不得而知。

"算了，回去吧，这毕竟是过年，留仨孩子在家也不是个事情。"富贵说。

"贵哥，我想在旁边用砖头搭个棚子，把孩子接到这儿来过年。"沈强说，"她即使不与我们见面，但我想她也想看看孩子。村里人多，被人看见不好，所以她才会这样。明天是除夕，她或许会来看看孩子。"

"要不搭建个简易房子，这样，你和孩子在这儿过年。她或许真的是遭遇了什么，不想让外人知道。"

"就怕赶不上。"沈强说，"她是孩子的母亲，孩子是她身上的肉，她一定会来见见的。"

富贵说干就干，材料现成的，叫上几人，立即动手。富贵回去喊家旺、家乐和福根带着几个人也一同赶来。

到下午五点半，一间小屋子已经建成。文慧做了玉米馒头，用槐树花玉米面做成了鸡蛋饼，用萝卜加点肉，做了半盆肉圆子给沈强一家送来。

被褥锅碗等福根用车子全部推来。沈强一家人在窑厂过年。

福根骑着自行车，拖着三娃和如意，小超和月婵在后面走。福根脚底加快，很快就把他们扔在后面。

三娃说："根叔，我们住到窑厂，是不是就能看到我们的妈妈？"

福根说："只有你表现很乖的时候，她才会来看你。"

三娃开心地一蹦三尺高，拿着自己用红布条做的丝巾说："根叔，你看，这是我给妈妈准备的漂亮的丝巾。"

福根说："你妈妈看到你们一定会很高兴。"

几个人陪着沈强他们吃了晚饭，孩子们很兴奋，开心地闹个不停，吃过晚饭，周围安静下来，一声轻轻的咳嗽都能传得很远。富贵、文慧、月婵、福根、胖墩、小豆子加上孩子，面对空旷的田野一起喊："云秀，你快回来。不管你遭遇了什么，我们都在等你，你的孩子也在等你，我们永远是你的亲人。"

"富贵，生产队不是有喇叭吗？用喇叭喊，她一定能听到。"

富贵这才如梦初醒，幸好喇叭就在手推车上，他们用喇叭又喊了一轮。沈强带着孩子，也在喊。篝火越烧越旺，仨孩子围着火堆："妈妈，我们想你，你快回来。"

嗓子哑了，喝点水再喊。夜已深，仍然不见云秀的身影。

"你们回去吧，还有一小时，新年的钟声即将敲响，祝福你们，每一位爱我的人。"沈强眼含热泪。

月婵拿着喇叭，动情地喊着，"云秀姐，我是月婵，我父亲是大财主王佑仁，这些年我一直在外，不敢回家。当我踏上家乡的这片热土时，我才明白，心灵没有栖息的地方，到哪儿都是流浪。家乡尽管给我们有过误解、伤害，但是，他们给我的最多的是温暖与感动。为了改变家乡的贫穷落后的面貌，每一个人都在努力。为什么我的眼里常含泪水,因为我对这片土地爱得深沉。云秀姐,你快回来,你永远是我们心中最美的母亲,最美的女人。"说到动情处,月婵不禁几度哽咽。

福根看着月婵,新的一年,新的希望,自己一定会和贵哥一起,努力创造美好而幸福的明天。

新年的钟声响起来了,他们依依不舍地离开。渐渐地他们融进了新年暖暖的黑夜中。

孩子们已经睡着,沈强挨个儿给孩子们盖好被子,坐在火堆旁边。也许,在某个时刻,等待也是一种幸福。

太阳升起来了,新年在一阵阵热烈的鞭炮声中如约而至。沈强醒来的时候,床头多了一个小小的荷包,每个孩子胸口都有一个大红包,打开一看,里面是一元钱。

沈强的荷包里有一张红纸,上面是一张旧的"福"字,还有几个歪歪扭扭的大字:"我错了,请带好孩子,别等我!"

"云秀,你为什么要这样?"沈强痛苦地捂着自己的头,蹲在地上。

第38章

/ 立群义相助 /

1980年的春天,枯瘦的柳枝冒着青色,柔软得像婀娜的舞女。河里的水也渐渐生动起来,冰块被割成狗牙似的,胆怯地躲在小溪边,看着溪水向前流淌,岸边的小草从土里顶出个小脑袋,一切都那么的清新。

看着小山似的泥土,富贵的心里像藏了春天一样,一下子融化开来。

从立群家回来,他的心情比头顶飞回的燕子还要开心。立群很是爽快,答应与他大干,而且还用现代化机器,这样速度更快。

要让这里的乡亲都住上大瓦房,再也不受雨雪欺凌。要让孩子们有学上,再也不用跑那么远。还有,他的房子,去年用尼龙膜覆盖起来,这东西时间一长就风化,现在已有几个地方破烂不堪。

"也许人生的价值就在于我能为更多的人做点事,这样才能有意义地活着,活出属于个人的精彩。尽管在自己的人生舞台上,没有观众,没有彩排,但也不要忘记,在最精彩的时候,给自己鼓鼓掌。在失落的时候,给自己叫叫好,加加油。"他看着耸立的烟囱,这么想道。

"妈,你们快来!"婷婷在屋里头喊。

"怎么啦?"富贵跑过去,只见他娘呼吸急促,两眼上翻。他赶紧喊文慧,文慧按住婆婆的胸口,"快去拿药!"

婷婷骑着车子将卫生员驮了来。卫生员来了以后,撬开她的嘴,从嗓子眼取出一块肉丁,又在胸口听了一会儿,询问了几句,摇摇头走了出去,富贵紧跟其后问怎么样。

"看来危险,脑梗死其实就是头脑逐渐萎缩,直至大脑全部死亡,四肢也会逐渐跟着死亡。她现在舌头已经发硬,不能咀嚼固体食物,只能吃些流食之类,能撑一天就撑一天吧。"

富贵看着卧床的母亲,头脑一下子变得空白一片。老人一生共生了七个孩子,活下来的却只有三个,富贵的姐姐、哥哥还有富贵。姐姐嫁出去头一年,因为难产大出血,孩子活了,姐姐却没了。他姐夫后来又讨了个女人回来,慢慢地就断了联系。

至于田富贵,在他娘肚子里待了十三个月还不出来。后来有人说,是怪他娘嘴馋,吃了牛肉。

"您不要听那些人胡诌,按照这样说法,吃牛肉怀胎十三月,那吃猪肉几个月孩子不就生出来了?"老娘每次一说这话,文慧就笑她迂腐,"是你自己记错了时间吧。"可是老人仍然坚持说是被人害的。

"那年腊月十五,王佑仁家宰牛过年,村里人知道了,纷纷去吃。我没钱买,自然吃不到牛肉,可是我想闻闻牛肉的香味也好。"这么一想,她就去了。富贵娘到那儿的时候,看到奄奄一息的老黄牛被几个人抬着放到门板上。旁边一口大锅里的水正咕嘟咕嘟冒着泡,热气腾腾的云雾中,两个杀猪屠户操着雪亮的刀,右手臂在空中高高扬起,向那头牛猛地刺了下去……她吓得闭着眼睛,赶紧离开。等她再来的时候,被剥掉皮的牛,白花花地躺在地上。两个屠户,拿着刀,上下翻飞。一会儿,将一头牛就分割为许多的小碎块。有人将割好的牛肉块,放到正在欢腾的大锅里去煮。

不一会儿,牛肉的香味随着沸腾的云雾,一圈一圈荡漾开去。几条狗跑过来,伸着舌头,围着大锅直转悠。富贵娘深深地吸了几口,满意地回家了。

第二天早上,她一揭锅盖,竟然发现锅里有一小块牛肉,足有半斤重,她非常高兴,双手合十,谢了又谢,半个月没沾油腥的她,当即就弄来吃了。谁也想不到,有人会用这种方式来害她。究竟是谁想害她,至今也无从知晓。

"我妈一辈子不知吃了多少苦,一天福没享过,去年就说造房子,结果……"富贵说。

"还不是因为你把砖头都让给了别人。人心向善是好的。再说人没定生就定死，阎王爷请到了，谁也躲不过。"卫生员收拾好工具，"人这一辈子，就活这一口气，一口气没了，一切都归于泥土，可是有些人就是不知道，整天争名夺利，有啥意思？好好珍惜活着的每一天吧。"

送走了卫生员，富贵见文慧正坐在母亲床边，"富贵的亲妈，我的婆婆，你舍不舍得你儿子？"

提到富贵，富贵娘的眼里立即有了光彩。她转头去找富贵，富贵拉着她枯枝似的手。

富贵娘睁开眼睛，看着他，"富贵，活着不易，日子要慢慢熬，娘实在放心不下你啊！"

"儿子没用，没让娘过上好日子。"富贵哭着说，"您要陪儿了好好活！"富贵娘点点头。

长正月，短二月，慌慌忙忙过三月。三月一过，家里的大米所剩无几。富贵娘想吃肉圆子，可到哪儿去弄肉？文慧正看着空锅发愁，富贵拿来了一团肉，看上去有半斤重，催着她赶紧去做。文慧将肉剁成糊，又放了两个鸡蛋，做了三碗。她怕小宝要吃，小心地藏好。

"今年争取让孩子们能顿顿有肉。"富贵说。立群已经来了，这个身高不到170厘米的男人，却很有一番作为。周立群一共兄弟姐妹七个，上面有三个哥哥，下面还有一弟两妹，父母无力给他娶亲，便托一位在南方的亲戚给周立群找了份工作。后来，亲戚见立群性格好，招为上门女婿。他入赘过后，学着别人一样办厂烧窑，现在已经很成功了。

"我只答应你帮忙烧这一窑，因为家里真的离不开我。十几年没有回来，家乡一点没有变化，反而苍老了许多。"周立群不无感慨。

去年的人一个不少，为了加快土的运输，富贵借来了手扶拖拉机。上土的上土，用独轮车推土的推土，窑厂上一片欢腾。富贵看着眼前的一切，忽然想到，今年好像没有人来阻止他们的这项工作。

"放心干吧，以后不用偷偷摸摸了。"立群听了他的疑惑，笑着说，"农民的春天已经来了。"

大家见立群来，纷纷鼓掌欢迎。让他讲述江南的见闻，立群也不客气："江南因为发展得早，城乡一座座拔地而起的楼房，漂亮而整齐；那一条条宽阔的柏油马路，像镜子一样光滑平整；商场里商品琳琅满目，要啥都有。大饭馆、小餐厅、游乐场，还有在电影上才能见到的豪华的舞厅……"

161

大伙儿听得入了神。"尤其是到了晚上，处处灯火通明，各种霓虹闪烁，像童话书里描写的那样神奇。"

"如果那样，下雨天，鞋子就不会被泥土粘坏了，走路就不用黑灯瞎火地乱摸。"田梅生说。

"那当然，因为那路上根本就没有泥土，柏油铺的，可以在路灯下看书呢！"

"太好了，如果我们这儿能像那样就好了。"沈强说。

"如果可以的话，我们送人到那儿去跟人家学织布，回家也办一个这样的织布厂。这样，大家伙儿就不用凭那点布票去买。颜色鲜艳多样，不像现在满眼都是灰白色彩的老粗布，而是想穿什么颜色就穿什么颜色的衣服。男人西装笔挺，女人穿各种鲜艳的衣服。还要办鞋厂、绣花厂、服装厂等等，晚上还可以去舞吧唱歌跳舞……"立群越讲越兴奋，大家听得都入迷了。

"那他们不是已经实现了四个现代化了吗？"福根看着他。

"基本实现农业机械化、工业现代化了，江南现在农忙，都是用的大型收割机，人呢就站在田头等着收粮食。还有你们这窑厂，都是人工，工作效率太慢，要买切砖机，可以24小时工作，每小时切的砖坯是你们这么多人一天所切的数量总和。"

沈强说："切砖坯的机器，到哪儿去买？那家伙发动起来，势必响声震天，怕是瞒不住的，要想个万全之策。"

"这不用担心，现在国家也意识到购买商品还需要相应的商品票（如购买粮食就需要有相应的粮票），造成消费者即使有钱也难以买到需要的商品的现象，以后将直接取消，自己拿钱爱买什么就买什么，不用布票油票这些。"周立群说。

"这样最好，我喜欢吃什么粮食，就去买什么粮食，不用偷偷摸摸的。"田梅生说。

"我的编织品，以后只卖钱，不换粮食，这样钱会挣得更多。"福根说。

福根现在只要能赚钱，什么活儿都干。因为编织材料所剩无几，他又到窑厂来上班。

"只依靠'大锅饭'过生活，丧失了发展经济的动力。而改革开放是党在新的时代条件下带领人民进行的新的伟大革命，目的就是要解放和发展社会生产力，实现国家现代化，让中国人民富裕起来，振兴伟大的中华民族……"立群越说越兴奋，富贵的心里像一道道闪电，不停地闪烁着光芒。

第39章
/ 富贵娘去世 /

如果不是遇见周立群，富贵的生活会一直像一锅糨糊，没有一点目标，不知道外面世界的精彩，永远只知道头顶巴掌大的天。

"如果真像立群哥说的，确实有让一部分农民先富起来的政策，窑厂开起来应该没事。现在全国各地，很多地方，已经实行分田到户，我们这儿肯定也快了。"大伙儿的心被立群说的话振奋着。

如果能分田到户，那多好！这样多种些麦子，每天能吃上白面馍馍；再种点棉花，给每个孩子都做一件新棉袄，过年都穿得漂漂亮亮的。这种生活她们曾经想都不敢想。文慧和马秀莲两人拉着手，陷入憧憬。

"立群，应该把这些话说给大队长和大队支书听听，只有熟悉了国家政策，才能更快地帮助人们摆脱贫困。"

第二天一早，田富贵来到田福加家里，把立群的讲述说了一遍。

"去年我就想到江南区看看，没想到立群回来，给我们描绘了这样一幅蓝图，我们是不是也应该甩开膀子干？"

田福加卷了一支烟，点燃吸了一口，慢悠悠吐出来，"你最好不要冒险，江南是江南，我们这儿是我们这儿，一地一个政策。还有你，窑厂的事情要低调，我可以帮你一次两次，但如果真的发生什么大事，那我就帮不了你了。"

富贵满腔热情被泼了一瓢凉水，怏怏回到家里。立群住在窑厂，富贵想和他再聊聊，走到半道，想想福加的话，又回转身子。

"不行，要让社员们的心亮堂起来，他们才会更加努力生活，更加创造自己美好的生活。"这么想着，他又返回窑厂，和立群如此这般说了一遍。

"好，我明天一定来。"立群握着他的手，"富贵，有你这样的干部，老百姓也是有福了。"

"你是党员吗？"富贵问。

"是，我党龄已经三年。你呢？"

"我个人已经向党组织提出申请，在组织培养考察期间。"

"为什么问这个？"

"因为我觉得只有党员才能学习最新动态，做好百姓领头人。"富贵回来的时候，已经是二更天了。

第二天，出工具体任务是把社场东边那块洼地填土，准备种植棉花。土，就从旁边河塘起，工程不是很大，男人取土，女人填土。

"在大家出工之前，我宣布一件事情，"富贵拿着喇叭喊道，"这么多年，我们很多人很可能都没有走出过公社的范围，只有见识多了，眼界高了，才能干大事。今天，有幸请到了我的同学周立群兄弟，他现在已经是厂长和老板，我们请他讲讲江南的那些人那些事，好不好？"

立群西装革履，宽宽的额头，更显得有智慧。他鞠了一躬说道："各位领导，各位乡亲父老，我是农民的后代，我爱我的这片土地。因为爱它，所以我在外面才努力工作，只有自己有能力才能为家乡父老做贡献。穷则思变，只要心中有希望存在，就会有幸福存在。我们要用我们短暂的生命去创造奇迹，尽管我们这里穷，大家还吃不饱，穿不暖，但是我相信，只要我们共同努力，用勤劳的双手去改变它，我们的明天一定会很美好，因为有一种努力叫靠自己。大家说我说的对不对？"

"对！对！"人群沸腾了。

"我们要想办法，八仙过海，各显神通，把我们的日子往好里过……"富贵正听得兴致勃勃，冷不防脚被人狠狠踩了一下，他疼得"哎呀"叫了起来。

"文慧，你这是……"

"你不要命啦，刚才他讲的那些话，可把你大哥吓坏了！如果有人把这话反映上去，估计你大哥他们都会跟着倒霉。"

富贵想想也是，便拿起喇叭催促上工，还没忘了重要的事："今晚，生产队放电影，大家抓紧时间干活儿，我等会就去联系放电影的老李。大家晚上早点来。地点，就在这社场上。"话音未落，掌声、口哨声、尖叫声，响成一片。

大家迅速去干活儿，文慧紧跟着富贵，心里直打鼓，生怕忽然冒出几个人将他带走。一直到中午，没有一点动静，她才稍稍安下心来。

一直过去半个月，也不见什么动静，文慧才不再跟着富贵。第二窑的砖头已出来，富贵娘的情况越来越不好。

富贵忧心忡忡地回到家里，见文慧正陪在床边，看着娘的生命如蜡烛一样，慢慢燃尽，心里有说不出的痛苦，尽管生老病死，这是谁也挡不住的自然规律。但是当想到以后再也看不到娘的时候，富贵心里有说不出的悲伤。

"这个世界对有些人来说，本来就是痛苦的，也许死是一种超脱，也是一种新生吧。"

他走出屋子，看着夕阳，忽然明白了，为什么很多人喜欢日落，因为那种耀眼的日落更静美。

富贵让文慧按照他娘的心愿，送老衣都选为红色。二月二，龙抬头，富贵娘的呼吸又急促起来。下半夜，她的喉咙里像拉风箱，隔一会儿就长长地呼口气。看着她灰白的脸色，富贵知道，他的母亲即将与他分离。

富贵寸步不离地守着他娘，天亮的时候，胡文生、王芳、田中金、福加也到了。早饭的时候，人只有出的气不见进的气了。

十点钟，富贵娘永远地合上了她的眼睛。

富贵的心像被谁抽走了似的，他傻傻地坐着。田中金作为家族长者主持丧事，来吊唁的人很多，众邻居都来帮忙。丧事一共办了四天，发丧回来，富贵只觉得嗓子冒烟，两眼发黑，一阵晕眩，昏倒在地。

他醒来的时候，已经躺在医院里，看着白色的墙壁、白得刺眼的灯光，富贵想："人如草木，终有油尽灯枯之时，除了吃喝拉撒，是不是还要干点什么，活出自己的精彩？"

他想起在书上看过的一段话，有人问法师："人生的意义是什么？"

法师说："人生的意义不在于你拥有多少，而在于你付出多少。外界的拥有再多，再好，也是转瞬即逝。只有付出和奉献，才是人生幸福美满的秘诀。"

有人问："人生的目的是什么？"

法师说："人生，人的生存、生活、生死、生命。'生'是一种状态，生生不息。人生是一个变化的过程。人的内心深处有着不断向上、不断进取、离苦得乐的愿望，这是推动每一个人的人生前进的动力源泉。"

男人三十而立，如今田富贵已经过了而立之年，今后该怎么去活出属于他自己的精彩，他陷入了深深的思考。

沈强现在像开足马力的机器，吃喝都在窑厂。云秀还是没回来，但是在除夕夜她会给每个孩子留下两个白面馒头。

人总是要生活的，富贵娘安葬后的第三天，富贵就去了窑厂。根据社员们的强烈建议，这批砖头用来盖学校，现在动工，暑后孩子们就可以上学。审批才下来，上面不仅没有反对，还拨了部分款帮助。

学校地址就选在他们村后面的一块空地上，占地面积十五亩。

"好，这批砖头先拖走，不够我们再烧。"看着砖头被拖拉机一车一车地拉走，就像看到了宽敞明亮的教室里，孩子们捧着书本，在快乐地读书。

"这次先盖六间教室，每年级一间。等孩子多了以后再扩大规模，活儿就由田梅生负责。"富贵说。

"这包在我身上，你们才两三个孩子，我一个人就有六个孩子要读书，我不盖房谁盖？"给大伙儿说得乐起来。

"田厂长，田厂长！"大长腿健步如飞地走了过来，旁边跑着一条黄色的大狼狗，伸长舌头，在他腿边绕来绕去。

"什么事？"富贵见他急匆匆过来，连忙站住问他。

"今天过数的时候，发现砖头又少了两百块！"他看着富贵着急地说。

"田厂长"这个名号还是田梅生给叫开的，田梅生说窑厂也是厂，当家人叫厂长，名副其实，理所当然。周立群也跟着起哄，就这样，窑厂上下，都称呼富贵为"田厂长"。看窑厂的是芦苇荡的大汉，因为他腿特别长，一步跨出去是别人的两步，富贵叫他"大长腿"。

他也是用芦苇荡的田地抵换上班的其中一个。他来之后，富贵二话没说，给他安排了一个轻松的职位，每月给他30元的工资，惊得他连连摆手，说太多太多了，他兄弟是老师，每个月才20元呢。大长腿感激不尽，对工作更是尽心尽力。

"会不会是数错了？"

"我开始也以为是数错了，可是接连几天，每天都会少几百块砖。"大长腿吧嗒吧嗒地抽着烟，"我不明白，谁能在我眼皮底下把砖偷走？是怎么把砖偷出去的呢？"

"对于这件事，先不要声张。"富贵让他叫来了家乐、福根，他亲自数好砖头。但是，一夜下来，又少了两百块砖，好像砖下面有吸砖鬼一样。

"会不会是贼喊捉贼！"文慧看着他，"前些天我听他们那儿不少人说，他就是个贼，什么东西都偷，你这叫引狼入室！"

第40章

/ 巧计捉盗贼 /

"嫂子，人是会变的，不能总是用老眼光来看人。你看我，以前翻墙翻窗户，偷人偷物，打架斗殴，可以说无恶不作，你看我现在不也变得这么好吗？"福根说完，大家听了都乐。

"还好意思说，也不知道低调点，这也是过去豪横的资本？"月婵看着他跟着笑。

大长腿原名赵万兵，身高1米88，在这个地方没有人比他更高。他不仅高，力气也大。当时，生产队分玉米秸时，有人开玩笑说，只要他能把两大垛玉米秸挑到家，就再送他两大垛。那一垛玉米秸够烧七八天的，四大垛就够烧个把月了。这么大两大垛，哪有扁担吃得消。人们围成一团，看热闹。

大长腿跑到生产队仓库，找出碗口粗细的一根木头。他将木头穿进玉米垛，身子下蹲，猛地喊了声"起"，两大垛玉米秸离开地面，他调整了一下，迈开长腿，嗖嗖一口气挑到家门口。生产队没有办法，又赔了他两大垛。

大长腿力气大，饭量也大。有一次在生产队，他一个人吃了两盆白面疙瘩。家里有4个孩子，他说肚子从没有吃饱过。每次大队叫他去做事的时候，他总会提个条件，那就是必须管饭。只有那时，他才能甩开腮帮子，肚子才能撑得溜圆，因此他还有一个外号叫吃货。

文慧说的偷东西这件事，富贵是知道的。大长腿的婆娘坐月子，因为不下奶，看着孩子饿得哇哇哭喊，他半夜起来，偷了邻村一户人家的两只鹅，偷到家还没来得及杀，就被抓到了。当时，全生产队人开批斗会，将两只鹅绑着挂在他脖子上，敲锣打鼓地游了半天的街，这件事情没有人不知道。

"他当时偷东西，也是没有办法的事，"富贵看着文慧，"用人不疑，疑人不用，别瞎想！"

文慧正在帮他叠被子，听他这么说，停了下来。大长腿绝对不是偷砖头的人，那么这砖头是怎么出去的？更何况这大门就是交给他看的，如果夜里有动静，那条大狼狗不会没有动静，狗一叫，沈强、周立群不可能听不到。

文慧的分析不能说没有道理。从第二窑砖开始，工作已经步上正轨，从取土、制坯、晾干、装窑、烧火、出砖等，一切有条不紊。因为富贵采取多劳多得的原则，最脏最累最难干的活儿，都有人抢着做。连往窑里装砖坯，烧好以后冒着六七十度的高温，取出烧制好的砖块这样的活儿，因为工钱略高点，大家都抢着干。

富贵边走边观察，每个窑口都有一台大功率的电风扇，正呼呼地向窑里吹风。工人们穿着背心，汗水已湿透了衣背，紧紧贴在身上。他们拉着手推车，不停地出出进进。前面几个窑口出成品砖，后面马上就装砖坯，紧张而有序，不耽误一点时间。

风扇吹起了很浓的灰尘，飘浮在空中，窑口前面，明显感到一股热浪扑来，连呼吸都感到困难。工人们见到富贵过来，打着招呼，动作麻利地干活儿。一名年长的工人拉着一车砖出来，富贵走过去，夺下他手里的车把，自己向外拉去。

场地东边多了几间简易小屋，这是富贵特意为家里没有房子的几对夫妻准备的。沈强和周立群住在一间，住在大门左侧，孩子晚上一直和福根住在一起，白天和月婵在一起。月婵今天来参加学校拉砖仪式，孩子就放在田中金家里。大门右侧是大长腿的小房子。

除此之外，其他三面都是又宽又深的大河。不要说砖，就是人也走不出去。这砖头天天都少200来块，几个月下来一幢两层小楼就够了。富贵和文慧转了一圈，看不出问题出在哪里。

"万兵哥，你夜里睡觉一点也没有听见动静？"文慧问。他的小屋就建在大门旁边，如果有动静他不可能听不到。

问了半天，没有一点头绪，走出小屋，富贵看到地上有一小张纸。文慧拿过纸，看着，忽然一拍大腿，"富贵，我有主意了！"

她高兴地把想法说了一遍。富贵连声说好。

第二天早上，天气晴好。一大早，富贵就召开了会议，"这几天忙于春耕春种，厂里一切事情由副厂长沈强负责，大家有什么事情就找他"。他开了简短的会，骑着自行车风风火火地就走了。

夜，静悄悄的，几颗星星在夜幕中闪着明亮的眼睛。一阵风吹过，盖在砖坯上的塑料膜哗哗啦啦地响。有几个鬼魅般的身影向窑厂飘了过来。

三声鸡鸣，大铁门慢慢地开了，有个人打着手电筒，两辆平板车悄悄地进来了。

"趁他们不在家，今晚多上点！"有人把砖头向车上装。装好了，起身要往外拉，忽然一声吱呀呀地响，大铁门被人从外面锁了起来。一群人从四面围了过来，灯亮了起来，照得如同白昼。

"大长腿，你……"

"我说怎么回事？原来是你这小子，每天晚上给我和大黄偷偷下药。"大长腿一伸手，像捉小鸡似的将一人提在手里。

"富贵叔，请饶命，我不是有意的，是，是他们逼着我来的。"一个瘦瘦弱弱的稚气未脱的孩子说道。

"王小山，你真的没有良心，你在这儿干活儿，富贵哥知道你家困难，每次都会多算工资给你，没想到你恩将仇报。"大长腿看着王小山，恨不能给他两记耳光。王小山本是孤儿，富贵看他可怜，就将他收进厂里。

大长腿问："他给了你多少好处？"

王小山缩着头，越发地可怜，"他说，如我不照他说的去做，就派人打我。事成之后，每天晚上给我两块钱"。

"你这个熊崽子，怎么就没想到富贵叔对你的好呢？"大长腿恨不能狠狠踢他几脚。他抡起拳头，想给王小山一个教训，富贵示意住手，大长腿只好对着金豹说："你这个畜生，这么点小孩子你都不放过？"

"不要屁话多多，既然被你们逮着了，有什么话就直说！"金虎从腰间拔出一把菜刀，另外两个兄弟也拿出武器。

"金虎，不要仗着你们金家兄弟多，就想胡作非为！"富贵走过去，大长腿挡在他面前，不让过去。

"大长腿现在确确实实是田富贵的一条看家狗了！"金虎话音刚落，大长腿伸长手臂，快如闪电，夺下了他手里的菜刀。周立群走了过去，拿出一张不大的白纸，问王小山是不是用来包药的，王小山点点头。

原来，文慧看到地上的纸后，做过卫生员的她知道那是用来包药的。两口子问清楚王小山每天晚上都会到大长腿这里来喝水。两人就怀疑，但是让他俩想不通的是作为孤儿的王小山，要那么多砖头干吗。

富贵挥挥手，大长腿站在一边，"金虎，今天我要跟你好好算算账！"早有人搬来凳子，富贵坐了下来，大长腿和家旺站在旁边。

"你不会忘记那次你把我关在黑屋里的事情吧？"

"那次险些要你命的人就是他们？"文慧怎么也不相信，同是村邻，小时候，被她当作可可的人，竟然如此心狠手辣。

"你和马文慧结婚，让我妹妹彩云天天痛苦嫉妒。再说，你小的时候，天天哥哥长哥哥短的，我们待你也不薄，你们两口子吃香喝辣的，也应该分点给我们是不是？"不等文慧说话，大长腿接过话茬，"金虎，你不要胡扯，做人做到你这份儿上，畜生都不如。要不是……"

"要不是大长腿，我早就没命了！"一直没有说话的富贵站了起来。文慧这才明白，富贵为什么要这么优待大长腿了。因为这几个人在饭店商量计策的时候，正好被烧菜的大长腿听到，他偷偷地跟在后面，才找到了关押富贵的地方。然后他回去拿半碗油过来，倒在门轴上。没有开锁，直接把门搬开，所以富贵出来的时候，才没有发出响声。

"他奶奶个熊，我说你怎么会跑了，原来是这个狗家伙帮的忙！"

"金虎，你们兄弟三人欺软怕硬，臭名远扬，你对待一个无辜的人心狠手辣，不要说我，换作任何人，都会帮忙的！"赵万兵当着大伙儿的面，把他们如何设计陷害富贵，准备把富贵活活饿死的事情说了出来，大家听了，无不咬牙切齿，义愤填膺。

"田富贵，老子今天被你逮着了，你要杀要剐，悉听尊便，不要叽叽歪歪的好不好？"

"我只要你把偷的东西送回来，否则今天，你问问这么多人答应不答应！"

胡天民正在熟睡，被一阵敲门声惊醒，开门一看，是金虎老婆，连忙问怎么回事。金虎老婆喘着粗气，把事情简单说了一下，金彩云也从床上坐起来，三人连忙向窑厂奔去。

老远就看到灯光下，一群人围在窑厂门口。

"不许你们伤我哥哥！"金彩云跳下胡天民的自行车，直奔文慧就过去了。

"如果你们今天谁敢动我哥哥的话，我就要她难看。"她拿着剪刀，对准了文慧。

169

第41章

/ 三娃上新课 /

富贵看着金彩云，拿出一张纸，递到她面前，"金彩云，今天要不要当着大家伙儿的面，把你的保证书读一遍？"俊朗的脸上，透着杀气。

金彩云看着纸上的内容，颤抖着问："你就是那蒙面人？"

"不管是不是，这个是你写的吧？"富贵原本棱角分明的脸，此刻冷得结成霜。

"现在要不要把信上的内容读给大家伙儿听听？"富贵看着胡天民，胡天民连忙摆手。

胡天民过去，跟金豹耳语了一会儿，金豹过来朝着富贵三鞠躬，"田富贵，今儿这事情是我不对，砖头一块不少还给你，保证以后绝不与你为敌。"家旺早已把本子与笔拿了过来，金豹在上面刷刷写了起来，大概意思是我金豹所偷窑厂的砖头悉数奉还，从今以后，绝不会再与田富贵作对等等内容。

周立群拿过来看了一下，递到胡天民面前："是不是请尊夫人也签一下名？"金彩云只好在上面签了字。第二天，金豹亲自将所有偷的砖头送回了窑厂。

没有几日，金豹偷砖的事情，被传得沸沸扬扬，弄得金彩云都不敢出门，在家里郁闷了好几天。王芳也抱怨金豹，不该做这么丢人的事情。

"都怪那个马文慧，要不是她抢走了富贵，哪来这些事情？"金彩云心里又气又恨。王芳瞪了她一眼，"是你自己不要的好不好？现在吃不了葡萄还说葡萄酸，这怪谁？"金彩云被她这么一说，气着回去了。

这件事情过后，金彩云确实消停了不少。

学校盖起来特别快，大伙儿有空都去帮忙。麦收前已经完工，大伙儿晚饭后都跑进来谈天说地，有的人干脆将铺盖搬来睡在上面。

"这多宽敞，比那土房子亮堂多了。"

富贵也带着孩子来乘凉。田梅生家的几个孩子，沈强家的几个孩子都来了，热闹非凡。

三娃学着月婵的样子，站在前面："请同学们坐好，跟我念'我爱北京天安门……'"其他孩子跟着一起读。

"嗬，这小子还真行，教得有鼻子有眼的。"田梅生说。

"可不是，他能把三只羊放到十只羊，卖的钱都给他爹，贼精贼精。"三娃大声说："安静，安静。"大家看他那么可爱，都安静下来。

"我叫沈博文,夫子循循然善诱人,博我以文,约我以礼,欲罢不能,你们知道是什么意思吗?"六岁的小家伙声音响亮地问。

富贵听了也很好奇:"你给我们讲讲吧!"刚刚拿着蒲扇赶来的沈强要进去阻拦,被站在门口的月婵拦了下来。

"好,那请你们坐好了。"三娃说道,大家真的都坐直了身体。

"是说圣人孔子一步一步由浅入深地教育他的弟子,用文化知识让弟子的常识渊博,用礼仪规范来约束弟子的行为,受到这样的教育,会让弟子感到学习是很快乐的事,而对学习产生浓厚的兴趣,永远不想停止。所以,请你们记住我的名字叫沈博文,沈博文,你们能记住吗?"

"这娃将来可是干大事的人。"大家掌声响了一片。

"秋天开学前,我们一起为小学剪彩,把社员都喊来,找照相馆来拍张照片留作纪念。改变命运先从改变教育开始。"富贵说完,大家都跟着叫好。

田艳说福根吃过晚饭就跑出去了。于是月婵找到了这儿,却也没有。月婵很是失望,闷闷不乐往回走。

"福根有哪里好?何况听说他还是捡来的,没名没实力没势力,不知你看好了他什么?你看看人家送来了六块布,还有一百块的礼金,你怎么看着米箩不要偏偏要吃糠?"王佑仁说。

"我早就和您说过,不许收他们家的东西,我反正就是不嫁。"

"你嫁也得嫁,不嫁也得嫁,这事由不得你。人要记着人家的好,如果不是马县长,我们早就死了,你还不知在哪儿流浪呢!"

王佑仁气得把门一摔,走了出去。月婵娘从来都是王佑仁说啥就是啥,为夫命是从的人。

月婵走到家门口,忽然前面有一人背着什么走过来。

"月婵,你怎么在这儿?"

月婵不理,福根放下背上的柳条,赶紧追了过去:"怎么啦?"

"你去哪儿了?"

"我去割了一大捆柳条回来,这样下去,用不了一个月,马家的钱我们就可以都还了。"福根擦着汗水。

"我不要你还,我已经同意嫁给他了。"说着,月婵跑走了。月亮还是那么圆,还是那么亮,还是天上的那一轮啊,福根看着月婵跑去的背影,愣在那儿,久久没回过神来。

"贵哥,全部统计好了。"福根拿着本子进来,"这次打算盖房子的一共有十八户人家。这次无论如何帮我盖起来,要不然月婵就得飞了。"

富贵去找文生,将盖房的意见说了一下。

"前几天南村那两家就是因为后盖房的这家前檐超出了一尺五,两家大打出手,导致一死两伤的悲剧。"

"所以我也是反复斟酌,房子到底该怎么盖才好。"富贵接过文生递过来的烟袋,抽了几口。

富贵把设计好的图纸拿出来,把自己的想法告诉胡文生,"据统计,这次盖房的一共有十五户,加上你我三家,共十八户。如果能把这十八户人家集中起来,房子统一规划(规格、材料),这样既美观大方,又能节省土地,减少邻里之间矛盾,你觉得怎么样?"

"想法倒是不错,可是,这宅基地村里未必能批。明天你到土地办去咨询一下。"胡文生说。

兄弟俩商量了好一阵,富贵才回到家。文慧刚把碗端到桌上,田梅生从外面说着就进来了。"来得早不如来得巧,赶上晚饭了。"田梅生说着坐了下来端碗就吃。

"田梅生兄弟,我让你登记的事情怎么样了?"富贵夹了一块肉放到田梅生碗里。

"领导,我就是来汇报情况的。"田梅生吃着肉,喝了口粥说,"除了两家说买不起砖头,问能否赊一下,棉花卖了再给钱以外,其他人家都同意。"富贵拿着笔,翻开小本子,在那两家人旁边用红笔画上一道红杠,在旁边打上了五角星。

"这样吧,田梅生,你明天再跑跑,把这十八户人家召集到一起开个小会,听听他们的意见和建议。"田梅生爽快地答应了,滋溜溜将碗里的粥喝了个精光。

富贵一大早起来,直奔乡里。一位干部模样的人接待了他。

"一下子批这么多的宅基地,这还是第一次,我们研究研究再说。"富贵听了只好回去。晚上,田梅生把相关人家全部喊来,把土地办的意思讲了,要批宅基地,先要村里出证明。这个事情,希望各家能动用一切关系,把宅基地先批下来。

"第一批参与盖房的住户,每户奖励砖头1000块,宅基申请由每户出一人,每天五人,三天一个轮回,天天往村里跑、乡上跑。什么时候申请到什么时候结束。对于申请成功的人家,砂石免费。"富贵的话音刚落,响起了一片掌声。

会议室里,工作人员打开材料,审阅一份份送过来的材料,都是申请盖房子的,绝大多数符合申请要求,像田福加这种孩子都要成家了还挤在一起的不少。

李梅兰说:"再不盖房,我那三儿媳妇就要吹了,你们想想,五个儿子,四个女儿,六间房,一个院子里,整天吵闹不堪。像我们这种情况不批下来可没有道理。"

"要不化整为零,就一家一家申请?"有人提议。

富贵把他们的建议都记下来,像这样六七口人挤在一个院子里的,还有好几个,他们确实都有困难，但是，一下子批这么多，将来会不会出什么问题？出了问题谁又来负责？没有上头话，生产队哪敢做主？

"先向上反映，包括我们的计划。"福加把申请材料装进材料袋，"先汇报，再做决定。"

第二天，他和胡文生到了公社，公社人员让他们到土地管理所，得到的答复是等公社研究研究，可半个月过去了也没有下文。原来十八户人家，跑得烦了，有几家决定放弃了，其他人家也懈怠下来。

田富贵徘徊在路上，望着天上的一轮明月，他觉得自己就像天上的那轮孤独的月亮，想拼命地发光，但是永远没有太阳耀眼。

"富贵，人生就像种子，你投入的每一份努力，都会在将来的某一天回馈于你。而你所要做的，就是每天多努力一点点，只有这样，某一天你的付出，时间都会还给你。"他觉得文慧说的话是对的，只要自己认为正确，就要努力去做，哪怕是失败！他看了看包里的两包好烟，深吸一口气，"田富贵，努力，决不放弃，石头还有开花的时候，我就不相信我田富贵的满腔热血打动不了办事人的心。"

第42章

/ 考察暗取经 /

"要不我和你一起去。"胡文生说。"昨天不熟悉业务，今天知道了找哪些人办事，就要好办得多，我一个人去就行。顺便通知家旺、家乐早点去窑厂，这几天窑厂很忙。"

田富贵骑着福根的自行车直奔公社，胡文生通知社员去上工。富贵赶到公社的时候，工作人员还没来。他坐在乡政府的门口，紧紧攥着一张报纸，那是1981年《文摘报》（第8期）关于《农村住宅新设计介绍、身高"回归"规律》等图文共8页的详细说明。

直等到八点钟，工作人员才陆陆续续到了。他连忙拿起材料袋，走了进去。

一位负责人接过他的材料袋，看了看，对他说："建房申请流程与材料你记一下，然后按照材料再来进行上报。"说着，他拿出一本书念了起来。

田富贵一一写了下来，按照这样的流程，最起码要等到1982年的3月份左右才能批下来。他拿着公文包,像泄了气的皮球,无精打采地往回走。

"公社本来已经同意,统一规划宅基地,建房事宜,一律由富贵负责。为什么商量几天以后,又变卦了?"田福加听说以后,也很纳闷。

"中国最讲究的就是流程,否则要那么多的工作人员干吗?一个人就能搞定的事情,不让你跑三四个部门,那就不知道事情难办。"富贵说,"该提交的材料都已提交,等他慢慢审核。"

"村里没有多余土地,宅基地无法审批。"胡天民放下手里的公文包,解开上衣扣子。曹支书把乡里的文件扔到他面前:"公社不是都同意了,我们小队为什么不同意?这可是利国利民的好事。"

"您对我说,我也不知道。"胡天民材料报上去后,现在被安排在大队做民兵营长,今天算是来提前打招呼,明天正式上班。

胡天民到家把他们的事情说了一遍。

"他们现在造房子,我们是不是也要一起盖一套?"金彩云看着他。

"你好意思去说啊,如果富贵两口子不同意,看你那张厚脸往哪儿放?"胡天民说。

"离开她我照样盖,明天就去南边那个窑厂去看看,如果合适,我们也买砖盖房,我不相信有钱没人要。"

第二天一大早,金彩云两口子直奔南边窑厂,一打听,每块砖要比富贵窑厂的贵3分,而且还要自己拖运,两口子悻悻而返。

富贵把宅基地审批的事情一一告知了那十八户人家,叮嘱他们,危房趁现在赶紧维修,手续一下来就开始动工。

"手续没下来,窑厂不能停,砖头可以直接对外开放。"周立群说,"我们自己独立运营。"

富贵沉思道:"目前我们的砖头都是出人工的,具体怎么办,明天你陪我去看看,学学别人先进的做法,只要能让老百姓摆脱贫困,吃饱肚子,住上好房子,管他怎么处分都行。说真的,现在看到那十几户房子,确实令人担心,一旦汛期再出现砸死人的事件,我这辈子都心里不安。"

"离这儿最近的窑厂,我以前在里面干过,我们去看看。"

"好!"两人说走就走。自行车骑了三个多小时,终于看到高高的烟囱里冒出团团浓烟。

两人脚底带劲,直冲到窑厂。破铁门紧锁着,里面不少人来来往往地忙碌着。

周立群喊门卫人员帮忙开门。

"你们找谁?"守门人是一位中年汉子,满脸狐疑地看着他们。

"老李,我是周立群,以前在这里做过的周立群。"守门人看了又看,终于将门开了,让他们进去。

"你们是来买砖的吗?请先到旁边去登记开票!"守门人将他们引到里面的一个小屋前,"这是会计室。"一位头发花白的老者,听到说话声,举起老花眼镜看了富贵他们一眼,向下一放,老花镜挂在胸口晃来荡去。根据他的指点,富贵他们又来到了里间小屋。

屋子很小,还没进去,烟味就呛得周立群打了个大大的喷嚏。

"你们是买砖还是买瓦?"

"我们能先看看再说吗?"富贵刚说完这句话,过来两个人,其中一人问:"看你也不是来买东西的,贼头贼脑,想干吗?"

"我以前在这儿干过,请问你们还收人不?"周立群说。

"不收,不收。"不等富贵两人说啥,几个男人连推带搡就将他俩轰了出来。

"看来这里也是暗暗操作的。"富贵说。

他们又去了邻县的一个窑厂,那是家国营单位,他们说明来意以后,那里的人很愉快地接待了他们。车间主任领着他们仔细地看了全过程。

"自主经营要冒风险,不过政策允许一部分农民先富起来,我个人觉得能试试。"富贵说。

周立群拍着他的肩膀说:"好,我支持你!"

两个人兴高采烈地往回赶。

晚上,田梅生、沈强、立群、富贵又仔细研究了一下砖头的卖法,最后确定,先对危房的人家卖。

上午,生产队事情多,富贵没有去。他利用下工时间急匆匆过去,看见窑厂门口排着长长的队伍,都是来买砖头的。

"田厂长,听说你们有多余的砖头,卖点给我们呗,我们的房子确实太破旧了,不能住人。"

"我们呢少买一点,搭两间先住着,等你们砖头多了,我们也盖小楼房。"

"这个想法不错。"富贵和大家打着招呼,"请大家把家庭实际材料和需要砖头数目先登记,等我们审核,一定尽量让你们都能不住危房。"

"我们已经登记过了。"

富贵到会计室,沈强拿着厚厚的材料说:"这些人消息灵通得很,不知是谁泄露的消息,你看,来了那么多。就等着你们发话呢。"

"如果审核属实,可以卖。"只三天的工夫,窑厂支得不剩一块砖头,还有一摞订单。

"木匠家没有好板凳。你看看,从第一窑砖,到现在第四窑砖,我们的房子还是这样，你非要等到倒了你才死心。"文慧看着富贵生气道。

"你可不能这样，我现在是什么人？预备党员，如果这点觉悟都没有，还怎么能成为共产党员？"富贵说。

"不知道你们老田家是怎么回事？你大哥儿媳妇也不准备要了吗？自己血汗烧来的砖头也卖给别人。"文慧真的不明白，世上哪有这种白痴。

"他可是共产党员，共产党员就是为人民服务的。何况我们的审批如果通过，这里将是一道最美的乡村风景线。"

"你再不帮福根解决，看来真的要留不住月婵了，看你们老田家一个个后悔不？"文慧不明白，人不为己天诛地灭，他们都把自己的东西给了人家。

福根坐在教室里，看着两个搞油漆的咋干活儿，墙里刷成白色，墙外用水泥勾缝。一直等了有半小时，才看到月婵过来，他连忙起身迎了出去。

"想好了没？"他说，"我知道对你来说，肯定是希望住在宽敞的房子里，但是对我来说，你是我的一切。我们把砖头卖了，还有30只羊，鸡鸭鹅都拿去卖掉，提前三个月把马家的钱还掉，怎么样？"

月婵说："昨天我看到一个同学，从上海回来，他们在那边做得很好，我也想去试试。我把我的个人材料已经托她带去，如果能有人要，我就到上海去。"

"你去那儿干吗？"

"我可以发挥我的特长，编辑、摄影、采访，什么都可以。"

"那我也跟你去，这辈子你去哪儿，我去哪儿。我不能没有你，一日不见兮，如隔三月兮。"福根说，"把你的钱还了，我们在外也能一心一意地赚钱。"月婵看着他，心里一阵暖暖的感动。

"那个马秀才看着也挺可怜的。"月婵说。

"你不要听他瞎说，上次那个来买'月满西楼'的老者姓林名凤翔，是一名退休干部，爱好收藏，和马县长在一起工作过。他说马秀才的病是遗传，说不定哪天发作起来，命就没了。"和马县长这么多年的走动，月婵当然知道，但她没有当面戳穿，只不过是想给他留点尊严。

"那个卖了多少钱？"

"5元！"

"你精心编制了两个月，如果不是为了我，真舍不得你卖。""月满西楼"是福根根据李清照的诗词的理解编制出来的工艺品。红藕香残玉簟这些还好编制，但轻轻脱换下薄纱罗裙，独自泛一叶兰舟的美人，那薄纱裙、满腹愁思的美女，他足足编制了一个月。因为月婵喜欢这首词，他就想把它编制出来陪伴月婵。

"红藕香残玉簟秋，轻解罗裳独上兰舟，云中谁寄锦书来，雁字回时月满西楼。

花自飘零水自流,一种相思两处闲愁,此情无计可消除,才下眉头却上心头,却上心头。"月婵依偎在他的怀里,轻轻唱道。

第43章
/ 队长首签约 /

文慧看着空米缸发愁,年前那点粮食早就下了肚,幸亏去年红薯丰收,她到菜地摘了一碗蚕豆角,还有两个鸡蛋放在锅里煮熟,给富贵送过去。富贵这些天,生产队的事情,一点没少干,还要来回跑窑厂,哪一样不是体力活,不补充能量怎么能行?她抓了一把蚕豆给孩子吃。拿着碗想去田福加家借点米,走到门口又返回,叫婷婷拿着碗走了。

"妈,大伯说这米不用还了!"婷婷端着一瓢米走了回来。文慧心里想,先借着,日后一定还上。

饭刚好,才会走路的小宝跟跟跄跄地过来,张开小手,嚷着要吃,文慧只好盛了半碗给他。剩下的,她装好,又挖了一块猪油拌进去,用小宝的棉袄盖住,放在篮子里,向窑厂走来。

很远,就看到富贵正和一个人讲话,因为近段时间忙干农活,她半个月没来,窑厂的人明显增多了。路上一辆接一辆地停着手扶拖拉机,有人不停地和她打招呼。

走近了才看清楚,这人个头不高,穿着一身蓝卡其对襟棉马褂,梳着二八小分头,五官倒也端正,只是眼睛不大。文慧过去,还没说话。

"富贵啊,那边有事,我过去看看。"

"陈主任,你也不用这么客气吧!富贵回家可是天天夸他这同学是能人。带了点饭菜过来,你们正好边吃边聊。"

富贵接过文慧递过来的米饭,"这米又是借的吧?"

"你大哥给的。"人只有在处境为难的时候,才能想到打断腿还连着筋的亲情。富贵娘的丧事,已经花去了福加不少积蓄和粮食,现在福加竟然还在帮助他,富贵从心里感激哥哥。

"富贵,从今儿起,就止式干了?"文慧看着他。

"那还用说,早就万事俱备只欠东风。现在诸葛亮已经来了,还不干,更待何时?"富贵看着陈能喜。

"就是，迟干不如早干，早干不如现在就干。"陈能喜看着田富贵，"明天，我们就正式招工。"

文慧连连摆手："不能这么大张旗鼓。"陈能喜看着她，哈哈大笑说道："你放心，农民的春天已经来了！"

"现在不是春天吗？"文慧听了莫名其妙，富贵和陈能喜两人哈哈大笑。

金彩云提着一篮子葱油饼，胡天民套好小驴车，她坐了上去。金彩云的母亲生病好几天了，说想吃葱油饼，托人捎来口信。金彩云赶紧打了一摞，又割了二斤肉，包了几个包子，和胡天民送了过来。

文慧挎着篮子从窑厂回来，在十字路口与他们相遇。文慧不说话，从旁边绕道走。

"文慧，等等！"胡天民喊着，从篮子里拿了三块葱油饼，塞到她的篮子里，"知道你家现在的难处，不要推辞，这是我和彩云的一点心意。"文慧看了金彩云一眼，只见她把眼光望向别处，没有说话。不等道谢，胡天民一扬鞭子，一声脆响，小驴车向前跑去。

"不会吧，莫非太阳从西边出来了？"文慧抬头看看。她摸了摸篮子里香喷喷的葱油饼，觉得金彩云太不可思议了，竟然允许胡天民这么做，而且无动于衷地看着她。这个变化，让文慧心里直发毛，不知该怎么办。

"那丫头，什么情况？这恶人也能转好了？"想起过往的一些事情，她在文慧的心里，阴影面积也是极大的。不过，葱油饼已经实实在在地拿在她的手里，她忐忑不安地拿回了家。

富贵听说以后，也很诧异。

"窑厂里现在人好多。"富贵刚回来，文慧便说。

"不仅人多，机器也先进了，明天我开自动车给你看。"富贵说，"公社说我们的手续应该有希望批下来，希望老婆能早点住进我们自己努力建成的大瓦房。"

"现在我最担心的就是你这样明目张胆会不会遭什么灾祸。"

"你放心，我们不是为了赚钱，是以工换工，不会有事的。"第二天中午，富贵骑着买来的二手自行车，拖着文慧到了窑厂。

富贵弯下身子，很绅士地说："夫人，见证奇迹的时刻到了。"他脱掉上衣，很快开着装满泥土的拖拉机过来，到窑厂东边场上，他弯下腰，拉动开关，车斗慢慢抬起，泥土就倒了出去。这个半自动家伙确实不错，省了不少人工。

"富贵，你这人怎么做的男人？"周立群高声喊着跑了过来，"嫂子今天难得过来视察，还不赶紧带她去看看。"他把富贵从拖拉机上拽了下来。现在窑厂已有四台拖拉机运土。

第二天一大早，福根就来到社场会议室，田福加、胡文生他们已经到了。田福加把烟末装进烟袋杆，胡文生不停地转动手里的笔，眼睛出神地盯着灯火……

"既然大家不说话，那件事就定下来了。如果上面追问，直说是为了抢收。如果没有追问，秋收后田地自家负责。"富贵说。

"还有一点，每人口需提交80斤粮食。如果有人追责，这可以作为惩罚上交。如果没人追责，到时候还是分给每家每户。"胡文生说，富贵点头赞许胡文生想得周到，"每户口袋上写上自家名字，免得到时候说短斤少两。粮食只要一晒肯定减秤。"

富贵把大家的建议一一记录下来，他撕下一页纸，在上面刷刷写下一段话：

鉴于这几年大家吃不饱，穿不暖，居无定所，挨饿受冻，又遇天灾，旱涝不断，社员们过着食不果腹的日子，作为生产队队长心感愧疚。

可是作为农民，离开土地就像失去了自由。反过来，没有土地，他们又能干什么？为了明年的抢收抢种，为了减少人为的损失，为了大家能吃上白面馍馍，更为了激发社员抢收抢种的积极性，我田富贵自作主张，将田家湾的稻田、棉花田全部分给社员们。

分田一事皆由田富贵一人所为，因为我和我的亲人们真的饿怕了，也不忍看到乡亲们被饥饿折磨的情景。如果有追责，所有责任我一人承担。

田富贵
1982年5月15日

富贵把写好的纸递给胡文生，胡文生看了一遍，拿笔在上面签上名字。富贵想阻止却已晚了。

"你怎么可以这么做呢，有我一人就够了。"富贵着急地说。

福根从胡文生手里，拿过纸条，看了一遍，把自己的名字也签上去。田福加一看，也把名字签上。

富贵想说什么，却没有开口，看着上面的签名，竟然一阵感动，眼睛湿润起来。

他哽咽着说："感谢你们的支持鼓励，请你们看看，有没有遗漏的地方。"

"把田富贵一人负责，改为我们几个人承担。"胡文生说。

富贵把文生说的问题，用笔改了。

"这样，这个签名交给你保管。"他把这张纸条递给了田福根。

富贵到家的时候，文慧没在家里。他刚要睡着，门响了。

"怎么到现在才回来？"他将灯点着。

"富贵，"文慧闭于扒着他的眼睛，"你猜我今晚去哪里了？"富贵猜了几遍，没猜着，打个呵欠，准备睡觉。

文慧捂着嘴，咯咯笑。

"怎么回事，半夜三更的，不睡觉还笑？"

文慧问他小宝什么时候出生的，出生的时候得到了什么。

"得到了三大筐红薯，我儿子就是争气。"提到这事，富贵来了精神。

"今晚我被他们逮去传授经验。"文慧忍不住笑出声来。

"谁啊？"

"田中友和他老婆。"

"他来干什么？"富贵有点不高兴。这个田中友，家庭条件比富贵家好，平日里瞧不起富贵，尤其让富贵不能忍受的是，富贵结婚的时候，家里没有一粒粮食，他娘去了两趟，差点给田中友下跪，也没有借到一点。后来还是田梅生的父亲见他可怜，送了一升玉米面，三碗高粱米，还有两元钱肥猪肉。

"他来干什么？"想到过往的事情，富贵对田中友自然没有好印象。

"他来问我怎么赶紧把孩子生下来，好分到粮食。"文慧笑得停不下来。

"生孩子是瓜熟蒂落的事情，这怎么能赶紧生？也只有这种人才能想得出来。"

"我也是这么说的，可是他们始终不信，说我会看书，肯定有什么绝招！"

"有绝招也不说，你就不应该去！"富贵生气地说。

"你知道我去了以后，看到了什么？"

"看到啥？"

"看到了他的邻居二歪和他的媳妇。"这二歪本姓姜，他爷爷是倒插门来的，后来在这儿落户下来。二歪兄弟四个，因为他娘生产的时候，二歪头大，被接生婆拽伤了，一生下来头就朝左边歪，又排行老二，所以大人小孩都叫他二歪。二歪本来就瘦，偏偏又喜欢喝普洱茶，整天拎着一个大茶杯，喝得他一嘴黑漆漆的狗屎牙，瘦得一阵风都能吹跑。

第44章

/ 分田起风波 /

屋里人见到文慧来了，连忙倒茶让座。田中友的婆娘挺着个大肚子，拉着文慧，家长里短地绕了一大圈，最后终于才问到了事情的重点。

"大妹子，你和胡文生打赌后，怎么那么快就生下小宝？过两天就要分粮食，我这也足月了，可是一天两天的不见动静，请你帮你嫂子想想办法，好不好？"二歪也过来请求，还把大肚子的婆娘也叫了来。

"后来你怎么说的？"富贵问。

"实在没有办法，我胡诌了几个。"文慧捂着嘴笑。

"你怎么说的？"富贵听了睡意皆无，催着问。

"你猜猜看！"

"不猜，猜也猜不到，快点说吧。"

文慧忍着笑说："第一，让她们多干活，干重活；第二，晚上多运动，每天晚上从家走到村东头；第三，小车不倒尽管推，催子！"

"小车不倒尽管推？什么意思？"富贵不解，文慧笑得捂着肚子说："生小宝前一天夜里你怎么做的？"富贵想了一会儿，忽然哈哈大笑。

第二天开会，富贵把分田的事情说了一遍，连下放户黄三爷都说这个主意好。

"富贵，我们都听你的，你呢赶紧分地就行，我啊，好把大部队都调回来，争取抢收抢种。"

"就是，不要磨磨叽叽的，分给我们自己收，一定做到将损失降到最小。"王二牛说，"如果天气还像那样天天下雨，你怎么做？"

"我啊，夜里不下夜里收，收回来全家哈也给它哈干了。"李梅兰大着嗓门，"你舍得你家麦子放在雨水里？"

社员们不仅没有反对，还积极支持拥护，连一向爱挑刺的金彩云也说好，这几乎出人意料。

"民意不可违，就这样，我们赶紧分吧！"经过多次核算，自留地每人口两分，承包地每人口一亩两分。从社场东开始分，每分一家，插上记号，当即打下石灰桩。

胡文生在喇叭里反复要求，每家只许出席一名当家人，防止人多嘴杂，先抓阄拿号，确定好顺序后，上午八点，分地正式开始。胡文生拿着计工本，富贵和胡天民拉皮尺（这是金彩云要求的，说防止胡文生搞鬼）。才分了十几份，就出现问题了。

"我就不要这块地，大家看看！"老王抽着烟，一口一口地吧嗒着，猛地站起来，脸涨得通红，"这块洼地，每年麦子都被淹死，颗粒无收。栽稻子收成也不是很好，我不要。"

"我们早就说过，按照抓阄，靠自己手气，你现在不要不行！"胡文生吩咐皮尺照拉，老王冲上来，一个铁铲下去，皮尺断为两截，"我就不要，你能咋的？各家分到好地，我凭啥要分这孬地？有本事，你们干部自己要，我反正不要！"他把刚插好的记号也拔了。就这样争执了半个小时，早有人把老王家的四个孩子叫来了，父子五人，朝胡文生面前一站，像一排铁塔。

"不得了，这是要打仗的节奏啊！"人群里有人说。"胡文生，今天我把话撂这儿了，这块地我就不要，你有本事试试看！"他的几个儿子将拳头攥得紧紧的。

"你不要也没用，按照阄号，分工！"胡文生面对爷五个，斩钉截铁。人群里议论纷纷，有说老王不对的，有人替他喊冤鸣不平的，形势紧张，冲突一触即发。

"这样吧，这块地换给我！"富贵说完这话，文慧急了，"田富贵，人家不要，你还要换？你今天是头脑短路啊。"

"我头脑就短路烧坏了，这块地换给我。"富贵看着文慧，大声说。

"好你个田富贵……"文慧气呼呼地走了。

"富贵哥，看来今晚回家要跪搓衣板了。"人群里有人笑着说。

"只要你们能高兴，我跪一夜，值了。"富贵拉着皮尺说，按照老王家八口人计算，这块地正好分完，现在田富贵家只有五口人，分不了这么多，余下洼地谁要？大家公说公有理，婆说婆有理，争论了半天，没个结果。

第一天分地以失败告终。

"这两天光坐在屋里，没有到每块田里去实际查看。这样吧，明天我们把洼地、差地、零地都算出来，争取顺利完工。"胡文生用笔敲着额头。

"即使找出来，分到人家，人家也还是不高兴，甚至不买账和你闹事！"富贵说。确实，如果下午不是富贵换地，那老王父子五个齐刷刷站在那里，一旦闹起事情来，后果不堪设想。

"如果有人去告状，更会坏事。"胡文生说。

"我倒有个主意！"富贵灵光一闪，"那些大家不肯要的土地、荒地、盐碱地、洼地等，按照实际情况进行打折！"这个办法不错，难题终于被解决了。

像昨天的那块地，在胡文生喊出打五折的时候，竟然有三家要，最后以六折被田中友要走。

"看来这个办法确实不错。"几个人心里高兴，接下来两天，没有出现任何问题，非常顺利。

分完最后一家，大家都不由得松了口气，正准备收工，田中友和二歪边跑边喊："生了，生了——"

"队长，生了，生了，我们家生了！"因为喘得厉害，二歪的头更歪了，他用手捶着心口。

"什么？"胡文生听得一头雾水，愣没明白。文慧心里暗暗高兴。

"我们两家刚才都生了个大胖小子！"二歪高兴得把兜里的水果糖掏出来，分发给大家。

"你行啊，二歪，终于生了大胖儿子！"胡天民捶了他一拳。"那是，瞧瞧我这身板，绝对！"二歪一拍胸脯，脸笑开了花。

"什么时候的事？"

"刚刚！"二歪嘴巴都合不拢了，他掏出一大把水果糖塞给富贵，"富贵弟弟，文慧妹子的绝招确实管用，管用，真得感谢她了！"

"什么绝招？"大家好奇地问，富贵笑着不说话。

现在怎么办？地分完了，凭空又多出两口人，又不能从头再分。几人正在伤脑筋，胡文生半天冒出一句："如果这俩新生娃分地，那王一鸣和吴玲我也要一份。"

这话一出，大家都吃了一惊，因为一鸣在部队干得好好的，要地干啥？富贵见胡文生不说话，知道他有难言之隐，悄悄对文生说："如果要分，生产队社场少说也有十亩地，三人足够的了。"

胡文生听了说："这样吧，我们明天讨论后再说！"二歪和田中友乐滋滋地走了。分吧，干脆分个彻底，谁也没想到这么一点小事，差点酿出人命来。

第二天，生产队开会公布增加三人分地的事情，却遭到了大多数人的反对。

"谁有本事，就回家生去，像老母猪生十个八个出来，全分地我们也没意见，关键就怕有人生不出来，看人家分田眼红。"二歪歪着头，斜着眼，从歪嘴里一字一字地把话喷了出来。

"你骂谁生不出来？"二歪还没说完，一拳正中他的嘴上，血从嘴里流了出来。"牙，我的牙！"二歪疼得脸部疼挛到一起。大家一看，打二歪的是西头的陈二，这人生得五大三粗，平日剃着光头，走路像螃蟹，脾气暴躁，无人敢惹。事情太突然，还没来得及制止，陈二又一脚正中二歪心口，二歪哪里禁得住他这一脚，只落得个哼哼的份儿。

"你别装，有本事再说啊！操你奶奶的，嘚瑟成这样。"陈二脱掉衣服又要打，众人一齐上前拉开。

这陈二是入赘来的，本来就受女方气，日子过得憋屈。偏偏两人又生不出来，没办法领养了一个丫头，二歪的话不是找打吗？

二歪躺在地上哼唧了半天才坐了起来。两颗门牙掉了不说，下巴被打错骨，被人扶到邻庄那里去找人接正。

本以为这事情过去了，没想到二歪几个兄弟咽不下这口气，拿着棍棒，跑到陈二家里，把陈二打得卧床不起。

陈二老婆天天找生长队干部处理这事，经过大队调解，最后二歪付了五十元钱医药费，称了五斤苹果，登门道歉，才算了事。

这么一闹，分地的事情隐瞒不了了，田富贵被公社找去谈话。

"你简直就是乱弹琴！"公社书记背着两手，踱来踱去，"你是大队推荐上来的入党分子，怎么不知道遵守党的纪律？"

183

"我没有，我是在发扬党的为人民服务的宗旨，顺应百姓心声。您坐在这办公室，很可能体会不到，七口之家，五天没有见到一粒粮食的那种情景；您也不可能体会到饿得发晕的那种感觉；您更不会亲眼见到身边的亲人被活活饿死的那种无奈……"

泪，从他的眼眶里流出来，说着说着，他哽咽了，蹲在地上痛哭。

第45章
/ 不能处分他 /

"您不能处分队长，这是我们大家伙儿要求的。"沈强一脚进来，"我的婆娘饿跑了，至今丢下我们爷四个没有回来。孩子饿急了，半夜去偷死人的贡品。"

"就是，因为没有吃，母亲把能吃的都给我们，最后她自己被活活饿死了。"田梅生进来，"我一家八口，五天只吃一碗煮熟的玉米粒，我不敢将它磨成粉，怕孩子一口气都喝了。"

"孩子饿得睡不着，为了哄他们，我把石头放在锅里煮，一直到孩子们都睡着，这些你们做干部的体会过吗？他为了我们能不挨饿，有何过错？"

外面又进来十几个人，房间里安静得能听到人的呼吸。

"如果上面追究下来，让我坐牢我也愿意，请王书记让他们自己去爱惜汗水换来的粮食。"

王书记背对着大家，挥了挥手，有人进来，请他们出去。

"贵哥不受处分我们就出去，否则我们就在这儿不走。"福根看着大家伙儿说，"不能让全心全意为我们着想的人寒心，对不？"

大家伙儿纷纷喊"对"。那人走到王书记面前，王书记看了一眼，做个手势。"好，你们都回去吧，王书记说了，暂时不处分富贵。不过，如果连累了我们公社干部，相信你自己心里也过意不去。对不？"

"没有什么过意不去的，他又不是为了自己，都是为了老百姓，老百姓是衣食父母，难道为衣食父母做事也有错？"福根说。

"对于这件事，大家回去暂时不外传，麦子收完，再回复。"

"好！谢谢王书记不斩之恩。"富贵带着众人退了出来。

"大家要不蒸馒头争口气，要做到颗粒归仓。"胡文生说，"生产队一共只有六头牛，明显不够，大家要早点想办法，早做准备，麦子一熟，立即开镰。"

"对，我们多买几把镰刀，磨得快快地收。还有多准备尼龙膜。"

"今天已经小满后第三天了，大家快回去做好准备，谢谢你们相助。"众人告辞而去。

富贵把家门口菜园子里的大蒜全部拔出，整平，又碾了两遍，才泼水压场。这样，碌子碾过后，很是平整。

开镰这一天，天气晴好，文慧和富贵早早起床，提壶开水，带点干粮，文慧抱着小宝，背上放着镰刀、小竹席的草篓子，里面还带着一床小被子。富贵抱着兰兰背着婷婷，到田里一看，邻居李梅兰家的已经收完了，俩闺女婿，五个儿子都在忙着装车。文慧和富贵把孩子放在田头，将席子铺在地上，用被子盖好，便开始收割。割了有半亩地，天才大亮。

看看地里，早已经人头攒动，都在忙着收割。于佑仁领着老伴还有月婵也在收麦，只不过他们毕竟没有干过劳动活儿，到下午三四点光景，他家收了还不到一半。

富贵到田头倒点水喝，见滚滚麦浪中，文慧弯着身子，左手揽麦，右手握刀用力，双手一抓一割，配合默契。随着身子有节奏地起伏，那一把把麦子，便在她的手里温顺地躺到地上……

"孩子们，帮你贵叔家割了。"李梅兰一声令下，柳儿他们都过来帮忙，打麦个的打麦个，收割的收割，装车的装车，天没黑，一块两亩多地的麦子已经全部运到家门口。

"一亩二分地一口，我们五口人，加上盐河边和自留地总共有七亩地，除去胡萝卜地、花生地、玉米地，还有四亩三分地麦子，明天加加油，我们就都可以收完了。"文慧兴奋地说。

第二天是阴天，中午的时候，飘起了毛毛雨，文慧很是着急，顶着雨收割。傍晚时分，雨停了，太阳出来签到似的，穿透厚厚的黑云层，很快隐入西山。

夜里十一点，他们的麦子全部上场。

"看来天还不好。"富贵说。为了防止下雨，他干脆睡在麦子旁。果然，夜里三点多钟，豆大的雨点将他砸醒。富贵用喇叭通知大家赶紧起来盖麦子。一圈喊回来，文慧和婷婷已经用尼龙膜把麦子盖好。

雨一连下了三天，富贵每天用喇叭提醒几遍一定要盖好。

"没事的，麦粒搓下来就能吃，再下两天也没问题。"社场上，住在那里的四家保管得不错，见到富贵，开心地说，"富贵啊，你放心吧，赶紧回去歇歇。"

学校教室里的桌子紧凑在一起，空出的地方也堆满了麦子，有几人正在开心地打牌。

"贵哥，来玩两把！"

"麦子盖好了没有？"

"这附近的都在这儿，你看干着呢。还有的在家门口，早就盖好了。你把心放肚子里，来打两盘牌。"

第四天早上雨住了，上午一直阴着，到中午才开天。富贵不知月婵家的麦子有没有全部上场，就想过去看看，半道上遇到福根。

"还有大约八分地没收，其他的也都收上来了。"富贵很是高兴。中午碾场，晚上又碾了一遍，第二天响午，文慧按照麦头朝里的方式，在社场上一圈一圈地放好，到最热的时候，空气中弥漫着麦香，富贵准备开始碾场。他戴一顶草帽，将那头的老水牛和石磙套好，鞭子一扬，吆喝一声，牛挺直身子，一圈一圈地碾起场来。

文慧也学着碾了两场，她高兴的时候，像富贵一样，亮开嗓门唱："嘿啰啰，嘿啰啰，鞭子一响真快乐；嘿啰啰，嘿啰啰，麦子又比去年多；嘿啰啰，嘿啰啰，儿子闺女不挨饿……"文慧的歌词现编现唱。牛儿都听醉了，站着不动，望着文慧。文慧右手向空中一甩，鞭子发出一声脆响，老水牛吓得"哞——"的一声，小跑起来。

麦子收完，大家开始忙着插秧，短短的一个星期，麦田全部换成了青青的秧苗。

"麦收下来再把土地收回？我看还是算了。只要社员们统一口径，即使调查来了，我们也不用担心。"

富贵见胡文生说得很有道理，召开了全队会议。

"公社要求我们麦收过后，恢复大集体，你们怎么看？"

"我们的稻田下了那么多肥料，我才不舍得退回。"马秀莲说。

"如果还是大集体，能收到这么多麦子？我爷爷都说，他今年八十三了，还第一次见到家里有那么多粮食，不能退。"

社员们七嘴八舌，富贵看时机已到，站起来大声说："既然大家都不同意大集体，那么请你们统一口径，麦收之后，已经全部恢复原样。我们不是担心谁，怕谁，而是不想让无辜的人为我们担惊受怕。"

"富贵，我们都听你的。"

"好，如果有人说出去，我们立即恢复原样。现在，每家每户大囤小囤的，带孩子们做好吃的去。"

社员们说说笑笑着走了。文慧说："你这样做，多遭人恨，枪打出头鸟，迟早有一天，你会后悔的。"

"我绝不后悔，不管做得对与错，时间是最好的评论家，功过留给别人评说，我们只做好自己该做的、能做的事情。"

1983年秋，农村开始分田到户，他们小队整整提前了一年。这是后话，暂且不提。

1983年的3月，春风送暖，燕子飞回。沈强从窑厂回来，他现在尽管忙，但是越发精神。

"沈强,快来看,这是什么?"富贵拿着一叠厚厚的材料,脸上藏不住的笑。

"这是什么?"沈强过来。

"我们的宅基地批下来啦!"

"真的?"

"还有窑厂,我提出承包设想,领导也同意,手续很快就下来了,以后我们哥几个可以放心大胆地干。"

"真是天大的好事。"两个大男人紧紧地抱在一起。

"贵哥,谢谢你,帮我们做了多少大好事,现在农忙不多,来窑厂报名的人很多,我得赶紧去看看。"

"等等,告诉立群、家旺、福根他们,今晚到我家开会,我们要仔细研究一下窑厂今后的规划与发展。"

"好嘞!"沈强大踏步走去。那个一度萎靡、不思进取的老爷们儿,今儿却也能浑身像揣着一团火,整天那么精神旺盛。是什么改变了他?

他望着远去的沈强,心里高兴,不禁高声唱了起来:"包龙图打坐在开封府 /尊一声驸马爷细听端底 /曾记得端午日朝贺天子 /我与你在朝房曾把话提 /说起了招赘事你神色不定 /我料你在原郡定有前妻 /到如今她母子前来寻你 /为什么不相认反把她欺 /我劝你认香莲是正理 /祸到了临头悔不及……"

说真的,当从领导手里接过材料的时候,富贵就恨不能跳上几圈,高歌一曲。现在他完全不顾形象,像孩子似的欢乐。他破例买了两包红塔山,这是他第一次买烟,见人就递上一根。

"富贵哥,今儿怎么这么高兴啊?"姜二歪接过他的烟,点着,吸了一口,美美享受了一回,"贵哥,你可是连大前门都没抽过的人,今儿这么舍得对这么高档的香烟下手?"

第46章
/ 争做万元户 /

"这就叫人逢喜事精神爽啊。"

"啥喜事?"

"二歪,宅基地批下来啦。"富贵孩子似的扬扬手中的材料。

"真的?"二歪高兴地伸手来接,忘了手里的车子,他刚一松手,车子倒了下来砸在脚上,疼得他直叫唤,"大喜事啊,那我们的房子很快就可以动工了?"

富贵拍着他的肩膀:"是的,千真万确。"二歪高兴地捶了三下胸脯,又扑上来抱着富贵,在他脸上亲了一口。

"兄弟,你……"富贵揩了一把脸上的口水,不等说话,二歪骑着车子一路大喊:"宅基地批下来了,宅基地批下来了,我们可以住上大瓦房了。"

他这一喊,像春风吹了过来,很多人都跑了过来,围着富贵问这问那。富贵把批下来的材料打开,指着上面红红的印章给大家看,个个高兴得又蹦又跳。

宅基地就批在原来社场西边的那块棉花地上,地势高,可以直接打地基盖房,只等麦子收下,就可以破土动工。

大伙儿听了富贵的话,更是拍手叫好。有人买酒,有人买菜,还有人买来了鞭炮,噼里啪啦地放了起来。

晚上还有"多事"的人,竟然找来放映队,放了两部电影。宅基地的问题总算解决了,可这房子究竟怎么盖?富贵心里没个谱。

"自家盖自家的,按照合同,不允许有大有小、有前有后、有高有低就行。"文慧说。富贵担心,如果有人家不按照这样,怎么办?要知道不仅是这一个大队,就是整个公社也没有人敢提出这样的设想。

"先登记,然后再说。因为这几个月,能申请到的人家已经盖好,名单肯定有变动。"富贵说,"那这事仍然交给福根去做,福根现在已年满18周岁,说话成熟稳重,做事很有条理。"

"这些事你还是和那几名干部好好商量,人多智慧高。"田富贵觉得文慧说得有道理,拿着材料走出去。

不知不觉到了田福加家里。田福加没在家,说去盖猪圈了。

他站在门口,放眼望去,远处是一排排整齐笔直向上的关杨树,四周是绿油油的秧苗,长得比筷子还高,温暖的阳光下都能听得见它们喝水拔节的声音。猪圈建在离他家有半里路的一块空地上,四周用铁丝网拉了起来,里面由东向西盖了四排猪圈。门口用一块小木板写着:"外人禁止入内!"

七十五岁的胡长青老人从猪圈旁边的小屋里端来一条板凳,他是五保户,因辈分在胡家最高,一般人就称他为胡老太爷。他早年结过婚,老婆因为难产,母子双亡。他一直独立生活,住在社场,田福加怕有三长两短,就把他接到家里,跟着他们一起过。

他执意要住到一边，田福加在猪圈南面100米处为他搭建了两小间屋子，一间住人，一间作灶房，房子才造好一半。

"富贵啊，你看，这是田福加给我买的新衣服。你给我造房子管我住，田福加管我吃穿，我胡长青有你们死也知足了。"他指着身上一件深蓝色卡其中山装对富贵说。

"现在穿衣服不用布票了，想穿啥穿啥，只可惜你娘一辈子没有过上这舒服日子。"老人的话让富贵心里一阵伤心，一晃他老娘已经去世一年多了。

田福加的猪圈已经完工，长度为60米，宽度为16米，从中间一分为二，南北两排，每排十五间，每间大约30平方米，可以养一百多头肥猪，一年出栏率至少几百头。

主体建构已经完工，墙面全部用石灰水泥粉了起来，地面也铺上一层厚厚的水泥砂灰。用田梅生的话说，这猪圈盖得比房子还讲究。

在猪圈的外侧，盖了两间房了，一间是宿舍，一间是小公室。田福加见到富贵，丢下手里的活儿，陪着富贵参观猪圈后到屋里坐下。富贵将盖房的意见说了一下。

"有了前车之鉴，一定要慎重。"

"所以我也是反复斟酌，房子到底怎么盖才好。"富贵接过田福加递过来的烟袋，抽了几口。

"这个举动是关系民生的大问题，你们一定要带好头，好好干。工作要细心扎实，不得掉以轻心，这也是我们公社的建房新举措，相信你们一定会建成让我们农民骄傲的新家园。"富贵把领导对他讲的话说了一遍，"他们这样说，你不知道我这心理压力有多大。"

"这件事情上面这么重视，不能马虎，我们去问问大队长与文书的建议。"田福加说。

两人向外走，老人端着开水刚好过来："水也不喝一口就走？"田福加让他去歇着。

"家有老人是个宝啊。他啊，一刻也闲不住，每天帮我打扫卫生、洗衣、做饭，弄得我现在都不敢在这儿换衣服了，每次给零用钱他还不肯要。"

富贵想到他娘，心里又是一阵伤感，田福加赶紧劝他不要多想。

"哥，第一批你打算进多少头猪？"富贵问。

"一百五十头，我每天亲自喂养，看着它们个个撒欢儿地长！"田福加的脸上抑制不住地笑，"只要不出意外，照这样的形势，今年底我也能弄个万元户当当，我要做了田家湾的第一个万元户，他们哪有不红眼、不争着干的道理？是不是？"田福加呵呵笑着，摘下手套，脱下工作服，搭在胳膊上向前走。

到了大队部，曹支书、胡天民都在，富贵把领导的话又讲了一遍。

"既然图纸已经审核通过，直接照图纸建就行。"曹支书说，"你们俩来得正好，今天上午开了半天会议，秋收过后，我们这儿将进行全面分田到户，所有东西确保平均分配，不能有任何疏忽。还有……"

"还有，要号召农民大胆创新，抢先致富。"文生说，"昨天开会，我已经向社员们传达了，可是他们不相信。"

"会议今天开，你昨天就知道？"

"我有一台收音机，每天第一件事就是听新闻。"文生自豪地说，学着曹支书的口气说，"我们做领导的，就要及时关切社会热点，多为人民做好事，多以身作则，为百姓做榜样。"

"他啊，准备做我们这儿的第一个养猪万元户，猪圈已经全部建好，这次学习回来，就开始抓猪崽回来了。"

"真有你的。"田福加一拳打在胡文生的左肩上，"真不愧是文生，文生，文弱书生，现在变成了文丰强生了。"大家哈哈大笑。

"对于建房的事情，富贵，你可一定要给我们农民长脸，让那些习惯看不起我们农村的人好好瞧瞧，农民的生活也一样美好。集体投资，集体建造，只需拿出一定数额的钱就可以参加，或者直接拿钱预定也行。"曹支书说。

"按照计划执行，保质保量完成。"富贵大声说。

两人出来，脚底生风，心情倍儿爽。"富贵，走，看看我的鱼塘去。"胡文生兴致勃勃地带着富贵来到鱼塘边，清风徐拂，水面银光闪闪。"这两口鱼塘是深水养殖，我放的是肉味鲜美，价格比鲫鱼、草鱼要贵的鳊鱼等。东边那口鱼塘我养的珍珠蚌，年底，这三口鱼塘也是一笔可观的收入。"

"我相信，实行土地家庭联产责任承包制后，这日子会过得越来越有奔头。以前上工，我们催多少遍，还有人拖拖拉拉才来，现在你看看，没有半点闲田，那庄稼比赛似的长，看不到打牌赌博游手好闲之人，是什么让大家变得这样？是好政策。"田富贵感慨地说。

"你不怕别人说你是地主、资本家？"

"有政策撑腰，不怕！"兄弟俩哈哈大笑。

胡文生拿出一盒烟，富贵惊讶地没接。胡文生笑着说："老烟叶味大，你嫂子嫌弃，现在我改抽这个了。"他说着点燃，乐呵呵抽了一口。兄弟俩不知不觉走到了村头，"富贵，你看，这满河塘的藕，要卖多少钱？记得你当时说的那荷花池的情景，我就想着将来有一天也给你一个荷花塘，让你天天美个够。"

"接天莲叶无穷碧，映日荷花别样红。如果真是那样，将来是我们村的风景啊。"看着眼前玉盘大的片片荷叶，他蹲下身子，用手将水撩上荷叶，看着水珠在上面滚来滚去。他忽然觉得生活就像这翠绿的荷叶，而自己就是那荷叶上的水珠，哪怕短暂，却也要晶莹剔透。

"关于你说的建议，我觉得可行。"兄弟俩坐在鱼塘边，以工钱结算到材料、资金，一一核算了一遍，每户三间，东西厢房以三米三为长度，中间为四米二五的长度，宽照七米计算的话，每户大约要两万块砖，还有工钱，大工每月四元，小工每月八毛。

文生打住他的话，大工每月三十元，小工每月十二元。按照目前市场价格，谁盖得好给谁盖，出了问题他得负责，兄弟俩又仔细核算了一下之后，富贵才回去。

第47章
/ 无辜挨打 /

沈强正坐在他家等呢，见他回来，赶紧迎上去。"富贵哥，这房子给我盖，我这手艺杠杠的，你不用担心。"

"现在我想用砂浆打焊，这样粘黏性好，牢固，也不会被雨水泡掉。这么大一项工程，可不是一个人能做的事情，得有一帮人才行。"富贵说。

"沈强，你有三个孩子要你带，我呢，没有负担，可以全心全意带领他们干，不要和我争。富贵，请把这工程交给我。工人你不用担心，"田梅生过来把早就想好的主意说了出来，"现在盖房的人家不多，有5个大工，再带4个小工，完全可以。"富贵看着他胸有成竹的样子，同意了田梅生。

"如果福根会盖房子，将来说不定有一番作为。"富贵想着，直奔田福根家。很远，就看到田福根正在编织，他现在除了窑厂，编织生意也是越来越好。

富贵把想法一说，福根当然高兴："哥，艺多不压身，我还真想去学习。南方多个前沿城市对外开放，我们一定会紧跟形势，大干一番。"当下两人拍板，富贵把这事情和田梅生一说，田梅生自然应允。

张罗了有半个月，于农历四月初六，正式动工。窑厂那边沈强负责，房子这边，由田梅生全权负责，义慧作建房监理。

万事开头难，一动工，事情就按部就班地展开了。下午文慧去工地，走到大路头，一辆吉普车开了过来，尘土飞扬。文慧用衣袖遮住脸，心里正纳闷，吉普车在她不远处停了下来。

"文慧婶，我正想去找你！"车门打开，王一鸣跳了下来。

"什么事？"

"听说你们要集资盖房，也算我一份！"

"这事还得和你富贵叔说才行，我对这事不了解！"一鸣问清楚了富贵的去向，吉普车向窑厂驶去。

当初王芳也向村委会提出宅基地申请。书记说，他家不符合申请条件，批不下来，王芳也就放弃了。今天王一鸣回来，要求参加集体建房，看来肯定是弄到手续了。文慧心里思忖着，向工地走去，远远地就听见吵闹声，她跑过去一看，几辆装满石头的手扶拖拉机排成一行，前面的大路像一条黄金蟒被一斩两段，湿润的泥土此刻像狗屎令人厌恶。田梅生光着上身，作揖打拱："几位爷，你们行行好，不能耽误了我们的工程期限。"七八个男人只管低头干活儿挖土，根本不理，有的人把挖上来的泥土向田梅生身上抛。田梅生躲闪着跟他商量，几个工友站在那儿也跟着说好话。

"这大路是我们村里的，我们爱怎么挖就怎么挖，关你什么事？"一个四十多岁的男子手里拿着铁锹，看着田梅生，像驴放屁一样，慢条斯理地扔出一句，其他的几个人只管低头哼哧哼哧地挖。

"真他妈不信邪了，哥们儿上，把这几个狗日的弄上来！"田梅生话音未落，一铁锹泥土朝他泼去，顿时在他身上下了一阵泥雨。几个工人冲上来，准备动手。

"慢着！你们这是干吗？"文慧跑过来，这几个人是邻村的，她认识。

"各位老少爷们儿，有什么火朝我马文慧身上撒！"她喊过来田梅生，从身上掏出5元钱，叫他去买几包烟，田梅生拿着钱走了。

文慧跳进沟里，夺过身边一个长着几根小胡子的男人手里的铁锹，也跟着挖了起来，众人愕然。

她不说话也不停下来，跟着大家一起挖，一脚下去，一大块泥土就端了上来。终于一个男人夺掉她手里的铁锹，将她拉了上去。

"文慧，你这是何苦呢？"

"你们不就是想阻止我们盖房子吗？你们不就是眼里见不得别人过得比你们好吗？"文慧看着他们，心里觉得委屈，泪水夺眶而出。

"我马文慧田富贵两口子，没有想在哪个人身上发财，只想尽力让大家住得宽敞点，生活舒服点，你们却这么……"马文慧哽咽着说不下去。

"就是啊，富贵哥把自己家的钱拿出来给我们买水泥、沙子，他和文慧姐挣的钱都倒贴在里面了，你们却这么不通情理。"几名工人七嘴八舌。

工人们说的只是一部分，算上墙内粉泥、刷白石灰、外面墙用沙灰水泥勾缝的话，每户至少也要八百元，到目前为止，有近二十家参加集体建房，多数人家只交了一半的钱，全交的也只有四五家。

也就是这么多钱，需要富贵和文慧夫妻俩去筹集，窑厂正常生产，哪一样都需要钱。为了这件事，文慧和富贵争执过，她不是那种只扫自家门前雪，不管他人瓦上霜的人。看拗不过富贵，文慧也就默认了，男人要不折腾出点事情来，还叫男人吗？这句话是富贵说的，文慧只好任他折腾去。可是现在倒好，没有一点功劳，做点事却处处被人找碴，她心里越想越委屈，禁不住哭了起来。那几个人你看看我，我看看你，都停下手中的活儿。

田梅生气喘吁吁地跑了回来，"大家辛苦了，这是文慧姐给你们买的烟，大运河每人一包，来，接着！"田梅生给每人发了一包。

"田梅生，早知如此，何必当初呢？走吧。"一个下巴留着一撮胡须的壮实男人说道。田梅生连忙赔笑，几个人这才散去。

田梅生和几名工人把路重新填好，手扶拖拉机把石头运到了工地，半天时间就这么没了。文慧心里感到憋屈，她想不明白，为什么要做点事情，就这么难？

中午，富贵回来听文慧如此一说，碗筷一丢，就向工地跑去。巡回一圈，吊着的心才放了下来。他叮嘱田梅生，有什么事第一时间通知他，田梅生爽快地应承一句，他又奔窑厂而去。

现在窑厂的砖供不应求，拉砖的车每天排成长龙。富贵忙得连饭都没时间好好吃。

文慧看着富贵急匆匆离去的背影，心里有说不出的感受，沧桑的岁月，将原本高大帅气的小伙子，洗礼成了两鬓泛着霜花的男人。"文慧，心有多大，我人生的舞台就有多大，我田富贵的精彩人生在我们的这片热土上正式开始！"

文慧想着他的话，提着菜篮子的她看着晚霞中的菜园子：大白菜碧绿青翠，娇嫩欲滴；辣椒青红相间，挂满枝头；韭菜一行行这茬没吃完，下茬又长出来了。长长的豆角，青绿的丝瓜，园子不大，却应有尽有。

文慧割了一行韭菜，揉了一团面，包了韭菜盒子，富贵喜欢吃，孩子也喜欢吃，还没做好，婷婷背着小宝，兰兰背着书包放学回来。孩子们吃过以后，都去做作业。

文慧一个人坐在门口等富贵回来，忽然月婵哭着跑过来："贵嫂子，贵哥呢，福根……"

"福根怎么啦？"文慧见她哭成这样，也很惊慌。

"昨天，福根去县城卖工艺品。刚到那儿，买的人还没到，就过来四五个人把福根打了。"月婵说得不是很清楚，文慧还是听得明白。

"他现在人呢？"

"说是在什么医院，那人在我们家呢。"

"你别着急,我现在去找他们过来。"文慧一路小跑,半道上遇到了富贵,把事情一说,富贵赶紧通知田梅生、沈强和家旺。田中金早已得知消息,富贵还没到家,他已经在门口转来转去地等了。

"所有人骑上车子,去月婵家。"田梅生把他们建筑队的人也带着,浩浩荡荡奔月婵家去。

"因为福根编制的工艺品精妙绝伦,几名爱好者欣赏了他编制的'月满西楼'赞不绝口,向他预定了自己喜欢的一款。按照约定的时间,我们在县城农贸大厦门口见面。他早去了一个小时,不知什么原因,四五名大汉围着他打,我们赶紧报警,他躺在地上爬不起来,被救护车送到县城第一医院住院部三楼。我那几名老伙计都在照顾他呢,我呢,叫了一辆出租车过来找你们。"一位买家说道。

"幸亏您知道我们这儿,当时见您买走'月满西楼'我还伤心了好几天,福根被打,都是为了我。"

月婵把他和马县长家的恩怨简单说了一遍:"赶紧走吧,警察一定会查个水落石出的。"

"我也去!"柳儿跑过来,穿着一件的确良衬衫。

"这么多男人,你去干吗?在家好好等消息就好。"家旺说。

柳儿不说话,一头钻进出租车。到了大马路,几个人又拦了一辆车子,直奔医院。

马家四个大汉站在大门两侧,三名警察走了进来。马县长坐在椅子上,见到来人,僵硬地从椅子上站起来又坐下。

"马县长,打人一事的幕后指使是您,对吗?"

"正是!"

"不管你们有什么仇恨,行凶打人,这是法律所不允许的。请您配合我们的调查。"一名警察详细询问打架的原因和过程,一名四十岁左右的警察在旁边飞快地书写。

"伤者医药费等所有费用均由您负责,处理结果明天通知。"问询完毕,那位警察说。

"这是您刚才所说的内容,请查看,如没有误差,请签字。"马县长看也不看,直接大笔一挥,签好将笔伸手扔了出去。

他抬手打一个响指,一个大汉过来,将一叠钱放在面前:"费用不够,再来,不送!"说罢,拂袖走进内室。

"看来还挺豪横的,对这些为非作歹之人应该重惩,看他们还敢横行霸道,不可一世?"最年轻的那名警察说着,看了四个大汉一眼,跟着走了出去。

第48章

/ 1983年的秋 /

医院里，福根躺在床上，肋骨被踩断了两根，身上多处瘀青，脸上更是恐怖，左脸颊肿得像面包。月婵见了，更是哭得撕心裂肺。柳儿也坐在一旁垂泪。她拿出一个小瓶子："你忍一忍，这是家里的跌打损伤药膏，抹上一天就能消肿。"

她轻轻地将药膏涂抹在福根的脸上。

"人被打，不能没有说法吧？"

"我们去警察局问问。"富贵说，"留下两人侍候，其他人我们一起去找警察。"

大家刚要走，外面进来一个粗壮汉子："马县长说了，这是医药费，如果不够，出院时再算。"说着，拿出几扎钱扔在柜头，扬长而去。

"有钱就了不起吗？还这么横。"田满银朝着那背影狠狠吐了一口涎沫。

"天子犯法与庶民同罪，走，去找警察局，真不信邪了。"

"等等，"一位三十多岁的年轻人拿出记者证，"田先生，您这次被打，是受我们连累，对不起。我是本地报社记者魏建国，看到林老先生从您那儿淘来的宝贝，我不敢相信会是出自年轻人之手。所以这次目睹'春江花月夜'，很是震惊。我呢，跟你们一起去，如果他们敢包庇打人行凶者，就让舆论来谴责。"富贵听了连忙称谢，几人一同出去。

柳儿和月婵陪伴福根，老林和几位好友也告辞而去。

田中金和田艳也来了，正在前台询问，见到富贵，被带到病房。田中金见到福根，心里略微宽松一点。

"姐，你们怎么都来啦？爹这么大岁数，让他跑几十里。我真的没什么。"他想坐起来，动了一下，疼得钻心。医生赶紧过来，让他不要乱动。

富贵说警察局会依法办案，让福根安心治疗。医院不是家里，本来房间就小，住了三位病人，再有这么多人进来，立即显得拥挤起来。

富贵建议大家赶紧回去休息，他留下来陪福根。大家争抢不过，到医院门口，叫了车，送回村里。

第二天一大早，那位记者拿着一份样刊，头版头条写着几个醒目的大字：马大春雇人行凶，工艺师身负重伤。"田先生，今天如果他不来道歉没受惩罚，明天我就将这篇报道全部发出去。"

"不能发！"门开了，三人走了进来。高大威猛的那个，就是昨天送钱的那位，脸僵硬得像石膏。还有一位和这人一样高大,略微瘦一点,眼睛很大却像睁不开似的半眯着,中间瘦小、脸色苍白的是马公子:"田兄弟,对不起。因为你破坏了我多年对月婵的爱,所以才让你受了伤害。请你原谅一位父亲的心,他今天已经被警察带走了,请不要把这件事情上报了。"

"没想到你一个堂堂七尺男儿,竟然做出这等龌龊之事。以前我还劝过福根,说不是你的错,真的是有其父必有其子。你太让我瞧不起了。"月婵说着,站起来,举起手来想打他两巴掌。

福根一把抓住:"算了,冤家宜解不宜结,看他这样,也是活不长久之人,天作孽犹可活,自作孽不可活。"

马公子听了福根这话,脸色突变,手脚颤抖起来。接着人倒在地上。医生到的时候,他的脸色整个变了样,月婵吓得站在门口,不敢进来。

"告诉马大春,此事就此了结,希望他能多行善事,为他儿子积德。"福根说。

福根住了一个星期就回到老家,老林他们前来送行。劝福根尽早离开老家,因为马公子身体状况现在越来越不好。马县长说,如果他儿子死了,他绝不会善罢甘休。

富贵连连道谢,他们坐上回村的车,太阳从东方升起来,天地瞬间变得温暖。

"福根,生活就是这样,不管遇到什么困难,要像这太阳一样,尽力放射自己的光芒,给人带来温暖。"

"是的,希望像太阳一样,只能升起在现实的地平线上,才能放出万丈光芒,希望与光芒无处不在。因为有了希望,生活才会永远向前。再大的困难,我都不会放弃,谢谢哥哥。"

雨,不大不小地下了几场,时间到了1983年秋,金黄的稻子在秋风中起伏,棉花争着吐白,高粱红得像喝醉的脸,这是一个永远值得苏北农村回忆和珍藏的秋。因为这个秋,苏北淮安的老百姓真正摆脱了挨饿受冻的贫困日子。因为这个秋,人们重新给这个乡村灌满了活力。盐河水比以往更加欢畅,渔民驾着小舟在撒网。

田福加、胡文生等人随着人流走出了公社大门。

是啊,这么多年的大锅饭生活,真的被打破了。分田到户,责任到人,让老百姓使出浑身本事,八仙过海,各显神通,勤劳致富!想到乡长激情洋溢的讲话,人们如沐春风,田福加觉得浑身有种抑制不住的骚动。

开会的时候,田福加就打算好了,分田到户以后就不做这干部了,回家弄几百头猪养养,看着那滚圆可爱的样子,他特别喜欢。乡长讲了,自负盈亏,抓一窝小猪崽,几个月过后,就能肥,如果顺利的话,一年就可以造三间瓦房,比田梅生家的还要大,房子大,窗户大,门也要大,他越想心里越高兴,连田富贵和他说话也没有听到。

"想什么啊，乐成这样！"富贵拿过他手上的本子，他才回过神来，"这分田到户好，早该这样了，把该缴的公粮缴了，剩下的都是我们自己的。"

"社员们上交的粮食，差不多够上交公粮的。"田福加看着胡文生，"当初你的决定完全正确，有远见。"

"难怪后来没有人再追究你分田的事情。"文生转头对富贵说，"他们也赞成你的做法，尽管会议上没有对你点名表扬，却也是实实在在的肯定。"

两人刚走到村头，福根追上来："贵哥，有没有被批斗？"

"他呀，不仅没有，还得到了领导的认可。"胡文生笑着说。

一群人拥上来，"队长，真的要分田到户了吗？我们真的会有自己的土地？"

胡文生笑着说："你们的信息很灵通嘛！"

马秀莲背着小子，追着问是真是假，田福加大声说是真的，土地很快就会分到每户手里。

这个消息像一阵风吹进了每家每户，大家开心地奔走相告。有的人家还买来鞭炮，就这样，一直闹到深夜。

"真的分田到户？"

"那还有假？"田福加哼着只有他自己才能听得懂的歌，"我告诉你，我们以后不仅有责任田、自留地，我还可以办养猪场，实现我的万元户这个梦。"程翠萍一脸怀疑地摸了摸他的额头，"没有发烧嘛！"

"我快五十的人了跟你说笑话？"他抽了口烟，"也就我们这里比较落后，听说很多地方都分了！"

"这分田到户，会不会像以前地主租地，辛苦种出来的连缴公粮都不够，那还不如不分，"程翠萍不无担心，"你看，电影里常有佃户因为缴不起税收被活活打死的。"

"你放心，以后的生活是八仙过海各显神通，你有啥好本事尽管使出来。"福加呵呵笑着。

"说不定，不过三年，又恢复现在这老样子，那真是穷折腾我们这些老百姓了。"程翠萍忧心忡忡，现在的生活是苦点，但是她好歹也还是大队长夫人，怎么说也沾上一点官字。

金彩云也不相信能有这样的好事："田富贵太厉害了，竟然能未卜先知，别的人家才开始分，而我们已经分了一年。富贵的眼光与魄力没得说。很快要公开选举，像这样的干部才是老百姓的领头羊，你可要帮他多宣传宣传。"

"你啊，对我都没有这么关心过。"胡天民笑着走了。

生产队会议室，烟味呛人，几个男人围桌而坐。

"生产队土地一共多少亩？棉花田、水稻、旱谷地都要分开。"田福加抽了一口烟，皱着眉头，"这样对大家公平点。"

胡文生把手里的算盘拨得哗啦啦响："农渠南水稻地一共137亩，生产队西边和南边棉花地一共119亩，东边麦田地一共128亩……"他不停地报着计算出来的数字。

富贵拿着本子不停地记。田福加侧着耳朵一边听一边说："除了承包田，还要拿出自留地。若有人不同意要承包田，那么又要重新分工，这又要耗费多少人力财力。"

富贵点头，觉得有道理。生产队改组，这没有问题，田家湾还叫田家湾，盐河大队改为盐河村。可是，这土地分配确实是大事，土地质量有好有坏，沟渠怎么分配，鱼塘谁承包，费用多少，生产队房子如何处理等等都要考虑周全。毕竟人的素质是不同的，有的人不管分到好坏，一笑置之，可有的人非得闹得天翻地覆不行。

"这样吧，先召开村民会议，不要承包地的看有多少，除掉以后，再进行分配。必须强调，现在不要，以后一概没有。不要后悔。"

富贵的话，又引起一番争论，大家最后决定，先按照人口划分自留地，每口2分地。不要承包地的农户，签下合同，作为字据。为避免纷争，承包地按照人口计算，只要孩子一出生就给一口地。

"我们上次已经照这样做了，孩子一出生就分地。"胡文生笑着说。

第49章

/ 文生想南下 /

田福加说："你们上次只是为了麦收，分地难免有疏漏，这次分地，30年不动，不能给工作留下隐患。"

一轮明月孤独地悬在空中，碧蓝的天空，玉似的通透纯洁。几个人还在计算，胡文生头晕脑涨，一头倒在床上，不一会儿呼声满天。

五更天，他被富贵叫醒，几个人又搬到了田福加家里弄账。几个人忙了一周，才把土地情况、人口情况都弄了出来。

"来，大家辛苦几天，今晚敞开喝。"一直喝到月落星沉，才各自回家。胡文生到了门口才发现钥匙不知放哪儿去了，敲了好长时间，没人开门。他怕吵醒孩子，站在王芳窗前喊，也没人应。他真纳闷，这时门开了，一凡睡眼惺忪地把门打开。

他到王芳屋里去，门被习惯性地反锁。胡文生到偏屋里睡下。想想这么多年的婚姻生活，他内心一番酸涩。

胡文生是老大，下面还有两个妹妹和弟弟胡天民。父母在他十五岁时相继离世。他不得已离开校园，带着弟弟妹妹过着乞讨的生活。

胡文生23岁的时候，有人介绍了比他大六岁的王芳。王芳是寡妇，还带着一个三岁的孩子。

王芳的亡夫叫王学兵，在这个地方是名人，吹拉弹唱，无一不精，后来成立了一支乐队，专门给人家办红白喜事。

王学兵也是个可怜人。他父亲外出讨饭，几年没回，有人说是饿死了；有人说是因为饿急了，偷了别人家一只鸡被打死了；也有人说他在别的地方过得不错。王学兵五岁的时候，他母亲生了怪病去世。

王芳父母见王学兵可怜，就收留下来。时间一晃而过，这王学兵长得高大帅气，从小特别喜欢吹拉弹唱，摘一片树叶就能吹，拿过二胡就能拉。王芳父亲想，生活再苦，饿不死手艺人。于是找到一个办红白喜事的乐队，送他去学艺。三年后，王学兵吹拉弹唱样样精通。每到一处，排成队的姑娘追着他。

他为了感恩，执意娶王芳为妻，王芳没上过学，不识字，人不高却胖，尤其是两个硕大的乳房，让她看起来像哺乳期的妇女。郎有相，女无貌，这婚姻不合适。王芳父母不同意。

"爹，妈，你们是我王学兵的再生父母，没有你们，我早就饿死了。人若知恩不报，与畜生有何区别？更何况王芳勤劳善良，我喜欢她。"

就这样，王芳嫁给了王学兵。婚后不久，王芳就怀孕了。临盆那天，连续下了几天大雨，到处沟满河平。王学兵冒雨去找接生婆，不慎一脚踏进盐河塘。直到第二天尸体飘了上来，才被发现。

王芳的父母本来身体就不好，经过这一打击，不到两年，先后去世。王芳独自带着孩子生活。

一次带着儿子王一鸣去出工，下班才想起孩子。找了个遍，不见孩子的身影。她吓得三魂七魄飞走了一半，最后是邻村的一位好心人将小家伙儿送了回来。

那时候，有人劝她再嫁，胡文生的姑姑和王芳是邻居，见王芳可怜，便从中撮合，就这样王芳嫁给了小她六岁的胡文生。婚后，王芳用王学兵留下的积蓄，给胡文生家盖了五间新房。但是，她也有个苛刻的条件，孩子不能改姓，仍然叫王一鸣，还有她只能和胡文生生一对孩子。孩子生下以后，她就不再与他同床，如果违反，就请他们一家人立即搬出去。两人还立下了字据。

胡文生父母去世早，他是家中长子，两个弟弟两个妹妹都已长大，不能总住在茅草棚里。他本来想，一日夫妻百日恩，时间长了，王芳怎么也会看在夫妻情分上，不会去较真那份合同的。可是……这一遵守，就是十六年。性，不是联系夫妻感情的唯一，但是离开了这个，婚姻也就形同虚设。

酒烧得他像充满热气的气球，涨得难受，他走出院门，想去释放一下。不知不觉，他想到了文慧，心里越发地难受。

忽然，他一头撞在一棵大树上，疼得两眼冒金星。

"想什么呢？路不走，往树上撞？"胡文生抬头一看是文慧，心里一阵窃喜，他捂着额头说："不是在想你吗？想得太入神了，就撞树上去了。"

"你怎么不说人话？"文慧说着就要走。胡文生一把拉住她说："文慧，我求求你相信我，我说的每一句话都是真的，从没有假话。"

一股浓烈的酒味袭来，文慧想挣脱他的手，可越挣脱他越攥得紧，"文慧，我只想和你说说话，你能坐下来听听吗？"月光下，那张熟悉得不能再熟悉的脸，此刻无比真诚。

"好吧，但是，你必须离我一步远的距离。"文慧知道，酒后的男人更加可怕。

"文慧，生产队的事情一忙好，我就准备南下。"胡文生说出这句话时，他自己也吃惊。因为他有这个想法，却还不知道如何去实施。没想到，看到自己喜欢的女人时，心里话却脱口而出。

"你去南方干什么？"

"我有个同学在福建做生意，很红火，我想跟他学做生意。四十多岁的人，再不闯闯，就没有机会了。"文慧听他说完，有一种说不上的感觉涌上心头。这个男人，自她嫁到这里十几年，能帮的事情他都尽力帮助，她却从没有回报过，哪怕一句感谢的话。

"胡会计，这么多年，你帮了我很多很多，我连一句谢谢都没说过。其实，人非草木，孰能无情，你的心思我不是不懂。只是，我是富贵的妻子，请理解。"

"我理解。两情若是久长时，又岂在朝朝暮暮。让我静静地看看你，好吗？"柔柔的夜色照在这张令他魂牵梦绕的脸上，长长的睫毛还像当年一样长，一样密，一开一合，让他魂牵梦绕。无情的岁月在她原本光滑的眼角留下了细密的鱼尾纹，刘海一直是他喜欢的样子，像电影里的刘巧儿那样自然跑向左边，遮住了四四方方的额头。胡文生在她的额头上轻轻地吻了一下。

"不看了，都老了，我该回家了。"文慧站起来，兔子般地往家跑。

"怎么到现在才回来？"富贵还没睡，在等她。

分地的事情很是顺利，因为麦收以后，稻秧都是自己栽插，盐河南岸那块高地，富贵本打算留下来栽苹果，想到田福加的叮嘱，只好分给大家。

能分的该分的都已经分完，只剩下几间空荡荡的房屋了，胡文生吧嗒吧嗒地抽着烟，大团的浓雾缠绕着他那像泥塑一样的脸。这些房子是他做会计那年盖的，一直陪伴他到今天。这么多年，在这几间屋里他和社员们开会，处理队里大小事务，和社员们聊天……没想到，这些房子明天就要拆了，连墙头土都会被分完，他的心里觉得好像是自己的孩子将要被人带走一样，疼痛难舍。富贵喊了他几遍，他都没听见。

"天不早了，你也累了一天，回家吧！"富贵过来拉他，他心头一热，眼睛湿润，泪水蒙住了双眼。他怕富贵看到，抬起衣袖抹去。

第二天，拆房的时候，有好几个人迟迟没有来。富贵拿着喇叭，大声说："会计，不来扣分！"

"现在都分田到户，没有工分可扣。"文生靠近他的耳朵悄声说。富贵愣了会儿，若有所失。

"不来的人，今天分的东西都拿掉。"他生气，这么多年，他带着大家风里来雨里去，这些人太不给情面了。

"这堆墙头土，多少人家都不要，说拖回家没处放。"胡文生说。

"没人要，给我吧。"富贵说。

第50章

/ 意外当选 /

能拆的都拆了，东西该拿的都被拿走。看着眼前狼藉一片，两个人都不再说话，像打了败仗的将军失魂落魄地回了家。

一连几天，文生没事就跑到社场上。那棵歪脖子桑树上的喇叭早就不知被谁拿走，牛也被分走，只有几垛草堆，默默地蹲在那儿，文生心里有说不出的失落。

"我跟同学说好，过几天跟他到南边看看，找点事情做！"胡文生整理着一摞厚厚的计工本对王芳说，"这些我要收好，这可是十几年大家一起劳动的见证。"

"你是不想和我在一起吧？"王芳到他床边坐了下来。

"怎么可能？不要多想，现在家里这点地，平时你带着忙，我出去挣点钱，农忙时再回来。"

王芳不说话。

"等吴玲生产的时候，我就陪你在家带孙子。"他把账本一摞一摞放到橱柜里。

王芳低着头，不说话，后来肩膀一耸一耸地，竟然落下泪来。胡文生不知道她为什么落泪，心里一阵慌张。

"跟你说实话，吴玲的肺病很严重，怕没多长时间熬头了。"胡文生听了这话，非常吃惊，"你不是说她已经怀孕？"

"如果不这样说，一鸣怎么可能转业当官？"

"你们早就知道她的病情？"

"为了他不种地，吃上公家粮，对得起他那死去的爹，他自己执意如此。"王芳看了他一眼，"也是实在没有办法才这样的。"

"可也不能拿一辈子的幸福去换啊！"胡文生简直不敢相信。

"女人是洗脚水，这瓢倒了那瓢舀，只要一鸣能有出息，还怕找不到女人？"女人是洗脚水？胡文生还是第一次听女人这样形容女人。看着王芳，胡文生觉得从没有像现在这样难受。原来这一切早就预谋好了，只是他这个外人不知道而已。他深深地吸了一口气，觉得心里像是在四九天吃冰块一样凉。他不明白，名利就真的那么重要？

本来他拿不定主意走，是因为放不下这个家。"出去吧，走出去也许是更好的选择。"他觉得空气让他窒息，站起来，向曹德智家走去。

"你不做会计了？"曹德智猛吸一口，将烟掐灭。昨天开会，决定每组只留一个组长，他当时就推荐了胡文生。富贵爱冒险，一旦惹出事端，他们都得受牵连。胡文生安分守己，不会像富贵那样，爱出风头。

"我趁着年轻，想出去看看。明天投票的事情，我能不能不参加？"文生说。

"无记名投票，谁票多就选谁，这都老规矩了。"

文生想说句什么，却没有出声。这么多年的合作，他俩之间早就有了一份默契。

"你看着办，但愿能选举出一个能带领乡亲们致富的好组长。"两人又聊了会儿，文生告辞。

第二天上午八点，在大队部门口会场上，公开选举村组干部。用扫盲班课桌拼凑起来的主席台上，桌子用红布蒙着，上面放着几只玻璃杯。主席台前一个方凳上放着一只用红纸糊起来的纸箱，上面写着"投票箱"，主席台后面放着六把椅子。

台前的地上用石灰画好了线，并在正中写上一到十七的阿拉伯数字。这是给生产队社员所坐的位置。

原生产队队长在前面拿着喇叭，安排社员就座。九点，从大队部里走出五人依次在主席台就座。这五人按照从东到西的顺序，东边第一个是大队民兵营长胡天民、第二个是大队长田福加，接着是大队支书曹德旺，中间留了俩空座，空座旁边是大队会计陈德胜。

随着掌声响起，从后台上来俩人，一位偏胖，身穿中山装，满脸严肃。另一位穿着对襟大褂,像走江湖的绿林好汉。会议由陈德胜主持,通过他的介绍,文慧才知道中间两人是县里来监督这次选举过程的干部。

陈德胜先作了简单的介绍,又交代了会议议程。田福加讲了选举的重要性,提醒每人用好手里神圣的一票,最后宣布投票事项。曹德智宣布投票开始。

陈德胜拿着喇叭:"请大家务必选出你们心目中,能带领大家勤劳致富的村长、组长。"

社员们纷纷投票,富贵把自己神圣的一票投给了胡文生。

文慧正在琢磨昨天投票的事情,胡天民来通知富贵去大队有事。文慧忙问何事。胡天民说:"去了就知道了。"

文慧不敢怠慢,拖出自行车,直奔窑厂。

"会不会因为窑厂?"文慧担心地问。

"没事,不要多想了,今天乡里领导在大会上还号召大家八仙过海各显神通,用双手摘掉贫穷的帽子呢,我这也是响应号召。"富贵笑着说。

富贵到大队部的时候,大家都在等他。

"富贵,这次你以绝对的票数优势当选为田家湾村长。"曹德智握着他的手,"我们正式添了一员猛将。"

"您别开玩笑了,选票上没有我的名字。"曹德智递过一堆票,"他们都在自选栏里,填上了你的名字。"

富贵看着那一张张鲜红的选票,有的连他名字笔画都写少了。他鼻子一酸,心头一热,眼眶湿润了。

他到家的时候,文慧正坐在桌旁等他。他手也没洗,拿起一块玉米饼就朝嘴里塞。

"富贵,吓死我了,怎么到现在才回来?"

"他们拦着不让走,叫我写检查呢!"富贵说。文慧吓得跳了起来。

"我叫你小心点,你偏不,现在事情来了吧!"富贵看她那惊恐的样子,哈哈笑了起来。

"骗你的啊,我当选为村长了。"他喝了一口水,"我坚决不做,你想我夺我哥田福加的饭碗,有意思吗?别人骂也骂死了,所以我一口拒绝。"

"对,赞成。"文慧伸出两个大拇指。确实,如果做了村长,窑厂的事情,他就不可能放开手去干,这也是他拒绝的一个原因。

两个人正在谈论,田福加和胡文生走了进来,文慧连忙让座倒水。

"富贵,我们来是想和你唠唠嗑。"田福加磕磕烟袋,装上旱烟叶,点燃,抽了一口。

"我年纪一大把,思想陈旧,跟不上时代形势。村里的这些人,要有人带着走。

大伙儿都信任你，你不能让大家失望。"

这些话，今天在大队部他听了很多，但是窑厂现在风生水起，他也不能走。所以他说："文生你干，我想一门心思把窑厂搞起来。"

"富贵，我想出去看看外面的世界，否则这辈子有可能就待在这儿了。"

田福加吧嗒吧嗒地抽着烟："说得也对，我呢，你也知道，我的猪崽都抓了，争做我们村第一个万元户呢。"

"不要再推辞了，让那么多人失望。"两人走后，富贵再也睡不着。"人活着要有一个目标，否则浑浑噩噩，白白浪费生命。"哥哥的这句话，像是天上的启明星，倏然照亮了他努力的方向。

"我一定要好好干，让乡亲们住上宽敞明亮的大瓦房，甚至是楼房，像南方那样。"他心里想着，不知什么时候才睡着。

油菜花像蘸了黄油漆似的金黄，放眼望去，亮得刺眼。翠绿的叶子上不知是雨滴还是露珠在莹莹闪光。一串串、一束束、一簇簇的花儿，挺立着、盛开着、绽放着。远处绿得能揉出汁的麦苗已在默默孕育。富贵闭着眼睛深深吸了一口气。

文生早已跟着朋友去了南方，做起了生意。而自己的窑厂现在员工有近百人，一切就像这旺盛的田野朝气勃勃。

校园里，孩子们的读书声飞得很远，他仿佛看到婷婷和兰兰捧着书本，在开心地学习。月婵的工资已经兑现，只是算代课老师，没有编制。

福根现在是远近闻名的能工巧匠，那位记者把福根编织的"春江花月夜"和"月满西楼"刊登在报纸上，现在几十里外的人都来请福根编织。

"要不给福根成立一个编织工艺品厂，这样也能给我们地方增加效益。"这个想法，让富贵兴奋了好一会儿。

他当即向福根家走去，田艳告诉富贵，福根刚刚被一个三十多岁的人请去编孩子的吊篮小床。

"不是告诉你不要让他跟着别人出去吗？"富贵有些生气，现在认识福根的人越来越多，福根如果有啥不测，连凶手是谁都不知道。社场房子分了后，田中金就在家门口暂时搭了个棚子。富贵和田艳的对话，他早就听见了，问了一圈，没人知道福根去了哪里。田艳难免朝老爷子一顿抱怨："他是两条腿的牲畜，小时候你们每天都让我带，现在他大了，我怎么能看得住。你们怪我干吗？"田艳眼泪鼻涕地一顿委屈，田中金才不再说话。

一直到第二天下午，福根才回来，被富贵狠狠训了一通。

"贵哥，我不能像金丝鸟整天待在家里，如果有风雨，尽管来。"

"你有没有想过我们？"田中金问。

"我当然想过，否则我这么努力干吗？贵哥在这儿，别人家盖三间房，我一个人盖六间房，为的就是你们能有个宽敞的住处，一个幸福的晚年。"

当初福根做决定的时候，很多人惊讶，毕竟现在能建得起砖房的人真的不多，三间已经很不错了，他却一下子建了六间。

"这样，我们结婚后不用住在一个房子里，互相不方便。但是我紧靠在你身边，有啥一句话你喊我也能听得见。您就等着住大瓦房。"福根说，富贵看着他，满眼都是赞许。

第51章
/ 新房终落成 /

农历四月二十八，福根和家旺就开着手扶拖拉机，载着文慧、王芳、马秀莲几人上街购物。

由于泥土的价格提高，很多村民没事就去疏通沟渠，并将疏通上来的泥土卖给窑厂，由于过度疏通，致使原本的灌溉渠受到了很大损伤。富贵权衡利弊，决定采纳周立群的建议，继续在芦苇荡取土。为加快挖土进度，富贵新进了两台挖土机，仅半月时间，窑厂的泥土就已堆积如山。

富贵早上到窑厂安排了一下，就招呼家旺走了。家旺新买了一辆摩托车，几乎成了富贵的私人座驾。有了摩托车，富贵办事方便得多了。

车子很快，呜呜叫喊着向前。通往公社的那一条唯一的十字路早就坑坑洼洼，富贵紧紧抱着家旺，风声在耳边呼呼作响，正在心醉之时，家旺大声说："贵叔，坐好了。"摩托车飞过了一道深坎，富贵从车背上跌落下来。

"这就是我今天去乡政府要办的事情。"富贵说。

很快他们来到了乡政府，家旺不明白富贵来这里干吗。他出去转悠一圈回来的时候，看到富贵已经从里面走了出来。

"没办成？"家旺瞅着他的脸色，小心地问了一句。富贵叹了口气，说："乡领导听了倒是十分赞成，但乡政府拿不出钱来修路，如果要修，村民可以自己筹钱铺路。"

富贵回家把想法一说，文慧的表现比他想象的还要厉害："你疯了，田富贵！我们自己还没有脱贫，你现在想的啥歪主意？"

"要想富先修路,这条石子路,不下雨还好,下点雨,什么车都走不了。车子没法走,窑厂的砖就出不去。"

"大家温饱还没有解决,就忙着脱贫致富。"文慧说,"快睡吧,夜里还要搬家。"

富贵这才想起来,今夜集体搬家的事。两个人一觉醒来,都过了子时了。按照当地风俗,要举行搬家仪式,富贵忙着生火,文慧将孩子一一都叫了起来。两点钟,一家人正式出发,富贵走在前,推着独轮车,独轮车上放着一个炭火盆(寓意日子红红火火),车头放着一盆发酵面,后面放着一个笆斗,上面用红布蒙着,里面放满糕桃糖粽子等上梁时的东西。文慧提着两条大红鱼(寓意年年有余)紧跟其后,三丫和小宝各端着糕(寓意步步登高)和印着"双喜"的小马桶(寓意子孙兴旺发达)走在后面。

凌晨2点28分,富贵点燃鞭炮,火焰像闪光跳跃的流苏,映着他们幸福的笑容。

文慧把东西收拾好,赶紧生火泡米糕,一人一块。吃过后,孩子们奔向自己的新床,一会儿便进入了梦乡。

文慧和富贵又返回老屋,陆陆续续将一些必需的生活用品搬了过来,一直忙到天亮。

别的人家都已在前几天搬进了新屋。富贵家排在西头第三家,家旺和家乐兄弟俩排在最西边,胡文生和胡天民兄弟俩排在最东边,接着是胡一凡、胡一平、王一鸣家。紧靠富贵家的是田福根,整整十八户,一共三十家,一律红砖墙,黑瓦面,玻璃窗。

田梅生两口子最先来帮忙,等他们收拾好,鞭炮声就一家接一家地放了起来,随后,亲朋好友从四面八方赶来。

八点钟,戏班子就到了,大戏台搭在胡文生家门口,上面是一个彩棚,戏台上铺着红地毯,前面印着曲目宣传画,曲目大多数是文慧喜欢的。富贵饶有兴致地看了一圈。

田梅生正在铺红毯:"贵哥,现在没啥事,回去眯一会儿。忙的时候我去叫你。"

"看来没有我什么事。"富贵心里想,一阵困意袭来,忍不住打了个呵欠,"那我回去啦!"

没走几步,一辆黑色锃亮的轿车停在他的身边。"田富贵。"听到有人叫唤,富贵回头一看,是胡文生。

一个穿着碎花衣服的青年打开车门,胡文生从车里面走了下来,一身笔挺的银灰色西服,配着一根黄色带花领带,红光满面。

"这身行头不错啊。"富贵伸出拳头,在他左肩抢了一下。

"什么时候回来的?"

"刚到家，还没进门。"胡文生拳头也抡了过来，两个人紧紧抱在一起。

"你回来，我就放心回去睡觉了。今天忙着搬家，等会儿你的那些兄弟都过来，你负责接待。"

"没问题。"

富贵邀请胡文生去新家坐坐，胡文生爽快地答应了，哥俩搂着肩来到富贵家。首先映入眼帘的是正屋墙上一幅崭新的福寿图，屋里都是小孩子，有的坐在小板凳上，有的直接坐在水泥地上，都在目不转睛地看着一台黑白电视机。

电视就放在紫色的茶几上，一张八仙桌摆在中间，旁边摆着四张高背椅子，靠东山墙放着一台缝纫机。

"三转一响，置办齐啦？"胡文生看着富贵。

"屋里的这些东西都是文慧买的。"富贵很骄傲地说。

文生一阵心酸，他暗暗掐了一下自己的大腿，心想：胡文生啊胡文生，有的事情，坚持坚持，就过来了，就成功了。只要坚持的方向正确，收获是迟早的事情。你却没有坚持。

富贵要去倒水，胡文生不让。两人坐在那儿唠嗑，唠着唠着，就说到了修路上，两个人越谈越投机。

"好好干，过几年赚钱回来修水泥路，也为家乡的建设做做贡献。"富贵拍着胡文生的肩膀。

"必须的。"现在，胡文生的生意做得风生水起，"要不了两年，我会把连锁店开到我们的老家来。"胡文生现在在南方做食品生意，已经开了三家连锁店，生意越来越好，"富贵，我不仅要做美食，还要涉足旅游业，将我们这里建设成为旅游胜地，向全国人民展示六塘河畔独特的魅力。"

"不愧是读书人，头脑灵活，会赚钱，"富贵听了非常高兴，"现在大家都在憋着劲赚钱，我们也不能落后，不管将来怎么样，都要让这片生我养我的土地越来越肥沃，越来越美好。"

"痛快。这是我们共同追求的目标。"两人越说越投机，连文慧进来都不知道。

"你们的想法固然好，可是我们这儿很多人家都还没有脱贫，还有不少人家一到雨天，外面大下，里面小下，坐在屋里就能看见天。昨天老徐家女儿去相亲，找不到一条没有补丁的裤子，向我借，我把那条紫色灯芯绒的给了她。这日子过成这样，你们却想着去铺路。"文慧摇了摇头。

"只要能把大家的积极性调动起来，相信大家会很快脱贫致富的。"胡文生说。

"富贵也这么说，他……"文慧还没有说完，柳儿跑了进来说有人找，文慧放下杯子，跟着她走了。

锣鼓叮叮当当地响了起来，胡文生告辞回家，富贵起身相送，胡文生让富贵好好歇一会儿，中午好好喝几杯，说着走了出去。

马秀莲过来看到了他，大声喊："胡老板，文慧姐在家吗？"

"富贵在家呢，文慧好像刚出去。"

马秀莲哦了一声，转头就走，走了两步，又返了回来。

"胡老板，我要去帮忙做饭，请你帮我找一找文慧姐，让她统计一下吃饭的人数。"说着，她塞给胡文生一个本子和一支笔，走了。

胡文生拿着本子和笔，找了一圈也没找到文慧。胡天民过来说："哥，你去统计人数吧，文慧姐今天事情特别多，找她也找不着。"

胡文生拿着本子从最东头开始统计，还没有统计到一半人家，文慧坐着家旺的摩托车回来了。胡文生赶紧过来叫住了她。

"不用统计人口，我们今天采用流水席，大家想怎么吃就怎么吃。"

家旺说："婶，如果这样，肯定会有人来冒充亲友吃饭。"

"没事，流水席上的所有食材都是自家田里的，图的就是一个热闹。走，跟我去看看。"

胡文生随着文慧来到做饭的地方，几名大厨正在忙乎，地上放着很多篮子，辣椒、茄子、丝瓜、冬瓜、豆角、土豆等等应有尽有。一个木门搭起来的案板上放着炒好的辣椒炒鸡蛋、手抓番瓜饼、红烧茄子、鸡蛋丝瓜汤、青椒炒土豆丝、锅贴小鱼、冬瓜烧猪肉……

"菜好丰富哦。"胡文生看着啧啧赞叹，"简直是满汉全席。"

文慧指着说："你看，豆腐是每户交五斤黄豆给田中友做的，粉丝是柳儿娘拿来的，小鱼是家旺带着几个后生在河里捞的，为了这次流水席，福加大哥还杀了一头猪。"

"我们家拿东西没？"胡文生听了，心里有点紧张。

第 **52** 章

/ 只为这一天 /

"你不是还给了二百元钱吗？吴玲要看病吃药，你也不容易的。"

胡文生每个月都会向家里寄钱，他认为钱足够王芳和孩子用了。

"好你个王芳，也太不像话了。每个月寄给你那么多钱，全村人都拿东西来，你却一毛不拔，这让乡亲们怎么看我？"胡文生心里闷闷不乐。

"胡总，十点半，请你接待领导。"文慧坐在摩托车上大声喊，摩托车喷着青烟走了！

厨子有六个，都是亲朋好友自告奋勇找来的。他们在文慧家门口垒起炉灶，锅碗瓢盆都是他们自己带来的。文慧怕弄错，特地找来油漆，在碗底上一个一个做上记号，这个活儿是王一鸣和吴玲两口子做的。

厨房这一块由田梅生负责，随时添置所需物品。一切都在有条不紊地进行着。

十点半，村干部一行十多人前来祝贺，同来的还有邻村的几位干部，乡政府也破天荒派来了一名干部，田福加在前面带路，说着笑着走了过来。

唱戏的人都撤到下面，田福加陪着乡村领导走上了戏台，庆典仪式即将举行。田梅生拿来一挂很长的鞭炮点燃，在喜庆的气氛中，田福加拿起话筒，用他那特有的声音致开幕词。

"下面欢迎田家湾书记徐龙光为我们作指示。"

台下立即响起掌声，口哨声。徐龙光一手拿着发言稿，一手拿着话筒说道：

"尊敬的各位领导、各位来宾，乡亲们：

"大家好！金风送爽，瓜果飘香，在这丰收的金秋，我们田家湾迎来了一个喜庆的好日子，它开启了新农村生活的新篇章！

"我谨代表村委会向前来祝贺的领导致以崇高的敬意和美好的祝福！对所有来宾、父老乡亲们表示衷心的祝贺！

"实行联产承包责任制以来，农民兄弟们积极响应党的号召，埋头苦干。通过自己的勤奋与努力，聪明与才智，迅速摆脱了贫困，今天村民们终于住进了宽敞明亮的大瓦房。

"乡亲们，现在党的政策好了，允许一部分农民先富起来，你们尽管放手干。

"我们村十一组陈晓松家，十个劳动力，承包了二十一亩土地，一半种了棉花，一半栽种水稻，还承包了一个养鱼塘，养了五百只鸭子，一年下来，净挣一万多，是名副其实的万元户啊。现在，他家买了自行车、缝纫机、手表、北极星牌座钟，还盖了六间大瓦房，现在有很多姑娘朝门缝里挤，想去给他家做儿媳妇……

"乡亲们，在你们自己的汗水浇灌下，在你们辛勤的拼搏下，一定会更加富裕，生活更加幸福美满。"

富贵用笔快速地记着，书记的每一句话，就像给他打了鸡血，他觉得浑身血液沸腾。他觉得犹如在黑暗中见到了光明，大有拨开云雾见晴天之感，他浑身的每一个细胞,都充满着兴奋。

"下面欢迎这次工程负责人田富贵讲话。"

沉浸在自己世界里的田富贵,猛然听到自己名字,才醒悟过来。他赶紧拿着早已准备好的讲话稿走到台前。

"……我梦想有一天,大家也能走在光滑如镜的柏油马路上,也能像城里人一样,用上明亮的电灯,家家安装上电话。将来我们还要盖楼房,让大家住得更舒适。……尽管这是对未来的一个设想,但是人类的进步都是在设想中前进的。爱迪生经历了无数次失败,他发明了电灯。难道我们就不能用勤劳双手将光明点亮?

"只要大家心里有目标,有苦干加实干的决心。作为农民,我们就能过上衣食无忧的生活;只要跟着党的政策走,我们的道路一定会越走越宽……

"今天,我们住上砖瓦房,用不了几年,我相信大家也能住上楼房,用上电灯电话。苦难我们经历过太多,现在终于迎来了光明,我们拥有了属于自己的舞台,希望每个人在这个大舞台上,都能活出人生的精彩来。"

田富贵发自肺腑的演讲,说出了大家心里的企盼,他站在台上,讲到动情处,观众响起了阵阵掌声。

接下来乡领导作了总结发言,最后田福加宣布庆典活动结束。

"下面请各位领导看戏,尽情欢乐吧。"

他的话音刚落,戏台上立刻响起了欢庆的锣鼓声,演员们早已准备就绪。

庆典活动热热闹闹地办了三天,每天像集市一样,人头攒动,人来人往。

"富贵,这样会不会影响太大?"文慧捶着酸疼的腰。

"影响越大越好,让所有的农村人都知道,我们的生活,正在像城里人一样,能吃好住好,过上好日子了。"

有人进来,是福根。富贵想起来,这几天事情多,几天没见着福根了。

福根把他带到新家,"你这小子,太厉害了。"洁白的墙面上,挂着很多人物编织品,每一张都是福根和他的家人,从娃娃到现在,简直就是一部成长史,富贵啧啧赞叹。

第一幅编织品很是有趣,男人背着鱼篓,鱼篓里是一个哭泣的婴儿,富贵看着他,没有说话。

"贵哥,今晚请你来,有事拜托。这么多年,你一直是我非常敬仰的人,成了我成长的坐标。谢谢你对我的鼓励,我知道我是捡来的,第一次是在我懵懂的时候,村民们总会拿我取笑,说我长得越来越像爹;第二次是在我三岁的时候,胖墩骂我是捡来的,我把他打得鼻子流血;第三次是12岁那年,金彩云嘲笑父亲,有个儿子还是捡来的,断种绝后。我把她家的猪圈烧了。这是我第一次做坏事。于是,'我是捡来的'这个念头,就像吃了生长素,伴着成长的骨痛,常常把我从梦中疼醒。后来,我变得爱好打架斗殴,偷东西,看着爹那无奈的脸,心里感到快乐,直到听到强哥和周睿的谈话。"

"他俩的谈话?"

"是的,周睿去他家的那个晚上,我听得清清楚楚,当时我瞬间崩溃,真的明白自己就是捡来的,也真正懂得了家人对我的疼爱。月婵一直开导我,她说得对,越是别人瞧不起,越要活出被人高攀不起的样子。即使我是爹捡来的,但是我享受到了父母爱、姐弟情,人间一切美好,你们都给了我,因此,我也要给爹争光,为自己争气,让别人看看捡来的儿子照样能让父亲过上幸福的生活,照样能有一个幸福的晚年。于是,我学习文化、学习编织、跟着你们努力成长。"

"福根,生活不可能像你想象的那么好,但是也不会像你想象的那么糟,我觉得人的脆弱和坚强,都超乎自己的想象。有时我可能脆弱得因为一句话就泪流满面。可有时我也发现自己可以咬着牙走很长很长的路。每个人都是无法复制的个体,不要因为别人的看法而改变自己,不然到最后,你改变不了别人,也改变不了自己。这么多年你的成长,我都看在眼里,能在正确的时候做正确的自己,这才是最好的你。做人不妥协,不迎合,无须委曲求全,但是必须得活得明白,活得有意义。"

"是的,我已经长大成人,房子也已全部建好,唯一不放心的就是年迈的父母,拜托贵哥多照顾,我想出去闯闯,见见世面。"

"你意思是不告诉他们,悄悄地走?"

"是的,农历八月是马家带月婵走的日子,尽管我们把该还的钱已经还了,但如果那个马县长翻脸,到时候,难免又是一场争斗,所以我和月婵准备去南方。现在新房落成,我走也能坦然。贵哥,你告诉爹,我是他捡来的,但我一定也要给爹争光,让这里的人都因为捡来的这个我而骄傲,告诉爹和姐姐,我保证事业成功之时,就和月婵荣归故里。"

富贵真的没想到,福根这几年的努力,竟然是为了放心地离开。他说:"你等我一会儿。"一会儿,富贵匆匆而返,从兜里拿出一个包袱,"这是你的身世凭证,你爹那年生病,怕活不过来,托我保管,让我在合适的时候给你。你现在有如此心胸,我也很放心。希望你能弄清楚自己的身世,说不定你的父母也经历了什么磨难。"他没有说下去。

福根接过包袱,层层解开,里面是一把金锁和那几句匆匆留言。

纸张已经泛黄,他小心翼翼地收好。

"月婵他们在等我,我现在必须得走,家里拜托哥哥啦!"

"福根，你是一只正在腾飞的大雁，我不想阻止你去奋斗，如果实在没有办法，可以去找你文生哥。"富贵把文生的联系方式和详细地址给了他。富贵要送送，福根不允许，怕被家人看到伤心。

家旺骑着摩托车过来，福根坐上车子，飞驰而去。铁蛋、柳儿、胖墩、家旺、家乐都来了，大家走走停停，停停走走，找了个小旅馆，几个年轻人一夜畅谈。第二天早上六点半，福根和月婵坐上了开往上海的公交车。

新房子真舒服，福根还在床上铺了一床新被子，65岁的田中金第一次睡到自然醒。阳光从窗户里照进来，俏皮地摸着他的老花眼。

他起来时，田艳已经把早饭做好了。

他轻轻走到福根的房间，床上空无一人。他回来又睡了一会儿。等田艳喊吃饭，又去找福根，还是没找着。早饭后，他一家一户地看，都不见福根。一直到中午，还不见儿子，他慌了，连忙差全家人找，可一点消息也没有。

今天窑厂的事情特别多，一大早就来了很多要砖头的人。沈强说，订单已经排到下下个月。因此找富贵求情照顾的人很多。下班回来，忽然想起福根的事情，富贵急匆匆往回赶。

"富贵，福根不见了。"田中金正在着急流泪。富贵把和福根的一席话细细讲给他听。

"他是有责任、懂感恩、有抱负的人，我们就不拖他后腿，好不？"富贵说。

田中金默默坐了一会儿，起身回去。一阵咳嗽，他的背更弯了，看着他慢慢地离开，富贵也擦了把汗。

第一次接到福根的信是快要过年的时候，他给家里寄来八百元钱。田中金拿着汇款单给富贵看，上面的地址是在上海。

不到一小时，福根寄钱的消息家家皆知。

第 53 章

/ 云秀的哭诉 /

正月初六，柳儿的三姐跟邻村的一个青年私奔了，柳儿娘气得病了一场。那青年比柳儿姐大十几岁，人长得像武大郎，大家都说是一朵鲜花插牛粪上去了。可那小子是城镇户口，吃供应粮。

"真是伤风败俗，这辈子就别想回娘家半步。"柳儿大姐夫外号闷罐车，很少说话，蹲在那儿，见岳母生气，半天闷出一句话后便一头躲进屋里，再也没见出来。

"这杀千刀的，那小犫子她也看得上？像福根这样的好青年，我绝不会反对。"她骂着骂着，见到柳儿，"我说你和福根从小一起长大，你怎么就不能和他好上？那么好一个青年，白白便宜了别人。"

"妈，你这是说什么话？我姐追求自己的幸福，你骂。我老老实实在家，你也骂。我和月婵说好了，过年后，我也跟着她一起去。"

"你就不能去你贵叔那儿问问，有没有福根那小子地址，直接去找他，八百块，你知道吗？这要买多少东西？三间屋差不多了。"

柳儿大姐头伸出窗外，"妈，一大早的，就像乌鸦在这儿聒噪，还让不让人过了？"柳儿娘指着窗户说了句："你这没良心的，就知道在家吃你妈喝你妈的！"

柳儿不说话，退回自己的房间。躺在床上，想到小时候和福根躺在家后那棵大柳树下的情景。

柳儿说："福根，除了你，我觉得那些男生都不是好人，整天像苍蝇一样盯着我，总想着占我便宜。"

福根说："那是因为你有闭月羞花之貌。柳儿从小就好看，现在更是楚楚动人，走到哪儿都招人喜欢。"

柳儿说："可是你怎么不看我？"柳儿认真地看着他，"你说我好看，你怎么从来没有正眼看过我一眼？"

"我天天看啊，你看你看，我现在还看你呢。"他装作瞪大眼睛，朝她脸上瞅。

"算了，我妈说我是癞蛤蟆想吃天鹅肉。"

"谁是癞蛤蟆？谁是天鹅？这话好玩。"福根其实能够明白柳儿说的是什么意思。

"我妈说你是大上海的，迟早要像天鹅一样飞走。"柳儿说。

"我和你说过，我不是上海人，我哪儿也不去，我就是田中金的儿子。"

柳儿见他吼起来，竟然也叫喊起来："你不去上海，那么我就要跟你结婚生小孩。你记得不，我的身子从小就被你看过。我这辈子还能嫁给谁？"一向柔弱的柳儿此刻像狂风吹过，发出狮子般的怒吼。

"静一静，静一静，这世上唯小人与女子难养也！"福根深吸一口气，努力让自己的心情平静下来，"柳儿，那都是小时候的事，那时候你光着身子整天跑来跑去，怕过谁？"

"我不管，我就要嫁给你。"柳儿说着说着哭了。他把《鬼谷子》《孙子兵法》

《论语》《红楼梦》统统想了一遍，终于想到了一个方法，那就是缓兵之计。

"柳儿，这样啊，你如果再哭我就不说了，"柳儿果然停止了哭泣，"你也知道，我来自大城市，还是有钱人家的小少爷，那你就必须好好学习，做贤良淑德的大少奶奶才行。因此，现在你必须认真学习，等你考上大学我保证娶你为妻。"

"沈强，快过来！"正在忙开票的沈强，听到有人喊，抬头一看是富贵，他把票开好，富贵将他带到宿舍。

"沈强，云秀回来了。"

"怎么可能？"

"是的，她真的回来了，她现在和文慧在一起呢，快点回去。"

沈强骑上自行车就走，云秀这次回来是为了什么？离婚还是过日子？他没有注意脚下一个泥土堆，人从自行车上飞了出去，跌倒在旁边的麦田里。

整整五年，一千多个日子，他从来没有忘记过她一刻。他尽量平息那怦怦直跳的心脏，看了看身上的工作服，长叹一口气，终于敲响了那扇崭新的大铁门。

"来了，来了！"接着院子里有女人走动的声音，沈强深吸一口气。

门开了，一切都瞬间静止。两双眼睛就这么呆呆地望着，望着，任泪水在脸上肆意地流淌。

"云秀！"那弱小的身子，颤抖着，腋下的拐杖倒了，人扑了过来。

"沈强，沈强！"两人紧紧抱住。文慧跟着流泪。

"云秀，你的腿？"

云秀哭着说："那天，只要你追上来，哪怕说一句'不要走'，我也不会走的。可那时候，我真的伤心透了，不辨方向，在大雪里没头没脑地乱跑。没有吃的，我就吃雪。没有水喝，我也吃雪。就这样，走了三天三夜，来到了一个小镇上。雪后的天冷得出奇，路上一个行人也没有，我在冰面似的路上跌跌撞撞。忽然，一根翘起的树根，把我绊得重重跌倒，一阵钻心的疼痛，我昏迷了过去。醒来时，我已经在医院，因为没有被及时发现，延误了最佳治疗时机，腿摔断了，后来就成了这样。如果不是老唐，我早就和阎王爷聊天了。"沈强这才看到屋里还有一个四十多岁的汉子。

"唐大哥，谢谢你这么多年对云秀的照顾！"

"谢啥啊，都是因为缘分。如果我那天不去砍柴，也不可能在那偏僻的地方发现她。"

"如果那天下午你不去，一夜过来，我估计就被狼吃了。"云秀说。

"那天夜里，我和田福根看到的不是你吗？"富贵说。

云秀哭得昏天黑地。只等她哭完了，她才说："因为我不想连累他，就出去找活儿干，结果被人贩子绑走，贩卖到山里。"

"从老唐家出来，那天正好逢集，很多人。我正在找事做，过来俩人，说我腿不方便，找点轻松活儿给我干，我一听千恩万谢，就跟着他们走。吃过晚饭，我就睡着了。等我醒来的时候，我的手脚都被绑了起来，一个五十多岁的秃子站在面前。这个秃子简直不是人，他怕我逃跑，从来不给我穿衣服，整天睡在床上。我打过，逃跑过，可是一次次都被抓了回来。每次回来，他就变本加厉地折磨我。我连死都死不成，就在我绝望的时候，老唐去那里干活儿……"云秀说不下去了。

"秃子让我去他家给云秀打一副木枷，云秀当时已经被糟蹋得看不出人形，我根本没认出来。云秀却认出了我，示意我将秃子灌醉，帮助她逃了出来。"老唐说，"都折磨得不成人样了，太可怜了。"

"你们说，我哪还有脸见人？于是我离开老唐，可我想孩子，想得要命，我逃回家，睡在别人家草垛里，猪圈里，实在没地方睡，就睡在死人棺材里，穿给死人穿的衣服，吃给死人的贡品。白天我不敢见人，听说沈强晚上住在窑厂，我就去了，见到了你们两人。可是看到自己这个样子，怕沈强嫌弃，我又藏了起来。我知道你们一定会让我看看孩子的，除夕那天晚上，看到了我可爱的三个孩子之后，我才死心地离去。听着新年的鞭炮声，我没头没脑地瞎跑。"

"云秀妹子，你命大。正月初二，我到老表家出礼，见到她正在乞讨，这次我就没让她跑，把她带回了家。这么多年，谢谢你把我的家照顾得这么好，每次回来都很舒适温暖。"

屋里的人早就哭成了泪人，沈强握着老唐的手说："真是大好人，谢谢你！"

富贵问："唐大哥家里人呢？"

"他早些年娶了老婆，后来生孩子难产去了，他就一个人过。他当过兵，打过鬼子，是一个真正的男子汉。这么多年，知道我念着家，一直对我照顾有加，礼貌周到。我住在那儿，也尽量不给他添麻烦，平时，去捡点儿破烂，老唐每次回来也会给点零用钱，我就攒起来，给他买衣服鞋袜。因为离家太远，我无法回来。他上次来给大哥田中友家做木工活儿，知道这里的生活已经发生了大变化，于是他说服我，将我送了回来。"

云秀的诉说，听得人们心惊胆战，好在平安归来。富贵让文慧买些酒菜，欢迎云秀回家。"富贵，那天晚上，我听得清清楚楚，是你和福根在说话。到现在怎么没有见到福根呢？"云秀问，如果不是福根想的好方法，她很可能走不出那一步。

"云秀，福根去了上海。他现在在那里生活得很好。"富贵说。

第 **54** 章

/ 初到大上海 /

福根在这条路上已经走了很久,耳边不时传来浓重的他听不懂的上海方言。望平街是沪上有名的报馆街,半里路不到的小马路,有三四十家报馆,随着时代的发展,复刊的越来越多,早就延伸到邻近的爱多亚路,很多招工信息都是从那儿流露出来的。

他和月婵到了同学这里,同学给他介绍了一份码头工作。薪水不错,但是后来的人难免会吃亏。码头的活儿不是固定的,多数是运砂石水泥,钱都是当天结算,但福根能吃苦,每天结算下来,工钱都比别人多。

"田福根,你这小子不错嘛,每天都比我们挣得多。"梳着七分头,穿着花小褂的青年点着烟吸了一口,将烟喷在他的脸上,手指夹着烟递了过来。

"谢谢,我不抽烟!"福根忍着,那青年将烟忽然朝他脸上戳来。福根早就浪里翻身,一招顺手牵羊,将烟夺了过去,看着他,慢慢将烟掐为两截,扔掉,转身向前走。听闻耳边风声已到,他头一低,身子下蹲,两手来个海底捞月,后面那人从他头顶扑通一声被摔在地上。

"我去,这小子还有两下子嘛,兄弟们上!"七八个彪形大汉围着福根,有两人手里拿着七截软鞭,像蛇一样舞动。

福根看着眼前这帮人,那个光头身上文着一条张牙舞爪的龙,穿着红色对襟唐装的那个人应该就是这几人的老大。他该怎么办?那个三七开的小分头说话了:"你知不知道上海滩的规矩?你小子来几天了竟然还不知道拜码头?不给你点颜色,估计你小子姓什么都不知道。自己拿出来。"

福根明白,他们是要钱,今天的工钱都在口袋里。他想到看过的兵书,头脑快速地转动,如何利用这个机会,让自己变得强大起来。打,好汉难敌四手,况且看这些人的太阳穴,应该都是有点身手的人。不能硬来。他暗暗气吸丹田,运气十指,从口袋里掏出今天的工钱:"我是乡下人,没有见过世面,只知道凭力气干活儿,却不知道还要拜什么码头。"说着,将手里的钱举起来,手指慢慢碾动,钞票变成了碎末。他手指张开,嘴巴一吹,手里的碎片纷纷向空中飘去。

"不要嘚瑟,小爷我陪你过两招。"一个家伙解下腰带,大喊一声,跳到福根面前。

福根说:"你这腰带可是一把稀世宝剑,叫鱼龙软鞭。尽管很薄,却很锋利,杀人快、狠、准，杀伤力极强。"

"哦，看不出你这小子还见多识广，连我祖传的宝贝你都认识。"

"我这么多年，啥也没学会，打架斗殴、偷吃讹拿的事情没少干。这样，如果你赢了我，我听你们处置，但如果我赢了你，你这鞭子就给我，如何？"

"你小子尽想美事。"一道白光闪过，福根跃起。那人正在寻找，跳到树干上的福根忽然下来，空手夺鞭，接着白光一闪，那人的一片头发慢慢掉了下来，遮住了脸。

福根平时练习过这招，自己将它起名为"鬼剃头"。他双臂张开，活动一下，将两条长腿又活动几下，向前走。

走出去有二十米远，他确信后面无人，才一路飞奔到家，一头倒在床上，半天爬不起来。

那两个招式是他平时用来吓人的，也是他最拿手的动作，如果真的打起来，他知道输的肯定是他。那次在县城，他就是不服输，被几个汉子打断了肋骨。后来，尽管也苦练了一阵功夫，终究是自己跟着书本瞎练，吓唬吓唬人还可以，但真的遇到行家，自己铁定吃亏。

思来想去，福根把今天的遭遇和月婵说了一遍。

月婵听了，吓得花容失色，将他检查了一遍，确保他没有受伤才说："强龙不压地头蛇，你再有本事，他们那么多人，你还是会吃亏。听说那码头混乱得很，你再去上班我也不放心。好在这条街上靠近报社，招工信息这里是最多的，我们不妨再找找。"

福根说："码头工也不能算是职业，我尽量找一份工作做。"

"你不用着急，我这儿还拿着点工资，够我们日常开支。"

"靠女人养活，可不是我田福根的做法。你认真上班，我明天去找工作。"月婵应聘了一家小报社，在报馆做编辑。

第二天，福根到百乐门门口，那里是人流量多的地方，转了一个上午都没有找到合适的工作。一连几天，他都没有找到。

福根认为是因为他说话别人听不懂，干脆买了一支笔，找来一张硬纸片上面写着："求招工，什么活儿都可以！"

他不知走了多少条街道，不知问了多少个工厂，却像一只皮球，在陌生的地方被人踢得滚来滚去。

南方的这座城市，放眼望去，一幢幢楼房，像梳齿一样密集。那一个个整齐有序的飞檐指向明净的天空，像一只只展翅欲飞的鸟。铺着清灰砖和石头的街道上，干净整洁。一座即将腾飞的城市，呈现在这块曾经贫瘠的土地上。

他一边漫无目的地走，一边胡思乱想，想着家里的姐姐，辛苦大半辈子的爹，铁蛋、胖墩、成林，他们都在干吗？会想他吗？马家有没有对王佑仁他们怎么样？

现在最重要的就是要让别人听懂自己的话。可是到哪儿去学？他想到了汽车站。他走了差不多三个小时，看见了"上海客运站"几个大字在夜幕中闪闪发光。他走进去，宽敞的候客厅里，候车的人很多，广播里不时有通知上车的声音。

他拿着笔一句一句记，跟着一句一句学。他字都认识，只不过在学校老师没有教过普通话而已，本来就有神童天赋的他，学起来也挺快。

五天时间工作没找到，福根的语言交流能力却大有长进。月婵很是惊讶，煮了一碗牛肉鸡蛋面奖励他。

"福根，快，远东地产公司在招建筑工人。"月婵拿着报纸气喘吁吁地跑回来。

福根拿着报纸找了过去，报名的人很多，他排在队伍后面，心里生怕听到人说："这个已经不招了。"等到两条腿发软才轮到他，负责人是一名中年汉子，看了他一眼，递过一张纸，指着上面说："木工、架子工、钢筋工、砌筑工、混凝土工、抹灰工、模板工、管道工、水电工，你会哪种？"

"都不会，但是我可以学，而且学起来很快的那种。"福根生怕机会跑了，一口气说了出来。

负责人看着他："看你这身子，力气活儿应该没问题。小工你做不做？"

"做，做！"田福根后悔在家没有跟田梅生他们学建筑。

"这个活儿很苦，你行不行？"负责人拿着钢笔的手停顿下来，看着他问。

"浑身力气正无处施展，这里应该就是我的用武之地。"福根说着，拿起一块砖头，暗中运气，一掌将砖头断为两截。

"好，说好了，那就这么定了。名字……"负责人拿着笔在表格上准备写。

"田福根！"福根大声说。

负责人看着他，觉得这小伙子很憨厚可爱，哈哈一笑，喊来一人，将福根带到工地。

工地上钢筋林立，福根的活儿就是跟在瓦工后面做小工，搅拌泥灰，将泥灰用小皮桶装满，提给瓦匠就行。

这点事对福根来说，简直小菜一碟。两天一过，他就适应了这种活儿。第三天，组长说："福根，如果你一人能供四个大工，我给你双倍工资，前提是活儿你必须得赶上。"

福根一听，开心，现在一天五块钱，双倍就是十元钱，一个月就是三百元，他满口应允。

月婵说："你不要把自己累坏了，一个小工顶四个大工，那要干多少的活儿？"

福根说:"没事,这里吃点苦,但是人干着轻松,工人也多是外地的,大家在一起不存在谁欺负谁的问题。况且我还能跟着他们学砌墙,扎钢筋,做水电啥的,这可都是技术活儿,将来到别的工地也可以做,比在码头强多了。"月婵听他这样说,也就放下心来。

"你把地址告诉我,如果哪天有空,我也能去看看你说的是真是假。"月婵说。

福根当然高兴:"那有人问我你是谁?我就说你是我的未婚妻,好不?"

月婵看他一脸陶醉,将手里的资料夹子扔过去,福根伸手接过:"我们还没有同床共枕,你就要来谋害亲夫了啊。"气得月婵追着他打。月婵下班做了一碗牛肉面送给福根,守门人不让进,她站在门口,见福根双手提着小桶,像练功似的,左右开弓,小桶准确无误地飞到瓦匠手边,那情形就像老家的人耍杂技。

"福根,福根!"她大声喊,福根听到,跑了过来。

"这个地方很危险,以后不要再来了。"月婵看着他忽然笑了,福根莫名其妙,再看看自己身上的工作服和他自己,简直就是泥人一个,他自己也笑了。

第55章

/ 月婵又失业 /

两个月后,福根已经从小工做到大工,他不仅会砌墙,还会看图纸。一有空他就去加班,一个月下来,竟然比码头工的薪水多一倍。

福根吹着轻快的口哨,骑着才买的自行车,在这条熟悉的小路上轻快地窜来窜去。

工资刚发下来,他到上海服装之都给月婵买了两套新衣服。远处的枫叶像喝醉了酒,红得像新娘子。他现在对这个走在改革开放前沿的城市越来越喜欢,工作也越来越顺手。

还没进门,他就高兴地喊:"月婵,我回来啦!"

月婵坐在床上发愣,没有说话。福根看到书桌上凌乱不堪地堆放着书本、报刊,明白过来,"月婵,这是想另起锅灶?"

"不是,今天领导找到我,委婉地说了一些话,我明白,他想辞退我,可是什么原因,他却含糊其词。"

"你同学问了没有？"

"那当然，同学的父亲在上海警司工作，他打电话问过，说是什么老大点名叫开除我，如果不开除，就让报社关门。"月婵说，"报社领导说了，在这大上海，万事不易，请我理解。"

"你不去好啊，大喜事一桩。"福根把衣服拿过来，让她试试。

"我被辞退了，你还高兴？"

"那当然，终于有保姆做饭给我吃了。"月婵被他说得笑了起来："田福根，我失业了，失业了，明白吗？"

"非常明白，所以更要祝贺。这简直是天助我也！"福根夸张地叫道，"终于肯有人待在家里，做饭烧菜了。"

月婵拿过本子，整理好的信息有十几页："福根，快来看看，今天收获很多，我记满了几页信息。"

他把本子拿走："我说过不要找了，就这样最好。我又不是没人疼没人爱的，对不？"

"你呀，快去洗洗澡，我去打电话。"这家小客栈有这点好处，门外面尽管看着有些败落，里面却很干净，还有一部电话。房东是地道的上海人，六十多岁的老太太，小客栈开了十几年，来这儿的多是来自四面八方打工的人，偶尔也能见到一些说着英文的老外。

月婵把整理好的电话号码一条一条打过去确认，却没有一点收获。她回到旅馆，拿出那张已经发黄的纸张，字迹已经变得模糊，但是，那歪歪扭扭的笔迹不难看出这个人并没有受过系统的教育。

上海这么大，随着这几年的改革，很多地方都发生了翻天覆地的变化，到哪儿才能找到福根的亲生父母？福根并不是想要他们什么，他只是想当面亲自问问，当初为什么将他抛弃在没有人烟的盐河畔，如果不是爹，他会怎么样？

电话打过后，回到屋里，福根已经把饭菜做好。

"晚饭后，我们去黄浦江好不好？那里人多。"月婵说。

"我不去，你也不要找了，就这样糊里糊涂地过，人生难得糊涂，对不？现在有了你，我已经拥有了全世界，那些不重要了。"说着，他低下头，在月婵的嘴唇上吻了一下，月婵的心突突直跳。

"福根，是你说的，一定要给我一个大大的房间，给我一个震惊整个乡村的婚礼，让我成为最幸福的新娘，所以，你现在不可以对我这样。"

"我正在努力，但是有点东西可以提前支取，比如，"说着，他又在月婵脸上亲了一口，"快吃饭，吃完陪你去黄浦江那儿，去看看夜晚的大上海，又是一番韵味。

哦，还有，我发现这里的外国人越来越多，你要教我说外语。"

"Yes，yes！"月婵说着，赶紧把饭菜端上桌来。

吃过晚饭，两人走在黄浦江畔，这里晚上行人较多，有扛着牌子喊卖糖葫芦的，有卖手表的，有卖气球的……叫喊声此起彼伏，很是热闹。福根骑着自行车载着月婵，一边骑一边喊："有人家丢了个叫吴优的孩子吗？孩子的生日是农历三月初二，大名吴优，小名旺旺，是上海富贵人家的小少爷。找工作了，找工作了，有人家找工人吗？"

有几位穿着考究的夫人很有兴趣地围过来，月婵把找人和找工的事又说了一遍。有一个女人粗大响亮的嗓门喊起来："姑娘，听说有人家要找家庭教师，你有兴趣吗？"

"在哪儿？"月婵赶紧拿出本子记了下来。今晚有收获，她很是兴奋。

福根更兴奋："月婵，我发现一个赚钱的好机会，以后我编织一些工艺品，让你去卖，准能赚大钱。"

月婵说："做老师是我更擅长的事，不过呢，你要有空编织的话，我就陪你去，快睡觉，明天早上去应聘。"

第二天一大早，福根到楼下给月婵买了早点就去上班了，月婵拿着地址找了过去。这是一条很深的弄堂。路上的小餐馆、面包房、咖啡馆，朴素而别致，拐弯处有一所学校，墙面四分之一以下被粉刷成绿色，以上部分被粉刷成白色。门口有一个小卖部，铃声一响，孩子们从里面蜂拥而出，继而散开，那些洋溢着青春的脸庞，在阳光下闪光。月婵看着这一切，仿佛自己又回到了从前。在一个有高大的法桐树的门前，有一位身材壮硕的妇人正在用铁皮桶改成的炉子生火。她拿着芭蕉扇，快慢有序地扇着，浓烟冒出来，熏了她的眼睛，她用满是烟灰的手一抹，脸上立刻留下了几道黑黑的炭火印。

月婵上前，躬身问道："大婶，请问您知道徐先生家吗？"那妇人抬起头，看了她一眼，向前指了指："拐过弯，第三家就是。"

月婵连忙道谢，向前走，阳光透过廊檐树梢，洒下点点星光。她觉得有了希望，心里越发快乐起来，脚步也轻盈起来。很快，一扇斑驳的黑色木门出现在她的面前。她上去敲门，没人，又敲，只听里面说："来了来了。"有人应着往门这边来。

开门的是一位三十多岁、正在洗头发的妇女："你就是今早打电话的王小姐？"

她两手捧着头发说："快到屋里坐。我把头发搞一下就来！"

月婵跟着往里屋走，前面是穿堂，后面是一栋两层小楼，清灰砖砌墙，阳台用青砖砌成镂空的栏杆。有一位老人在阳台上，戴着老花镜，坐在藤椅上看报，椅背断了一根藤条，有一根长长地挂了下来。看见人进来，他抬头看了一眼，屁股挪了一下,那藤椅便发出吱呀吱呀的声响。月婵知道,这些大城市里的人看乡下人目光从不正视,很多人直接叫他们"苏北佬""乡下人"。她很有礼貌地向老人笑笑算是招呼。

院子里有一个四十平左右的小花池,花池里有二月兰报春来,仙客来已经开放,花池边、楼台上都摆满了各种各样的盆花。

"这里是厨房,你看看,你呢主要事情就是做饭、打扫卫生。"

"有多少人?"

"一共七口人,刚才藤椅上那是孩子的爷爷,他呢退休过后,在家逗逗蛐蛐,看看书。我的父母离这儿不远,他们呢,偶尔来。平均每个星期来一回。我和我的先生都忙着上班,我呢在医院上班,是一名外科医生,我们还有三个孩子。早晚你要接送我那个最小的儿子徐晓宇,孩子今年十岁,比较顽皮,现在读三年级。大女儿徐筱雅今年十五岁,读初三。事情有点多,如果试用期满意,工钱在原来的基础上多加五十。"

月婵一听,这样算起来,一个月可以拿到三百多元,比福根还要多,当然满口答应。

"好的,一个星期以后来上班。"月婵高兴地回来。

月婵去做家佣,这不是福根愿意看到的,可究竟是谁威胁报社辞退她,福根嘴上没说,却暗中买了几包好烟给组长,请他托人打听看看。福根干活儿快,质量好,组长也喜欢这个来自苏北农村的小伙子,乐意帮忙:"这个烟说好的,我是给找关系的,我们俩是好哥们儿,就不必客气了。"

这个组长也是苏北人,比福根大八岁,他比福根矮半头,但是做起事来却是一把好手,工地上的所有活儿他都精通,很受老板器重。他拍着福根的肩膀说:"老家人不帮老家人,天理不容。"

月婵没有做过家务事,很是担心,福根和她一起去买了几本食谱,照着上面做了几样。第一次六样菜,一半没放盐,这还好办,可是刀工,月婵实在没做过。

福根买了胡萝卜、鱼、肉、鸡、竹笋、大白菜等原材料给她练手,按照书上写的开始切丁,这是为炒丁粒、做鱼羹、拌食物等做准备。主人一家都喜欢吃这些。

花纹、切斜片、切块、切丝、切条、切花、切段、切片等都要学。福根还专门把组长请到家里品尝。月婵的手上磨出了血泡,那修长的手指被刀切破了几道口子,福根心疼,不让她做,她还是执拗着去做。三天过后,月婵照着书本基本能做出饭菜来,味道也越来越好。

"你怎么舍得让那仙女似的人去人家家里干活儿?你不知道现在那些有钱人会刁难女佣吗?"

福根当然不希望月婵出去,可是她偏要出去做工,她说:"一个女人如果到了向男人伸手要钱,或者把希望寄托在男人身上的地步,她就已经输了自己的人生。所以,不管什么样的女人,一定要有一份能养活自己的工作,还有两三位知心朋友,这样才能保证魅力长久。一旦成了男人的附庸品,那就是这个女人悲哀的开始。"

福根拗不过她。按照福根现在的条件,除了房租水电,月婵不用干活儿,他也完全有能力去养她,可是月婵就是这样独立的人。

"你知道上一个组长为啥回去?"

"哥,你知道我这个人一向不爱八卦,不知道。"

"原本他老婆跟着他在工地上煮饭给工人吃,后来嫌弃工地环境不好,找了一份照顾老人的工作,这老人是退休干部,家中唯一的女儿出国去了,时间一长,两人竟然好上了,这不,他回去就是离婚的。"

福根这才明白那组长匆匆离开的原因,他也委婉地说明了自己的担心,可是月婵在一个星期后,还是如期去上班了。

第56章

/ 做家庭女佣 /

刚开始,月婵还很担心做不好,没想到事情做起来很是顺手,不到一个星期,月婵就把主人的家里处理得井井有条。刘医生下班迟,月婵便主动留下来照顾孩子,帮着辅导孩子功课。

"真看不出你还会教孩子学习,这样省得我们请家庭教师了。"刘医生高兴地说。

"刘医生,我因为家庭成分,未能上大学,很是遗憾。现在看到您的孩子天资聪明,学习认真,我真的找到了当年读书的感觉。"

刘医生听月婵这么说,越发高兴,"筱雅学习本来就很扎实,晓宇呢又可爱又懂事,稍加点拨,他们的学习就能更上一层楼。"

"妈,月婵姐姐真好,人漂亮,她做的饭也好吃。"

"以后,就叫我刘姐好啦,不要刘医生刘医生的。"刘医生笑着说。

弄堂里住的人家很多,又靠近学校,打听人是很方便的事情,每天接送孩子的时候,她就到处打听,可是都没有人知道姓吴的有钱人家。

月婵从孩子的嘴里知道了老爷子喜欢喝铁观音和云雾茶,爱吃乾隆鱼头。孩子的姥姥,不喜欢吃油腻的东西,姥爷喜欢吃东坡肉,徐先生最爱糯米糖藕,刘医生上夜班的时候,早上一定要喝加糖的豆浆,月婵一一记录下来,连刘医生的生理期都记了下来。月婵决心一定要用自己的能力去重新塑造农村人的形象。

月婵不回来,福根觉得失落了很多,第三晚,他去找月婵,刘医生见福根高大稳重,谈吐优雅,举手投足很有绅士风度,非要留福根吃晚饭。晚饭后,让月婵陪着回来。

福根把这几天工地上的事情讲了一遍,月婵照例把重点记录下来。"我今天被提拔为第三小组组长了。"

"你真行,福根!"

"走,我们去好好庆贺庆贺。"

"不行,我还要研究乾隆鱼头,这是他家老爷子最喜欢的一道菜,要想在那里长期做下去,必须把老爷子拿下。"月婵说,为了做好乾隆鱼头,她特意去买了菜谱。

第二天中午,乾隆鱼头刚上来,老爷子喝了一口鱼汤:"嗯嗯,味道纯正。不错不错。"老爷子第一次对月婵微笑着点了点头。

"爷爷,为啥叫乾隆鱼头?"晓宇问。

"相传乾隆皇帝那年下江南,一日,忽起雅兴,身着便服,独游吴山,时值清明,江南多雨,乾隆为避雨,躲进山脚旁清河坊的王润兴饭店屋檐下。谁知这雨下个不停,乾隆又冷又饿,且身无分文,只得推门入店要求店小二提供一餐便饭,以充饥肠。店小二见来者如此狼狈,十分同情,就热心招待了乾隆皇帝。

"怎奈家里食物卖光,还剩半个鱼头,主人就取了半个鱼头、一块豆腐,加了一点豆瓣酱,最后淀粉少许兑之。乾隆因实在太饥饿了,狼吞虎咽,吃得美滋滋的,感到比宫里御厨烧的山珍海味还可口。直吃得菜足饭饱,乾隆千谢万谢,与店小二告别。乾隆回到宫里后,念念不忘杭州吴山脚下的这顿美味,几次叫御厨仿烧,但都觉得不入味,隔年,乾隆再下江南,又来到杭州,他专程到清河坊的王润兴饭店,请店小二再次烧了上次吃的菜,乾隆吃了果然感到口味奇美,和宫里御厨仿烧的就是不一样,吃到高兴处时,乾隆亮明了自己的身份,为报答店小二的一餐之赠,亲笔给他题了'皇饭儿'三字。从此,'乾隆鱼头'名扬四海,成为当家名菜。"

"爷爷,这个故事讲得真好听!"晓宇说,老人家舀了一汤匙汤喂给孙儿喝,孙儿大呼:"这汤真好喝。"

"乾隆鱼头妙不在鱼头,而在豆腐。将这新鲜的豆腐切丁,焯水,去掉豆汁味,放到已经两面煎黄的鱼头里,再把各种佐料放入,温火烧开。香味扑鼻。"

"爷爷今天这是怎么啦,又讲故事又讲做法,我们可饱耳福与口福啦。"只是一顿饭的工夫，就把老爷子搞定了，月婵很是高兴。

前几天，月婵还为一家人的口味发愁，生怕做不好遭到主人嫌弃。没想到一个星期下来，一向孤高清傲的老爷子看到这个农村来的小丫头也会主动招呼一声了。老爷子把他最喜欢的一盆吊兰和绿萝给了月婵，月婵把两盆花放到窗台上。她的房间很小，是用原来的卫生间改装的，门朝西，面积7平方米，仅能放下一张单人床。月婵把废旧的鞋架搬来，放在床头，这样，里面就多了一个简易的书架。

学校门口常有人摆地摊卖书，一本小画册两分钱或五分钱就能买到，像《三国演义》这样厚的书，也只要五毛钱。月婵看到有用的书就买一点。下午三点到五点这两个小时，月婵用来看书，坐在窗前，阳光从窗口进来，洒在飘着芳香的书上，真的是一种享受。

"你以后不回来住？"福根感到一种被遗弃的感觉。

"这样，我可以多看些书，明年我准备再冲刺一下高考。我想，凭我自己的努力，活出我自己想要的生活。"月婵说。

"你想要的生活是什么？"福根问。

"我想像编辑一样，每天能看上书，能读到很多精彩的故事，还能发表自己的作品；或者去做个老师，但是一定是高中老师或者大学老师，和学生走在一起，感觉如沐春风。"月婵沉浸在自己的世界里，"周末，开着自己喜爱的车，带着爱吃的零食，想去哪里就来一场说走就走的旅行，轻松、自由、快乐。"

"月婵，希望你不管到哪儿都能带着我，我也好努力跟着你不掉队，好不？"

"那我们一起去努力！"两双手紧紧握在一起。

"明天就是中秋节，明晚回来，我们一起庆中秋。月婵，我想把工友们也请来，可以吗？"

"可以，他们在外也不容易，一起感受团圆节的气氛。"听着福根均匀的打鼾声，月婵再也睡不着，月亮掉在窗户上，又跑到了她的床上。再过一星期就是马家择定的结婚的日子，她父母会不会遭到马家刁难？那种担心忽然强烈起来，她在想什么时候能把父母也接来，全家生活在一起，再也不用担心马县长他们了。对，把父母接来，带他们到外滩，去"大世界"，让他们去感受感受城市的霓虹闪烁。

第一个月周末，刘医生告诉月婵，先生明天回来，让她准备午饭。这是月婵第一次见到男主人，心里有点紧张。糯米糖藕她还没有做过呢。福根说："没事，我陪你去买菜谱，先在家做一遍，我也好好饱饱口福。"

他们去商场买了材料回来对照菜谱做，足足做了有一个小时才成功。吃一口，觉得糯米有些硬，不够软、黏、香。连续做了三次，才把糯米糖藕做得满意。

"辛苦了月婵，跟着我出来，没让你享一天福，倒是尽让你来吃苦受累。"

月婵看着福根："只要自己喜欢，心里有了那个目标，再苦再累也值得。我以前真的是两手不沾阳春水，可是现实就是这样，当你自己想自食其力想强大起来的时候，浑身就充满了力量。"

她又重做了一遍让福根品尝。毕竟这是她为男主人做的第一顿饭，务必要给他一个好印象。她端着做好的糯米糖藕，见福根正在用工地上捡回来的包装塑料带专心编织。当看到福根手里编织的物品时，她愣住了。福根编织的正是她刚才做饭的情景，月婵穿着碎花围裙，站在灶台前，一头秀发蓬松地挽起，正在给切好的藕片加拌作料。

"福根，你做得真好！"她爱不释手，早上走的时候，她把编织物放进提包，到刘医生家后摆在自己喜爱的小书房里。等到把晓宇送去学校，买菜回来后就开始忙碌。

五花肉切薄片，这刀工可不是一般人能做得了的，月婵足足切了有半个多小时。

"爹。快来啊，开饭啰！"晓宇大声喊。

"来了！"浑厚的男中音响了起来，月婵端菜进来，与男主人碰了面说："是你？徐哥！"

刘医生看着他们道："你们认识？"

"当然认识，她是'田家菜馆'老板的侄女月婵姑娘。"

"田家菜馆"是胖墩爹和胖墩的舅舅合伙开的，徐先生常去菜馆吃饭。福根和月婵出来那天，田满银把地址给了他们，月婵和福根就在那儿住了两天。饭店是租的，一楼是四十平的门面，除去厨房，里面摆了六张桌子，二楼以中间大圆桌为中心，周围分别设置了八个包间。晚上打烊之后，包间的桌子凳子靠一下，就是卧室。

"没办法，租金太贵。"胖墩爹一脸无奈，"如果今年生意好，就让他们娘儿俩过来，如果生意做不起来，我们就打算换别的地方。"胖墩爹是去年来的，胖墩的舅舅说，上海作为开放前沿城市，人们一窝蜂地涌进来，他的店生意忙不过来，就请胖墩爹来帮忙。胖墩舅舅和他老娘一样，人很胖，肚子像怀胎八月的孕妇，因为腿短，走路呈外八字形。胖墩的舅妈却很漂亮，一双眼睛笑里带剑，客人一进来，她赶紧过去，一弯腰，一个笑脸，一个意味深长的眼神，顾客便再也挪不动脚步。

"他们好像在这里做了十几年的生意了吧？"福根问，他记得小时候那手枪就是胖墩他舅舅买的。

月婵说："今年已十二年了，当初因为犯了案，一直在这儿流浪，后来遇到了胖墩舅妈，才算把家安顿下来。"

"这么多年，为什么不在这儿买一套自己的房子呢？"徐先生问。

"我们是农村户口，要想进城难啊，要想在城里买房更难，要想在这大上海买房安家难上加难。"福根说。

两个人在那儿住了几天，帮着他们也干了几天活儿。后来月婵在同学那边租好了房子，才和福根搬了出去。

"难怪夫人整天夸你做饭好吃。"徐先生呵呵笑着，"这个姑娘可不简单啊，出过国，留过洋，在北京上过学，是一位善良有担当的姑娘。"

"没有的事情。只是旅游了几个国家，后在香港读了几年书。"月婵把她的经历讲了一遍。

"你们这样出来，马家会不会去找你父母的麻烦？"

"考虑不了这么多，滴水之恩，涌泉相报，对他家给我的帮助，我终生不忘，但是我不可能牺牲我一辈子的婚姻来报恩。"月婵说。

"现在遇上好时代，婚姻不是买卖，当然不能让婚姻作为感恩的殉葬品。"徐先生说。

"这么好的姐姐被我们遇上了。"筱雅开心地说。

"来，尝尝我做的菜合不合你们的胃口？"月婵说。

"我最爱的糯米糖藕，慢慢吃，不觉得甜腻，吃着吃着，竟然有一股茶香氤氲于齿间，久而不去。吃着是一种享受啊。"徐先生赞不绝口。老爷子说话不多，但满脸的享受。在熟人家里做事，月婵轻松多了，做起来更是得心应手。

农历八月初十，福根给家里写了一封简短的信，寄给家里八百元钱。

"富贵，你的信。"曹德智骑着自行车，大声喊。

第57章

/ 相逢不相识 /

田富贵正在屋里看季度总结，听到喊声跑了出来。

贵哥，见信安好。家里的稻子又要收割了吧？请代我问爹身体安康。因为刚到外面，脚跟还未站稳，诸多事宜，一直至今，未写书信，不期谅解，只求你们放心。

不走出去，家就是我的世界。走出来，才知道世界才是我的家。每个人都是潜能无限的千里马，逼自己一把，突破自我，向我要的方向努力。尽管工作辛苦，但我觉得很快乐。上海作为改革开放的前沿城市，每天都在经历着翻天覆地的变化。

外面的世界，真的比想象中的要美，但也有生存的残酷。幸好治安队长的经历让我更经得起苦难的摔打。身世之谜，不想解开，有你们足够。

如果一切发展顺利，春节回家。月婵事宜，请多帮忙照顾。谢贵哥！

祝好！

田福根
1983年8月10日

信写好，又看了一遍，门口就是邮局，他当即寄了出去。回来看着月婵那张空床，他犹豫了一会儿，将月婵的枕头拿了过来，看到纸条上留的几句英语口语练习。

这是月婵每天回来留给他的作业题，如果自己读不来，就去外滩找老外交流。月婵说，要想在大上海立足，必须得学会立足的本领，这是她独创的王家教学法。月婵为了他能练习好英语，还买了一个镜子，每天让他照着镜子练口型。自己需要的东西，学起来相当快，读不上，就要罚吃榴莲。那种味道，他真心受不了。他把这口语小册子带在身上，没事就拿出来说几句。现在他能和老外做基本的口语交流。

"你小子在工地上说外语有啥用？"组长说。

"这你就不懂了，在这与国际接轨的地方，不学点外语，看见老外说不上话，不是怕被笑话吗？怎么说也要替我们农村人长长脸，对不？"

"你让我打听的事情，我打听清楚了。"

"是什么人？"

"是混江龙！"组长一说出这个名字，福根的心咯噔一下，与他猜测的完全一样。

"他说你这个人太没规矩，这是给你一个小小的警告，让你尽快滚蛋，如果不滚，一定不会让你好过。"组长又说。

"这个事情，哥，你看怎么办？"

"我觉得静观其变。再说，我们这工地可是上海最大的远东建筑公司，在上海绝对是建筑界老大，一般人是不会得罪他们的。"

"我在这儿干三个月了吧，没看到远东集团的那些领导。"

"你这个傻脑瓜，远东建筑公司在深圳、珠海那些大城市都有工地，他们是把工程具体承包给下面做，只派人督促监理，直到完工。只有新房建成之时，老板才会来。"

福根这才知道自己竟然进入了最大的地产集团。

"现在他们在到处开发房地产，需要大量的工人，你家乡有人的话也可以带一点过来，这样，你有了自己的势力，再有公司做后盾，谅他混江龙也不敢胡来。"

福根觉得组长说的话有道理，他忽然想到一个问题："今天工地上好像来了不少巡视员？"

"那是在做安全等各方面检查，明天董事长要过来例行检查，听说是个做事非常认真的人，哪怕一个电表盒不合格，也会被换掉重装。你这个泥瓦工可得注意，小心砌好你的墙。"

"没问题，这是我的本职工作，随时接受各位领导视察。"福根将瓦刀抛向空中，一个鹞子翻身，反手接住了瓦刀。组长看呆了："福根，你还有这么好的身手？表演一套给我们看看。"

福根有点后悔刚才的举动，可是组长已经叫他了，不得已就打了一套太极。

"大家看好了！"福根说着，他一招起势，缓缓打出第一招野马分鬃、双臂上举，来了个白鹤亮翅、搂膝拗步、手挥琵琶……一招接着一招，看的人眼花缭乱。最后收手，站定，气不喘面不红，工友们纷纷叫好。很多人下工走他们这里经过，只为了看一眼福根的表演。

下班回家，福根思考组长说的话，如果把家里人都带来，那家里怎么办？姐姐肯定要来，可爹一个人在家又怎么行？一下班，他就直奔月婵这儿，月婵正在辅导晓宇做作业。

"晓宇呀，你的普通话真好哇，能教给哥哥吗？"他学着上海人的语调跟孩子说。晓宇听他说话捂着嘴笑，"大哥哥，你是不是舌头被烫了，不好说话。"

"晓宇，侬教给大哥哥哇！"福根看着可爱的孩子，故意逗他。没想到晓宇拿出课本，真的教他汉语拼音。福根就跟着晓宇学。

刘医生回来以后，月婵跟着福根回家，徐徐的晚风，牵引着他们。月婵坐在车后，搂着福根的腰，两边各种各样的霓虹灯像天幕上的星星在她眼里闪烁。

"这个好是好，可是你现在根基未稳，人好带，一封信的事情，可带来了如果没活儿给他们干，是不是很尴尬？"月婵说。

"等远东集团三十周年庆典结束再说。"福根说，"明天你抽空骑车去工地上，看看动静，如果确实招人，你可以先帮他们报名，然后我们再叫，这样大家来了，最起码有饭吃，有地方住，不挨饿。"

"明天是周末，刘医生放我半天假，明天下午吃过饭我就过去。"

早上，福根找出那套燕尾服穿在里面，用月婵的头膏将头发梳理一下，组长说了，每个人都要精神百倍迎接检查。

下午两点多钟，组长说董事长一行很快就要过来，大家干活儿用点心。福根的心跳加快，拿砖的手控制不住地颤抖。他深吸一口气，把安全帽向下压了压，深呼吸，深呼吸，终于让自己安静下来。

忽然听到组长大声说："远东第六建筑公司上海分公司欢迎董事长检阅。"福根听组长说完，双腿并拢，将身子站得笔直，面部表情僵硬，让人感觉好笑。

一位七十多岁的老者，安全帽也盖不住前额露出的白发。老人身材不胖不瘦，后面跟着十几个人，他们一律穿着工作服，而那位老人的工作服和他们的颜色不同，是闪闪发光的黄色。

老人一边交谈，一边和身边的人说着什么。老人向福根他们走过来了，他抬头看了福根一眼，福根连忙微笑着示意。就在这时，忽听咔嚓一声响，有人大喊一声不好，几个装满泥浆的小皮桶从高处纷纷掉落。

"快闪开！"福根说着，白鹤亮翅，从空中落下，一个雨里飞燕，将四只小桶提在手里，手臂一扬，四只小桶像四朵金花飞向高处，稳稳落在脚手架上。这一波动作，看得人目瞪口呆。有一个人已经从上面跑了下来，"组长，我刚才不小心把泥浆桶撞倒了，请董事长责罚。"

他用手抹了一把满是汗水的脸，那脸立刻变成了大花脸。组长大声呵斥："不好好干活儿，走什么神？"

"我也是想看看董事长神韵，来了半年，没见过您，一激动，就……"组长刚要说话，老人抬起手制止了他，和颜悦色地说："以后我会常来，让你们都认识我，没事就好，把刚才那小伙子叫来。"

组长大声喊："田福根！"

田福根大声应道："到！"

老人抬起头，见到了站在五楼脚手架上的福根，示意他下来。

"田福根，董事长让你下来。"

"好的！"田福根大鹏展翅，从上面飞身落地，气定神闲，抱拳施礼道："董事长好，泥瓦工田福根向您老问好。"

董事长让他抬起头，田福根看到董事长的那一刻，竟莫名地慌乱起来，这位老人好像在哪儿见过。

老人说："跟我到办公室。"

"把工作服脱掉！"

有人打来水，福根把脸洗干净，站在董事长面前。"你叫什么名字？"老人的声音有些激动。

"田福根！"

"家是哪里？"

"盐河畔田家湾！"

"家里有何人？"

"爹和姐姐！"

"你今年多大？"

"虚岁二十一，周岁满二十。"老人看着他，惊喜道，"你就是会说外语的那个建筑工？"

"是的。"

"为什么要学习外语？"

"有些东西，不管有没有用，会总比不会要好。为了与国际接轨，建筑工也要做一流的建筑工。"

老人让他用英语介绍一下自己，这可真是合了福根的心意，他一口气介绍完毕，立正站好。"好小伙子，有志气，有没有别的打算？"

"有，那就是拥有自己的建筑队，干着世界上最辉煌的事业。"

"好好准备，给你一个机会，管理好你的建筑队，拿出实力，准备下一个场地竞争。"

"他不仅会说英语，还有一身好功夫。"组长赶紧说。老人来了兴致，坐下来，让福根表演一个。

福根随手拿过一根钢筋，握在手里，古有"三分棍法七分枪"之说。棍和枪的不同点是：枪扎一条线，棍打一大片。枪法全在圈点之伸缩，棍法则以捣劈之神速。"古谚云：'慢刀急棍杀手锏。'棍论一捣一劈，全身着力。近善眉棍者谓：'棍长不过眉，身步要相随，虎口对虎口，上下任番飞。'请看！"说完，福根将少林棍法练了一遍。老人看了更是惊喜："真是人才啊！"

月婵正在整理搜集来的材料，福根跑进来："月婵，你猜我今天见到了谁？"

第58章
/ 少爷被丢弃 /

"董事长呗！"月婵头也不抬。

"没想到董事长和蔼可亲。他让我好好准备，下一次工地招聘施工，让我去参加。"福根接着问，"你今天调查得怎么样？"

"那边工地也是实行几块承包，如砌墙、水电、钢筋、混凝土……如果你想承包，可以选择其中的一项，也可以大包。"月婵说。

"大包我知道，就是整个工地全部承包下来，我们没有那么多的建筑工具，砌墙这一块还是可以的，还有水电也行。"

他们在这儿兴致勃勃，吴汉离却是夜不成眠，今天的那个后生怎么看起来那么眼熟？他拿着一张照片，天底下怎么会有那么像的人？二十年前发生在大上海医院的那一幕重现眼前。

六十年代初的上海，能来这所医院的绝不是一般人家。裴佳瑶，上海地产大亨的二儿媳，肚子疼痛，前一天就被送到了这所上海最有名的"爱使"医院生产。

这所医院不仅因为它独特的外观出名，更因为它的高昂费用而出名。医院是一栋欧式建筑，楼顶像一只碗倒扣下来，上面再加上灯笼似的两个球，使得这座楼在鱼鳞般的建筑群中格外与众不同。整栋楼的每一个出口，都是精雕细刻的富丽门扉，门框一律是金黄色的，有人说医院入口处的大门都是24k纯金铸造，当然这只是虚言，不过即使不是，从颜色上也分不出真假。

走进一楼，迎面而来的是圆形大厅，装饰得古色古香，让人感觉一下子穿越到了明清。向里走是圆形服务台，有几名年轻漂亮的服务人员，身着护士服，等距离地站在圆形柜台里面，满脸微笑，接受顾客的咨询。

再向前走就是电梯，乘电梯一直上去到十七层，电梯门打开的那一刻，简直像来到了童话世界。东西一字排开的待产房，青绿色的墙壁上，画着各种亲子宣传画。

走廊上面有各种各样的绿色植物，阳光温和地照进来，整层楼非常安静，没有一般医院的那种嘈杂声。

楼梯左拐就是妇产科。圆拱、大柱、窗框，都与其他待产室不同，从上往下、从内而外都流溢着湛蓝与金黄，色泽斑斓，光彩照人。

产房里不时传来痛苦的呻吟声，裴佳瑶现在就在这妇产科里接受生孩子的剧痛。

妇产科门口站着一群人，一位六十多岁的夫人，脸上的皮肤保养得很好，如果不是满头银发，看上去也就不到五十岁的光景。她身着貂皮长衣，一头邓丽君式的卷发，左手戴着一枚硕大的蓝宝石戒指，显得雍容华贵。

一位三十五岁上下的年轻夫人搀扶着她，正在产房门口焦急地等候。

相比老妇人而言，搀扶她的年轻夫人更为华贵，全身上下都是名牌，身着高雅、简洁、精美的黑色长裙，一双十厘米高的高跟鞋，葱笋般的手指上戴着一颗祖母绿戒指，指甲被涂成暗红色，中指和无名指指甲上都镶着一颗宝石，随着手的举动，熠熠生辉。左手拿着一款世界限量版的奢侈品牌包包，只是口红显得过于艳丽，使整个人在高贵中多了一点俗气。

她们俩后面是一位二十岁左右的姑娘，圆脸，将长发随意地挽个鬏，盘在头顶，有几缕长发散落在耳侧，穿着一条花格子呢裙子，脚上一双白色运动鞋，显得干净利落。后面是一位中年男士和一位青年。

老妇人问:"秦妈怎么没来?这两天好像没看到她。"

"秦妈的大儿媳妇生产,回去侍候月子去了。"年轻夫人躬身回答。

"瑾萱,秦妈在家里好多年了,她最熟悉佳瑶的口味,你怎么能让她在这个关键时刻离开?"

"妈,她儿媳妇是剖腹产。她儿媳妇说了,如果秦妈再不回去,以后的那个家她永远也不要回去。秦妈一把眼泪一把鼻涕地跟我请假,我怎么能不答应?"

老夫人叹了口气,秦妈在这儿已经做了好几年,当初是远房一个亲戚推荐的,来的时候还不到四十岁,现在已经四十五了。秦妈最懂得老夫人心思,还烧得一手好菜,一大家子十几口,老的少的,她每天都能做出合乎每个人口味的菜来。瑾萱转头对女孩说:"心柔,去问问医生,看看生了没有?大约还要多长时间?就说老妇人等得累了,要回去休息。"瑾萱举起右手示意"去"的意思。心柔刚转身,有两名护士推着医疗移动小车急匆匆过来,见到她时略微放慢了脚步,微微颔首,微笑了一下,就走了过去。

"请夫人到休息室休息。"一名护士过来,略微弯腰,伸出手臂,标准地做了一个"请"的手势,瑾萱小心地搀扶着老妇人跟着护士进了休息室。休息室干净整洁,每张高档沙发后面都有一名穿着工作服、不亚于选美小姐的服务人员。见她们进来,连忙上来迎接,给她们上茶,又各上一份点心。

"妈,看您多偏心,我坐月子都没有让我享受过这种待遇。"瑾萱看着老夫人,撒娇地说。

"那时候条件不允许。妈知道生孩子有多辛苦。再说,这是你二弟吴远志的选择,费用当然也是他自己出。"老夫人看着瑾萱,"你们夫妻也要像他们两人多求上进才是。"

瑾萱坐在一旁不言语。心里想,你自己的儿子没有教育好,反而怪我。她看了一眼旁边的心柔,轻声喊了一声,心柔过来,瑾萱贴在她的耳边说了什么。

"是,夫人!"心柔应声走了出去。心柔是王瑾萱临时找来代替秦妈的,尽管才来,时间不长,但是嘴巴勤快,手也勤快,很快赢得老夫人的欢心。

等了两个时辰,产房还没有消息。老夫人正觉得困乏,有医生过来说:"现在才开两指,如果再有一小时不生,建议产妇剖腹产,这儿需要您的签名。"

老夫人说:"生孩子不是瓜熟蒂落的事?如果剖腹产以后还怎么生?"

医生微微弯下身子:"老夫人,产妇怀的是双胞胎,羊水太少。有一胎是绕脐,时间长了,恐怕对孩子不利。所以我们才建议剖腹产,请您签字。"

老夫人在上面签好了字,桌子上有一台座机,她拨了一串号码,打了过去:"汉离，会议还没有结束吗？医生说佳瑶可能要剖腹产，肚子里可有我的两个孙子呢。"

电话里吴汉离的声音传来："如果佳瑶能给我生个孙子，那么所有的吴氏产业将全部留给我的孙子。"

老夫人挂了电话，担心地说："我这心里慌慌的。"

瑾萱说："妈，这个医院可是全上海最豪华的医院，您放心，一定会母子平安的。"

老夫人放下电话："瑾萱啦，佳瑶这可是双胞胎，生产自然要困难些。会不会有什么意外？"

"妈，您啦，就放心吧！"

"可是我这心里怎么跳得那么厉害，万能的主啊，请保佑佳瑶与孩子平安。"老人闭着眼睛用右手在胸前画了一个十字。瑾萱见了，心里更是不乐意。

青年站起来向外走。老夫人看了一眼小伙子，想了一会儿，问瑾萱："这小伙子是谁，我好像没有见过他。"

瑾萱说："他叫袁凡，是我亲侄儿，即将毕业的大学生，正在公司实习管理。今天礼拜天，司机请假回家了，是被我拉来充当司机的。"

青年上前躬身问好，老夫人看了一眼，鼻子里"嗯"了一声算是认可，身子向后靠在沙发上。青年瞟了瑾萱一眼。

瑾萱说："袁凡，你到产房门口去盯一下，这可是全上海有名地产大亨的孙子，不能出任何差错。"袁凡答应一声走了出去。

"恭喜老夫人，喜得龙凤胎一对。"中年男人笑着说。

老妇人端着茶，抿了一口："瑾萱，你和佳瑶应该为吴家多开枝散叶，多添子嗣。"老妇人顿了顿，"看我又说错了。"老妇人重重地叹了口气，眯上眼睛。

瑾萱心里像刀剐了一下，她一连生了三个女儿，正准备生第四胎，被告知患上子宫肌瘤，做了子宫摘除手术。现在被告知裴佳瑶生了一个男孩，她心里像喝了半碗醋，难受得很。如果不是自己生病，哪有老母鸡还不会下蛋？她心里这样想，脸上却满是愧疚地说："妈，对不起，是瑾萱无能，让您失望了。"

"她现在正在大出血，必须紧急抢救，迅速签字。"

老夫人慌忙签好字，催促道："瑾萱，快去产房看看。"

瑾萱出去，心柔也跟着跑出去。

"生了，生了，龙凤胎！"老夫人刚跑到门口，孩子已经被瑾萱和心柔抱了过来。

"妈，快看，多可爱的宝贝。"老夫人看着孩子心里不知有多欢喜："看，这孩子朝我笑呢。吴优吴优，一辈子无忧无虑，快乐生活，你爹可给你起了个好名字。"

婴儿睁开一只眼瞥了一下，两只小手上举，使劲伸个懒腰。

"这小子,有你这么看奶奶的?你放心,这个家庭不错,你爷爷奶奶早就为你准备好了一切。"

一名医生跑进来喊产妇大出血,瑾萱几人跟着跑出去。老夫人坐在婴儿床旁边,看着看着,忽然一阵困意袭来,睡着了。

"妈,妈,你快醒醒,快醒醒。"瑾萱摇晃着老夫人,"佳瑶已经转危为安了,幸亏是在这大医院,否则,她这种血崩很可能没命的。"

老夫人忽然指着小床,"我孙子呢?"

大家再回头一看。婴儿小床上,俩孩子还剩一个。

"我怎么睡着啦?孩子会不会是医生抱去了?"

"心柔,快去问问。"老妇人催促道,赶紧拨打电话,"汉离,快来,我们的孙子丢了。"

大家分头去找,医生、护士都问过了。病房一间一间问,都说没有。没有,孩子去哪儿了?

"会不会被人偷走了?"一个护士刚说完就一下捂着嘴巴。

"被人偷走?"老夫人听了,"哎呀"一声,"我的大孙子啊!"说完,身子向后跌倒。心柔眼疾手快,一把将她扶住,大声喊医生。

"被人偷走?快点报警,报警啊!"老夫人喊道。吴汉离接到电话,电话都没挂,赶紧朝医院跑,开会的人一脸惊诧。

第 **59** 章
/ 汉离立遗嘱 /

上海机场,一架民航飞机在跑道上缓缓停下,三十一岁的吴家二少爷吴远志从飞机上走了下来,他出国去参加为期三个月的学习活动,知道妻子在医院便心急火燎地赶回来。

"立即去医院!"正在等候的衷凡,没有言语,发动引擎,汽车飞快地向医院跑去。

二公子叫吴远志,哈佛大学毕业,本应留在国外,却被吴汉离从国外强行带回来,继承父业,任远东地产集团总经理。

路边的树向后飞跑，阳光从云层里落下来，君临万物，照耀天下。这是紫薇路，因路两边都是紫薇而命名，此刻一棵棵高大的紫薇，已团团开满粉色和紫色的花朵。他向往的是那种像阳光般洒脱的生活，却硬是被他父亲活生生切为两半。

"爸，这不是我的特长，我是学金融的，你现在让我做房地产，那这么多年的大学我不是白上了吗？"吴远志看着他的父亲，"再说，公司还有我的大哥，他可以做啊。"

吴汉离看着吴远志："你以为我不想，可是你看看他那德行，每天吃喝玩乐。拼死要娶回来的人，除了会花钱，两口子能做什么大事？如今，我年龄大了，子承父业，你不来帮助父亲谁来？"

"可我学的专业不对口，怕有辱父命。"他知道只要接过这副担子，就意味着要肩负更大的责任和失去自己的追求与自由。

"这个你不用担心，我已经安排好了，你尽管放手干。"老爷子看着他。

"我哥和我嫂子，他们会怎么想？我可不想因为这样，而丢了兄弟之间的情分。"

"你就愿意我这么多年的产业在你们这里断送？岂有此理。"老爷子一生气，吴远志哪敢再说话，只能听从他的安排。

汽车在医院门口停了下来，吴远志一下车就往楼上跑。电梯一停下，他便大声喊："佳瑶，我回来啦！"

"二少爷，请您等一下，几名警察正在屋里询问。"心柔说。

吴远志已经推开房门，走了进去。

"当时您确实看到生的是男孩？"警察拿着本子，一边问一边记录。

"虽然是双胞胎，却是顺产，我看得清清楚楚，确实是儿子。您可以问问那三名医生和护士。"

"孩子有什么特别之处？"

"我们俩已经给孩子取好姓名，大名吴优，小名旺旺，孩子的右胳膊上有一个爱心痣。"

警察走了，裴佳瑶看见吴远志，放声哭了起来。

有月亮的天空真的很美，吴远志看着床上的佳瑶，很是心痛。裴佳瑶是他的大学同学，新加坡人，因为家里人反对独生子女的她嫁给吴远志，从结婚到现在，裴佳瑶还没有见过家里的任何人。

心柔端来他爱喝的西湖龙井，吴远志让她端走。一名医生抱起孩子过来："该让孩子喝奶了。"护士声音很温柔，教佳瑶如何正确给孩子喂奶。有一名护士端着热水过来，用白色绵纱布将佳瑶的乳头清洗干净，将孩子贴在佳瑶怀里。"母乳在四十八小时内最有营养，如果不给孩子喝，奶水很可能回上去。"护士轻轻地说着，将乳头塞进婴儿的嘴里。孩子紧紧吸住，吃了起来。一会儿，婴儿的头上冒出了热气，打了嗝睡了。护士又交代了几句，将孩子放好，轻手轻脚地走了出去。

"远志，这会不会是瑾萱干的，会不会是她让秦妈抱走了孩子？否则，为啥就那么一点时间，孩子就没了呢？"

"这个跟警察说了没有？"

"说了，警察说豪门之争这样的事情，自古有之。但是，法律得讲究证据。"

"你放心，已经报警了，身子重要。你看看，我们的宝贝女儿和你一样漂亮。"吴远志不知说什么是好，从知道孩子丢失，裴佳瑶到现在没吃没喝。老夫人哭哭啼啼更是愧疚。只是没有人知道，这么大的医院，孩子好好地怎么会失踪？

"我要你们医院还我孩子！"吴远志把拳头砸在桌子上，身材略胖、秃顶的院长被吴远志一把提着扔了出去，院长像泥团倒在地上，戴着的眼镜也飞出去很远。

"二少爷，我们医院管理是有疏漏，可是我们亲手把您的孩子交给了你们家人看管。怎么说，这责任也不全在医院。"院长爬起来，"当初来的时候，我们可是有约定的。"

院长是吴远志一个同学的叔叔，当初也是这名同学推荐的这所医院。

"我们当然欢迎您夫人在我们这儿生产，只是这几年，医院不大太平。因为能来这里的都是有钱人，有钱人之间的竞争很是残酷，孩子在我这儿未必就能平安。怕有差错，我们可是有约在先的。"

"以前这里也发生过这样的事情？"

院长理了理那几根少得可怜的头发："二少爷，这样的事情，我们早就司空见惯。要不然怎么可能跟你签订合约？"

吴远志想了想，径直走了出来："嫂子，请问您一件事。"

王瑾萱正在惶恐："二弟，这可绝对与我无关，如果我想那么做，就不会跑到这儿来。"

"我相信你，现在请你跟我去一下。"王瑾萱看了一眼老夫人，问："去哪儿？"

"到了你就知道了。"王瑾萱跟着吴远志下楼，"请你辛苦一下。"

袁凡莫名其妙跟着下楼，吴远志说："我们现在立即去秦妈家。"

车子开了4个多小时，到了一个比较偏僻的乡下，秦妈正抱着啼哭的婴儿在转悠，见到这几人很是高兴："二少爷您终于回来啦！"

"是啊，佳瑶坐月子，您知道佳瑶口味，请您回去帮忙。"

"那可不行，你们有钱人坐月子，我们农村人坐月子就不叫坐月子？"

秦妈摆摆手，几人跟着到外面："我这儿媳妇刁蛮得很，谁让她给我们家传宗接代呢，只能等她出月子，我才能回。"

秦妈忽然说道:"今天是不是出了什么事?就在刚才,来了三个警察,问我这些天去过什么地方,还要找证明人签字。我儿子儿媳妇签了不行,邻居都帮我作证才走了。"

"您现在真的不能跟我们回去?"

"还有四五日出月子,我就过去。"

吴远志他们只好返回。

"老二啊,你这还不是在怀疑我使的坏吗?我就是白痴,也不可能在那么多人眼皮底下去做这样的事情。"

"你知不知道钟子红在哪儿?"

"这个你得去问你大哥,不该来问我。"

"好,那我们一起去。"除了王瑾萱,吴远志他们都知道吴远东的金屋藏娇之处,因为钟子红怀孕,上门逼宫,闹着要打掉胎儿,经过检测,因是男胎,吴家一时不忍,在浦东地区租了一套房子给他们住。

豪华而又雅致的景云别墅,裴佳瑶躺在床上,脸色蜡黄,头发蓬松。秦妈站在旁边,抱着婴儿。吴远志坐在床沿:"老婆,怎么又生病了?"

"远志,对不起,我又生了个女儿。"吴远志扶起她,"你这是何必呢?"

"我们已经有五个乖巧的女儿了,还要生干吗?女儿不比男孩子差。"吴远志看着憔悴的裴佳瑶,很是心疼,"以后我不出国了,一心在家陪你,和你一起抚养孩子。"

"难道吴家产业真的要在我的手里断送?"裴佳瑶剧烈地咳嗽,吴远志赶紧抚摸她的背,将她的被子盖好。昨天回来,老爷子就找他去了,"你大哥除了吃喝嫖赌,什么也不会。我竟然在那么多人面前说把财产都留给孙子,看来上天是想让我断后。为了行善积德,我决心成立一个爱心基金会,将这部分产业全部捐献给爱心奖学金,用来奖励品学兼优的贫困学生。你觉得怎么样?"

"爸,设立基金会是一个很好的想法,但是倾囊相赠,这倒不必,我和哥毕竟是您的亲生儿子。"

"可是你们两人却没有一个为我吴家添个继承人。"

"难道孙女就不是您的后代吗?"吴远志大声说,"现在都什么年代了,您的思想还这么落后!远的不说,宋氏三姐妹显赫一世,让世人铭记。"

"你有五个女儿,你女儿能不能做到这点?"吴汉离咳嗽着,"每每想到这儿,我这心里痛啊。"

"佳瑶不是吴家生孩子的机器。"

孩子忽然啼哭起来,吴远志清醒过来,看秦妈站在那里不知所措。他要过去抱孩子。

"快把孩子抱来。"佳瑶说。

秦妈把孩子抱过来："夫人，今天熬的催奶汤多喝些，这样孩子才能吃得饱。"

秦妈看着佳瑶的脸色，很是担心："二夫人一定要多吃，否则身子会吃不消的。"

"秦妈，看来我这身子要不行了，我只想看我孩子一眼，否则死不瞑目。"秦妈低着头，说："我也到处托人去找，如果不是我有事回老家，也许就不会发生这样的事。"

"说什么呢？从今天起，我一刻也不离开你，你看，我们的女儿个个都像你一样漂亮。"吴远志嘱咐秦妈好好照顾佳瑶，便直奔后院而来。吴汉离正在看报表，见他进来，顺手递给他："改革开放以来，上海的发展前所未有地快速迅猛，这对我们房地产来说，是个好机会，一定要好好抓住这个机会，争取早日上市。你这企业大总管可要好好努力。"

吴远志犹豫了一下："爸，我来是为了辞去总经理一职，我已经想好了，我要好好陪陪佳瑶。"

"辞职？"吴汉离站起身来，狠狠剪下一根肥大的花枝，"这几年，我已经把你培养成业务精英，等你儿子一出生，我就要将这庞大的产业传给你，怎么你现在却要辞职。"

"我们决定不生了，再说佳瑶的身子也吃不消。"吴远志的脸涨得通红，他压住心头的不快，"爸，我每天到处去跑业务，洽谈生意，为您的事业日夜奔波，这是我应该的。可是孩子出生三个月，你们竟然连看都不看一眼。我想过了，这么多年，佳瑶没有过上一天舒心生活，儿子被偷，本来她的心里就很痛苦，你们还要这样对她漠不关心，我怎么可能安心工作？她是我的老婆，没有她，我活着还有什么意义？所以我辞职。"

吴汉离脸色铁青。他站起来，指着窗外，"你看看，我辛苦一辈子，难道要让我的全部心血换了姓氏？"

吴远志坐下来喝一口茶，平静了一下："佳瑶的身子很是虚弱，医生说，如果再这样下去真的会出人命的，请批准我辞职。"

老夫人从屋里出来，垂泪道："有你这么不知长进的儿子？送你到国外去念书，念的是什么？也不知道吴家造什么孽，我一肚子生俩儿子，可俩儿子生不出一个孙子！眼看着庞大的家业将落入他人之手。"

第60章

/ 豪门恩怨深 /

"从今天起,我不姓吴,好不好?"一向不露声色的吴远志满脸绯红,回头大声说道,老妇人跟在后面跑,看着他的背影,只留下一声叹息,一行老泪滚落下来。吴远志停下来接着说:"你们放心,我不要你们这些家产。"

"立马给我滚!"吴汉离的声音,像一根金箍棒砸在吴远志的心上。

"这已经是您第五次叫我滚了,好的,我明天就搬出去,从今以后,与您断绝关系,今生我与吴家再无瓜葛。"

"滚!"砰的一声,玻璃杯的碎渣溅落在他的脚边。

吴远志回到公司,收拾一下材料。有人进来,是设计部经理陈平。他是吴远志的大学同学,也是吴远志的朋友。

"你这不是自己与自己过不去吗?下个月就要提拔为执行董事,你现在辞职,不是自毁前程?"陈平端起桌上的杯子,将刚倒的水喝得干干净净,"看,这是什么?"

"水杯!"

"错,这是我。"陈平说,"如果这杯子在别人的手里,别人只要一松手,它就会摔得粉碎。所以我只能自己爱护自己,这样我才能有价值。明白不?"

"可是,这种生活,并不是我想要的生活。"吴远志说,"在这种压抑的家庭里生活,了无生趣。吴家这庞大的产业,就像一块烤熟的牛排,吸引着想得到它的人。但我对它并没有兴趣,还要被迫去看着它等着别人吃下。"

"侯门深似海。这世上,有的人穷尽一生去追求财富,有的人却享受那种闲云野鹤般的生活。可是你不想要却又不能拱手相让。老爷子自己也会判断,你们还是忍着为好。不讨好,也不必去理会,是不是这个理?"

陈平的劝解并没有留下吴远志,第二天,府里来了两辆车子,搬了好几趟。

裴佳瑶看着忙碌的工人,不安地说:"远志,我们就这样搬出去?老太太那儿?"

"自有我去说。"吴远志接过话,"我就不信,凭我的能力养活不了你们。"

景云别墅离车子越来越远,吴远志说:"佳瑶,都怪我,这么多年让你受了那么多苦。你放心,从今以后,我们一家人生活在一起。"

"哪怕穷一点,我也心甘情愿。"想到过去的种种,裴佳瑶依偎在丈夫身边,"只要有你,哪儿都是我的家。"

"从今天起,我一定要以崭新的面貌跟过去说声再见。我说过只要搬出去,与吴家再无瓜葛。所以从今天起,我正式改名为崔东山,意思是催促自己快点东山再起。"

"好,崔先生,支持你!"

暮色中的景云别墅,安静得有点可怕。走廊上那几盏灯忽明忽暗,一名工人正爬在梯子上检查。

吴汉离的脸色比夜色还阴沉。

"他真的离家出走了?"吴远东低着头,看了一眼旁边的王瑾萱,"他是少爷做够了,还是头被驴踢了?"

王瑾萱示意他不要说话,吴汉离忽然拿起一把紫砂壶猛地朝地上扔去,紫砂壶立马五马分尸般散落在地上,他无力地坐在椅子上。

"我问你出去学了一个月,学到了什么?说来听听。"吴汉离问。

"爸,这个月我可是认真学习了,比如工程管理。"他连忙拿出一本厚厚的书出来读道,"建筑工程管理是一项非常复杂、多层次的管理任务,管理涉及整个工程的方方面面,直接影响到工程质量和施工进度,每一个环节的管理都非常重要。我国经济的发展带动了建筑行业,建筑工程施工的规模越来越大,工程数量越来越多……第一,领导层加强对建筑工程管理的重视,转变建筑工程管理观;第二,引入管理人才,完善人才储备;第三,调整建筑工程管理组织机构;第四,在建筑工程管理中运用信息化管理技术……建筑工程管理是建筑企业的重中之重,建筑企业要想在激烈的竞争中占有一席之地,就要与时俱进不断地创新建筑工程管理模式。"

吴远东一口气读完,吴汉离说:"你把第二点如何引入管理人才,完善人才储备,说说你的看法。"

"这个老师没讲。"吴远东看了看说。

"在下面。"王瑾萱小声说,帮他打开了另一页。

"爸,在这儿呢。建筑工程管理专业具有管理学和工程学的双重属性,建筑工程管理人才是复合型人才,由于建筑工程管理的复杂性,好的建筑工程管理人才千金难求,建筑企业要想构建创新高效的建筑工程管理体系,建筑工程管理人才是必不可少的关键因素之一。建筑企业要引进建筑工程管理人才,完善企业的人才储备。在实际的工作中,引入优秀的管理人才并且是适合本企业的人才是非常困难的,因此建筑企业要具有长远的战略眼光,与全国乃至全世界的高校建立联系,与建筑工程管理专业建立交流平台。建筑企业要随时关注各大高校的人才培养,从中筛选引入适合本企业的人才,与此同时,企业要建立一套人才储备机制,为企业的进一步发展打下坚实的人才基础。对于人才的培养,公司既要从外部引进,又要从内部培养选拔。"

汗水从吴远东的脸上滚落下来,"老师就讲了这么多,如果您再问,我就真的不知道啦。"

"你出去这么长时间就学了这几句话?滚!"吴汉离转过身子,"赶紧给我滚!"

吴远东拉起王瑾萱就往外跑,"要吃人的样子,这什么管理有屁用。"

"老爷,你也不要太生气。他呢,天生就不是这料。"老夫人说。吴汉离想不明白,为什么亲养的儿子会这样。一个家也不要,走了;另一个,只要不提企业管理的事情,其他任何事都滔滔不绝,老天不待见啊。他感到血往上涌,两眼一黑,人倒了下去。

老夫人慌忙喊人,救护车直奔医院。吴汉离醒来的时候,病房里静悄悄的。外面一株高大的樱花开得满树满枝,每片花瓣都白白的,隐隐约约还能透出一丝粉红色来。看一朵,有独特的美;看一树,有开放的美。花朵烂漫似天霞,花香四溢天涯。可惜花期只有一周多,一场春雨过后,花瓣即将飘零。如此短暂,又如此绚烂。

他站在窗前,樱花下那个曼妙的女子,缓缓走来,边走边低吟:"惜花常怕花开早,何况落红无数。那些在春水中漂流的樱花,随着流逝渐渐被污淖陷渠沟。可惜,世间本无林黛玉,何处寻觅葬花人。"

"花谢花飞飞满天,纵使有葬花的心,也实在不敢再有葬花的情。"

"为啥不敢?"一名五十多岁的夫人站在他旁边,虽已被岁月雕上了皱纹却风韵犹存,一颦一笑也是风情万种。

"孙子是不是你抱走的?"吴汉离问。

"不是,也没有必要!"来人目光注视着窗外的樱花,脸上没有任何表情,语气中却透着一种抱怨、伤痛和绝望。这个医院是望平街上最好的医院,建筑历经风雨,却依然遮挡不住往日的盛荣。

"玉莲,我说过欠你的一定会还你。你把孙子还给我,我现在就给你们母子一百万,去国外生活。"吴汉离用近乎乞求的声音说道。

"那我的孙子是不是你的孙子?你说过你的遗产全部留给你的孙子,这是全上海都知道的事情。这么多年,我一个人带着孩子,现在我把孙子给你带来,你是不是遵守你的诺言?如果你不遵守,我就把当初你是如何利用孙晓琪对你的感情,欺骗并霸占她的财产,全部公之于众,那时候的你会怎么样呢?"

"玉莲,对不起,我们都是行将就木之人,求你看在孩子的分上饶了我。"吴汉离过来,双手紧紧抓着她的手,"这么多年,除了没有给你们名分,我没有让你们吃过一点苦。"

"可是钱能代替我的丈夫?我是你的结发妻子,每天晚上,我想到本来属于我的丈夫,却睡在别的女人身旁,和别的女人夜夜缠绵,你说我是什么滋味?这么多年,你知道我是怎么熬过来的?现在我老了,我只想用我这辈子的不幸要回本应属于我的一切。"

"玉莲,你知道,我把遗产全部留给孙子,就是为了让她家祖业全部属于我吴汉离,日后如果她想反悔,产业已经易主,又能怎么办?所以你现在忍忍,等孙子一出生,我们就永远在一起,再也不分开。"他将玉莲轻轻搂入怀里。

"九·一八"事变爆发后,为了躲避战争,吴汉离的父母带着全家从东北到了上海。因为没有吃的喝的,身无分文,无奈只好以乞讨为生,生活很是惨淡。吴汉离读过几年私塾,在上海又上了几年学。父母好不容易买了五十多平方的房子给他结婚。

吴汉离结婚不久,老婆怀孕,父母相继去世,吴汉离又没有一份固定工作,一家人的生活成了难题,吴汉离很是着急。无意中听闻孙家有一女孩,待字闺中,尚未婚配,在招上门女婿。

经过打听核实,孙家家底殷实,在上海有田地、房产多处,是实实在在的富豪。吴汉离决定走人生第一步险棋。回去和老婆一商量,于是自编自演了一出英雄救美的故事。外形高大英俊、善于察言观色、能说会道的吴汉离终于俘获美人芳心,成功做了孙家女婿,孙家也将祖业交到了他的手里。

第 **61** 章
/ 孙家产业多 /

这事如果老婆说出去,孙晓琪很可能将吴汉离告上法庭,让他身败名裂,再将他和孩子赶出府去。即使不赶出去,孙家产业也会分为几处,何况目前为止都只是孙女,这些产业全部都是外人的,而他吴汉离奋斗了这么多年,还是会一无所有。

所以他决定在公司成立庆典上,对外宣布将全部遗产留给孙子。这样有了遗嘱,这些家产,法律上其他人再也分不走一点。

他把这些与玉莲又细细分析了一遍:"只要有孙子就行,所以,你当务之急,要想一切办法,找到我的孙子。"

"除了这样,再无办法?"吴汉离点了点头,在她额头上亲了一下:"玉莲,这么多年，我这样做又是为了什么？我夹在你们两人中，左右为难，如果你再不支持，这么多年的心血付之东流，你和孩子将来我也再无能力相助，你希望是这样？"

"那我们这辈子不能在一起了吗？"

"除了没名分，这么多年，我让你和孩子吃过苦没有？我什么没有给你？如果你一闹，我们什么都没有了，快回去找孩子，在这儿要是被她看见，只有麻烦。"

"听说你生病，我着急才来的。"

外面有脚步声，吴汉离催促玉莲快走，玉莲依依不舍，退出门外。一个人转身悄悄离开。

"确信是她？"

"是的，夫人，他们两人在病房里卿卿我我，说的每一句话我都听得清清楚楚。"

"好的，你下去吧，继续给我盯着点。"老夫人说完，来人迅速退下。

老夫人又把吴远东叫来，外人全部退下。她看着吴远东："儿子，你把你父亲气得生病住院，你怎么这么不争气？"

"我弟弟争气，带着一家人躲你们远远的，不孝敬您也是好。我不管做啥事情，在你们心目中都是错的，你们也太偏心了。"

"他们不要家产，你也不要？"老夫人看着他。

"我当然要啦，要不然这么大的祖业不是都便宜了外人。"吴远东笑着说，"您很快就能抱孙子了。"

"你是不是又在外乱来？"

"我这也是替您着想，对不？昨天检查，已经怀孕两个月，我想只要王瑾萱能主动提出离婚，然后把她娶进来，那不就是您名正言顺的孙子？"

"和你那缺德的爹一样，我问你，那王家你得罪得起？估计把你剐了你都不知道谁干的。"

"那怎么办？"吴远东愣住了，他没想到这招也不行。

"现在你必须动用一切力量找回我的大孙子，到时候这个家业有你一半，否则，你一分钱也休想，我承诺。"吴远东一听，高兴坏了，屁颠乐颠地退了出来。

已经过去十五年了，人海茫茫，一点线索都没有，警察都找不到，他到哪儿去找？吴远东叫了一辆黄鱼车，沿着淮海路漫无目的地向前，到了西餐馆，他下了车，点了一块钱的菜，买了八块钱的茅台酒，又要了一杯五毛钱的咖啡。其实他不爱喝这个，只是很多有钱人都爱赶这时髦罢了。他走到收银台，想打电话，到那儿后又返回，一个人坐那儿自斟自饮。

吴远东到家的时候，孩子们在做作业。王瑾萱坐在旁边辅导。

"远东，要不给孩子请一位家庭老师吧，这作业我也辅导不了了。"

"妈说得对，我们班级很多人家都请了家庭老师。"小女儿长得最像吴远东，智力却是最好的，十五岁读初三了，其余两个女儿都上了高中。

"你去了老爷子那里没有？"王瑾萱抬头问。

"去过了，净整些没用的东西，那些图纸我真的看不懂。"吴远东冲了个热水澡，躺在床上，想到那个女人，他很是开心。女人叫钟子红，就是在刚才的饭店相遇的。那天他和几个人赌钱出来，因为赢钱，心里高兴，一路哼着小曲向前走。

"吴哥，今天你手气不错，要不要请我吃一顿？"

"好的，这边现成的饭店，走！"他点了五元钱的菜，慢慢吃起来。这时，前台有吵嚷声，他过去一看，是一位姑娘被拦在那儿。姑娘脸涨得通红："我不是吃白食的，你们不要诬赖我。我当时包就放在手边，什么时候被偷走的，我真不知道。"

"小姑娘，这可是大上海，我们是生长在法治国家，如果你包没了，你能不喊吗？"

"我真的不知道什么时候被偷的。"女孩急得眼泪都掉下来了。

"莫斯科不相信眼泪，你这是鳄鱼的泪，别想编故事来骗吃骗喝。"

"哎，我说我请你，你偏要请我，你啊，真是的，这下难堪了吧？"吴远东说着，一把拉过女孩，替女孩付了钱。这个女孩就是钟子红。后来，他开始和女孩约会，再后来女孩上了他的床。

按照钟子红的说法，她的儿子是他的种。如果是真的，那么老爷子会不会认这个孙子？

"在想什么呢，这么入神？"王瑾萱进来。他连忙收回了神睡下。

吴远志回家的时候，裴佳瑶正坐在那儿发愣。他轻轻放下手里的包，走过去，伸出长长的手臂从后面抱着她："我的夫人，想什么呢？"

"听说钟子红已经把她儿子接进府了？如果真是你大哥的孩子，吴家的所有产业不都落入他们之手？都怪我没这个命。"

吴远志说："我父亲现在还没有承认他是孙子，但是那孩子确实已经带给他看过了。那钟子红很是了得，半天工夫，就把老爷子老太太逗得那么开心。不管了，我现在不做这个总经理，也很轻松，我和银行已经说好，下周一去上班。过些时日，重新租个远一点大一点的房子，把你们都接出去，省得住在这儿心里不得轻松。"

"这样，那不是如你大哥所愿？这么多年的苦心经营，你为公司也做了不少事情，怎么可能说变卦就变卦？"

"老婆，你知不知道什么叫无官一身轻？你相信，离开那个家，我也能让你们生活得幸福。好好养身子，我现在就去公司把工作向董事会交接一下。"裴佳瑶看着吴远志离去,心里万分痛苦:"我的儿,你到底在哪里?"

她躺下刚要休息,听到外面有人说:"秦妈,佳瑶妹妹身体可好?"

"二夫人吃得少,身子还没有复原。"说话间,人已走了进来。

"妹妹,身子怎么样?"

"谢谢大嫂,现在身子好多了。"

王瑾萱端过秦妈递来的茶水,"妹子,你嫂子是无能为力了,你可一定要加油。"

"恐怕我也不行,不过我想过,女孩子也很好,我大妮这次还考了年级第一,心里高兴着呢。"

王瑾萱喝了一口茶水:"妹妹,女儿当然贴心,但关键是这庞大的家业老爷子只传给孙子。"

"那我们就自己去赚钱养活自己,你看看普天之下,那么多人不都是普通人家,他们一样生活幸福。"佳瑶看着她。

"和你说话费劲,那我们俩就这样眼睁睁地看那小三登堂入室,抢走我们吴家的产业?"王瑾萱的话当然不是没有道理。

"嫂子,只要你正宫不让,还怕她作甚?"

"不行啊,那吴远东说我再不答应,就到法院起诉硬判,到那时让我人财两空。"

对于这个问题,裴佳瑶还真没有想到,如果王瑾萱憋不住退了,那钟子红可不就名正言顺地进来了?

"钟子红确实厉害,没想到她都能把你逼出去。这都怪我们自己无能。"裴佳瑶叹了口气,"随他们去吧,我只想过那种'采菊东篱下,悠然见南山'的生活。每天清晨,丈夫上班,孩子上学,看着太阳升起落下,听着鸟儿欢唱,这种平淡而又恬静的生活,足矣。"

王瑾萱看着裴佳瑶:"你们就这么无所谓?可我王瑾萱不甘心。我要想办法让老爷子改变遗嘱。"她聊了一会儿,起身告辞,秦妈追到门口:"夫人,家里有事,我想请假回家。"

"多长时间?"

"两个月。"

"好的!"王瑾萱在门口犹豫了一会儿,转身向后面走去。路的两边是各种花卉,一年四季花开不断,花园东边,有个游泳池,明净的水面金光闪闪。路的西边,有一个花园,假山池沼,应有尽有。有个园林工人正在修剪树木,看见王瑾萱过来,连忙打招呼:"今天天气不错,是来陪老太太散步的?"

"是啊,这么好的天气不出来可惜了,在阳光下走走,补补钙。"园林工人听着一愣,"补补盖,盖在哪儿?要我帮忙吗?"王瑾萱笑着说不用,向后面走去。

越往后面，景色越别致，房子廊檐回廊，迂回曲折，有点像大观园。王瑾萱直奔后堂。早有用人迎上来："夫人，请进！"

"老夫人可好？"

"她正在屋里。"忽然传来孩子的笑声，王瑾萱愣了一下，还是走了过去。

"快来，瑾萱，你看看这娃像不像我吴家的孙子，聪明着呢。"老夫人高兴地喊道。

第62章

/ 鲲鹏建筑队 /

一个七八岁的小男孩穿着背带裤，手里拿着一辆小火车，嘴里学着火车呜呜地叫着，见到瑾萱，停了下来。

"老夫人，我知道您又想孙子了，但是也不能把野种带回家，是不？"她凑近老夫人的耳朵，压低声音恨恨说道。

"把孩子带出去玩。"老夫人说着，过来了一个女佣。

"等等！"王瑾萱喊道，拿出一包巧克力，"来，宝贝，这个可好吃啦。"说着，站起来走到孩子身边，将一包巧克力送到孩子手里，正要摸孩子的头，有人从外面进来，孩子见了，燕子似的扑过去："爸，这个小火车太好玩了。"

王瑾萱伸出手，摸着孩子的头："这孩子真乖，难怪老太太喜欢，连我也喜欢。"说着，手里用力，孩子头一缩，看着她："婶娘，你刚才弄得我头疼了。"

来人看了一眼王瑾萱，一把抱起孩子，"妈，您看看您的孙子是不是很可爱？"

"远东，这个孩子是可爱，可是她毕竟不是瑾萱生的。"

"但他确实是我的儿子。吴家有后，您让父亲早点把家业给他。"

老夫人很不高兴："远东，你现在应该跟着你父亲认真学习，要把吴家产业发扬光大才是。你现在整天东游西荡，不务正业，我们怎么能放心。"

"我来的时间也不短了，老夫人，您歇歇，我们也该回去了。"钟子红站起来。

"查清了没有？"

"现在还没有，不过我那位医生说了，如果真的要查，办法也有很多。"

"有这么多办法，那赶紧去查啊。"老夫人说。

"我这不是来了吗，现在要这孩子几根头发就行。"她附在老夫人的耳边说，"我现在就去拔两根来。"

检查结果出来，那男孩果然是吴远东的孩子。王瑾萱把吴远东告上法庭，说他犯了重婚罪。吴远东被判了两年，和王瑾萱离婚，吴家产业被分出去一大笔财产，才将这事了结。

如果吴远志的孩子找不到，那么这么庞大的家业将属于钟子红和吴远东的孩子吴虑。吴汉离拿着吴远志的全家福照片，这么多年了，二儿子他们搬出去就再也没有回来过，他试图去找过几次，却没有找到。今天见到的这个青年，长得和远志多么神似。

想到这儿，他再也坐不住了，决心再去问问这青年。到那儿一问，才知道田福根回老家带人去了。

组长说："这小子很有志气，他说他一定要带出一支一流的队伍，建造出一流的房屋，把美好的生活带给更多的人。"吴汉离又问了一些问题，组长也不清楚他的具体情况，说等福根回来再一一询问清楚。

福根把见到董事长的事情与月婵一说，月婵说："这是好事，也是你施展自己才能的机会。如果你能干得出色，说不定将来也能成立属于自己的公司。当务之急，要想不受混江龙的干扰，只有扩大自己的实力，用实力来和他抗衡。"

"我也是这么想的。事情重大，我想回去一趟，和贵哥商量商量，顺便去看望一下你的父母。"第二天一早，福根就坐上了回家的车子。

田中金正在编织，听到一声"爹"，抬头一看，竟然是福根，他擦了擦眼睛，确信是儿子回来了，嘴唇颤抖了半天："儿子，你终于回来了。"

"爹，看我给你买了什么。"

福根拿出一个小箱子，打开，里面是一个收音机，还有一台录音机。他把收音机打开："你看看这个旋钮，以后您听评书、相声、歌曲、新闻，还有天气预报都可以随时收听啦。"他把收音机打开，里面立即传出播音员那悠扬悦耳的声音。

福根回来的消息，不到个把小时，村子里就轰动起来，大家纷纷围了过来。富贵听到消息，也骑着自行车往回赶。

"老田家的儿子真的出息了，给他爹买了好多衣服，还买了收音机、录音机，还有好多没有见过的东西。"田梅生永远是通讯报道员，看到一个说一个，搞得福根真的像贵妃省亲那样，无比荣光。

"如果是这样，你看哪些人可以，都带过去。现在分田到户，地里的活儿用不了那么多人在家。"富贵说。

"你的窑厂怎么办？"福根问。

"有我，有立群还有沈强就够了。"富贵拍着自己的胸脯说。

"好，那今晚就开始报名，有一点我要说明，因为不知能不能竞争到工程，跟着我出去也不一定就能发财，要做好同甘苦共患难的准备。"

报名工作由富贵负责，他反复强调福根的意思。他说："出路出路，走出去才会有路；走出去，世界就在眼前，走不出去，眼前就是狭小的世界。不管外面的世界如何，你们放心走出去，家里有我帮你们看着。"

文慧早就做好晚饭，吃过以后，那张大床也成了两个男人的天下。她知道他们有很多话要说，带着孩子一边睡去了。

"福根，告诉你一个好消息，我已经被批准为预备党员，还要接受党组织考验一年。"富贵想到昨天党支部书记对他的谈话，很是兴奋，"你看看这是我们学习的材料。"

"祝贺你，贵哥，能成为一名共产党员，全心全意为人民服务，也是我们老田家的无限荣光。婷婷和兰兰学习那么优秀，真不容易。"

"孩子还小，相信她们一定会努力。"富贵的俩闺女，每次考试都是班级第一，还有沈强家的三娃，"那小子学习厉害，将来也是做生意的料。你给他三只羊，他后来养殖到四十多只，卖了钱，除去三人学费，还帮他爸还了外债。"

云秀和沈强已经离婚，但是她偶尔也会回来看望孩子，倒是周睿，至今没有音讯。

"那个老人姓什么，你问了没？"

"姓吴，叫吴汉离。已经七十多岁的人了，还精神矍铄。"

"能遇到好心人，要好好干。把村里人都带出去，将来大家再回来建设我们的家乡，让它成为老百姓生活的天堂。"

"沈强也不容易，一个人带着仨孩子。"家长里短，兄弟俩说着说着天就亮了。中午，田福加带去吃饭，福加又问了一些情况。家旺一听说要带人去，和家乐追着福根要去。

吃过午饭，又说了会儿话，福根到了王佑仁家里。王佑仁活活瘦了一圈，腮帮上的两坨肉也不见了。满头黑发全部成霜。老两口见到女儿买来的衣服，当即痛哭失声。

"月婵说，等安定下来，就接你们过去一起居住。"福根把月婵在南方的情景简单叙述一遍，把带来的五百块钱交给老人。

"这个钱明天给马家送去，以求得他们谅解。毕竟受人恩惠啊！"

柳儿来的时候，福根正被一群姑娘围在中间，她们都来请福根编织她们喜爱的帽子、双喜临门、雀鸟朝凤等工艺品。

"福根，我也跟你去。"柳儿说。

"问贵哥。"福根头也不抬，专心编织。

"我就问你，反正我也跟你去。"柳儿说着就跑了出去。

第三天，跟着福根走的有家旺、家乐、一凡、一平、胖墩、小豆子、铁蛋，治安小队成员除了王二牛，一个不少都来了。田梅生带着俩姑爷跟着一起过来，还有田艳和柳儿，田福根看着开心，当即带着他们返程。

福根把自己的想法说了一遍："既然这么多人来，我们自己可以成立一个建筑队，承包工地。这样，不给别人打工，我们给自己开工资。"

"这样能行吗？"

"远东房地产开发在浦东那一块现在正在大量招聘施工人员，明天你们去看看，田梅生你是老瓦匠，能不能拿下，就看你的了。"

因为人多，田艳、柳儿和月婵挤在一张床上，其他的人统一打地铺。上海的气候湿润，八月正是宜人的季节。大家直接把带来的席子被褥打开，铺在地上就是床。

第二天，田梅生带着几人去工地参加招聘，胖墩带着田艳和柳儿去舅舅饭店。

组长说："人来了就好，如果你打算带着他们单干，我帮你引荐。"

福根担心自己毕竟才来几个月，不能胜任。

"没事，你和我相处了一段时间，我知道你是一个实干家，头脑又灵活，试试看总可以的。"一滴露水也可以闪光，它也有折射阳光的能力，机会来了就要争取。

福根回来的时候，月婵早就做好饭菜，组长也跟着福根一同过来，大家边吃边聊。

建筑队名称确定为鲲鹏建筑队，希望像鲲鹏一样，有朝一日，扶摇直上。副队长田梅生。

材料由月婵进行整理登记，忙了一天，他们来到总经理办公室，将应聘材料一并上交。

为了确保万无一失，其他人跟着月婵到远东分公司招工处报名，等待个人材料审核，再确定。

三天以后，接到好消息，鲲鹏建筑队负责远东分公司第二期工程的C区建筑。

这是一栋只有十七层高的楼房，他们没有钢筋工、混凝土工、地基勘察……什么设备都没有。

"您确信他们能完成？"总经理看着老人，"这建筑毕竟不是儿戏，一个乳臭未干的娃娃能有这能力？"

老人说："让他们干，我自有安排。这小子对我有救命之恩，年轻人，让他历练历练为好。我也要看看这小子究竟能不能胜任将来的工作。"

"您还打算重用？"总经理惊愕地睁大眼睛，"董事长，您用人一向是经过层层考核，再三考验才确定，您这次是不是……"总经理陈平微微弯下身子，心想，当初连自己儿子都要经过几次考验的人，竟然把这么大的事情，交给一个什么经验都没有的后生去做。他还想再说什么，老人摆摆手，走了出去。

第63章
/ 寄钱家中来 /

签下合同，福根终于相信自己真的要带着拼凑起来的建筑队去干了，他既兴奋又害怕，毕竟他没有经历过。

"没有设备，我们可以租，没有人工，我们可以再找，公司把这么大的活儿交给你，你只能用心去做。这也是我们苏北鲲鹏建筑队大显身手的好机会。"田梅生的话说出来，福根心里感到踏实了点。

组长和另外两人一个是负责地基混凝土浇灌的钱思华，还有一个是负责工程的总监孙旭东，他们三人是总公司派过来协助福根的，组长陈松林说："福根，按照你的计划尽管实施，不要怕，缺什么我去帮你们。"

月婵给大家搞了一大桌菜，福根拿来两瓶酒说："今晚大家可以痛快地喝，以后不等楼房封顶竣工，不准喝酒。"他拿着合同，"合同已签，上面写的不仅仅是名字，而且是一种责任，房子涉及住户的安全问题，我们一定要保质保量完成。今天，我们将要用勤劳的双手，描绘美好的生活；用充满智慧的大脑，让我们的人生绽放幸福的花朵。明天早上六点，我们准时开工！"

田梅生说："走出了家门，感受到了外面世界的精彩。到了大上海，感受到了改革的春风，我们一定去学习南方人的先进技术。为了摆脱家乡贫穷的面貌，我田梅生今天在这里郑重承诺，我们到那里一定会团结合作，实干苦干加巧干，力争多赚钱。因为我爱我的家乡，我爱我的家人，我爱水乳交融的乡亲。我们这次出来，就是要让家里的亲人过上好日子，就是为了能改变家乡一穷二白的面貌，有了村委会领导的大力支持与关怀，我们有信心干得好，干得赢。以后我们到那里可以自豪地说，思远楼是我们建筑的，那是多光荣的事情。"

"好，一个字，干！"大家端起酒杯一饮而尽。

家旺站起来:"兄弟们,我们现在不仅有地方住,还有活儿干,你们可要努力,不要丢我们苏北鲲鹏建筑队的脸,更不能辜负公司对我们的信任。"大家都点头称是。

柳儿暂时到胖墩舅舅那里帮忙,艳儿负责给福根他们做饭。为了节省时间,所有人都到工地简易棚里居住。他们休息的隔壁就是简易厨房。艳儿暂时居住在这里。

周六早上,刘医生告诉月婵多做几个菜,家里今晚有客人来访。月婵添加了家乡的特产平桥豆腐、软兜长鱼、红烧排骨三样菜,又加了几个冷菜。

下午五点多钟,月婵正在厨房忙碌,听到一声车响,刘医生快步走出门。

车里下来一对夫妻,刘医生欢迎道:"崔先生夫妇能光临寒舍,蓬荜生辉。"

她赶紧出来为客人倒茶水。老人爱喝的茶水,她特意泡在旁边。

客人落座之后,月婵利用倒水的机会,瞄了一眼客人。崔先生看上去四十五岁左右,夫人穿着一袭长裙,头发梳理成时髦的波浪形,葱白似的手里拿着一只价值不菲的小包,一双乳白色的高跟鞋,将风韵的身材衬托得更加美妙动人。

后来知道刘医生是崔夫人的私人医生和朋友。因为刘医生前几天帮崔夫人的一个亲戚动了手术,她今天特地上门拜访感谢。

月婵心里放松起来,把自己的绝活儿都拿了出来,菜上到一半的时候,崔夫人忽然叫住了月婵。

"刘医生,什么时候请的这位姑娘,做菜手艺堪称一绝啊。不仅色香味俱全,还有一种让人暖暖的感动。"刘医生笑着将月婵介绍给他们夫妻俩。

"会做饭还会辅导孩子,我家怎么没有遇到这样的人?如果有合适的,请帮我们介绍介绍。"崔夫人听了刘医生的介绍,对月婵更是赞同。月婵本来想把柳儿介绍给他们,可是想想,柳儿不能辅导他们的孩子,而且还没有咨询柳儿的意见,她左思右想,话没有说出口。

饭后茶水上去之后,月婵就可以在她的小天地自由发挥了。她收拾好餐具,正坐在窗前看书,没想到崔夫人竟然走了进来。她连忙让座。

闲聊了几句,崔夫人见到了月婵摆放的一个编织工艺品,忽然她停住了问:"这是什么?"

月婵看了一眼:"这是我们用来寻找亲人的一个小广告,这是他的乳名旺旺。"夫人像触电似的,浑身颤抖,"你这位亲戚在找什么人呢?"

"寻找他的亲生父母。"

"找到他的亲生父母了吗?"

"上海这么大。到哪儿去找。"

崔夫人问:"你这位亲戚叫什么名字?"

"田福根！"

"你知道他还有什么名字吗？"

"只知道他原来名字叫吴优，小名旺旺，是被一家大户人家丢弃的，这次我们回来就是找他父母的。"

本想继续说话，外面已经有人在叫唤，崔夫人匆匆离开，走到门口，又返回道："月婵姑娘，你这个可以给我吗？"

月婵把旺旺编织头像赶紧拿过来："夫人，请您帮忙打听，如果有这样的人家，请告诉我，因为这是他这么多年来的最大心愿。"

月婵把他们送到门口，她看见夫人脸色惨白，双手捂着胸口，像很累似的，仰靠在座椅上。

"崔夫人好像身体不适。"刘医生说，"刚才崔先生走得匆忙，没有来得及问，不会有什么事吧？"

车子远走，大家才返回。月婵本来想把这件事告诉福根，可是事情很多，时间一长，竟然把这件事情忘记了。

上海的冬来得要温和些，当感觉到冷的时候，已经到了冬至，月婵不仅要忙刘医生一家的生活，还要到工地去给田艳帮忙，一直未去看望柳儿，感到惭愧。下午她抽了一点时间，将买的一条丝巾送过去。

因为外来人口的突然暴增，使这个城市重新焕发了活力。路边的树不仅没有冬的痕迹，反而更加翠绿。饭店里生意火爆，一直到下午四点，月婵才和柳儿说上话。

五点半，月婵要忙着去接晓宇，刚要告辞回去，门口停下一辆车，下来四名青年，其中一位脖子上戴着一根拇指粗细的项链，与他青春帅气的年龄极不相称。他看到月婵，明显愣了一下，伸出手，月婵头一偏，手上的大钻戒从月婵脸上闪过。

有一个染着黄头发的青年拿出一根香烟，递了过去，另一个连忙将烟点上。最后一人将车钥匙拿在手里，抛上抛下，钥匙发出清脆的响声。胖墩舅妈早就过来，她今天的口红抹得重了些，嘴唇看上去更加性感。

前面三个人对她的招呼理都不理，径直向楼上包间走去。豪华包间只有一间，也是最贵的。柳儿不敢怠慢，拿着菜单过去。

月婵转身要走，过来一人拦住去路。

"姑娘，吴公子今天请你吃饭，希望你能赏脸。"

月婵看着柳儿，又望了望胖墩舅妈，她们都示意她赶紧离开。

"对不起，我要接孩子放学，真对不起！"月婵说着往外走。

"不要不知好歹，你要知道我们的这位吴公子是谁，估计你得觍着脸过来。"

月婵不说话，快步往外走。胖墩舅舅连忙过来，赔着笑脸："四位公子，她是我家侄女，因为有事，不能相陪，请见谅。"月婵赶紧溜出来上了一辆车就走。

她像杀了人似的慌张，这几个人会不会是混江龙派来的，会不会对福根不利？一整晚，她都心不在焉，把晓宇的作业都辅导错了两题。

"月婵，你是不是有事？"刘医生的公公端着茶水进来，"你把我的茶叶也泡错了。"

月婵心神不宁，好不容易等刘医生回来，连忙去工地找福根。福根他们还没有回来，艳儿正在择菜，准备明天的早饭。

"艳姐，今天的事情务必让福根注意。"她把刚来时在码头打工的经历讲了一遍，田艳也着急起来。

为了赶工，福根他们每天都很晚才下班，月婵想回去睡觉，又不敢走。正在混沌之时，听到有人说话，她赶紧起床。

"福根！"当福根进来时，她紧绷的神经一下子放松下来，她跑过去，生怕田福根消失了似的，紧紧地抱着他。

"我明天去看看怎么回事。"胖墩说，"真不敢相信，现在还有这样胆大妄为的人。"大家正在吃饭，外面有人进来。

"唐总，这么晚，您怎么来了？"福根他们都站起来问。

唐总是远东集团总经理，用工友们的话叫做"一人之下，万人之上"。唐总看着他们，点头称赞，本来打算两年完成的工程，按照他们现在的拼劲，估计要缩短一半工期。

"你们先吃，田福根队长、田梅生队长吃过以后来我办公室一趟。"唐总说完，笑眯眯地走了。

"大家赶紧吃饭。"田艳说，"天天这么加班，累不累？"

"累并快乐着。"大家乐呵呵地说。人的精神一旦松懈下来，很容易犯困。月婵见福根要出去，不再等他，躺在田艳床上，一会儿便进入梦乡。

福根和田梅生到唐总办公室时，唐总正在等候。见他俩进来，唐总站起来，倒了两杯开水，两人也不客气，端过来就喝。

"唐总，您找我们干吗？"

"两位兄弟，辛苦了，开工已经有两个多月，我知道你们都缺钱，想置办一些生活用品，董事长特让我过来，每个人先支付五百元。"他指着桌上的电话说，"以后你们可以用它给家里打电话，一周一次，需要打电话时找会计黄鑫。"他摁了一下电话，会计进来。

"年轻人，好好干！"唐总说完走了。福根从会计手里接过厚厚的一摞钱时，激动得像捡了黄金似的跳跃起来。

"大家快起来，发工资啦!"每个人把钱数了又数，看了又看，抱在一起，哭啊、跳啊、唱啊，好久才沉寂下来。

"文慧姐，田梅生寄钱来了。"文慧刚起床，马秀莲忍不住地笑，手里拿着汇款单就来了。文慧高兴地问："其他的人家来了没?"

"都来了，每家汇款五百元。"

"真的?"文慧高兴地对马秀莲说，"田梅生兄弟真有本事，一个剥削人的人也学会了赚钱。"马秀莲约王芳一起去邮局拿钱，王芳不相信一凡和一平能寄回来八百元，直到从邮局里把钱取回来，才捏着厚厚的一扎钱笑了。赶紧把家里的余粮卖了，凑了一千元，存在银行里。

第64章
/ 接受邀请函 /

跟着福根去的人每人都寄回五百元的消息像长了翅膀一样，在田家湾很快引起了轰动，很多人跑来探听虚实。

"这还有假?"马秀莲拿着汇款单，摇了摇，"这个就是最好的证明。"

没几天，陆续传来村民外出打工的消息，有去深圳的，有去浙江的，有去广东的，有去福建的，每走一个，都到村委会登记一下。农忙时候，回来不回来，都要有个详细说明。

富贵看着他们，心里说不出地开心。这么多年捆着农民的手铐脚镣终于解除，农民也可以走出土地了。远方尽管不知有多远，但走着走着，或许一抬头，就到了自己想要去的目的地。

"别人都跑出去赚钱，你一个人在家，整天忙得不见人影。"文慧看着富贵手中外出务工人员的名单越来越多，不禁生气地说道。

"马文慧，你不要忘记，我是全票意外当选，我走了，岂不是辜负大家对我的一片心意?在家在外，都在为这片土地打拼，都希望这块土地能尽快走向富裕，人人过上小康生活。所以，在得与失之间，你觉得我该选择哪一个?"

"你们忙，我们也不能闲着，明天和王芳、秀莲说好去拿针织品回来做手工活儿。"

"要不我们开一个编织厂，有田叔领头，万事不愁，你觉得呢？"

夫妻两人各执一词，最后用最原始的"石头剪刀布"这个办法解决了难题："文慧带领妇女钩织，富贵和田叔等人编织农用品。算一算，一个冬天过来，余粮没有，但是手工活儿的钱，完全可以过一个好年。"

"就这样，我们夫妻也来个擂台赛。"富贵说，"赶明儿把窑厂承包给别人我就轻松了，一定要和你好好比试一下。"

崔东山回来，见裴佳瑶在看一个编织品，笑着说："是不是又喜欢上了什么新潮东西？"

"东山，你来看看，这上面刻着旺旺的名字，你看上面还有吴优。"崔东山将外套挂好，走过来，原来是用草编织的图案，一个男人背着一个鱼篓，里面是一个娃娃，鱼篓两侧编着"旺旺"和"吴优"的名字。

"这是从哪儿拿来的？"

"刘医生家里那个姑娘的。"

"她怎么说？"崔东山两手微微颤动。

"她说这是她一个亲戚，从小被抛弃在盐河，他们这次到上海就是来寻亲的，他一定要弄明白自己为什么要被抛弃。"裴佳瑶把月婵的话又复述了一遍。

"他现在在哪儿？"

"那天走得匆忙，未来得及询问，要不我们现在再去问问。"

到那儿一问，月婵还没有回去，两人又悻悻而回。

第二年农历十月一号，福根他们仅仅用了九个月的时间就成功封顶，只等来人验收。还没来得及庆贺，却接到了一封邀请函，庆祝远东集团成立三十周年，组长、老钱、孙总监三人也接到了邀请函。唐总经理还特意关照福根带一个舞伴。

舞伴现成的，既是自己的未婚妻又是自己的舞蹈老师，福根把邀请函送给月婵，让她好好准备，关照月婵带他姐姐去买一件晚礼服，带田艳去见见世面。田艳说啥也不去，只好作罢。

为了庆典，所有建筑施工单位全部放假两天。除了胖墩，田梅生他们当天晚上就回去了。庆典在上海浦东最大的豪华酒店举行。

福根和月婵为了不耽误时间，提前在酒店附近找了一个小房间住下，月婵说休息好才能跳得精神。

那件西服最令月婵头疼，福根人身高一米八二，偏瘦，西装穿在身上，总感觉肩膀那里多了一块，月婵用双面夹，夹起来一部分，才觉得好一点。由于连日来的劳累，等月婵把西装弄好，福根已经响起了鼾声。她也赶紧休息了一会儿。

庆典在晚上五点五十八分开始。他们五点到的酒店，酒店门口已排起了长长的队伍，门前大大的屏幕上不停地显示着"热烈祝贺上海远东地产集团创立三十周年"几个金底红色大字。福根紧紧挽着月婵的手臂，随着人流向里面移动。

进入大门，两边分别站着两位穿戴相同的姑娘，用甜美的声音欢迎亲朋好友。庆典在酒店三楼举行，他们一同进去，面前豁然开朗。最前面是一个装扮得相当豪华精美的舞台，舞台后面同样写着：热烈祝贺上海远东集团创立三十周年。中间是一个圆形舞池，两边是一个一个的小包间。福根和月婵找了一个比较偏僻的包间坐了下来。

五点五十分，一位年轻的主持人穿着一身正装，拿着话筒走了出来，紧跟在后面的是一位穿着紫红色晚礼服的美女，胸前那朵闪闪发光的礼花，让她看起来高贵优雅。

"各位来宾，各位亲朋好友，请大家速速就座，庆典晚宴即将开始，下面有请远东集团董事长吴汉离先生隆重登场。"接着登场的是各位重要嘉宾。当主持人用激动的声音宣布董事长致辞时，口哨声、掌声、呼喊声响成一片。吴汉离先生站在话筒前，举起右手示意，会场安静下来。

"尊敬的各位领导、各位来宾，同志们：大家好！三十年甘苦风雨兼程，三十年求索岁月如歌。今天，我们满怀喜悦，欢聚一堂，隆重庆祝上海远东建筑工程有限公司成立三十周年。当改革的春风，吹遍祖国大地的时候，顺应时代的发展潮流，上海远东建筑工程有限公司已然走过了三十年征程。从初期创业到实现多种经营全面发展，我们公司走过了一段用心血和汗水铺就的奋斗之路。这是我们大家共同努力的结果，也是对全远东人辛勤付出的最好回报……"

董事长讲完，观众报以热烈的掌声。下面是公司代表讲话。当主持人用激动的语气宣布远东公司未来的继承人吴虑先生上台的时候，场下气氛简直失控。舞台幕布徐徐打开，出现了一位长相俊俏的青年，暗黑的头发挑染着嚣张的浅黄色，刘海下一张妖艳的脸庞，足以让所有女生尖叫。长长的刘海半掩着一双勾魂的桃花眼，那放荡不羁的眼眸使人感到很魅惑，高挺完美的鼻翼，樱花般的性感双唇轻轻一抿，带着若有若无的微笑，透着邪魅。脸上找不到一点点瑕疵，皮肤比女生还要白皙细腻，帅得无可挑剔。高挑的身材穿着具有神秘气息的黑色燕尾服，显得慵懒、叛逆。右耳镶有一颗紫色的耳钉，与胸前暗紫色的紫水钻十字架相互辉映。他一个手势，音乐响起，接着在台上表演了一段精彩的拉丁舞。主持人这才宣布舞会开始。

"福根，看柳儿！"月婵指着一群穿着盛装的舞女，惊喜地喊道。

第65章

/ 舞池斗智勇 /

福根见柳儿身上穿着一条紧身的黑色亮片连衣裙，裙子的蕾丝边上还贴着许多名贵的钻石，把少女魔鬼般的身材勾勒得完美无缺。众人慢慢地把视线移上去。小巧的双脚上一条雪白色的大腿暴露在外，显得性感不已。那长长的睫毛像小扇子一开一合，清秀的五官里透露出一种说不出的飘逸，像天使一般空灵。

"今晚谁将是第一个陪伴吴虑先生的舞伴呢？"当主持人说出这句话时，会场瞬间安静下来，气氛紧张，因为今天来参加舞会的所有女孩，如果其中一位在第一支舞就能被选为吴虑的舞伴，那这位女孩就是吴家的孙媳妇。

舞台上的十名少女都面带微笑，等候着吴虑走过去。舞池周围，如后宫佳丽三千，个个都打扮得精致，等候吴虑的到来。吴虑缓缓看过去，目光经过一张张俏丽的脸庞，他忽然跳起舞蹈，向舞池里缓缓走来。

他微笑着，鬼魂牵引似的，慢慢地向一处偏僻的角落飘过来："小姐，请！"当他弯下身子，绅士般地做出邀请的时候，月婵惊呆了。

所有的目光都注视过来，月婵就这样暴露在众目睽睽之下，一头黑发卷而不乱，刘海长短有致，带着些微的弧度，白皙的肌肤和娇俏的瓜子脸，乌黑秀气的眉，水汪汪的大眼睛眨呀眨呀，小巧精致的鼻梁，不点自红的唇紧抿着，一身嫩绿色的连衣裙，将月婵的身材衬托得玲珑有致，尤其是她腹有诗书气自华的书卷气，让她在那么多女孩中显得与众不同。

全场寂静了有几分钟，忽然爆出如雷的掌声。

"对不起，先生，我的第一支舞是陪伴我的未婚夫的。"月婵看着他，拉着福根的手。福根的手臂轻轻放在她的肩上。月婵怎么也想不到，那天在饭店门口遇见的这个男孩，竟然是上海地产大亨的孙子。

舞厅里安静，死一般的安静。福根看着他，身子微蹲，伸出的右手又做了个请的动作，嘴角上扬，脸上又现出了那种桀骜不驯的神色。

"好眼光，这个女孩犹如不食人间烟火的仙女，干净、清纯、漂亮又不失端庄。这是哪家闺秀？怎么没见过？"有人说。

"吴少爷果真好眼光。"声音从高台上面传过来，尽管小，却听得分明。高台上坐着的是公司高管、领导和吴家家眷。在这么多人面前被拒绝，该是多么难为情的事情，传出去，他吴虑颜面何存？

"请美女赏光!"吴虑忽然伸手一拉,早有一双手轻轻挡过,月婵的身子快如闪电,躲过了他的胳膊。

吴虑跳着拉丁舞,步步紧逼。福根没有退路,只好轻轻挽着月婵滑入舞池。吴虑一招左陀螺转,那柔软的身子如影相随,一双长臂即将钩住月婵。福根一手将月婵轻轻托起,在舞池中间如一双彩蝶翩翩起舞。

"董事长,这……"唐总低声询问。吴汉离挥挥手,坐在高台微笑地看着这三人。

吴虑改跳恰恰,举起双手欲去抚摸月婵的脸,福根把月婵用力抛了出去。大家发出惊呼声。好个福根,后背贴地,仰面朝天,从吴虑的双腿中间滑过去,月婵正好落在他的腹部。福根抓着她的脚腕,将她托举起来,旋转360度。月婵单膝点地。

吴虑身子倾斜45度,伸手来抓月婵手腕,福根右手一用力,将月婵举过头顶,月婵来了个太空漫步,翻到了福根的左侧,吴虑抓了个空。

场上一片唏嘘。吴虑恼羞成怒,几个大跨步,手已经碰到月婵的裙裾,福根拦腰将月婵抱起,月婵张开双臂,福根身子倒垂立地,旋转,一招金鸡独立,月婵和福根面贴着面,嘴唇印着嘴唇,四目相对,恩爱缠绵。

"好!"舞厅里响起热烈的掌声、口哨声、尖叫声。吴虑怒从心头起,恶向胆边生,单臂撑地,双腿并拢,横扫过来。福根一手抱着月婵,一手拉着舞池中间的一根彩带,在半空飞舞一周,徐徐落下,音乐声恰好停止,两人如一朵绽开的雪莲,在舞池中熠熠生辉。忽然,掌声如潮水般响起。

"那位公子是谁?不仅人长得帅,舞还跳得这么好。"场上女孩子尖叫起来,"这才是真正的舞王。"

"福根,我们走!"

"好!"福根拉着月婵,向门边走去。

"慢着!"三人拦住了去路。第二支音乐已经响起来,没有人注意到这儿。

福根不说话,在舞池里穿梭,他想绕到后门过去。刚到那里,又有四人像门神一样拦在那里:"吴公子说了,今天不等舞会结束,任何人不得出去,请吧!"

月婵惊恐地看着福根,抓着福根的手瑟瑟发抖。

"月婵,莫怕,没想到今天让你来参加这霸王舞会,害你担心。"他搂着她的腰,第二支舞一结束,他带着月婵,想跟着人流出去。

"我去洗手间!"月婵看着几个凶神恶煞般的男人,怯怯地说。

"小姐,我带您去。"过来一位侍女。福根看着月婵出去,也跟着走。

"先生,请留步!"话到拳到,福根身子向左一侧,拳头带着风声而过,接着只听到一声轰响,一名大汉被扔到地上。接着有三人已经打在一起。众人慌忙跳出舞池，站在四边观看。

那三人步步紧逼，招招致命。福根说："今天是公司庆典，如果你们实在想和在下过招，请你们征得董事长同意，我陪你们玩个痛快。"

福根气运丹田，将声音送了出去。

"东山，你看，你好好看看，说话的那青年。"裴佳瑶从座位上站起来，"从一开始我就觉得他特别像一个人，你看他说话的语气、姿态，都跟你一模一样，还有那姑娘，不就是刘云家的那位姑娘吗？"东山站起来，他本不想来参加这个庆典，可陈平说老爷子身体近来欠佳，再说要到八十岁的人了，怎么也得照顾一下他的情绪。因此，他选择坐在后面，根本无心去看什么庆典。当吴虑他们斗舞的时候，他对这个青年也有一种似曾相识的感觉。

楼外的人都能听到福根的声音，有人跑过来站在门口。吴汉离过来，饶有兴致地说："今天公司三十周年庆典，也是难得能有这样的机会。不过，话我说在这里，你们只能点到为止，不能有任何伤人的机会，否则，破坏了今天的喜庆，我严惩不贷。"大家都坐下来，看着场上的变化。老爷子发话，福根心里有数，当然是怕伤着他。福根抬头向老爷子一抱拳，其中一人说道："恭敬不如从命。"说着使出一招偷天换日，向福根袭来。

不容福根躲避，那人已经捏着他的下巴。花衣青年挑逗地看着他："小弟弟，你怎么长得这么好看。"说着哈哈大笑，那勾人心魄的眼睛，笑得只有一条缝。福根脸上泛起红晕，长这么大，还真没人敢对他这么说，更何况刚才那青年出手竟然如此之快，让他始料不及。

"下流！"他忽然抬起胳膊肘，撞在那人的下巴上。那青年向后仰倒，一条白光闪过他的身子。

"偷袭非君子所为，哥哥看上去也像是光明磊落之人，没想到竟然暗中出手。"福根说着，伸出双掌，花衣青年被一股巨大的力量拽了回去。那高大的身躯撞击在左侧的胖子身上。胖子浑身上下看不到排骨，头上扎着小辫子，眉间点了一颗黑黑的美人痣。他伸手将青年拉住，青年才稳住脚跟。

另一个人从后面伸出鹰爪，福根未及躲开，衣服从后背被一撕两开。福根瞥见月婵进来，他心中有数。只几招过去，那三人明显处于劣势。

"福根，小心！"月婵惊呼，福根身子向后倒地，一道白光从面门飞过，扑哧扎进舞台正中的木头上，刀柄在颤颤震动。

福根只觉得血脉偾张，大喝一声，身形晃动，手脚并用，须臾间，三男子倒在地上。福根拉起月婵的手，飞奔而去。待众人明白过来，早已不见他们的人影。

"好！"吴汉离说道，掌声四起。裴佳瑶和崔东山也已下来，往外走去。

"东山，快，快拦住他们，看看是不是我们的旺儿。他胳膊上那个红色的胎记，和旺儿太像了，还有那个金锁。"吴远志听说，跟着后面追过去。

田艳正在做饭，见福根回来，衣服零碎不堪，她立刻明白是怎么回事。

"是不是混江龙？"

"不是！"月婵说，"姐，收拾东西，立即回家。"

田艳不敢多问，连忙跟着他们就走。上了车，看着车上一张张陌生的面孔，福根一口气才松懈下来。

一直到了家里，心才安定下来。富贵他们见福根忽然回来，很是纳闷，纷纷过来问个究竟，月婵把事情讲述了一遍，大家直听得毛骨悚然。

福根说："我跟吴汉离从无过节，他为什么对我痛下杀手？那三人，简直就是招招要我的命。吴汉离应该看到了那把锋利无比的匕首。"

田梅生说："看那老先生对你对我们都很好，对你下狠手的绝对不是他，肯定另有其人。"

"那个男的我认识，柳儿后来说他常常去她饭店，因为他们饭店搬家，这阶段我也就没有过去，柳儿应该知道他的底细。"大家听了觉得有道理。可是柳儿没回来，放假那天胖墩又去了他舅舅那里，现在他们饭店在哪儿，无人知晓。

"我去问问胖墩娘。"家乐走了。

"福根，以后不出去了，在家里最安全。"月婵长长叹了口气，"可把我吓死了，外面的世界很精彩，外面的世界也很无奈啊。"

"我只是不明白，为什么他们这么针对我？"福根说。

他不明白，可钟子红明白，从吴虑回来的第一眼，她就知道，计划成功。

"保证让他这辈子不敢再来上海。"吴虑说。

钟子红看见福根的时候，着实吓了一跳，那五官与身材，简直是和吴远志一个模子刻出来的。她看得出来，相信裴佳瑶他们也一定能看得出来，她不动声色，果然听到裴佳瑶他们的对话，心里更是惊慌。处心积虑这么多年，怎么可能让自己的心血付之东流。

老爷子今年七十八岁，他已经说过，在他八十寿诞上，将会亲手把吴氏所有产业交给他的孙子。

不管这小子是不是吴优，绝不能让他留在上海，迟早是祸害。于是，她借故上厕所，赶紧找到吴虑，吩咐他如此这般。

第66章
/ 重见长命锁 /

"怎么可能？这小子自从我看见他的第一眼，就觉得是我的仇人，一个土包子竟然能约会一个仙女似的女生，那可是我梦寐以求的人，难怪我追了几次都不理我。"吴虑脱下衣服，卫生间里传来洗澡的水声。

"快点开，快一点开！"裴佳瑶不停地催促，"那一定是我的儿。"

崔东山脚踩油门，飞一般到了刘云家门口。刘医生还没有回来，老爷子正在喝茶听书，两人招呼没打，赶紧来到爱使医院。这么些年来，他们为医院捐赠了不少医疗物资，医院的人见他们进来，都忙着打招呼。此时，刘医生还没有下班，正在给一位病人问诊。

裴佳瑶已经完全忘记了自己的身份，在门口焦急地踱来踱去。

"怎么啦？"病人走后，刘医生赶紧过来。

"你知道那位月婵姑娘是哪儿的人吗？"

"不知道！"

"有没有联系方式？"

"这个我倒没有问过，"刘医生忽然想起来，"田家菜馆老板和她是亲戚。"两人听罢，直奔菜馆。

菜馆正在装修，原来他们为了扩大规模，已经到其他地方重新营业，具体在哪里，没人知道。

裴佳瑶哭了起来。她恨自己当时为什么不向月婵问清楚。

"佳瑶，如果真是我们的孩子，就一定会再见到的。放心，他只是暂时离开我们一段时间，一定会回来的。去他工地，他已经在这儿生活了一年多，不可能没有痕迹的。"

这么一劝慰，裴佳瑶才逐渐平静："从今天开始，你要想尽一切办法，找到孩子。"

裴佳瑶这边不安静，老夫人那边也是像烧开的水，沸腾起来。

送走客人，老夫人疲倦地坐在沙发上，心柔赶紧端来茶水，给老夫人捶肩按摩。

"汉离，今天那男孩你是不是很熟悉？"老夫人看着吴汉离，"这孩子怎么那么像一个人呢？"

吴汉离说："你觉得他像谁？"

老夫人想了想："像远志，像二儿子远志。"听到老夫人的话，吴汉离一脸的不高兴。

"不要跟我提那个孽子，要不是他，我怎么会这样？七十八岁了还要操心企业，不孝子。如果不是你坚持不肯把这企业交给吴虑，我早就享清福了。"

老夫人看着他，摇摇头。她知道吴汉离怪二儿子当初离家出走。如今，吴远志是上海最大的银行行长，在金融界颇有口碑。大儿子吴远东现在整天除了外出鬼混，对公司的事情一点也不上心，钟子红虽然是奉子成婚，可也因为逼走了王瑾萱，让吴家企业大吐血。

吴汉离听了老夫人的唠叨，一言不发。他本来想让福根多历练历练，所以才将那栋楼安排给他负责建筑，事实证明，他的眼光是对的，今天他一眼就看出那几人对福根下狠招，他想观察福根的应变能力，以及验证工地上说他是神人的传闻。因此，没有阻止。没想到老夫人这么一唠叨，他才着急起来，拿起桌上的电话打了过去："知道他去了哪里了吗？"

"刚才二少爷和少夫人已经来询问过，都不知道他去了哪儿。"

"他们的工钱你们发了没有？"

"按照您的吩咐，已经发了，包括奖金，除了每人三百元押金没给。"唐总小心翼翼地说。他不明白董事长问这话的意思。

"你去把福根给我叫来，我有话问他。"董事长丢下电话，刚要闭目养神，电话响了。"什么？这么快，问他们去了哪里没有？"

"找到他的家不就行了？"老夫人说，"即使不是，当面问个清楚，心里也踏实。毕竟世上有相似之人。"

"妈，他就是我的旺儿啊！"裴佳瑶从外面哭哭啼啼一路进来。

"这是在他住的地方找到的金锁。"老夫人一看，锁链子已经断了，金锁正面的的确确刻着"富贵长久"、反面"无忧无虑"这八个字。

"妈，这很可能是他们临走时掉下来的。"裴佳瑶焦急地说。

老夫人双手合十："老天开眼，终于让我们找到孩子了。"

"可是我们又眼睁睁看着他没了，东山，东山！"裴佳瑶哭着说。

老夫人拿着金锁，左看右看，这是她亲手给孙子戴上去的："动用一切力量迅速找到我的孙子，都是你这个老头子害的。"

老夫人跑进祠堂，对着列祖列宗长跪，挨个儿磕头。

"至于吗？难道吴虑不是你的孙子？"一切和自己所想的一模一样，那小子果真是吴优。钟子红一摇一晃地进来，"妈，这么多年，您还是这么偏心。如果他是您的孙子，怎么不陪陪你就消失得无影无踪了，对吧？"钟子红看了一眼哭泣的裴佳瑶，

"这不是弟妹吗？你们不是已经和爸断绝父子关系了，今天怎么又回来了，是不是在外面待腻了？"

"这么多年，你还是那个样子，一点没变，简直就是一个疯子。"裴佳瑶看着她。"不用那么咬牙切齿的，有本事你就生个儿子出来，不要在这儿哭哭啼啼，乱认什么儿子回来，是不是有什么不可告人的目的？"裴佳瑶没有理睬她，转身走出门外。

"快告诉我，她在哪儿？"吴虑看着床上躺着的那个女人大声问道。

"你为什么要找她？我哪里不如她？你说好的，第一支舞一定要和我跳，原来你都是骗我的。"床上的女人背对着他说。

"告诉你，下邀请函的是我，她比你漂亮，你是丫鬟，她就是小姐，你怎么可能跟她比？"吴虑过来，伸手扭过床上的脸，用手使劲在腮帮上扭了一下，床上的人痛得喊叫起来。

"告诉我，她去了哪儿？"他端起旁边的茶杯，将水倒在床上的人脸上，"你也不看看你这模样，还想当我吴家少奶奶，我呸，你的那点小心思我还看不出来，你看见鸡上梧桐树的吗？"

"那你为什么要和我在一起？"

"那是你自作多情，我呢，也就顺便陪你玩玩。哈哈！"那扭曲的脸像鬼似的，"你不就是想我玩你吗？过来，爷再陪你玩一次。"

床上的人不理他，他一把过来抓着她的长发，疯狂地扑上去……

外面不知什么时候已下起了雨，她后来被塞进一辆车子，浑身火烧般的疼痛，这个畜生竟然变着花样折磨她。

"不要说错了，小心我扒了你的皮。"

她蜷缩在后面，"王月婵，我一定也要让你尝尝这样的痛苦。"三辆黑色奔驰在坑坑洼洼的马路上紧紧盯着他们，向着同一个方向前行。

家旺很快回来，拿着胖墩娘给的一个地址，福根知道这个地方，在浦东人气最旺的地方。

富贵到家的时候，文慧正在和月婵说话，富贵把地址给了月婵，月婵看了一会儿，过来说："福根，我想我们还是离开这儿，你想，我们能找到地址，他们也一定能找到，何况柳儿还跟着那个……"她没有说下去，因为这件事情她还不能确定是不是真的，最后一次去见柳儿的时候，吴虑正搂着柳儿有说有笑地从一个宾馆出来，她吓得赶紧避开走了。

庆典前一天，柳儿还特意让她来参加舞会，说要给她一个大大的惊喜。想到那天舞台上的柳儿，月婵越想越觉得不对劲。

"福根，我们赶紧走，我怕柳儿真把他们带来。"

富贵说："到了我们这儿，岂容他撒野，把他打得有来无回。"

"如果他们要绑架月婵呢？"

富贵、胡文生、田中金商量后，拿来一个地址，让福根和月婵迅速离开。家旺骑上摩托车，带着他们两人连夜离开。

当新的一天来临的时候，田家湾这个沉寂多年的村子，被一声声凄惨的声音惊醒。

"你们快去救柳儿，柳儿她……"李梅兰哭着跑来的时候，门口已经被围了起来。

"把田福根交出来，否则，我今天就让她跟着陪葬。"十几个男人，手拿棍棒，一律穿着黑色衣服，凶神恶煞般站在田福根家门口。胡天民、田福加、田梅生、一凡、一平……一村子的男子汉全部聚拢过来，沈强带着窑厂的人也赶了过来，遇见能到这田家湾撒野的人还真是第一次。

"只要你们交出田福根！"

"他犯了什么错误？"富贵问。

"他偷了我们家祖传宝贝。"吴虑说着，手上一使劲，柳儿顿时觉得头炸了般地疼痛，赶紧说："福根把他家的如意偷走了。"

田艳实在忍不住，出来指着柳儿："你还是我们村的人吗？你怎么也学会红口白牙地胡说八道。"

柳儿低着头不说话，田艳说："你为了当上吴家少奶奶，不惜陷害月婵和福根，你还是人吗？你怎么还有脸在这儿哭呢？让田家湾老少看看，别人出去都是凭着本事赚钱，你呢，用自己的身子作向上爬的梯子，现在知道害人的好处了吧？多行不义必自毙。"

李梅兰指着田艳，田艳把柳儿用计骗月婵和福根去参加庆典的事情讲述了一遍："如果不是福根，月婵早就遭了这个人的毒手。"

李梅兰听了，很是气愤，上来给了柳儿几个巴掌："从今以后，我没有你这个女儿。我们田家湾哪个姑娘不是一身正气，你给我们丢脸！随便你们怎么处理。"说着，李梅兰气得哭着要走，被人拉住了。

"从她回来的那一天起，福根就不愿再多看我一眼。你们都夸月婵有文化，漂亮，我呢？好不容易遇到了一个可以托付终身的人，又被她给搅黄了，为什么你们对我都这么不公平？让我死了算了。"柳儿欲挣脱，可哪里能敌得过两个彪形大汉。

"快，警车来了。"有人喊道。隐隐约约有警笛的鸣叫声。

富贵大声喊:"警察来了,快放下柳儿,否则你们一个也跑不了。"

"你们如果再敢动,我就杀了她。"说着,那人搂着柳儿的胳膊一用力,柳儿发出一声痛苦的惨叫,"你们都给我往后退。"

富贵一挥手,大家退出有五米远,形成一个包围圈。警车的鸣笛声已经清晰可闻。"快跑,要不然来不及了。"不知谁喊了一声,那些人拉上柳儿就溜。

李梅兰尽管气得很,但是见车子真的把柳儿拉走的时候,慌得号啕大哭:"我的柳儿啊,这可怎么办啊?"踉踉跄跄跟着车后面哭着追,富贵他们把手里的棍棒农具扔向车子,怎奈车子速度很快,渐渐地,车子越来越远。

"人呢?"家旺骑着摩托车过来,原来警笛声音是家旺摩托车上安装的警铃。又过了一个时辰,警车才赶过来,那些人早就不知踪影。

田家湾的上空笼罩着一层阴云,柳儿被劫走,田福根下落不明。

文慧说:"这么好的一个孩子,命运怎么就不能让他好好过日子?"

"磨难是对他的一种考验,希望他这次远走高飞,从此一帆风顺。"富贵的叹息声穿透黑暗,揪着田家湾所有人的心。

第 **67** 章

/ 踏上寻亲路 /

裴佳瑶和吴远志到田家湾的时候,已经是下午,田中金把捡孩子的过程告诉了他们。众人这才明白,原来那些人是为了阻止福根回去继承产业。

田中金说:"我们庄稼人不图你们那些家业,我只要我的儿子一生平安就行。"

坐了一天一夜的火车,福根终于到达了福建。胡文生听说了他们的遭遇,请朋友介绍他们进了鞋厂。因为没有宿舍,胡文生帮他们在离厂不远处租了房子。房东是一位七十多岁的孤寡老人,是鞋厂退休的老师傅。福根和月婵很是高兴,在老人的精心指导下,不到三个月,福根就凭着每次业绩第一的成绩,被提拔为组长。

"爷爷,今晚好好庆贺一下,福根被提拔为组长啦!"月婵买了几个菜,老人当然高兴。福根给老人买了一身衣服,穿在身上正合适。老人高兴地多喝了几杯。富根说:"月婵,在最寂寞的时候,老天真的让我有了一位爷爷,以后,我们把他当作我们的亲人。"老人有一个侄子，每隔一个星期都会来看望一次，他们像一家人在一起生活着。

转眼又过了两个月，胡文生昨天来说带他们去看海。两人自然高兴，老人也一起去。

月婵穿着墨绿色短袖、白色长裤，头上还戴了一个时髦的发卡，亭亭玉立，像荷花仙子。

"月婵，你今天真漂亮。"

"去去，像个大色狼。"月婵说，"去哪儿？"

胡文生在门口喊，一辆黑色轿车停在门口，两人上了车："这是我的司机小罗，以后有什么事情可以找他。"

福根看着他："这是你的车？"

"是的，今年，我也是借了国家的东风。1985年3月28日，国务院批转《关于广东、福建两省继续实行特殊政策、灵活措施的会议纪要》并发出通知指出：五年来的实践证明，中共中央、国务院关于广东、福建两省在对外经济活动中实行特殊政策、灵活措施的决定是完全正确的。第一批来这里淘金的人，很多人都取得了成功。我的商业一条街正在实施中，工程结束，我将在这里建成田家湾小吃一条街，然后推向各地，争取把连锁店办到家乡。"

"文生哥，你太厉害了。有你为榜样，我在这儿也一定要大干一场，也要有所成，再荣归故里。"

"福根，如果你不是经历了这些遭遇，相信你干什么都一定很出色。"

胡文生带他们游览了武夷山风景名胜区。

下午他们去了鼓浪屿。

老人毕竟年事已高，一天下来，累得不行。胡文生决定在这儿过一宿，让他们好好领略鼓浪屿晚上的美景。福根把风格各异的建筑用简笔画画了下来，标上名字，他觉得，建筑应该和风景一样，不仅仅是冷冰冰的混凝土结构，更应该是温暖舒适的港湾，是心灵栖息的场所。

月婵听着海水的声音，看着远处闪烁的灯火，一种思乡之愁涌上心头。这次回去，她连父母都没来得及看一眼便继续出来漂泊，因为那个男人，是的，一个现在已经22岁的男人。

胡文生带着他们旅游了三大，把福建的风景名胜都看了个遍。

中秋过后，厂里给职工分了宿舍，福根和月婵也拥有了一间，结束了他们在外租房的历史。和福根住在一起的还有两个外地人，一人来自安徽，一人来自四川。

十月一日过后，厂里又扩建了两家，福根寻思着争做车间主任，这样才有可能分到单身宿舍。他把报告打上去以后，却没有得到批准。福根很是伤心，他找到主任。

"福根，我看到了你的申请报告，但是作为管理者，必须要有一套管理理念，不是把工作干好就行的。你呢，在管理层面上还要多加学习。"主任说。

管理层面？他第一次听到这个词语。下班后，他找到月婵，问什么叫管理层面。月婵带着他到书店里，买了一本戴尔·卡耐基的《人性的弱点》。书中写道："在人的成功的诸多因素中，专业技能只占15%，人际关系技能占了85%。"福根觉得这句话很有道理，摘抄在小本子上，读给月婵听，"在职场，人际关系技能很重要，毕竟世上没有完美的个人，只有完美的团队，只有能融入团队中，协作共享，才能使个体发挥最大的潜能。"

"福根，你这样勤奋，老天一定不会辜负你的。"月婵听了他朗读，鼓励道。福根用三天把这本书看完，笔记做了有一百多页。

他像在黑暗中看到了曙光，没想到书里能告诉他那么多道理。他一有空就看书，管理学、哲学、人际学，他如饥似渴地看书，做笔记。他不停地转换自己的工作，五个月不到，他已经把鞋厂所有工种都干了一遍，而且每次成绩都是最高。由于没有好好地休息，福根人瘦了下来，眼窝里布满血丝，月婵到街上买了一碗馄饨、一只松花鸡、一只北京烤鸭，送了过来。宿舍的人说，他搬到仓库去已经半个月。仓库只有七平方米，里面放着一些样品。月婵进来的时候，见福根工作服都没有换，正在做着笔记。

"这么多天你一直在这儿看书？"

"是啊，我现在忙于学习，越学越觉得自己不足。"他看着月婵，"对不起，是我一次次连累了你，否则，你一定会有一个更加美好的前程。"

月婵看着他，当初的那个愣头小子，被岁月抹去了幼稚，多了一份成熟与睿智。

"谢谢你，月婵，书为我打开了通向世界的窗口，这么多苦难，磨炼了我的性格。可是我更要感谢你，给我历经磨难的勇气，为了你，我准备竞选下一届车间主任，多赚点钱，不要你去上班，我来养你。"

"你养我？"月婵看着他，"你为什么要养我？"

空气一下子凝固起来，福根看着月婵，脑海里忽然想起儿时的柳儿，想起了沈强和周睿的喘息。他好想拥抱她一下，可是他却像傻子直愣愣地坐着。

"好，我回去了，这个留着明天吃，不要光忙着工作和看书，身体才是革命的本钱。我回去了。"月婵站起来向外走，还有一步就要跨出仓库的门，福根忽然冲过去，把门一下子关了起来。

"你……放开……"

"我不放!"他抱着月婵,浑身像一把火在燃烧,把嘴唇紧紧堵了上去。

"田福根,你不可以这样的。"月婵拿起一本书,狠狠打了他一下。

"为什么不可以这样?"

"你说过,要给我一个最豪华最浪漫的婚礼,那时候我们才可以……"月婵推开他,绯红的脸上满脸羞怯。

"好,等着我,我一定不会让你失望,让你成为田家湾最美的新娘。"福根拉住月婵,心里的波涛一浪涌过一浪。

"别拒绝我,我每次看到你都情不自禁。"他像失去理智的老虎,脱下她的上衣,撕掉那诱人的内衣,他惊奇地发现月婵和柳儿一点都不一样,那像山峰一样的东西,竟然让他的心像揣了小鹿一样狂跳。他像欣赏一件极致的赠品,仔细看着揉搓着,将脸紧紧埋进去。那种震颤不已的感觉,让他明白他是一个男子汉。

"福根,我走啦!"月婵推开他快速地跑走。

看着月婵的背影,福根狠狠地打了自己两个耳光,这么多年,月婵跟着他吃了多少苦,受了多少罪,他竟然对她这么无礼。月婵会不会对他生气或者失望,他犹豫着走出门外。

月婵的宿舍一共住着六个人,他从来没有去过。第一次站在月婵宿舍的门口,他不知该怎么办。

门卫是一位五十多岁的大妈,好像是车间主任的什么亲戚。她过来用当地口音大声问他干什么。福根现在的语言领悟能力特别强,每到一个地方,最多两个月,就能用当地语言和人毫无障碍地交流。

"月婵她们出去了。"那位大妈一脸的不耐烦。福根想,刚刚从这里回去,和谁出去了呢?

他想应该是那位大妈不想让他见月婵,才故意这么说的。他回到仓库,洗漱一下,上床躺下,心想:怎样才能让自己在厂里脱颖而出?他要成功,像胡文生那样成功。

第 **68** 章

/ 精彩的演讲 /

元旦前夕,厂里到处焕然一新,全厂上下职工全部上阵。各级领导开会,传达会议精神，外企领导到厂里视察，如果满意，还会投入更多资金，全力打造世界品牌。如果哪一个环节出了错误，唯哪一级领导是问。福根和全厂的职工一样，像打了鸡血的战斗机，日夜忙碌。

"连续五个月，你们这组产量最高，质量最好，火车跑得快，全靠你这火车头来带。福根，要加油！"主任拍着他的肩说。

"必须的，燃烧的青春才更动人！"福根看着他，大声说。

"啥时候成诗人了？"主任笑着说。福根非常喜欢这位个子不高、笑容满面、对他照顾有加、很有智慧的中年人。

"如果有一天我真的成了诗人，一定为您写首诗。"福根说。主任笑着又到其他车间检查去了。

晚上，福根把检查的程序与细节又检查了一遍，确保没有疏忽才放心睡下。元旦节终于到了，作为厂里安排接待的人，福根早早就到了厂门口。

来的人中，有三人是白皮肤蓝眼睛的老外，厂长说，务必迎接好这帮财神爷。"您放心，我一定效犬马之劳，把客人们留下来。"

晚上，在盛大的欢迎会上，厂长致欢迎词，福根第一次参加这种在他看来算是高档的晚会，很是激动。他着一身蓝色西装，里面一件白色衬衫，站在镜子前把领带调整了又调整，发型是前天晚上特意去理发店做的。

"下面，大家以热烈的掌声欢迎这次来我们厂考核的全球著名体育用品耐克制造董事詹姆斯讲话。"詹姆斯身材高大，说话非常幽默，他讲述了耐克从1972年以来所取得的辉煌成就。"但是，一个好的企业必须要有好的领导和专业的员工，请大家谈谈对于企业管理的看法。"

他的这句话一说出来，整个会场瞬间安静下来。"没有人愿意谈谈对于管理的理解吗？"他连问两遍，翻译大声地连说两遍。会场里安静得地上掉一根针都能听见，他耸了耸双肩，做出一个很失望的动作。

"尊敬的詹姆斯先生，我认为企业高效管理应该具备五大核心四大法则……"

大厅里响着福根清晰而标准的流利的普通话，听着翻译，几名外企领导不住地说："Good, very good！"

"……只要管理者与员工紧密团结，相信不管什么企业都一定会走向成功！"福根畅快淋漓地说完，鞠了一躬，坐了下来。全场响起了热烈的掌声。

"你小子今天可给我们长脸了，老外都惊呆了，厂里的一名职工都能对管理有这么深的见解，对于这样的企业，还有什么不敢投资的？当即和我们签下投资合同。福根，你是我们的大功臣，公司决定为你记上一功。"

"在那种情况下，我也是一时情急才班门弄斧。"

"好，我们需要这样的斧头，继续努力。"主任笑眯眯地走向办公室。

福根这次演讲使他成了厂里的名人。很快，就被提拔为车间主管。他把这个喜讯告诉爷爷，到那儿一看，却大门紧锁。他慌了神，赶紧找到月婵。

"我早就和你说过，爷爷风湿性心肌炎很严重，要住院。可是你整天忙来忙去，也不来看望。你现在是大红人，早把我们忘记了。"月婵埋怨道。

"绝对没有！快带我去！"

到了医院，被告知老人已经去世。福根恨自己在老人生命的最后时刻没有陪伴。他静静地坐在老人面前。想想多少个晚上，老人在灯下教他做鞋的情景，福根更觉歉疚。

"你现在是名人，整天围着你转的美女太多，我是乡野丫头，配不上你，所以我决定回到老家。"自从那次演讲之后，福根就是厂里女工们的谈资。有一个女孩，半夜到福根宿舍门口表白，这个事情在厂里传得沸沸扬扬。

"月婵，这么多年的风风雨雨，你还对我不信任？我想等我干出名堂来，回家不给你丢脸。"

"你现在已经做到了厂里中层领导干部，这可是中外合资的世界五百强企业。再说，我不在乎你事业是否成功，我只要你平安。"

福根知道，这几年为了事业，冷落了月婵。看着月婵伤心，他更加着急："好，我陪你一起回去。"

月婵又犹豫起来，"你回去不怕他们找你麻烦？贵哥不是说，那家一直在找你吗？"

"他们是想给我一笔补偿，"福根拿着信，"不过看那个吴虑不是善茬，现在经历了这么多，躲是没有用的，该来的还会来。陪你回家。这次回去，我要风风光光地向你求婚。"

腊月二十二，厂里放假，福根和胡文生一起回家。

下了火车，还有三个多小时的公共汽车。到家时，太阳已经西垂。三人站在那儿，整齐漂亮的房屋，如世外桃源，在金色的余晖中，霞光满天。偶尔有一座两层小楼鹤立鸡群。

"根叔！"

"这是……三娃？"福根看着面前的小子，背着书包，衣服干净整齐，红润的小脸蛋上，再也找不到那种饥饿的愁苦。

"几年级啊？"

"三年级。"三娃说着，福根摸着他黑黑的、软软的头发。他像初春的小草，嫩嫩的、迅猛成长、都有福根半腰高了。

"我爸爸说你们回来，让我在这儿等你。看，这是我刚得的奖状。"福根抱起三娃，向沈强家走，沈强系着围裙正在杀鱼。

"强哥，差点找不到你家了。"沈强家的大门口，两侧蹲着一对小石狮子，大门上贴着对联："一帆风顺年年好，万事如意步步高。"横批：吉星高照。进去坐北朝南三间主屋，红瓦碧檐，屋顶二龙戏珠，东西各有一屋，东边房屋四根红色廊柱，砖墙到顶，西边房屋仍是以前的土墙瓦面。中间有一个圆形花园，蜡梅开得正盛。所有围墙全部粉成白色，很有气势。

沈强高兴地将他们让进屋，赶紧倒茶。

"福根，你这是苦尽甘来，老天不会辜负有付出的人。"沈强拍着他的肩，"田家旺他们等会儿也过来。"

正当大家说话之时，文慧那大嗓门响了起来。

现在文慧和王芳办起一个手工厂，富贵的编织厂因为窑厂太忙而搁浅。

"我今早就听说你们今天回来，因为赶着送货，来迟了。"

"文慧姐，大家在一起干活儿，你争我抢。你每天及时公布的生产情况像根鞭子赶着大家努力，没有一组想落后的。"沈强说，文慧这招特别好，大家为了竞争，很多人把家里的男人都弄了来。有几位大老爷们儿，在当家人那一双鹰一般的眼睛的监督中，面前放着几种颜色的毛线，拿着那竹针乖乖地钩织帽子、织围巾。

"在你的带领下，现在我们村里看不到一个闲人，就连大老爷们儿都被吆喝上场了。"沈强大声说。

"凡是能站在别人的角度为他人着想，这个就是慈悲。我现在跟着你们贵哥学傻得了，只要大家能有钱用，有饭吃，有床睡，有屋子住，我啊，感觉还挺幸福的。你们先聊着，我去看看富贵咋还没回来。"富贵现在更忙了，窑厂已经由沈强和立群负责。

他把田福加、胡文生两家老房子修好，围成一个大围墙，作为本村养老院。门口有五亩田地，搞成塑料大棚，里面种些蔬菜，一年四季，他们都吃不完。

床全部是单人木床，上下两层，下面住人，上面放东西。堂屋东西两头房间各住三人，中间堂屋留给他们活动。灶房南头住两人，前面三间小过道住两人，田老太爷说服福加搬到这儿，就住在过道外面这间，顺便照顾大门。

哪个组有老人在这儿住的，每人按两斤粮食上交，粮食由富贵安排专人上门去收。

富贵特意买来了两副象棋、两副扑克，供他们娱乐。身体好、年纪轻点的田老太爷任院长，由他负责安排日常事务。

富贵按照要求，列了一份分工细则，洗衣、做饭、打扫卫生等都落实到人，细化到人，用一张大红纸写好，贴在墙上。

第69章

/ 真假嫡孙子 /

住在胡文生老房子里的一共有五位老婆婆，六间屋住起来还算宽敞。富贵过去的时候，几位老人正在唠嗑。

再往前走，就是田福加的养猪场。很远，就看到"福加养猪场"那几个烫金大字。家旺正在搅拌饲料，见富贵过来，高声喊："爹，我叔来了。"

"贵叔，快来喝口茶，怎么一脑门子汗？"家旺说着倒了一杯水递了过来。

"年底，这栏猪赶得上出圈吗？"

"必须的。"家旺笑着说。

"大哥，我将你的养猪场上报到县里，县里又把你的事迹上报到省里。听领导开会说，这两天还会有人来考察你的养猪场，说不定你还有机会去北京人民大会堂参加全国农民创业大会。"

"真的？"家旺高兴地说。

"那还有假？贵叔啥时候骗你？"

"在没有接到通知前，不要多说。我们养猪，是为了赚钱，没有必要去炫耀。为人要低调。"田福加看着儿子，"月盈则亏，水满则溢。"

"哥，你是组长，你的养猪场成功了，事迹推广出去，会带动更多农民养猪致富。现在提倡科学养猪、养鸡、养鸭、养鹅等等，我们农村有得天独厚的资源，需要大力宣传推广。去年，你就是我们这儿家喻户晓的养猪专业户。现在，你这栏猪又要出售，当个万元户不成问题。我们要树立典型，从而带动更多的人成为万元户。"

田福加点上烟，抽了一口："通电的事情怎么说？没有电话，跟外界联系起来不大方便，无法及时了解外面的动态。"

"英雄所见略同，我来就是为了这个，"富贵拿过他的烟抽了一口，"胡文生说，月底回来一次，一同商量通电的事情。"

为了这件事，富贵分别给他们两人写了信，征求他们的意见。两个人都非常高兴，表示近期有望回来一趟。

"通电的费用，我粗算了一下，每户每人需要一百五十元。"田福加吸了一口烟，"如果一家八口人，那就需要出一千多元，估计多数人家拿不出这么多钱。"

"所以，我让他们俩回来，合计合计这事怎么办。"

对于通电这件事，富贵还没有最后决定。田家湾离乡里有七公里，通电费用相对较高。至于电线杆、变压器装在哪儿，通电的费用村民会不会出？这些都需要商量出结果。

兄弟俩就通电的问题正在讨论，就听文慧一路找了来。听说福根他们回来，富贵和福加一同过来。文慧把马秀莲也喊来，大家边吃边聊。

有人过来喊："田梅生回来了，田梅生回来了。"正在吃饭的马秀莲听人喊，赶紧朝家里跑。

远远地，她见到家门口围着好多人，一个穿着笔挺深色西服，佩戴一条紫红色领带，梳着大背头，抹着定型发胶的男人，站在家门口。几个孩子远远地看着。

"梅生。"马秀莲大声喊。男人转过头，笑盈盈地看着她。

"秀莲，我的老婆哎。"这话一出，引得大家哄堂大笑。马秀莲拉着他就过来。吃过晚饭，送走田中金，田梅生说："福根，你快点回去，那一家人找你都要急疯了。"

"为什么？"

"农历三月初八，是老爷子的八十岁生日，他要把吴家所有产业全部给那个吴虑。"田梅生喝了口水。

"爱给谁给谁！"

"可是吴虑不是吴家孙子。"

"什么？"

听田梅生说吴虑不是吴家孙子，大家都愣住了。

"吴虑通过了专业的亲子鉴定，说是吴家亲孙子。怎么可能不是呢？"福根说，这件事他在上海就听说过，吴虑是通过亲子鉴定才进入的吴家。如果不是吴家子孙，这么多年，吴家也不可能把王瑾萱离了而留下他。

"这是你父母说的。"田梅生说，"他和我说那是钟子红的阴谋。"

"是不是他父母发现亲子鉴定是假的？"家旺说。

"对对，如果这样就好理解了。钟子红、吴虑母子为什么到处找你，对你痛下杀手，目的就是阻止你回去，他们怕这么多年的心血白费。"富贵此话一出，大家都觉得有道理。

"不管福根是不是吴家亲孙子，都不许他回去，他是我的儿子。"田中金站在门口，因为生气，嘴巴大张着，大口大口地喘气。

他的气喘病又犯了，富贵赶紧过去，扶他坐下，倒茶递水，过了好久，田中金才平静下来。

"我也不许弟弟回去。"田艳从门外进来，"他只是我的弟弟，我从小背着长大的弟弟。想到一年前的那一夜，我到现在都惊魂未定。我们只希望他这辈子平平安安，钱多钱少，无所谓。"

田中金说："田梅生，是不是你在那边，他们给了你好处，你就这样来骗他回去？你考虑过我的感受吗？没有儿子，我还能活得下去？"

"没有的事，本来我也是接到信回去拿钱的，结果到那儿之后，公司让我们几人都回去继续工作。我被任命为鲲鹏建筑队队长。现在已有50多名职工。"

"不错啊。"福根非常高兴。

"我接到你的信，立即赶回。一来为通电的事情，二来再带些人手出去。"田梅生说。富贵听了紧紧握住田梅生的手，连说了三个"好"字。

"我并不是说吴家有多牛，只是说他们对我们确实很好。这是你的工资。"田梅生说着，从身上掏出一叠钱，"这是唐总让我带给你的，你建筑的那座楼在质量评比中获得第一名，奖金两万。不管怎么说，福根，你都要回去，不要他们的钱，但是也不能让坏人的阴谋得逞。"

"这个事情先不要声张，即使他去，也不能让任何一个人知道。否则，福根还会招来杀身之祸。这几年，你父母在找你，他们一定也在找你。福根今天回来的消息，整个村子都知道，为了安全起见，福根不能在家睡觉。"

富贵说完，立即和家旺带着福根悄悄离开。

田富贵让胡天民统计一下村里多余的劳动力，结果，全村有几十个人愿意跟着他外出打工。

"人太多了，"田梅生说。他自己的亲友就有十几个要跟着去，还有其他十四家的亲友，让他有点为难。

"这样吧，把几个家庭生活比较困难的先带去，其他再等等。"两个人商量了半天，最后确定了这次带去的人选。

"对于通电的问题，困难比较多。"富贵向田福加通报了这两天走访村民的情况。

"如果现在开始筹备，开春动工，到夏天，家家户户都能用上照明电。乡政府没有专项扶贫资金，所有费用都得靠村民自筹。"田福加说，"即使有了扶贫款，也不一定能到我们手里。"

"有道理，给我们村通电，其他村肯定也要，这样乡政府一定为难，给谁都不合适。"田梅生说。

"如果没有扶贫款，我们通电的难度肯定大。"田福加把细算的数目告诉田梅生。

"福加哥你做了三十年的大队长，我们十五个人听说家里要通电，都很高兴，每人愿意出资两千元，找个人一万元。"田梅生拿出一个存折小本，递给福加。福加说等通电的事情定下来之后，再决定是否筹款。

"加哥，我们在外无一天不挂念家里，现在你兄弟在那儿混得也算人模狗样，因为我现在要买塔吊、搅拌机等等，再加上工人工资，所以呢，钱不多，但这是我的一点心意。你先拿着，通电是迟早的事情，今年不通，明年还能不通吗？"

田梅生把钱塞给福加，福加说："我现在也大小是个养猪专业户，第一个当上万元户，我个人出资三千元。"

他们在这儿正说着话，外面忽然有车子响，大家站起来往外走。

"请问我孩子回来没有？"裴佳瑶一脚进来，"福根回来没有，老爷子生病住院，要他去见最后一面。"大家听了，互相看了一眼。

"福根一直没回来过，我们也不知道他去了哪里，这是我一直对你们说的。"文慧说，"你们吴家也太心狠手辣了，如果福根不是会两下子，早就被你们吴家害死了，现在流落在外，生死未卜，你们还称得上是福根的亲生父母？如果是我，宁愿要饭，也不会去认你们。"文慧这些话，把裴佳瑶呛得无话可说。这么多年，他们也一直在寻找。

他们找，钟子红娘儿俩也没消停，看着裴佳瑶再一次空车而返，更加高兴。还有两个月，这吴家产业全部是他们的。想到这儿，这么多年的辛苦终于得到收获，她很得意。

"儿子，越是在关键时刻，越不能掉以轻心，如果福根真是裴佳瑶的儿子，你的所得将被分走一半，或者一无所有，必须严密注视田家湾。"钟子红望着窗外，"必须严防功亏一篑。裴佳瑶，你休想跟我斗。"

电话铃声急促地响了起来，钟子红伸手接过来："是的，是的，好好！"

吴虑拿着电报进来说："妈，看看刚来的电报！"

钟子红接过一看："目标已回，瑶已走。去哪儿，不明。下一步，请指示！"

"妈，您放心，我派了四个人在那儿盯着呢，他们的一举一动都在我的掌控之中。"

"当务之急，立即找到田福根，将他斩草除根，以绝后患。"

"富贵，为了福根安全，大家可以散布消息，就说福根已经回上海，等他们把上海翻得底朝天时，再出其不意返回。柳儿毕竟在人家手中，涉及几个人的性命，一大家族上亿产业，大家务必慎重。"将福根安顿好，富贵回来连夜召集相关人员开会，"还有月婵，大家也务必保护，只说去了外地没有回来，她父母的工作由我去做。"

大家纷纷赞同，回去准备。外面，一条黑影，迅速隐藏在阴暗的墙角处："只要我得不到的，你也休想得到。"

第70章
/ 纵火烧工厂 /

淮阴，位于江淮平原东部，地处以上海为龙头的长江三角洲地区，是长三角城市群二十二城市之一，至今已有2200多年的历史。历史上与扬州、苏州、杭州并称运河沿线的"四大都市"，有"中国运河之都"的美誉。

夜幕下，一对情侣手牵手，漫步在小道上，他们将在这里度过特殊的春节。

"我们的家乡很美，她像一位慈爱的母亲，踏在她的土地上，心很平静，很踏实。"那只有力的胳膊将她往怀里搂了搂，"本来说给你一个最浪漫的求婚，现在却不可能了。你后悔吗？"

"偶尔后悔过，可是让我重新选择一次的话，我还是选择你。"

"今天，我要正式向你求婚。"福根拿出戒指，对着天上的繁星，"以繁星作证，今天我郑重向心爱的月婵求婚，我会一辈子疼爱她，呵护她，与她相爱，白头到老，如果做不到，愿遭天谴。"

天字还没有说到底，他早就被一双温软如玉的手捂住嘴巴，福根摸着她的手，四目交接，瞬间沉醉。

"我们回家！"月婵说着向前奔跑，福根跟后追来。一个安静干净的小房间里，两个年轻人紧紧拥抱在一起……

衣服散落一地，那双美丽的眼睛像天上的星星，一闪一闪的："你真的还要回上海？"

"明知山有虎，偏向虎山行。"

"上海可以算全球最繁华的城市之一吗？"

"目前，公认的国际大都市可能是：纽约、伦敦、东京。但是光从城市繁华的角度来说，上海可以算全球最繁华的城市之一，如果有可能，我很希望在那里崛起。"

"如果你真的是吴优，你会继承祖业？"

"不会，但是我会让这家企业帮助更多的人，我不想靠大树乘凉，我有我的抱负，凭借自己的能力干出一番事业。"

"这就是我欣赏你的原因。"

"欣赏我，不爱我？"一双大手捧着面前这张精致无瑕的脸，"说，爱不爱？"不等月婵说话，吻已经像雨点一般落下……

阳光慵懒地走进来，停在床上，他们就这样恩爱缠绵从除夕之夜到大年初三。

一本《魔都》打开着掉落在地上。

"初六早上八点多的车子，还有三天，我们是不是该悄悄回去一下？"令人着魔的声音甜甜地说。

一只长胳膊伸出来，捡起地上的书："1923年，日本落魄作家村松梢风乘船去上海探险，一入江口，便怆然涕下。一座大城，浩浩荡荡又影影绰绰，明眸皓齿又伤痕错落，一年后，他写了本畅销书《魔都》。书中说：上海是一座可以改命的城市。能不能改变我的命运？会怎么改变？"

"把这上海手表给姐，她今年应该会结婚的，快三十岁的女人，再不结婚，在农村，恐怕要被长舌妇们沾唾沫星的。"

那年，凤凰牌自行车已经上市，英雄牌金笔刚刚出国，上海手表成为全国人民魂牵梦绕的奢侈品，结婚首选大件。

上海手表拆开后有118个零件，同期瑞士手表更精细，拆开有130多个零件。然而上海师傅说，这正代表上海手表结构大气，海纳百川。

"你在这儿，我一个人回去。"福根说。

"我要回去看看爹娘，今年一走，还不知什么时候回来。三年没见，我还是不是他们亲生的闺女？"

"好，那我们悄悄地去，悄悄地回。"

"这次去上海，飞乐牌收音机、海鸥牌照相机、大白兔奶糖、的确良布料，我都要，一样都不能少。"月婵看着天花板说。

白天的时间很长，《魔都》看完，天还没有黑。两人收拾好，正准备走，有人敲门。"爹，妈！"月婵一头扑了过去。

"找一个安静的地方说话，还有好多人在下面等你。"两人赶紧下楼，田艳、田中金、田富贵都来了。

他们找了一个很偏的饭店吃饭，田梅生拿过一封电报，上面写着："村里不安全，行踪不能泄露。"

"村子里有人监视，这个事情大家早已知晓，我们怕你们回去，所以大家都过来看看你，只要你们平安就好。"

福根看着一张张真诚的面孔，心里一热，泪水夺眶而出。他只不过是捡来的孩子，可是他们却给了他人世间最美的情感。他看着田中金那花白的头发，还有为了自己，快三十岁还未出嫁的姐姐，站起来，扑通双膝跪地："爹，我永远是你的亲生儿子。"他磕了仨头。拉着田艳的手，"姐，我永远是你的弟弟，这么多年，弟弟不好，延误了姐姐的终身大事。"说着，给田艳深深鞠了一躬。

"贵哥，加哥，"他一一握着他们的手，扶着他们坐好，然后拜了三拜："田家湾所有人都是我的亲人，田家湾永远是我的故乡，等我成功之时，就是报答你们之时。"

厂里是正月初八开始上班，初六到的员工，每人都发一百元的红包。福根车间来了十一人，福根说："感谢大家去年给力，每次考核都是第一。今年希望我们团结一致，再创辉煌。今晚，我请大家去宵夜。"

"好！"掌声响成一片。

月婵到厂里的时候，福根已经在检查车间。陈主任通知月婵去有事，福根陪她一起过来，陈主任说："再过两天，各车间工人就全部上岗，质量检测关系厂里生存，月婵做事大胆心细，还很有见地，厂里调她到质检科，怎么样？"质检科是最关键的一环，质检科检查合格后，才能对产品进行包装。

"这活儿看似轻松，实则关系重大。决不能让不合格的产品走出厂门，影响公司声誉。"主任强调说，"现在运动鞋越来越受到青年、学生的喜爱，不分城市和农村。因为它能很好地满足青年、学生们追求时尚、舒适、运动的特点，迎合了他们的个性发展需求，使得目前80%以上的中学生都是穿运动休闲鞋，其市场非常广阔。大家都穿着运动鞋，所以消费对象是一个庞大的群体，我们不能让不合格产品流出，造成消费者的不良反应。"月婵听了连连点头，福根也反复叮嘱。

月婵捂着心口，"压力好大！"

"有压力才能让你更细心。"福根说，"你看，我们的帮底缝制这一工序也很复杂，刚开始，很多人不是把鞋帮弄歪了，就是把鞋底放反了，熟能生巧，再加上一份责任心，相信你一定行。"

第二天，月婵就到质检科正式上班。第一个月结束，福根组生产的质量与速度都是第一，单单工资每人就比其他组平均要多出五百多元，很多职工都私下找人，想调到福根组工作。弄得其他五位组长对福根意见很大，大家合伙想把他挤出去。

计划还没有实施，厂里就宣布了一个好消息：田福根被提拔为第一分厂副厂长。宣布完毕，掌声一片。

"福根啊，祝贺你。"主任说，"现在是你大展宏图的时刻，厂里把这么重的担子交给你，是对你的信任与重托，希望你能带着全体员工走得更快更好。不过你还要注意团结所有人，记住，宁得罪君子，不能惹翻小人。"

"谢谢您的栽培，我一定牢记在心。"福根第二天开始走马上任。

"这个臭小子，只不过三年的工夫，就把我挤下来，不行，得好好修理修理他。"一个饭馆里，几个人一边吃饭一边在大声说着。

"对，让他知道我们的厉害。"另一人说。

"人哥，用什么方法？"另一个操着浓重的江浙口音的人说。

"他是怎么成功的，就让他怎么跌倒，而且是狠狠地跌，最好把他的肋骨跌断，看他还趾高气扬不?"一行人喝得醉醺醺地才走。

"月婵,这话是他们昨天亲口说的,你赶紧告诉福根。"君临饭店的老板娘是胡文生的好朋友,也是月婵的朋友,一大早跑来担心地说,"不知道便罢,知道了不说,如果出啥事,我这心里也不安。"

"谢谢您,我告诉福根去。"月婵跑到厂里找到福根,把饭店老板娘听到的话说了一遍:"福根,枪打出头鸟,你一定要注意。"

"让我想想办法,如果他们敢对厂里产品下手,定叫他们付出沉重的代价。"

夜,像墨染过似的,伸手不见五指。南方特有的空气,让人觉得这个城市的温暖。

忽然,两条黑影窜进厂房,手里提着一桶机油,泼在一堆鞋子上,然后划着火柴,丢了过去。

奇怪,却不见着火。两人再次划着火柴。火光摇晃得厉害,照着两张惨白而紧张的脸,还是没有点着。

"不好,快走!"

"到哪儿去?章组长,陈组长,两位辛苦了,这火是点不着的。想知道是什么原因吗?"

电灯全部打开,眼前立即亮如白昼,主任和几位领导还有保安走出来:"你那是火,请你们再看看,这是什么?"陈主任上前,揭开包装,里面是一堆石子,石子上放着一层用水浸透的鞋垫。

"这……"

"如果还有问题,请到警察局去了解。"

两个人不再说话。一会儿,警车呼啸而来,带着两人离开。

第71章

/ 中计陷绯闻 /

福根回到宿舍越想越后怕,喊上月婵,买了一些礼品到君临饭店,"阿姨,谢谢您!如果不是您及时告诉我,后果不堪设想。我大不了辞职下岗,对于我,这是小事,只要有技术,换个工作都没有问题。可厂里的损失就大了,如果因为我而让厂里受损失，那我就是厂里的千古罪人。"

"福根，通过这件事，你以后可要更加小心，有时你的真心不一定能换来真情。我们害人之心不可有，防人之心不可无啊。"

"我相信这个世上还是好人多，比如您，比如爷爷，比如那么多关心鼓励我的人。"福根说，"不管怎样，滴水之恩，我定当涌泉相报。"

"这次是物，如果是针对你人，可就危险了，你一定要注意安全。"月婵比福根还担心。

一心扑入工作的人，是想不了那么多的。福根只要一上班，心里就只有工作。月婵喊他回家，他也不回。

"田厂长，刚才那是你的未婚妻吧?"一个声音问。福根正在看图表，并未理会。现在竞争激烈，必须要有新的突破，形成自己独特的品牌，才能让产品拔得头筹，这必须从设计上入手。他决定亲自开板。开板是制鞋所有工艺中技术含量最高且制鞋工艺最全面的一道环节。一只鞋子造型美观、搭配合理、比例协调的关键就在于开板。开板的主要任务是：将一张图片（或一只样品鞋）做成一只现成的样品。其中开模具、做效果用材料、吸膜大底都必须跟踪到位。他拿着研制了好多天的样品仔细观看。

"和你说话呢?"陈碧云忽然大声说了一句，他看了她一眼说："她叫月婵，是我的未婚妻。"

"才不信呢，怎么没看到你们一起去看电影，一起吃饭，一起拉手?"

"陈小姐，我们是农村人，不会那些浪漫玩意儿，再说，我们现在主要任务就是上好班，做好事。"陈碧云怏怏地走了。

福根看着她的背影，其实陈碧云真的很好看，厂里那么多青年围着她转。可是，她每天都要来烦他，像一只蚊子，嗡嗡地，赶也赶不走。

二月刚过，新加坡、美国两家外企决定与厂里合作，这样，厂房要扩建，厂里由原来的五百多人，可增加到三千多名职工。

"我们为啥与贵厂合作，是因为你们有一批不仅有技术，更有文化的工人。厂一旦建成，我们要求田福根做我们外企的厂长。您呢，就和我们一样，按股分成，也是董事长之一，您看如何?"

"既然这样，我这厂长还不赶紧让贤?"钱厂长笑着说，"长江后浪推前浪，企业的发展，就要靠他们这些年轻人的崛起，现在的他像一只不知疲倦的陀螺，每天都在高速旋转。"

有目标的人永远在奔跑，福根想到家乡父老，想到这么多年自己的经历，他必须努力，只有自己强大了，才能不惧对手，不畏风雨。福根觉得这样的人生才更有意义。

"田厂长，通知你现在去会议室开会。"穿着工作服的陈碧云朝着里面大声喊，一头乌黑的头发从工作帽下调皮地跑出来，遮着她的秀眉，使她更有一种朦胧的美。

福根应了一声，跟着她急火火地前往会议室。到会议室的时候，见里面坐着不少生面孔。厂长正在讲话："我们要放眼未来，放眼国际市场，经过这几年的努力，运动休闲鞋研发和生产的主要基地和世界旅游运动鞋生产基地就在我们这福建晋江。目前晋江已基本形成了厂房标准化、管理现代化、生产系列化、效益规模化的发展格局，研发技术、款式、质量晋江鞋业都处在国内一流，是名副其实的中国鞋都。相信我们厂与晋江鞋厂的合作是一个坚实、有效的战略决策，也必将为我们厂的进一步发展带来切实的有利条件。"

厂长看见福根进来，示意他坐下，说："下面请田厂长对产品与目前形势给大家做一个详细介绍。"

福根微微一愣，随即站起来，微微鞠了一躬说："别的话我也不说了，下面我把我对运动休闲鞋的一些肤浅认识向在座的各位领导做一个简单介绍。主要有两个方面：一是关于运动鞋的相关介绍，包括生产流程、生产工艺、运动鞋的特色和对运动鞋业内的发展现状的思考；二是关于我们厂的发展模式的认识，以及对我们厂以后的发展方向的思考。下面我先向大家开始第一方面的介绍……"他娓娓而谈，只听见下面沙沙的书写声。

"一只鞋仅由鞋面材料加大底组成，就会显得单调呆板，为了让它富有特色，显出不同的个性特征，人们在相对单调的皮革面、网面上做出各种色彩、图案和造型，这就是工艺。工艺主要起着装饰作用，能留给人们朦胧感、立体感、金属质感、速度感等美好感觉和审美情趣……"

"田福根，你给我出来！"会议室的门忽然被撞开，一个人冲了进来，拽着田福根就是两拳，"你这个畜生，把我女儿的肚子搞大了，就一脚踹开，对不对？"

空气一下子凝固起来。"您是谁？您的女儿又是谁？"福根看着老头儿，穿着破烂，脸像树皮，沟壑纵横。

"你自己做的好事你还会不知？现在请你跟我走，要不然，今天我老汉就死在这儿。反正我的脸也被丢尽了。"说着，老头儿朝地上一坐，怎么劝也不走。

"我想您误会我了，我确实不认识您。"

会议室里开始议论纷纷。有人过来，把老人劝走。"田福根，我女儿在医院，如果你不去，有什么三长两短，我和你没完。"老汉眼泪一把鼻涕一把地被人连拖带拽地走了。

一连几天，厂里流言蜚语，福根知道自己被扣上屎盆子了。不找出证据，这件事的影响，不利于他的发展。

"你不认识人家,那为什么说是你,而不说别人?"月婵哭着说。

"我真的没有。月婵,现在厂里那么多人在看我笑话,你也不理解我,是吗?"

"我当然不理解你,跟着你来三年,你没有一次主动去看我,没有一次约我看过电影,没有一次唱歌给我听……每次找你,你都说很忙,现在好了,把人家的肚子都忙大了。好,我也不多说,从今以后,各走各的路。"月婵哭着跑了。

福根把事情的前前后后想了一遍,他觉得这是有人故意要陷害他,究竟是谁?他猜不到。怎么样才能尽快消除这件事对自己的影响?一有空,他便会到附近转转,希望能找到那老头儿,把事情问个水落石出。还没有找到结果,他担心的事情就来了。

两天后,他被叫到董事长室。

"福根啊,现在竞选厂长在即,你可一定要注意自己的言行。我知道管埋起来有很多难题,但是你都能一一化解。这几年,你确实干得不错,我们也给了你应得的荣誉和工资。但是,你一定要注意私生活,不要因为自己的私事而影响厂里的声誉。"钱董事长说。

"我明白,只是我想不明白谁会来故意诬陷我。请给我点时间,我一定会给您一个满意的答案。"福根说。

一连几天,田福根仍然觉得没有头绪,如果不弄个水落石出,他的竞聘一定会受到影响。这次竞聘,对手都很强大,除了年龄,另外几个人学历、工龄都比他要好很多,有两位还是当地人。福根觉得压力巨大,怎么办?他第一次后悔没有把家乡的人带点过来。这样有事也好商量。可是,他又怎么敢把家里人带来,昨天富贵写信还提醒他最好就在厂里,哪儿也不去,防止有人狗急跳墙。这件事莫非是吴虑所为?不对,如果是吴虑,他不会这么手软。应该还是那几名竞争者。

回到宿舍,他躺在床上,寻思着怎么办。捉贼要赃,捉奸要双,怎么办?怎么办?忽然,他从床上跳起,来到女工宿舍。守门人不让进。他想站在门口喊,又怕惹出事端。正着急,看见月婵端着饭碗无精打采地过来。他拉上她就跑。

"你干吗?一天下来,你不累,我还不累吗?"月婵不肯走。

"走,快帮我一下。"他使劲拉,在前面大步走。月婵只好跟着他向前小跑。

"你想想,这几天,你们宿舍有没有人议论这件事?"到没人的地方,他停了下来。

"每天都在议论,说事情肯定是你干的,如果不是你,你怎么不站出来报警?"

"你觉得会是我吗?"

"这几天,我冷静想一想,不大可能。因为你的为人我很了解,绝不会去做这不负责任的事情。何况你还要准备竞选。"月婵停了一下,好像想起了什么说,"那个安徽小孙说,那个老汉她好像在哪个工地上看到过,对,对,她说好像就是她丈夫工地上的。上次周末回去，她见到过。"

"对，从他的口音可以听出他不是本地人。"

"知道这些也没有用啊！"

"有用得很，走，这两天的调查结果，和你说的情况基本吻合。我们现在就去找他，只有找到他，才能证明我的清白。否则，这次竞聘我必败无疑。"

"他们也这样说，首先，你才二十三岁，年龄上不占优势，工龄才三年多一点，单单凭你那次出色的演讲，不足以服众。"

"可是，那两家外企是我费尽心思找来合作的，厂里应该不会不考虑这点。尽管外企老总要我做厂长，但是我只有打败他们，才能众望所归。走！"两人走了有四十多分钟，来到了一个建筑工地。工人们还在明亮的灯光下加班，工地上，机器轰隆隆响成一片。大门不给进，怎么办？

"看看有几个出口，防止下班人走岔了。"月婵说。

福根看了看四周，围墙边有一棵大榕树，他展开两臂，爬了上去，工地上的一切看得清清楚楚。可是因为太远，他根本无法辨认。

"还好，就这一个出口，今天我们就来个守株待兔，不，瓮中捉鳖。"福根从树上下来，拍着两手说。

第 72 章
/ 智引蛇出洞 /

一直到十点，工人们才陆陆续续下班，他们俩站在出口两侧，仔细看着每一个人。忽然，福根愣住了："你是唐叔叔？"

"福根？你怎么在这儿？这真叫踏破铁鞋无觅处，得来全不费工夫啊。"他转身大声喊，"云秀，云秀！"

有个戴着黄色安全帽的女人跑过来："福根，你怎么在这儿？走，到我家去，好好叙叙旧！"

"到你家？"

"是啊，我们在这儿租了房子，家里人也都来了。"唐德荣说。

"难怪家里始终没有你们的消息，原来在这儿安家了。"福根跟着他们，来到了一个居民小区。

"记住，12幢A单元303室。"老唐说，"我们住在这儿几年了，以后你们常来玩。"

屋里装修得很别致，挑高的门厅和气派的大门，圆形的拱窗和转角的石砌，尽显雍容华贵，清新不落俗套。

屋顶装饰着金色百合花图案，地面铺着透明如镜的板砖。客厅左侧墙上，贴着一幅巨型山水图，下面一个案几上，摆着一台黑白电视机。

"这房子，在老家算是豪宅了。这几年，我们一直在努力，等把钱赚够了，就回去盖一座这样的楼房，让云秀过上舒心的日子。"老唐比第一次看见时话多了。

云秀换好衣服，端了一盘水果过来，福根把来意说了。

"这几天，工地上做小工的老连没来，说是发了一笔外财，回家盖房子去了。"老唐把老连的特征描述了一下，"对，就是他害我的，现在怎么办？"

"他人已走了，工钱全部算清，估计不会再来，至于是哪儿人，他没留具体地址。"

"这可怎么办？福根竞聘在即，这对他绝对是致命的一击。"月婵说。

"现在要想个万全之策，既要破除谣言，还要有人埋单。否则，以后麻烦的事情肯定还会更多。"

"商场如战场，何况你这涉及万人大厂的厂长竞选。"老唐说着，给两人倒了杯茶。

"也可能受这件事情的影响，才给福根弄这么一出。看来老连是拿了别人的钱财的。这样，我们可以用个办法，引蛇出洞。"月婵想了想说。

"怎么引法？"

"听我说……"几个人坐在一起，认真策划起来。第二天下班，福根去了胡文生那儿，将事情一说，胡文生让福根安心准备演讲，一切有他。

"你们回去只说老头子已经到公安局投案自首，他根本就没有女儿，是别人让他这么说的。"

"好，就这么办，一定要找出幕后黑手，否则，福根前途受阻。"

"田福根，你可真沉得住气。这几天，厂里对于你的绯闻铺天盖地。有人说你昨天被董事长批评，还扣除了这个月的奖金。是真是假？他们还说如果你再不认错，就要撤你的职，让你下岗回家。"福根正在办公室看报表，陈碧云走了进来，右臂放在他的肩上，那深V领子，使里面的春光一览无遗。

"这是真的，我的事情应该受罚。"田福根说。

"那这么说，你把人家女孩的肚子搞大是真事啰！"

"找不到证据前，只能这么说。"福根看着她，"莫非你有啥办法帮我洗清冤屈？"

"这是明摆着有人要陷害你，你想，这次你的对手一共有几人？猪脑子，不会分析一下啊？"

田福根看着她，在那儿急得拍手跺脚的样子很可爱。不知怎么地他忽然想起了儿时的柳儿，那模样和她简直一模一样。

"没有证据的话，可不能瞎说。"田福根说。

陈碧云鼻子哼了一声，倒了杯水，自己喝了一大口，"田福根，要不要我父亲帮忙？"

"不要，不能让陈主任烦神，千万动不得，动不得。"福根赶紧说，陈碧云过来，玉手搭在他的肩上，含情脉脉地看着他。

福根赶紧拿下她的手："这两天，我还要准备'岗位学雷锋，行业树新风'演讲比赛，这可关系我们厂里的声誉，还有电视台直播，所以啊，我懒得去理那些事。清者自清，浊者自浊，我要准备材料，不陪你了。这是材料，你自己看。"

陈碧云打开材料，这是一份应中共福建省委和驻闽部队领导机关邀请，沈阳军区雷锋生前所在团派雷锋事迹报告团在全省各地做的为期一个月的巡回报告。

"看到了吗？真的没空，请便！"福根做出一个请的动作。他仔细琢磨材料内容，只有吃得透，才能领悟到位。陈碧云叹了口气，离开办公室。

"在看什么？读给我听听。"月婵在厨房洗碗，湿漉漉的手撩了一下刘海，转过头说。

"好啊，读一则新闻吧。"福根拿着材料，清了清嗓子，认真读起来，"本报讯，2月29日，中共福建省委精神文明建设领导小组、驻闽部队和武警福建总队联合在石狮市召开全省军民共学雷锋共建设文明城经验交流会……"晋江也在组织这次活动，福根作为厂里唯一的代表参加这次交流会，他还要上台进行演讲。

"月婵，你看看我演讲得怎么样？"他把写好的稿子拿出来，对照上面，激情洋溢地讲了一遍。

"就你这读法，还能参加演讲比赛？拉倒吧！"月婵用毛巾擦着手出来，解下围裙，"福根，你看过演讲时，有人拿着稿子吗？如果你能脱稿演讲，一定会给人留下深刻印象。"

"这个建议好。"说着，他在她脸上亲了一下，"等我把房子买了，我们就结婚。"

"没事，只要我们能在一起就好。"月婵看着福根，"快，再来一遍。"

这件事情后，他们两人在外面租了房子住在一起。"月婵，在我人生最困难的时候，你给了我信心和一份珍贵的爱，我今生一定不会负你。"

"陪着你吃苦，我心甘情愿。因为我喜欢你的拼搏与上进。现在我也努力学习，争取和你比翼双飞。"

　　福根看着月婵心想，这么一个有才学的人，为了自己，放下自尊，跟着自己离开家乡，去给人家做家庭用人，自己一定要好好珍惜。尽管他们也有大大小小的摩擦，但是月婵始终陪在他身边，他真的好幸福。

　　"看什么呢？天天看还看不够。"月婵看着福根那迷离的眼神说，"福根，厂里那么多人推荐你去，你一定要为厂里争光，对着镜子再讲一遍。"

　　福根又说了两遍才停下。"月婵，现在厦门作为经济特区，重点考察海外商投资区，投资设厂的理想场地要充分利用福建天时地利人和的优势，创造良好投资环境，推进对台经济合作，吸引更多的台商来大陆投资办厂。所以，我们现在在这里发展可谓是不可同日而语。如果我自己有能力将来在家乡办个大厂，让那些外出打工的人都回乡做工，多好！"

　　"赶紧休息，明天还要上班。"月婵倒了热水，给福根泡脚，"不要想那么多，能在这儿安全上班，就已经很满足了。"

　　在一个小酒馆里，四个人正在喝酒，"大哥，听说老头儿来投案自首了？"

　　"怎么可能，如果他投案自首，我们还能在这儿安然喝酒？"

　　"也是，给老头子的钱已经够多了，还有人跟钱过不去的？只是如果让那小子做了厂长，肯定没有我们的好日子过。"

　　"现在很多人已经开始支持我们，我就不信，以我们四人之力，对付不了一个乡巴佬？你们也不想想，一个愣头青能有多大出息？"操着当地口音的大哥说，"何况他还没有文化，没有背景。"

　　"可是，他收拢人心却有一套，一个个像吃了迷魂药一样，对他俯首帖耳，看着就是生气。"喊大哥的那人说。

　　"人家把产量又提高了一倍，这说明他管理确实有一套。"一直没有说话的穿格子衬衫的中年人说，"那个死老头儿会不会真的去投案自首？"

　　"不会的，他可是得了好处才走的。"那大哥说。

　　"你们俩不要在这儿说些没用的，关键时刻，我们如何能再推他一下？这一次，一定要让他永世不得翻身，乖乖地离开厂里。"

　　听着他们的谈话，饭店老板娘笑眯眯地走了。

　　"好，静观其变，鱼儿即将上钩。"胡文生站起来，"福根是田家湾的人，我们绝不能让他受伤害。"

第 73 章

/ 迟来的道歉 /

起风了，风从门缝进去，疯狂扫在那张熟睡的脸上，似乎在说：暴风雨就要来了，暴风雨就要来了。

"记住，不要紧张。"月婵说，"相信你一定能捧个奖杯给我。"福根拿着准备好的材料，走出房门。

出门右拐，就是公交车停靠站。他站在路边，准备打的。一辆黑色轿车，缓缓驶了过来。后窗玻璃打开，有人高声喊了一声"田福根"，田福根本能地回头应了一声，有人向他招手，他过去。那辆车停了下来，忽然下来一个人，一把拉着他的领带，田福根死死拽着扣子。又下来几个人，对他拳打脚踢。

"叫你猖狂，打你个毛养的，乡巴佬。"有人骂着，呼啦一拳，田福根两手紧紧抓着领带，身子下蹲，忽然抓住后面那人，用力一拉，一个人从后面摔到前面路上，抓领带的手松开了。田福根深吸一口气，白鹤亮翅，一脚踢在另一个人胸口，那人飞了出去，撞击在路边一棵树上，接着掉在地上。

剩下的几个人手里拿着刀子，将福根围在中间。周围的人越聚越多，却没有一个人敢上前。

忽然，福根胳膊被刀划了一下，血流了下来。他双臂抱在胸前，大喊一声："狂风扫落叶！"一个360度转身，手里已经多了一把刀，有一个人捂着胳膊倒在地上，其余几人惊愕得互相看了一下，摆好阵势。这时有人喊："警察来了！警察来了！"那些人才上了黑车，绝尘而去。

福根爬起来，胳膊火燎般的疼痛。

"福根，福根！"一双臂膀将他揽入怀中，那人将他抱起来喊，"赶紧送医院。"福根说："不行，我要去参加演讲。"

"去医院！"声音不容置辩。

"快送我去晋江市政府会议室105室。"福根说。

"你们究竟去哪儿？"的哥问，拿出一张手帕，又倒了一点水，"赶紧给他脸上擦擦。"一双手接过手帕，给福根轻轻擦拭。

福根终于能清楚地看到面前这张脸："文哥！"福根语无伦次，像孩子似的，伏在他怀里哭了起来。

"哭吧，哭出来就好受多了。"

"得罪了什么人，把人往死里打，究竟还有没有王法了？"的哥说，"现在城市迅速发展，鱼龙混杂。在外自己要注意安全。"

二十分钟的车程，福根浑身撕裂着疼痛，肋骨好像断了似的，汗水从他额头冒出来。他迅速调整自己的状态。

"福根，我们还是去医院吧。"

"没事，来不及了。文哥，你怎么在这儿？"

"我去找公安局一位朋友，把你的事情说了一下，请他帮忙，我们现在只等大鱼上钩，没想到他们竟然提前对你下手。"

"福根，我们还是先去看医生吧！"文生看着他脸上的汗水如雨，近乎哀求。

"不行，如果我不去参加演讲，正中了那些人的计策，我能坚持。"

的哥拿出杯子倒了杯水给福根，滚烫的热水喝下去，他心里舒服了些。福根漱了漱口，看了下时间说，"请你再快点！"

"我这儿有一点止痛药，快把这个止血药敷上去。"文生连忙把药给他吃了，把药给福根敷上，用一根布带包扎了一下，的哥油门加大，车子风驰电掣般向前。

"我在这儿等你们，不着急，一结束就立马过来，我送你去医院。"的哥说，文生搀着福根往会议室走。

他们进去的时候，开幕式已结束，一位身着紫红晚礼服的女主持人说："下面请一号选手上台演讲！"福根是二号，他在座位上坐了下来。

血还没有止住，五分钟很快就过去了。福根深呼吸，深呼吸。掌声响起来了，他站起来走向舞台。闪烁的舞台灯光，如一片蔚蓝的大海。

他想笑，想声音响亮地、充满激情地讲出来。他忍受着疼痛，面向观众，深深鞠了一躬。慢慢抬起头："人的生命是有限的，可是，为人民服务是无限的，我要把有限的生命，投入到无限的为人民服务之中去。这是雷锋同志的话，作为一名工人……"他站在台上，尽管声音有些颤抖，但是吐字清晰，精神饱满。

"……赠人玫瑰，手留余香！把学雷锋、行业树新风作为一种生活方式，快乐参与，乐于奉献，让晋江成为一座更有温度的城市，为建设崇德向善、文化厚重、和谐宜居、人民满意的文明晋江贡献我们的智慧和力量……"

血滴在白衬衫上，像一朵盛开的花朵。掌声再一次响彻礼堂，人们站起来向他欢呼，有几个人手捧鲜花跑上来。他伸出两手，抱着满怀的鲜花，挥手，转身，他微笑着看着观众，想稳健地走下台。可惜没走几步，瑰丽的天花板就仿佛掉了下来，他身子摇晃了几下，终于倒在地上。

电视台直播之后，大街小巷都响着福根铿锵有力、激情饱满的演讲。

"这小子因祸得福，本来还没有几个人认识，现在都成名人了。有的人把他的发言竟然当作座右铭，你们说可笑不可笑？"那个大哥点燃一支烟，狠狠抽了一口。

"大哥，现在就看这小子会不会把我们交出去，如果他能不追究，以后，我们还是收手吧。"喊大哥的那个人，是三十岁左右的年轻人，戴一副深度眼镜，使他更显得与众不同。

"这小子，简直就是打不死的小强。据说，有群众都为他做证明了，他还说是自己摔的。"大哥不满中却有一丝佩服。

除了记者，胡文生、云秀、老唐、陈主任、陈碧云、月婵也在病房里。"福根，那个人已经找到了。他说，你需要的话，他可以来为你作证！"记者说。

福根面对记者说："我不想给厂里带来任何负面影响，我只希望那几个人站出来，公开跟我道个歉，说一声'对不起'。如果不能，我就实情相告，通过法律，让他们得到该承受的惩罚。"

钱总和另外几位高层管理者正在开会，门响了几声，有一人探头进来。钱总一见，示意大家继续，他走了出来。

他不说话，四个人跟在后面走。到了厂长办公室，钱总推门进去。

"我们正在研究怎么把你们开除出去，你们几人简直目无王法，胆大包天。对待亲如手足的同事，你们竟然诬陷泼脏水，雇人行凶，触犯法律。"

"钱总，请您替我们求求情，我们知错了。"

"不是大哥和他们的错，主意是我一人出的，要开除就开除我吧！"深度眼镜伸出左手，将眼镜向上扶了扶，"我是一办厂就来的开国功臣，在这里奋斗了十二年，竟然比不过在这儿三年多的愣头小子，心里越想越生气。尤其是听说这么年轻就要被提拔为厂长，更是气不过，就……"

"小王，算起来我们还是亲戚，你被嫉妒蒙上了眼睛。你不去思考自己的不足，却小肚鸡肠，非大丈夫所为，首先，这一点，你就输了。"钱总喝口茶，"再说，当厂里需要人争光的时候，你在哪儿？"

"那天，我也想回答外商的提问，可是又怕回答不好，给您脸上抹黑。"眼镜说。

"机会永远留给有准备的人。田福根为什么能够条理清晰，引经据典地说出来，是他平时不断努力的结果。这次，他的演讲获得了全市一等奖，他的演讲内容，差不多妇孺皆知，你怎么做不到？"

四人低着头，不说话。

"看了电视没？"

"看了！"

"做人不能太无耻，"钱总扔下一封信，"这是你们请的那个老人，人家把事情的原委都清清楚楚地写在上面，准备去自首。现在，你们要么就按照田福根要求的去做，要么，就自动离厂。"钱总说完，走了出去。

月婵忧心忡忡："让你不要出手，可你还是出手，还上了电视，这样一来，你怕那些人找不到你，是不是？"

月婵和他约法三章的第一点就是不惹事，不打架，不出武功。可是不出手，自己生命都有危险。

为了躲避记者，他转到了小医院。躺在床上，他记挂着厂里的事情，闹着要出院。医生说再休息两天。

门开了，是钱总："你们还不快进来？"

"福根兄弟，你大人大量，大人不记小人过，都是我这弟弟混球，做了对不起你的事情，请看在同事三年的分儿上，给他一次改过的机会。"

眼镜赶紧递过大包小包的东西，"福根，我的好兄弟，刚才我已经到医院给你交了三千医药费，如果不够，我再交。"福根没有说话。文生说："栽赃陷害、雇人行凶怎么处理，该由法律说了算。"

四人一听慌了。"福根，对不起。是我伤害了你。"眼镜说着，"你要不原谅我，我就给你跪下了。"

福根赶紧伸手拉住他："过去的事情一笔勾销，以后我们还是好兄弟。"

一行人说了又说，终于走了。钱总进来说："不这样，他们怎么能低头？如果不是你手下留情，估计都得进去蹲几天。"

陈主任说："福根，钱总让你回家休息半个月，你就回去吧！"福根还想说什么，钱总说："你的心情我了解，休息就是为了更好地工作，回去吧。月婵的假，我也准了。"

"怎么办？是不是回去？"离吴汉离的生日还有三天时间，现在电视台已经将福根的事情播出，在这个地方要待下去，也是不可能的。

"不能让坏人的阴谋得逞，你应该回去，否则，他们得了吴家企业，知道你在这里，很可能做出更加疯狂的事情。现在厂里给了你们这么长假期，应该回去，将坏人绳之以法。"

"一切布置好没有？"

"妈，你放心，除了宴请的人凭邀请函入席，其他人等，一律不准进入寿堂。"

"你一定要严格把守，明天中午过后，你就是上海滩老大。"

"您放心，每个大门都有人把守，连一只鸟都飞不进来。"

第74章

/ 田艳喜出嫁 /

三月初八，景云别墅，张灯结彩，高朋满座。门口祝寿对联将景云别墅的两侧墙挂满。正中挂一个大"寿"字图案，两边挂一副寿联："福如东海长流水，寿比南山不老松"。寿堂正中放一把披着锦缎的八仙高椅，椅前摆一张围有桌衣的八仙桌。桌上烛盘点燃一双大金统蜡烛，椅后照壁摆一张长画桌。桌中间放自鸣钟，钟左右各摆放一个插着卷轴的帽筒。墙壁上挂一帽红纸金字的寿屏。

吴汉离穿着紫红色缝有寿字的对襟唐装，面容略显疲倦与苍白。

吉时一到，即刻锣鼓喧天，鞭炮齐鸣。主持人手持话筒，穿着红色唐装，用激动而喜悦的声音说道："各位领导、各位长辈、各位亲朋好友、各位女士、各位先生：大家好！今天，是年农历三月初八日，在这风和日丽、万象更新、百花争艳的美好时刻，我们相聚在古朴典雅、鲜花簇拥、喜庆浓郁的景云别墅寿宴厅，隆重庆贺吴汉离董事长八十大寿庆典。"

相机、鲜花、欢呼声、掌声，吴汉离看着一张张喜悦的面孔，在急切地搜寻着。祝寿过后，他就要去动开颅手术。王瑾萱带着三个女儿，裴佳瑶带着五个女儿，钟子红和吴虑喜气洋洋，站在他的前面。

一批一批的人祝贺之后，他的眼光黯淡下去，本不应该缺席的人，今天却没有出现。主持人像打了鸡血似的在高亢地说着："一拜，祝老寿星福如东海、寿比南山；二拜，祝老寿星日月昌明、松鹤长春；三拜，祝老寿星笑口常开、天伦永享。"

几轮拜过以后，吴远志和吴远东扶着吴汉离站到了主席台前，热闹的会场顿时安静下来，主持人因为激动，按着话筒的手在发抖，他的声音更是在颤抖："今天最激动人心的时刻就要到了，下面请吴汉离董事长宣布一个重要决定。"

吴汉离站在台上，他目光又巡视一遍："上海，正在以日新月异的变化迎接着四海来宾，不久以后，陆家嘴便成上海金融引擎，成片楼宇拱卫轰鸣。在浦东，你甚至可以感觉到银子在街道中流淌，我们的远东建筑有限公司，很幸运地走在了时代的前列，我还想继续带领远东前行。我来到上海已经五十五年，经历了这么多年的风雨历程，心没老，梦还在，可惜已力不从心。经过慎重考虑，今天，我在这里要宣布：远东建筑公司的企业将——"

"慢着！"声若洪钟，震人耳膜，随即一人大鹏展翅，落在吴汉离身边，双膝跪倒，纳头便拜，"孙儿吴优恭祝爷爷福如东海，日月昌明，松鹤长春，春秋不老，古稀重新，欢乐远长"。

"哪儿来的乡野小子竟敢在这儿胡说八道！"钟子红过来，吴虑手一挥，四个彪形大汉向福根扑过去。福根连忙借力打力，纵身躲过。

那四人步步紧逼，拳带风声朝福根打过来。

"慢着，"吴汉离说，"没有我的话，你们谁动他一下看看。"

那四人根本不听，步步紧逼。福根胳膊受伤，刚一用力，血口振开，鲜血直流。那四人也不说话，黑着脸，联合出手。福根见势不妙，腾挪跳跃，险象环生。

吴汉离大声说："住手！"早有人过来，强行将他扶下台，"快，快去报警！"

唐总过来："董事长，门口有人把守，任何人都出不去。"

"钟子红，你们……"吴汉离手捂着头，一头向后倒去。

"爷爷，爷爷！"裴住瑶的五个女儿跑过去，围着他喊。

吴远志刚刚跑到门口，有两人手持长剑挡住去路。

又有两人跳上台去，福根使出绝学："送子观音"。他两手抱拢，大喝一声，用力推出，有两人掉下寿台，台下一片惊呼。那人掏出飞刀，扬手一甩，直奔田福根而去。

"福根！"福根回头看时，一人向他跑来。那人忽然张开手臂，扑通倒在地上，飞刀没入后背。

"柳儿！"福根大吼一声，捡起一把凳子，一连串无影手，又有三人跌落台下。

福根看着田梅生、家旺、家乐、一凡他们跑过来，缓缓倒下。"住手！"几十名警察冲过来。

福根醒来的时候，已是第二天。"福根！"田梅生握着他的手，"你醒啦！"他看着面前那么多熟悉的面孔，忽然想起来问："柳儿呢！"

没有人说话，他又问了一句。"柳儿没了。"富贵说，"她是田家湾的好孩子！"

柳儿的葬礼是在田家湾进行的，福根抱着柳儿的骨灰，想到小时候的种种，他哭得天崩地裂。

柳儿才一岁半的儿子好奇地看着一大群人，忽然张开嘴巴哭了起来。自从吴汉离知道柳儿怀的是男孩后，他就劝吴虑说服柳儿留下孩子。本来吴虑打算孩子生下后，就赶柳儿走，可没想到时间一长，他竟然真的喜欢上柔弱漂亮的柳儿了。于是，柳儿生下孩子后，他们举行了婚礼。

威严的法庭上，钟子红讲了事情的全部过程：钟子红是吴汉离的结发妻子玉莲的小儿媳妇，是爱使医院的护士。当她知道吴汉离和玉莲的事情后，很是生气。她恨婆婆的懦弱无能。于是，她使出手段勾引吴远东，为了夺得吴氏企业，她伙同王瑾萱，暗中使用熏香，将老夫人熏倒，利用护士身份，将吴优悄悄抱到后院垃圾桶边扔掉。为了事情成功，王瑾萱给了一笔钱让秦妈回家，将自己的侄女心柔换进府里。秦妈想弄明白王瑾萱辞退她的原因，暗中调查，发现阴谋。

见钟子红把孩子扔在垃圾桶边，偷偷走掉，她赶紧过去，抱着孩子往家跑，告诉老伴赶紧把孩子送到田家湾。到了田家湾，她的老伴怕被认出，见有人来，只好将孩子放在盐河岸上的鱼棚里，看到田中金把孩子背回去，才放心回家。

"子红，你这样，可是真的害了吴虑啊！"玉莲哭着说。

"都是因为你没用，眼睁睁地看着自己的男人和别的女人生活一辈子。我只不过是想替儿子拿到属于他的一切。"

"你可真够狠的，为了财产，不远千里，几次对我的儿子行凶。"吴远志看着她。

"只可惜他命大，有时想想真好笑，那么多人，愣是弄不死他。我派人在田家湾蹲了三年，好不容易搞到了他在福建的地址，那么多人下手，却还是让他逃了。儿子，妈妈对不起你！"钟子红看着法庭上的吴虑，"这么多年，我处心积虑，步步为营，却在最后一步输得如此惨重。"她看着福根，"那天，你是怎么进的景云别墅？"

"是柳儿！就在我们一筹莫展之时，看到了柳儿，是柳儿拿了一个请帖将我带进来。"

"这个小娼妇！事情竟然都坏在她的手里。早就说将她赶走，你偏要留着她，没想到最后时刻，她竟然帮着外人来害你。"

重症病房门口，孙晓琪看着躺在里面的吴汉离悄然落泪。玉莲在大儿子儿媳的陪同下，也来到了重症病室。

"玉莲，对不起！"孙晓琪想到是自己的自私才导致了这样的局面，深感愧疚。

"人这一生，看开看透，哭非哭，乐非乐，只是一时的执念而已。执于一念，将受困于一念；一念放下，会自在于心。不怪谁也不恨谁了。在家好好等他们娘儿俩出来，重新开始吧。"

"福根，你真的不接受吴氏企业？"田梅生追过来问。

"是的，那是他们的东西，我要凭能力赢得自己的天下。"他说着，拉着月婵，坐上了开往福建的车子。

夏天，福根回来，为田艳置办了婚礼。新郎是马秀莲的侄儿，长得蛮帅气的小伙子，比田艳小三岁，听了田艳的故事，主动出击，终于美梦成真。婚礼定在农历四月初八。

"弟弟，真的不用那么破费！"

本来田艳不想大操大办，福根却说："姐，你在家里当姑娘当了三十年，都是因为我。我一定要让你成为方圆十里独一无二的新娘。"

农历四月初七的晚上，月婵的母亲和文慧来帮着田艳缝了喜被子，被子四个角塞满枣子、栗子、花生等吉利的果实，意为"早生贵子"。两人一面缝还一面说："被边对被边，幸福生活乐无边；被角对被角，相扶相伴走到老。"

缝好被子，开始罩婚衣，文慧捧着铺着红纸的小筛子，将衣服叠放在里面，点燃红蜡烛，将小筛子放到火上走了几次，放到床头，留着第二天早上穿，最后把衣服鞋袜全部重新检查了一遍，确定没有问题之后，众人才散去。

四月初八，天还没有亮，福根就起来开始忙碌，贴对联、贴窗花、贴红双喜……

八点刚过，就听到喜庆连天的锣鼓唢呐声，人家都停下手里的活儿，向声音传来的方向张望，有人早就循着声音跑过去。

只见新郎身穿中式唐装，胸戴大红花走在前面，逢人便作揖。后面分列两排，是十几个敲锣打鼓吹奏各种乐器的人，统一着黄色对襟唐装，再后面是四个年轻粗壮的帅小伙子，抬着轿子，后面跟着很多看热闹的人。自从分田到户以后，方圆几十里，还没有人家的婚嫁这么有排场。一群孩子跟着叽叽喳喳闹个不停，孩子们一边跑一边喊："轿子来了。接新娘子来了！"

福根把早就准备好的鞭炮点着，来接亲的人也赶紧点着鞭炮，就这样一阵噼里啪啦，清香的火药味伴着欢声笑语，飘荡在寂寞多年的乡村。接新娘子的轿子就快到了，大家赶紧给田艳梳头打扮，等到梳头鞭响起来的时候，田艳已经穿戴好了。

第75章

/ 久别又重逢 /

"吃分家饭了！"文慧喊道。分家饭本来是家里兄弟都要一起参加，可家旺家乐他们都在上海，只有福根陪同。田中金站在外面，看着姐弟俩，悄悄抹了眼泪。喜娘文慧一边说喜话，一边将点心送到福根和田艳的嘴里。

有人喊"喝茶"，福根端起碗喝了几口，放下，坐好。这时有人喊"上轿"，福根蹲下身子，背着田艳，从屋里缓缓走出。田艳穿着大红色传统婚服，周制曲裾采用流线型剪裁束腰，使田艳女性曲线凸显；宽大衣袖与明黄色丝线祥云刺绣古朴而典雅，加上大裙摆的修饰，简直就是天上下凡的仙女。

"从来没有见过这么漂亮的新娘，像电影里走出来的古代美女。"

"你们看看艳儿穿的衣裳。"围观的乡邻，男女老幼，像潮水向前涌动，要来看看最美新娘。文慧一边扶着福根，一边走到轿子跟前，田艳说："谢谢弟弟，以后你要好好照顾咱爹了。"

"姐，我会的，你放心。"想到这么多年姐姐的照顾，福根再也忍不住。话没说完，心里一酸，泪水流了下来。

田艳拉着福根的手，想到从小一起长大的弟弟，从今以后就要离开了，也不禁失声痛哭。姐弟二人抱在一起，久久不忍分离。

田中金拄着拐杖，站在门口，呆呆地望着。

新郎说："弟弟，请你们放心，我一定会照顾好艳儿，今生今世，永远爱她，白首不相离。你们放心好吗？"

不说则矣，说了姐弟二人又是一阵痛哭，"如果妈妈能看到艳儿出嫁，该有多好，多幸福。"艳儿的这句话，更让福根伤心流泪。

三次鞭炮放过，轿夫催着发轿。轿子启动，喜乐响起，四位轿夫抬着轿，晃晃悠悠地开始走。看田艳出嫁的人，男女老幼都跟着向前跑。一直跟了有五里路，那些看新娘的人才渐渐散去。

送走田艳，福根坐在屋里发呆，就这样，自己亲手把姐姐嫁了出去。他走了，父亲怎么办？

婚礼结束，还有两天福根就要回去。他买了一些礼品去看望月婵父母，月婵的父母也希望他们能早点成家。

"二老放心，我一定要给月婵最好的婚礼。"福根说。这是他当选为厂长以后第一次回家。因为厂里需要，月婵没有回来。

他到窑厂找到富贵，将父亲托付给他。

"这个事情，你放心。他是我的叔叔，就像我的父亲，你安心上班，努力奋斗，明年回来我们一起给村里通电。"

"田厂长，请你去开会。"刚到办公室，有人来喊。福根到会议室，参加会议的人已经到了。

"这次来投资考察的老板是香港南飞鞋业，能不能合作成功，要看诸位的共同努力。"福根把每一个部门的事情全部安排妥当，到家已经是夜里十一点。月婵正在整理资料，她现在已经提升为质检科科长，正在看质检报告。

"明天香港来人,你一定要陪同,外语粤语可是你的特长。"

"那倒是,在香港我待了五六年,说起粤语来比我们家的语言还溜。"

他抱着月婵,"这次合作成功,我们就结婚!"

第二天早上八点,福根已经把厂里所有地方每个部门、生产车间都检查了一遍,把汇报材料、合作项目也都一一看了一遍。

八点十分,港商一行人在晋江市招商办领导带领下,往厂里而来。福根到门口迎接,月婵站在福根后面紧张地说:"福根,我怎么心有点慌慌的,会不会有什么事情要发生?"

"喜鹊喳喳叫,好事要来到!"他轻轻握住月婵的手,"听喜鹊叫得多欢。"

他们到门口的时候,一行人正好也到了门口。看到双方的那一刹那,人家都愣住了。

"您是?"

"月婵?"

"周睿姐姐!"两个人紧紧拥抱在一起。

考察结束,福根选择一个安静的饭店宴请周睿一行,互相诉说这么多年的往事。

一别多年,彼此故事都惊天动地,他们也不知说了多久。原来周睿去了香港之后,因为她的叔叔已经从原来的地方搬走,周睿只好找了一个最便宜的房子居住下来。两个月后,她发现自己怀孕了。因为怀孕反应很明显,她无法找工做。怀孕五个月的时候,发现身上的钱已经不够用了,没办法,她到处找工作,可是工厂看到她是孕妇,没有一家肯收留。

"那种身在他乡的绝望,你们没有经历过,是无法理解的。"周睿说,"当房东残忍地将行李扔出门外时,我已经有八个月的身孕。"

"后来怎么办?"月婵听得心也是一阵紧似一阵。

"我提着行囊,挺着个大肚子,在街上漫无目的地走着。那天,雨下得特别大,天地灰蒙蒙一片,根本看不见路。忽然脚底踩空,人掉进了窨井,好不容易爬上来。也许就是因为那一跤,一会儿我的肚子便一阵紧似一阵地疼痛。我忍着疼痛,爬到屋檐下。羊水已破了,我拼命地喊叫,却没有一个人。无论如何我也要把孩子生下来,我竭尽全力,孩子却不奔生。那种撕心裂肺的疼痛,让我感觉到死亡的恐惧。我告诉自己,为了孩子,不能死,我大吼一声,拼劲用尽所有力气,听到孩子嘹亮的哭声,我却昏死过去。"

"周姐,你太辛苦了。"月婵擦着她脸上的泪水。

"等我醒来的时候,一位好心的大娘收留了我。大娘平时靠磨豆腐做千张过日子,我就和大娘一起做。平时,找了一份纺毛线的工作,就这样一边做工,一边磨豆腐卖，我和孩子活了下来。"

周睿的经历，听得人无不动容。

"大娘村上有个好色之徒，常常来骚扰我，还威胁大娘，如果再收留我，就把她房子烧了。为了不想连累大娘，我夜里带着孩子悄悄离开了。我把香港所有的地方差不多找遍了，也没有叔叔的消息。我彻底灰心失望，不知道该怎么办。如果不是我那可爱的孩子支撑着我，可能我早就死在他乡了。孩子非常懂事，会走路的时候，就和我一起捡垃圾。慢慢地我开了一个废品收购站，晚上我就纺毛线去卖，就这样，到孩子五岁要上幼儿园的时候，我在学校旁边买了一个只有二十八平的门面房，做起了早点。"

月婵倒了杯水，房间里紫红色的帐幔更让人觉得压抑。

"经过的苦三天三夜也说不完，有一天遇到了我的贵人，他把我的故事写出来发表在报纸上，大家知道了我的经历，纷纷帮助我，我的生意也越做越大。门面房换到了两百多平，我开了一个更好的饭店。我与别人合伙投资，再加上饭店经营，很快事业就有了起色。"

周睿讲完以后，月婵又把他们的经历讲了一遍。听到柳儿，她长叹一口气："女人，都是情场里的傻子。为了自己心爱的人，什么都可以不要。"

"这也是我们还没有结婚的原因，我想等柳儿过了三年之后再成婚。经历了那么多，现在每天能和他在一起我就已经很知足了。"

福根说："强哥和云秀姐早就离婚了，云秀他们夫妇也在这里的工地上做工。"

云秀的经历更是悲惨，大家唏嘘不止。

"如果你想干一番事业，我建议你自己单干，因为你做厂长，只能算是一份工作，还不能算是事业。"周睿说。

"如果自己干，业务没有问题，根据手里现有的人脉，销路也没有问题，关键是自己没经济实力。"

周睿说："如果你单干的话，我投资，你经营。"

周睿的话让福根和月婵陷入纠结中。周睿说得对，做厂长每个月有接近一万的薪水，做做业务，管理管理厂里，没有太大的压力。可是这样，却不可能取得事业上的成功。

"周睿姐，只要你投资，我们便一起合作。明天我就去辞职。"

"好！"三双手握在一起。

福根写好了辞职信："月婵，你可要做好准备，创业有可能成功，也有可能失败。"

"我支持你的一切决定。"

周睿从包里拿出一块黑色的"砖头"。福根知道，这个叫"大哥大"。

在福建大街上，常看见梳大背头、抹发胶、手持大哥大的成功人士。厂里第一个买的是钱总，厂里人像看稀奇似的，跟着他的屁股转了几天。他轻易不给人家碰，也不给别人打电话，当宝贝一样，很少用。那黑色的外壳乌黑发亮。福根用过两次，一次是和台商谈鞋出口价格，还有一次是向英企老总汇报企业季度计划。

有了这个东西，做生意很方便，轻松。他做梦都想拥有一个。

"有了这个，以后你工作起来更方便，和你家里人也可以随时保持联系。"

"这么贵重的物品，我不要。周姐，你自己留着吧！"田福根将大哥大推了过去。

"这样，算我暂时借给你的，以后你还给我就好。"周睿这样说，福根就没有再推辞的理由。

周睿的话，像荒野大草，在他心头拔了又长。月婵说："如果想干你就干，我支持你。等我们成功了，在这儿买了房，可以把父母也接来，让他们安享晚年。"月婵上次回去，看见喜欢穿马褂、戴西瓜帽的父亲身子伛偻了很多，特别是一双罗圈腿，两腿中间都能夹着皮球走，心里更加难过。

"不仅仅是他们，还有田家湾的所有人，他们给了我现在的一切，还有你，为了他们，我拼一把。睿姐说得对，厂长只不过是一份工作，拿着稳定的工资，不容易取得事业上的成功。要想干大事，就得有大胆。"

田艳说："这辞职一提出，开弓没有回头箭，你要不要再仔细斟酌斟酌？毕竟你现在是万人大厂的厂长，可以呼风唤雨，风风光光。"

第76章
/ 鞋厂正式开张 /

田艳接着说："现在老家有二三十口在这儿，他们会怎么看你？"

当初，因为几个股东撤股，工厂元气大伤，员工们各随其主，撤股之后，员工们自然也走了不少。为了确保厂里正常运营，福根从老家带过来了三十多名员工。

如果福根辞职，这三十多人怎么办？福根知道姐姐意思。

"姐，我想闯一闯，要么成功要么失败，我才二十二岁，还有时间，能失败得起。"福根说，"如果给人家打工，我永远是个打工仔，我要自己干出一番事业。至于他们，继续在厂里认真干。刘董事长性格很好，体恤员工。而我的厂，刚开始，能不能开起来，还是未知数。"田艳的丈夫秦启刚说："只要你想干，我们支持你！"文慧也这么说："只要能有更好的出路，我们都会支持你。"

"谢谢你们，我田福根这辈子最大的幸运就是能生活在田家湾，能有你们这些亲人。明天先把二十万的租金交了，我们再筹集装修的费用。"福根说。

"这二十万我帮你交。"众人回头一看，是胡文生，"这是我的全部积蓄，今天就让它发挥更大的作用。不过，我话说在前面，利率按照银行算。"

福根抱住他："再加一个百分点。"

胡文生说着，打开小包，拿出一扎一扎的钞票，"你先拿着用，不够我们再想办法。"

为了支持福根，把编织厂交给富贵和沈强他们，也跟着一起过来的文慧把这几个月的工资也拿了出来："福根，这是八千元钱，整整三个月，我本来打算赚到一万再寄回去。我呢，放在你这儿，算是投资。"还有几人也纷纷出资相助。

"我田福根如果不干出点名堂，就对不起你们，真的很感谢！"他声音哽咽道。

"福根，不要多想，大胆去干。我非常喜欢你这种干大事的魄力。你想干啥尽管去，我们支持你。如果钱不够，你尽管说，我们砸锅卖铁也帮你筹。"

第二天，钱总和刘展龙董事长都在，田福根递交了辞职信。刘展龙惊讶地看着他："确定辞职？"

"是的！"

刘展龙从抽屉里拿出一个红色的证书，说："这是你在福建商业大学的学业证书，尽管是结业证，但是也能证明你在那里读过。"福根接过来，不敢看那双失望的眼睛。

"唉，在商场上只有永远的敌人，没有永远的朋友。我们鞋厂当初有七名董事，随着钱总撤股，又有两人退出，身在江湖，由不得自己，左右不了别人，这些年，但愿厂里没有亏待你。"

"您说的是哪儿的话？人非草木，孰能无情，我很不愿意走，但是我想鲲鹏展翅，哪怕跌得头破血流。人生毕竟很短，再不拼一拼，我心有不甘。"

"希望如此，改革大潮滚滚而来。很多人都在做弄潮儿，我也希望你能在这次大潮中走得更远。"

两人本来就是相处不错的朋友，临别之时，感慨万千。刘展龙在最豪华的晋江酒店为福根送行。至此，厂里人才知道福根要出去单干，很多员工找到福根，表示愿意过来跟着他干。

"感谢大家盛情，你们都是厂里的老员工，有技术，有感情，但是你们可以把你们的亲友引荐来，不会的我负责教。你们来，我可不能留，过河拆桥、挖墙脚的事情，我田福根做不出。"大家听他如此言语，便不再强求。

首先是厂房问题，在这寸土寸金的地方，要买一百亩土地，没有一定的经济实力是不可能的。半个月过去，厂房还没有着落。

月婵说："要不打电话给远东，让他们帮忙一下？"

"早就和你说过，以后不要提远东好不好？我是田家湾的田福根，不是那个吴优！"他涨红着脸喊。

"我不是看你天天着急吗？"月婵也大声喊，"你就是一头犟牛。"

"我的事情，我自己想办法，你不要瞎掺和。"福根说着就走。

"如果实在扛不过去，只要你开口，我和钱总可以助你一臂之力。"刘展龙喜欢这个小伙子的性格，他身上的那股牛劲隔着衣服都能燃烧。

"租厂房？"

这个主意好。第三天，陈主任说晋江西北方向，有一工厂因为经营不善，正在打算出租厂房。地方偏僻了些，但是经济上划得来。

"有这样的地方？我们现在就去看看！"福根和陈主任两人直奔目的地。厂房有一半是彩钢瓦结构，占地面积一百五十亩地，四周杂草丛生。

"这里本来是车床生产车间，厂里一直拿不到订单，货走不出去。几个投资人都无心管理，就这样已经荒废两年。如果把大门和破旧的地方先维修一下，这个地方还是可以用的。"陈主任说，"租金好说，关键就是维修费。"

福根一看，这个地方尽管地处晋江西北方向，却是面朝大海，他不禁吟诵起海子的《面朝大海，春暖花开》。福根念着："春暖花开，一定会春暖花开。"他看着白色的浪花一波一波向前奔跑，"我喜欢这里，就这么定了，我们就在这儿干。"

租金一交，就忙着装修。秦启刚自告奋勇来办，这样福根也有了更多的时间去忙其他事情。厂房装修差不多结束的时候，天降良机。

詹姆斯愿意投资，而且福根只管生产，营销全部由他。福根拿着电话都有点不敢相信自己的耳朵。詹姆斯去年作为新加坡首批外商前来考察，福根亲自带领他们，因为没有翻译，福根就自己一边用英语流利地介绍产品特点，一边考察各个车间的生产情况。

晚上，举行了小小的欢迎会，田福根带头唱起了一首英文歌。

詹姆斯频频伸出大拇指，为福根点赞。福根一下台，他便找了过来，问福根为什么英语说得这么流利。福根把月婵教他学英语的经过讲述了一遍，詹姆斯很有兴趣，提出要见识一下他的未婚妻。

这个要求田福根本想拒绝，可是竞争如此激烈，作为厂长，能给厂里带来效益与机遇，这是他的责任，于是接待会上，月婵作为女工代表参加了宴会。

　　给詹姆斯留下深刻印象的除了福根流利的英语，还有月婵曼妙动人的舞姿。

　　"田福根先生，我想冒昧地问一句，你是否愿意与我合作？"

　　"我很高兴，也很愿意。只是资金还不足。"田福根说出自己的顾虑。没想到詹姆斯竟然爽快地说："田福根先生，您只需要提供厂房，其余的都我自己来。通过几天的考察了解，我对您的能力非常有信心。"挂了电话，田福根一拳砸向桌子。他真的成功了。

　　秦启刚也高兴地说："成功总是留给有准备的人，福根，当你付出到一定程度的时候，连老天都被你感动了。"

　　厂房维修、整理、围墙重建，还没有完全装修好，詹姆斯的机器已经运来，负责招工的田艳，还没有印发招工宣传单，员工就已经超过了预定的人数。她和文慧负责岗前培训。

　　万事俱备，只等着上班。福根这些天很累，但是当他看到破旧的厂房焕然一新时，还是很高兴。

　　"詹姆斯来电话了，机器安装好，他即开始投入生产。"秦启刚和福根两人来到办公室，"我们今晚把事情再仔细想想，有没有疏漏之处，我希望詹姆斯先生看到后，能够很快投入生产。"

　　文慧今儿也过来了："看着这些熟悉的家伙，心里就有一种亲切感。"文慧抚摸着机器，"这样一排排，一列列，我对万马奔腾的那一天，很是期待。"

　　三人将厂房、机器、食堂，包括水电安装，都一一仔细进行了检查。

　　"万事开头难，这一开了头，就像上足了劲的发条，开始向前狂奔。"福根打开笔记本，"市场调研／设计研发／新品打样／样品评审／看样订货／下单评审／材料订购／产前试做／物性检测／材料入库／原料裁断／鞋帮缝制／帮底成型／成品包装／成品入库。经过这么多年的操作实践，鞋厂这十五大工序，我闭着眼也能处理得毫无罅隙。可有些时候，并非技术好就能带来高效益。"

　　"是的，现在这里的鞋厂如雨后春笋，我们的产品必须精心策划，确保一炮而红。否则，要想干过那么多的老品牌，在新兴的厂里脱颖而出，可不是一件容易的事情。"文慧说。

　　"我也是这样考虑的，你看，"福根翻开设计本，他为新品打样犯了难，"随着人们生活质量的提高，人们对穿的鞋子的舒适度也提出了更高的要求，怎样才能让自己的品牌一炮打响，我也一直在琢磨。"

第77章
/ 一笑泯恩仇 /

田福根仔细研究了世界十大品牌运动鞋产业，把总结出来的特点一一列出来给月婵看，"你是喝过墨水的人，好好看看我的设计计划。哪里有不足，我们再修改。"

"英雄所见略同，这些天我也一直在考虑这个问题。"月婵将鞋子拿在手里，"但是，从何处入手，我却暂无头绪。"

福根把他打印好的样本拿出来："这是一款按摩帅运动鞋。首先，穿运动鞋的主要对象是青年学生、运动员，还有运动鞋也越来越受到中老年人的欢迎。因此，我设计的这款，外形上略微有点变化，关键是鞋底，在打样的时候，我反复试验，从医学角度讲，穴位密集的脚底共76个穴位，做脚底按摩能缓解身体疲劳紧张，使身体健康延年益寿，增强精力，特别助于改善睡眠状态，单单脚底重要穴位就有16个。因此，在设计的时候，我们在鞋底上动动心思，在脚底穴位处，设计一些刺激按钮，只要顾客一走动，就可以达到按摩的效果，这样大家在宣传我们产品的时候，也是一大特色。"

"福根，你太了不起了，人无我有、人有我优、人优我新的这个策略太好了。"秦启刚很是兴奋，"明天开会好好研究，发挥群体智慧，争取来个开门红。"

福根看着秦启刚，当初见到秦启刚的时候，觉得他过于忠厚老实，没想到这几年跟在他身边，耳濡目染，实力不容小觑。

吃过晚饭，福根即召开了小型的领导会议，一共有六人参加，秦启刚、月婵、文慧，还有两个部门经理。

"这是我在设计时想到的方法，下面请大家也对我们的设计提一些自己的想法。今晚的会议是秘密进行的，希望大家绝不外传。"

会议进行到大半夜，从面料到鞋扣、鞋带这些最微小的环节都考虑在内，做了精心设计。"等到效果出来，我们的鞋子一定会出现供不应求的局面。"秦启刚说。

经过了四十多天周密的准备，农历八月初八，田福根鞋业正式开工。在一阵响亮的鞭炮声里，机器全部启动，一百三十多名工人全部上岗。

听着机器那动人的声音，福根瞬间觉得一股豪情油然而生。这是他自己的厂，他自己的机器，他自己的员工。

"福根，你去休息休息，每个部门都会认真负责的。"在质检科，田艳说。福根拿着一只鞋子仔细看着，发现一个鞋扣打歪了，"像这样的鞋子绝不能流出去。如果有一点不符合要求，宁愿重新返工，也不将就。"田艳拿过来一看，若不仔细，很难看出鞋扣不对称，她立即找人换掉。

"对于这样的事情，决不能有第二次。"福根说，"质量是我们产业的生存线，在竞争激烈的市场面前，我们必须要慎重。"

第一季度结束，詹姆斯发来贺电，能按照他的要求全部完成当初的计划。"不，詹姆斯先生，您说错了，我们的纯利润净超20%。"福根说，"有了好的开头，我们更有信心做好。"

一年以后，福根终于买了一套143平的商品房。中秋节，月婵将她父母和田中金接到南方。

"月婵，你都快要三十了，怎么还不结婚？"

"福根说，等把新厂建好，我们就隆重举行婚礼，他说我们去马尔代夫举办婚礼。"月婵拿着刚买的水果洗好，端过来放到老人面前。

"福根从小到大就很优秀，厂里又有那么多的小姑娘，不是不放心，就怕贼惦记。"王佑仁说，他现在没事就到公园去练剑，打太极，说话中气十足。

对于父亲的话，月婵明白其中意思。不要说贼惦记，惦记福根的贼估计有一打，尤其是陈碧云，上次在酒桌上，当着她的面就向福根示爱。

"陈碧云好像对你很是上心。"月婵一边刷牙，一边故作漫不经心地说。

"你可不要来逗我，十六岁开始为你着迷，现在仍然为你着迷，谁也换不了你，也代替不了你。"话虽如此，月婵还是想早点进入婚姻殿堂。

福根现在基本上都在跑业务，厂里的事情，主要由月婵和秦启刚负责。周睿已经来看过一次，对福根的厂很是满意，但是具体投资什么项目，还不能确定。月婵在她要走的时候，告诉她："强哥来了。"她微微愣了一下。

"这是福根和我做的决定，没有经过你同意。不过见不见随你。"他们俩见面是在飞机场，周睿进等候大厅的时候，就看到了他。算起来，他今年应该是四十三岁，两鬓的白发超过了他的年龄。让她心动的宽大的胸膛比以前更结实。

"为什么要来？"

"为了心里的那份思念，从没有间断。"

"云秀现在好吗？"疯狂的岁月造就一批狂人，想到那时候，那食不果腹的岁月，谁能想到能有今天的生活？

"她已经重新开启自己的另一番人生，相敬如宾，看着也是高兴。经历过苦难的人，才能获得更多一点社会的阅历，比如鬓上的白发。"沈强看着她，"告诉我，这么多年，你有喜欢的人吗？"

"当然有。"

沈强的心莫名地收缩，他的心跳得厉害。

"他好吗？"

"很好，我和儿子一直在等他。"一双长长的手臂伸过来，那颤抖的泪花诉说着他们的相思。

第二天，福根坐上车子的时候，留了电话给他姐夫，他有一件心事必须去解决。下午三点，他从飞机上下来，直奔县城。

"你找我们少爷？"

门口的石狮子蒙上了岁月的痕迹，那扇曾让他羡慕不已的朱红色的大门，已经换成电动门，只要轻轻一摁，就像认识的朋友，缓缓为你开门。

"田福根企业家，光临寒舍，有失远迎，恕罪恕罪！"马啸虎迎上前来，"这次政协扩大会议召开过后，我还正想去找你们，结果你就来了，看来我们俩是心有灵犀一点通啊。"

"我已经和村里说过，在资金充分的情况下，我一定会为家乡出力。"福根看着马啸虎，比以前发福了些，或许是长期吃药的缘故，整个人精神状态并不好。

他问："还是单身？"

"福根，我申明一下，以前不管我们对你做过什么，那都是我父亲一意孤行。我对月婵却是真心的。那时候她到我家来，七岁，就像天上掉下个林妹妹，从小体弱多病的我，没有小伙伴，没有玩具，没有游戏，有的就是成天喝不完的苦涩的药。"

"现在还爱她？"

"爱！她是我第一个深爱的女人。"

"可是我比你更爱她，今天我来就想告诉你，我准备和她结婚，希望得到你的祝福。"福根说，"这么多年，我知道你一直在为她默默做事，你寄送的衣物礼品，我都替你保管着。"马啸虎神情黯然，停顿了一会儿说："难怪她没有回复，原来都被你劫走了。我选择放弃，你好好待她就是。"

他站起来，拿出一个相册，里面是几张月婵的照片："请你替我转交给她。"照片都是月婵小时候的照片，还有马啸虎和月婵的合影照，看上去甜蜜无比。

"我尊重月婵的选择，祝福你。"马啸虎站起来，做了个送客的动作。

福根走出门，回到熟悉的地方，过去的事情历历在目。他吹着口哨，仿佛又回到了年少时。阳光像情人的手，带着香气侵扰着他。

"这不是编织大王田福根吗？"有个汉子过来，"你还欠我一个'春江花月夜'。"

"没问题，我还要再送给你一个'呼啸山庄'和'巴黎圣母院'。"

柳儿也喜欢这个，可是他一直没来得及编织，想到柳儿，他心里沉重起来，自己又背负了一份沉甸甸的爱。

"会吃醋，会自卑，会心酸，会想你，这大概就是喜欢你的味道。"这是柳儿见他和月婵在一起，伤心时的话。可是柳儿的这份真情他永远也没有报答的机会。在柳儿墓前，阳光多么温柔，空气是新鲜的，人是亲切的，爱却是永恒的。

回到厂里，福根正在沉思，秦启刚兴冲冲进来，递过来一份材料。

"董事长，请你看看这份材料。"福根将手里的材料放下："我可是你的舅老爷，你若惹我不高兴，晚上跪榴莲那可不是我的事。"

"好，以后我还叫你福根。"

"什么投诉书？"

"投诉产品不合格，没有宣传的效果好。"

他拿过投诉书："投诉人找到没有？"

"找到了，这是一位来自澳大利亚的华人，现在在上海定居。"

第78章

/ 捐资助通电 /

"这位顾客反映的问题看似尖锐，实质很有价值。你看，每个人的脚形状不一，把宽度与长度相应地放大一点尺寸，这样就解决了脚掌宽的人的问题。这是其一。其二，脚底按摩的位置也应该根据每双鞋子的大小，而略有改变。对于这个问题，要根据医学界权威人士的专业建议来进行设计。第三，对于反映问题的客户，要全程跟踪，鞋子要立即重换，并给她三倍的赔偿，还要登报公开道歉。"

"福根，你这样不怕坏了我们鞋厂的名声？"

"不会。这样无疑也是给我们自己做广告。照我说的去做，不得有任何失误。"

秦启刚说："我明白了，借力打力。"

第二天，一封福根鞋厂的真诚道歉信刊登在福建与晋江各大报纸头版最最醒目的位置，电视台就这事专门进行了采访。

"那么大的鞋厂竟然对顾客的一点小意见高度重视，这家企业会值得信赖的。"几次考察却迟迟没有签约的香港名牌之星董事长握着福根的手，"企业讲信誉，才能有生存。这个合同，我们签定了。"接着，又有几家实力很强的公司纷纷抛来橄榄枝，福根的企业连明年的订单都安排得满满的。

就这么简单的一封公开道歉信，竟然给福根鞋业带来了意想不到的效果。一传十，十传百，百传千……福根鞋业如春风吹过，红遍大街小巷。无论走到哪里，都能听到福根鞋业的消息，一时好评如潮。

"福根真有你的，简单的一封公开道歉信，给我们的鞋子做了一次免费广告。鞋子竟然出现供不应求的情况。"秦启刚拿着报纸说，"你看看，就这么点文字，却比黄金效应还大。"

"看来诚实做人诚信做事还是很有必要的。以后顾客的意见要及时记录下来，及时进行调整。"福根说。

秦启刚用笔记录下来："福根，告诉你一个好消息。"秦启刚满脸藏不住的喜悦，"你今年要做舅舅啦。"

福根看着他，双手紧握，连连感叹："真的太好了，生命真是很神奇的东西，没想到姐姐这么快就能怀孕。"

腊八一过，年味就来了。福根原本打算腊月二十放假，在大家强烈要求下，一直到腊月二十二，才正式放假。沈强于腊月十九到达晋江，在厂里忙前忙后，帮着打扫卫生。

昨天富贵打电话过来，希望他们都能回去，商量村里铺路事宜。"要想富，先铺路。"月婵想说什么，又没说，只是看着自己细长的手指，"听说海景岸那边，风景优美，气候宜人，临海而居，每天可以聆听海水拍打岸边的声音……"

"大家在一起先住着，婚房明年再买，我答应贵哥回去，替柳儿修条路。月婵，我希望你能理解我，在我最困难的时候，柳儿给了我生活的勇气；在我快要饿死的时候，她端来了救命的一碗饭；在锋利的匕首飞向我时，她替我挡住了那致命的一刀。只有让她先安心，我才能安心。希望你以后像我一样敬重她，把她当作最好的亲人来对待。"

"我会给你时间，去慢慢梳理。她不仅是你的救命恩人，也是我们的。她不就是我们的至亲吗？"

"柳儿喜欢游泳，买一套漂亮的泳装给她吧。这么多年对她的愧疚，她应该能感受得到。我真的是一个罪孽深重的人。如果柳儿和江峰好，或者跟着铁蛋，也许她还能幸福地活着。这辈子，我除了给她痛苦、伤心与失望，什么也没给她。每每想到这些，心就很痛很痛。"

这也是他迟迟不说结婚的原因吧，可是，时间无情，他们都已经快三十岁了，不能再天天做着白雪公主和七个小矮人的公主梦了。"唉，忍了好多年，为了爱，继续忍下去，我相信你绝不是那种忘恩负义的人，也不是那种始乱终弃的人，我可以等下去，等你想要结婚的那一天。"月婵说，"我从十九岁等到现在三十岁，我也想好了，婚礼不一定要有多隆重，能给我一场婚礼就行。"

"好，明年完婚！"福根揽着她，"在我生命中有三个女人最重要，一个是你，一个是我姐，还有一个是柳儿，为了让你们能更好地生活，我会竭尽全力。"

"我等你！"月婵说。

腊月二十三，职工全部放假回家，福根听不到机器欢快的声音，还有点不适应，一大早到厂里转悠了半天。

厂房南边是一块宽阔的地方，视野开阔，如果把这么大块地方变为自己的，他还得再奋斗两年。时间一晃，月婵已经三十岁，一个女人把一生如花的时间都给了他，先结婚，还是先把这块地买下来，他内心充满矛盾。

腊月二十三，福根和月婵到家的时候，全村的人都在忙着通电。富贵他们正在村里开会，很远就能听到富贵那雄厚的男中音："现在通电的最大难处不是材料的准备，而是钱的问题。全村十七组，现在有几个组收钱困难。"

田福加、胡天民、曹德智、大队会计陈德胜四个人都在，他们分头配合各组组长做村民的思想工作，年龄小一点的人基本好说话，年龄大的人，怎么都说不通。

田福加今天去的就是老疙瘩家，他是九组村民，任凭你怎么说，他就是不同意。老疙瘩一边编草帽，一边说："我都活了六十三岁了，煤油灯陪我六十三年，没觉得哪儿不好。你们说的那电，我用着还害怕，听说触电会死人呢。"像这种类型的，全村有二十几户。

"如果做不了工作，这几户就不通，将来他们会求着我们给他们通电。"胡天民气呼呼地说。

"再做做思想工作吧，上了年纪的人，接受新事物慢。若实在做不来，就随他们去吧。"

"通电还差多少？这个钱我拿。"福根走进来，大家都愣了一会儿，富贵握着他的手："兄弟，快请坐，铺路的钱你们已经拿了，这个电暂时先筹集再说，你文慧姐把你在那里的经历告诉了我们，大家都很敬佩你的勇气。"

几个人正说着话，有人跑来说："村委会那儿有人打架了，叫书记赶紧回去一趟。"曹书记一听，骑上车子就走。富贵他们也跟着过来。

好远就听到吵闹声，近前一看，几个村民和几名村干部、生产组长吵得正凶，本来这变压器按规划是放在村委会房子东面的，然后建两间房子，再买几台加米加面机，这样方便村民吃米吃面。可问题就在这两间房子的位置，是十一组几户村民家里的承包地，原本说好在上面架变压器，房子盖好以后，机器房就承包给他们，结果几户家家怕吃亏，地不给了。

见到书记来了，双方停止了争吵。有个人出来说："书记来得正好，这承包地是我们家的，我想怎么做都行。"

"当初合同上写得清清楚楚，怎么现在你们就反悔了，通电是富民大事，村里也是为你们大家好的，怎么为了这么一点利益，就忘了我们的合同？"从不发脾气的曹书记，说话声音竟然有些颤抖，他一口气把田梅生他们捐钱通电的事情都讲了一遍，他拿出一个小本子念道："胡文生一万、田福根一万、田梅生一万、沈强三千、胡一凡两千、田家旺两千……"他声音洪亮，一个字一个字地大声读。

"他们在外赚的血汗钱，都拿出来给大家通电。你们呢，为了自己的蝇头小利，竟然阻碍电工施工，你们良心何在？"

没有人说话，几名电工过来，人群让出道来。

"将变压器抬上去。"有几个男人过来，一齐用力，变压器终于被稳稳地固定在两根电杆之间。

"灯亮了，灯亮了。"整个村子欢腾起来，没有鞭炮，有几个孩子就拿着盆当锣敲。王佑仁像跟屁虫一样，跟着福根和电工，一会儿到东厢房，一会儿到西厢房："月婵啦，我今年和你妈哪儿也不去，我们就在家里，大城市是你们年轻人追梦的地方，这农村是我们养老的地方。你听听，这鸟儿叫得多欢，你窗前的蜡梅都开了，不去，不去，就在家。"

田中金比他还要激动，端着凳子看着闪光的电灯，怎么看都比城里的亮。这是值得纪念的日子，1990年农历腊月二十六日，这个曾经穷困潦倒的田家湾，像城里一样，有了电灯。

李梅兰端来一笼白面馒头："福根，以后这个管饱，只可惜我那苦命的柳儿，没有过上一天好日子。"

福根看着她，沉默不语。六十岁不到，已经没有一根黑丝，身子像缺了气的皮球，逐渐萎缩。

"没事，我就是说漏了嘴。"她含着泪花，急急转身要走。

"妈，以后我就是你的柳儿。"福根拉着她，跪在她的面前。李梅兰拉着福根，号啕大哭，许久才平静下来。

"你看你们在干吗呢？几年没回来，好不容易见面，还在这儿哭哭啼啼。快点，搭把手。"文慧说，福根过来，帮文慧把家里的黑白电视搬到大门口，这黑白电视是胡文生买给她的，没有电，自然用不来。

"明天把这电视搬到大队部去，让全村的老百姓都来看，告诉他们这也是胡文生会计买来的。"说着用一根竹竿将灯泡高高挑起来，男女老少涌了过来。

"现在好了，不用像以前总要拖电瓶到街上去充电了。晚上也不耽误手工活儿了，大家把针线什么的都带过来，一边看电视一边干活儿。"

"好。"有人大声说。

"文慧，唱歌给我们听听。"

"好，只要你们认真干活，我天天唱都行。"大家纷纷鼓起掌来，忽然有人问"田富贵呢"。

"干吗？"

"夫妻来个天仙配。"大家哈哈大笑。

"好啊！"说曹操曹操到，富贵骑着车子到家了，大家欢呼起来。

富贵走到文慧面前，伸出右手，做了个请的动作，"娘子请。"把大家逗得哈哈大笑。

"树上的鸟儿成双对。"

"绿水青山带笑颜……"

两口子唱罢，大家还要再来，两人一连唱了三首，月婵和福根跳了三支舞才作罢。

第二天，大家还沉浸在通电的欢乐中，王一鸣跑来，和富贵说了什么，两人撒腿就跑，文慧愣了一会儿，也跟着跑过去。很多人跟在后面跑。

第79章
/ 坚定的信仰 /

吴玲微躺在床上，脸色白得像一张纸，她的手紧紧搂着睡熟的孩子，孩子依偎在她的怀里睡得正香。屋里所有的人看着这一幕，眼泪像决堤的水，怎么也止不住。

文慧走过去，轻轻地掰开她的手，四岁的小家伙，忽然睁开眼睛，用手指放在嘴上嘘了一声，轻轻说："宝宝跟妈妈睡觉，你们不能说话，吵醒了妈妈。"听了孩子的话，王芳再也忍不住，一把抱着孙子往外跑。

"我要妈妈，我要妈妈！"孩子两手使劲推她，打她，她只是紧紧抱着。文慧、马秀莲她们都忍不住哭了起来。

胡天民和金彩云闻讯也来了，大家哭成一团。

福根到家，坐在那里一言不发，这么多年，他历经数次生死，没有一次感到像今天这样心碎。一个四岁的孩子，目睹母亲的离去，他以后会怎么样去面对生活？苏北的冬天，不能没有雪，没有哪一场雪让它如此的澄净。生命，就如树上的叶子。春天，翠绿茂盛，生机勃勃；夏天，狂风暴雨，烈日炎炎，历经磨难，更加坚定；秋天，绿得深沉，绿得喜悦，内心充实；冬天，叶落归根，化作春泥，与土长眠。在四季轮回中，生命又是何等的脆弱，狂风暴雨、生老病死，随时都可能终结。

他忽然觉得自己内心一直以来的坚持和努力，此刻像那片落叶一样，无力地落在地上。他想站起来，两条腿乏软无力。

"如果当初王一鸣不这么选择的话，也许就不会这么早地经历悲伤和分离。"月婵看着他，"人的一生中，选择很重要。毕竟，诱惑我们的东西太多，人要坚守自己的信仰，才能不迷失方向。"

福根蜷缩着，此刻的他像迷失在大海上的一叶扁舟，失望而又孤独。他一直以为自己无坚不摧，没想到生命这么渺小，渺小得像空气中的尘埃。终有一天，消失在宇宙中，再也找不到一丝存在的证据。

"只要有信仰，你的精神世界就会感到充实，你的生活就不会感到虚无，只有奋斗才会感到幸福。"富贵说。

"什么信仰？"

"信仰是指对某种思想或宗教及对某人某物的信奉和敬仰，并把它奉为自己的行为准则。马列主义是党的信仰，实现共产主义是中国共产党的信仰，也是每一个共产党员的信仰。《中国共产党章程》的总纲一开始就明确指出：'中国共产党是中国工人阶级的先锋队，同时是中国人民和中华民族的先锋队，是中国特色社会主义事业的领导核心，代表中国先进生产力的发展要求，代表中国先进文化的前进方向，代表中国最广大人民的根本利益。党的最高理想和最终目标是实现共产主义。'福根，为了今天的生活，无数仁人志士，牺牲了自己的生命，换来了今天幸福的生活。面对敌人的屠刀，无所畏惧，你知道这是为什么？就是因为他们有这种信仰。"

"我可以加入中国共产党吗？"

"党组织欢迎像你这样的有志青年，但是要对你进行考验。这本书给你看看。"

"好，为了信仰，我以后积极向党组织靠拢，请贵哥多引导。"福根第一次对自己有了新的认识。

他把准备结婚的钱拿出来说："我承诺过柳儿，为她铺一条大路，这事请贵哥帮助完成我的心愿。"

电通上了，对于铺路，大家都盯着富贵："如果这次能顺利拿到扶贫款，一定把路铺好，希望你们回来的时候，能走上平整、干净的水泥路。这样，我也能和你们一样出去挣钱。鱼和熊掌，必有一弃！"

吴玲葬礼过后，胡文生也要回南方了，他邀请福根和他一起走。富贵请文生去村支部，"你是我心目中的诸葛亮，你要用你拼搏的经过和外面的见闻改变那些老古董的思想，你去看看，帮我想想法子，让他们配合铺路。"

村委会里坐着二十几人，都是当初通电时的钉子户，现在集体请求村委会给他们通电。胡文生拿出十几张纸，"看看，这都是你们当时立下的字据，白纸黑字，清清楚楚地写着'一辈子煤油灯照样过'，现在要通电，没门。"

"上次给儿子提了门亲事，看别人家灯火通明，我们家还用煤油灯，姑娘二话没说，转屁股就走。文生，算我老李头错了，给我们把电通上吧。"

"是啊，我家也是，闺女到家，一看煤油灯，电视买来没法放，气得在外面不回来了。"个个都在诉着没有电的苦。

"你们这些老顽固，当初怎么说的，现在知道通电的好处了吧？如果你们想通电，顺便把电话也装起来，省得以后再啰唆，如果你们答应，我就去给你们说情去。"胡天民向大家提出了通电的条件。

"这些老家伙，就是茅坑里的石头——又硬又臭，不让他们自动投降，是不会服气的。"富贵附在文生的耳朵边说，"你觉得我这招怎么样？"

"差不多了，可以进行下一步。"胡文生说，"当初让你们通电，唾沫星子浪费多少，现在你们也知道急得像热锅上的蚂蚁——团团转啊，不给你们通电。"

"通电可以，连电话一起装。"

"怎么样？村长发话了，你们到底怎么说？"文生故意板着脸。

"装，装，那电话是神奇，叫闺女回来吃饭，电话一打，闺女就回来了。"一个老人说。

"你这个死老头子，又想让闺女买酒给你喝了吧？"

"闺女是你的酒坛子吗？"众人哈哈大笑。

"路呢，铺不铺？"富贵问。

"我说通电话作用不大，路却是一定要铺的。天天走在水泥路上，鞋子都干净。"有人说。

"路一定要铺，家里养了几头猪，外面进不来，卖都不好卖。"

"其实，我知道大家都不容易，要致富，先铺路。我在外整整十年为什么支持你们铺路通电，是因为想让你们和城里人一样，脱贫致富，过上城里人的生活。现在大家温饱不成问题，问题就是要致富。田福加大哥为什么能到人民大会堂去参加会议，就是因为国家领导人对农民致富的支持与鼓励。电通了，大家生活亮起来，心里也亮起来了。路铺了，条条通向致富路，你们迈大步，脚底越来越快让你们口袋越来越充实。因此对于铺路这样的好事，我们很赞成。今天在父老乡亲面前，这是我出资的铺路钱。"胡文生从包里拿出一摞钱,"这是20万,作为铺路资金,只希望你们能早日走上致富之路。"

"这样的事情我怎么能缺席?"外面进来两人,是福根和月婵,"这是我们准备买婚房的钱,也用来铺路。"

不知谁说了一声:"他们准备结婚的钱都拿来了,我们还坐在这儿干吗?赶紧回家筹钱,给我们接线送电铺路。"众人陆续散去,富贵拿出本子一算,装电话已经完成任务。

"电灯电话,楼上楼下,小轿车一人一辆。看来,我们也能实现四个现代化了。"看着那二十几个钉子户走了,富贵欣慰地说,"走,今晚请你们喝酒去。"几个人直吃到月落星沉,才醉醺醺地回去。

除夕前一天,在马秀莲热切的盼望中,田梅生他们大部队返回。现在的田梅生已经是远东公司一名经理。他去年带领的鲲鹏建筑队在建筑工程评比中一举夺魁,现在在建筑公司每天忙得不亦乐乎。

还有两个人,福根是做梦也没想到的,裴佳瑶和吴远志也跟着建筑队一起过来。

"旺儿,跟我们一起回去。"看着乡下简陋的房屋,裴佳瑶心疼地说。

"福根,这两天我听到不少人说,今年钱难挣,国有企业打破铁饭碗,有许多工人都下岗了,现在乡里也有几家企业将要面临倒闭。"

胡天民说:"今天听说乡粮公所在动员职工自谋职业。"

文慧可着急了,"这是为啥啊?那婷婷的棉织厂会不会倒闭?"胡天民看了她一眼:"这还没听说呢。"

"没有看到文件,但是这阵风真的已经刮了起来。不信你们问问田中友。"

"不管如何,你去上海,上海远东公司有你的加入,会如虎添翼,更加生机勃勃。"田梅生说。

福根说:"你这个说客也太不称职了,不过看在你带着他们共同致富的分上,不与你斤斤计较。我说过,既然我是田福根,我就只能是我,我不想借助吴家任何帮助,我能成功便成功,不成功这儿还有养育我的亲人,他们是不会嫌弃我的。我爹说我是田家一条根,我的根在这里,我哪儿也不去。最起码,我爹在的时候,我哪儿也不去。"他看着富贵说:"贵哥,这是不是我的信仰?"

沈强、文慧他们可能不知道,但是富贵前两天就已经听说了,在国营单位上班的孙开明和胡小虫,昨天已经正式办理了停薪留职,他们还说厂里已召开"停薪留职"动员大会,鼓励职工自谋职业,现在就有两名职工准备下海经商。

"如果这样下去,我们铺路的事情就会难上加难。"富贵陷入沉思,听福根这么一说,嘿嘿笑着答道:"这就是你的信仰。"

313

田梅生看着他们，感到莫名其妙："信仰，信仰是什么的呀！"一激动，把上海话都飙出来了，大家都笑起来。

第80章
/ 福根的婚礼 /

裴佳瑶和吴远志坚决不去招待所，月婵把家里最干净最宽敞的房间打扫干净，他们一同在月婵家里过除夕。

"旺儿，你爷爷已经八十三，身体一年不如一年，你父亲也是快要六十的人了，我们家里都希望你能尽快回去，为吴氏企业出力。"裴佳瑶说。

母亲的话入情入理，可是，他的事业刚刚起步，怎么能半途而废？何况，还有那么多田家湾的人都在那儿工作。能够给别人带来快乐的人自己也快乐，能够体现他价值的人生更有意思。

"妈，远东公司已经上市，它现在会发展得更快更稳定，而我的福根鞋业才刚刚起步，我不能放弃，何况这是我对田家湾人的承诺。您给了我生命，可是田家湾给了我成长与力量，没有他们，就没有我。我要靠自己的能力让这片养育我的土地记住我，这是我的追求。该回去的时候，我一定回去。"

"你现在也老大不小的了，我和你父亲来是想你们早日成婚，我也能抱上孙子。"裴佳瑶的话一说出来，月婵羞涩得满脸绯红。

田中金、富贵和文慧也觉得理应如此。可是结婚的钱已经都给村民拿去铺路了。福根看着月婵，比了一个"三"的手势。

"我和福根已经说好，今年三月结婚。三月份，春回大地，万物复苏，一片生机，我们的人生也会这样充满蓬勃生机的。"几个人听了，不再言语。田中金找人合婚，就这样，他们的婚期定在了农历六月初六。

吴远志他们一直到正月初三才不得不回去，临行前他说："福根，记住，这是你爷爷奶奶电话，有空就问候一下他们。"

刚送走裴佳瑶夫妇，就在村头看到骑着崭新二八自行车的田中友。

"友哥，问你一件事情。"富贵想到田梅生的话。

"什么事情？"

"听说你家女婿下岗了，是真的还是假的？"

"就是啊。粮公所是多好的单位，现在竟然说关就关了。前几天大闺女回来要地种。唉，女婿是瘸腿，当初不让她嫁，她拼了命地嫁过去，现在工作没了，以后这日子怎么过哦。"

"他的实际情况，没有向领导反映过吗？请领导照顾一下。"

"领导说了，粮公所这个词，以后只能记在曾经的历史上。不过，和他一起下岗的还有好几个人。孩子的小姨在供销社上班，你说这应该没事吧，没想到她也下岗了。"

"城里的铁饭碗看来真要打破了。"富贵一脸的担忧。

"所以嘛，还是我们农村老百姓好，即使下岗，还有 亩二分田种着，不愁没有粮食吃，饿不着。倒是那些城里人，吃根葱都要去买。"

在国营单位上班的几个人，都报名跟着福根去了南方。还有几个年轻一点的跟着田梅生去了上海。对下海、下岗的惶恐，像即将上产床的孕妇，充满着期待、彷徨、忧虑和担心，这种情绪像雾霾笼罩在这个小村子的上空。

沈强的窑厂也受到了波及，想进窑厂的人很多，可是窑厂烧土很是厉害，五十亩的土地，三个月不到就剩下一个大水塘。田地是农民的命根子，没有土，窑厂即将倒闭。不倒闭，就要毁坏大量的良田。

富贵说："现在砖头供不应求，是我们村的龙头企业，也是很多家庭的收入来源。现在兴修水利，把废土用钱买过来。本金大一点，但是能保住农田不受破坏。"

"这样，很可能是亏本经营。"周立群说。

"当初我们烧砖的目的就是让大家住上大瓦房，只要乡亲们都能住得敞亮开心，不亏本就行。"

时间像宇宙中的分子运动，根本停不下来。福根也是。

第二年春天，他终于把东南角那块一百五十亩的土地买了下来，国庆节举行开工庆典。前来祝贺的人很多，花篮摆满了大门口，很多条幅绸带随风飘扬。十几名礼仪小姐都化着淡妆、盘起头发，穿款式、面料、色彩统一的红色旗袍，配肉色连裤丝袜、黑色高跟皮鞋。她们满脸微笑，托着盘子，捧着彩球，站成一排。参与剪彩的五位领导与受邀嘉宾，手执剪刀，等待剪彩时刻。晋江电视台，十多个新闻媒体，都闻讯而来，闪光灯咔嚓咔嚓闪个不停。

"田福根鞋业有限公司"几个金光闪闪的大字，在阳光下分外闪亮。上午十一点四十八分，司仪一声令下，"剪彩仪式开始！"乐队开始演奏厂歌，礼花爆竹，全部响起。全场响起热烈的掌声。此后，主持人介绍到场的重要来宾。

地方政府的代表、合作单位的代表，纷纷致了贺词。

"有请领导剪彩！"主持人说罢，剪彩者拿起剪刀，面带微笑，那一个个红艳艳的彩球，落在礼仪小姐的托盘里。

从租厂房，到自己有厂房，那一排排整齐的厂房像鲜花，让他赏心悦目。

合作方除了詹姆斯、周睿，东南亚已有三家签约。福根的新厂在蹒跚中逐步站稳脚跟。

福根的婚礼是在农历六月初六举办的，田家湾，这个原本贫穷的乡村，处处张灯结彩，花团锦簇。一束束烟花点燃了村庄的欢腾。

婚礼由富贵胡文生主持，专门请了婚礼策划，整整布置了三天。田家湾的人都来帮忙，搭了三百米长的花棚，鞭炮礼花，堆得很高，来庆贺的乡亲们人来人往。

月婵身着婚纱，一脸幸福。司仪拿过钻戒，福根接过去颤抖地戴在月婵修长的手指上，台下掌声雷动。月婵眼中含着泪花，深情凝望着。

"下面，请两位新人站好拜天地：一鞠躬，天赐良缘；再鞠躬，地结连理；三鞠躬，天荒地老：新郎新娘请听清，水有源，树有根，儿女不忘养育恩，有道是当年幼儿已长大，漂亮的媳妇娶到家，新郎新娘拜高堂，共同孝敬爸和妈。二位新人拜高堂。"

福根一看，爸妈和月婵父母高坐在凳子上，他愣了一下："爹呢？"

"你爹说，这个时候，他应该把你还给他们。毕竟他们才是你的亲生爹娘。"文慧说。

"简直胡说八道！"福根跳下高台，众人面面相觑。没想到福根会这样，吴远志看着裴佳瑶，摇摇头。昨天他们为这件事情已经讨论过，田中金认为亲生父母理应坐高堂，吴远志当时就说福根不会同意的，可是田中金不听。

"快去把田叔找来！"

田艳正陪着田中金在说话，福根已经跑了进来，扑通跪在地上："爹，我是你的田福根，永远是。您儿子今天结婚您不高兴，这婚我不结也罢。"

文慧和富贵他们已经到了。"田家湾的父老乡亲都来了，你们想过没有，他们会怎么看，怎么说？你们是要置我于不孝不义，是不？这是在田家湾，爹必须接受高堂之拜。对于爸妈，我可以去上海再弥补一次婚礼，再拜。"众人觉得福根说得有道理，只有按照他的意思。

福根扶着田中金坐在上面，拉着月婵拜了大礼。马秀莲哭着说："真不枉田叔掏心掏肺地把他养大。"

"田叔真的生了一个好儿子。"胖墩娘也擦着泪水，"我自己怀胎十月生下来的，整天还和我较劲。三十岁的人还以为自己处在青春期。"听着乡亲们的话，裴佳瑶心里的不快才逐渐释怀。

司仪也被感动得一塌糊涂，声音都在打颤："共同举杯喝了这杯酒，今生今世不分手，喝了这杯酒，来生还要一起走。喝了这杯酒，幸福美满全都有！喝了这杯酒，难忘时刻心中留！喝了这杯酒，夫妻恩爱到白头！"

一个星期后，福根和月婵到了上海，裴佳瑶给他们补办了盛大的婚宴。本来是不得已才办了两场婚礼，没想到他们的婚礼却成了婚俗的前锋。现在很多人家举办婚礼，都是先女方家办，再到男方家举行。

"田总，好消息，好消息啊，十佳企业评比结果出来啦！"陈碧云的声音像在春风里洒了糖。

"好！"福根开心得转手给了秦启刚一拳头，秦启刚疼得直咧嘴。

"姐夫，对不起！"

"这叫实力所至。"秦启刚说，"人不在那儿，爱咋评咋评。这结果其实我早就说是瓮中捉鳖！"

"我们这叫全程不参与，但是也叫全程参与，这就叫大智若愚，我们功夫到家，其他的一切就看老天了。看来，老天也在助我。"2012年，福根鞋业扩大到四个分公司，真正成了国内知名品牌的龙头老大。2013年，田福根鞋业正式在深圳上市。

有的东西起步了就得不停地向前，由不得你停下。福根参加完全国十佳企业会议回来，心里更是踌躇满志。

他要用自己的力量帮助更多的人脱贫，用自己的力量带动家乡发展致富。领导人的这句话使他萌生了一种想法。

第81章
/ 感恩报家乡 /

"姐夫，我想回家办企业，让那些在外打拼的人，统统回家做工，享受亲人团聚的乐趣。为了公司，都没来得及好好尽孝，现在父母老了，如果在家里投资成功的话，我还可以陪在他们身边。"

"福根，我们公司刚刚上市，脚步未稳，现在回去，少说也要投资上千万，这资金周转怕有困难。"秦启刚说。

"拿出两千万，回家投资。"

"福根，这样怕是不行。"秦启刚说。

"我是这样想的，厂里现在已经具备一定的规模，在这个充满竞争的城市里，要想再上一个台阶是极不容易的事情。我可不可以换一个战场？其二，人要有感恩之心。我田福根有今天的成绩，完全离不开家乡父老的支持。还记得那一年，没有厂房，没有工人，是老家来了几十口，帮我渡过的难关。这次回去，我感慨很多，家乡进步如此之快，我田福根竟然没有为他们做出一点贡献。我觉得该我做点什么。现在农村留守妇女居多，几亩土地不能扔，老人孩子要他们照顾，就为了他们，我也要在家乡投资一个不为营利的企业。这样，他们既照顾了家庭，又能赚点钱来养家，减轻家庭生活重担，提高他们的生活质量，也算是为自己积德，回报社会。第三，现在农村的老人和妇女基本上都没有养老金，上班之后，我给他们缴费办理，让他们也能老有所依，你觉得怎么样？"

"你的想法我完全赞同，但是我们公司虽然每年税收上缴有三点九亿，但是一年到底，账上却不见多少余额。"

"对于资金预算，你和财务科尽快核准，我准备明年开春即办理此事。还有，每个月给柳儿母亲的钱不要忘记，尽量买好所需东西，一直到她百年。"

"你现在回家投资，这里怎么办？"月婵说，"晋江的企业你还能真的就放手不管？"

"你一个人有多少精力？坐飞机都要三个多小时，即使有主管人员，但是你也得操心。这几年好不容易把你的身体调好了，我不想再让你去操心。"月婵拿着熨斗将他的衣服熨好，挂到晾衣架上。

"儿子今年大学毕业，可以放手让他去学着管理。有一点，你必须记住，我们的资金，可以作为投资，但是绝不能成为孩子挥霍的工具，知道吗？"

福根洗过澡出来，月婵已经在床上等他了："福根啊，你看你的鬓角都有很多白发，不去操那么多心好不？"

福根说："趁现在还没到五十岁，干得动时多干干。"

"我就希望你平平安安。"福根搂过月婵，"你看，我这身子好着呢，不信，你试试。"

福根起来的时候，月婵还没有醒，对于明天的会议，福根很是期待。这是晋江市第一次举行的最大规模的商业大会，参会者来自全国各地。福根要做个二十分钟的发言，讲话内容他早已熟记于心，只是怕有疏漏，月婵睡着后，他把内容又回顾一下，对于企业的管理和发展，这是他的强项，不容考虑。只是对于这次商业合作，他心里确实没有底。

第二天他到会议地点的时候，有三四人正在小声交谈着，他们好像在聊什么有趣的话题，人人满脸微笑，都很愉快的样子。福根本想打招呼，可是那几个人都没抬头看他，刘总、钱总他们都还没来。他悄悄走向里面，找个安静的地方，坐下来。

他翻看会议记录，和他同年龄的高学历的人不多，但是现在不一样了，许多年轻人都是高学历，有研究生、博士生、海归。就他合作的这个集团股东就有三人是留学回来的，十年把公司干到百亿。

"长江后浪推前浪，不服老不行。"福根苦笑。门外进来一人，福根见了，连忙过去扶他进来。

"我知道你一定会来，我本不想来出席这个活动的，可是他们盛情相邀，拒绝不了。福根，你知道今天主持会议的是谁吗？"

"不知道。"

"他是钱总的儿子，从国外回来三年，现在把企业做到了欧美，非常了不起啊。"福根听了，更是惊叹。刘展龙去年已退休，福根经常陪他去钓钓鱼，打打保龄球。老爷子很是健谈，福根把他的想法与老爷子交流了一下。

"对于你的想法我很是赞成，一个人赚钱多少，这不是很重要。重要的是他能用多少钱为这个社会做出贡献？能为多少人做出多少贡献，这才是我们赚钱的意义所在。"

说话间，人陆陆续续就到了，主席台正中坐着一位三十岁左右的年轻人，皮肤像姑娘般细腻白皙，一副深度近视眼镜，架在高鼻梁上。那高而瘦的身子坐在那里，福根觉得有一股强大的磁场，将自己吸引过去。

他快步穿过走道，到自己的位置上坐了下来。

主持人开场白过后，两位领导人讲话后，就是田福根的工作经验分享，他结束后，就是钱总的儿子讲话。福根想看看能听出什么新鲜的事物出来。

"下面请大家以热烈的掌声欢迎商会会长钱志强董事讲话。"掌声中，钱总一开口就惊呆了福根，一口流利的普通话堪比播音主持，他说："如今的中国企业早就不是二十年前的模式，要想企业快速发展，第一必须要跟互联网合作，要跟国际接轨；第二智能时代会给每个企业带来冲击，重复的工作必将会被机器人所取代；第三，要想企业发展得快，要长足学习，吸收新知识、新文化、新理念，这样才能让企业永葆青春。"钱志强最后几句总结，福根都情不自禁地为之鼓掌。

"今天的会议收获匪浅，先进的生产理念、管理理念、国内外的形势分析真的很透彻，学到很多啊。"福根对刘总说。两人刚要起身，钱志强走了过来，"家父从昨晚到今天来就叮嘱我，务必要向两位叔叔问好。"

"侄子，按照你的分析，我们的鞋厂能不能办到农村去，那里有很大的人力市场。"

"据目前数据分析，作为改革开放最早的前沿城市，现在的发展已经趋于饱和。要看你办厂的目的，到农村，由于多种原因，在那里投资，效益肯定提不高，想营利很难。如果是抱着为家乡人服务的宗旨，那就完全可以去施展自己的才能。"

钱志强的话，福根听了，很是高兴。是的，当一种事物发展到极致时，换一个地方很可能再发生机，家乡的发展速度之快，是他始料不及的。

"当你有能力去做想做的事，就去做；你如何去实现人生的价值，就是让更多的人记住你，感恩你，这样，才能体现你活着的价值。"钱志强的话，让福根想到那天和富贵谈的信仰。

是的，一个人成功多少取决于他对社会的贡献，福根的信仰就是让田家湾的人们幸福生活，能老有所养，幼有所依。

回到家里，他立即找来秦启刚，"通知财务科，各股东到办公室开会。"他说，说干就干是他的本性，人生苦短，他要做的事情还有很多，他不喜欢那些无谓的浪费。

五分钟不到，人员已全部到齐。

"这个会很短，但是很重要，田福根集团为了回馈家乡父老，决定去老家投资办厂，想听听大家对此事的看法。"

有两名股东从目前形势到未来发展，讲了一通，最后才委婉表明，如果回老家投资，还不如再扩建一个。另一名科长讲明了竞争激烈，投资有风险，投资需谨慎。

"对于这件事，你们的想法我能理解。本来不想打扰大家，投资一事，本着自愿的原则，但是我申明在先，这不是为了营利的企业。它将来所产生的效益用来扩大工厂的规模，提高工人的福利待遇，我呢，以个人身份单独投资经营。请财务科尽快核算出可投资资金。"

苏北的春天比南方略微来得晚一些，柳树的叶子像韭菜黄一样嫩，不怕冷的小草已迫不及待地钻出地面，柳枝搅碎了冰封的河面，麦苗从沉睡中醒来。一切都那么美好。

一行人走在松软的土地上，初春的田野，涌动着一股热流。福根看着面前的三百亩土地，这里，将要崛起一个现代化工厂，将会有成千上万的家乡父老在这里热腾腾地生活。陪同他的有村长、县里招商办领导、镇里一些干部。

"田总回报家乡父老的心愿我们已知悉，只要你肯回来投资，我们在政策上全力支持。"镇领导说。

"田总，如果你能为家乡人做好事，家乡人是不会忘记你的。"村长说，"从小就光屁股长大，我若不能把你请回来，父老乡亲们岂不会怪我这胖墩无能。"

"既然是光屁股长大的，你应该叫我什么？"

"福根！"

"你小子现在嘴上抹油，会说得很嘛！"田福根看着他，"我小时候可是被你欺负过的，当心我报复你。"

"君子报仇十年不晚，我都等你三十年了，来吧。"胖墩笑着说。

"胖墩，现在你能带着乡亲们脱贫致富奔小康，还真不错。家乡这些年发展得不错，但是想到一个个大包小包外出打工的情形，自己吃过的那个苦，能理解那种生活的无奈与艰辛。这里是我生长的地方，针对家乡留守妇女、空巢老人的这种状况，我将会在这片土地上建造一座集生产、娱乐、旅游、消费、养老为一体的现代化企业，让职工们快乐工作，快乐生活。"

"心动不如行动，合同不如早点签订。"胖墩说。

"只要你们招商引资政策到位，优惠到位，有了你们的支持，我才能把资金拿过来。"

胖墩指了指前面正在谈话的领导："政策上能提供的，我们已经尽最大努力争取了。"

"好，就这么定吧。"福根说。

第二天，镇领导邀请了县电视台、报社、镇电视台等十几家宣传媒体前来参加签约仪式。上午八点，福根来到了会议室，镇长、书记等人起身鼓掌欢迎。福根在指定位置坐下。

第82章

/ 诡异的车祸 /

主持人首先发言："今天是春风拂面的大喜日子，田福根企业董事，创业成功不忘家乡父老，如今个人投资两千万，回报家乡父老，下面请我们镇党委书记许林生同志致辞。"书记也作了讲话，表示对福根的感激和期望。福根站起来，将投资项目作了详细介绍。

接着进行签约，合照，媒体采访。上午十点，仪式结束，中午在招待所进行了酒宴。

"福根，合同已签了？"富贵问。

"已签订，等第一批厂房建起来，最起码也要半年时间，有这半年的时间，资金周转问题不大。"福根很有信心。

下了飞机,秦启刚早就来接他回去。空气中飘来一首不知名的音乐。他闭上眼睛,想到回乡的一切,感到满足。忽然,他的身子猛地向右侧撞去,他睁眼一看,车子刚到十字路口中间,一辆橘黄色宝马笔直冲了过来,秦启刚忙打方向盘,向左猛拐,橘黄色宝马也向这边撞过来。

"冲过去!"福根大声说。不料那车子像幽灵一样,硬生生地撞过来,秦启刚方向盘猛转,车子向左边飘过去,几辆车子被这突如其来的车子吓得纷纷躲避。

车子躲避不及,一头撞在一根路灯柱子上,柱子被拦腰截断,倒压下来。

"跳车!"福根解开安全带,打开车门,迅速跳了出去,即便如此,两条腿还是被重重砸中。

"福根!"他扑倒在地,听到秦启刚的叫声,一阵撕心裂肺的痛袭来,他感觉心脏骤然停止了跳动。很多人向这边跑了过来。

"你的胯骨有裂痕,医生说要好好休养。老天保佑,如果再向前一步,那就再也见不到你了。"

"我的命大着呢,放心!姐夫没事吧?"

"没事,他只是跳车时,脚崴了一下。"本来那车子也只是冲着他这副驾驶来的。警察已经来仔细做过笔录,说是蓄意谋杀。谁会到这儿来谋杀?

福根静静地看着窗外,不知不觉已是春末,窗外的那棵香樟树叶子绿得发亮,他想站起来,可是钢板夹在腿上,动弹不得。

他摇着自己的腿,警察说那里监控坏了,肇事车辆还在排查中。福根知道,那个十字路口原来有监控,后来也不知什么原因,那监控失效了。

"田总,你可是我们泉州的一张王牌,千万不能倒下。"钱总提着一篮子水果进来。现在随着互联网的悄然兴起,人们的消费观念已发生改变。网上购物更加便捷,足不出户,便能买到自己喜欢的物品,于是,很多实体店受到严重冲击。昨天,申达鞋业有限公司申请破产。田福根鞋业有限公司,是他们要重点扶持的对象。

警察结果出来了,肇事司机患有抑郁症,他现在完全要靠药物控制,犯病的时候,总想着自杀。这也是他走不出自我的重要原因。

外面的香樟树上忽然飞下一只鸟,落在窗棂,仿佛想用它清脆的声音,引起别人的注意。福根望着它,忽然觉得生命里不仅有壮美与成功,还有凄然与失落。

一片落叶飘了进来,明天就要出院了,福根的心里竟然有了不舍。才半个月,他就觉得自己的身心和灵魂又改变了很多。

他捡起那片落叶,陷入了深深的思绪中。缤纷的世界,曾经的沧海,终经不起流年的风尘。伴着午夜的星子,在落花的暗香处,依着一阕斑驳的宋词,独享一笺墨香的暖。人生最诗意的美好，就是胸怀一颗感恩的心，和偶遇一场如约而至的淡然和从容。

"福根，你怎么起来了？快躺下。"秦启刚见他伫立窗前，赶紧过来扶他。

"姐夫，谢谢你！这么多年为了我，你没少受苦，没少奔波，幸亏这次你平安，否则我将愧疚一生。"

"福根，若不是你及时拔出安全带，我还反应不过来。老了，精力大不如从前，等你外甥今年大学毕业，我就回家陪伴你姐姐。"

福根出院回到家，来看望的人自然不会少。文慧、月婵、家旺两口子，都在等他。

"福根，村里人听说你要回乡办厂，一个个开心得不得了，说以后再也不用跑那么远去打工了。"马秀莲永远是第一个能抢到发言权的人。

"福根，你的战略眼光是对的。"家旺说，"贵叔正在筹建编织工艺品厂，他说，不能让田家祖传的手艺断送在他这儿。"

"不会断送，还要将它发扬光大。"福根想，如果不是他编制了"渔家唱晚"，詹姆斯也不一定肯与他合作。当时竞争那么激烈，怎么样才能留住这尊菩萨，谁没有动心思？送钱财，詹姆斯讨厌这种做法。福根冥思苦想，用了三个月的时间编制了"渔家唱晚"，把詹姆斯乐坏了，再加上他流利的英语口语和详尽的管理介绍，终于将这棵大树留下。

"你能编制出这么精美的作品？"他饶有兴趣地问。

"你如果有时间，我现在就给你编制一个'岁寒三友'。"那天，詹姆斯真的在他的工艺室里待了整整三个小时，后来这个作品还获得了"竹天下"民间工艺品大赛一等奖。

"这个想法好，"手机响了，是胖墩。"你回家投资，乡亲们都翘首以待啊。"

福根把遇到车祸的情况说了一下。

"好，你好好养好身体，我们等你回来。"

福根想了想，直奔财务科，叫来财务总监，让他迅速打一份今年厂里的收益情况。

账上明显有五百万用途不明。这笔钱显示是月婵支付。除了必要的资金链周转，账面上没有多少余额。

月婵没在家，她的专业在长久的锻炼中，变得越来越娴熟，业务洽谈，财务核算等等都能得心应手。

他从来没有像今天这样，耐心查看每一处厂房，每一道工程，每一个车间，今天他把六个车间，包括后勤处都一一检查了一遍，如果回乡投资，估计得有分公司拍卖。他一边走一边看，看到这么辛苦才打拼而来的东西，很快就要换成另一种形式出售，心里竟然有点舍不得。

近期，厂里人事进行了一次较大规模调动，有的人不理解，有的人不高兴。有两名车间主任跑来问他们被降职的原因，福根说："你们被调动的原因，自己心里明白。适者生存的法则你们应该知道，现在靠混日子的心态肯定不行。"

经过一番整顿，厂里很快出现了你追我赶的向上的竞争局面。福根回到家里，正在看几份材料，外面有人说话。他知道月婵回来了。他知道月婵不会拿着钱去瞎用，但是他要知道这五百万的去处。

田福根坐下，拿出手机，装作若无其事地问了一句："那五百万是怎么回事？"

"你今天去查账了？"

"这是怎么回事？"

月婵颓然地坐下来："是你儿子去澳门赌博输掉的。"

田福根站起来："这么大的事，你怎么不早告诉我？"

"他自己也害怕，他说，这是他第一次赌博，以后保证再也不赌了，他求我不告诉你。"田福根不等她说完，一屁股坐了下去，忽然感觉一阵恐惧。

他连忙打电话给儿子，电话已关机。他又打，还是关机。

"这几天不知他忙啥，一直关机，我昨天早上打电话给他，他也没接。我本来说去看看，后来有事还是没去。"

"这么大的事情，你为啥不早说？"他大声吼道。月婵被他吼得一愣一愣的。田福根拿起手机，又打了过去，还是关机。他发了一条消息："家里有急事，速回。"

两个小时过去了，仍然不见回复。正在着急，手机响了，是儿子打来的，让他立即打五百万过去。

"你们最好不要报警，私人的事情最好私下解决。当然，您就算报警了，我们也不怕，因为有他欠条，还有赌场的现场视频。"

电话里的声音得意得让他有点害怕。他带上那条花了二十万才买到的玉龙软鞭，这么多年，他几乎没有再施展过拳脚。

然后报警，到了约定地点，外面站着五六个人，手里都带着鞭、棒、刀之类的东西。

他走进去，一个脑袋四周剃得精光，头顶留了很长一根辫子垂在耳边的人走过来，拦在他的面前。一名中年警察，正在询问，另一名年轻一点的正在记录，还有一名威严地站在"辫子"后面。

田福根的儿子田天坐在那儿，低着头，神情木然地看着面前一堆欠条。

中年警察问："这些欠条有没有通过一些暴力、威胁等非法手段让你写。你要知道在这些情况下写下的欠条，一般是无效的。"

"辫子"说："这些都是他自己借的，包括利息，都写得清清楚楚。"

警察又问："你有没有办法证明这是你的赌资？只要你证明这些欠条是用来赌博，或者是被威逼利诱强行写下的，那么这些欠条就没有法律效应。"田天不说话。

有一人拿着欠条过来说："警察同志，请不要怀疑我们的乐于助人。兄弟，你借我的五十万可是我卖房子的钱。"

第83章
/ 蒙面人行刺 /

田福根走进去："大家坐下来慢慢理，欠你们多少钱，连本带息我田福根一分不会少给。"

"这才是企业家的魄力。""辫子"说着，把一摞欠条放在田福根的面前。

"走吧！"警察说，几人一同被带到警局。

"爸！"田天站起来，忽然双膝跪地，"以后我再也不赌，如果再赌我就永远从这个世上消失。"

"田天，你是一名大学生，受过高等教育，应该明白什么事该做，什么事情不能做。要知道我们的每一分钱都来之不易。"

"我想把以前输的都赢回来。"

"傻儿子，十赌九输，赢来赢去，都是一场空。"一直没有说话的月婵指着儿子的头说。

"是他们逼的。"田天说。

"即使是逼，你要拿出证据才行。如果你不去赌博，怎可能会逼上你？法律是讲究证据的，没有证据，你再怎么说，都没有用。"

看着身高一米八的儿子跪在自己面前，田福根压制住心中的无名火，走了出去。这么多年，在儿女的教育问题上，他确实没有过问，现在怎么办？公司的资金链要断。

他回到厂里，事情一件一件地在眼前飘过，其中有很多事，真的仿佛是冥冥之中的安排。也许，水满则溢，可是他只想凭自己的能力，去赢得更多的社会财富，为啥会有这么多的坎坷经历?

想也没有用,会议还要去开。他进去的时候,大家全部坐在那里等他。

"为了扭转当前局面,把第六、七分厂卖掉。安排评估人员,准备拍卖。"月婵想说话,福根制止了她,"对于本月工人工资,不管怎么样,都要按时发放。"

"慈母多败儿。田天都是你平时惯着他的。"王佑仁拿着开水,正在泡茶。

"你不要在这儿唠唠叨叨,女儿也是五十几的人,做什么事,她自有分寸,不要你整天唠唠叨叨的。女儿这么多天没回来,就听你像乌鸦似的鸹来鸹去。"

"女儿也是你惯的,其实现在想想,当初如果她就找一个平平淡淡的小伙子,虽然不富有倒也能安安稳稳地过日子。现在,三天两头烦心事。官大责任大,钱多是非多。"

月婵母亲说:"事情过去了,不要再提,福根自己知道该怎么处理。孩子心里够难受了,你还在这儿唧唧歪歪干吗?"

"好好,我走!"王佑仁拖上自行车走了,月婵看着父亲像一团白云飘远,心里真的说不出的难过。

"从哪儿跌倒,就从哪儿爬起来。这么多年,疏于对孩子的教育,这次我决定约儿子出去好好聊聊,希望他能明白自己的责任,以后不再犯糊涂。"田福根回来的时候,月婵还坐在床头流泪,他连忙安慰。

"二十二岁时被吴虑打过来了,在这儿一晃二十八年,这几年接二连三发生的很多事情,我也想开、看开,看淡了。这次厂亏本卖出,尽管有点迫不得已,以后也不一定就没有反转的机会,你也不必伤心。"福根的话更让月婵伤心,她禁不住痛哭起来。

南方,有钱人遍地都是,第七分厂第三天就被买走,而且是全款。第六分厂是一个星期以后转手出卖的。除了工人工资,财务账面上不足八百万。

胖墩的电话每三天打一次,催得很紧。资金还差六百万,福根一狠心,把第五分厂也卖了。第五分厂建成时间长,地理位置好,买主是钱总的一个亲戚的朋友,在说好的价格上,多给了二十万。

资金全部落实,想到明天就要回去,福根在渡口眺望对岸,岛屿上一幢幢红房子镶嵌在绿林中,四面环绕着蔚蓝色的海水,图画般的美丽让他赞叹。

脚下的碎石小路向海滩、向岛内延伸着,路上洒满了人们的笑语。他脱下鞋子,赤脚走在海滩上,细腻的沙子轻轻摩挲着他的脚底,软软的,痒痒的。放下,放下,放下,放下一切的烦恼,只留存那点洋洋洒洒的真切。

他想起上次和钱总在这里冲浪的情景,竟有些许惆怅。如今一个说话的人都没有,他此刻内心生发出一种前所未有的孤独。

"田总，田总！"有人喊，前面一个穿着泳装的女人热烈地跑过来，是陈碧云。

"怎么你一个人？腿好了吗？"

"你怎么在这儿？"

"不说话，静静地抱我一分钟。"陈碧云扑入他的怀里，向远处喊，"快来，说好的偶遇成真啦！"

"以前一直喜欢你，可是你总是不理不睬。有时我渴望有一次这样的偶遇，这种感觉真好！"

"从进厂的第一天，就是陈主任带着我，一直到我后来辞职，对他，我敬重如父亲。"

"对我，你就冷若冰霜！"碧云说。两人相视一笑，坐在沙滩上，"来一瓶！"

"伯伯，请你不要乱扔垃圾。"一个五六岁的孩童跑过来，捡起福根刚才失手滑落的易拉罐，仰着小脸天真地说。

"对不起，宝宝批评得对。"田福根在那可爱的小脸上亲了一口。

手机响了，是富贵打来的："福根，你确定明天回来吗？你文慧嫂念叨一千遍不止，硬是让我再问问。"

"确定。"

"好，那我明天去接你。"

天边的那抹晚霞格外红艳，空气中咸咸的海水味一波一波地涌来。远处，一个不是高大却很年轻的男人跑了过来。

"来，换一个，不知您喜不喜欢？"秦启刚把手机递了过来，福根知道碧云肯定去找过他了，难怪他们会在这儿偶遇。

"这是你的？"

"那当然！你还想哪位美女送你不成？"秦启刚的话逗得福根也笑了起来。

"今天，我们陪您到处去看看。每天忙忙碌碌，忽视了身边的美景。何处无月，何处无竹柏，但少闲人如吾两人者耳。"

"你不是闲人。"福根笑着说。三人沿着曲折的小路，两旁是充满生机的植株，树叶摇碎了阳光，铺出满地斑驳的耀眼。小猫们时而在长椅上嬉闹，时而追逐着钻入茂盛的杂草中，这样的和谐也许正是鼓浪屿的魅力所在。红瓦下，红墙内，古朴的石门、石柱、石梁，每一寸都是石匠们满含心思的作品，而旁侧总是会不经意地探出些各色的三角梅，枝条蔓延缠绵。

"你们两人能不能摆个POSE，笑一笑，对，这样才好看。"

秦启刚拿着相机："福根，左手放腰上真的很土鳖。"

秦启刚的拍照技术是真的不咋地，但是他爱这么臭显摆。忽然，传来一曲若隐若现、若远似近的《秋日的私语》,福根循声望去,一个可爱的小女孩站在窗前,留着齐肩的短发,穿着经典的苏格兰格子连衣裙,纤细的十指在钢琴的黑白键上灵巧地飞舞着。

"再过几年,自己也能坐在家里看着孙辈演奏,那样的人生该是多么地完美。"福根忽然觉得,压在心里的种种不快,仿佛一下子消散了不少。

三人边走边聊,夜幕下的小岛更显她妩媚,灯光闪烁,繁星点点,人头攒动,更热闹了。鼓浪屿以其独秀绮丽的风光赢得"东海明珠"、"海上花园"的美誉,那可不是虚言。

"福根,你知道鼓浪屿这个名字是怎么来的?"碧云眨巴着眼睛。

"小岛的西南隅海边,有两块相叠的岩石,长年累月受海水侵蚀,中间形成一个竖洞,每逢涨潮时,波涛撞击着岩石,发出如鼓的浪声,所以人们称它为鼓浪石。鼓浪屿因此得名。由于近代那段耻辱的历史,鼓浪屿的建筑千姿百态。有闽南风格的飞檐翘角,有被称为'小白宫'的八卦楼,有威严高耸的天主教堂,有红瓦大坡顶的欧式建筑,还有各种中西合璧的别墅,堪称'万国建筑博物馆'。"碧云在侃侃而谈,福根忽然说:"明早回家!"

"今晚不回去?"碧云看着她,"田夫人会不会……"

"以前为了生活,从来没有注意到身边的美景,这次回去,如果顺利,将来很可能把根又搬回去,毕竟那里有我们的父辈、姊妹兄弟。今晚在这儿聆听海水的声音,明天直接去机场。"

碧云说:"鼓浪屿的夜景很美,今晚你们俩尽情欣赏美景即可。"

"我想听着海水入眠,你们去玩吧!"田福根选择了一个精致的房间住下。

躺在床上,耳边海水的声音轻柔地传来,他爬起来,站在窗边静静地看。不远处就是上次喝醉酒的地方,那个饭店还在,外面还是坐满了人,吃饭喝酒的声音还是那么大。

忽然,他看到几个年轻人,其中有一个将汗衫塞进裤腰,额头上的长发盖住眉毛,是个很清新的"小鲜肉"。这个人看上去好像一个人,但具体是什么人,他说不上来。

也许是偶遇后的兴奋,抑或是明早要回家的激动,一直到夜里12点,他仍然睡不着。

海风湿润而温柔,他记起来窗子没关,刚要起床,便听到门把转动的声音。他屏住呼吸,闭着眼睛,有人进来,应该是三人。

有一人从床的左侧过来,另一个人从床的右侧过来。还有一人应该在他的脚底。

他们这是要干什么?来不及多想,感觉有东西已经从半空落下。他一抓被子,身子像泥鳅，猛地窜到床尾，两脚狠狠踢出去，听到砰的一声，有人撞上墙壁。他的玉龙软鞭在手，向上一反手一撩，听到有人惨叫。

他顺手摁着开关，灯亮了，床上两个蒙面人手操家伙，泰山压顶打将过来。

房间太小，根本无法转身："你们不要逼着我出手，否则就不是一个手指头的事情。"

福根说着，软鞭出手，一道白影闪过，手指正在滴血的那个家伙手里的匕首只有刀柄在他手中，血滴到床上。福根一转身，另一个人手里的棍棒一削为两截。

床上那人还想再动，福根的鞭子已经架在他的脖颈上："我可以放你们一马，但是我必须知道你们是谁。"

床上那人，一把摘掉面罩，原来就是福根看到的那个"小鲜肉"。

"放他们两人走！"

第84章
/ 吃饭不要钱 /

隔壁的秦启刚听到动静，见此情景，堵在门口，拿起手机准备报警。

"放下！"福根说，"让他们两人走！"

那两蒙面人听到这话，瞬间跑出去，消失在黑夜中。

"你是吴威？"

"你怎么知道？"青年人看着他。

"你爸吴虑，你母亲——"他顿了一下，"王若柳，小名柳儿。你是吴家一员，我怎么能不熟悉？如果你想替父母报仇，等我把回乡办厂的事业处理好后，我的命你随时来取。"

"父亲一辈子生活在你的阴影之下，亲手断送了他大好前程，出狱以后，他一直寻找机会和你玉石俱焚，可是天可怜见，他拼了命也报不了他的仇。落在你手里，话不多说，任凭处置。"

"我们本是一家人，你还年轻，好好珍惜。记住：一念成魔，一念成佛，你走吧！"

"福根？"秦启刚将门关了起来。

"让他走吧!"

青年打开门,一溜烟不见了人影。"难怪警察说,肇事者患有抑郁症,我看他是失心疯。"

福根不说话,重重倒在床上。

四月的苏北老家,春风和煦,百花斗艳,空气中像喷了清香剂,淡淡的芳香让人神清气爽。福根很喜欢这寂静清香的早晨。他漫步在湖边小路上。

晨练的人们,做工的人们,认识的不认识的,他都热情地打着招呼。一切都如他想象中的美好。

机器安装了一个星期,终于完工。农历四月初八,在一阵隆隆的鞭炮声中,"田福根鞋业苏北有限公司"正式开业。

前来庆贺的一共有一百八十多人,声势浩大。最让福根高兴的是詹姆斯专门从国外飞来参观福根的新厂,他对此很感兴趣。

"我很感兴趣,能不能再算我一份?"詹姆斯说。

"这是不用来营利的经营。"福根看着他说。

"不营利,那你还办厂干啥?"

"我想让我的父老乡亲都能在这儿上班,工资虽然不高,但是能让他们在家里有一份工作和一份生活的依靠。"

"当一个人想到回报社会的时候,那就不是他一个人的事,而是全社会的事情。你是有爱心的人。"詹姆斯说,"这个不营利我也加30%的股份。"

约翰逊和钱总也打来庆贺电话,秦启刚终究没有来,车间管理人员是从南方调来的,这只是投资的四分之一。福根看着厂里灯火通明,工人们一排排熟练地操作,很是欣慰。他感激田艳的远见,工人提前培训,按时上岗。

后期的工程怎么办?毕竟还有大半的工程没有实施。福根担心资金链接不上。现在有詹姆斯加盟,经济上可以度过严冬。送走了詹姆斯,福根觉得头晕乎乎的,有点发烧,不知怎地晃悠到了家里。

裴佳瑶系着围裙,亲自下厨,见福根脸色不好,心疼地倒水:"福根,不要给自己太大的压力,你看看现在,额头和两鬓都白了。你这样是何苦呢?"

"开弓没有回头箭,我田福根做事岂有半途而废之理。"

"还记得你爷爷要走的那天吗?"裴佳瑶说。福根怎么能忘记?他躺在吴汉离身边,看着自己特有的熊猫血一滴一滴流进爷爷的身体,他明白生命的伟大。

"你真的不回来?"

"不回!"

"是不是不能原谅爷爷?"

"不是，我生如一粒种子，飘零在哪儿，就在哪儿生根发芽。无心介入豪门之争。"

"你是我唯一的孙子啊，吴氏企业将来何去何从？你让我死不瞑目。"

"为了金钱、地位，您失去了太多太多。我只想做我自己，问心无愧，坦荡的自己。"

从回来的那一天起，裴佳瑶就开始照顾福根的饮食起居。月婵在南方照顾厂里一切，儿子顺利考上了985高校研究生。

裴佳瑶说："你知道吗？你走后，1993年，上海每天有外来人口331万。上海话、宁波话、绍兴话、苏州话、苏北话、广东话、英语，在上海街头交融。可是再也听不到你一句。1994年，上海人民广场建起一座凯旋门式的建筑，上面竖起中国第一块LED大屏幕。为了找到你，我和你爸把这块广告牌包下来。一包就是多年，上海人都知道吴优。那是我们全家对你的呼唤。"

"所以，我们无论在哪儿，都能有人找到我。"他看着母亲，虽没有那种天然的亲近，但是血脉却让他对这个妈妈讨厌不起来，"您知道我第一次喝酒是多大？第一次恋爱是谁？第一次感觉的爱是什么？《霸王别姬》戛纳归来后，在大光明电影院首映。人山人海的影迷挤碎了玻璃门，挤了了张国荣的纽扣，留下一地手表和皮鞋，其中有一双鞋是我的，那是我第一次知道了人生还能有如此的辉煌。1995年，上海大哥大用户突破十万，居全国之首。我买了两台，作为对睿姐的回赠。这些你们都不知道，我的童年，没有你们；少年时，你们仍然缺席，现在我已经融合在这片土地里，魔都对我来说，它缺少一种温暖、一种人性的纯真，一种我要的陪伴。"

"为了能与你团聚，1999年最后一夜，南京路上人流如潮，人们涌向外滩，等待海关大楼的零点钟声。我和你父亲驱车来到这沉睡的小村庄，就因为我的血脉在这里。"

"上海是一个特别靠谱的城市，它的灵魂中一定有一块大容量的计算芯片，它太会精算，太讲秩序，有太多的钱，但是却不属于年轻的创业者。你爸爸老了，儿子，回去吧，远东的未来等着你。"

福根不说话，一片白云飘来，那是养殖专业大户田福加的羊群，夹着一两声清脆的鞭子响。

"像这样与世无争的生活多好，这里最吸引人的不是外表的靓丽，而是内心的充盈与快乐。"

这场对话是四十八年以来，母子话语最多的一次。

2013年，远东公司搬至上海浦东，福根第一次打工的地方，码头上人来人往，再也不见当年的混江龙。他说："选择把总部设在这里，是因为当时运营、客服都需招外国人，在上海容易得多。"更重要的是他喜欢紧邻潮汐，每天看着码头那忙碌的情景，二十岁的自己曾在那儿拼搏过。他喜欢在海上看日落，那才是最真实的生活。

上海重成魔都。魔性是开放，魔性是创新，魔性能扯断慵懒锁链，让冒险气息重回都市。吴远志看着儿子谋篇布阵，像在欣赏一件工艺品。

"不要让我唯一的孙子流落民间。"这是吴汉离临终前唯一的要求。

"靠自己生活。灵魂都是安然的。"福根如是说。

远处的油菜花肆意喷吐着金黄，两条小黄狗从远处跑来。四个车间生产一条龙，每一道工序都按劳取酬，一直到包装出厂。福根看着熟练的工人们，心里很是感激。田艳、沈平、秦启刚、江小柏、刘连喜都是工人培训工作上的能手，又从南方带回来三十名工人，仅仅用了一个星期，全部上岗。第一期工程开始，第二期工程等麦收一结束，也开始施行。到2017年春天，已经接近完成一半的工程。

福根知道，这里最起码要在十年内才能拿回成本。2018年，"田福根鞋业苏北有限公司"工人突破一千五百人，总投资三千五百万。

毗邻厂房的是"福根老年娱乐中心"，正在施工中，鲜花、植物、游乐场、健身房、老年活动中心……都在逐一展开。年终总结大会上，他被评为"优秀企业家"、"爱心大使"，镇长亲自为他授旗。

2019年秋，最后一期工程全面展开，大型超市、饭店、娱乐场、休闲中心等都在一一按照计划实施。

富贵的"福根工艺编织厂"还没有动工，可是，他已经收了不少土地，在认真教人学。胡文生说，这个项目给他。

福根说："这个肯定得给我，你可以投资其他项目。不要忘记我们的果园、生态农庄，加上田家湾风味小吃，这些才是你的拿手绝活儿。"

月婵把牙牙学语的孙女带了回来，裴佳瑶看到孩子，抱在怀里，再也舍不得放下。小家伙看着兰花，竟然"奶奶""奶奶"地叫着，那奶声奶气的声音随着微风飘扬开去。

开会回来，福根的心像涨满的帆，再也不能平静。大会堂那阵阵热烈的掌声，仍回响在耳边。

"福根，作为省企业家到北京去参加会议，这是你的荣誉也是你的使命。未来还很长，希望你能带领乡亲们一直稳步向前。"省领导说。

"您放心，我一定不忘初心，砥砺前行。"

胖墩走来："福根，佩服你的眼光。与其说是回家乡感恩，不如说是你回来，带领乡亲们脱贫致富奔小康。"田满银握着福根的手，"现在厂里职工接近两千人，最大年龄六十岁，最小年龄十八岁，食堂早晚免费，中午职工和职工家属都是五元钱一份，学生减半，没上学的幼儿免费。现在村里人很少做饭，都到你厂里来吃了。"

"不能来做工的老人，有没有想办法？"

村长愣住了："老人没来上班，也可以享受职工待遇？"

"和职工一样，早晚免费，中午管吃！"

"那以后哪家还做饭啊？"

"都不做饭说明厂里伙食好。每个月把营利的10%用于伙食，其余用来发展企业。"村长摸摸头，把福根抱了起来，"你真好，没白交你这个发小，乡亲们都托了你的福。"

"这周末，请村里七十岁以上的老人，全部到食堂就餐，饭菜按照八十元一人的标准。五保老人、残疾老人一律免费就餐。"

周末晚上，村里所有七十岁及以上老人全部到齐，福根端着酒杯，亲自敬酒。孤寡老人王友仁热泪盈眶地拉着他的手："福根子，有出息！谢谢你，谢谢你啊。"

旺财的娘说："自从老伴去世后，孤单一人，想吃就做一顿，不想吃就不做。现在好了，几个老人坐在一起吃，胃口也好了很多。"

秦启刚说："看看这床、电视、空调这些都安装好了，过几天完工，你们就可以搬进来住了。"

有几位老人跟着过来："这么大的房间就住四人？"

"每人一间，这样大家都有一个属于自己的空间，也方便些。"福根说，"浴室一共有两个，你们洗澡就像在家里一样舒服。"以后这儿就是你们的家，如果有啥不满意的就和我说，我会立即进行调整。我打算在2025年，让老人公寓达到四星级标准，也让你们好好享受享受。"

旺财娘说："那我可要好好锻炼身体，争取多活十年。"众人都笑了起来。

第85章

/ 脱贫攻坚人 /

曹支书、田福加、胖墩等一行人向这边走来。

"田总，感谢你们这些热爱家乡的有志青年回乡投资，村里欢迎更多的人来我们这儿投资，共同创业。有几位老板还在观望，看到你厂里已经正常运转，他们也很有兴趣。不管走到哪里，家乡是你们的根，是你们的牵挂，我们欢迎你们回乡创业，为了明天的美好，我们一起痛痛快快地干一杯。"白发满头的曹书记端着酒杯一饮而尽。

"谢谢，家有梧桐树，自有凤凰来，有你们这么一群干部，相信会有更多的有识之士，为我们的家乡做贡献，让故乡早日实现小康。"书记朝外一挥手领着一群人走了过来，福根一看，转身就走，几人跟后追。福根说："姐夫，这儿就交给你了。"

秦启刚拦下那几人，原来是县电视台记者。

书记说："你们采访他也是一样的。"跟着去找福根去了。

"对不起，他不接受任何采访，因为田总认为他只是做了该做的事，能做的事。"

福根看着被记者围起来的姐夫，很是开心，他觉得心中的那个目标一定能实现。

"爸，生日快乐。"接到儿子打来的电话，福根赶紧回家，刚进家门，月婵捧着一大束鲜花走了出来。田天抱着孩子，和媳妇都来了。

"今天是我生日？我怎么不知道？"说罢，福根哈哈笑了起来。才几个月的孩子张开双手，福根接过来，抱在怀里，怎么端详怎么可爱。

"爸，厂里有人说，你准备把剩下的四个厂全部卖掉，外面传言你已经破产，"田天低下头，"这是我的博士证书，从今以后，我一定会谨记您的教训，努力做最好的自己。"

"只要你以后认真工作，认真生活就好。"

"快许愿许愿！"福根闭上眼睛，他明白，这个愿应该是他一生追求的东西。

福根开心，多喝了几杯。

"爸，有人说您要把这里的厂都卖光，回乡去办厂，可有此事？"

福根看着田天："我再干几年，这些都由你来管理，你啊，要从最基础的工人做起，体会赚钱的不容易。"田天连连点头。

一家人正吃着饭，沈强打来电话。

"你让我回去，这怎么可能？"在福建的沈强说，"以往都听你的，这次不听。"

"怎么啦，福根？"月婵说。

"贵哥……他好像出了事，立即赶回。"

沈强回到老家，秦启刚站在门口，笑呵呵地迎接他，沈强说："你想吓死我不成？"

"不这样说，你能那么快就回来？看看，那是谁？"

周睿旁边站着一个高大帅气的男青年，西装革履，一身衣服看上去也是价格不菲。福根说："过几天她要去美国定居，特意带着孩子来看看你。"

周睿比以前好看，身体略微胖了些，浑身散发着一种迷人的光芒。

"你回来了？"沈强高兴得手足无措。

"叔叔也回来了。"周睿说，"他在县政府，明天到家。"周睿看着青年说："儿子，这是——"

"沈强，你强叔！"

周睿看了他一眼，会心一笑。周财主弟弟周爱国在香港多年，尽管吃了不少苦，却也赚了不少钱。在一次生意洽谈会上，遇到了周睿，才知道家乡的变化。

"他现在在旧金山、新加坡、澳大利亚等地区和国家开了全球连锁店，这次是通过华侨联谊会，和几位老朋友一起回家，准备为家乡做点贡献。"

"不要站着说话了，赶紧回家。"家里还保持着周睿临走时的模样，包括那张温暖的床。

"你一走三十多年，高叔走后，都是沈强照顾我的。你也不再年轻，不要到处乱跑了。如果不是为了等你回来，早就应该去见上帝了。你怎么能刚回来就要走呢？"

周财主拉着周睿，把她的手交给沈强，"她的后半生希望你能好好珍惜。"

沈强的三个孩子早就成家立业，周财主这么一说，周睿哪还有拒绝的理由。

王芳闹着和胡文生离婚，理由自己黑丑，配不上。连福根都跟她解释过，那女孩只不过是他的营销经理，王芳就是不信。最后夫妻终于分手。文慧说她傻，她说误了他半辈子的幸福，应该让他去找该有的幸福。

不营利，詹姆斯还是要投资，詹姆斯说我懂你。懂，包含了多少理解与沟通；包含了多少信任与付出。商人唯利是图，可福根是独一无二的商人和朋友。他帮着福根把卖掉的五个厂房，收回了三个。

田艳的儿子和田天一同管理，福根占股份的十分之七，詹姆斯十分之三。田天学的是企业管理博士，由他来管理经营，福根一百个放心。

苏北四个厂已经全部正常运行，娱乐中心正在兴建中。编织厂由富贵负责，胡文生的生态农庄正在兴建。2019年农历四月十八，"田福根鞋业有限公司""田福根大酒店""田福根休闲中心""田福根编织工艺品厂"等准备对外开放。

"我要去趟上海！"福根说，月婵没有说话。

柳儿安葬在她父亲的旁边，田福根亲手栽下的杨柳，像柳儿一样亭亭玉立。福根将鲜花放在墓前，手扶墓碑，想到儿时两人玩闹的情景，不觉潸然泪下。左侧有一空墓，李梅兰说，柳儿是她最喜欢的女儿，等到她哪一天去了，就葬在柳儿旁边，这样，夫妻俩保护好柳儿，不再让她受到半点伤害。

"你真的要这么做？"吴远志问。

"是的，现在国家提出脱贫致富，我希望能为家乡的脱贫工作尽一点绵薄之力。毕竟那里还有很多贫困户需要我们的帮助。"他拿出厚厚一叠资料，"这是田成林他们给我的扶贫对象。爸，也许您生活在大上海，很难想象他们现在过着怎样的生活。"田福根从中拿出一份资料，"她们姐妹父母双亡，跟着爷爷奶奶生活，俩孩子成绩很好。大的女孩考上县里重点高中，怕耽误报名时间，没有交通工具，一个人步行到县城，一直走到半夜。睡在学校大门口，两天两夜，只喝了学校的自来水充饥。那天，我亲眼见到女孩的时候，瘦瘦的，眼睛里却跳动着倔强、求知的渴望，这深深刺痛着我，所以，我现在回到村里，和他们一起去帮助需要帮助的人，你看，这是我的扶贫工作证。"

吴远志看着儿子，心里很是感动："孩子，能不能也让我加入到你们扶贫的队伍中来？"

"助力乡村振兴，听党话，跟党走，为脱贫致富奔小康贡献我们自己的力量。尤其是田家湾，没有田家湾，就没有今天的田福根。"福根说。

"只要你需要，爸全力支持你。"吴远志看着儿子，"对于你的建议我和你妈商量过，按照你的要求，董事会全部通过。"他说着对着对讲机说了一句什么，助理进来："总裁，请问您有何吩咐？"

"通知吴威立即到会议室。"田福根过去，扶着吴远志，来到会议室。

"您说什么？"吴威简直不敢相信自己的耳朵，"您是说，让我管理编织厂？"

"不仅如此，田福根编织工艺品厂从今以后，你就是它的法人代表。不过，你要好好地将这门技艺传承下去，发扬开来，让田家编织工艺品走向世界。"田福根拿出打印好的合同："赶紧签字吧！"

吴威看着他，眼泛泪光，父母生前对眼前的这个人做过那么多伤天害理的事情，他却不计前嫌，以德报怨。

"吴威一定不负田总的栽培与厚爱。"吴威对着吴远志、田福根深鞠一躬，满怀感激地走了。

"福根，你这样做，是不是有点……你不是说让他负责管理，怎么把厂直接给他了？"吴远志不解地说。

"因为他是柳儿的儿子，因为他是救命恩人的后代，因为他是田家湾的血脉。"

"爸，当生活提升到一定程度的时候，钱不是钱，而是一种自我价值的体现，要让钱的价值变得更有意义。因此，我想到的不仅仅是个人，而是更长远的事情，这样的人生才会变得更有意义。"

吴远志满足地看着儿子，阳光从窗子照进来，给他们镀上一层神圣的色彩。

"你终于回来了！"福根刚下飞机，见田成林挥舞着手臂大声喊。福根赶紧过来，田成林接过他的行李，"县里通知你明天早上八点到县政府会议室开表彰大会。"

"开什么会议？"福根有点莫名其妙，"是不是你把我的事情捅上去的。"

田成林一把搂着他："好哥们，你在我们最困难的脱贫攻坚时刻，给予了我们那么多的帮助，被表扬也是实至名归。你去看看，厂里被送来多少锦旗？"

到了厂里，早就等候的工作人员对着福根一顿猛拍，这么低调，默默为家乡做事的人，还真是少有。福根好不容易脱身，直接去找田成林："你搞什么鬼？脱贫攻坚，精准扶贫我们默默做就好了，没有必要这么大张旗鼓，尽人皆知的。"

田成林笑着说："你的事情一报上去，县里当即就批下来了。领导说，这么为家乡无私奉献的人咋不早点报上来？"

"跟着你们后面干就行了，没有必要这么大张旗鼓，大事宣传。"福根说。

"你现在可是精准扶贫干部里的中坚力量，这个你就不要推辞了。"田成林拿着厚厚的一份文件，"你的申请报告已经通过，恭喜你为家乡的发展事业又助重力。"

第二天早上八点，田福根到县政府的时候，受到了热情的接待。在热烈的掌声中，拉开了表彰大会的序幕。县委领导作了重要讲话：

同志们：

今天，我们在这里隆重集会，热烈庆祝中国共产党成立99周年，隆重表彰在脱贫攻坚战场上涌现出来的先进集体、优秀个人，激励动员全县各级党组织和广大党员坚定必胜信念、保持战斗姿态，万众一心奋战六个月，一鼓作气打好收官战，彻底撕掉千百年来我县绝对贫困的标签！在此，我代表县委、县政府、县人大常委会、县政协，向奋战在各条战线上的各级党组织和广大党员，致以节日的问候！向受到省委、市委表彰的先进集体和优秀个人，表示热烈的祝贺！

百年传承初心不改，薪火相继勇担使命。99年前，在中华民族内忧外患、风雨飘摇的历史背景下，中国共产党从浙江嘉兴南湖上的一艘红船启航，从最初仅有50多名党员，发展成为今天拥有9100多万党员的世界第一大政党。99年来，中国共产党立志于中华民族千秋伟业，始终初心不改、薪火相继，团结带领全党全国各族人民干革命、搞建设、促改革、谋发展、抓脱贫，使中华民族迎来了从站起来、富起来到强起来的伟大飞跃。

……

志不求易者成，事不避难者进。你们不以事艰而不为、不以任重而退缩，以敢让高山低头、敢让河水让路的大无畏精神，将困难踩在脚下，排除险阻夺取最后胜利，以拼搏赢得了累累硕果！学习你们脚踏实地、一战到底的务实作风。真抓才能攻坚克难，实干才能梦想成真。你们始终将责任扛在肩上，把全部精力投入脱贫攻坚，一步一个脚印走遍千山万水、访遍千家万户，一点一滴做实做细做好每项工作，在平凡岗位上成就了不平凡的人生！学习你们淡泊名利、一身正气的优良品质。坚强党性体现在日常的每个瞬间，源自于平时的点滴积累。你们始终将纪律长鸣耳边，敬仰党的事业，坚持原则、严守规矩，不慕虚荣、不务虚功、不图虚名，以一身正气砥砺初心，以干净担当践行使命！

看得见学得来的榜样最有说服力、最富感染力。像今天受表彰的先进集体和优秀个人，全市还有不少，他们的事迹可观可感、可鉴可学。全县广大党员干部要对标先进典型净化思想灵魂，从他们身上深刻汲取人格的力量、精神的力量、奋斗的力量，内化为价值追求、外化为自觉行动，在脱贫攻坚火热战场上坚守阵地、再创佳绩、再立新功！

同志们，脱贫攻坚是人类历史上亘古未有的伟大壮举！我们既是这场伟大战役的参与者、奉献者、见证者，也必将是这场战役的胜利者。这是历史交给我们的责任，是时代赋予我们的荣光……

只可惜，自己不是党员，"我要入党，我要入党！"他在心里强烈地呼唤着，"要全心全意为人民服务。"

听着这些铿锵有力的话语，几十年的岁月在福根的脑海一一闪过，他的眼睛湿润了："柳儿，你看到了吗？田家湾的今天，人们都脱贫致富奔小康了，他们是多么幸福。"

手机响了，是小豆子。

第86章
/ 庄严的宣誓 /

"田福根，恭喜你！"

"小豆子，不，来福同志，"田福根说，"明天我们去捉鱼，到敬老院去做给老人吃，不许爽约。"

"必须的，向你学习。"两只大手紧紧握在一起。

田福根回到村里，大家都来祝贺。前呼后拥，好不热闹。田富贵和田成林他们早就在田家湾会议室里等他。

田成林手拿遥控，打开数字化多媒体："今天是值得骄傲的日子，我们村的扶贫工作，在大家努力下，取得了巨大成功，田福根同志的助力脱贫攻坚事迹被拍成电视纪录片，为田家湾的脱贫工作书写了浓墨重彩的一笔。下面让我们以热烈的掌声，感谢田福根同志为田家湾脱贫致富奔小康做出的卓越贡献。"

会议室里，掌声一片，田福根站起来致谢。斑白的两鬓，疲倦憔悴的脸上浮起满意的笑容，这么多年，他几乎走遍田家湾所在城镇的每一条街道，每一户贫困人家。本来他想这样一直默默做下去，不承想田成林将他的事迹报了上去，他感觉以后的压力会更大。

田成林手指一摁，硕大的屏幕上开始播放：

脱贫攻坚"贴心人" 乡村振兴排头兵
记涟水县2020年度脱贫攻坚扶贫工作"十佳标兵"田福根

田福根同志二十岁怀揣梦想，在外打拼终于取得了成功，先后成立多家公司，事业上取得了辉煌的成就。作为企业家，他吃水不忘挖井人，于2016年6月不顾亲人的反对，毅然回乡，投身到助力田家湾脱贫攻坚的伟大事业中去。

他先后投资2000万建立四个厂区，将南方的事业搬到家乡来，解决了田家湾几百口人的工作问题。

2016年，他向村集体捐款5万元用于整修村里道路；2017年，他拿出20000多元请人清扫田家湾所有村道垃圾；2019年春节拿出5万多元架设30盏太阳能路灯方便群众出行；从2013年一直到2020年春节，八年时间，共资助35位贫困生圆了大学梦；每年重阳、春节两个节日，他为村里60岁以上老人发慰问品和每人现金200元。

他先后带领多名返乡大学生成立了原生态绿色农贸产品有限公司并担任董事长。在田家湾按土地流转方式租用农户撂荒土地约1200亩，建立起种猪繁育、生猪养殖、淡水养殖、有机果蔬种植、有机肥生产等多种经营模式在内的循环农业模式。运用"标准化生产，电脑化管理"等先进管理理念，本着"绿色农牧，科技打造"的宗旨，借助科技手段，坚持环境保护，节能减排，实现经济效益、生态效益和社会效益的和谐发展。目前公司有圈存种猪1600头，年出栏商品猪40000头，带动周边养殖户300余户，为当地农民增收做出巨大贡献。公司现有职工60余人，其中吸纳大学生共同创业。

"福根，你太伟大了，竟然做了那么多好事。"罗来福说，"我代表家乡人民感谢你。"

大铁牛梁满仓一个箭步冲了过来，紧紧拉着他的手："福根，你是我们的骄傲，你真行!"

"快看,福根捧着奖杯呢。"电视上,田福根捧着奖杯,笑容满面站在台上。讲解员悦耳动听的声音,随着一组组镜头,传送到每个人的耳朵里:

2020年,新冠疫情发生后,田福根同志迅速调整发展方向,返乡创业,流转土地230亩,成立商水旭泽种植专业合作社,开展大葱、生姜、萝卜、西瓜等蔬菜水果种植,安排本村100多人在合作社上班,带动11户贫困户顺利脱贫。今年,他种植品牌西瓜100多棚,长势良好,五一前上市后供不应求。他的生产、旅游兼娱乐的一体化生态农庄又投资了2000万,已接近尾声,下半年将正式对外开放。

屋里再一次响起热烈的掌声,田福根看着田富贵,悄悄问:"我们的约定还有没有效?"

"终身有效!回去立即写入党申请书来。"

"好嘞!"田福根抑制不住内心的喜悦。

2020年四月,百花争艳,旭日东升,"田福根生态农庄旅游基地"门口人头攒动,热闹非凡。广场正门坐南,门栏门窗,皆是精雕细琢。十二生肖石像,东西走向一字排开。大门左右两侧,各有一只石狮子,胸挂大红花,左右相望。

近看,院内树木葱茏,百花争艳;远望,屋顶翼然,飞楼插空,于树缝之间若隐若现。忽抬头前面一带粉垣,里面数楹修舍,有翠竹柔柳,迎风摇曳。

十位美女着一身红色工作衣裙,手托一盘,盘装彩球,后面是一排来自四面八方的各位领导与嘉宾。

随着一阵欢快的鞭炮声,清香弥漫。彩球落盘,掌声雷动。中间一位年轻帅气的主持人,身着正装,拿着话筒,在掌声中,缓步上台:"敬爱的领导,各位来宾,男士们,女士们:田福根编织工艺品厂、福根鞋业有限公司、福根生态农庄、福根老年休闲中心今天正式开放啦!首先我们用热烈的掌声欢迎四面八方的好友宾朋,请用最隆重的掌声欢迎田福根董事长上台讲话……"

一位五十多岁的中年男人,微笑着走到舞台中央,先鞠了一躬,抬起头来,眼含泪花:"我是你们的田福根,一个从小被丢弃在盐河岸上的苦娃子,好在上天有好生之德,让我与这片土地结下深厚之缘。遇到了我的养父,遇到了淳朴、热情善良的你们。我要感谢我的养父,感谢这里的父老乡亲,感谢这片有爱的土地。在外拼搏三十多年,今天,我回来啦。有人不理解,问我为啥放弃那么好的城市,那个打拼三十多年的地方,却要把根扎在这片正在腾飞的农村?"讲到这里,他举起右手,指着远方,"因为这里有养育我的亲人,有我爱的那一方热土!"

掌声雷动，主持人问："十亿的资产留不住您的心？"

田福根的目光更加坚毅，"是的，因为与钱财相比，我更爱我的这片热土，我要尽最大的努力为它的腾飞助力！"

上午9点58分，随着福根一声"活动开始"，一群群红领巾排着整齐的队伍过来，在老师的带领下，尽情游玩：荡秋千、打乒乓球、翻单杠、放风筝、捉蝴蝶……一个个玩得兴高采烈。

西面八方的游人涌进来，垂柳下、鱼池边、花园里、苹果园、草莓地……游人如织，很多人拍照留念。

福根站在最高的休闲中心顶楼的房间里，俯瞰着眼前的一切，那种"一览众山小"的豪情油然而生。

"感觉如何？"田富贵与他并肩站着。

"内心非常充盈与丰满，"福根拿出一本书，朱德庸的《在一个时代里缓慢行走》，"这是你给我的，书中形象地写道：我们这个时代的人，情绪变得很多，感觉变得很少；心思变得很复杂，行为变得很单一；脑容量变得越来越大，使用区域变得越来越小。更严重的是，我们这个世界所有的城市面貌变得越来越相似，所有人的生活方式也变得越来越雷同。"

"我们为什么活着，活着的目的、意义、价值是什么？"富贵看着他。

"因为那份信仰，它给我一种力量与依靠。在我人生遭遇灾难和痛苦时，给予我精神的支持，它是我的精神大厦。"

"是的，因为人有了信仰，人才会有力量。人有了信仰，人生才会闪耀光芒。人有了信仰人活得才坦荡。人有了信仰，人生的道路才能越走越宽广。在物质生活丰富的今天，我们每个人更要坚守自己的信仰，此心光明，亦复何言！"

"贵哥，我的信仰能实现吗？"福根看着他一直敬重的哥哥，"如果不能，我会不断加强自己在思想政治领域的学习，完善自己的人生观、世界观和价值观。为早日成为一名共产党员做好最充分的准备。"

"恭喜你，福根，经过党组织对你今年的考察，你即将成为一名光荣的预备党员。"说着，他递过一叠材料，"认真填写，不过，要想成为真正的中国共产党党员，还要经过严格的考核。一时入党，终身入党。"

田家湾党支部会议室，主席台正中悬挂着一面鲜红的党旗，墙上挂着闪着金光的"入党宣誓大会"的横标。

福根深吸一口气，平息一下激动的心情走进去。

"田福根同志，恭喜你，即将加入我们的队伍。激动人心的时刻就要到了。"田富贵握着他的手,"田福根同志,请举起你的右手,握拳过肩,跟着我说:'我志愿加入中国共产党,拥护党的纲领,遵守党的章程,履行党员义务,执行党的决定,严守党的纪律,保守党的秘密,对党忠诚,积极工作,为共产主义奋斗终生,随时准备为党和人民牺牲一切,永不叛党。宣誓人:田福根。"

那激动得有点颤抖却很坚定响亮的声音,在田福根的胸膛铁锤似的撞击着,他默默念着:"我的家乡,我热恋的故土,神奇的一千多年古驿站历史的积淀,40年改革开放的洗礼,铸就了田家湾人恢弘开放的心怀,敢闯敢冲的胆识,抢前争先的气概,奋力拼搏,奋斗新时代。我们要在这片神奇的热土上,追求卓越,再创辉煌,成就梦想。田家湾,这片神奇的热土,我深爱着你!"

窗外,阳光正好!